大世清晨

李[illegible]题

赵 江 著

中国文史出版社

图书在版编目（CIP）数据

大业清晨 / 赵江著. —北京：中国文史出版社，2025.3. —ISBN 978-7-5205-5224-0

Ⅰ. I247.5

中国国家版本馆 CIP 数据核字第 202512AF31 号

责任编辑：方云虎
封面设计：江　风

出版发行：**中国文史出版社**
社　　址：北京市海淀区西八里庄路 69 号
邮　　编：100142
电　　话：010-81136630
印　　装：河北京平诚乾印刷有限公司
经　　销：全国新华书店
开　　本：710 毫米×1000 毫米　1/16
印　　张：30.75
字　　数：510 千字
版　　次：2025 年 10 月北京第 1 版
印　　次：2025 年 10 月第 1 次印刷
定　　价：89.00 元

一种具有开拓意义的新的生活领域的文学叙写

——赵江长篇小说《大业清晨》序

年节互致祝福问候中，王海发来赵江的长篇小说《大业清晨》电子稿，并以他憨厚直率的口吻让我给写个序。沉浸在贾平凹《消息》手稿复印件中的我，站在窗前望着草堂寺的藏书楼和南山上的皑皑白雪，还有朦朦胧胧的国家藏书馆，怎么也缓不过神来。良久，回复道：王兄为咸阳文学领头羊，写序比我更合适！若为兄硬派的活，那就勉为其难试试看。

现在读书很慢，断断续续用了两个多礼拜，读完了这部50余万字的《大业清晨》。阅读完这部长篇小说，闪现在我脑子里最突出的印象是：行业写作与空间叙事。

物业管理，在我的印象中，是20世纪90年代兴起的一个新行业。随着各种类型住宅小区如雨后春笋般生长起来，小区的物业管理应运而生。

几十年下来，可以说已形成一个庞大的社会行业。这是一个新的社会生活领域。对于这一生活领域的文学叙写，在我有限的阅读范围内还未遇到过，这部《大业清晨》是我阅读的第一部有关物业管理生活的作品。因此，就我的阅读经验而言，我虽然不赞成以行业来划分文学书写题材，也不得不承认，这部长篇小说，还是一种具有开拓意义的新的生活领域的文学叙写。

正因为它是新的生活领域开拓性的文学叙写，也就势必要面对所带来的新的艺术书写问题。比如，如何处理行业生活与一般的生活的关系，如何处理行业工作程序书写与日常化的生活的关系，如何处理书写职业中的人物与生活中的人物的关系等等。从作品实际来看，作家已经意识到了这些问题，在具体的艺术叙写中，尽量将物业管理工作生活与人们的日常生活结合起来，虽然花费大量笔墨叙写物业管理的日常工作，但是，这管理工作又是与日常生活紧密相连。这就构成了一种管理工作与日常生活共构的艺术书写结构。

这就犹如两个同心圆，管理工作生活套在更为广阔的日常生活之中，它们共同指向的是人及其生活这个中心。这实际上也就是两种生活空间的艺术建构，并在这种空间之中，还包含了更多的小的生活空间。

其实，在阅读的过程中，就其叙事艺术而言，我深深感到在小说叙事中，吸纳的影视艺术叙写的因子，比如蒙太奇的叙事手法、场景空间转换的叙事手法等。尤其是后者，是这部小说的一个最为基本的叙事手法。小说故事或者情节的推动，就是在多种场景空间转换中实现的。

小说叙事结构的主要场景空间，自然是名为佳境·国际村的鑫达州物业公司，这里是整个作品故事情节的各个关节点展现的场所，各种矛盾、各色人物等，在这里得到充分的展现。与此相连接的是几个人物生活场域空间：黄绵绵的小鸟儿时装店、朱豆豆的眉间雪茶叶店、刘晃的疾风车吧、旦心的汇通夜市汇通面摊等。这是如上人物的社会工作生活空间。纯粹的个人家庭生活空间，着重叙写了秦朝、黄绵绵与朱东风等的家庭生活。还有医院、乡村等，则是更大社会生活空间的拓展。如果说这些主要是对于人们社会生活与家庭日常生活的叙写，而其间隐含的是不同人物的个体情感生活空间。这是深层次的生活空间。

构成个人情感生活内在驱动力的核心，则是黄绵绵的情感生活结构。作者的笔触，随着情节的发展，来回调动于这些场景空间之间，或者，作者在来回调动这些空间场景中，故事情节得以发展，人物性格在层叠空间场景的叙写中，得以发展深化。这就犹如摄像机的镜头来回移动，拍摄下不同场景的人事言行情景。就此而观之，我们亦可以将其视为是一种蒙太奇镜头叙事方式。

这就自然而然地将人物形象塑造与生活空间的展现融合在一起。可以说，朱笑蔓、黄绵绵、旦心、庞红枫，刘红梅、秦朝等人物，从不同的生活角度，揭示着社会生活层面与人的精神情感内涵，使得作品呈现出思想内涵的相当的丰富性与复杂性。从这里，我们可以看到作者具有相当的把握人物性格的艺术才能。

可以说，作者很会写人，这就是抓住人物性格的主要方面，不遗余力地加以强化，让人一看就知道这是怎样性格的人。很显然，该作品在书写人物性格上，采取的最为重要的艺术表现方式，就是矛盾冲突下的人物比对。

物业与业主是社会层面的两种力量或两类人群，他们之间似乎是一种天然性的矛盾的两个方面。从总体上来看，就是书写这二者之间的矛盾冲突，以及二者的矛盾化解寻求其间的平衡。所以，这构成了作品整体艺术叙事结构。在这个总体叙事结构中，又有着具体的、家庭的、个人间的矛盾冲突。这些具体的矛盾冲突，就犹如生活网络上的不同网格。网动则网格亦随之而动，同样，网格动整个网络亦随之而动，它们之间形成了一种互动的网格结构。

在这网格空间矛盾冲突中，最为重要的，也是具有牵引作用的是朱笑蔓与黄绵绵的矛盾冲突。从人物塑造角度来说，毫无疑问朱笑蔓是作家重笔浓墨书写的主人公。朱笑蔓就如同这部小说人物叙事的主干，所有的人物都与其建构起某种关系，正是在这些不同关系的展开推进中，完成不同人物的性格塑造，同时推进整体故事叙事的发展。

朱笑蔓具有不同的角色身份。就工作的职业岗位而言，朱笑蔓是佳境·国际村的鑫达州物业公司的经理，自然处于物业管理公司的核心地位，一切矛盾都集中在她这里，通过处理工作矛盾，显示出她的才能与人格魅力。同时，她还是父亲的女儿、弟弟妹妹的姐姐、儿子的母亲，以及前夫的前妻。更为重要的是，她是曾经的同学、爱情竞争者、现在的业主黄绵绵的情敌。

工作、家庭、情感等多种生活构成了一张生活空间的网，她那既有着自己人生理想追求而又富有源于内在生命情感的爱心，表面看起来柔和，而内心则非常的刚毅，或者，在社会人生的摔打中，她从柔和走向了刚毅。她待人虽然宽厚，甚至不断地忍让，但绝不失去原则，遇事沉稳，处事果敢。而且，她也有自己的精神情感，有着自己的脾性。其中，在处理她与弟弟妹妹的关系上，她表现出一位大姐的情感胸怀。尤其在处理与黄绵绵的情敌关系上，表现出坦荡、大度与忍让。表面看她似乎处处在黄绵绵面前表现得很软弱，但实际上她的内心世界，特别是在爱情心理上，则是非常自信强大的。

所以，表面看似乎是黄绵绵的不断进攻主导着他们的情感矢向，但实际上是朱笑蔓以自己强大的内心力量与宽厚的精神情怀，规约牵引着二者矛盾冲突发展走向和性格发展趋向。这条爱情冲突主线，她才是真正的主导者。与之相对抗的人物是黄绵绵。黄绵绵是一个具有相当复杂性格的人物。她敢恨敢爱，为人坦然大方，且富有公正侠义之心。但问题在于，表面看她处处表现出一种强势，但实际上她于内在情感心理上，则是软弱的。她是以强者的姿态，掩盖着她那柔弱的内心。表面看她以强势对朱笑蔓发起了一次次猛烈的进攻，但在一次次挫折中其内心更加虚弱。人的内在自卑软弱心理，常常以强势的外在行动表达出来，并非真正的内在情感精神的强大。也正因为她的不自信，朱笑蔓的出现，使她感到爱情危机。也正是这种内在的爱情危机感，促使她做出了错误判断，将朱笑蔓视为爱情假想敌。扭曲的精神情感心理导致她变态的极端行为。

这自然有其个人生活经历环境特别是家庭环境方面的原因，她几乎是不相信亲情，更不相信人与人之间存在真情。她将个人的情感精神转化为与物业也就是朱笑蔓对抗的内在驱动力，进而成为业主的核心力量。从描写中可以看到，一次又一次地对抗物业，都是她发动起来的。但问题在于，她这种扭曲的精神心理，与她所要追求或者达到的目的，却愈走愈远。

随着朱笑蔓新的爱情生活的出现——虽然还是朦胧状态，也正是在亲情与友情的促使下，她的爱情假想敌也在逐渐地消解，精神心理情结也渐渐地得以化解，回到正常人的情感精神状态。

也许，正因为这种蒙太奇式的空间叙事与人物性格在矛盾冲突中展开故事情节，整个叙写张弛交替，小说读起来清晰而酣畅。这是一部好读的小说。

最后要说的是，正如前文所言，蒙太奇式的场景空间叙事与人物性格矛盾冲突叙写相结合，在许多方面很适宜改编成影视剧作。或者说，它已经具备了影视剧所需求的诸多元素。以上便是阅读这部长篇小说的粗浅感受，权作序。

作者简介：韩鲁华，西安建筑科技大学教授、当代文学研究中心主任、博士生导师，文艺学、美学等学科带头人。兼任中国当代文学研究会理事，陕西省委宣传部文学阅评专家组成员，陕西省作家协会评论委员会副主任，陕西省第八、九、十、十一届哲学社会科学优秀成果奖初评评委、陕西大学语文学会副会长、陕西省社科联重大项目评审专家、省柳青文学奖评审专家等。

朱笑蔓那场绯闻被佳境·国际村炒得沸沸扬扬，川中市物业界几乎无人不知、无人不晓。

1

时值年关，川中市整个城区年味十足。

医院手术室的门紧闭着，闪烁的警示灯让人生畏。

此时此刻，除了从手术室传出来的呼吸机吱吱呀呀的声音，这里的空气都是凝固的。手术室外厅，显示屏上正在直播心脏支架手术过程，鲜活的生命在荧光屏上跳动，整个空间被强烈的咚咚心跳声震撼。吱呀一声，门开了，一位全副武装的护士匆匆出来，又有护士神情紧张地走进去。随着手术室门的关闭，呼吸机吱呀吱呀的声音忽高忽低。手术室外厅等候椅上，坐着一位身着黑色工装的职业女性。智慧而又俊秀的脸上，一双水汪汪的眼睛很漂亮。嘴唇很性感，一头秀发很干练地扎在脑后，她就是佳境·国际村鑫达州物业公司总经理朱笑蔓。她不时地翻阅手机，不时地回复信息。眼神就在手机和手术室门上的警示灯两处滑动，神情自若，遇事不慌，这是她长期做物业管理所养成的一种气质。她被佳境·国际村黄绵绵一群业主代表恶意诬陷为犯罪嫌疑人的第三天，父亲朱东风突发疾病，对一个弱女子来讲，无疑是雪上加霜。

佳境·国际村业主闹事，在第一时间就传到了还在医院手术室门口等候父亲手术的朱笑蔓的手机上。她一看手机信息，立马从等候椅子上蹦了起来，她冲出等候室，跑到医院通道里。她的身影倒映在整洁明亮的地板上。有些变形，但很修长。手术室的门突然打开，她转身又跑到手术室门口，从护士手上接过输液架，小心翼翼地跟着手术车跑。吊瓶观察孔点滴急促滴落。手术车上，刚刚做完手术的老人，朱笑蔓的父亲朱东风，面色苍白，眼睛微闭。按手术车的长度比例，能映衬出病人魁梧的身躯。朱笑蔓跟在手术车后面，能看出她修长的身材和均匀的四肢。此时此刻，她的颜值不占优势，父亲突发疾病，使她满脸写着焦虑和恓惶。

佳境·国际村大门口，张灯结彩。欢度新年的气氛就挂在每个进出小区业主的脸上。秩序维护员在向进出大门的业主互致新年祝福，时有业主路过门口，很有礼貌地下车微笑致意。大门口干净整洁，文明有序，站在门口一眼望不透的小区，栋栋高楼直插云霄。绿化带顺着景观大道从大门口一直延伸至小区的尽头。来来往往从景观大道路过的业主、自行车、电动车穿梭自如。小区主干道一侧，一个儿童沙坑周边围了不少守候孩子玩沙子的老人，她们正在议论有业主在物业中心闹事的事情，个个表情有些凝重。

女业主1神兮兮地说："这不是小事，弄不好是要坐牢的。"表情有些夸张，她弯下身子去给孙子拉扯还没有穿好的衣服，接着又说，"看看现在的父母，不会给娃穿衣服，都是些娇生惯养的主。"

女业主2也是神情有些诡秘地说："平时看到他们笑眯眯的，可和蔼了。"她瞅了一眼四周无人又小声地说道，"有人都把这事捅到政府了，我看他们也快干不成了。"口气有些幸灾乐祸。

女业主3有些故意拉大嗓门地说："难怪……"她又转身吼着孙子，"小心点，跟妹妹一块好好玩。"又转过身来对大家诡秘地说道，"家里烧水壶用了七八年了都是干干净净的，唉！这才几天时间，壶底都长了厚厚一层垢。啧啧啧。"一脸无奈的表情。

鑫达州物业公司客户主管刘倩倩手提着一袋子蔬菜，从大门口顺着景观大道进来，她给在沙坑旁边看孩子玩耍的老人一一点头，招呼致意，互致新春问候。

女业主3斜了一眼刘倩倩，等刘倩倩走过去后，堆在脸上的笑马上变成讥讽，说道："看看，看看，在物业公司上班还可以买菜嘛，自由得很哟!"

"可不是嘛!"业主1附和着说。

"八号楼有人跳楼了!"一位骑电动车的女业主从沙坑路过，顺便撂了一句就飞快驶出了小区大门。

"有人跳楼?"业主们都是一副猜测的模样，刘倩倩听到有业主跳楼，心头突然一震，提着菜快步向客户中心跑去。

听到有人跳楼，国际村业主黄绵绵一脸幸灾乐祸。此时，她正在她的小鸟儿时装店里，给一位顾客介绍几款时髦的服装。又有几位年龄与她相仿的美女客人，身着短衣短裤，像风一样卷进时装店里。一头秀发柔软得像水纹，随着高挑的身姿倾泻而下，很性感。各类时髦衣服在温馨的射灯映衬下分外夺目。

黄绵绵满脸写着故事，笑意也很谦和，又是夸美女们的皮肤，又是给美女们沏茶递冬枣。“坐坐坐，慢慢看，这有几款很适合你们的气质，可以试试。”美女们取下黄绵绵手指的这几件款样好的衣服在穿衣镜跟前比试着。手机响了，她闪到一边去接电话，小声说道：“……什么？八号楼有人跳楼，这就……有戏唱咯！”黄绵绵一脸堆满了落井下石的奸笑，她又给电话里狠狠地说了句，“朱笑蔓……我整死你……”她挂掉手机，又换了一副表情，兴高采烈地走进顾客中间继续她的服装款式推销工作。

黄绵绵在给顾客把已选好的衣服装进袋子里，满脸堆笑。她羡慕地说：“这几款都适合你们，看看你们这身段，我就知道我店里这几件镇店之宝，肯定会有贵客来拿，果不其然，呵呵呵呵，不就是你们嘛！难怪，今早的喜鹊就一直在门口盘旋。”美女们很得意，各得其所后一扭身，嘚嘚的鞋底声，带走了一股青春气息。顾客们刚出门，她的手机又响了，她抓起手机一看是业主霹雳旦心的电话，心想肯定有好事。说道，“嗯，我就知道是你军师的电话，有好戏哪，好！好！趁这几个大事件，一定要赶走朱笑蔓。嗯！”黄绵绵扭转身体，屁股一撅在穿衣镜跟前扭了几下，露出得意的笑。

佳境·国际村客户中心大厅窗明几净，大顶灯和周围的小灯全亮着。大厅聚了不少业主，个个横眉冷对。物业前台客服主管刘倩倩在接电话，给电话里的业主解释水质问题。鑫达州物业公司副总经理齐好被一群业主围在大厅的中央，一脸无奈。她高声喊道：“请大家静静，能否听我说几句吗？”业主七嘴八舌，根本听不清说些什么。有位业主嗓门比较大，站在大厅中央大声喊：“把物业撵走，再招聘一家好的物业公司进来，看他们还牛啥！”“对！换物业，换物业！”大伙一直在喊。这时，秩序维护部经理张洪学飞快地从楼上跑下来也被业主围攻，张洪学张开双臂，把物业公司副总经理齐好护在身后，对围观的业主说道：“请大家冷静一下，听我把话说完。”

“物业，滚蛋！朱笑蔓，滚蛋！”一时大厅失控。来客户中心办业务的其他业主穿过水泄不通的人群，看着这群振臂高声呼喊赶走物业的人，一副莫名其妙的表情。又进来一位业主站在大厅大声喊道：“八号楼有人跳楼了，人都摔成了肉饼子，你们物业公司还管不管？”

“有人跳楼？”张洪学拉着齐好想冲出大厅，被一群业主围住，大厅又一阵乱哄哄的。一些业主一阵破坏性行为轰然而起，砸电话、砸电脑、扯锦旗、撕记录、踢文件柜……客户中心大厅一片狼藉。

不一会儿，客户中心大厅，又聚集了好多业主，气氛比之前更紧张起来。“物业，滚出去！朱笑蔓，滚出去！”业主刘晃坐在客户中心的前台上，拿着客户中心的电话在手里乱舞，煽情的场面让人揪心。几位女业主蛮横堵住不让其他业主进来办理业务，引起现场业主内讧而大吵起来。物业公司副总经理齐好挡住闹事业主，让办理业务的业主出去，整个大厅再次失控。刘晃站在前台柜台上激动地说：“哎！哎！大家听我说，听我说，不要瞎嚷嚷了，我不让大家喝脏水喝污水喝臭水，大家得听我的。我每天都是买纯净水在喝，这样天天喝纯净水合适吗？我没钱！但必须得喝纯净水，为什么？知道为什么吗？是因为佳境·国际村的水脏呀！”

业主旦心很惹眼，咳了几声接着刘晃的话说：“这两天，我喝了这不干不净的水，患了肠胃炎。昨晚没睡好，跑了五趟厕所，五趟呀！这是今早去医院看医生花的钱，不多，请物业公司给我报了，我要给我娃买纯净水。”他把一沓收据往齐好手里塞。

“那跳楼的老人，就是被朱笑蔓逼的，我们要不要为这位跳楼老人讨个说法。老人为什么要跳楼？是你们物业公司搞的居家养老收费太高，老人没钱呀！缴不起费呀！”刘晃又抓住把柄大做文章。

“唉！物业公司太可恨了，连个老人都不放过，昧着良心赚钱，可耻。”有业主附和着说。

“唉唉！听我说，一码归一码。先解决饮水问题，跳楼问题要通过法律来惩治他们，让他们吃官司去。”有业主在给刘晃和旦心出主意。

“好！好！数罪并罚！”一个女业主咬牙切齿的话引起共鸣。

众业主又喊：“好！数罪并罚。”又是一阵乱哄哄的掌声。物业公司副总齐好被业主刘晃推到业主旦心跟前，刘晃一副皮笑肉不笑的样子。他指着齐好的鼻子问道：“报不报？不报……看你今天这身衣服还穿得成不。”

齐好很镇静，微微一笑，有礼有节地对刘晃说：“我很尊重你是我的业主，但我不尊重你今天的言行。大家都是我物业公司最尊贵的上帝，是我们最值得信赖的朋友，业主也是我们的亲人。有句话说得很好，我想送给大家分享共勉。人生没有了朋友，犹如生活没有了太阳。”她抿嘴一笑，给大家点了点头，又说，“一个人没有朋友，就像是在浩瀚的宇宙中独自漂泊，永远找不到归属。我们物业公司就是大家的朋友，是大家的管家，连管家都不信任，这个世界还有你们值得信赖的朋友吗？”

旦心也抿嘴一笑，神态冷静，走到齐好跟前大声说：“我知道你是高才生，做物业委屈你了。”他又把他挥起在手上的一沓子票据往齐好手里塞，歪着脖子对齐好说，“来点实际的好吧……美女！”

现场又乱成一锅粥，大厅被几位业主搅得无法办公。一些业主也跟着瞎起哄，再次响起由一阵凌乱逐渐变得很有节奏的掌声，现场业主个个精神抖擞，在业主旦心的带领下振臂高呼：“罢免朱笑蔓！”

“罢免朱笑蔓！”一群人都在喊。

2

朱笑蔓的亲妹妹朱豆豆，正在自己的眉间雪茶叶店悬挂世界影视明星画报，有施瓦辛格、安东尼·霍普金斯、杰克·莱蒙、凯文·史派西和阿尔帕西诺。她提着几张巨幅画像这里挂挂，那里试试，自己都不满意自己的做法，冲着镜子瞥了一眼自己。她很时尚，喜欢稀奇古怪的装饰，喜欢外国男明星。茶叶店很阔绰，好多奢侈品应有尽有。里里外外收拾得和别的茶叶店风格不一样，大堂四周的橱柜摆满各种茗茶。最显眼的是铁观音和西湖龙井展板很高调，各种名贵茶在架上夺人眼目。大堂中央摆放了一张占整个大厅面积十分之二的茶台，很霸气。茶台正背后是一套古木家私，上面摆放了精致的各类茶壶。朱豆豆正撅着尻子给茶台下水桶下管子，被进来的黄绵绵一巴掌拍在丰满的臀部。朱豆豆一惊，起身一看是黄绵绵，气不打一处来，嚷道：“你死到哪里去了，也不来给我帮帮忙，还气我。”朱豆豆是黄绵绵幼儿园、小学、初中、高中的同学，打小就玩得好，两个人一见面不是吵架就是打闹，今天好明天坏，吵完架隔不了一夜又和好了。今天，黄绵绵是故意跑来气朱豆豆的。她说：“这不，刚才呀，店里来了一群傻子，把我积压了好几年的旧货都给洗劫一空……哈哈哈！这个世界，简直疯了。怎么会有这么多的傻子呢？库存腾空了哟。哦！你知道吗？佳境·国际村有人跳楼了？你姐，我们的村主任，这回可把娄子捅大咧！”

朱豆豆瞥了她一眼，不屑一顾地说：“看把你得意的，不就卖了几套破衣服嘛，不至于吧。一说起朱笑蔓的事看把你美的！”鄙视了她一眼，又问道，“我姐，把你咋啦？”

黄绵绵得意地一笑。突然，有微信提示，她打开手机认真阅读。手机屏幕上显示“霹雳”头像说：“敢死队，快回小区，有好戏看了！”

黄绵绵看得很起劲，又滑了一个屏，屏上显示“孤独”的头像说：“敢死队，快来看呀，小区又出大事了！”

黄绵绵在业主群里快速搜索到几张佳境·国际村业主围攻物业公司的图片，抿嘴一笑，给群里回复说：“不急！好戏还在后头。”

“赶走朱笑蔓，你能捞到什么好处？”朱豆豆冷言冷语地说她。

黄绵绵屁股一翘，坐在朱豆豆的茶台上，给朱豆豆说：“你姐呀，就是死心眼。她要是有你这个妹妹半点精明就好了。你说说，她回来干吗？这不明摆着给我添堵吗？哼！鹿死谁手还不知道呢！”

“啧啧啧！你还不是胜者，你败在她的手下也是有可能的，不信？”朱豆豆绕过茶台坐在自己的老板椅上，对黄绵绵说，“我姐回来……不是夺你老公的，她有她自己的事要做，何必这样千愁万恨的，多累啊！”

黄绵绵望了一眼朱豆豆，说：“爱情保卫战才刚刚开始。”

朱豆豆瞪了她一眼，没吱声。

医院病房静得可怕，呼吸机的声音在病房里随着病人的呼吸而产生了共振，尽管声音很小，但节奏有力，像是在催眠这些病人快快睡觉。输液器观察孔，点滴慢慢滴着，朱笑蔓在给爸爸润湿嘴唇。他的嘴唇嚅动了一下，干渴的舌头在舔自己的嘴唇。

朱笑蔓把接电话的声音压得很低，她很冷静，给电话里的齐好说：“一定配合好警方调查。如实反映跳楼老人的情况。通知他的儿女，我们协助处理好老人的后事。客户中心那边带头闹事的业主是谁？”朱笑蔓也能估计出就那几个人。她通过微信里知道，此时佳境·国际村客户中心大厅里比先前多了些人，中心大门被业主反锁了，办理业务的业主进不去也出不来。秩序维护部经理张洪学在大厅被围；齐好躲在楼梯口在和她通电话，她小声地告诉齐好：“我看到了是旦心和刘晃，最前面的那位时髦女人是黄绵绵。”朱笑蔓给齐好做出了准确的判断后，鼓励她要勇敢地面对这突如其来的事情，作为物业人员就要具备抗压的能力。齐好一脸疲惫的面容，她蜷缩在楼梯一处很不起眼，此时此刻倍显无力，她对准手机给朱笑蔓说：“朱总，我知道。”

客户中心大厅里，业主们怒气冲冲，秩序维护部经理张洪学被层层包围。他给业主耐心解释说：“我们佳境·国际村运行了十年，是川中市品牌最好的物业公司。这十年来承蒙大家的厚爱，我们取得了国家多种荣誉。今天，大家反映的问题，纯属子虚乌有。要相信自己，相信物业，不可能有你们所说的什么自备井，这是违法的事情。”

黄绵绵气势汹汹地说："你啥意思？难道是我们诬告你们物业不成？"

张洪学面带微笑，还在耐心给业主解释："你们说的自备井，不可能有，我给大家都说了无数遍。近期出现水质问题，不是物业公司的事，是市政供水管网出现问题，正在抢修，现在是低压供水，出现异常也属正常。"

旦心故意慢条斯理地拉长语气说："今天，我们就要看看你们的自备井，我就不信这个邪，还揭不开你们的丑恶真相。"

业主拉着张洪学就走，张洪学用力挡开几位女业主的手，一群女业主扑上来抓住张洪学的胳膊想拖着他去找自备井。

齐好听到大厅的局面升级，挂掉朱笑蔓的电话冲出来，大声呵斥道："住手！看谁敢把人带走！"齐好一个跨步上前挡在了张洪学前面。

3

不知不觉，雪花比先前大了些。枝条上有一层薄薄的雪花落在上面。路面白晃晃的，一串串脚印从主干道一直延伸到各楼宇间的宅间道，整个小区白蒙蒙一片。8 号楼下，围观群众把通向 8 号楼的宅间道堵得水泄不通。一辆 110 和一辆 120 闪着警灯停在 8 号楼楼头不远处的路口，现场气氛十分恐怖。除了雪粒子悄然飘落，细微的沙沙声响萦绕在耳边，再没有别的声音。只见警方正在检查现场的每一个环节，尽可能地发现更多破案的有力证据。120 赶到现场后，不时用手触摸老人的温感部位，轻拂老人旁边被雪花盖住的痕迹。经过一阵现场查看后，确认老人已经没有了生命体征，拿起器械走了。客户刘倩倩、孟宁、王红正组织保洁人员清洗地上和墙上的血迹和脑浆。尸体已用塑料薄膜盖住，还躺在单元门口。进出单元门口的业主捂住脸绕过尸体，围观群众已被秩序维护人员劝开，现场冷冰冰的有点恐怖。

"爸……"一个中年女人的声音打破了这里的恐怖气氛。

"姥爷……"一个男孩的哭声从宅间道传来。

中年女人推开正准备把尸体移走的秩序维护人员，趴在尸体上撕心裂肺地大哭："爸呀，你有什么想不通要走跳楼这条路呀？平常我忙，很少回来照顾你，不是经常打电话问候着吗？你老说你好着呢，好着呢，干吗还要跳楼？爸呀！"

"好了，让他们把尸体运走吧。你是死者什么人？"警方问哭者。

"女儿！"女人连头也没抬只顾哭诉。

“跟我们去趟所里协助调查!”警方人员扶起中年妇女向警车走去。

“警察同志，这老人跳楼就这样算了？你们问过物业公司没有？老人为什么要跳楼?”黄绵绵从宅间道大步流星地走过来质问警察。

“请问你是死者什么人?”警察的语气很严肃。

“我是小区业主，我有权关注这件事。”黄绵绵站在警察跟前昂起头说。

“好吧！请跟我们走一趟吧!”警察一个手势请黄绵绵上了警车。

这时殡仪馆的拉运车驶进了小区。刘倩倩等人立马组织物业服务人员把老人遗体搬运上了车。经过警方现场侦查情况调查，公布的调查结果是跳楼老人属于久病老人，不想给儿女增加更多的生活负担，才选择了这种方法了此残生，属于自杀。

当客户中心大厅的吵闹声不断升级时，齐好从楼上下来挡在张洪学跟前，指着刘晃等人的推拉行为，站在大厅中央严厉道：“你们再敢胡闹，我就报警。”气得心怦怦直跳。

旦心还是老样，慢条斯理地说：“哟哟哟哟，美女，这样就不漂亮了。”

刘晃嬉皮笑脸，从裤兜里掏出一包烟，取出一支递给齐好，被齐好有力推开。他说：“美女，往常的气色很好，今天这是咋啦?”又拉着齐好阴阳怪气地说，“美女，看看你们的自备井，好吧!”

齐好涨红了脸，毅然果断地说：“要看，你们自己去看，我不伺候。”

转身欲离开，又被业主挡住，齐好一脸痛苦无奈的表情。

在医院照顾病人的朱笑蔓听到电话里的吵闹声心急如焚。她看到躺在病床上的父亲，心里有种说不出的痛。她鼓励她的员工说：“你们辛苦了！8号楼现场做好消毒工作，一定要清洗干净，地面不能有任何痕迹。再摆放一些绿植和花卉，给业主营造一种文明和谐的氛围。”朱笑蔓给电话里在现场的刘倩倩安排8号楼业主跳楼后的善后工作。

这时，朱笑蔓看到微信，远在昆明的弟弟朱小刚要回来，顿时疲惫的脸上出现了丝丝笑意。她转达了弟弟在电话里问父亲好的消息，朱东风也感到欣慰。他几次问小刚几点能到川中机场，问有车接他没有，她都给父亲说了不用接他。他知道姐姐这里离不开，自己搭车回来。朱东风一脸痛苦的表情，他想挪动自己的身体，变形的脸上表现出几多坚强。朱笑蔓挂了朱小刚的电话，看到父亲痛苦的表情，帮他慢慢转过身去。

朱东风翻了个身，感觉舒服多了。微闭的眼睛有些肿胀，能感觉到他的眼皮很沉，语气很轻，有些变调。他问道：“小刚很忙，就让他安心工作吧。”朱东风停顿了一下后，轻轻地说，“我没事……豆豆她？”

朱笑蔓帮助父亲侧过身，把背后的被子掖好，给父亲说：“小刚已经坐上晚上的航班了，今晚就能回来。豆豆……最近忙，她说改天来看你。”

朱东风有些生气地说：“忙？还生我的气吧。”朱笑蔓心里明白，没吱声。

朱东风有气无力地说：“她不想来，就别勉强她了。”说着，朱东风又沉沉地睡着了。朱笑蔓一脸的疲惫，接连打了几个哈欠，没太在意父亲的抱怨。手机再次响起，朱笑蔓忙接电话，是朱豆豆打来的。“豆豆！”声音像是在酒吧里，断断续续。“姐，爸……怎么样了？他爱你，不……不爱我，就拜托你啦！”声音就断了。“豆豆？豆豆？”朱笑蔓急促的声音有些变形：“喂！喂！”朱豆豆手机关了，朱笑蔓一脸苦笑。接着她的手机又响了起来。手机号码是佳境·国际村物业公司客户中心的座机，一脸苦笑但又无助，她仓促地调整好情绪，很快平静下来，亲切地说：“倩倩？”

夜色中的佳境·国际村，大厅的紧张气氛未减。物业公司门口也聚了不少业主在打听小区有自备井的事。刘倩倩被业主围攻，已经支撑不住了，哭着在给朱笑蔓说：“朱总，她们……太过分了。”

业主黄绵绵听到客户刘倩倩是在给朱笑蔓打电话，毫不客气地夺过电话大声喊：“喂！你是朱笑蔓吗？哦！村主任呀？”电话里传来朱笑蔓的声音。黄绵绵挖苦地说：“我说村主任大人，你们吃了豹子胆了，胆敢忽悠业主，有自备井还不敢承认，啥？鬼信，你们没有自备井才怪，这段时间水质一直不好，就是你朱笑蔓捣的鬼。”黄绵绵狠狠地挂了电话。

物业公司门口也有业主半信半疑。业主庞红枫一身西装，笑眯眯地走到一堆业主跟前。他听完业主一阵议论后想了想，又不敢相信地说：“这是违法的事，物业公司……不敢这么做。”他又认真地思考了一下，摇了摇头对几位业主说，“回吧，静观其变。”

一个业主乐在其中凑热闹，她也觉得庞红枫的话说得好像有些道理：“你是律师，懂法，可要做我们的主人哦。”

庞红枫摇了摇头，转身走了。

佳境·国际村赵明明家，一整套现代家具，颜色很素雅，室内装修很现代，有点西欧风格。客厅橱窗里有几件当代泥塑，泥塑下方有几瓶法国红酒。客厅液晶电视屏幕很大。书架上堆放了许多书籍。学生旦萱萱在复习功课，赵明明坐在旁边改作业。楼下的吵闹声很大，偶尔传来吵架声，还是关于物业公司自备井的问题。

旦萱萱双手把耳朵捂住，仍听得到楼下的吵闹声。赵明明看到旦萱萱心烦的样子，也有些心急，起身关上了窗户。

旦萱萱抬起头不解地看着老师，问道："老师，他们在说自备井，啥是自备井？"

赵明明也很生气，将修改作业的红水笔重重地搁下，一团红墨水染红了作业本。他气愤地给学生旦萱萱说："做你的功课，少管闲事。"

赵明明还在聚精会神改学生的作业，旦萱萱抬起头，机灵的眸子一闪一闪，她把笔衔在嘴里若有所思。旦萱萱高兴地说："楼下不吵了，我也可以回家了，对不对老师？"

赵明明还是埋头改作业，问道："作业做完了？"

旦萱萱顽皮一笑"嗯"了一声。赵明明给萱萱一个可以下课的眼神。

佳境·国际村业主秦朝家。房间空间不大，陈设着一套老式家具，书柜和茶几还有一台大屁股电视有些年岁了。沙发很旧，但很时髦，房间生活物品有点凌乱，桌子上还有没洗的碗。秦朝坐在沙发上看电视，拐杖靠在他右手边，便于他起身拿，一辆轮椅车在阳台落地窗一角。

"咚咚咚！"轻轻的敲门声引起秦朝老人的注意，顿时，老脸上出现一些猜测，也挂了一些狐疑，他关掉了电视声音，拿过拐杖起身，慢悠悠地去开门。是刘倩倩，她很抱歉地对秦朝说："秦爷，是我，倩倩。给您买的蔬菜，我送来了。今天，事情太多，业主在物业闹了一天。"刘倩倩提着一袋蔬菜进来，她还是那身工装，盘结在头上的发型显得利索。

刘妈从厨房出来满脸欣喜地说："倩倩，快来，请坐！"

秦朝看到是刘倩倩来了，就像看到了自己的孙女一样高兴地说："来，坐爷爷这里。"

刘倩倩坐在秦爷旁边，跟秦爷聊起了家常。她边聊天边帮忙收拾茶几上的东西。刘妈端出一盘水果从厨房出来，看到刘倩倩就说："不要理他们，让他们闹去，你越是在乎他们，他们就越是得寸进尺。"

秦朝也拉着刘倩倩的手，非常担心，问道："吃饭没？"又给学生刘红梅说："红梅呀，丫头肯定没吃饭，快去弄点吃的吧！"

刘倩倩急忙站起身来，双手拉着秦朝的手说："谢谢爷爷，没时间吃，我还要回办公室去，还有好多业主在物业公司三楼会议室闹水源问题。"

秦朝一脸担心。

佳境·国际村居民委员会会议室，一派红色基调，四面墙上是党建工作宣传画板，还有各种布置和醒目的网格图。这里也是业主文化活动中心，富有亲和力与时代感。会议室简洁整齐，物业公司副总经理齐好在给业主沏茶。一张张怒颜，分别围绕一张椭圆形桌子坐着。社区居委会主任谢小燕奉命在这里接待业主代表。业主代表有旦心、刘晃、黄绵绵，还有几位其他业主。谢小燕满脸谦和地给大家说："大家也累了，喝点茶，润润嗓子，消消火，坐下来慢慢说。"

旦心一口气就喝完了一杯茶，把茶杯递给齐好。齐好接过旦心的杯子，很谦恭地一笑。她倒好茶水，递给旦心："旦先生喝茶，茶不好，请……"

旦心很不悦，话中带刺地说："茶，很好，人也好，就是水不好。"

大家面面相觑，彼此心照不宣，旦心对着齐好说："不过，你不错，干这活，委屈你了。"上下打量着齐好。

齐好强装镇定地说："谢谢旦工。我喜欢物业，什么活，总得有人去干，不像你，高富帅！"

旦心美滋滋的，斜了一眼齐好。

谢小燕喝了口茶，脸上堆满微笑，谦和地说："今晚，耽搁了大家的时间，我把大家请到会议室来，有些业主我认得，有些我还不太熟悉，我先自报家门吧。我是社区居委会的，叫谢小燕，主要负责社区居委会日常管理工作，是给大家服务的。居委会，是你们的家，回家来了，就消消气，慢慢说。也请大家先做个自我介绍吧！谢谢！"

旦心站起身，个性十足地说："我姓旦，名心，网名是霹雳。大家都喊我担心，其实，我不担心，我很闹心。"

会场一阵骚动，在场业主认为旦心有震慑力，鼓起了掌。刘晃懒洋洋地说："我是刘晃，别人都喊我晃子，网名孤独。"

黄绵绵站起身："我……"刚要介绍自己就被谢小燕一个手势挡住。"很熟！"谢小燕开玩笑地说，"大名鼎鼎的敢死队！好不威风！"

黄绵绵很尴尬地说："嘿嘿，臭名远扬。"

4

佳境·国际村庞红枫家，房间装饰豪华，金碧辉煌，吊顶很别致，流线精细。庞红枫在备案一起诉讼案件材料，电视声音很小。他起身走进厨房，端着一杯奶出来。突然，他那双敏锐的目光盯住荧光屏，他把奶杯搁在书桌上，眼球被电视吸引。

川中电视台新闻正在播报石头河供水管网抢修实况，记者正在采访现场指挥人员。庞红枫把电视声音开大，现场实况很震撼，这不就是今天业主为这事大闹物业的缘由吗？庞红枫在客厅来回踱步，他拿起手机就给业主群里的旦心、刘晃和黄绵绵他们发信息。

“敢死队，我是枫叶，别再胡闹了，回家去看看今晚川中电视新闻就知道了。”

佳境·国际村物业公司总经理朱笑蔓骑着电动车回到小区，被大门口安管人员挡住。秩序维护员看到总经理回来有些激动，主动接过朱笑蔓的电动车，并劝说：“朱总好！你不能去，他们把物业的大门都锁了，你要是去了，恐怕……业主……会吃了你。”秩序维护员有些担心地说。

朱笑蔓笑了笑，认为秩序维护员是怕自己遭到业主围攻，发生不愉快的事情。朱笑蔓镇定自若，说：“没事，正义的东西不怕邪门歪道。”她信心十足地告诉秩序维护员说，“当好班，为业主提供安全文明的生活环境，是我们的职业素养。”说完，她大步朝鑫达州物业公司客户中心走去。

佳境·国际村的夜，在朦胧的月色下，好美。

佳境·国际村社区居委会会议室，业主代表座谈会还在进行。谢小燕蛮有把握地说：“刚才，大家反映物业自备井的问题，我不懂，但我敢肯定地说，没有。既便有，物业也不敢启用。因为，这是违法的。水源，是由政府统一管控的产品，我想物业没有这个胆。除非，他们敢冒天下之大不韪！”

朱笑蔓走进大厅，被潘登老人挡住。朱笑蔓停住脚步看了一眼潘登，给潘登打了一个招呼，急匆匆上楼了。朱笑蔓走进会议室，打断了谢小燕的说话。谢小燕的眼前一亮，也很激动，她看着朱笑蔓说：“刚好，朱总也回来了，我们一起来回答大家的问题吧。”她招呼朱笑蔓坐在自己的跟前。

朱笑蔓歉意道：“对不起大家，实在是不好意思，我来晚了。感谢大家对物业工作的支持，辛苦你们了。”她走到谢小燕旁边，落座后继续说，“物业公司离不开业主的支持，小区的事情，业主说了算，有了大家的热心帮助，我们才能共同把小区的事情办好。”说完后她向在座的业主代表一一鞠躬致意。

朱笑蔓向旦心一笑说：“你是霹雳，名气很大。”

旦心很尴尬，有点不自在，冷冷一笑后低下头在看手机，屏上显示枫叶的头像：“不要胡闹了，回家看看川中电视新闻就知道了。”

朱笑蔓向刘晃一笑说：“你是孤独，我们在网上见过，你还是我家朱豆豆的娃儿朋友。”

刘晃一惊，感到不可思议，看着朱笑蔓，他表情僵硬，低头看手机，屏幕上显示枫叶的头像：“不要胡闹了，回家看看川中电视新闻就知道了。”

朱笑蔓再向黄绵绵一笑说：“你是敢死队，是群主，我曾读过你的诗，很棒!”以赞赏的目光看着黄绵绵。

黄绵绵很诧异，脸上一片绯红，她一边不好意思看朱笑蔓，又一边在看手机上枫叶的话：“不要胡闹了，回家看看川中电视新闻就知道了。”

朱笑蔓深情地说：“我是你的粉丝，天天都在订阅号里拜读你的诗。”朱笑蔓很快进入诗境，朗诵起黄绵绵的诗来：

狠心，离开
美丽的清晨，属于自己
鸽哨，划破长夜
心醉那一刻
随风，启航

黄绵绵也情不自禁，站起身来和朱笑蔓共同朗诵起自己诗的后半部分，完全融入其中，忘记了自己今天的身份。

远方，在梦里
每当，沉浸在自由的天空
那种说不出的孤独
在一念之差间
生成……

大家都沉醉于诗的意境中，黄绵绵的眼神从愤恨转为心悦。大伙也忘记了一切，傻傻地看着这两位美女深情地朗诵。谢小燕忽然间意识到什么，马上带头鼓起了掌。

会场出现了另一种气氛。

佳境·国际村静静的水系折射出微弱的亮光，高楼林立的一座现代化小区带着白天的浮躁，进入梦乡。醉月湖腼腆的样子，像一位痴情的少女。

5

夜深了，赵明明还在聚精会神地改学生作业。黄绵绵回来了，他没有理她。黄绵绵有点得意地说："哼，我看她平时很牛，今年咋不牛了，老老实实的。她以为读老娘的诗，老娘就不追究她的责任，没门。"

赵明明推了下眼镜，懒洋洋地说："我把电视新闻给你下载了，你看看吧。有理不在胡闹。"

一听这话黄绵绵气不打一处来，说道："胡闹？你懂个屁。不是我去闹，你的车能进小区？不是我去闹，能给你减之前的暖气费？不是我去闹，挨了几年的冻今年才给你供上暖？我看你是被那个狐狸精迷住了。"黄绵绵一副得意的样子。

赵明明一脸无奈，说："我给你说过多少回了，那是大学里的事，十几年了，你还不能释怀？"

黄绵绵越说越有劲，喊道："释怀？那是我心灵深处的一块阴影。没有这个狐狸精，我们的生活会是这个样子吗？"

赵明明半生气半开导她说："你就不能把你的情怀放大些，阳光点。我就不知道你的心理世界是那么狭隘。"

黄绵绵一脸委屈地说："狭隘？是谁造成的，嗯？这些年来，我一直在过着压抑的生活，在爱得不到回报时，我就会吵就会哭。我是女人，女人，你不懂，你太自私了。"

赵明明反问道："我自私？你把我的工资扣得一分不剩，连吃碗炒面都是学生掏钱，我这个老师连一点面子都没有。连补课费你都收得干干净净，作为男人，不是也一点尊严都没有吗？"

黄绵绵眉毛一挑，大声喊道："她为什么到这儿来？还不是为你来的。我们之前好好的，就是这个狐狸精一来，一锅汤全被打烂了……你本身就是一块冰，我始终没焐热过你。这下好了，有人焐你了……你去吧。”

赵明明站起身，来回在客厅踱步，他知道黄绵绵的脾气，也不想为这事把事情闹大。毕竟朱笑蔓是来了，她出于什么目的来的，一两句话很难说清楚。于是，他没有再跟黄绵绵争执下去，而是轻言细语地说：“她来佳境·国际村时，她并不知道我住在这里，我也不知道她是从哪里来的。话又说回来，她来这里是工作，总不能剥夺别人工作的权利吧？”

“工作？都快把别人的家拆散了，这是工作吗？是可忍，孰不可忍。”黄绵绵满脸是泪。

赵明明一气之下把一沓卷子从茶几上掀到地上，厉声道：“孰不可忍，有那么严重吗？你说怎么办？咱再搬出去？”

黄绵绵用手擦了把泪，看着赵明明生气了，冷冷地说：“就是搬到月球上去，你心里牵挂她，也无济于事。”黄绵绵说完一屁子坐在沙发上，失声痛哭起来，双手抓扯着自己的头发，疯了似的。

赵明明抱住头，在客厅转圈：“她来国际村，我真的不知道呀。”

……

门外有敲门声，顿时，夫妻俩停止吵嘴。赵明明恢复好情绪，黄绵绵从沙发上触电似的站起来，慌忙跑进卫生间，待她整理好情绪出来：“来了……”她打开门看到旦心站在门口。

旦心看着屋里气氛有些尴尬，对着黄绵绵说：“我……来接娃。”又说，“你不应该有今晚这样的情绪转变。”又对着赵明明说，“赵老师，物业公司有自备井。”他肯定地说。

黄绵绵与旦心对视，她咬牙切齿地瞪了他一眼。

赵明明看着她瞬息的变化没有吱声，又对旦心说：“娃……刚走了。”

“走了。”旦心一惊，急忙转身欲走，又回过头对赵明明说，“课时费……请缓我几天。”慌慌张张地没顾上关门就走了。

赵明明目送着旦心下楼：“不急，有了再给。”

佳境·国际村的夜很深。一条水系静静地蜿蜒在楼宇间，树荫掩映处的景观大道，斑驳的灯光洒在沥青路面上，景观很美。醉月湖倒映出四周高楼的影子，静静的湖面如一面镜子。风有些凉，一对情侣在湖边景观石上坐着。

萱萱从楼群中慢慢走来，不听话的脚在沥青路面上漫无目的地乱踢。旦心顺着水系一路找来，看见湖边上有个影子，脸上显出欣慰的表情。

旦心宠溺地喊："萱萱！"旦心觉得对不起孩子，一脸惭愧的表情。

旦萱萱眼里噙满泪水，转身抱住旦心："爸……"伤心地抽泣着，"赵老师的课时费都欠了五节课了。我不去补课了好不好？"萱萱摇着爸爸的手说，"先把老师的课时费缴了，我不买新衣服了，好吧？你答应我。"

旦心大声地吼起来："不行，课，必须补！"他仰起头看着夜空，像在对着星星说话，双手紧紧捧着女儿的脸，"老师的课时费，爸爸想办法……想办法，最多一个礼拜。"抱着女儿的头贴近自己的胸口上，仰望夜空，他想喊。

醉月湖的涟漪，倾诉着一桩桩心酸的往事。

深秋的佳境·国际村很热闹。业主上班从门口穿过，人流量集中在这个时间段。站在大门外一侧的物业服务人员，以饱满的热情与和蔼可亲的态度列队送业主上班。

齐声笑容可掬道："早上好！"有业主点头算是回应问好，也有业主回馈"你们好"的问候。

黄绵绵威风凛凛地从门口走过，放慢脚步，对着朱笑蔓傲慢地点了一下头后，疾风般过去。旦心骑着电动车出来，在门口稍许停留，对朱笑蔓重重地说："你们有自备井！"一加马力电动车冲出去，又紧急刹车，回头喊了一句，"这事没完！"

旦萱萱抱住爸爸的腰，坐在电动车的后座上，眼里闪着光，问："爸爸，啥是自备井？"

旦心回答娃的话："这是大人的事，别问。"

旦萱萱努着嘴一脸的不高兴。

满街道的树叶随着车轮飞跑。一辆红色小奔200，从车流中显现出来，一副深度雷朋墨镜后，透视出一双气质高雅的美女眼神。车轮急刹在路边，一只黑色英伦风高跟皮鞋，轻轻地踏在地上，一股风袭来，带着青春的气息。另一条长腿顺势从驾驶室露了出来，踩在地上，走起路来嘚嘚的声音似一股清泉在街道上流淌。一个浑圆的臀部，像两把芭蕉扇似的有节奏地晃动着。朱豆豆下了车，一股风卷进医院大门。

点滴很慢。吱呀吱呀的呼吸机还是不听话，发出让人难以接受的呻吟。朱东风还在输液，脸色有些红润，微闭的眼皮下眼珠在滑动。朱小刚重复着一个动作，不停地给爸爸那干渴的嘴唇蘸水，爸爸很配合地抿抿嘴唇。

朱小刚坐在病床前认真听父亲的唠叨。儿子回来了，朱东风苍白的脸上出现了些红晕。他很激动地说："小刚呀，你姐她忙，物业公司事情多，你能不能多待几天，陪陪……我？"朱东风的话很微弱。

朱小刚贴近父亲的耳边认真听，明白了父亲的意思，是想让自己在医院多待几天，可公司的事情咋办，但看到自己的父亲身体又成这样，实在不忍心拒绝父亲的愿望。他说："爸，我会在医院多陪您几天的，放心吧。"朱东风露出满意的神情，眼皮很沉，似闭非闭。

"爸！"朱豆豆出现在病房门口，眼泪哗哗地流下来，进病房的同时，几乎是声泪俱下，"爸！"

病房病人像是受到了惊吓，一双双异样的眼神仿佛从病痛的折磨中解脱出来，盯在走进病房的这位时髦的女人身上，每双眼睛都放着光。

朱东风抬起沉重的头来，睁大眼睛寻找这个熟悉的声音，他抬起那只没有挂吊瓶的手，颤颤巍巍，像是在抓病房里的空气。朱东风感觉自己的手在空气里没有触到任何有灵性的感应，失望地把那只老手搁在被子上，声音有些哽咽，颤颤地说："来了？"

朱豆豆站在病床脚的那头，不时地用手在口罩前扇了扇，答非所问："爸，你多保重。我姐……咋不在？"

朱东风心里隐隐作痛，皱了皱眉头，把经不住掩饰的老脸转到一侧。朱小刚看到今天妹妹的装束有些难言，他也没接朱豆豆的问话，而是问她的生意怎么样："刚搬到一个新地方，客源怎么样？"

朱豆豆也是答非所问："爸，我还有事，我先走了。"她转身走到门口，又回头对坐在病床旁边的朱小刚说："哥，不行的话，就请护工。"走廊里嘚嘚的脚步声渐渐远去。病房里呼吸机的吱呀声越来越大，掩盖了朱东风不想听到的那阵让他心痛的远去的声音。

佳境·国际村的秋阳，从楼群中直射下来，在一半青一半黄的季节，所有植被都各司其职，倾情于这里的人与这座和谐的小区。鑫达州物业公司正组织环境部员工在全力清洗水系。一些老人坐在水系旁边唠嗑，刘妈推着秦朝从水系边路过。醉月湖那边的廊桥上秦腔震耳欲聋，刘倩倩提着一袋蔬菜从大门口进来，走到秦朝轮椅跟前递给刘妈。

刘倩倩弯下身拉着秦朝的手，大声说："秦爷，你今天的气色很好。天凉了，出来多加件衣服，别凉着哈。”又对刘妈说，“刘妈，你辛苦了，秦爷这里需要帮忙就给我说一声。”

秦朝语言有些轻微障碍，说话不利索，但心里明白：“嗯，谢……谢谢!”又有路过的业主给秦朝打招呼，老脸上挂满了微笑。

朱笑蔓办公室，偏西的太阳从窗户射进来，办公桌上一半是阳光一半是阴暗。朱笑蔓正在接待业主旦心，旦心质问朱笑蔓：“自备井的事情，你一直在打掩护；我家房顶漏水的问题，你们拖了几年，今年总得给我个准确的时间吧!”旦心看看手表，严肃地告诉朱笑蔓，“我的时间也是很宝贵的，就来干脆点好不好？啥时候给我修？啥时候带我去看看你们的自备井？”

朱笑蔓很有礼节地解释道：“旦工，自备井问题我说过上百遍，不可能有，物业公司不会做那种违法的事情。我们的管理与服务，我敢说是川中市一流的，是行业中的典范。你就不要在这里浪费时间了。”

旦心有些激动，气得涨红了脸，站起身说：“浪费时间？不做违法的事情？可是……你们，正在做呀!”

朱笑蔓耐心地面带笑容地给旦心说：“坐下，坐下，消消气，您看您，和我们的出发点是一样的，都是为了业主的事情，您看您还动气了呢？”

旦心不为所动，说道：“你们把事情做好了，我不是就不生气了吗？乱收费、乱涨价，还理直气壮！你看你们，都做了些啥事嘛！难怪……”

朱笑蔓笑了笑，说道：“难怪，难怪什么？物业费提价，那是恢复当初的合同价格，是70%以上业主签字同意的。到目前为止，我没有接到有任何业主投诉提价存在的问题。当然，您个人不同意只能代表您个人，而物业公司按照《物业管理条例》办事，这么做并不违法。”朱笑蔓诚恳地说道。

旦心脸色很不好看，依然不依不饶。他说：“那，那自备井咋办？”

朱笑蔓坚定地说：“您还不信？您自己去找，找出来了我认，好吗？”

齐好进来，看了旦心一眼，旦心的心像似猫抓一样，突然转身大步离去。

“慢走，不送了!”朱笑蔓站起身目送着急忙离去的旦心，回过头对齐好说，“你说的养老院问题，你有多大把握？”

“朱总，养老工作应该和我们物业服务紧密结合起来，我们可以从日间照料做起，向居家养老和社区智慧养老方向延伸，整合社区资源和民间资本，由我们物业公司牵头来带动社区养老事业的发展。”齐好很有信心地讲了她的想法。

朱笑蔓若有所思，没有反对，但也没有支持齐好的想法。她说：“物业是经济实体，不是福利机构。做养老事业，那它的利润空间在哪里?”

齐好看着朱笑蔓的表情和眼神，没有直接回答她的问题，而是抿嘴一笑，站起身说：“我有可行性分析报告!”

朱笑蔓看着齐好，深信不疑地给了齐好满意一笑。她递了杯清茶给齐好，齐好双手捧着纸杯，嗅到了清茶的清香味道。

一楼客户中心大厅处于阳光照射的阴面，大厅显得安详。进出客户中心办事的业主神情轻松，轻轻的音乐时有时无，恰似另外一种意境。刘倩倩在接待业主报修问题，回答业主提问。业主3看看四周，小声给刘倩倩说：“业主群里可热闹了，说你们有自备井，为了省钱，供的是你们井里的水。”

倩倩笑了笑，对她说：“姨，你信吗?”

业主3摇了摇头，没吱声，对倩倩说：“飘窗给我抓紧修。”

倩倩在电脑上登记，目送业主离开，说道：“嗯！姨，你慢走!”

6

几缕阳光把深秋的金黄色带进了病房，病房暖融融的。一些病人坐在病床上，望着窗外的红叶，微风吹在脸上，每张脸上都露出丝丝惬意。

朱东风费了九牛二虎之力，在儿子朱小刚的帮助下坐了起来，几天了都没有像今天这样舒坦。他庆幸自己又捡回来一条命，除脸上泛出淡淡红晕外，还感触自己能再次体验到深秋季节的浪漫是件很惬意的事情。朱小刚熟练地把吸管放到父亲的嘴边，让再喝些水。朱东风推开吸管，把头扭到一边，不想喝。他结结巴巴地问朱小刚：“今，可……可以出院了吧!”

朱小刚没有直接回答爸爸的话，只说：“我再多陪你几天。”

佳境·国际村小区，曲径通幽，茂密的植被把每栋高楼的一层藏得严严实实，如果不有意去拨开层层绿篱，就根本看不到一层的窗户在哪里。

朱笑蔓被一群业主簇拥着，在小区找自备水源，她来到小区一个偏僻角落停下来。旦心很自信地告诉其他业主：“自备井就在这里。”他转身告诉朱笑蔓，得意地说，“不信，你去看……”

朱笑蔓十分镇静，微微一笑，说：“我不看，我相信公司的品质，不会做违背法律道德的事情。”

赵薇薇挺着大肚子凑近看，脸上并无太多表情，她站在一旁说：“我真不敢相信，你们会有自己的井。”

赵薇薇刚向前迈出一脚，就被朱笑蔓挡住了。朱笑蔓拉住赵薇薇的手，劝说道：“你不能去，小心……你肚子里的孩子。”朱笑蔓给跟在后面的工程部经理孟宁示意了一下。孟宁很麻利，几下子就把茂密的植被掀开，露出一把生锈的锁。现场好多业主被眼前一幕惊呆了，大家感到很不可思议，物业竟然做出如此不磊落的事情。一旁，潘登老人在看花，时不时说一句话：“往往有些人就是唯恐天下不乱！”大家把眼光锁定在这位独居老人身上。

黄绵绵看到微信里有业主拍的照片很得意，高兴地在自己的小鸟儿时装店里乱蹦乱跳，脸上满是高兴。她自言自语道：“哼！还想跟老娘斗，你还嫩了点。”一脸幸灾乐祸的表情自说道，“自备井，还说没有，看你怎么收场！”少许，脸上又露出另外一种表情，嘴巴一咧，思忖着，淡淡一笑。她一手抓起门锁，一手提着手包，用右腿使劲勾两扇玻璃门，动作粗鲁，但很有效。她锁上门，一阵风似的朝停车场走去。停车场不大，只能容纳几十辆车。各种颜色的私家车停放整齐，黄绵绵身着淡黄色风衣穿过一排排车辆，在一辆黑色轿车前停住了脚步。她打开车门一个闪身就钻进了驾驶室，油门一轰，车驶出老远。

佳境·国际村之夜。满天的繁星和那高楼里的灯光互映在醉月湖里，小区显得那么迷人，那么令人心旷神怡。小区的一角，一群人还在那里当面回答朱笑蔓的水源问题。佳境·国际村水泵房设备正常运行着，管网上所有 VI 标识都注明了供水管道的走向，黄绵绵和旦心在泵房拍照、录像，直接传送到业主群里，像是在做现场直播。赵薇薇挺着大肚子出现在视线里。朱笑蔓与保安队队长张洪学、工程部经理孟宁在现场任其业主嘲讽。

黄绵绵对着朱笑蔓狠狠说道：“这是不是你们的自备井？老实讲！”

旦心附和道：“还不承认，得是？”

赵薇薇很是失望：“我真不敢相信，会是真的！”

朱笑蔓还是很镇静，有礼有节地说：“我说过了，这是市政供水管网的碰口处，是小区的第一泵房，不是自备井！”

齐好无法忍受业主的无理取闹，在旁边大声嚷道：“走！朱总，不伺候了，你是秀才遇到兵。”拽着朱笑蔓欲走，又被其他几个业主挡住了，齐好厉声道：“想干什么？你们还想限制我的人身自由？那我就可以报警了。”她用力推开几位女业主的阻拦，从泵房里冲出来，“我要报警！我要报警！”

小区夜空飘荡着齐好歇斯底里的喊声。警报声撕破夜空，由远而近，仿佛就在高楼的中间旋转，把无数颗星星惊扰得无法入眠。不一会儿，闪着警灯的警车从大西门直接开到佳境·国际村一号水泵房，楼上好多业主都下楼来看热闹，不知这里发生了什么事情，只看到手电筒在夜空中画出一道道弧线。

华灯初上，学校门口只有少量的学生走出校门。路灯下，一排石球被当作学校与市政道路的安全隔离带。灯光照亮了城市的夜空，学校门前路上，车辆如长龙，路口红绿灯永不熄灭地交替闪现，仿佛给这座城市弹奏月色静好。旦萱萱蹲在石球跟前，借助高高的橙黄色路灯在做作业，等着爸爸旦心来接她吃晚饭。

汇通面夜市灯火通明，来来往往的人流穿梭在校车与街景中间，旦心拉着女儿旦萱萱从车流中出来，径直朝一个炒面摊走去，走到跟前，旦萱萱摇了摇爸爸的手。她不情愿地噘着嘴说："我没胃口，不想吃面。"旦萱萱看着不远处烤肉摊主不停地翻烤肉串的动作，眼睛都快掉在肉串上了。旦心知道女儿的心思，坚持道："太晚了，吃肉……不消化。"

旦萱萱就是不听爸爸的劝说，硬是坐在烧烤摊位上。烧烤摊主人热情地递给旦萱萱一把鱿鱼须。旦心勉为其难，和女儿坐在烤肉摊前看着女儿狼吞虎咽的样子。旦心打开手机支付宝，账上还有几十块钱，他咽下口水，再抬头看着牌子上的明码标价，每串 10 元，就强装大款，鼓励女儿吃好吃饱。旦心脸上此时的表情是由惶恐转为平静。

旦萱萱嘴里衔着鱿鱼须，嫩嫩的嘴唇闪着油光提醒旦心说："爸！"睁大着眼睛问，"老师的课时费？"

旦心对女儿的问话答非所问："再来一串？"

鑫达州物业中心大厅灯火通明。朱笑蔓和她的骨干们坐在办公室，刘倩倩在给她们沏茶。大家都很疲惫，坐姿都有点随便，不像白天那种职业端庄。朱笑蔓把工装搭在手腕上对着齐好微微一笑："齐总，多亏你想得出。但这种方式不是彻底解决矛盾的好办法。"

齐好刚毅坚定地说："对这些人，不能太客气。"

张洪学点头道："经理，她们有预谋，看样子……是，冲着你来的。"张洪学说完，看了眼大家。

齐好看着朱笑蔓，话中有话说："朱总，你心太软，像黄绵绵这样无理取闹的人，我们就要来点硬的。不然……”

朱笑蔓打断齐好的话，摇了摇手，说：“不能硬碰硬，我们做好服务才是硬道理。”

齐好很不赞同这样的观点，说：“我们必须把业主管理好，在文明有序的管理框架下，才能提高物业的服务水平，没有规矩，何成方圆！”

朱笑蔓持不同意见：“我们是地产公司选聘的前期物业，地产公司应该才是我们最大的服务业主。”

齐好很激动，站起身争辩道：“朱总，你说得不对。只要是业主，都是我们的管理对象。没有有效的管理手段，就不能提供有效的服务。优质服务是由科学高效的管理做保障的，没有科学高效的管理做基础，就没有你所谓的优质服务。”

朱笑蔓也站起身，有些激动，嗓门有些高，说：“优质服务靠细节支持，细节才是决定企业成败的关键。物业的职责在于服务，是通过各种措施和手段来为业主提供公共化、个性化的服务，而不是通过各种措施和手段来管理业主。服务才是物业的本职！我不同意你的观点，起码是目前还不同意。”

齐好气得脸色苍白，她的观点在眼前这位上司这里行不通，也提高嗓门说：“朱总，你……你……你是顽固派。”转身出门，把门一脚反勾上。

朱笑蔓追了出去：“齐总！齐总！”却被齐好一脚反勾门，嘭一声，惊了一下，她追了两步，“齐好！齐——好——”

大家有些尴尬，相互对视，没敢言语，又都各自离开了。

黄绵绵躺在沙发上怄气，时不时使劲砸沙发，是想引起丈夫赵明明的重视与理会。赵明明在改学生的作业，对黄绵绵的行为习以为常。黄绵绵瞥了一眼赵明明，见他无动于衷，越发生气。她瞟了一眼丈夫，说道：“喂！你是啥意思吗？我被人欺负，被人羞辱，你说你，还是不是我的男人？”

赵明明推了一下眼镜，淡淡地说：“饭在锅里。吃饱了，就去睡吧。”

黄绵绵气不打一处来，跳下沙发冲到赵明明书桌前，一把抓起桌子上的作业本扔在地上，冲着赵明明大喊：“你整天在家里跟个冷面人一样，我黄绵绵就是一团火也让你热不起来是吗？我一个女人，起早贪黑，店里从早忙到晚，回来还要看你的冷眼，我如果是她，你就不会这样了是吗？是吗？”黄绵绵委屈的拳头一下下砸向赵明明。

赵明明举起双手，任凭黄绵绵那雨点般的拳头砸在自己宽厚的胸脯上，黄绵绵砸累了，委屈地靠在丈夫身上，泪水潸然而下。赵明明却无动于衷，对黄绵绵这一套早已习惯了，他没有表情也没有任何动作，仿佛木头人一般。黄绵绵再一次失望地回到自己卧室去了。泪水顺着黄绵绵的脸颊流下，她咬牙切齿地说：“我，黄绵绵，不会认这个输，永远都不会！”重重地把门摔上。

书房里的赵明明眼睛一闭，仰起头长长地舒了一口气。

7

医院走廊空荡荡的，没有了白天的喧嚣。

盒式荧光灯发出的光有点冷色调，把深秋的季节衬托得很冷很孤独。ICU门口的长条凳子上坐着两个人，他们在交谈着什么。朱小刚声音有些大：“我的家在昆明，我的事业在昆明，我不可能回来专门照顾爸，不行，雇人。”

朱豆豆一脸严肃地说：“再说，我还要找男朋友，茶叶店又新搬了一个地方，市场都还没有打开，哪有时间来照顾爸！我同意你的意见，雇人。”

朱小刚盘算着，眼里闪出一道光，他说：“我还有一个办法。”

朱豆豆喜出望外：“快，快说。”

朱小刚像是心里藏着一个天大的秘密。朱笑蔓从病房走了出来，轻轻地带上房门，看着小刚和豆豆的表情：“看你俩高兴的样子，有啥好事，说出来我听听？”

他俩相互推让，都不愿说出自己心里的秘密。

朱豆豆诡秘地说：“请……请保姆，或……或是送养老院。”

朱小刚心事重重，没有直接说出他的想法：“姐，你看……我还年轻，有自己的事业要做，爸这后面的事，还请姐你多辛苦点。要不跟我去昆明……”

朱笑蔓失望地看着他俩，平静地说：“爸哪儿都不去，他就在川中，川中是他工作了一辈子的地方，也自然是他养老的地方。”

朱小刚觉得自己说的话没有点中要害：“姐，我的意思就干脆点，还是送养老院吧。现在，有好多养老院跟家一样，爸肯定高兴。”

朱笑蔓瞪了一眼朱小刚和朱豆豆，厉声说：“爸能高兴吗？”朱笑蔓气不打一处来，冲着朱小刚发问，“送养老院就是你这个当儿子的意思？他有儿有女的，老来没人陪、没人管，你忍心把他送到养老院去？”一时，大家都没有话说。

“姐，养老院没什么不好的，有吃有住还有医生，还有那么多的老年朋友说话，爸怎么会孤独呢，怎么会没人管呢？姐，你还是传统的观念，该与时俱进了。”

“姐，我哥说得对，我们爸住进养老院，比居家养老好。居家谁陪？还不是爸一个人在家待着，这才叫孤独。姐……”

“你们都闭嘴。”朱笑蔓无可奈何地看着朱小刚和朱豆豆，摇了摇头，回到了病房。

朱小刚和朱豆豆紧跟着进到病房，朱东风已熟睡。整个病房静悄悄的，呼吸机也停止了工作。朱小刚声音很低地说：“姐，豆豆，你们回吧，爸这边的事情，等他睡醒了，我再给他做做工作，好吧！”

朱笑蔓走到朱东风病床前帮他把背心上的被子盖好，给朱小刚说：“要看他本人意见。”

朱豆豆没有吱声，拉了朱笑蔓一下，示意该走了。朱笑蔓看着朱豆豆着急的样子，没有理她。朱笑蔓又对朱小刚说：“等爸醒了，给他把药吃了。”

朱小刚点了点头。

“姐，你们物业公司也办一个日间照料中心嘛，我听说有的社区就有。你们可以去参观一下，照葫芦画瓢呗！”朱豆豆突然问起日间照料的事情，朱笑蔓看了一眼她，没有直接回答她的话。

朱小刚像是有了灵感，他眼睛一眨，也问了一句：“日间照料？好呀！我们爸不是就有养老的地方了吗？”

朱笑蔓没有回答他，直身给爸爸拿药。

庞红枫家。夫妻俩正在用餐，菜很丰盛，有鱼、排骨、苞谷棒棒、红薯、花生米等。餐厅吊灯就在头顶，一束微光洒在餐桌的中央，很温馨。客厅电视墙旁边有一盏落地灯，很微弱。电视里正在播放翟志刚、刘伯明和景海鹏乘坐“神舟七号”载人航天飞船出征的实况，电视声音很小。

庞红枫边小酌边看电视新闻，自言自语道：“这飞船上天，跟鸡下蛋一样，一会儿一颗，一会儿一颗，得花多少钱啊。”

赵薇薇起身，端起盘子进厨房，没有在意庞红枫的话。

赵薇薇边抹桌子边对庞红枫说：“朱笑蔓说物业不可能存在自备井的问题，我也觉得不可能。”她思忖着，“道理很简单，这是违法的事情，我想一个物业公司不敢这么做。”

庞红枫抿了一口酒，跷着二郎腿摇晃着说：“凡事，都有它的两面性，我们不能过早去判断一件事情的对错，过早给一件事情下结论，让时间证明一切，这样才能胜算。”

赵薇薇停下手里的抹布，突然问起：“旦心的案子结了吗？”

庞红枫不悦地说：“我的事，你少管。”

赵薇薇不爽，把抹布扔进洗碗池，回了一句：“谁想管你的事？我是说，不要太过分啦，这官司已经搭上了两条人命。”

庞红枫瞪了她一眼，举起酒瓶猛喝了两口，打断了赵薇薇的话说：“关你屁事，把臭嘴给我闭上。”

“咚咚咚！”小两口正吵着嘴，有人敲门。

旦心进到庞红枫客厅，赵薇薇挺着大肚子去给旦心倒水。旦心虔诚地把好酒、好烟、好茶叶放在茶几上，一脸不自在地说：“打扰了！”

庞红枫慢条斯理地把搁在茶几上的脚放下来问：“这么晚了，有事？”他瞅了一眼旦心拿来的东西说，“夏天，喝清茶，这秋天，我不懂该喝什么茶？”庞红枫满脸堆笑。

旦心不好意思指着自己送来的一堆礼品说：“这是好茶。秋天，该喝红茶，嘿嘿，我也不懂。”转身向赵薇薇说，“弟妹喜欢，弟妹一定喜欢。”

庞红枫冷冷地说：“旦工，这么晚了找我有事？”

旦心赔着笑脸说：“案子的事情，不知进展到哪一步了？下午法院来电话说，还要一个补充材料，麻烦你再帮忙写一个。你懂法，知道该怎么写。”

庞红枫没有及时答复，抿口茶：“明天，不行！后天，后天有两个案子开庭。他们要得急吗？”

旦心急切地说：“急！”眼里充满期待与不安，依然赔着笑说，“本来是今天下午就要，下午，不是……物业那破事嘛，唉！”

庞红枫眯着眼睛盘算了一下：“这样，明天下午，等我开完庭，看时间来定。不行，我还要参加协会一个主题活动，要不……”

旦心很急的样子，声音中带着些哀求说：“法院明天上午就要呀！看能不能……”

庞红枫看赵薇薇连打了几个哈欠，对赵薇薇关切地说：“薇薇，你先去睡，我跟旦工再聊聊这事，好吧。”

赵薇薇给旦心歉意地一笑，挺着肚子进了卧室。旦心看着赵薇薇进了卧室关上了门，从沙发这头挪到离庞红枫最近的那头，脸凑近庞红枫悄悄地说：“我还给你办了一张2000元的加油卡，刚才弟妹在，不敢给你。看……这案子又一直都是你在代理，还得麻烦你帮帮我。”

庞红枫把自己拿捏得很稳，没有立即回答：“你看你，这样……不好吧？我们又是年级同学，同学，帮个忙都是应该的。”庞红枫右手在电脑桌子上轻轻地叩着，思忖后突然扭转话题道，“难道说……上面的关系，还……还没走通？”庞红枫一脸无助，眼巴巴地看着旦心说：“唉！世道变了，求人难呀！求人难呀。”

旦心紧锁眉头，顿了顿，下定决心地说：“庞老师呀，你看，还需要……多了没有，少点，我再凑凑。只要能把这个背黑锅的案子搞定，就值！”

庞红枫瞅了一眼旦心，一副无奈的样子说：“也只能这样了。”像是找到了自己无奈的支撑点，他说，“一不做二不休嘛。”

旦心起身，看着庞红枫那双读不懂的眼神，只能破釜沉舟了，他对庞红枫说：“老同学，难为你了，明天下午我凑齐给你送去。”旦心心里一亮，好像看到了一点希望，“天不早了，我就不打扰你了。”边说边起身出门。

庞红枫把旦心送到门口，勉为其难地说：“明早，到我工作室来取吧。”

听庞红枫终于吐口，旦心高兴得差点踩空楼梯，连声说：“好！好！谢谢！”

庞红枫咧着嘴，淡淡一笑。

几栋教学楼在晨曦里矗立着，初升的太阳从楼宇间爬出来，一排高大梧桐透出几丝初升的阳光，几许斑驳的光洒在操场上。操场上，一面国旗在四位少年的护送下迎着晨风徐徐铺开。口哨吹着很有节奏的声音在运动员进行曲里显得很有张力，孩子们踩着整齐的步点走进操场。经过各班班长的整队口令后，队列很快变成方块形。顿时，校园鸦雀无声，只有青春的气息在流动。操场一角，一面五星红旗在四位同学的托举下缓缓向操场中央移动，旗手是旦萱萱和小宝还有其他两位同学。旦萱萱注视着小宝，小宝也注视着旦萱萱，两双幼稚而又充满向往的目光，对碰的那一刹那，一面五星红旗随着铿锵有力的国歌声冉冉升起。鲜艳的五星红旗飘扬在旦萱萱的微笑里，飘扬在小宝水汪汪的眸子中。

佳境·国际村景观大道上，秋叶落在地面上稀稀拉拉，保洁员在喷泉边忙碌着，打捞水系里的落叶和其他杂物。大门口，朱笑蔓带着物业管理人员站成一排送业主上班，这是惯例，每周一早晨都要到大门口重复这一个工作。今天气温较低，大家都穿上了保暖内衣，显得有些臃肿。一张张被冻红的脸上，微笑还是那么迷人那么灿烂。正是高峰时段，业主走路的、骑电动车的、骑自行车的风风火火地从门口疾驶而过，一些买菜回来的老人，在车流中穿行进小区。刘倩倩提着一袋子菜，从门口经过，看着同伴们都在那里送业主上班，调皮一笑问候道："早上好！"

朱笑蔓给刘倩倩微微一笑，投去了一个赞许的眼神。

大门口，赵薇薇挺着大肚子走来，她来到朱笑蔓跟前。

朱笑蔓亲切地说："你好！"

赵薇薇笑眯眯地看着朱笑蔓问："啥时间给我修呀？"

朱笑蔓问旁边的齐好："薇薇的屋面怎么还没有修好？"

赵薇薇回答道："修了。"赵薇薇忙给齐好解围，"又漏了。"

齐好一脸委屈地说："才，才修了的，怎么又漏了！"

朱笑蔓一脸不快地说："再修，把施工队给我找来，都是干啥吃的。"

赵薇薇无可奈何地说："到预产期了，最好不要让新生命看到他的世界是漏的。"

朱笑蔓上前握住赵薇薇的手，把她从大门出口的车流中拉到旁边，关切地叮嘱道："快生了，不要乱跑，这次，我给你盯住。"

赵薇薇那双期待的眼神不知说啥好，她半信半疑不肯走。朱笑蔓转过身来，凑到齐好的耳朵前，小声说："把她带到物业部去，不要让她在这里受风寒。"

朱豆豆正在打扫卫生，她的长发束在头顶，穿了条半身带熊猫花纹的围裙，又是另外一种美。这时，黄绵绵来到眉间雪，朱豆豆看着黄绵绵水肿的眼睛，问道："嘿嘿，我刚开门……昨晚又跟你的赵明明干仗了，为啥？还是三观不合？哈哈哈哈，我说过，强扭的瓜不甜！"

黄绵绵哭丧着声音说："当初，不就是看到他聪明、勤奋、帅气嘛，要是现在，都踢了一百回了。"

朱豆豆挖苦的语气说："你舍得？当初，你死去活来地追，哦！弄到手了，玩腻了，得是？不行呀，离了，免得成天吵吵闹闹，浪费感情。"

"屁话，朱豆豆，你安的是什么心呀？宁拆十座庙，不毁一桩婚，缺德。"黄绵绵朝着朱豆豆的屁子狠狠地踹了一脚。

朱豆豆一闪，黄绵绵用力过猛差点把自己绊倒。朱豆豆一个顺势也狠狠地踹了一脚黄绵绵，骂道："你才缺德……我是为你好。"

“给朱笑蔓腾地？”黄绵绵又狠狠地踹了一脚朱豆豆，怒目喝道，“才美死你姐。”

朱豆豆神情一变，又是另外一种感觉：“唉！老同学，我觉得，我们这个年龄，不老不小的，是不是该弄个什么花样出来，起码，对得起后半生吧？”

黄绵绵很好奇地问：“弄个花样？什么花样，你点子多，是同学中最擅长搞策划的，大学时候，你就是班里的头牌名媛，哈哈哈哈！说说，你又想出什么幺蛾子？”黄绵绵睁大眼睛看着朱豆豆。

朱豆豆一脸揶揄道：“别损我了，大学时候就想露个脸，那是傻呗。嘿，我想，在我的茶叶店办读书沙龙，你爱写诗，你看咋样？”

黄绵绵想了想问：“有效益吗？光玩，没意思。我们已不是那个追求芳华的年龄了，应该考虑下顿饭有没有吃。”黄绵绵对朱豆豆读书沙龙持有不同意见，还说，“找个男人嫁了，那才是正事。光玩？已不是你的年龄了。”

朱豆豆气不打一处来，冲着黄绵绵吼道：“滚滚滚，添堵！”

8

朱笑蔓在接电话，听到叩门声，捂住座机话筒说：“请进！”对电话里又说了声，“一会儿我给你打过去。”

赵薇薇不爽地走进来，问道：“我在家等了半天，没见你们的维修师傅来呀？”她一屁股坐在板凳上说，“我不走了，就在你办公室里等，你啥时候给我修好，我啥时候回去。我就赖着你村主任不走了。”

朱笑蔓看着这位挺着大肚子的业主既心疼又尴尬地说：“这是怎么了，难道维修的事情就这么难办吗？”她拿起电话说，“让齐好和孟经理到我办公室，谢谢！”

客户中心大厅乱哄哄的，刘倩倩被业主围住，对着电话说：“好的，马上！”放下电话对齐好说，“齐总，朱总请你去她办公室一趟。”

朱笑蔓在办公室处理业主投诉，赵薇薇坐在朱笑蔓办公桌对面，大口吃着面包喝着水，完全没顾及朱笑蔓的存在。朱笑蔓起身，接过赵薇薇手上的小动物水瓶给瓶子里续水，“薇薇，你先回吧，这次一定给你修好，我保证。”

赵薇薇倔强倨傲地说：“哦！不，村主任，我不说话，我不影响你的办公，修好了我再回家。”说完她躺在由三把椅子组成的组合椅子上。

朱笑蔓无奈，哭笑不得，她走到衣架旁边，取下自己的风衣给赵薇薇盖在身上。赵薇薇微闭着眼，没有回应朱笑蔓的举动。

法律援助中心门口，胖子保安在扫地，门口乱停放着车辆，管理秩序不好。旦心穿过人行道再绕过几辆乱停的私家车，走到庞红枫法律援助中心门口，突然停住脚步。他再次摸摸裤兜，再确认一下要带的东西。来到庞红枫门前旦心想敲门，又忍了一下，他定神思忖还是鼓足勇气叩响门。

庞红枫正在给旦心打印诉状补充材料，听到叩门声，他估计就是旦心来了，他迟疑了一下，正忙着手里的活就随便吭了个声“进来”。

旦心进到庞红枫办公室，从裤兜里取出一个信封放到庞律师桌子上说：“麻烦你了，老同学。”庞红枫顺手拿过信封，放到抽屉里，热情地对他说：“不是同学我才懒得揽你这活，谁愿做亏本买卖？”

旦心虔诚地一笑道：“是是，谢谢老同学了。”他接过庞律师手上的材料，刚要转身，又被庞律师夺过去。

庞红枫有意刁难道：“不行，让第三方起诉，我觉得这样会顺些。”

旦心心急如焚地说：“哦！我不懂，老同学，你看。”

庞红枫想了想，又干脆地说：“算了算了，又得花一河滩的钱，就这样吧。”他把手放在旦心的肩膀上说，“老同学就是老同学。”

庞红枫再次把材料放在旦心的手里说：“送去吧。”

旦心接过文件袋，感激不尽地道谢出了门。

淡淡的秋阳，露出淡淡的忧伤。秋风萧瑟，站在屋顶能看到小区的全貌。很整洁，从景观大道延伸至各区域的林荫小道蜿蜒曲折。醉月湖碧水云天，周边漂浮着一些秋叶，倒映在湖里的高楼，静静的样子好似一块块魔方。屋面做防水的工程人员在砸女儿墙旧的防水层。齐好飘逸的头发盖在脸上，她不停地捋着自己被风吹散的乱发，叮咛大家道：“注意安全，不要堵住屋面的烟道和排气孔，尽量抓紧时间，趁雨季来之前把这些处理完。”齐好在说，忙工的人好像没有在意，只顾干活。施工的动静很大，有业主把投诉电话打到了物业中心前台。

物业中心前台，刘倩倩不停地在接业主的投诉。前台围了几位女业主，各自诉说自己的无奈。

有业主说；“我孙子还没满月，这动静太大了，能小声点不？”

另一个业主说："我心脏不太好，也失眠，能不能把施工时间调整一下或是缩短一些，不能因为一户漏雨干扰大家吧。"

刘倩倩面对业主的诉求耐心地解释道："我们尽量抓紧工期，在雨季到来之前，彻底修完，请大家也谅解一下，好吧？"

本单元业主不让防水卷材进楼道。一群业主正在单元门口吵闹。旦心来到单元门口，看到一大堆屋面防水施工卷材，火一下子蹿上来，他推开其他业主，又是拍照，又是录像。旦心唯恐天下不乱，说道："给谁说过？给谁打过招呼？有安全警示带没有？随随便便就上楼施工，出了安全事故咋办？人命关天的事情，物业公司承担得起吗？把证据留下来。"

朱笑蔓拿着座机电话，不停地给电话里的声音赔礼道歉。她喘了口气，继续给电话里的人解释道："对不起，对不起，这是我们工作失误，还请谅解。最多施工五天，我们抓紧时间，保证不影响业主的正常生活，放心，放心！"

齐好对着手机大声说："不行，绝对不行，屋面防水五天拿不下来，做防水和试水至少都得八天，不能听业主的，几个业主嚷嚷怕什么，天塌不下来。"说完挂掉电话，对施工人员喊："不管楼下的，我们继续施工，不能停。"

楼下单元门口，业主不让上料，把施工人员推在了一边。旦心走到施工人员跟前："出了安全事故你们负责，你敢不敢保证？"

施工人员往后退了几步说道："我们很辛苦的，不要给我们为难，谁给我们发工资，我们就听谁的。"边说边推开旦心的手说，"请不要影响我们干活好不好？"工人去搬卷材又被旦心几人挡住，双方拉扯起来。

旦心索性大喊："看，看，物业的人还动手了，你们看呀！"

朱笑蔓老远就看到了单元门口拉扯的行为，大声吼道："都给我住手！"她快步走进围攻的人群里说："我是物业公司总经理，有话好好说，不要拉拉扯扯的，成何体统。旦工，你是业主，就应该支持我们的维修师傅。雨季就要来了，我们不抓紧工期，马上就要生孩子的女人还在我的办公室期待着呢。你不能眼睁睁看着她在漏雨的房子里坐月子吧？你也不忍心让刚刚出生的小生命，看到他的世界是漏的，对吧！"对施工人员说，"还愣着干吗？赶紧搬料。"

旦心手足无措，道："那，那，这里的安全问题谁负责？"

朱笑蔓斩钉截铁道："我负责！"又补充了一句，"我是佳境·国际村安全第一责任人。"

在场业主被朱笑蔓的气场压住了。

赵薇薇还睡在朱笑蔓办公室的凳子上，她微微挪动了一下她那笨重的身子。她手机响了，她接了电话。她老公庞红枫在给赵薇薇打电话，她从朱笑蔓的办公桌上取出一个纸杯，从饮水机里取了半杯水，呷了一口，重重地落座在椅子上，椅子呻吟了一声。

刘倩倩提着快餐和水果来到朱笑蔓面前。朱笑蔓在前台处理当天业主的投诉。她对刘倩倩一笑，说："给赵薇薇送去吧！难为她了。"刘倩倩点头一笑，一转身刚好碰到赵薇薇从朱笑蔓办公室下来，说："这是朱总给你的晚餐。"

赵薇薇很吃惊，继而一笑道："谢谢，我回家了，我老公回来了。"

刘倩倩一个跨步走到赵薇薇面前，把水果往赵薇薇手里塞边说："唉！唉！拿回去吃吧，我们也该下班了。"

赵薇薇轻轻地推开，摸着肚子说："没食欲。"

刘倩倩看着赵薇薇走出大门，转身回到前台。刘倩倩把一袋食品放到柜台上问："咋办?"朱笑蔓抬起头，给刘倩倩递了一个眼神："你说呢?"

刘倩倩心领神会，飞似的出了大厅回答道："明白!"

赵薇薇回到家里，庞红枫给了赵薇薇一把新车钥匙，赵薇薇喜出望外，摸着肚子说："娃吔！你有新车坐了，你有个好爸爸。"

庞红枫又从手包里取出一个小东西，说："你看!"

赵薇薇惊喜地抱着庞红枫的脸猛亲，高兴地大叫："我喜欢!"庞红枫把脸贴在赵薇薇的肚子上，满脸满意与喜悦地说："我快当爸了。"随后一阵傻笑。

赵薇薇突然感觉到肚子有点疼，且越来越厉害，不断呻吟道："疼……"她踉跄了几步，双手撑在沙发扶手上，脸一下子变得扭曲起来，"疼……"

9

庞红枫坐在产房门前的等候椅子上，双手抱着头。朱笑蔓提着饮用水从走廊走来，她给庞红枫发了一瓶，又给刘倩倩和赵薇薇的其他家属也发了一瓶。朱笑蔓给庞红枫说："这是孩子的东西，马上就要用。"

庞红枫从椅子上站了起来，看着朱笑蔓想得这么周到，庞红枫激动地说："谢谢，你们物业……还想到这些，真不容易。"

产房传出一声婴儿的啼哭，打破了医院的沉寂，所有人都被这一声啼哭惊呆了。庞红枫高兴得像个小孩子："生了生了！"

朱笑蔓和刘倩倩对视一笑，心里的石头终于落了下来："好快呀！"

一身全副武装的护士从产房出来说道："恭喜恭喜，带把的。"

庞红枫一听顿时一愣，好一阵这才跳起来，大声喊："我有儿子了！"

整个走廊都是庞红枫的回音。

护士忙碌着给刚刚出生的新生命穿婴儿服，小生命一个哈欠，把一张鲜嫩的脸拉得怪模怪样。睡得很香，两只小眼睛眯得很紧，像两根细细的线，眉毛像两枝柳条细细的，小嘴巴嚅动着。赵薇薇躺在儿子旁边，没气无力地斜看着儿子，一脸的疲惫和满足，她右手摸着左手手腕上庞红枫送给她的纯金镯子，摸着摸着就睡着了。

朱东风术后身体健康状况恢复得不错，他半躺在病床上，儿子朱小刚正在给他喂饭。朱东风搭过支架的手有些不太灵活，手背上还留有重重的痕迹。脸有些浮肿。朱笑蔓走进病房，关切地问朱小刚："飞机是几点?"

朱小刚边给爸爸递毛巾边回答妹妹的话道："10 点的飞机，来得及。"

朱笑蔓说："让豆豆送你。"

朱小刚回答道："不了，打的快些。再说，几天都没见过她了，她在不在川中还不知道，与其……"

朱笑蔓说："好吧，到了发信息报个平安。"姐弟俩一个拥抱。

朱小刚走到病床前，抱住爸爸，有些动情地说："很快……就会好起来的。等康复了就接您去昆明。"

朱东风心里明白，自己身体好的时候，都没邀请去过，现在病了，只剩下半条命，是去不了了。他对朱小刚的盛情邀请一脸木然。

朱笑蔓把朱小刚送到门口，做了个再见手势，回到病床前。

朱笑蔓用带有埋怨的口吻说："爸，小刚好不容易才开这个口，邀请你去，你就答应一声呗，他是你的儿子……至于，你去不去，小刚是不是真心邀请，到时候再说嘛。"

朱东风脸上没有任何表情，很平静地说："他……拉什么屎，我知道。我累了，再睡一会儿。"

病房的荧光灯暗淡了许多，静悄悄的走廊，光滑得像湖面。

黄绵绵还在电脑前作诗，她写着读着，把一首诗改来改去。黄绵绵神情专注，仿佛这个夜晚属于她自己，她陶醉在她的诗意之中。

……
读你
是用心的
有种感觉，飘飘然
窗外的风
也不过如此

牵手的岁月
有些，孤注一掷
没有去顾忌消磨的光阴
梦醒的时候，桃花
漫山遍野
……

一辆红色小奔200从转盘拐弯处很流利地滑过来，停在小鸟儿时装店门口。朱豆豆一身猎人打扮，下了车习惯地站在原地，把四周打量一下，再把墨镜取下来，风一样走进时装店。黄绵绵坐在她店里的洽谈圆桌前，正聚精会神地作诗，她瞟了一眼朱豆豆，装作没有看见，读道：

来了
像一股风
走了
有一地凉
留下的，是印象
是风的自由与孤独

回眸，一刹那
路铂廷，弥漫
整个身心，一个世界
伸出搁浅在世纪之巅的手

触摸到的，是冰雪
是萎缩多年的爱与痛
……

朱豆豆站在圆桌前，进入黄绵绵诗的意境，黄绵绵读诵完诗，还沉浸在诗的情怀里，忘记了朱豆豆的到来。黄绵绵还在诗里，还没有回来，自言自语道，“我就是诗里的那个人……萎缩了多年的爱与痛。”

朱豆豆反击道：“拉倒吧，我看你一天活得挺滋润的。”

黄绵绵说：“我不是自己，说了谎话，一宿睡不着。”

朱豆豆疑问道：“今年，咋个啦？身随心动，走，嗨皮一回去。”说着拉着黄绵绵的手说道：“把自己找回来。”

黄绵绵借助朱豆豆的力迈开了很不情愿的脚步，说：“我郑重地告诉你，你的读书沙龙我参加了。”

朱豆豆先是一怔，后又满意地拽着黄绵绵走进车水马龙的大街。两个女人在街市上狂奔，回头率百分百。

咖啡屋滚动灯慢条斯理地走动，有几盏直灯打在雅座上。咖啡桌上摆满了各种饮品和中式西餐，时有时无的音乐是巫娜的《冬·立雪》，咖啡屋很温馨。一束射灯摆渡过来，雅座坐着黄绵绵、朱豆豆和刘晃，他们碰了一下酒杯，碰杯声都比音乐声大。黄绵绵和刘晃碰了一下杯说：“还是你行，有一个教授姥爷，给你揽后腰……说投资，几……几十万就，就到位了。我，屁，啥都不是。”

刘晃举起杯一饮而尽：“我们是小学、初中、高中同学，有，有困难就找我，找我。多的没有，少的还是有的，千儿八百的……”

朱豆豆嘲讽道：“你是我同学，小学初中高中那会儿，多……多风光，多滋润。我没上过大……大学，还不是没饿死。”

黄绵绵在看手机微信，字幕显示的霹雳头像说：明天下午到物业公司中心去。看完，黄绵绵冷冷一笑说：“明天，国际村，又有大事了。”

朱豆豆骂道：“关你个屁事。又想去折腾我……我那个当总经理的姐姐是吧？少……少惹我生气，不然……”

黄绵绵也喝得有些醉，硬着舌头说：“你那个姐……姐，油……油盐不进，她是我们的村……村主任，逑大个官。”

刘晃给朱豆豆碰了一下酒杯，说："来！喝一口，你……"自己一饮而尽说，"去年暖气都不热，今年，你姐又在喊缴费了，你……你那个姐姐，还有点姿色。钱，我有，你让她跟……跟我上床，我就给她全……全缴。"

朱豆豆气炸了，站起身，将杯里的酒泼了刘晃一脸。刘晃也拿起杯，把一杯酒泼到朱豆豆头上。两人扭打起来，黄绵绵坐在一边自斟自饮，还在看手机里的信息，视若无睹。警报声由远而近，110 接警后赶到酒吧现场，把三人带到了派出所。

朱笑蔓在爸爸的病床前眯着眼睛，似睡非睡。朱东风没有睡意，他还在想那天与儿子朱小刚的对话。朦朦胧胧想起朱小刚搀扶着他在医院走廊里散步，朱东风回忆道，他与朱小刚的整个对话过程还历历在目。"小刚呀，爸爸老了，需要你帮忙……""爸，请个保姆吧，这样可以专门照顾你。""你在昆明挣多少钱，爸给你多少钱，好吧？""爸，不是钱的事，是我的事业在那里，爸！""小刚，回来吧，你姐物业公司那边工作也忙，孩子也还小，鲍鹏又是个尿管娃，连个人影都没有，娃她得管呀！豆豆，也还一直没有归宿，这可不行啊，年龄不小了。你妈也常给我托梦，走了十几年了，好快。豆豆是我的一块心病呀！""川中是个好地方，皇天后土，十三个王朝在这里建都，哪点不好，非要跑那么远！""爸，我有家，就像你有自己的家一样。当年，你随爷爷从河南乞讨到这里，然后，成家立业。我在昆明也一样，有自己喜欢的事业和喜欢的女人。爸！要么，等你出了院，就跟我去昆明吧？""我哪儿都不去，死都要死在川中。"

朱东风还在回忆他与儿子朱小刚的对话，心里一阵酸痛。泪眼模糊了双眼，秋雨淅淅沥沥。朱笑蔓枕在爸爸病床旁边，看着爸爸一脸酸楚的表情，她能理解此时此刻老人的那种心情。照顾老人虽然很累，但为了爸爸晚年幸福生活有尊严，她必须坚强起来。她又回忆起那天与副总齐好的对话："我们不能一味去讨好业主，该强硬的时候，一定要强硬。""业主是弱势群体，我们应该维护他们的利益。""不对，现在是业主骑在我们的脖子上耀武扬威，我们才是真正的弱势群体。"她又想起黄绵绵、旦心、刘晃这三个业主也不是省油的灯，成天给她找事，给物业公司找事。"村主任，你是国际村的老大，你可得为我们做主哟。""我不是什么村主任，我是来给你们业主提供鑫达州物业公司的服务产品的。"朱笑蔓又想起那天她们三姊妹正在为爸爸后续的照顾问题而争论不休的场景。"姐，为什么非要把自己拴住呢，可以请保姆呀。""对呀，也可以去养老院，现在的养老院条件都很好，可以去试试。要么跟我去昆明，不是我不管，我管了，可爸不听呀！”这时朱笑蔓又想起齐好给她的建议，齐好说：“做物业，完全可以开展一些增值服务，没必要在一棵树上吊死。我们可以尝试一下养老服务，可以把像秦爷爷这样的老人集中在社区进行集中养老，我们收取一定的服务费，我想他们是情愿的，这是名利双收的事。”

朱笑蔓被爸爸一阵撕心裂肺的咳嗽惊醒。她站起来轻轻拍打着爸爸的背，又给爸爸递过一杯水。朱东风呷了口水，咳嗽慢慢平静下来。他用微弱的声音说道：“你睡吧，我没事了。”

派出所门口，朱笑蔓从出租车上下来，今天她特意穿了件黑色风衣外套，迈着弹性的步子，迎着风，在秋雨中穿行。派出所接待室，朱笑蔓做好登记。警官上下打量着她问：“她们是……”

朱笑蔓很干脆地回答道：“一位是我的亲妹妹，两位是我的业主。麻烦警官了。”

警官严厉说道：“朱豆豆、黄绵绵、刘晃，你们都出来……以后别再惹事了，老老实实做人。”

她仨从派出所出来，对视一笑，又互踢了一脚对方。朱笑蔓拉着脸，看了她三人一眼，生气道：“还不够？快走！整天跟小孩过家家似的。”

佳境·国际村，不少业主在前台询问去年暖气不热退费的问题。齐好正在接待业主，刚刚从派出所回来的黄绵绵冲进来，她看着大伙正在为去年暖气费的问题更是火上浇油道：“我家不热，我缴的是全费，今年你们打算是退还是从今年的总费用中减免？”

不少业主把齐好围住，张洪学进到大厅，给齐好解围来了。张洪学张开双臂，挡住业主不让围攻齐好。张洪学说：“今年采暖和去年一样，还是执行政府定价。我们才刚刚开始收，至于去年暖气不暖的问题，我们有测温，有登记，也有措施。请大家不要在这里偏听偏信，公司有这方面的措施。”

黄绵绵气势汹汹走到张洪学面前：“你是物业公司干啥的？”

张洪学回答道：“我是佳境·国际村的保安部部长，今天的值班经理。”

黄绵绵从上到下打量着张洪学，一脸讥讽道：“保安部部长？你的岗位是在门口看大门，跑来这里凑什么热闹？朱笑蔓呢？出来！”

张洪学站在黄绵绵跟前，正色道：“我是今天的值班经理，有话，给我说。”

黄绵绵高声道："你算老几？说话算数吗？"

张洪学理直气壮地说："今天算数！"

刘晃又凑进来了，鼓励大家去找这里说话管用的。

刘晃说："今天算数，那明天呢？明天就不算数了，是吧？咱们别和他费口舌，找这里说话算数的朱笑蔓去。"

张洪学上前一步，挡住了刘晃等人。齐好也上前一步，拽了一下张洪学的手。张洪学不理解齐好的意思，看着齐好，齐好给张洪学快速递了一个眼神，张洪学突然明白，没有再去阻拦刘晃等一众人。这一个小动作，刚好被前台的刘倩倩看到，她若有所思。刘倩倩捂住话筒小声道："朱总，朱总，业主上楼来了。"

话还没有说完，就被黄绵绵夺下电话。黄绵绵对刘倩倩疾言怒色道："找死呀！"

坐在一旁的潘登嘿嘿一笑说："你们才是找死！嘿嘿嘿嘿。"转身离开了客户中心。

10

黄绵绵和刘晃坐在朱笑蔓办公桌前，其他业主站在办公室里，把办公室挤得满满的。朱笑蔓在耐心解答刘晃等人反映的问题。她说："刚才，大家反映去年暖气不热的问题，楼宇管家都有测温，经过三次测温达不到国家采暖标准度数的，可以免去今冬三天最冷时段的采暖使用费。"

黄绵绵一听立马说："今天，我还有其他问题需要你抓紧来处理。一是我家飘窗漏雨问题，你们修了 N 次都没有修好，是我自己找人修好的，这笔费用物业公司得给我报销；二是我的车位漏雨，把我的车漆污染了，洗不掉，又重新把漆喷了，这笔费用你得给我报销。这第三是……"

朱笑蔓打断黄绵绵的话说："黄绵绵，今天我们是在处理去年暖气不热的问题，你那些不是问题的问题就不要再说了好吗？谢谢！"

刘晃站起身指着朱笑蔓的鼻子大声说道："怎么不说？你是怕了吗？业主的损失不赔，要你们物业公司干啥？"

"就是，我家那年漏雨，把壁纸泡烂了，到现在都还没有解决，你说咋办？要么，今年我就不给你们缴暖气费了。或是折成价，看你们怎样来处理。"一个业主大声说。

“就是，我同意今年暖气费都先不缴。”人群中有人大声喊道。

黄绵绵故意挑起事情又说：“暖气热了再缴，不热就不缴，合理合法。”

“热了就缴，不热不缴；热了就缴，不热不缴！”人群中有带头的开始带领业主齐声喊道。

朱笑蔓还是不厌其烦地给大家讲，“大家的暖气不热，我们理解，也安排管家一户户测温记录，但是大家反映的问题虽合情但不合理。暖气这些产品不是由物业公司生产的，是由第三方来提供的，你们用了，就得付费，这也是物权法规定业主的义务。”

齐好蹑手蹑脚地来到朱笑蔓办公室门外，她在认真观察里面的动静，她把耳朵贴在门上，盘算着自己的主意，关键时候冲进去解围。说是解围，其实是证明自己的观点。朱笑蔓认真记着业主的诉求，不时还用心地站在对方的立场，露出的表情是体谅。

朱笑蔓平静地说：“看看大家还有没有关于去年暖气不热的问题，待会我把大家的有效诉求一一向上级公司汇报。大家记清楚，是有效诉求，不是无效诉求。”

黄绵绵依旧大声说：“光汇报顶屁用。”面向大家说，“要拿出实际行动来，把大家的赔偿先给解决了，大家说，对不对？”

刘晃起哄道：“对！对！先赔偿再说今年缴暖气费的问题。”

齐好冲进朱笑蔓办公室，对着刘晃就是一阵炮轰。

齐好有些激动地说：“大家还有完没完？东拉西扯想干吗？”她语气很重，气势如虹地说，“有事说事，瞎起哄有什么用，大家该干吗干吗去，你们已经影响到物业管理的正常工作秩序，是要负法律责任的。”

刘晃转过身，头扬得很高，耍着横，指手画脚地说：“怎么？半路杀出个程咬金，今天，老子就不信这个邪。”

齐好也昂起头，瞪着眼睛看着刘晃说：“不信邪咋的，该你缴的费用一分也少不了。”

刘晃搞笑说道：“嘿！还嘴硬哈？吃屎的还把粑屎的给箍住了。”

齐好也硬着头皮往刘晃跟前一站，厉声道：“你不缴费，就是你不履行业主的权利和义务，物业公司可以走法律程序起诉你，看你丢得起这个脸不？”

黄绵绵把刘晃拉到旁边，也往齐好跟前一站说：“起诉我？可以……”

朱笑蔓起身挡住了她俩的争吵说：“都不要再吵了，晃子，你先去忙你的事情，不要因为今天的事耽误你的正事，好吧？”说着就把刘晃往外面推说，

“回头，我给你电话。”又对大家诚恳地说，“回头，我让管家挨家挨户去落实，凡是去年进户测个温三次不达标的，今年我请示上级公司后一定给大家酌情处理，请相信我。”

朱笑蔓一脸虔诚，齐好一脸愤怒，张洪学进来边说边劝，把大家往外推。

张洪学满脸堆着笑，劝道：“朱总都说了，只要不达标的，今年就一定要处理。”

黄绵绵被张洪学拥着，转过脸，对着朱笑蔓说：“你说话不算数，我还会来找你。”

张洪学轻松一笑说：“随时欢迎，物业就是你们的家，你说是吧，美女？”张洪学立正做了个军礼动作，“请走好！”

朱笑蔓办公室的气氛很尴尬，刚刚送走了黄绵绵她们，内卷又开始了。

朱笑蔓正色道：“我不同意你的观点，那是给公司自掘坟墓。”

齐好也不示弱地说：“掘坟墓？你这样做，才是给公司在掘坟墓。我不同意你的屈服，更不赞成你的什么以理服人。对这些无理取闹的人，就不能客气，得来硬的。”

朱笑蔓说：“做物业，我们不能站在雾里看风景。业主是实实在在的个体，是我们最尊贵的上帝，物业提供的所有产品又都是为上帝服务的。他们的需求不就是我们的方向吗？”

齐好无奈地看着朱笑蔓说：“朱总，其实……”知道自己拗不过她，又换了一种语气，“你啥都不缺，缺的是重新认识自己的骨气。”她转身出去了。

朱笑蔓看着齐好的背影，也没有足够的理由说服她，她抿嘴轻微微一笑：“或许，我们……可以换个位置来思考一下。”

齐好已消失在走廊里。

黄绵绵像落汤鸡似的回到了家，一脸的不悦，直接进了卫生间。在卫生间里对赵明明大声说：“呵！那个朱妖婆子还挺厉害的，幸好……你这蔫茄子没遇到她。”

赵明明突然恼火道：“你又是哪根筋短路了？你把你那臭嘴……”又把改作业的笔重重砸在本子上，一团红墨水洇红了作业本，“给我闭上。”

学生旦萱萱在做作业，斜了一眼黄绵绵，又看看坐在对面气得不轻的赵老师苍白的脸，她怕赵明明看见，赶紧低下头。她猛地抬起头，瞪圆眼睛盯着赵明明："老师，该下课了。"

赵明明换了种眼神看着旦萱萱说："哦！好，今天就补课到这里。回去吧。"

旦萱萱彻底放松，起身一个跨步，飞似的冲出门去，愉快的一声"老师拜拜，黄妈妈拜拜"传来。

赵明明看着旦萱萱的离去，回忆起他和朱笑蔓上大学那会儿的初次邂逅。

四月，春回校园，高大的松柏和梧桐在校园林荫路上笔直排着。鲜花在校园的每条曲径上惹人心醉。一条条干净整洁的青砖路上，来来回回的学子，像一只只蝴蝶，对朵朵花蕊青睐有加。在一片花海前，几位女生轻手轻脚地跨进花园。一只纤细的手，触摸花蕊上的露珠，抚摸刚刚绽放的蕊瓣。一张稚嫩的脸，在花瓣上亲吻，一双水灵灵的眼睛，花瓣在里面折射定格。赵明明和同学经过，看到刚入学的几位女生在花园里嬉戏，就大吼了一声："干嘛！不懂校规……那是生命！"朱笑蔓和几位女同学从花园里跑出来，冲着赵明明做了个鬼脸说："又不是故意的，那么凶干嘛？"

赵明明依然大声说："谁……谁凶了，我是想及时告诉你们，不要采摘花朵，那是生命。"

朱笑蔓一副小女生模样："知道了！"她怯生生地看着这位气质超凡的学长，扯了一下自己的同伴示意快走，"拜拜！"撒腿就跑了。

赵明明和几位同学对视了一下，相互一笑："吓到她们了！"也给朱笑蔓她们做了个鬼脸，"……拜拜！"

11

朱东风坐在病床上，朱笑蔓坐在爸爸病床前，给爸爸喂水果。其他病床空着，病人都出院了，病房显得很空寂。朱东风看了一眼邻床一脸难熬的表情给朱笑蔓说："蔓子，我……是不是也该出院了？他们……"

朱笑蔓坚定地说："不急，听医生的。"转换了一下口气对爸爸说，"怎么，想出院了？明早我问问医生，好吧。"

朱东风没有吱声，点头表示同意："蔓子，扶我下床活动一下。"

朱笑蔓点头，扶起爸爸下床："慢点……"

朱东风在朱笑蔓的搀扶下从床上起来，声音有些微弱，他说道："老了不中用了，给你们找麻烦了，小刚他……不愿意回来照顾我，豆豆她……"

朱笑蔓耐心地劝爸爸说："没事，还有我呀！"

朱东风看着朱笑蔓，说："哎！"叹了口气，又接着说道，"养了你们仨，就……你还能靠得住，他俩……没指望哟。"

朱笑蔓宽心道："爸，小刚在外面打拼，有个称心工作，也不容易。豆豆嘛，还小，还没这个心，等长大点就好了，都会来孝敬你的。"

朱东风摇了摇头："你妈……要是还在该多好呀！"

朱笑蔓一脸悲伤："妈苦命呗，几十年含辛茹苦，把我们拉扯大，该享福了……唉！走了！整整十五年了，好快哦。"

父女俩陷入了沉思，朱笑蔓满脑子都是母亲病重的模样。

病房里，除了呼吸机在工作外，没有别的空气在流动。输液器观察口点滴在疾速跳动，朱笑蔓母亲已脱水，干瘪的脸上一副十分可怕的表情。母亲紧紧拉着朱笑蔓的手很费劲，一个字一个字地从嘴里蹦出来，朱笑蔓耳朵贴近了母亲的嘴巴，母亲的声音很微弱。母亲嘴唇在微微颤动："照……顾好你……爸……"最后两字是迸出来的。母亲紧握住朱笑蔓的手慢慢松开了，朱笑蔓感觉不对，一时惊慌失措："妈——妈——大夫——"朱笑蔓哭天天不应，哭地地不灵，她伏在母亲身体上，使劲摇晃着已经没有生命体征的母亲，却没有回天之力。

医院走廊光线很暗，但局部很亮。护士站灯光通明，值班护士正在忙碌给住院病人查血压，从病房里进进出出。走廊中间部分，光线只照着一半，朱笑蔓和爸爸坐在等候椅子上，朱笑蔓搀扶着爸爸的右臂，头倚在爸爸的肩膀上。朱东风回忆起那天晚上朱豆豆的事情："那天晚上，豆豆她……"

朱东风满脑子都是朱豆豆在家里翻箱倒柜找东西的场景。她火急火燎地来回在几个卧室翻腾，几个房间翻得一片狼藉。她生气地倒在朱东风的大床上，望着天花板，回忆当时那个情景。年轻时候的母亲捧着一个红布袋子放在一个旧木箱子里；年轻时候的母亲又把一袋子东西放在木箱子里；母亲给爸爸交代什么事情，她只听见母亲给父亲说这些宝贝要保管好。朱豆豆突然想起什么，她又把那个一直都放在父亲床头上的小木箱子翻了个遍，里面是结婚证和户口本，还有一些毕业证等证件。其他，再没有了，那些宝贝能放到哪里去？朱豆豆在苦思冥想的时候，听见门开了，她吓得不轻，急忙钻进朱东风床底下，屏住气。

年轻时的朱东风疲惫地打开门，彻底放松了，他一屁股坐在沙发上，又顺势倒在沙发上，闭着眼睛眯了一会儿。躲在床底下的朱豆豆不敢大声出气，眼神有些慌张，侧起耳朵听大厅里的动静。

朱东风咳了一声，突然起身，去找口水喝，他拿起水壶一摇，空的，眼前一片狼藉。他慌了，怀疑家里来贼了，他慌慌张张把几个房间都看了一遍，都被翻过了。他又跑到自己的卧室把暖气罩打开，红布包裹还在，才放下心来。朱东风明白了，强忍住心痛，低声地说：“出来吧，你要的东西在这。”朱东风气呼呼地把一包东西重重地搁在茶几上。

朱豆豆怯生生地从床底下爬出来，一脸漆黑，一身脏兮兮的，她不敢走到父亲跟前，远远地站着，两行泪水夺眶而出：“爸……我……”

朱东风气得手脚发抖，靠在墙上，指着朱豆豆骂道：“你……狼心狗肺的东西，你妈刚走你就……”

朱豆豆似乎突然想到妈妈去世了：“妈——妈——”朱豆豆撕心裂肺的哭声在空荡荡的房间回荡。

朱东风艰难地抬起手，对着朱豆豆的脸扇去：“滚！永远都……都不要再回来……”

想起以前的事朱东风老泪纵横。朱笑蔓取出纸巾给爸爸擦拭泪水，宽慰道：“爸，那都是过去的事情了，不要去怪罪她。当时她还小，不懂事，谅解她吧，就是谅解了自己。她也是你的亲生女儿，爸，该释怀了。”

朱东风深深地吸了一口气，在朱笑蔓的搀扶下站起来：“不是你爸释怀，应该是你那好妹妹释怀了。这些年来，她都很少回过家，这个家难道不是她的?”

朱笑蔓故意撒娇道：“哎呀，爸，我是为你好！不生气了哈!”

她搀扶着爸爸向病房走去。回到病房，打来热水，给父亲洗完脸，洗完脚，扶上床，盖好被子。朱笑蔓照顾好父亲后，自己在另一张病床上和衣躺下，满脑子都是赵明明在大学里的场景。

教室黑板上粉笔写着“宇宙生命之谜沙龙主题”几个大字。教室里坐满了宇宙研究的一些爱好者。赵明明在做着主题演讲，他眼睛明亮，眉宇间透着英气：“同学们，宇宙就是我们的大脑，你的大脑能想多远，宇宙就能有多远。大脑里的物质是蛋白质和所有的脂类、经络和支配你活动的神经；由左右两个大脑半球组成。那么宇宙里的物质有哪些：有形物质和无形物质。所有的星体和尘埃是有形物质；所有的电波、紫外线和中子、质子，还有中微子是无形物质。”

朱笑蔓和她的几位闺密从教室门前过，看到赵明明在宇宙沙龙上做主题演讲，很好奇，就从教室的后门悄悄溜进去听，被正在做演讲的赵明明看见，她们悄悄进来坐在后排。赵明明给朱笑蔓等几位同学点了一下头，表示欢迎。赵明明喝了口水继续演讲他的主题：“我小的时候，就爱听大人们讲天上、人间和天堂的故事，这些故事不是虚构，而是千百年来人们对自然现象的认识和观察总结出来的。于是，就有了嫦娥奔月、天女下凡、玉皇大帝、王母娘娘等传说。我们长大了，才知道这是古人们编出来的神话。”

朱笑蔓听着赵明明在台上的演讲，脑海出现一个个幻想。

12

一群和她一样大的伙伴做着游戏，她们整齐地坐在院坝中间，接受一个比她大点的哥哥指挥。小哥哥在给她们假装放电影。一根竹竿的顶端，绑着一块破镜子，小哥哥手里牵着一根绳子，绳子另一头绑在竹竿上，他轻轻拉动，镜面上出现很多景象。向反方向拉就是天空，孩子们就齐刷刷地跑到对面，看到了天上的白云；再向另一个方向拉，孩子们又齐刷刷地跟着跑，就出现院子里所有孩子一张张惊奇的笑脸。

小哥哥神秘地说：“这就是宇宙，你们见过吗？”

孩子们都齐刷刷地摇头，锣齐鼓不齐地回答：“没——见——过——”

小哥哥一脸严肃说：“笨蛋！下次再给你们讲。”

外婆家烟雨蒙蒙，山里就像一幅画。一只母鸡带一群小鸡娃走来，小女孩蹲在远处，一群鸡娃围住她，把她当成了鸡妈妈，都钻在她落地的裙子里，小女孩一声惊吓。

“哎呀！”朱笑蔓一声惊吓，惊扰了教室里正在听赵明明讲课的学生。赵明明感到意外，走到朱笑蔓跟前问道：“同学……怎么了？”

朱笑蔓一脸恍然，直摇头，不好意思地看着赵明明低声道：“对不起……对不起，刚才……”

赵明明两眼盯着朱笑蔓，一丝狡黠的笑浮现在他脸上，他大声地说：“想妈妈了？”

引起一阵哄笑，朱笑蔓看着这个学长不尊重自己，气得就跑出了教室，捂住脸伤心地哭了。

朱笑蔓哭泣的声音惊动了还没睡的父亲。

朱东风侧过脸来喊道："蔓子……"朱东风咳了几声惊动了朱笑蔓。

朱笑蔓睡眼惺忪，看着爸爸正看着她，有些不解，问："爸爸，怎么了？还没睡？"

朱东风看着憔悴的女儿，心疼地说："你刚才使劲地喊……是被梦给迷住了吧？"

朱笑蔓下床，走到父亲床前，边扶父亲躺下边回道："做了个梦，梦到大学那会儿的事情了。"

再次回到床上，朱笑蔓还一脸惊魂未定。她又想起朱豆豆的眉间雪茶叶店，昨天下午她还去了茶叶店一趟，她问起了她与刘晃的事情。朱豆豆只是嘿嘿地傻笑，没承认与刘晃的好，也没有反对与刘晃的接触。

刘晃洗车店门口洗车排着队，各款式的轿车都具有各款式的流线，十分扎眼，几位女车主在一款跑车前品头论足。擦车区几位工人正埋头苦干，一辆接一辆，忙个不停。玻璃窗里面，刘晃的办公室不大，但很有时代气息。车的各种配件整齐地摆放在四周，各种装饰品应有尽有。能看出刘晃是一位很精明的店老板。他正点头哈腰地接朱豆豆的电话："可以，可以，都听你的……好！好！"他挂掉电话，兴奋得跳了起来。

一位女车主走进了刘晃办公室，她打扮有些夸张，走近刘晃开腔道："晃子……哟！今天闻不到汽油味了。不过，你身上有股子女人的香水味道……谁的呀？"

刘晃瞟了她一眼，脸上堆满坏笑，说道："是你身上的呗……忘了？嗅嗅吧……看是不是？"

女车主白了他一眼，嗔怒道："流氓！"甩门转身出去。

刘晃冲着女车主的背影喊："改天，哥请你喝茶！"

女车主回过头，骂了刘晃一句："喝个辣子，没正经的。"

朱豆豆红色小奔急刹在洗车店门口："晃子？"露出的长腿吸引了不少眼球，她一下车就喊，"晃子！"

女车主看到朱豆豆来了，更生气了："原来是这个骚货来了，哼！"一踩油门飞了出去。

刘晃听到是朱豆豆的喊声，急忙跑出来，满脸满眼地笑着说：“呀！呀！呀呀！是哪股风，把姑奶奶吹来的？今年的天气真好……难怪，一早耳朵就发烧，脸颊也发烫，像是春天的气息提前进到我这个小店，蓬荜生辉呀！”

朱豆豆娇嗔道：“别耍嘴皮子了。”说着把小奔钥匙扔给他，命令式口吻说，“晚上给我开来！”话音未落就迈出弹性十足的大长腿走了，突然又回过头对着刘晃说，“请我吃饭！”

刘晃兴奋得像个孩子：“好呀好呀！”他接过钥匙，在手里一晃，蹦了一下，跑回办公室。

洗车工也跟了进来，他故意逗着刘晃问：“晃子……你老婆的车，给我来洗哈？”

刘晃拿起小奔钥匙向他瞥去，骂道：“洗你个头呀！”

洗车工嘻嘻一笑，做了个鬼脸，接过钥匙跑出了办公室。

朱笑蔓与齐好在小区检查工作，后面跟着环境部经理和秩序维护部经理。刘倩倩还像往常一样提着一袋蔬菜从门口进小区，刚好碰到朱笑蔓等人在做周检。朱笑蔓挡住刘倩倩问：“老爷子最近怎么样？我好久没有去看他老人家了。一会儿……”

刘倩倩：“朱总，你最近太忙了，你家也有老人呢，秦爷这里有我去就可以了。”

齐好若有所思地说：“朱总，我想，我想……试一试。”话只说了一半，又觉得不合适，似乎在思考，又似乎在自言自语道，“我们，真的可以试一试。”

朱笑蔓丈二和尚摸不着头脑，疑惑地盯着齐好问：“来来来，让我听听我们齐好究竟想说什么？”

齐好望着景观路上的老人，她的眼光从轮椅老人身上移到朱笑蔓脸上，肯定地说：“在佳境·国际村办养老院，这是个热门产业，可以给公司创造所谓的边际效益或附加值。”

听了齐好的话，朱笑蔓和其他人都似乎在思考着什么。

齐好又接着说：“我在深圳的时候，就有一些物业公司在做，尽管……没有成气候，但给小区业主帮了大忙。”

突然，朱笑蔓一脸欣喜，果断地说：“可以！我们试试！”

齐好一脸的惊奇，没想到自己小小一个建议，就那么顺利地得到朱笑蔓的认可，开心地说：“那……就从秦爷开始吧。”

朱笑蔓肯定地点头道："好，我们就从秦爷开始做试点。"她脑海里立即呈现出一幅幅养老院的画面。

保洁员在湖边打捞水面上的叶子，几只水鸟在湖面起落。朱笑蔓脑海里想象着社区养老的未来：朱笑蔓推着秦爷在湖边赏花；朱东风坐轮椅在湖边赏鱼；齐好带着一群老人在湖边看鱼儿嬉耍；刘倩倩推着老人在湖边赏金鱼戏珠；老人们在活动中心打麻将，一脸喜悦；老人们围坐在方桌前就餐，谈笑风生；老人们在活动室锻炼身体；保健医生在给老人检查身体；秦爷爷坐着轮椅在和朱东风、潘登、刘妈一起就餐……

几位提着菜的老人看到物业公司人员正在做周检查，走过来问暖气退费问题。

一位老人问道："经理，今年我暂时不缴费了，等你的暖气热了我再给你补上，好吧。"

另一位老人也问："去年不热咋办？总得有个解决问题的办法吧？不能拖，你说是吧？"

齐好打断业主的问话，说道："阿姨，不行呀！不缴，热力公司就不开暖。采暖之前我们就得给热力公司先支付30%的预付款，不缴不行的。"

朱笑蔓在耐心解释："暖气不是物业生产的，是由第三方提供。如果我们都不缴暖气费，供暖单位能给我们供暖吗？大家不妨想一想，看看这样合适不合适？"

几位业主脸色严肃，纷纷道："去年不热咋办？咱先不说今年，今年我们肯定会缴，但是去年不热的问题总得解决吧，这样老拖着是个什么事！"

朱笑蔓微笑着给大家说："我在业主群里都回复了，去年不热的用户，只要楼宇管家连续三次测温不达标有记录，我就会去跟供热公司协商解决方案，请大家放心。"

齐好针对刚才一位业主说："去年，你家是我去测温的，当时不热，是因为你们一早就把窗户打开了，我把窗户关上后，过了一个小时再去测，温度是19摄氏度，属于达标范围，阿姨。"

业主涨红了脸，仍说道："别人家穿短袖，温度二十二三摄氏度左右，我要那种在冬天里穿短袖的感觉。"

朱笑蔓微微一笑，说："阿姨……你家是系统循环的末端，能达到标准温度就已经不错了。可能达不到大冬天在家里穿短袖的效果。不过，今年，我们正在和热力公司沟通，争取把热源温度再提高几摄氏度来解决这些问题。好吧？”

业主一脸疑惑：“哎哟哟，可靠吗？能解决末端的问题不？”

齐好肯定地说：“可以改善！”

这时，旦心骑车路过广场，他一脚蹬在地上，冲着朱笑蔓问：“村主任，我的费用啥时候退？要么……折成今年的暖气费，多退少补，咋样？”

齐好把朱笑蔓挡在后面，对着旦心笑着说：“旦工，你不要在这里凑热闹了，一个大男人和这些大妈挤啥热闹。走，跟我到物业中心去说，保给你把茶倒好，听你好好说。”

齐好想支开旦心，要不，人越聚越多，又是一个说也说不清楚的状况。旦心差点被齐好从山地车上拉下来，他甩开齐好的手说：“这可是看你面子哦，今天先不伺候，忙着呢！”骑上车跑了。

朱笑蔓偷偷一笑，看了一眼齐好。这时，刘倩倩推着秦爷过来，朱笑蔓老远就给秦爷打招呼，走过去推着秦爷一路走一路聊。朱笑蔓对秦爷说：“秦爷，我有个想法，说给您老听听？”

秦朝老脸上堆满笑意说：“说说看，又有什么好点子？”

“我们想在小区开展养老服务，由物业公司牵头来做，每天 24 小时派服务员去家里照顾老人。帮老人做饭，打扫卫生；陪老人说话，逛街、买菜、看病、旅游等。秦爷您看……行还是不行？”朱笑蔓说得很快，像似心里有成熟的方案。

秦朝听着，一脸兴奋，连声说：“嗯！嗯！这个想法有创意，我看可以，那我先报名参加。”

齐好凑近秦爷说：“这是物业开展的一项增值服务，也帮大家解除了后顾之忧。”

秦朝看着齐好，问道：“有可行性方案没有？好好算个账，要能包住，还能挣点钱。”

朱笑蔓与齐好对视了一下，对社区养老更加有信心了。

朱笑蔓看到张洪学急匆匆跑过来，他凑到朱笑蔓耳朵边说了几句，朱笑蔓先是一怔，但很快稳定下来。

朱笑蔓低下身子给秦朝歉意地说：“秦爷，您遛着，有件事我先去处理一下。”说着带上张洪学、齐好等人快速离开了。

13

社区艺术社主任马道功给急匆匆赶来的朱笑蔓点头问好，并对朱笑蔓十万火急地说道："你看你看，这小区出了大事，说是小区沙霸为上沙子的事情跟业主大打出手，现场都乱糟糟了，很多业主在那里围观呢。"朱笑蔓看到现场沙子乱堆乱放，运送沙子的工具车和其他辅助工具横七竖八地乱扔在现场，垃圾遍地都是。

一位强壮的男人挡着进入F楼的入口，现场围满了刚刚收房的业主和装修工人。只听有业主和装修工人与那个壮男人在论理："你们凭什么不让我们的装修沙子进去？谁给你的权力？是不是物业公司？"

只见壮男人手里拿着一把铁锹，对着围着他的业主大声说："对，你们说对了，就是物业公司给我的权利，在这个小区装修，必须从我这里买沙子，否则，谁也别想装修！如果有从外面运沙子的，你看看你的沙子能不能从我的铁锹下过去！"

朱笑蔓看到这里，气得眼里仿佛冒出火来。她冲着那个壮男人大声说："你简直是无法无天！满口胡言！知道这是在哪儿吗？这是在我佳境·国际村小区，要想撒野，看我朱笑蔓答应不！"她直视着壮男人，用手指着他说："之前，我警告过你，业主可以任意选择哪家的沙子，也可以从外面要任何一家的沙子进来，你没有任何权利干涉业主的选择。你必须服从管理！要想在我朱笑蔓管理的小区当你的沙霸，我看你是打错了算盘。"回头对张洪学喊道"队长！"

张洪学应声答道："到！朱总，我在。"

朱笑蔓声音有些颤抖，厉声道："把这些不服从管理的沙霸，给我……轰出去！"

齐好突然站出来走到朱笑蔓面前，压低声音说："朱总，这……"

朱笑蔓打断齐好，大声对大家说："谁讲情面，今天……我收拾谁！"她转身给张洪学大声喊道，"把沙霸……给我轰出去。"

现场鸦雀无声，所有人都屏住气，大家面面相觑，都在注视接下来的举动。朱笑蔓看着张洪学还在迟疑，又追加了一句："还不赶快都给我轰出去。"

现场楼宇管家和秩序维护员这才行动起来，挨个往外轰。顿时，现场又乱成一锅粥。在一旁观看热闹的潘登，高兴得哈哈大笑。说："高，实在是高。"

他竖起大拇指边说边走了。

小鸟儿时装店都换上了冬季新款。店里灯光很有讲究，把一款款女式风衣、长款大衣照射得艳丽夺目，整个空间蓝天白云，尽管室外是寒风凛冽，但室内却是浪漫的四月天。黄绵绵刚做完一单，她窈窕的身姿在落地镜前摆来摆去，一张自在逍遥的脸上挂满了得意。手机响了，她抓起搁在茶几上的手机，一看是老公赵明明打来的。黄绵绵心里一阵暗喜，赵明明很少给她主动打电话的。她开心地接通电话，脸上的笑容凝固了，她对着电话大声说："咋啦？又伤害到她啦？滚你的去吧！"赵明明在电话里怒道："不要去煽动别人闹事，业主装修用哪家的沙子都可以，你为什么要去掺和？那是违法的事情，知道吗？"赵明明挂掉了电话。

黄绵绵一脸得意，她笑眯眯地给电话里的旦心说道："干得漂亮，动静再大点，再弄热闹点。"黄绵绵对旦心说。电话里的旦心声音也很大："闹翻天才好。"

黄绵绵在她的小鸟儿时装店还在骂电话里的人，愤怒地说："把你那狗脑子放聪明点行不？不要动手，不要有任何的肢体冲突，光折腾就够了，不做违法乱纪的事情，没人管得着。你只管把事弄大，越大越好！"

F 座楼下各类上沙子的车辆乱堆在单元门口，几个沙霸互不相让，把几个业主围在中间，都不让步。现场楼宇管家控制不住，被几个沙霸推搡着，几位秩序维护员也进不了场，被沙霸紧紧挡在外面。沙霸有些顾忌地一口气给电话里的黄绵绵说："唉！妹子，别把事弄大了，我怕……到时候，收拾不住场面。""你怕，就滚蛋。"沙霸说："好！好！哥明白，哥明白。"他挂掉电话，一跃跳在一辆三轮车上，上到了一个制高点大声喊："朱笑蔓！你不够意思，为什么不让我卖沙子，我也是业主，我给业主提供廉价的沙子有什么错？你不怀好意，你想让你的亲戚进来，我……我不同意，大家也不同意是不是？跟我进！"

在一片起哄声中，几个沙霸强行冲破由秩序维护员组成的围墙，闯进楼道，一时让装修建材和装修人员进出楼道受阻。

客户中心大厅，灯光明亮。有几位老人进大厅去上厕所，看着朱笑蔓和齐好在大厅争执问题。齐好生气地给朱笑蔓说："我不同意你的做法，凡事不能一概而论。他们不是沙霸，他们是因为遭到了不公平的对待才这样的。"

朱笑蔓仍怒气未消说：“我就不准他进，他在业主群里和黄绵绵一唱一和，就不是省油的灯。”

齐好压住心里的不满，苦口婆心地劝说朱笑蔓：“朱总，你说得不对，他平常很支持物业的工作，今晚的表现，我也感到意外。我们要找自己的原因，是不是我们在管理中哪里出了问题，或是我们过激，在某些地方没把矛盾处理好，才导致了今晚的错误。朱总，他才是我们的 VIP，真正的 VIP。”

朱笑蔓转过身，用一种异样的眼光看着齐好，一脸的不解：“你……是不是有什么事在背着我？”

齐好一脸愤怒，看着朱笑蔓说：“你……无可救药。”

F 区装修现场不知道为什么突然平静下来了，又恢复了往日的秩序。庭院灯是莲花形状，乳白色光线把刚刚交付使用的水系映衬得格外迷人与庄重。远处传来齐好与沙霸的对话，齐好语气有些严肃。

齐好的语气很严厉：“你是我的业主，我很尊重你。平常你对物业的支持很有力度，我敬仰你。今晚你是着什么魔了，你扰乱了装修管理秩序，我可以报警，但我没这么做，我是看到你 VIP 的份上。你还污蔑别人朱总有什么关系户，我告诉你吧，卖沙子这些人，都是和公司签约合作几年的老客户，要说……你才是走的后门来的。”

沙霸也很无奈道：“朱笑蔓凭啥不让我进？”

齐好压低嗓子说道：“凭啥？因为你是倒卖沙子的二道贩子，物业根本不容许你这样做。”

沙霸争辩道：“胡说，我的沙子……”

齐好有力地回击道：“行了，你根本就没有沙子。我们是为业主负责，是减少业主的装修成本。如果我把你的丑陋，告诉其他装修业主，看谁还要你的沙子，你该怎么做人？”

沙霸连忙说道：“哎哎，别别别别……以后！我还怎么混？你不能就这样断了我的财路，总得给我口饭吃，是不？”

齐好拿得很稳地对他说：“你得支持我三件事。”

沙霸看到有了突破口，抓住机会不放，连忙说：“你说出来听听。”

齐好说：“第一，不准倒买倒卖。”

沙霸立即应道：“可以。”

齐好说：“第二，公平竞争，在同等价位下择优于你。”

沙霸忙问："那第三？"

齐好加大语气："不准欺行霸市，由业主自由选择。"

沙霸面露难色道："这个……你够狠的，我……"

齐好语气十分强硬："那就没有任何好谈的了，你回吧！"

沙霸连忙追上齐好说："哎哎！我是说，能不能再给点……"

齐好坚持自己的观点说道："不可能，就这个条件，能干你就干，不能干有人干。"

沙霸依然一脸为难说："我……我……"

齐好打断他说："就这么愉快地决定了，你还是我的 VIP。"

阴影处走出两个人影，一前一后，高个子男人紧随其后。在莲花灯下高个子男人走出小区，女人从莲花灯下顺着景观大道向客户中心走去。

寒衣节晚上，不少路过的人，利用这个时候顺便给亡灵祭奠烧纸，摆放在十字路口路边的化金桶火力旺盛，虔诚与祷告在这一刻化着默默许愿在飞翔。

黄绵绵一脸虔诚，她一手拿着厚厚一沓冥币，一手把冥币慢慢撕开放在火苗旺盛的中间。她十指合掌于胸，微闭双眼，香火把她的脸烤得通红。

街边化金桶前，烧冥币的人越来越多，桶里的香火很旺盛。在众多虔诚的人中，我们看到一张熟悉的脸。朱笑蔓微闭着眼睛，十指合于胸前，祈祷父亲的病早日康复，祈祷老天保佑家人平平安安，祈祷工作一帆风顺。把一切美好的夙愿都祈福完之后，她才慢慢睁开双眼，发现一个熟悉的身影站在她跟前。

朱笑蔓感到吃惊，刘妈站在她跟前，朱笑蔓问候道："刘妈！您也来了。"

刘妈关切地问："你爸还好吗？"

朱笑蔓笑了笑，说道："好好！谢谢刘妈！秦爷这两天好吗？"

刘妈说："秦老师这几天不太好，可能是天气太冷了吧。他前几天还问到你爸爸的身体恢复怎样了，我说还没出院呢。他说等你爸爸出院了，出来坐坐，喝喝茶。不过……教授的精神状态还不错。"

朱笑蔓高兴地说："多亏刘妈您精心地照顾，是秦爷爷有福，每天能有您这样的好学生陪伴。"

刘妈笑眯眯地说："秦老师对我比对他孩子还好，她是我的老师，也跟自己的亲爹一样。"

朱笑蔓突然问道："秦爷爷的儿子，有几年没回来了吧？"

刘妈脸上的笑没了，叹着气说："可不是，都八年多了吧。我来这里，就没见过老师的儿子，听说在国外发展。忙！中国人在国外打工，也吃了不少苦头。接秦老师去，秦老师就是不去。”

朱笑蔓微微一笑，看了一眼满地的落叶，一股凉意从背后袭来，她伸出手来摸摸刘妈的背心说：“天凉了，多加件衣服。”她看夜已深，关切地给刘妈说，“天黑，路上慢点。”

刘妈回道：“嗯，秦老师最近哮喘病犯了，睡眠也不好，我不放心呀。”

朱笑蔓心疼地说：“刘妈！您辛苦了。明天我去看看秦爷。”

刘妈愉快地点了点头说：“明天……给倩倩说买点排骨。”

朱笑蔓答应说：“好的。您慢点走。”

朱笑蔓目送着刘妈，直到过了红绿灯十字路口。初冬的夜晚有些寒冷，朱笑蔓紧了紧衣服，迈出了稳健的步伐，一片片枯叶随风飞扬。

霓虹灯闪烁下的夜市，热闹非凡，各种吆喝声不绝于耳。臊子面、拉条子、羊肉串、小笼包子等应有尽有。尽管天气很冷，但吃货们看着热腾腾香喷喷的美食，脸上荡漾着幸福。朱笑蔓迈着大步正从乾州面摊位跟前过，又被一个熟悉的声音叫住。

朱豆豆一脸释然表情地喊道：“姐？”

朱笑蔓突然停住脚步，一回头就看见是朱豆豆与黄绵绵在那里吃面，就问：“这么晚，才吃饭？”

黄绵绵一脸得意地笑，她说：“才忙完呀村长？来，坐下吧。”招呼摊主，“再来碗……”又问朱笑蔓，“多来点辣子？”

朱豆豆站起身来招呼姐姐：“坐，坐这……”朱豆豆和黄绵绵都同时在凳子上挪着屁股。

朱笑蔓歉意道：“不了……你们吃，我还要去医院。”

朱豆豆赶忙缓了口气问：“爸，还没出院？”

朱笑蔓很难过地说：“没有，大夫说，还得几天恢复。”

黄绵绵爽快地说：“请个阿姨……就像秦教授雇我妈一样，24小时提供服务。”

朱笑蔓点点头，一脸感激地说：“刘妈和秦爷是师生关系，学生照顾老师无可厚非。”

黄绵绵笑嘻嘻说道：“不就是秦教授想梅开二度嘛。”

朱笑蔓一脸无奈的表情，肯定地说：“话，不要说那么难听啊，刘妈是在帮秦爷。”

黄绵绵眼睛一瞪说："没那么简单，那老头有儿有女，他们咋不回来伺候。是老头在利用他们的师生关系，霸占我妈。"

朱笑蔓微微一笑："绵绵，不要这样狭隘地去理解他们的师生关系。传出去……对秦爷不好，对刘妈也不好。"

黄绵绵犟着脖子，声音更大地说："咋啦……我不怕丢人，秦老头就是以师生的情分霸占我妈。"

朱笑蔓压低嗓音说："小声点。"制止黄绵绵，"闭嘴。"

周围吃夜市的人投来一双双好奇的眼神，还有人在交头接耳。黄绵绵环顾四周，看到向她投来的目光，就更起劲："看看看，有啥好看的！没见过?"更大声说道，"秦朝，霸占了我的母亲。"

初冬的夜很深，来往的车辆穿梭在莲花灯下，一条火龙奔跑在街头，美丽的秦阳用和谐来说恰如其分。

秦朝在书房坐在轮椅上翻阅资料，他的三面墙都是书柜，书柜里的书很整齐，只有堆在书柜外面的资料有些乱，可能是便于他自己随手查阅。刘妈进来，给秦朝盖了一床薄薄的被子在腿上，她端起水杯添了些水，放在秦朝跟前。秦朝的眼神从老花镜上面看着刘妈问："纸都烧了?

刘妈回道："按照老师的吩咐……都烧了。"

秦朝取下老花镜放在桌台上，抬起头又对刘妈说："红梅……笑蔓他们每天派人买菜，是要花时间的，不能影响他们的工作。我看……应该，给他们支付些服务费，明天你去给笑蔓她们商量一下，不能让……"

刘妈接住秦朝的话说："那天，我给笑蔓说了，她不收。还说是他们的什么延……延伸服务。"

秦朝有些闷闷不乐道："难为他们了，每天都要处理那么多的投诉，遇到好说话的还好，要是遇到一些难说话的业主……唉!"

刘妈生气地说："客户中心每天都有吵架的，就那几个人。"刘妈突然想起什么，说，"刚才，烧纸的时候，我还碰上笑蔓了，我让她明天买些排骨。"

秦朝呷了口水，对刘妈说："生活费，你安排好，不要让这些孩子给我贴，他们工资低。"

刘妈心领神会地说："放心吧，老师。"又叮咛一句道，"我把电热毯关了，不要太晚，早点休息。"

秦朝嗯了一声，没有抬头，又专注于他的《参考消息》。

14

佳境·国际村正是早晨上班高峰时段。景观大道上有少许落叶，大道两侧的银杏树上还剩下稀稀拉拉的叶子，在晨风中颤抖，时不时地也有落下的叶子掉在业主的头上。大门旁边，立了块宣传板，上面贴着今冬收暖气费的通知，不少业主路过顺便瞅了一眼。佳境·国际村的大西门紧接市政东西路口，车流量大，每天的这个时间段是交通秩序最乱的时候。小区门口左转车辆进退两难，一时造成了短时间的交通拥堵。个别车主干脆下车出来指挥门口的交通秩序。张洪学站在车流中间，用非常娴熟的手势指挥小区进出的车辆，他潇洒的动作是这里每天早上的一道风景线。车库道闸口，有业主为临时停车收费高而不满，把一辆本田飞度车停在道闸口上与收费员争吵，从车库出来的车排成长队，后面着急的车主不停地摁喇叭。

物业公司客户中心前台，刘倩倩左手拿个电话右手拿个电话，嘴不停地解释临时车辆收费标准和今年采暖收费标准等问题。前台也围了几位要上班的业主，咨询今年采暖问题和去年暖气不暖退费问题。齐好在回道闸收费人员的电话，支持她们说："让他堵，不堵不能解决问题，堵得越多越好……不要怕！"

大西门出去的车辆一直堵到车库，道闸口那辆飞度车主仍然为临时车辆收费高的问题在和道闸口跟收费员吵。

收费员带着哭腔说："齐经理，这样……恐怕不行啊。"电话里是齐好的声音，语气很坚定："我让你们把收费亭关了离开那里。"收费员不解地说："经理，这，这不好吧。"

有车主喊道："去，把你们车辆收费标准拿来给我看看，快去呀！"

收费员怯怯地说："我……我这里没有，你自己去客户中心看。请你把车挪到旁边，不要影响我的工作，就算是我求你了。"

车主不紧不慢，反而平静下来了，打开车门下来说："没用，我就要停在这儿。今天，我不上班了，陪你聊天。"他转身对后面的车主们大声喊，"物业不让我出去。"

车库通道上的车辆不停地摁喇叭。

车库直道闸口停放了各种私家车，收费亭人去楼空，一些车主被堵在通道中间进退两难，打电话给单位请假，说上班可能要迟到了。朱笑蔓来回在办公室踱步，她命令收费员立即开放道闸。朱笑蔓对准话筒有些语无伦次："……先、先让车主走，你把车牌号记住，回头让他再补缴，千万不要堵门，这样影响不好嘛。打开道闸。"

小区门口，东西主干道车流量已减少，过往车辆和行人与往常一样，不急不慢。小区道闸口，一辆飞度车还堵在收费亭。收费员对准电话一脸为难的表情说："朱总……我……"

朱笑蔓生气地喊道："我……我什么呀？赶快打开道闸，先通行。"她对准电话，脸憋得通红，到了歇斯底里的地步，"我命令你，放他走！"

收费员一脸委屈地给朱笑蔓说："朱总，齐总她……"

朱笑蔓气得抢白了收费员一句："什么齐总齐总的？"她的口气强硬道，"我是佳境·国际村的总经理，我负责。是我让你打开道闸的……今天的损失我来承担，总公司领导追责下来，与你无关。"以命令的口气，"放行！"

齐好冲进了朱笑蔓办公室发问道："你怎么、怎么就不知会我一下。他带头违反了你的临时车辆收费管理办法，是公然在挑衅你朱笑蔓，挑衅公司的制度……你知道吗？"

朱笑蔓气得脸已变形，突然又调整一下自己的情绪说道："个别问题，个别对待，不能'一刀切'……齐总！"

齐好压抑着情绪说："你这一放，就意味着公司对临时车辆管理收费标准的放弃，是一个人在破坏你的制度？而不是大多数业主……朱总。"

朱笑蔓丝毫不犹豫说："我不这样认为，特殊情况要特殊对待，不能激化矛盾。齐总，你是在激化矛盾，激化矛盾呀！"朱笑蔓几乎喊了起来。

齐好仍不认输："你让他堵，看他能堵到啥时候。这叫一石才能激起千重浪……让业主去指责他，这叫业主自治。"说完，齐好气呼呼地扭身就走了。

朱笑蔓也一肚子火，不知该往哪里撒。齐好转身出门，她更气，一巴掌拍在桌子上。

稍许，她再次调整好自己的情绪，拿起桌子上的电话，稍微停顿了一下，做了个深呼吸，这才对准电话说："通知部门经理到会议室开个会。"

三楼会议室。各部门经理们围着圆桌而坐，会议由朱笑蔓主持，中心议题是近期管理工作中出现的问题。朱笑蔓一脸严肃地说："供暖问题多，不怕，这块硬骨头我们每年都在啃。"她看了一眼齐好说，"临时车辆停放遇到的问题，我们不能激化矛盾，要把矛盾降到最低。今年，是公司品质提升主题活动年，我们要敢于面对困难，敢于面对管理活动中出现的各类矛盾，大胆践行公司的服务理念。”

齐好打断了朱笑蔓报告似的讲话，说道：“我认为，既然是品质提升年，就应该先要建立一套品质提升活动年的保障措施，制度创新才是活动年的保障。我们服务的主体是业主，服务是建立在相互尊重的基础上的。提高服务品质，首先要管理好业主，而管理好业主，就必须有一整套严格的保障措施。”

朱笑蔓笑了笑，又附和地说：“齐总说得有道理，物业服务靠制度保障，品质提升更要靠制度来创新。今天早晨，发生在大西门的堵车事件，就充分证明了我们的应急机制和保障体系出了问题，应急预案没有到位。当然，我是公司主要负责人，今天早晨的事，我要负主要责任。”

张洪学站起来说：“不，朱总，是我的责任。”

朱笑蔓平静地说：“请坐下。是我的责任，我要向公司检讨。”

齐好生气地站起来又说：“都不要说了。现在不是追究个人责任的时候，也不是做检讨的最佳时机。不是你们的错，是制度出了问题。我们应该建立一套反馈机制，公司制度在执行之前，应该召开一次听证会，广泛征求业主的意见和建议。小区是业主的，我们是受业主的雇用来帮他们管理物业的。所以，我们必须用法律武器来保护好自己。同时，我们还要规范业主的享用与占有行为，让业主知道哪些是他们的自有部位，哪些是业主的共有产权。制度的根本，就是让你所管理的小区一切工作有章可循；法治的根本，就是让管理与被管理、业主与物业平等地享受法治的红利。”

与会人员交头接耳，对齐好的发言感到新颖，这时朱笑蔓的脸色显得有些僵硬，但也强装出一副认同的表情。

平静的湖面倒映出参天高楼，碧绿的蓝天像一面镜子盖住湖面，几只水鸟从湖面飞过，掠过一道弧线。刘妈推着秦朝在湖边采光，一抹倒影折射在他们脸上，秦朝多日不见光的脸上有些苍白，明显憔悴了不少。

秦朝一脸严肃问：“今天是几号？”

刘妈停住脚步答：“11 月 10 号。”

秦朝若有所思地说：“她们，又该忙了。”

刘妈苦笑着说：“每年供暖，就跟打仗一样，事多啊。”

秦朝叹了口气，说：“供暖问题多呀！”他又停住，问刘妈，“我的暖气费缴了吗?”

“老师，早缴了。”刘妈推着秦朝漫步在湖边。

15

学校教室里乱哄哄的，几个男孩打来打去，其中一个男孩跑到讲台上模仿赵明明的口气。男孩咳了咳嗓子：“同学们好！请拿起笔自己画一下。这节课，讲的重点在哪里呢？就是这里，听好了！”惹得大家哄堂大笑，他看到赵明明出现在窗外，马上闪回到自己座位上，有值日生喊起立，领头喊老师好。

赵明明气喘吁吁地跑进教室，他双手扶在讲台上，上气不接下气地道：“同学们好！老师……”脸上写着歉意，“今早出了点小状况，来晚了，让同学们久等了。”用手不停地擦着脸上和脖子上的汗水。

这时，坐在后排的旦萱萱毫不犹豫地跑到讲台前递给赵明明一张纸巾，赵明明接过纸巾，递给了旦萱萱一个感谢的眼神。

顿时，全班同学傻了眼，张大嘴巴目迎着旦萱萱淡定的表情，教室气氛凝固在那一刻。赵明明满脸写着不自在：“谢谢萱萱同学！我们上课吧！”

鑫达州物业公司三楼会议室。会议还在继续，会场气氛轻松了许多，朱笑蔓脸上的尴尬表情也平静下来。刘倩倩气喘吁吁地跑进会议室，一屁股坐在自己的位置上。齐好凑近刘倩倩小声问：“……没迟到吧?”

刘倩倩看了一眼朱笑蔓，又转脸给齐好点了点头。

刘倩倩回想起她刚才骑电动车带着赵明明焦急地在车流中穿行的情景。十字路口处，因一起交通事故，交警暂时对路口实行了临时管制，刘倩倩带着赵明明被堵塞在路口，两人同样一副焦急神态。赵明明从后座上下来，对刘倩倩抱歉道：“不行啊，上课时间到了，我走过去……谢谢!”他快步如飞，很快就消失在视线里。

朱笑蔓看看齐好又看看刘倩倩，很疑惑地：“刚才，齐总的话，我希望大家要引起重视，做物业不仅仅是搞好服务，还要注重管理制度的创新，所有服务工作，都要在严格科学的管理制度下来完成。”她看看齐好又看看刘倩倩，对保安部和环境部经理说：“你们两个的工作，要从严从细着手，每个细节都是决定物业成败的关键。”

齐好纠正道："品质提升，不光是秩序和环境，而是物业服务的全盘工作。我们应该从细致入微处着手，逐步向科学规范的标准化靠拢，任何偷工减料的服务，在品质面前都是苍白的。"

在座的经理们听得云里雾里的，齐好也借这个机会大讲科学管理的重要性。张洪学仰面看着天花板，若有所思。其他经理不停地在工作日志上记着，看得出来，是人在心不在。会议室就齐好一个人的声音："为进一步规范物业管理的运作行为，我们必须统一标准，不断创新管理制度；以标准化管理为主线，以制度化管理为手段；推进制度创新的工作进程，把高效统领、精准服务作为物业管理今后一段时间的主要任务。"

孟宁仰起头，深深地打了一个哈欠。

黄绵绵给来访的旦心沏茶，说去年暖气退费的问题。

黄绵绵生气地说了句："狗屁！高效统领，怎么个统领法？朱笑蔓的高调唱得很美，老娘要的是实货，给老娘把去年暖气费退了，这才叫高效统领。哎！旦工，你的立场有问题，就是要给朱笑蔓一点颜色看看，让朱笑蔓这个骚婆娘知道马王爷长了几只眼。"

旦心胸有成竹地说："我的意思，不是……放过朱笑蔓，而是要让她睡不好觉。"

黄绵绵心领神会，一笑说道："像苍蝇样……"她站起身来比画着，"嗡嗡嗡，整天围着朱笑蔓喊，一刀一刀地慢慢割……"她又得意地一笑说，"今天，你一刀，明天，我一刀……就这样，不能让她安逸死，要让她死得不安逸。哈哈哈哈。"黄绵绵笑得前仰后合，"旦工，你是高人，高人啊！"

旦心有意地说："下午，我们再去朱笑蔓办公室喝茶？"

黄绵绵抿嘴点头，得意一笑说："还能缺我？"

朱豆豆在她的眉间雪茶叶店指挥着刘晃干活。刘晃爬在云梯上走电线，他的个头高，吊顶矮，正歪着脖子艰难地在失重的情况下紧螺丝。

刘晃憋住气，声音有些变调："哎哎，你用心点好不好。"刘晃训着朱豆豆，"丢三落四的毛病老不改。"

朱豆豆很不情愿地回嘴道："把臭嘴闭上，干点活你屁话多得像屎。"说着干脆走开不伺候了。

刘晃大喊："梯子……"随着刘晃的喊声，他连人带梯子栽倒了下来，刚好砸在了衣服架子上，哐当一声："哎——哟——"

朱豆豆刚走到门口，就听到响动，回头看见刘晃落在地上，连衣服架子都砸断了。她也吓得不轻，呀的一声向刘晃扑过去喊："晃子——"

她抱住刘晃，被吓得号啕大哭起来。刘晃眯着眼睛看着平时那么傲慢、不可一世的豆豆，今天还真是动情了，看来自己在女神的心里是有点分量的。朱豆豆抱着刘晃，哭得很伤心，根本没有注意到刘晃正在享受她温暖的这一抱。他眯着眼睛看朱豆豆，做了个鬼脸，用手指着自己的脸，让朱豆豆亲他。朱豆豆突然觉得刘晃没事，而是在要弄自己，气不打一处来，使劲将双拳如雨点般砸在刘晃的胸脯上，刘晃静静地躺在她的怀里，用心享受着这个过程。朱豆豆一个劲地砸，却忘了刘晃还在她的怀里，她推开刘晃沉重的身体，坐在刘晃旁边，轻轻擦着泪水。

朱豆豆嗔怪道："……你坏。"刘晃嘿嘿一笑，憨憨地说："没干啥啊！"

朱豆豆生气地一脚向刘晃屁股踹去。刘晃一个跃身站起来，撅着屁股喊朱豆豆："踹这，踹这。"

一阵追打，一串串笑语把他们拉回到从前。

大山深处，一家三线企业，苏式平房一栋栋镶嵌在深山沟之中，平房很陈旧，但很整洁。平房的屋前屋后光秃秃的，没有一点绿植，看不见秋天，更看不见秋叶。几个同龄小朋友在一栋平房的院子里打闹。

一个小男孩喊："你爸是反革命。"

小女孩反击说："你爸爸才是反革命。"

几个孩子扭打在一起，一个小男孩跑来护住小女孩，不让那些孩子欺负她，小女孩也不示弱，嘴还在不停地骂。

眉间雪茶叶店里，刘晃缩着头举起双手求饶。朱豆豆很解恨，抡起拳头在刘晃浑圆的背上猛砸，还是小时候那样顽皮，两小无猜。

刘晃猛然转身，抓住朱豆豆两个拳头搁在心口。刘晃对视着那双含情的眼睛说："……今晚，不去你家，去我家，我准备了好菜，招待你这位公主哦！不，是我心中的女神。"

朱豆豆含情地与刘晃对视一笑，没有吱声，用心看着刘晃，小声说了句："听你的。"

16

朱东风坐靠在沙发上看电视，腿搭在茶几上，腿上盖了一条绿色军毯，脸色有些发黄，明显瘦了一圈。朱笑蔓俯身在沙发上，紧靠在父亲旁边，双手在平板电脑上打字。

客厅光线很暗，趁电视里闪现亮光时才能看清客厅大概样子。家私很陈旧，沙发是仿皮的，很大气，色泽不错。客厅不大，是过去老套的清水装修。朱东风无心看电视，他看着朱笑蔓，说："蔓子，抽空去看看老师吧，最近我老做梦，可能是想他了。"

朱笑蔓接过父亲的话茬说："好，就看你的身体状况。秦爷就是腿不方便，刘妈一直在身边照顾。"

朱东风紧锁眉头叹道："你刘妈是个好学生啊……难得。这些年也不容易。"

朱笑蔓跟着父亲的话说："是啊！可黄绵绵不理解呀，说自己家的事不管，去管一个与她不相干的老头。"

朱东风坐起身来，语气中带着不满："话也不能这么说，照顾老师也是一种责任，是义务，一日为师终生为父，难道她不懂这个道理？"

朱笑蔓应道："有人说，又不只是她这一个学生，凭啥要这样去付出，图什么？"

朱东风正色道："啥都不图！这是师生情分，也是一种感恩。"

朱笑蔓摇摇头苦笑道："情分？感恩……恐怕对黄绵绵来说，是苍白的。"

朱东风看着女儿的难处，把话又收了回来，怜惜地看着朱笑蔓说："其实，你刘妈……可以不听这些。就像你这样，三个娃的爹，就你一个人在身边……"

朱笑蔓假装生气说："爸，你咋老说这话，这不是伤人心嘛。再说，他俩也是你的孩子，也有责任来管你。"

朱东风嘟囔着："靠不住。"

朱笑蔓故意生气地对父亲说："以后，不许再说这些话了，就权当你生了我一个。"

朱东风不再说话，拿着遥控器在电视里找节目。电视一闪一闪，房间一明一暗，很明显他是在生自己孩子的气，家里气氛突然沉闷起来。朱笑蔓从沙发上翻身起来，抱起被子进了自己卧室，刚关闭门，又开一条缝，给父亲说：

“我睡了。”

秦朝坐在轮椅上还在看一些已经看过了的《参考消息》，他取下眼镜，揉揉眼睛，闭目养神了一会儿。刘妈端着木盆出来，放在秦朝脚跟前。

刘妈说：“老师，泡泡脚。”她蹲下身去帮助老师把拖鞋拿开，脱下袜子，然后把脚放在木盆里，：“多泡会儿……我加了些食盐。”

秦朝在刘妈的帮助下，把两条沉重而又不听使唤的腿放在了木盆里，对刘妈说：“红梅呀，几个月都没看到晃子了，他的洗车店还开着没？”

刘妈一边给老师洗脚，一边回答老师的话：“开着呢，生意还不错。”

秦朝脸上露出一丝丝笑容：“哎！不省心呀！”

刘妈说道：“老师，孙子大了，他自己的事情他自己做主。”

刘妈起身来到秦朝卧室，帮他把床铺好，再给他倒了杯水放在床头柜上，把睡前该吃的药放在水杯跟前。她拿起脚布给老师擦脚，一切停当，扶起老师走进卧室。刘妈忙完老师的事，才回到自己的房间，没有过多洗漱，而是一头倒在床上，一会儿就进入梦乡。

醉月湖在冬夜里显得很平静，倒映在湖面上的灯影稀稀疏疏。幽黑处，楼角倒映在湖面，就像一块砖头实实压在湖面。

刘晃家，一室一厅的小户型，布置很简单、很清爽。简约型意大利组合橱柜和一套不锈钢餐具，家私不多，但很简洁。一扇干净的落地窗，可以看到窗外落叶的树干和还没有被季节折磨死的绿篱。餐桌上，一片狼藉，一些残汤剩水还留在上面，两只碗还剩些饭菜，筷子乱扔在碗的周围，筷子旁边一团用过的纸巾。刘晃裸露着健壮的肌肉，半躺在床上看手机，不时被手机里的视频逗得哈哈大笑。朱豆豆推开卫生间的门，伸出手问刘晃要手纸。刘晃捂住下身，从床头柜里取出一卷纸递给在卫生间的朱豆豆，他一不小心，被朱豆豆拖进了卫生间，一对影子被哗哗的莲蓬头雾化在玻璃幕墙上。客厅电视里正在上演施瓦辛格强吻牧场女主人的故事情节。

汇通夜市，整洁有序的摊位在夜色里格外醒目。过往的食客，把一双双馋眼投放在每一个热气腾腾的锅里，每一份香喷喷的碗里，哈喇子顺着干燥的咽喉咽下，滋润着饥渴的心田。男女吆喝声混成一片，喊得最响的莫过于一个熟悉的声音，顺着那个熟悉的声音从烟雾腾腾、锅台连成线的远处看去，一张熟悉的脸映入眼帘。这里，冬夜不冷，旦心一副神气得意的样子。洁白如雪的厨师高帽子，比别人都高，在整个摊位上显得十分明显，能看出他是别出心裁。他动作很麻利，左手端起炒锅，右手拿着炒勺，在旺盛的炉灶上翻了几下，一份炒面顺势倒在碟子里。炒勺还在锅边叩了几下，一是吸引食客，二是告诉别人他生意红火着呢。

旦心手里不停地忙着，也大声吆喝着："来了，来了，请坐，请坐……乾州炒面，六块钱一份。"

旦心正忙着，庞红枫带着一位浓妆艳抹的女士出现在旦心的眼前，他感到吃惊，庞红枫这么晚了还带着一个女人来吃夜宵，真是稀罕。

旦心忙招呼着："哦！大律师来了，请坐请坐。"又对着那个浓妆女人热情招呼道，"美女来啦！请坐请坐！"

庞红枫看着旦心一脸傲慢的表情，说道："刚从庭上下来。这案子，扯了好几年。有进展没？"

旦心答非所问："大律师就是忙……来，你的……"把一碗炒面递到庞红枫面前，然后转向那个女人说，"美女，请稍等一下，要一份一份地炒才有味道。"接着又把大蒜递给庞红枫，热情地说，"这是今年的新蒜，拉条子就是大蒜的绝配。"

庞红枫真是饿极了，拿起筷子就大快朵颐，完全没有顾及他自己带来的女人。旦心用余光看了一眼庞红枫，眼前这人完全没有在他办公室那样拽、那样绅士，完全一个吃货。旦心动作很麻利，三两下就给美女也炒出一碟面放在她跟前，还是老习惯，拿起炒勺在锅边用力叩两下，意思是这碗炒面炒毕。

闲下来，旦心问："庞律师，我想问一个问题，咱小区去年暖气不热，该不该退费？或是今年少缴些，合不合理？他们要是不退费，可不可以起诉物业公司？"

庞红枫没有回答旦心的问题，而是说："味道不错，开了多久了？"

旦心看了一眼夜市，随便一说："不长。你说……可不可以起诉物业？"

庞红枫没接旦心的话："明天，来我办公室吧！"起身就走，那位美女饭还没吃完也起身跟着庞红枫走了。

旦心一脸蒙圈："哎哎！我问你啥……"

庞红枫和那位美女已走出了旦心的视线，旦心的眼神还没有收回，停留在他们去的方向，不知这律师是咋回事。

朱笑蔓在办公室看文件，她一身工装很得体，衣服的收腰很完美，办公桌上很简单，除了一些财务报表和一些公司文件外，一台电脑也显得很陈旧，喝水杯子是动物造型的，可爱极了。她一脸轻松，认真听取齐好和张洪学等骨干就去年个别业主反映暖气不热退费问题征求意见。

张洪学坚定地说："退，一定要退。"他看了看大家的表情又转换了口气说，"不过……还是看看大家的意见再说。关键是怎么个退法。"

刘倩倩没有立即做出反应，而是拿出了去年去部分业主家里测温的数据表摆在朱笑蔓的桌子上说："这是依据。"

朱笑蔓刚要表态时，客户中心前台打来电话，电话里声音很大，前台的客服告诉她说："经理，经理，业主把收费室堵了，不让收费了！"朱笑蔓紧锁眉头，表情有些无助，她站起身立即表态："退！"

张洪学和刘倩倩脸上顿时有些欣慰，齐好一脸不解，她思忖着，没有立即回应朱笑蔓的表态，而是另有想法。

齐好也站起来，看着朱笑蔓一脸严肃说："不妥，朱总。"

朱笑蔓有些疑惑，问："莫非你有……"

齐好说："不能这样退。我们可以这样……"

大家的眼光都集中在齐好脸上，朱笑蔓屏住气，等待齐好的结果。

齐好脑子一转："但我们可以给个别不达标的业主，且是经过我们测过温的，三次不达标的采暖户，今年先供上，等家里温度达标了以后再入户测温，收费。至于去年不达标的那几户，我们可以减免三九几天最冷天气的使用费，减免费补充到今年的收费里。不要退现金。"

朱笑蔓还是一筹莫展地说："业主堵住了收费室怎么处理？"

齐好咧嘴一笑，看着张洪学说："张经理，就看你的绝招了。"

张洪学先是一愣，后明白了，他对朱笑蔓诡秘一笑说："有办法了。"转身离去。

朱笑蔓一脸莫名其妙，她看着齐好的眼神，像是明白了一些，叮嘱道："稳妥点哈！"

齐好与朱笑蔓、刘倩倩三人对视了一下，都很沉得住气。坐在物业中心大厅里的潘登老人站起身，走到前台。

潘登："好办法。"话音未落就走了，刘倩倩莫名其妙地看着潘叔出去。

赵明明站在自家门外，仔细琢磨着手上这几把钥匙，为什么打不开自家的门呢？是不是自己弄错了，他再次用钥匙去开门，防盗门还是打不开。赵明明怀疑是黄绵绵捣的鬼，拿出手机就给黄绵绵打电话，大发雷霆：“你是啥意思，不让我回家，故意给我难堪是吧？我看你这个小心眼要玩到啥时候，我还不信这个邪。”挂掉电话转身乘电梯下楼了。佳境·国际村客户中心收费室门口，门被业主封了，缴采暖费的业主既进不去也出不来。黄绵绵和几个业主在收费室让其退费，且拒缴今年采暖费。她正在客户中心与收费员吵架，要求退费，这时响起赵明明的电话：“喂！咋咧？啥意思？”黄绵绵从物业部收费室走出来莫名其妙地问：“喂喂喂……神经病！”她挂掉了电话，走出了物业中心大厅。

17

醉月湖湖边，几名保洁员跪在地上清掏雨水井。一辆垃圾周转车从她们身边经过，其中一名保洁员拾起地面上的零星垃圾扔在车里，看着掏雨水井的伙伴开玩笑。

一保洁员笑着说：“尻子撅那么高干啥，比谁的大？”

另一个保洁员笑着回应道：“你的尻子才大呢，都说你是生儿子的尻子。”

“去去去，少贫嘴，村里人都说，大尻子女人能镇家，不是吗？哈哈哈哈！”随着一阵笑声，垃圾车已绕过湖水。

朱笑蔓带着客服齐好和秩序维护经理张洪学正在做消防点检，过来，她看着在地沟里干活的保洁员，走过去帮她们递过铁锨。

朱笑蔓道：“大家小心点！”她对环境部经理王红说，“小心中毒，揭开井盖前用水先冲，跑跑气再下去干活。”

王红爽快地说：“谢谢经理，放心吧，我们经常做，都有这方面的经验了。”她对井沟里的人说，“你上来……”伸手把同事拉上来，自己又跳了下去，溅起一身污水。

醉月湖微微波澜，褶皱了倒映在湖面的高楼。

黄绵绵回到家门口用力推她家的门，她用钥匙反复试都没能打开防盗门，她有些急了把门踹了几脚。黄绵绵正一脸无奈时，朱笑蔓和几位物业管理人员从楼上下来，刚好碰到一筹莫展的黄绵绵站在自家门口。她挡住正在楼层做消防例行检查的朱笑蔓等人，说防盗门打不开了。

黄绵绵不好意思地说："村主任，我领导……帮个忙吧，门打不开了。"

朱笑蔓看着齐好和张洪学，心知肚明："你俩想想办法吧！"说完自己下楼了。

齐好看着张洪学，对视了一下，给他使了个眼神，张洪学明白了，对黄绵绵点点头，很和蔼地说："我去取个工具，稍等一会儿。"

黄绵绵一脸愁容，看着齐好她们进电梯，着急说："……麻烦了，我等着啊！"正在黄绵绵松口气时，手机又响了，是个陌生电话，电话里是位男性声音，说有人举报她的时装店里没有灭火器，叫她马上配置上灭火器，消防部门马上去检查验收。黄绵绵一头雾水，这真是屋漏偏逢连夜雨，船迟又遇打头风，她感到自己处于一种避坑落井、孤立无援的境地。

刘妈推着秦朝在醉月湖边晒太阳。秦朝今天气色不错，布满岁月痕迹的脸上有一团红晕，可能是几天没有出来透气，今儿特别兴奋。

秦朝说："红梅呀！今儿是哪股风把那小子吹醒了，还知道问问姥爷的身体，提醒姥爷天凉了多加衣服……"他琢磨着，又问刘妈："该不是……洗车店又缺钱了？"他又摇摇头说，"不会吧！"

刘妈笑问："老师，不会吧，孩子都大了。"

秦朝笑着说："我是说那小子，又在打啥算盘，套姥爷的钱呗！"他笑眯眯地看着刘红梅又说，"真是缺钱，就给他点吧！你看……红梅？"

刘妈应道："是真的需要……或是店里周转不开，就适当给点吧！"

秦朝情愿地点了点头。

疾风车吧门口各种颜色的高档轿车排成长队。男男女女的洗车工，打扮都很时髦，都年龄不大，却都是干活的能手。他们的工装很别致，连衣裤，胸前是只老虎图案，血盆大口，看起来很恐怖。刘晃从办公室走出来，一身牛仔，很神气，他的人缘不错，进来的车主或是店里员工都爱跟他说笑或打闹着玩，他走到一辆红色本田雅阁跟前，踢了一脚洗车工说："精细点……是大款的！"洗车工明白，给他做了个鬼脸就继续干活去了。

一辆两厢灰色高尔夫准确地停在刘晃跟前，随着车窗玻璃落下，一张熟悉的脸露出来，是黄绵绵。刘晃一个大步上前，打开车门，做了个标准的迎宾礼仪手势把黄绵绵接下车。

刘晃开心地说："哎哟哟！今早天边出现红晕，当我睁开惺忪的睡眼时，发现屋里刮来一股清风。我猜，今天一定是有大事件降临本店，果不其然……幸福之星来了，请进!”接过钥匙又顺势扔给洗车工，“沏茶……沏好茶，有贵客到。”

黄绵绵坐在刘晃的坐山雕椅子上，左右看看，把办公室打量了一番，直盯着刘晃，眼神有些恐怖。

刘晃好不自在，感觉到这眼神有些可怕，他顺着黄绵绵眼神走过的角落，认真端详了一遍，没有发现不妥之处呀：“咋，咋啦？今……谁把我的敢死队女神给冒犯了？这是，得罪了天神啊!”

黄绵绵咬牙切齿地告诉刘晃：“谁？还不是那个臭娘们儿——朱笑蔓呗！今天……给我难看……哼!”

刘晃疑问：“给你难看？你是佳境·国际村里的头号老大呀？谁……谁吃了豹子胆？”加重语气对着门口大声喊，“除非，他不想混了。”

黄绵绵站起身郑重地给刘晃说：“我俩，是不是哥们儿？”

刘晃很坚定地点点头。

黄绵绵又指着刘晃的鼻子说：“你是不是男人？”

刘晃拍着胸脯，昂起头，大声说：“顶天立地!”

黄绵绵又问：“我俩……是不是……玩尿泥长大的？”说着说着她大哭大闹起来。

刘晃赶紧安慰，赶紧跑到椅子后面去给她捶背，讨好地说：“是，是！我说……今儿是咋啦？”

黄绵绵拉起刘晃的手就往店外走：“走！帮我出了这口恶气。”

刘晃被黄绵绵拽着上了她的车：“这……这……”

鑫达州物业公司三楼会议室正在召开今冬采暖工作专题会。工程部经理孟宁就今冬采暖工作做主题汇报。孟宁严肃地说：“今冬，我们遇到的最大问题，是热源温度较之去年低了 0.5—1 摄氏度左右，而供热面积比去年增加了 272 户 3 万平方米，我怕热源不够。”

齐好十分肯定地说：“今冬地热源水位下降，加之热源出水温度比去年低了 1 摄氏度，这些问题可能是压力不够造成的。我建议以鑫达州物业公司的名义给热源公司去函，把我们的现状摆出来，要求在供热前再加一台泵。否则，就会影响到今年的采暖效果，不达标的用户会比去年还多。”

大家对齐好的意见持否定态度，朱笑蔓认真做着笔记，没有表态，她抬起头看了一眼大家，若有所思。孟宁站在供热技术的角度出发，对齐好的意见给予了否定："不可能，加泵是个大工程，离市政供暖时间仅剩下三天，就是加装也来不及，这万一影响到大面积采暖……"他有些顾虑说，"我不同意加泵。"

正是今冬采暖工作紧锣密鼓的时候，黄绵绵拉着刘晃急匆匆地冲进大厅，直奔前台。客户主管刘倩倩正在接业主的电话，咨询供暖问题，刘倩倩看到黄绵绵一脸怒气，猜想到又有什么事情即将发生，她从前台绕出来，走到黄绵绵跟前，忙问道："绵姐，啥事？"她看了一眼刘晃，礼貌地说，"把她急成这样……有话坐下慢慢说哈！"赶快跑去给她们倒水递给黄绵绵，耐心劝说，"先喝点水，消消气。"

黄绵绵没好气地一巴掌把刘倩倩端来的茶水打翻在地："朱笑蔓啦，叫她出来，不退费不说，还给我使坏，叫她出来！"

刘倩倩耐心安抚道："绵姐，朱总刚出去，要不……"

黄绵绵生气地说："不行，今天，非给我说清楚不可。"

刘晃狠狠地对刘倩倩说："快！给她打电话。"刘倩倩一脸为难，她转身回到前台，刘晃跟到前台，逼着刘倩倩厉声道，"打！"

三楼会议室，供暖专题会还在进行，大家所持观点不同，会场争论不休。齐好坚持自己的观点："孟经理，你知道去年有多少户暖气不热吗？"她拿出厚厚一沓已卷成皱纹的记录本给孟宁看："地热井设计供热面积是 13 万平方米，实际供热面积是 7 万平方米，今年装修入住和往年没有入住的新用户超过 10 万平方米。我们可以想想，去年用暖户是 688 户，达标的 513 户，才占到用暖户的 75%；还有 175 户不达标或基本不达标。不达标就是低于 16 摄氏度，基本达标就是在 16—18 摄氏度之间。今冬用暖户 960 户，比去年增加了 272 户，我们可以预测一下。"

客户大厅，黄绵绵气急败坏，从刘倩倩手里抢过柜台上的座机摔在地上，面对着大厅里其他业主，大声喊道："今天，她朱笑蔓不给我说清楚，我跟她没完。"

大厅进出缴暖气费的业主神情各异。三楼会议室的会议还在进行，加不加泵，加泵会不会影响到 15 号正式供暖，万一加完泵还是不热怎么办等疑难问题摆在朱笑蔓面前，她听完大家正反两面的意见，是该她拍板定案的时候了，她左右为难，一时举棋不定，会场气氛凝重。

突然，会议室大门被踢开，黄绵绵和刘晃第几位业主出现在会议室门口，黄绵绵一脸怒气，大家的目光齐聚在黄绵绵身上，齐好猛然起身走到黄绵绵跟前，严厉指责："你想干啥?"

朱笑蔓看着齐好的惊人之举，一脸惊愕。

18

齐好几个大步走到黄绵绵跟前，气势如虹，呵斥道："还想冲击会议不成?你想想，你做的都是些啥事，整天跟物业闹别扭，物业是为全体业主服务，不欠你个人的。"

黄绵绵一脸杀气道："为啥不退费?为啥堵我家锁眼?为啥投诉我……这都是你们干的缺德事。我要让朱笑蔓给我个说法。"

齐好指着挂在墙上的投影仪，上面显示今冬采暖的整个方案："那我给你个说法，我们正在研究业主今冬供暖问题。"她拉高嗓门，"我请你出去!"

黄绵绵提高嗓门说："我要朱笑蔓给我个说法!"

朱笑蔓站起身，忍了忍，果然做出决定，对孟宁说："加泵。退费。"

与会人员都张大嘴傻眼了，相互对视，一时难以接受。齐好看着朱笑蔓有种复杂的目光，一时难以理解。黄绵绵、刘晃和几位跟进来的业主也被会议室的氛围所震惊，对朱笑蔓答应的退费更是引起热议。

齐好一脸憋屈、一脸怨恨地说："朱总，你……"

天刚黑，地热井泵站房门口，堆了一大堆泵房维修的专业大机具，三个碘钨灯把现场照得通亮，犹如白昼。工程技术人员身着绿源统一工装，正加班加点给泵站下管加泵。朱笑蔓一群人送吃送喝来到现场，看下管加泵情况进展得如此顺利，一脸欣慰的表情。

朱笑蔓问："进展情况如何?"

孟宁回答道："管子还在连接，可能还得两个小时吧!"

齐好跟着问："加了几米?"

孟宁一边干活一边回答："10 米管，再加个泵。"他蛮有信心地说，"今冬热源……没问题。"

齐好提醒道："不要高兴得太早，别忘了热源水位在下降。"

现场在警戒线外围了不少业主，大家都对这次物业加泵问题表示满意。朱笑蔓叮咛道："动作小点，不要影响业主的休息。"

孟宁回答说："我会注意的。"他转过身看了一眼警戒线外围的围观业主，"这些业主大多是这栋楼上的，可能会有些影响，我会小心一点。"

朱笑蔓点了点头，叮咛说："让师傅们赶紧把饭吃了，一会儿凉了。有事给我打电话。"

孟宁紧着螺丝，咬着牙咧着嘴把管子翻了个身，从喉咙里送出来三个字："放心吧！"灯光下，绿源地热公司工程人员加班加点正在干活。10 米长的管道已焊接好，大家铆着劲正一点一点地往吊车够不着的位置移动，孟宁是这次下管加泵的现场总指挥。

赵明明在看电视，身上披了一件枣红色毛衣。黄绵绵开门回来，看着赵明明披了件毛衣讽刺道："哟！不傻啊，还知道冷。你咋不穿她给你织的那件毛衣……那是大学那会儿你们的爱情见证。"她把手包往沙发上一扔，又开心一笑，"下午……给了她一个下马威……这不，要退费了。"她凑到赵明明耳朵前诡秘地说，"今年，要少缴好多钱，有钱给你买好吃的了。"

她把一袋普集镇烧鸡递到赵明明眼前，被赵明明抓过来没好气地扔到地上，黄绵绵傻眼了，一副惊恐的眼神看着他。

学校门口灯火斑斓，刚下晚自习课，学生们蜂拥而出。

旦萱萱追着小宝，拉着他衣服，神秘地告诉他："我爸开了个夜市，走，请你去尝尝。"

小宝有些顾虑，想去又不想去，说："我爷……他……"

旦萱萱劝道："没事，到我家门口夜市，用我老爸的电话，给你爷爷说声，好吧！"

小宝勉强答应，点了一下头，跟着旦萱萱走进夜色里的街道说："我想我妈了。"

朱笑蔓才下班，她骑着电动车进小区，在小区门铺买了些菜，又火速骑上电动车消失在不大的小区拐弯处。朱东风躺在沙发上看电视，身上盖着一床薄被子。朱笑蔓边开门边说："爸！今天好冷啊。"她取下挎包放在门口的鞋柜上，走进了自己的卧室。

朱东风答非所问："家里，都提前供暖了，刚听到水声了。"

朱笑蔓一身家庭装束出来说："下午市政管网开始冷水循环了。"走到父亲跟前帮父亲续了点开水，问，"晚上，想吃点啥呀？"

朱东风很关切地问："你公司开始试暖了吗？"又回答女儿的问话："随便吃点吧！你早晨做的菜我吃了两顿，蛮好吃的。"

朱笑蔓给父亲背上搭了件厚外套说："针可以打了……我做饭很快。"说完就走进厨房，从冰箱里取出胰岛素放到茶几上。

朱东风从茶几上拿起胰岛素注射器，打开，拧好刻度，撩开衣服露出一个肥大的肚子。他打胰岛素多年，是个久病成良医的老人。

一条绿篱带笔直通向前方十字路口。一支快步走的队伍随着强有力的节奏从路口走过来。旦萱萱和小宝在街灯下走来走去。小宝突然想到一个新问题，他仰头看看路灯，一脸的稚气地问旦萱萱："啥叫夜市？"

旦萱萱想了想答："就是在晚上给那些有家难回的人做饭吃的。"

小宝自言自语地说："哦，有家难回的！"

旦萱萱接过小宝的话："就是……那些家在外乡，人在我们这座城里打工的叔叔阿姨。"

小宝崇拜地说："哦！旦萱萱，你懂的知识真多。我……就不知道这些。唉！我还想问你……知不知道……"小宝说了一半又停住了。

旦萱萱受到小宝的崇拜，十分大方地说："说吧！我知道多少，就告诉你多少。"

小宝迟疑片刻，欲言又止："我……"

旦萱萱急得催促说："有话就直说呗！"

小宝迟迟疑疑地问："啥叫假离婚？"

旦萱萱看着小宝，一脸的严肃，又怕说不准，就吞吞吐吐说："假离婚，就是假的离婚呗。"

小宝充满希望的眼神看着夜空，一双透明的眸子闪着满天星星。

汇通面很红火，每个摊点都坐满客人。旦心的炒面也是一绝，老远就听到他炒勺叩锅的声音和顾客搭讪的笑声。旦萱萱拉着小宝穿过热闹的市场径直朝她爸爸的摊位走去。小宝没有见过这样的场面，左顾右盼，对眼前这个热闹的市井生活知之甚少，眼前的景象简直是目不暇接。旦心停下手里的活在看信息，是敢死队的头像，屏上显示："告诉你一个好消息，暖气要退费了。"旦心一脸的喜悦。

旦萱萱看出爸爸喜形于色的表情，一定是遇到好事了："爸爸！"生气的样子嗔怪道，"你的宝贝女儿……都来了好久了。"

旦心这才看到女儿和小宝两人，一脸的高兴："哦哦……今天没作业？这小帅哥想吃点啥？你叫什么名字？"

旦萱萱一脸不高兴地看着爸爸娇嗔道："审问呀！"

旦心笑了，说："哦哦！不是不是，我宝贝女儿的同学嘛……当然……"

旦萱萱拉了一下小宝，鼓励他道："我老爸，不怕，大胆说。"

小宝有点胆怯，小声说："我叫小宝，鲍小宝，我爸叫鲍鹏，我妈是朱笑蔓。"

旦心一听，突然怔住了，一个凶神恶煞的面孔出现在脑海。

312 国道店张段，来来往往的车辆飞速行驶。双向两侧机动车与非机动车各行其道，秩序井然。旦心驾驶一辆老款桑塔纳轿车由东向西行驶，他接连打了几个哈欠，两眼泪汪汪的，像是昨晚没睡好。轿车突然被什么东西撞击了一下，他眼前一黑，似梦到泰坦尼克号撞上冰山一样一声巨响，又出于本能的反应，一把方向再次哐当一声，眼前一片金光闪闪，他的世界模糊了。一片静悄悄的世界，一个凶神恶煞的面孔在指责他。

交通事故处理办公室，他看清了这个人还在指责他，就是刚才那张凶神恶煞的脸。交警在问他，他很傲慢地回答说："我叫鲍鹏。"

旦萱萱吃得正香，被爸爸炒勺砸锅的响声惊扰了，怪起爸爸，说："哎呀！爸……你小声点好不好。"

旦心还在刚才的回忆里，不由自主的敲锅声有些失态，突然回过神来："哦哦，对不起，对不起，爸爸高兴。"他情绪稍微稳定下来后问小宝，"小宝，你爸爸……还好吗？"

小宝被他刚才的举动所惊吓，也半天没回过神："哦！叔叔，我爸很好。在南方做事。"

"南方做事。"旦心心里念叨着，炒勺在锅边敲得更响。

泵已安装好了，并调试完毕。所有工程人员在现场正狼吞虎咽地吃盒饭。泵站压力表显示热源出水温度 72 摄氏度，回水温度 38 摄氏度。孟宁坐在泵房外，刚吃完饭，歇着气。他从裤兜里取出一盒已压扁的烟，发给大家，自己才闲下来也慢慢抽上一口。

夜深人静，冬夜的佳境 · 国际村很安详，这时是凌晨三点。

朱笑蔓躺在床上，还没有睡着，她还在观察佳境·国际村物业公司群里今晚下管加泵的一些现场实况。

管道在现场施工人员的努力下挂上工程车吊向井口，管道一点一点向窄小的只有碗口大井口移动，管道下到 2/3 位置，大家有些吃力，孟宁大声喊慢点，慢点，注意安全。管道完全下到井里，工程人员抓紧安装泵。孟宁小心翼翼地启动按钮，机器轰鸣一声。检测表从 0 上升到 3 个压力，热源温度 72.2 摄氏度，出水温度 68.6 摄氏度，回水温度 38 摄氏度，现场施工人员悬在心里的石头终于落地，幸福的微笑在一张张脏兮兮的脸上绽放。孟宁笑得最灿烂，屏幕上出现字幕："朱总，加泵成功，目前试运行正常。"

朱笑蔓疲惫的脸上出现和孟宁同样的微笑，她拉过被子，蒙住自己的头，这才放心入睡。

静静的夜，一轮圆月挂在湛蓝色的夜空。

19

客户中心大厅，有几位业主在咨询退费的事情，刘倩倩在给大家耐心地解释。"退费，不是所有业主都在退费的范围，我们已经把去年个别业主家里采暖不达标申请退费的意见递交给热力公司了，热力公司还在讨论我们的要求，请大家再等等吧。"

业主 1 问："你们没有去家里测温，我家的温度一直就不在达标的范围。一个冬天都是开着空调的，像这种情况怎么办呀？"

业主 3 跟着说："就是，我家还有老人，连 18 摄氏度都不到，像这样该怎么退呀？"

齐好看着个别业主还不理解这次退费的工作实质，主动过来给大家解释："大家听我说，不要在这里问了，至于退费的事情，不是所有采暖户都退。凡是我们入户经过三次测温都不达标的，只退三九那几天最冷天气的使用费，我们会给你们公示的，请大家忙各自的事情去吧，谢谢大家理解。"

业主追问："什么时候公示？"

齐好答道："最晚明天吧。"她说完就上楼去了。业主议论纷纷，对暖气退费问题还存在诸多疑虑。

从屋外楼宇间射进来的冬阳，把朱笑蔓办公室晒得暖融融的。她正在考虑暖气退费问题，以及如何处理她与上级部门之间的分歧。她是在那个节骨眼上做出来的决定，属于情急之下的一时冲动，但上级部门不理解。公司财务制度一直是收支两条线，要想退出来又是何等的难呀，自己怎么就那么冲动，随便答应一个不经过上级公司批准就给业主退费的承诺，这胆子也太大了吧，她正在自责，突然有人叩门。

朱笑蔓整理好情绪，把刚才的忧虑马上藏起来，装出一副自如的样子：“请进！”微笑面对一切是她的职业习惯。

齐好推门进来说：“朱总好！我们得赶快拿出一个退费办法来，全公司统一说辞，不能随便就退。要杜绝一些业主狮子大张口。”

朱笑蔓着急地说：“快坐快坐，公司刚才还批评我了，说我忽视了公司的财务管理制度……你……有什么好的法子？”

齐好稍加思索道：“既然说出去了，就不能出尔反尔。退！就看怎样来操作，我的意见是……”

朱笑蔓正一筹莫展之时，座机铃响了。朱笑蔓一看，是上级公司总经理的电话，她紧张拿起电话：“石总好！”

电话里的声音是一种安慰：“……退费问题我同意。既然已经承诺了，我们就要借此机会来把业主和物业的关系缓和一下。你们内部拿出一个切实可行的退费办法报给我。”

朱笑蔓双手握住话筒，激动地说：“好好！好！请石总放心，我们尽快拿出办法来报给你。谢谢石总的支持。”她放下话筒，对齐好说，“把刘倩倩和孟经理都请来，我们商量商量。”

佳境·国际村社区居委会主任谢小燕正在接办事处电话。

谢小燕一脸睿智和兴奋地接着电话：“好事，好事！争取在朱笑蔓这里搞个试点。可以，可以，没问题。社区一定配合朱笑蔓来开展这项创建工作，好好好！”

叩门声突然响起，她把话筒捂住：“请进！”又对话筒大声说，“好好！请放心吧。”

朱笑蔓和齐好出现在社区居委会主任谢小燕办公室的门口。谢小燕放下电话，满脸写着喜事：“你俩来得正好，我正要去找你们商量一件大事情。这不……”她指着电话：“电话刚放下，你们就来了，陕西这地方还真邪。”

朱笑蔓茫然不解，问道：“主任是想……”

谢小燕笑容可掬地说道：“好事好事。”她看着齐好，“就是你上半年提出来的社区日间照料和康养工作……现在……政府支持了。而且，还力度很大。刚才，我给办事处表态了，要支持你们来大力开展这项工作。这是好事呀!”

齐好喜出望外地看着朱笑蔓：“朱总，我们可以搞日间照料中心和社区康养中心了。”她又对谢小燕说，“都有哪些政策？说来听听……”

谢小燕一脸踌躇满志，她把刚才上级部门领导的意图，详细给朱笑蔓和齐好说了：“明天，我带你们去办事处做详细了解。”朱笑蔓与齐好对视一笑，给谢小燕点头应许。

醉月湖很平静，除了有一丝丝凉意外，清新淡雅的环境是这里最美的语言。几位老人在晚辈们的陪同下，坐在湖边观赏鱼儿，时不时地还扔几粒鱼食到湖里，引起鱼儿一阵哄抢，水波荡漾。刘妈推着秦朝也来到湖边，天气暖和，秦朝一脸兴奋。秦朝问：“红梅，今天是啥节气了？”

刘妈回答：“老师，今年应该是小雪，天冷了。”

秦朝再问：“说给晃子拿点钱，给了没有？”

刘妈说：“晃子说他不要，店里生意还行。让我把你照顾好。”

秦朝关切地说：“唉！没爹没妈的，也怪可怜的。”

刘妈纠正说：“老师呀，现在的孩子有几个是可怜的？都在蜜罐里生活，经不得一点事。哪像我们那会儿，啥都没有经历过。”

秦朝笑道：“红梅呀，不能和你们那会儿相比呀，你们那会儿条件差，生活很艰苦，能克服的困难都可以克服。现在不行啊，有一点困难他们都寸步难行。”

朱笑蔓和齐好一脸喜悦从醉月湖路过，刚好碰到秦朝在刘红梅的陪伴下和一些老人在这里晒太阳，她们走过去搭讪。朱笑蔓和齐好来到老人中间，很随和地与大家聊起了社区养老问题：“秦爷好！叔叔阿姨们大家好!”

齐好也几乎在同时向大家打招呼：“爷爷好！奶奶们好!”

她看了一眼朱笑蔓，又看了一下这些老人的表情，她想把压在心里很久的话说出来，但又觉得不妥：“……我，想告诉这些爷爷奶奶一件喜事。”

刘红梅忍不住问：“小好，啥喜事？说呀!”

齐好看着秦爷，又看了一眼坐在轮椅上的其他老人，她走到秦朝跟前：“爷爷，我们马上就要办……”她欲言又止，“是政府支持的。”

她又回头看了一眼朱笑蔓，笑道：“朱总还是你来说。”

朱笑蔓会心一笑，点点头：“讲给老人们听听，也无妨!”

齐好就大声把佳境·国际村要开办日间照料和老人康养服务告诉了大家。说完齐好腼腆了，此时此刻和她的性格不符。醉月湖一汪湖水静悄悄的，仿佛在聆听一个即将发生的故事。几只水鸟掠过湖面，画过一道弧线，淡淡的水花从湖心向湖边扩散，又渐渐恢复了平静。

20

学校门口，车辆来来往往，走走停停，正是下午放学时间，孩子们一群一群从学校里出来。电话亭里，小宝在里面打电话，他在给电话里的人述说什么事情，听不见说些什么，但能看清楚他着急的神色。

还在办公室的朱笑蔓神色有些紧张，她在接儿子小宝的电话。她强忍住不安的情绪安慰电话里的小宝，说道："小宝不哭，小宝不哭，慢慢给妈妈说，究竟怎么啦，你爷爷他？"

电话里传来小宝的哭声："爷爷死了。爸爸上个月都没给我交托管费，这个月也没缴，托管阿姨都问我了……妈妈。"

朱笑蔓听着小宝的讲述，眼泪汪汪地鼓励安慰孩子，她有很多的痛和恨都无法给儿子诉说，因为他还小。朱笑蔓擦干眼泪鼓励孩子："小宝不哭，妈妈马上给你去交托管费。爷爷走了，小宝要坚强，不要影响学习，有事就给妈妈讲，妈妈会帮助你处理的。等妈妈……"她忍不住眼泪又哗哗地掉下来，她用纸巾擦干泪水，对准话筒说，"等妈妈有房了，就把你接来，跟妈妈一起住。"

时空的裂痕，在她脸上刻下了生动的记忆。

一个现代化家庭，家私有点西洋风格，北欧布艺简约款沙发好气派地呈现在宽敞明亮的大厅里。鲍鹏在看电视，不时接听电话。

鲍鹏一脸惊喜："假离婚？假离婚就能多得两份赔偿款，这是真的？不可能吧？明天麻烦你给我再去问问……这当然是好事啊。"

他放下电话，美滋滋的表情，朱笑蔓收拾完厨房走出来，看到丈夫神秘兮兮的样子问道："啥事？看把你美的。"

鲍鹏神秘地告诉朱笑蔓："我朋友说，办个假离婚证，就能得到两笔赔偿或是多分一套房产。不知道是真是假。"

朱笑蔓看着丈夫诡秘的样子问："怎么？你有这个想法？"

鲍鹏回答道："如果是真的，我们不妨试试。"鲍鹏思忖，"多一套房，我就可以把父母从农村接出来住在城里，还可以帮我们接个孩子什么的，那该多好啊。"

朱笑蔓不无担心地说："我看不好。"她一瓢冷水给丈夫从头浇到脚。"他们来城里能住得惯？跟谁去说话？他们的生活习俗和城里人又不一样，可能几天就折腾回去了。经常来住住，看看，走走可以，常住无疑是他们的监狱。什么假离婚，我不同意，坚决不同意！"朱笑蔓有些愠怒。

鲍鹏一脸无奈，电视里正在播放北京奥运会开幕式。

肉夹馍快餐店，稀稀拉拉几位客人，窗口上方的灯箱上，菜谱明码标价很醒目，不时有几位客人来点菜取菜。朱笑蔓带着儿子在快餐店吃晚饭，小宝手里拿着一个肉夹馍大快朵颐，碟子里还放着一个肉夹馍，一碗馄饨。朱笑蔓吃着馄饨，看着儿子的模样，忍不住眼泪潸然而下。

朱笑蔓关切地问小宝："慢点吃，不要噎住了。你爸他？"

小宝喝了一口汤，把吃在嘴里的东西吞咽下肚子后委屈地说："……爸，我都好久没看见他了，也没给姑妈说他到哪里去了。"

朱笑蔓吃惊道："你住在你姑妈家？那……我们原来的房子谁在住？"

小宝又大口咬了一口肉夹馍，把小嘴撑得鼓鼓的，含混不清地说："妈，我还要吃肉……差一点点，才饱。"

朱笑蔓看着儿子的吃相又心疼又难过，担心地说："晚上了，吃多了不好，不消化，妈妈明天再给小宝买好多好吃的。妈妈问你，我们原来的房子谁在住？"

小宝把一碗馄饨吃得干干净净，连碗都舔了，切切地说："一个阿姨在住。"

朱笑蔓异常震惊，问道："那，那是她把你赶出来了，是吗？"

小宝犹豫地说："是！我自己到姑妈家的。"小宝的话是真是假，很难说清，但他那双稚幼的眼神说不了谎话。她越想越生气。

朱笑蔓气急了，拿出手机就给鲍鹏打电话，电话一直是忙音，问儿子："你爸换手机了？"

小宝怯生生地说："我……也不知道，前几天我就没打通。"

朱笑蔓一听到小宝说这话，气不打一处来，大声骂道："不是人！"

餐厅霎时鸦雀无声，很多双眼睛看向这对母子。

朱东风坐在沙发上看电视，看到朱笑蔓回来眼睛有点肿，担心地问："小宝怎么了？"

朱笑蔓提回来一碗馄饨搁在餐桌上，匆匆地对朱东风说："饿了吧？我给你提了碗馄饨，趁热吃。"就进了卫生间。

朱东风从沙发上站起来，不敢迈出第一步，他站在原地轻微活动了一下，才慢慢来到餐桌前坐下。他看看饭盒里的馄饨，又侧身向卫生间看去，没有开灯，他又屏住呼吸认真听里面的动静，像是有哭泣的声音。

朱东风打开饭盒，没有食欲，他又起身扶住墙走到卫生间门口，把灯给女儿打开。

朱东风一脸不解，又扶着墙向餐桌走去。

客户中心，又有不少业主就退费问题咨询刘倩倩。也有一些业主就退费问题认为不合理，要求全退，吵吵闹闹，似乎都有道理，也似乎没有道理。刘晃也进来了，耀武扬威地走到刘倩倩跟前。

刘倩倩给刘晃一个招呼的眼神后继续说道："地热公司有文件要求，只退三九最冷几天的暖气使用费，不是全退。而且也只能通过我们楼宇管家三次入室测温，不达标的个别业主，也不是全退。"

刘晃提高声音问："这是什么文件，什么道理，我咋听不懂你说的话呢？你这是人话吗？"

刘倩倩看了一眼刘晃，生气地说："请你尊重我！好不好？我说的不是人话，那你说的是什么话？你是人话吗？"

刘晃拍着前台客服的桌子怒道："我说得很清楚，我说的不是人话吗？"

齐好突然站在刘晃跟前，昂起头说："你刚才说的就不是人话，我也没听懂。我告诉你刘晃，公司文件说得很清楚，你就不在退费的范围之内。听清楚了吗？"

刘晃又是老套办法，一跃坐到前台桌子上："我今天就要听听你们的人话，看谁给谁难堪。"

齐好对大厅业主大声说："你们看看，这就是口口声声号称支持我们工作的业主，他这种行为与街道上的二流子有什么两样？动不动就耍赖，大家看看他还是大门外疾风车吧的老板，就这个德行，还在社会上混，大家看他一副地痞样，说不来人话。"她从前台刘倩倩手里拿过工作日记："这就是刘老板去年家里的温度测试记录，平均都在 22 摄氏度。他还要求退费，这明明是在扰乱物业管理秩序……大家可以看看。”她把一沓子测温表递给现场业主看，现场业主每个人脸上的表情都不一样。

刘晃从前台上跳下来，表情有些尴尬，还在大声喊：“看啥！看啥！”他从业主手中抢过测温表撕得粉碎，扔在地上，灰溜溜地走了。

齐好很得意地看着刘晃落荒而逃，心里有种说不出的滋味。

朱笑蔓仍然不厌其烦地在接待旦心等业主。她给他做了不退暖气费的理由解释：“按照国家标准，去年是有个别业主家里不达标，但不是整个采暖季都不达标。只有在一年中的二九和三九等极端天气的时候，室外气温在零下几摄氏度时出现了热源不足的问题。可能有些家里温度要下降 1—2 摄氏度，这是受天气影响属于正常波动现象。今年，我们为了保证每户业主家都热起来，不是前两天我们敦促热力公司加泵了吗，现在你家里肯定是热的。物业公司也在服务中不断完善和改进嘛，也请旦工和其他业主理解支持一下。”

旦心也借着人多势众，指着朱笑蔓问：“去年不热给我怎么退费？我问是这个，而不是今年你们加泵的问题。”他故意加大嗓门，“你们该加，难道还要全体业主给你们点个赞不成？或给你们写个感谢信？”

一个业主跟着附和道：“就是，怎么退费？给我们说确切点。”

办公室乱哄哄的，朱笑蔓沉稳道：“至于怎么退费，不是在通知栏里都告知了吗，你们没看？”她再次重申，“只退二九和三九这几天的使用费，但必须有楼宇管家入户测温三次以上不达标，是经过业主确认的可以退使用费，但基本热费是不能退的。”

旦心嗓门拉得很高，喊道：“不合理，为啥不退？”

朱笑蔓平静地说：“这是国家供暖收费标准规定的，谁都不能变。就是你电工今年不用供暖也得缴基本热费，这是政策。”朱笑蔓把川中市供暖收费办法和收费标准放在办公桌上，随即说，“如果大家哪里不清楚，我还可以做解释。”

旦心拿起文件草草翻了下，又递给刚才附和的其他业主说：“你不退暖气费，我就拒缴物业费……从现在开始。”

旦心撂了一句话，转身出去了，其他业主稀里糊涂也跟着出了办公室。楼道里，旦心仍不服输，踹了一脚果皮箱走了。

大厅里，老业主潘登坐在长椅子上，他看着旦心从楼上下来的样子，也起身把垃圾桶踢了一脚，吼道：“卑鄙无耻。”

21

鑫达州物业公司员工食堂是套单元房，很简洁，几排餐桌很整齐，碗架摆放很有秩序，都有自己的名字，没有啥家私。只是厨房挤得满满的。

正是用餐时间，食堂就餐员工陆陆续续进又陆陆续续出，用餐时间很短，没有大声说话的，只听见吃饭的声音。朱笑蔓与办公室里的其他几位同事一起来到食堂，她一进来就看到一大盆炒面还有餐桌上摆放有几个凉菜，闻到了饭菜的香味，突然觉得自己是真的饿了。她打过饭来到餐桌前跟孟宁和张洪学对坐在一张桌子上。

朱笑蔓淡淡一笑，看着凉菜对孟宁说："麻辣味很正宗，适合孟工的口味。这段时间辛苦你了，供暖总算稳定了。接下来的工作……"

孟宁吃了一大口菜，回答道："收费，也是一个难关。先热后收，是个好办法，但有些业主不讲这个理。"

张洪学抢过话茬，生气地说："不缴，就给他掐了。"

朱笑蔓笑了笑，对张洪学说："我们不能不顾公司的形象吧，不能不顾公司用心服务的理念。业主的事，就是天大的事，这是公司一直以来的服务宗旨，企业口碑来自何处？来自我们最尊贵的业主。业主的满意率，才是我们的目标。"

张洪学还剩下几口饭，他边吃边起身向洗碗池走去。齐好没有认真领会朱笑蔓的话，而是给坐在旁边的刘倩倩说："加紧收费，对反映还不热的业主，入室测温，做好记录。"刘倩倩没有吱声，直点头。

中午，同学们放学都去了各自的托管班吃饭，学校门口和附近家属区里只剩下个别大一点的学生在胡吃零食。这个时候，学校门口的小卖部很热闹。小宝还在他的托管班外闲转，在周围路上见啥踢啥，就连一片枯叶也不放过，踢来踢去。

托管班老师在点被托管孩子的名，点到鲍小宝时没孩子答应，老师先是一愣，后又去和几个老师交头接耳说着什么，从厨房里出来的阿姨拿着名单出来，和老师名单一对，一下子紧张起来，管事老师马上吩咐大家去学校和家属区找人。

朱笑蔓吃完饭回到办公室正在沙发上闭目养神，突然手机铃声打扰了她的平静，她闭着眼睛在接电话："你好，我是。"顿时脸色大变，一下子惊慌起来，"老……老师，你说什么？小宝他……他怎么了？没去托管班吃饭？怎么会呀？"

学校门口，旦萱萱刚吃过饭从托管班出来，脸上红扑扑的。她刚拐过楼头，就被小宝踢出去的小石块砸中胸脯。旦萱萱疼得"哎哟"一声蹲在地上，她朝石块飞来的方向看去，原来是小宝踢的，萱萱大喊："小宝……哎哟，你踢到我了。"她捂住胸部，一脸痛苦。

小宝赶紧跑过来扶起旦萱萱，一脸紧张样，关切的眼神愣愣的。旦萱萱站起身，做出没事的样子问："吃了吗？"

小宝眼巴巴地看着旦萱萱，难过地说："没！"

旦萱萱很关切地问道："为什么？都几点了，还不去吃。"

小宝不好意思欲言又止道："我……不饿。"

这时托管班的老师找过来，看到小宝就喊："小宝，小宝，快回去吃饭。"

小宝想挣脱老师的大手，却被老师拽得紧紧的："老师……我……还没缴费。"

托管老师看着孩子的样子有些心疼，认真地说："你妈妈，上午托人来都给你全缴了，走……吃饭去。"

小宝又惊又喜地跟着老师就走，开心地问："真的？"在得到老师的肯定后，他一溜烟向托管班跑去。

非机动车与机动车并排鱼贯式过绿灯。齐好驾驶一辆中华骏捷轿车缓慢行驶在大街上，朱笑蔓坐在副驾驶上一脸愁容。她的目光随着车的速度在街面上缓慢滑行。突然一个熟悉而又陌生的身影引起了她的注意，那人身材魁梧，健步如飞，一身笔挺的杜克普西服非常得体。他身边紧跟着一位时髦的女人，一束马尾巴扎在脑后，随着她轻盈的碎步快速地富有弹性地摇摆着。

朱笑蔓开始怀疑自己的眼神，她努力让自己镇静，抬头再用那双惊诧的目光去搜索刚才那个熟悉而又陌生的身影时，那个身影却在茫茫人海中消失了，她情绪有些失控："鲍鹏……没……没错，是他。"她转过脸向齐好说，"……化成灰，我都认识他。"

齐好一双惊讶而又奇怪的眼神看着她。

一座很大的老小区，尽管设施陈旧，但布局很合理。这是学区房，许多底层都变成了底商，楼栋成色不好。一群群刚刚吃过午饭的学生，从楼道跑出来，打打闹闹，给这座老小区增添了青春的气息。一辆中华骏捷轿车驶进小区。齐好用一种不解的眼光看着朱笑蔓："刚才是……咋啦？"

朱笑蔓这才回过神来，擦去眼泪，强装镇静道："没……没事。"

骏捷停在了一处托管班门口。朱笑蔓下车直奔托管班，连车门都忘记关。齐好后下车，把副驾驶门关上，也疾步向托管班跑去。看到鲍小宝一个人坐在托管班大快朵颐，朱笑蔓和齐好这才把心放下。朱笑蔓却躲在门外伤心地抽泣起来。

22

朱笑蔓就供暖收费问题正在和齐好工作沟通。

朱笑蔓说："到目前为止，供暖都一个月了，收费率还是没上来。该缴费的都缴了，没有缴的还是那些前段时间喊家里不热的业主。我看，这里面有问题。"她又问齐好道，"最近，业主群有什么新的动静没有？"

齐好回应："没有。停车费和养狗在群里议论最多。"

朱笑蔓沉思片刻，果断地对齐好说："这样！我们再入户走访一下，挨家挨户测温齐齐过一遍……再把水系整治一次，动静整大点，马上布置下去。"

齐好问："你是想用感动之举来震撼业主的灵魂？"

朱笑蔓一笑说："没那么高的境界。我是想年底再冲刺一下，把安全环境、区域环境和水系、新年氛围再提升一下，请马道功把艺术社的锣鼓每天都敲起来，业主秧歌队每天都扭起来，给业主营造一个宽松文明和谐幸福的存在感，迎接新年。"

齐好很同意这个做法，开心地说："好，物有所值，物有超值，就是业主尊贵的体现。"

朱笑蔓看着齐好眼神发光，有种不谋而合的愉悦感，舒心一笑说："就是这个目的，不缴费，能不好意思吗？"

正是她俩乐呵呵的时候，响起叩门声。齐好转身向着门口说了声："请进！"

谢小燕推门进来，开门见山地说道："你俩都在呀，告诉你们一个好消息，你们筹建日间照料中心的营运方案，区上很重视，并列为区政府明年一项重点工作。"

朱笑蔓一脸兴奋，赶紧招呼谢小燕就座，又对齐好说："看来……我们得快马加鞭了。”

谢小燕看着她俩，正色道：“还有一件事，你们要引起重视。”

朱笑蔓把眼神集中在谢小燕脸上，急问：“啥事？让你这么揪心？”

齐好一脸猜疑，她看着谢小燕的表情，故意轻松说：“好事？要助我们一臂之力？”

朱笑蔓不解地看着齐好又看着谢小燕：“你俩……啥事呀？”

谢小燕也感觉不对，齐好根本不知道这事，她问：“齐总，你知道？”

齐好抿嘴一笑：“我猜是。”

朱笑蔓更是丈二和尚摸不着头脑，她想尽快听到一个结果，催促说：“说出来听听。”

谢小燕正想告诉大家，被齐好一个手势挡住。齐好说：“我猜是黄绵绵成立业委会的事。”

谢小燕感到齐好真神，露出了诧异的表情，朱笑蔓感觉是晴天霹雳，一时张大嘴巴哑语了。

黄绵绵正组织几位业主在她的店里筹划成立业主委员会的事情，有旦心、刘晃、马道功和律师庞红枫及其他两位业主。

服装店很整洁，冬季新款服饰很耀眼。收银台上的灯光很刺眼，照在脸上很不自在，“请勿吸烟”三角牌子就立在电脑旁边很醒目，也很孤独。大家围茶几而坐，茶几上堆了很多杂物，还有几张空白信笺。每个人的表情有些凝重，不时呷口茶，缓解一下气氛。

庞红枫端起茶杯，看了大家一眼：“根据《国家物业管理条例》第 9 条之规定，现在成立业主委员会还不成熟，我怕……”

黄绵绵信心十足地说：“怕啥！充其量……鱼死网破。”

业主 3 说：“我觉得……”她清了清嗓子说道，“还是要用法律武器来保护自己的权益。”她拿出《中华人民共和国物权法》给大家晃了晃：“不能和以前一样了，全是一阵空炮，没有效果……反而打草惊蛇，让物业看了咱的笑话。”她看了一眼庞红枫，“我们有律师坐镇，应该稳妥点好。”

旦心抠了抠下巴上的胡子，端起茶杯呷了口茶，担心地说：“成立业委会，是业主的大事，可能……光我们几个人是代表不了业主的。就算是，也只能是少数人，要想通过大多数业主的同意，还得有个筹备组，工作还要一步一步地走。不能操之过急。闹闹可以，要动真格，可能就得按程序来。”

黄绵绵有点心急，拍桌而起说：“旦工，你怕，可以不参加。我要组织几个不怕事的人来弄这事。庞律师，你看？”

庞红枫没有直接对黄绵绵的话表示赞同，但也没有否决：“你先去街道办去咨询一下，看看政府部门的意见，听听街道办对成立业主委员会的一些风声。”

黄绵绵一头雾水，不理解庞红枫话的意思：“街道办？与他们八竿子打不着，至于……业主嘛，可以听听。”

刘晃看着大伙的意见有些不太统一，右手在嘴边挠挠，对着黄绵绵说：“我有事，先走一步。”说着拿起外套欲走，“需要我做什么，我随时都可以做。”说着转身出了门。

黄绵绵看着大家有些心神不定的样子：“今天……就算是，成立业委会的头次会议，就到这吧，谢谢大家。”

庞红枫起身欲走，想起一件事，把旦心拉到服装女模特背后，把嘴巴触到旦心耳朵跟前，小声说：“当事人……死了！”

旦心一脸惊诧道：“死了……这……”

庞红枫嘴边挂着笑意，一对眼神让旦心捉摸不定。旦心再次回忆起当时那个可怕的场景。

车祸现场。一辆老牌桑塔纳轿车横在机动车与非机动车的实线上，非机动车车主倒在道牙处，仰面朝天，一动不动。电瓶车被撞倒在五米以外，车头已严重变形。车祸现场有桑塔纳车灯碎片和电动车外壳碎片及一些物品，撒了一地，鲜血和脑浆撒了一地。旦心被一个男子骂了一顿后，才回过神。他推开了车门，摇摇晃晃向那个倒在地上的女人走去，他用指头在女人的鼻子处触感了一下，再在女人的颈部处触感了一下脉动，拿起电话报警。一个女人的一张煞白的脸浮现在他脑海；一个男人的一双凶狠的眼神，浮现在他脑海；警灯在他脑海里旋转着……

回到法律援助中心，庞红枫一本正经，正在给旦心讲相关法律条款。旦心一脸愁容，不知如何是好。旦心从沙发中间挪到庞红枫办公桌旁，一脸虔诚又一脸无助地说：“这事，还得请庞律师给我出个主意，看怎样才能把损失减到最低。”

庞红枫的右手在办公桌上轻轻地叩着：“你负这起交通事故的主要责任，你是肇事方，你就要承担受害者所有的赔偿责任。”

旦心急了，加大嗓门说："凭什么呀？……她，她是逆行。她不逆行……就没有这起交通事故。我真他妈倒霉……"他抱住头，脑子一片混乱，重复了句，"真他妈倒霉。"

庞红枫若无其事地说："交通事故就是这样判的……同情弱者呗。"

旦心抬起头，眼有些发直："……我才是弱者，我才是弱者！"他几乎喊了起来，"我不服。"

庞红枫埋头做自己的事情，对旦心这样的人他见得多了，不足为怪。他看着旦心像头受伤的公牛，语气又缓和了点说："不行……要不，我再找找人？看看能否在开庭前……有点好转。"

旦心兴奋的脸上表情有些痛苦道："谢谢！谢谢！我就是手头有点紧张。"他又鼓起了勇气，"我会尽最大力量去办，保证不夹你的手……好吧？"

庞红枫盘算着，看如何把旦心说服，他一副推心置腹的样子说："现在，办事难，谁吃了豹子胆，敢惹这些事，那是要丢乌纱帽的。我带你去，你直接给具体办事的人，还省得过我的手。"

旦心一听，这话中有话，明明知道这个人是在给自己挖坑，但又没办法，一不做二不休，连连对庞红枫说："哦！不不不！不不不！我给你，我给你，还是你去好。毕竟，这是你的关系，我掺和进去……不妥。就拜托你了！"

庞红枫往椅背上一靠，勉为其难地说："那好吧，这样也行，那就，我去打通吧，毕竟我熟嘛。"

旦心充满期待的眼神，让庞红枫的微笑里带着一种诡异，他看着旦心说："那就抓紧去办吧！"

旦心起身，又非常谦恭地给了庞红枫一个感谢的眼神。

寒风凛冽，树上叶子已落尽，枯枝参天，觅食的鸟儿歇在上面，成双成对，鸟语很甜。街道办大院井然有序，不时有进进出出的车辆。

谢小燕、朱笑蔓、齐好三人谈笑风生地从街道办大门出来，径直钻进齐好的中华骏捷车里。朱笑蔓坐在副驾驶，谢小燕坐在后排，她们的脸上神采奕奕，尤其是朱笑蔓的脸上更是光彩夺目。她说："真没想到，简直就是不可思议，政府领导对养老工作如此重视，我们还有什么理由不去把这件事做好呢？"

谢小燕接过朱笑蔓的话，笑着说："接下来，就看你俩的了。做不好或是搞不起来，我就找你朱笑蔓问责。"

齐好没有说话，只是转过脸来对谢小燕的话给了一个赞同的眼神。

朱笑蔓蛮有信心，爽快地说：“我会尽我最大努力来做。当然，还得需要你谢主任的指导才行。”

齐好也接过朱笑蔓的话茬，笑着看向谢小燕说：“谢主任就是我们物业的父母官。有困难，就得找你做主。到时候，谢主任你可不要当甩手掌柜哟。”

谢小燕笑着回应：“那倒不会，我们没有经验，还是摸着石头过河。要么，你们先到一些养老工作做得好的沿海城市去参观学习，走走看看，总会摸出些头绪来。”

朱笑蔓看看齐好，再转过身来给谢小燕说：“她，就是现成的老师。”

一个轻轻的点刹，谢小燕身子向前一倾，信任地对齐好说：“那就看你齐总的了，不要保守哈。”

齐好回过头，淡淡一笑回答：“只要谢主任用得着，我会效犬马之劳。”

佳境·国际村车库里的灯光亮度很不均匀，有车的位置很亮，无车的位置稍暗。一名保洁员俯身在清扫车底下的尘土。谢小燕停好车和朱笑蔓、齐好并行在车库，她们迈着稳健的脚步绕过排排私家车，老远就能听到她们时而整齐时而凌乱的脚步声。上了地面，在一处弯道上，齐好看到保洁员还在那里工作，就走过去，“姐，吃饭了。”她顺手把保洁员从车底下拉出来，关切地说，“快去吃饭吧……天冷。”

保洁员站起身，连忙点头，憨态可掬。潘登老人散步过来，走到保洁员跟前，伸出大拇指点赞，保洁员甜甜地一笑。

23

校园静静的，完全没有了白天严肃活泼的气氛，只有二楼初三年级的教室还亮着灯。陆陆续续有家长上楼，各班班干部在楼梯口迎接家长们。朱笑蔓在家长人群里很是显眼，她那身得体的工装比较另类。她刚上二楼，就被早在那里等候的儿子鲍小宝迎接进教室。她坐在儿子的课桌前，一脸神采奕奕。她再看看教室其他座位都已基本坐满，她拿起儿子的一沓试卷，重叠的试卷右上角，红笔很潦草的打分映入眼帘，卷面最高 98 分，最低 85 分，她一脸的自责。家长们大部分都坐到各自孩子的座位上，旦萱萱的座位还空着，她还在最后几位家长中寻找自己熟悉的面孔，她一脸愁容地站在楼梯口。

赵明明走进教室，他用他平常查看学生到课的习惯，把教室迅速搜索一遍，当他眼神移动到鲍小宝座位时，突然一怔，一个久违而又熟悉且又陌生的面孔出现在眼前，他想喊她的名字，但又迫于无奈，他的举止此刻有点慌乱。朱笑蔓眼睛也一亮，心扑扑乱跳，心率突然加快。也想冲上讲台，就像大学那会儿，等他演讲一完，就想成为第一个冲上讲台拥抱他的人。此时此刻，她满脑子都是大学时的画面。

赵明明在讲宇宙的起源，投影仪屏幕上显示宇宙起源的几大论点：盖天说、浑天说、宣夜说。赵明明呷了口茶，抿了抿嘴唇："刚才，我给大家分享了宇宙起源的盖天说和浑天说。接下来，我们再……"他推了推架在鼻梁上的黑框眼镜说："分享一下什么是宣夜说。宣夜说是我国历史上最有卓见的宇宙无限论思想。它最早出现于战国时期，到汉代则已明确提出。宣夜说是天文学家们观测星辰常常喧闹到半夜还不睡觉。据此推想，宣夜说是天文学家们在对星辰日月的辛勤观察中得出的。"他擦了把汗，看着教室中间专心做笔记的朱笑蔓。朱笑蔓做完笔记，抬起头，刚好与赵明明偷看她的眼神碰撞在一起，朱笑蔓脸一下子羞红到脖子，赵明明对她微微一笑。

赵明明在教室黑板上写着期中考试的各科平均成绩，语文总成绩比上年度期中考试提高了一个百分点；数学总成绩比上年度期中考试下降了两个百分点，其他科目持平上年度期中考试总成绩。

赵明明在黑板上写完期中总体考试成绩后转过身，眼光又落在旦萱萱的座位上。同时，朱笑蔓的眼神从旦萱萱的桌子上移开，刚好与赵明明的眼神又再次相撞后，赵明明读懂了朱笑蔓的心思，朱笑蔓也明白了赵明明的意思，彼此心照不宣。

旦萱萱的座位上还空着，期中考试试卷很整齐地摆在桌面上，老师红笔打分的数字很潇洒，在每张试卷的右上角都是狂草的 110、108、117、95、95、99、100 的单科分数成绩。

旦萱萱还在楼梯口，等待的目光有些失望。她在楼梯口蹦跳了几下，静下来，把失望的目光移到楼下的花灯上，期盼能出现她等的那个身影。

夜市上旦心正忙活着，摊位上坐着庞红枫和一个美女，他从其他烤肉摊上要来一些烤肉和两瓶啤酒，庞红枫慢条斯理地品着美味，不时咂口啤酒，酒很凉，一直从喉咙凉到胃里，一脸痛苦的表情，嘴咧得半边。

庞红枫接连吃了几串肉，对旦心说："味道不错。"美女没有吱声，而是大口吃肉，可能是饿了。旦心不停吆喝着："来来来，炒面，不尝后悔啊！"

庞红枫两瓶啤酒下肚，还不过瘾："再来一瓶，旦工！"

"好的！"旦心转过头对远处的酒贩子喊，"再来一瓶啤酒，汉斯的。"

"来了！"应声从远处传来。

旦萱萱还在楼道口张望，她看了看电子手表，就在她渐渐沮丧的时候，齐好站在她眼前，旦萱萱仰起头看着齐好，心里有种难以言表的高兴。

旦萱萱乖巧地叫了声："阿姨！"

齐好捧着旦萱萱的脸，和蔼地说："宝贝，阿姨是来替你爸爸开家长会的，来晚了，对不起萱萱哈。"

旦萱萱跳起来，高兴地说："没有，才刚刚开始。"就兴奋地拉着齐好的手来到教室门口，"报告！"

齐好站在教室门口，谦恭地说："赵老师好！我受旦萱萱家长之托，来晚了，对不起大家，对不起老师，让老师久等了。"

赵明明先是一愣，随即说："没事没事，刚刚开始……"

齐好几个大步落座在旦萱萱座位上，她给了后排的朱笑蔓一个眼神，朱笑蔓也给她递了一个点赞的眼神。

赵明明回到讲台上，开始给家长们通报期中考试情况和希望家长们给予学校工作的配合与要求。

齐好把旦萱萱卷子成绩拍了下来，并把家长会老师提出的几点要求一并用微信发给旦心。旦心边炒面边在看手机。

旦心收到齐好发来的微信，有些不知所措，又是激动又是内疚，看到女儿期中考试的成绩很满意，他还是老样，拿起炒勺在锅边哐哐哐叩了几下："来了来了，炒面，六块一份，正宗乾州炒面。"

此时，他完全没有顾及庞红枫和他的女朋友，庞红枫喝得有点大，站起身对旦心说，舌头有点硬，一时没叫出旦心的名字："哎！哎！我……改天……再来。"

美女扶住庞红枫离开旦心炒面摊位，摇摇晃晃，差点撞在别人的摊位上。

旦心似笑非笑的表情，一时半会儿很难解释清楚："走好，不送。欢迎下次再来。"他向庞红枫做了个鬼脸，炒勺又使劲在锅边叩了几下，自言自语道，“下次……还是别来的好。”

朱东风拄着拐杖在厨房做饭。尽管行动有些不太方便，但要说做饭还是很有经验的。需要他自己动手的菜不多，都是早晨朱笑蔓提前给他洗好切好的半成品食材，他只是点火炒熟就行。他没有把做好的菜端进餐厅，而是在厨房现炒现吃，简简单单，一人吃饱，全家不饿，尽量不给儿女们添麻烦。客厅电视正在播放老电影《渡江侦察记》李连长带领一支小分队渡江的情节，画面很感人。

朱笑蔓坐在赵明明办公桌的对面，很拘谨。她心里的赵明明和现在的赵明明是截然不同的两个人，她还是更喜欢大学时的那个赵明明。

赵明明有些意外，看着朱笑蔓问：“你……怎么……会在国际村工作？啥时候去的？”

朱笑蔓答道：“有段时间了，是应聘来的。当时，我也不知道你住在国际村。”她突然反问道，“怎么，不欢迎？”

赵明明还是大学那会儿的样子，演讲很浪漫很精彩，就是和女人说话有些害臊，像个还没成熟的男孩。他台上台下是两个人，他嘴角挂着一丝丝笑意说：“呵，那倒不是，黄绵绵不跟我闹，我还以为你……一直在南方。唉！这个世界太小了。”

朱笑蔓听到黄绵绵三个字心里就有些发怵，她看着窗外，一片漆黑。她起身走到窗户跟前有些触景生情，神往地说：“静静的校园，多美好呀！跟我们大学时候的感觉一样，没人说话的时候，可以找星星陪你说话；没人听你倾诉的时候，可以到校园的草坪里和月亮去述说……”她转过身来，刚好赵明明拿着水瓶过来给她续水，她望着眼前这位学长，也曾是自己崇拜的偶像，也曾经给过自己一个个温暖的怀抱。在自己最困难的时候，这个温暖的怀抱曾经给过她爱与力量。她很想和以前一样去拥抱他，但他是老师，是为人师表的人，自己去拥抱他，他还能接受当年那个在校园里天不怕地不怕的双辫子丫头吗？她希望他主动点。“……我多想听你演讲太空和宇宙的故事。那会儿也没想那么多，就爱听你的演讲。我就是宇宙里的一颗行星，你就像宇宙的怀抱，囊括了所有的行星。”她神情轻松地看着赵明明。

赵明明站在朱笑蔓跟前，他也被这位双辫子丫头带回到那个充满阳光的年代，随即又淡淡地说：“那都是过去的事了，时间会刺破青春表面的彩饰，再美好的东西都逃不过它那横扫的镰刀，我就是镰刀下的悲物。”眼前重现出那一幕幕难忘的回忆。

朱笑蔓在认真做笔记，双手托住下巴听赵明明讲宇宙的故事；一个硕果累累的季节，池塘边朱笑蔓靠在赵明明肩上；一个大雪纷飞的冬季，池塘边朱笑蔓依偎在赵明明怀里；黄绵绵给赵明明送来球鞋，看着朱笑蔓和赵明明在一起，转身就跑了；冬天里黄绵绵给赵明明送来围巾，看到朱笑蔓在和赵明明争执，朱笑蔓一副泼妇样，黄绵绵拽起赵明明就走。

赵明明一脸内疚："那都是过去的事了，不提也罢。"他突然问起，"你不是在南方做事嘛……怎么又回来做物业了？这可不是你的强项。"

朱笑蔓看着窗外的星光，一脸悲伤，她说："我妈走后不久，我爸又出了车祸，两年前心脏又搭了两个支架，身边不能没人照顾啊……所以……"她又转换了话题，真诚地问道，"绵绵也是真心地爱你，好好对她……你们……怎么也不要个孩子了。"

朱笑蔓正说到黄绵绵，黄绵绵就一脚踹门进来，看着赵明明正和她重温旧梦就气不打一处来，指着朱笑蔓就是一阵破口大骂："朱笑蔓……你个臭婊子……还在勾引我男人……想做婊子是吧？"黄绵绵冲到赵明明办公桌前，抓起水杯就泼在朱笑蔓脸上，和朱笑蔓扭打在一起，一时把静静的学校闹翻了天。

24

赵明明顿时很生气，上前阻止黄绵绵，他用力过猛推搡了黄绵绵一下，黄绵绵几个趔趄，差点绊倒，他的语气很重："把你臭嘴给我闭上。"

黄绵绵扭曲的脸，疯了一样向朱笑蔓又扑过来，拽着朱笑蔓的头发就往赵明明跟前拉："去去，找你的初恋情人去……你的嘴香……去呀！"

赵明明挡住了朱笑蔓，三个人扭打在一起，赵明明替朱笑蔓挨了很多拳头，他死死抓住了黄绵绵的双手，把黄绵绵抱在怀里，转过脸对朱笑蔓说："你快……走呀！"

校园里，光秃秃的梧桐，缺乏春天的生机，没有夏天的葱茏，只有冬天的苍凉，在夜色里格外干瘪。朱笑蔓从赵明明办公室跑出来，一脸恐慌，被黄绵绵扯乱了的头发蓬在脸上，她一口气冲出校园大门，踉跄在大街上。刚才那一幕，是朱笑蔓活这么大遭遇的最狼狈的一件事情，让她防不胜防。尽管脸上还存留了些惊恐，但比起那会情绪稳定多了。她还在用手梳理自己的头发，走到大街路边的灯箱橱窗前停住脚步，她把自己挪到橱窗玻璃前，借助通明的路灯在橱窗前打量一番。橱窗里的自己，已不是自己，红肿的眼袋好重，都不敢相信这是朱笑蔓。平时自己那股子自信都到哪里去了啊？她再把被黄绵绵扯乱的头发用手梳了梳，好心疼的头发哟，她再仔细把自己端详了一会儿，整理好自己的情绪，装作一副若无其事的样子，大步朝紫轩阁小区走去。

赵薇薇带着孩子似睡非睡，半躺在床上哄儿子睡觉，几根纤细的指头很有节奏地在孩子胳膊上轻轻地拍着，一脸心事。滨河路上的夜色很美，川流不息的车辆把这座城市的南北两岸紧紧地连在一起。远处高楼倒映在湖面，灿烂的灯火连成一片。不知什么时候，夜空飘起了雪花。霓虹灯微弱的闪烁成为一种衬托。湖的两岸，摩天大楼庞大的身影，在冷峻的夜色中浸没，融化成一片黝黑的幻影。雪花在空中闪烁飘落，掉在手心里，调皮地眨动了一下，无声地消失了。

庞红枫和一个美女从酒店出来，他们行至滨河路上。她的声音有些沮丧，低声说：“……我男人这个案子，请多费个心，这关系到我全家人的幸福。”

庞红枫接连打了几次哈欠，他穿得很薄，说话声音都有些颤抖：“……我尽力而为。”他两只眼睛直勾勾地看着美女还没有扣好的外套，几片雪花落进她的乳沟：“你的感觉……真好。希望……”庞红枫无力的眼神紧紧盯住她的乳沟。她眸子一闪，明白他想要什么，低下头：“……可以，但是案子，必须得赢。”

庞红枫哈哈一笑，他把风衣在雪花中一摆，一副凛然的样子：“我还没打输过官司！”

她浅浅一笑，满意地点了点头：“谢谢！”

朱笑蔓刚洗完澡，松散的头发还蓬在脸上，仿佛今晚什么事情都没发生过。朱东风拄着拐杖来回在厅里转，他给女儿已把饭菜热好摆在餐桌上。朱笑蔓把头发扎起来了，她过来把爸爸扶到沙发上坐下，再把电视给他打开。朱笑蔓还没落座，就先拈了块排骨放到嘴里：“谢谢老爸，还让你来照顾我。”

朱东风正按着遥控器选着台：“小宝，又长高了吧？孩子平时学习都不费劲……这回期中考试成绩怎么样？”

朱笑蔓应道："家长会上，老师还表扬了娃。"

朱东风一脸悦色，高兴地说："如果方便，把娃带来让我见见。"他叹了口气，眼泪汪汪地说，"几年没见娃了……想啊。"可能是被唾沫呛住了，一阵撕心裂肺的咳嗽。

朱笑蔓放下筷子给爸爸把水递过去，让他仰起头做了个深呼吸，再喝了几口水。最后一口水又呛住了，朱笑蔓赶紧给爸爸捶背。

朱东风突然感觉心口剧烈疼痛，脸色煞白，手脚开始抽搐起来。朱笑蔓想起了什么，她一个转身就到卧室，把自己的手提包拿出来，取出速效救心丸，倒出几粒迅速给爸爸塞进嘴里。朱东风还在抽搐，似乎没有减轻症状的迹象，朱笑蔓把爸爸轻轻放平在沙发上，抓起手机拨打了 120。

路灯在雪花飘飘的夜晚显得孤零零的。

枯枝头上，覆盖了一层白雪，宛若纯情少女的柔荑，温柔地抚着这宁和夜色下的街道。

橘黄的灯光，洒满整个夜空，与洁白的雪花默默装点着这座城市。

一辆 120 救护车闪着警灯，从市区街道疾速驶来。

医院 PCI 手术室门口，警示灯没有语言，匀速在那里旋转。

朱笑蔓在手术室外面来回踱步，不时盯一眼墙上的荧光屏，正在给父亲做第二次支架手术。朱笑蔓疲惫的脸上一脸愁容，接连打了几个哈欠，泪水在眼眶里打着转，眼角处渗出几滴泪花。

"姐……"一个熟悉的声音出现在她面前，朱豆豆还是一身猎装，只是和先前的猎装颜色不一样。她看了荧光屏一眼，就把眼神转向了朱笑蔓，问道，"手术多长时间了？"

"有两小时了吧！"朱笑蔓一双眼睛紧盯着荧光屏上的每一秒钟，每一个细微的动作，每一次心跳，仿佛"咚咚"的心跳声与她的脉搏共振在雪花飘飘的夜空。朱豆豆靠在椅子上鼾声如雷。

25

病房的窗外，落叶乔木的枝条上裹着雪，宛若一株株白玉雕成的树。垂柳银丝飘荡，白茫茫的雪花潇潇洒洒。一地雪裹住一地残叶，一半是白玉，一半是黄金。

输液管观察孔，点滴均匀地流动。朱东风浅睡着，不时能看到他的眼皮在颤抖。朱笑蔓一脸疲惫，守候在爸爸的病床前，不时用棉签蘸水湿润他那干渴的嘴唇。

他动了动沉重的身子，痛苦的表情足以让朱笑蔓难受一阵子。他睁开干瘪的眼皮，模模糊糊看到挂在空中的输液瓶："这是……咋啦？"他的声音很微弱。

朱笑蔓看到爸爸醒了，一脸兴奋地喊道："爸，你醒了……都三天了，你一直这样深睡着呢。"

朱东风叹了口气，闭着眼睛，无力地说："又给你添麻烦了！"

朱笑蔓有些生气，说道："爸，你又说这话了，什么添麻烦不添麻烦的，你是我爸爸，我应该照顾你的。"她又宽慰爸爸说，"你做手术那天，豆豆来看过你了。"

朱东风听到朱豆豆也来看过他了，脸上露出了一丝很难察觉到的笑意。护士一阵风似地进病房来给过体温计，让观察十分钟左右给她送去，朱笑蔓接过体温计给爸爸放进腋窝里。

输液管观察孔，点滴均匀地滴着。

朱东风睡得很深，不时嘴巴嚅动了几下，嘴里哼哼唧唧："……小宝……小宝……"

朱笑蔓轻轻地拍了几下他的胳膊："爸爸。"

朱东风突然醒来，一副惊恐的眼神看着天花板，他梦见小宝了。

校园满地都是积雪，踩在雪地上脚底下发出吱吱嘎嘎的响声。中午时分，放学的孩子从雪地里路过，不少孩子很好奇地在雪地里堆雪人。小宝在一群孩子中玩雪玩得最开心，他手很巧，随便堆一堆雪，凿两个孔就是一个可爱的小动物。路程远的学生急着赶路，但又舍不得眼前的景致，只能边走边看边玩，打雪仗，掷雪球，快乐的喊声，把树枝上的雪都震落下来了。

朱笑蔓在给爸爸捏输液的胳膊。

朱东风微闭着眼睛，声音很弱，他说："刚才，梦到小宝了，他好像没地方吃饭，在雪地里冻得发抖。"

朱笑蔓微微一笑，说："爸，你就不要操心小宝的事情了，那是梦，梦是反的，小宝他有地方吃饭。”

朱东风微微睁开眼睛，有气无力地说：“没钱，从我这里拿，到月底就提前给托管送去……都不容易。”

朱笑蔓难为情地说：“爸……我有工资。”

朱东风转过脸来看着朱笑蔓，疼爱地看着她说：“爸知道，可扣了贷款，就剩不下几个了，不要亏待自己。爸有……”他又睡着了。

朱笑蔓看着父亲又睡了，帮他把胳膊放进被窝里面，起身走到窗前，看着窗外的雪景，又是一个不眠之夜。

托管班装修布置很简单，灯光很温馨柔和。阿姨们正端着菜盆在给孩子们碗里加菜。托管班不大，有十来张桌子，每张桌子坐两个孩子。小宝坐在第三排，他和其他同学一样身着校服，饭吃得很香。所有孩子的书包都整齐地放在饭桌跟前。小宝举手，给阿姨说还要西红柿和鸡蛋，阿姨就给他加了一勺。

学校门口，由学生们随意堆成的各种造型的雪雕和雪人到处都是。在一堆雪狗旁，旦萱萱止步，她那双水灵的眼睛倒映出雪狗的影子，她走近雪狗，雪狗占满她的眼球。

不知不觉中，又下起了一阵轻而薄的雪花，先是零零碎碎，后又逐渐成为鹅毛大雪。雪花大片大片飞来，像一只只银色的蝴蝶扑在旦萱萱红润而又光滑的脸上。她精心在修饰雪狗，把一枚秋叶撕成圆圆的，嵌在雪狗的头上，两只眼睛活灵活现，瞬间雪狗有了灵气。

小宝吃完饭，急匆匆地从托管班走出来，他看着旦萱萱还在那里玩雪，跑过来触摸了一下狗的眼睛和鼻子，很有男子汉大丈夫的气势：“有创意，泰迪犬……像极了。萱萱，你真棒，可以当雕塑家了。”

旦萱萱对小宝的评价很重视，她又在雪狗的背上加了几捧雪，可爱地说：“这样，就更丰满更可爱了，胖乎乎的。”

小宝瞅了一眼旦萱萱，哈哈一笑说：“我看……又像……”他把眼神移到旦萱萱的身上，“嗯，真有点像……”

旦萱萱一脸好奇地问：“像……像什么？”她仔细观察雪狗。

小宝神秘兮兮的样子，说：“像你呗！哈哈哈……”转身就跑了。

旦萱萱非常生气，她抓起一个雪球向飞跑的鲍小宝砸去。一串银铃般的笑声在漫天飞舞的雪花中穿行。

佳境·国际村，齐好正在组织全体员工清扫小区里的积雪。

正是上班时段，骑车的、走路的、开车的匆匆忙忙从大门口通过。刘倩倩提着一袋蔬菜进小区与正在扫雪的齐好打招呼。景观大道与楼间通道积雪都已清扫干净。雪还在飘落，刚刚清扫完的路上，又是一层薄薄的雪绒。齐好一脸通红，她不时提醒大家，当心滑倒，注意安全。张洪学驾驶小区电动巡逻车过来，想帮助齐好一起清扫主干道上的积雪，被齐好挡住并告诉他们把当下的安全死角多巡逻几遍，该拉警戒线的要拉警戒线，该放提示牌的一定要放到位。领完命令后张洪学掉转车头驶出景观大道，警灯向楼间区域闪去。从齐好嘴里每哈出去的气都是一股子白雾。

朱笑蔓站在靠窗的位置，她倚着窗子朝院子里看雪。齐好叩门进来，她向朱笑蔓汇报日间照料的工作，齐好说："社区居委会催得很急，我没有经过你的同意，就按照街道办的要求，做了一份日间照料可行性报告，我发给你了，你抓紧时间看看，哪里不合适，就修改修改，再报集团审批通过一下。"

朱笑蔓想了想，还是给齐好提出来，诚恳地说："小好，你有热情，我很佩服。日间照料和康养我是外行，街道办布置的工作我们不能怠慢，但也不能太积极。日间照料一旦开办起来，每天都是要产生费用的，经费从哪里来？怎么来管理？是官办民营，还是官办官营，或是民办民营？这些，都要问清楚，必须有政府的红头文件，要写在纸面上，口说无凭，你说是不？"

齐好蛮有信心地回答道："朱总，这些我都懂。上次，谢主任不是说得很清楚嘛，是政府投资，属于官建民营。"

朱笑蔓重申了一遍："我是说，要有红头文件。"

齐好很干脆地说："没有，只是吹风。"

朱笑蔓说："吹风？这是真金白银的事情，靠吹风能吹得起来？"

齐好刚要说啥，就被叩门声阻止，她转头说了句"请进"。谢小燕一脸高兴地进来问候道："大家好！"

朱笑蔓看着谢主任来了，赶紧去泡茶："我说什么来着……说曹操曹操到，我俩正在说你的日间照料呢。"

谢小燕很认真地说："哈哈，这话……我得帮你纠正一下，不是我的日间照料，是佳境·国际村的日间照料，是广大业主的日间照料。"她快言快语，"这次是由政府投资。同时，我们还可以吸收民间资本来协助我们共同开办，鼓励民间资本参与政府的养老事业。"

朱笑蔓一脸不解的目光，问：“民间资本？”

“所谓民间资本，就是你也可以投资，我也可以投资，你们地产公司也可以投资兴办养老事业，这部分投资就是民间资本。这回，日间照料是政府投资，明白了吧。”谢小燕向朱笑蔓解释道。

朱笑蔓点了点头，似乎明白了什么，追问：“那……万一没人来或是包不住咋办？”

齐好接过朱笑蔓的话道：“朱总……这就是你的问题了。包不住，那是我们管理不到位或是经营不善造成的。不会管理不会经营，造成的亏损，难道还要让政府埋单不成？天下哪有这个道理？谢主任不是说了嘛，政府投资，交物业专业人员来经营管理，就是专业的人来做专业的事。”

谢小燕赞许地看着齐好，接着说：“政府主管部门还要对我们的工作进行专业考核，考核合格，每年还给每张床位有不等的补贴呢。”

朱笑蔓喝了口茶，把脸从窗外移进来，认真地看着谢小燕，追问道：“还有补贴？那就看你们怎样来定位了，定位正确了，谁来做都可以持续，这样才有盼头。我只关心吃了上顿，下顿的馍在哪里。”

齐好眼里闪出光来，对着朱笑蔓和谢小燕说：“那，我毛遂自荐一下，我可以做。我在深圳一家公司做日间照料已好几年，有些经验，还有一个人……合适。”

谢小燕和朱笑蔓同时把目光投向齐好。

齐好本不想就这样直接告诉她们，又觉得这事很重要必须说：“就是……赵薇薇。”

朱笑蔓疑惑地问：“赵薇薇？”她满脑子都是赵薇薇挺着大肚子的样子，“……她？能行？”

齐好很有信心地说：“她在南方做了几年养老服务工作，很有经验。”

朱笑蔓感到这个消息对她来说很突然。她满脑子都是赵薇薇之前的画面：赵薇薇挺着大肚子站在她跟前问自备井的问题；赵薇薇挺着大肚子给修屋面的师傅送茶水；赵薇薇挺着大肚子睡在她办公室；120 救护车送赵薇薇去医院；赵薇薇生孩子时一脸痛苦的表情……

26

雪后的小区，又是另外一种景象。楼前楼后的灌木丛和绿化带上还残留着一层厚厚的积雪。湖面已结冰，白晃晃一片，冰面上有少许落叶和残柳枝条被冻结在冰里。马道功和他的业主文化艺术社的老人们，在湖边廊亭里高吼秦腔，有滋有味，从这里路过的物业人员和一些业主向这里投来欣赏的眼神。

赵薇薇一脸清秀，身着一件大毛领长款白鸭绒羽绒服，推着儿童车在湖边散步，高贵冷艳。明显缺觉，眼袋有些深。儿童车高档时尚，孩子的吃喝用品都挂在上面。

老人三三两两在湖边散步，刘妈推着秦朝老人也来到湖边，看到天气有些阴冷，刘妈赶紧把搭在轮椅上的小毯子给秦朝盖在腿上，秦朝老人也顺势把毯子往上拉了拉，他让刘妈把他推到湖边一处宽敞的地方停下来，面向廊亭的位置，听他们唱的秦腔《伐董卓》，说的是东汉末年，各地群雄组织地方军对抗董卓的一个片段。

赵薇薇推着孩子也来到秦朝旁边，秦朝满脸堆笑，看着这个可爱的宝宝，忍不住用他那双粗手在孩子绸缎般的小脸上轻轻地摸了一下，孩子甜甜一笑。

朱笑蔓办公室。她们仍在讨论日间照料筹建处人员安排工作。

齐好说："只要你俩同意，我可以来牵这个头，赵薇薇必须是日间照料中心的现场负责人。她毕业于川中中医学院护理专业，为了要孩子才从南方回来的。她对老人好，心地善良，是这个行业不可多得的人才。"

谢小燕看着齐好，若有所思，说："朱总，我看齐总的意见可以采纳……不妨试试，先找她聊聊。"

朱笑蔓没有直接回答谢小燕的话，而是说："这个人选，很重要，可以去和她聊聊，但不一定是最终人选。"

齐好抿着嘴，点了点头，然后说："你们聊，我去现场看看。"话音未落就拉上门出去了。

谢小燕对朱笑蔓说："我们还可以在业主中做做宣传，鼓励业主参与进来，如果手头有闲散资金鼓励他们投资。"

朱笑蔓与谢小燕对视了一下，各自的眼神里透露出各自的打算，朱笑蔓没有直接采纳谢小燕的意见，但递给她一个默许的眼神。

一场大雪之后的川中平原，格外美丽，到处冰封雪地，好一派三秦风光。一辆红色小奔行驶在一条笔直的县道上，县道两旁是被积雪裹住的绿篱和灌木丛。刘晃驾驶着朱豆豆的小奔在强劲有力的音乐节奏中向秦岭进发去看雪景。

刘晃随着车的起伏而悠闲自在，他自如地驾驶着小奔：“听你姐说过没有……”他娴熟地打了一下方向盘，绕过了一群白生生的羊群。

朱豆豆的身子也晃了一下，吃着零食，瞟了一眼刘晃，娇气地喊：“……哎呀，慢点……差点喂在鼻孔里了。你又听姐说什么呀？”

刘晃转过脸来看着朱豆豆，美滋滋的样子，嘿嘿傻笑：“日间照料等建成了，我第一个把姥爷送去……这下好了，老爷子就有人管了。”

朱豆豆莫名其妙地问：“你说啥呀？大白天，说鬼话呀？”

刘晃激动地说：“不是鬼话，是真的。”

朱豆豆一脸嗔怪道：“你？究竟想说什么呀？”她一拳砸在刘晃的手臂上，小奔也摇晃了一下。

刘晃生气地喊了句：“你不想……活了！”他又看了看朱豆豆傻傻一笑，说，“我们国际村……哦，你姐……不，是村主任，要办日间照料啦！”

朱豆豆傻眼地看着刘晃，急急问：“啥，啥，啥？什么日间照料？”

刘晃兴奋地说：“养老的日间照料，你懂吗？”

朱豆豆不感兴趣地回答：“不懂，物业要做什么……养老？瞎折腾。”

又是一段弯路，小奔随着刘晃潇洒的动作，自如地在川中环线上奔跑。刘晃不时地看着朱豆豆随车颠簸起伏的胸部，像两只兔子似的欢快地蹦跳。

朱豆豆又一拳砸在刘晃的胳膊上，竖起眉毛怒道：“看啥看？还没看够？馋猫。”

刘晃笑眯眯地说道：“哪能看够，女人全身都是宝，男人这一辈子都发现不完。”

朱豆豆瞥了他一眼，小奔在秦岭山下关中环线上狂奔，山上的景致在车窗外向后飞驰。

黄绵绵还在清理门前的积雪，她门前堆了好几大堆雪，环卫工人正在向大路上撒盐融雪。旦心骑车路过这里，他看到黄绵绵在清扫积雪，脚踏在道牙上，大声喊道：“唉，绵绵，这两天物业又在讨论临时车位租赁问题，你不想参与一下吗？……你有车位了？”

黄绵绵停住手里的活：“狗屁，那么贵，谁租得起？几平方米的车位，要卖十几万，要租四五百，她们是赚钱赚疯了。”

旦心滑着自行车过来，停在门口说：“政府有指导价，露天每月是 30 元，车库每月是 60 元，物业涨价也太狠了吧？”

黄绵绵得意的样子：“今年，我没给她们缴。”

旦心趁机问：“还剩几天就到明年了，咋办？物业公司客户中心都贴出明年的收费标准了。”

黄绵绵顿生怒气，大嗓门道：“不缴！看他们咋办，我是业主，总得给业主有停车的位置吧。”

旦心看着黄绵绵，佩服地说：“好！”

黄绵绵把旦心让进店里，给旦心泡了杯茶。旦心扫了一眼屋子，满地堆的都是新进的服装，问道：“有我娃穿的衣服没有？”

黄绵绵回道：“没有。都是大人的春秋装，要，给你进。”

旦心看了看，没直接回答，而是说：“物业乱收费的事情，要在群里说说，不然，有些人就去缴了。”

黄绵绵没有在意旦心的提醒，她在整理地上的衣物，把整理好的都挂在墙上，对旦心说：“不怕，总有那么些人执迷不悟，吃亏是福嘛！”

旦心说：“明年的物业费，我一分钱都不给他们缴，他们必须把之前的赔偿解决了再说。哼，我就不信，姓旦的就那么好欺负。”

黄绵绵停住手里的活，鄙视道：“嘴硬，我看你时不时也在装𡳞。”

旦心“切”了一声，站起来，怼她说：“你不要小看，咱骑着毛驴看唱本，走着瞧。”旦心气冲冲地走出了小鸟儿时装店。

黄绵绵看着旦心出去的背影，心里乐滋滋的，眼神有些滑稽。

佳境·国际村客户中心大厅。

不少业主为临时车辆收费高的问题找到物业，大家七嘴八舌，又为暖气不热退费问题在大厅聚集。扯东扯西，说法不一，诉求不同。

刘倩倩在前台被业主围了，她应接不暇，放下电话对现场业主解释说：“公司有规定，该退的不退现钱，可以抵扣其他物业费用，请大家理解一下，好吧。”

有业主说：“凭什么是你们说了算？一码归一码，先退，再给你们缴不行吗？为什么非要把我们的钱押在你们这里，那利息咋算？”

马上有业主附和说：“就是，利息咋算？”

刘倩倩一脸无奈。她被业主闹惯了，也没有在意这些业主的诉求，而是埋头做自己手头上的事情。

突然，一只拳头砸在了前台的客户座机上，话筒飞出老高，把刘倩倩吓了一跳，她抬起头“呀”了一声，被一双冷森森的眼神盯着。

刘倩倩有些胆怯地说：“是你……吓死人了，有话好好说嘛，谁欠你的。”

“你欠我的，你们物业欠我们业主的，咋啦？”是刘晃站在柜台前，耀武扬威，趁人多势众，吓唬刘倩倩。

这时候几名保安在张洪学的带领下走进大厅。

张洪学走到刘晃跟前，好言相劝：“刘总，都是打工的人，出来混口饭吃，都不容易，有话好好说，不要做那些不讲文明的事情。你不差钱，又何必在这里纠缠。”

刘晃把头仰得高高的：“咋啦，我碍你啥事？”

张洪学也不示弱，把头也昂得很高，几乎两人的鼻子都快撞上了：“你碍我的事了，你欺负物业的人就是和我过不去。”

“咋啦？我就是和你要过不去。”刘晃又抓前台的座机想砸，被一只手逮住，停留在空中，双方都在用劲，一时半会没有较量出高低。

“都住手！”朱笑蔓走到两个人跟前，大声说，“这是物业公司，是为业主提供服务的场所，不是你们撒野的地方。”

“经理……”张洪学放下手，故作为难地说。

朱笑蔓佯装对着张洪学说：“出去，不允许你胡来。”她又转过脸去对刘晃说，“对不起哈，跟我去办公室说。”

刘晃头一昂，跟着朱笑蔓上楼去了。围观业主感到没趣，也都散了。

齐好办公室，业主黄绵绵、旦心就临时车辆收费问题正在与齐好争执。齐好面对这些问题胸有成竹，冷静地说：“临时车辆收费标准是在政府指导价的范围内，按照比例上浮的，符合文件规定要求，不存在乱收费。至于你们俩明年的停车费减免问题，我认为不妥。你们也不缺这几个钱，我知道……你们是在找平衡。没有任何不平衡的事情，物业服务属于有偿性质，是市场行为。今年给你们减免了服务费，是因为当时车库才刚刚建好，好多配套设施还不健全，人员也还没有配置到位。经过这一年的努力，车库管理已规范化，各种消防器材也配置到位，我们在原来的收费标准上提高了 20 元，符合当地政府车辆收费管理政策。你俩拒缴车辆服务费，是对物业为你们提供的服务产品不认可，有意见或建议，可以提，不缴服务费不可以。”

黄绵绵与旦心对视了一下，一脸不悦。

旦心说：“你们的服务，我们根本就不认可，你们乱收费，就不符合政府文件精神。”

齐好说：“我给你纠正一下，不是你们，是你不认可，你不能代表大家。物业是为全体业主服务的，只要大部分业主满意就足矣，你只能代表你个人。个人的意见，我可以不采纳，也不作为参考依据，如果是大多数人的意见，我们可以采纳。”

黄绵绵一气之下站起来指着齐好说：“你们乱收费，我要去政府告你们!”

齐好不卑不亢地说：“这是你作为业主的权利。不过，你要承担诬陷的法律责任。”

黄绵绵气得一时说不出话来，她把桌子一拍，狠狠地瞪了一眼齐好，转身出去了。

刚出门就看见刘晃从朱笑蔓办公室出来，黄绵绵似看到救星一样走到刘晃跟前说：“晃子，你也来了……你看这事……”刘晃在走廊里又听见齐好的办公室有人在吵闹。

黄绵绵给刘晃说：“是老旦。”刘晃推开门，给旦心使了个眼色，旦心跟着刘晃和黄绵绵就下楼了。

物业服务中心又恢复了往日的平静。齐好对朱笑蔓处理黄绵绵她几人的停车费给予的妥协政策很不满意，两人在三楼楼道里大吵了一顿。齐好骂朱笑蔓没有骨气，骂她是损害公司利益的罪魁祸首。这事也在物业公司闹得比较凶，引起了上级领导的高度重视，朱笑蔓受到了上级公司的严重警告，齐好也受到公司的严厉批评。

27

秦朝病了，躺在床上，刘妈给秦朝头上敷了块热毛巾。

刘晃进来看望姥爷，想把姥爷送到医院。秦朝无力地笑着说：“老毛病，没事，你忙你的，不要影响你正事。”

刘妈也说：“晃子，你去忙吧，你姥爷这边有我，如果需要你，我就给你打电话。老师不想去医院，那就不去医院，药我也买了，吃吃看，啊?”

“也行，只要姥爷不舒服，给我说一声。”刘晃坐在姥爷床边。

秦朝想坐起来，他让刘妈扶他，刘妈赶紧压住被子，忙说：“老师，刚刚吃过药，再睡一会儿，不忙着下床。”

秦朝看着刘晃，满脸的爱意，轻声问：“……晃子，缺钱不?”

刘晃轻轻地说："姥爷，不缺，生意好着呢。你啥都不想，把身体养好，多多保重。"朝姥爷调皮地一笑。

秦朝是有些不放心的，他悄悄地给刘妈交代，一定抽空去看看晃子的店铺，究竟经营怎样，好让他放心。

刘妈劝慰地说："老师，好好养病，晃子那儿，我抽空去看看就是。晃子这孩子您就放心吧。"秦朝微闭上眼睛，刘妈再次给他换上了热毛巾。

鑫达州物业公司三楼会议室，正在召开日间照料养老服务工作研讨会，谢小燕和社区其他工作人员及物业管理人员参加了这次会议，齐好在做主题演讲："截至今年 12 月 31 日，沣都区总人口 55 万人。70—79 周岁老人 5.7 万人；80—89 周岁老人 1.5 万人；90—99 周岁老人 91 人；100 岁以上老人 17 人。到目前为止，全区养老床位不足 600 张，缺口显而易见。"

大家交头接耳，对这个数字感到很震惊。

齐好接着说："20 世纪 80 年代随着独生子女政策的推行而形成的'4-2-1'家庭模式是现阶段存在的一种社会问题。什么是'4-2-1'？就是四个老人、一对夫妻、一个孩子。"这种问题给众多独生子女家庭带来的是难以估计和承受的家庭养老成本。

朱笑蔓看着交头接耳的会议室，进一步说："这是一个社会问题，如果我们物业+养老，这是很有前景的产业。老人可以安心养老，安度晚年，儿女可以安心工作，为国家做事，就不受家庭养老的牵连。我们帮他们来做好养老送终工作，就是为社会在做贡献。同时助老、助养、助残、助旅、助医、助护等这些有偿服务工作，还能给物业公司增加边际效益。"

齐好又接着说："所以，我们就要依靠物业服务这个平台，与社区日间照料相结合，改变过去的单纯物业服务为'物业+养老'服务，这就是物业转型升级的突破口。把'物业+养老'作为新型物业服务的拐点。"

大家对齐好的这个观点给予了信任的眼神。

赵薇薇刚睡起来，一脸睡眼惺忪的样子，她到卫生间洗把脸，儿子还在熟睡。她怕惊扰到儿子，轻手轻脚地来到客厅收拾茶几上的东西。

在客厅里，她听到儿子在学话"嘛嘛嘛嘛嘛嘛"的声音，她赶快跑进卧室："哇！儿子都会叫妈妈了，嗯呐。"亲得儿子咯咯地笑。

有人叩门："咚咚咚！"

赵薇薇赶紧放下儿子跑到卫生间把自己简单打理了一下，又跑到门口从猫眼里看是齐好，她赶快打开门。

齐好和刘倩倩进来，齐好先是把赵薇薇上下打量了一番，后又夸奖道："……哇！体形没变。"她拉着赵薇薇的手，转来转去看，又仔细看她的脸和肚子，惊讶地喊道，"哇！保持得非常好，有太平公主的霸气！"

刘倩倩也跟着打量，连声说："就是，前几天我在醉月湖看到你时，还有些消瘦，才几天不见，丰满多了，一下子少妇的韵味出来了。"

儿子在卧室里自己玩，说话声引起了齐好的注意。齐好轻手轻脚走进卧室，抱起儿子就是一阵狂亲，"宝贝……嗯呐！"

刘倩倩和赵薇薇站在旁边乐呵呵的。

赵薇薇看着她们高兴地说："别走了，我弄几个菜……咱聚聚？"

齐好忙说："不了，改天吧！"她把儿子递给刘倩倩抱上，把赵薇薇拉到客厅沙发上坐下说，"你学的专业又派上用场了。"

赵薇薇大致知道一些，有点兴奋："用得着我？"

齐好肯定地说："当然，非你莫属！"

赵薇薇有些担忧："你们……朱总她……会让我去？"

齐好哈哈一笑道："就是朱笑蔓点了你的将。"

赵薇薇狐疑地看着齐好。

齐好正色道："看我干吗？不认识！明天去物业公司报到！"

赵薇薇一脸复杂的表情："我……有班上了？"不敢相信自己。她抱起儿子又是一阵狂吻。

齐好、赵薇薇从街道办出来，一脸兴奋。

"没想到街道办领导这么重视咱的方案，这样干才有劲。"赵薇薇拉着齐好说。

齐好看着远方，若有所思地说："你能把南方那套成功经验全用上不？当然，必须具备条件才成，是吧？"

"文化差异，地域不同，养老模式得创新。"赵薇薇想了想说。

齐好心里明白，她快步打开车门，点燃发动机，充满信心地说："根据川中地域文化，制定自己的养老管理模式。"一溜烟地驶出街道办大门。

小宝生日这天，朱笑蔓买了蛋糕，还有几个同学一起到路边一家川菜馆给小宝过生日。几个孩子都落座了，朱笑蔓把一根红色蜡烛插在蛋糕的中央，寓意是十岁；再把六根黄色小蜡烛插在蛋糕的周围，寓意是六岁，象征意义是今年小宝十六岁，孩子们唱起了生日歌。旦萱萱有些忍不住，她今天的脸色不太好看，朱笑蔓注意到了她，给了她一个母爱般的微笑。旦萱萱一起身，凳子上有殷红的血迹，被朱笑蔓看到了，她赶快拿卫生纸把凳子擦干净，又带旦萱萱去了厕所，从提包里取出自己的一条卫生巾给旦萱萱。

朱笑蔓关切道："女孩子出门，随时就要准备这些。"

旦萱萱难为情地说忘了。朱笑蔓又从自己的包里取出一包卫生巾放在旦萱萱的书包里："女孩子少不了这个，撕开，贴在内裤底下，很方便。"

旦萱萱亲昵地对朱笑蔓一笑，说："嗯，谢谢阿姨!"

小宝点燃了蜡烛，让旦萱萱来一起吹蜡烛，但找不到旦萱萱。

小宝问："萱萱……跑到哪里去了?"

朱笑蔓拉着旦萱萱从卫生间出来，旦萱萱看着烛光好高兴，她跑过来站在自己的座位上，闭上眼睛，手合于胸前，生日歌由弱到强，整个大厅都在同唱，都在分享几个孩子的快乐。

孩子们一口气吹灭了蜡烛，又一阵快乐的掌声响起。

鑫达州物业公司朱笑蔓办公室。旦心就退费问题还在找朱笑蔓，与朱笑蔓在办公室争吵。旦心有些强词夺理，大声说："我不同意你们只退三九那几天的使用费用，我的暖气一直不热，必须给我全退。"

朱笑蔓还是那副遇事不慌的表情，平静地说："旦工，热力公司是有记录的，当时楼宇管家的测温记录你家是达标的，不存在退费问题。"她把记录从电脑里调出来给旦心，让旦心好好看看，又接着说，"看到没有，三九那几天，你家温度是在达标范围之内的。旦工，你自己说!"

旦心的眼神从屏幕上转到朱笑蔓脸上，很明显变得缓和，声调也降低了说："是这，你们说是达标的，我也无话可说。那……我家屋面漏水，造成的损失却一直没有得到妥善处理，都几年了，总得给我一个说法吧?你们是有记录的。"

朱笑蔓问："都是些啥损失?说出来给我听听，好吧?"

旦心答："壁纸被泡、一幅名人字画变色、门套变形、重新更换壁纸。这些都是损失，你们原来的管家还拍照了，原来的物业经理还去家里看过。快十年了，都没有解决。你看，这个事总得有个结果吧。你们物业公司总不能一推再推是吧。”

朱笑蔓起身给旦心续水，旦心也很恭敬地起身把杯子端起来。朱笑蔓很耐心地说：“是这，旦工，你说这些我相信是有这回事，不然你不会三番五次来找物业公司是吧。我总得落实一下，问问清楚，物业老人手不多，就是有可能也难说得明白。物业公司是有担当的，该物业负责的事情，绝不推诿扯皮。不该物业负责的事情，也绝不把屎盆子往自己头上扣。但你拒缴物业费，是不应该的，根据《国家物业管理条例》第四章第四十一条之规定，业主应当根据物业服务合同的约定缴纳物业服务费。旦工你违法了。就凭这一点我可以起诉你。我为什么没有这样做？因为你是业主，我在维护你的尊严。”

旦心阴沉着脸说：“我不想拖欠，只要你们给我解决了，我立马缴清所有费用。”

朱笑蔓一看旦心的态度有所转变，立即说：“这不是理由，缴物业服务费是你的责任和义务。不能同等来看待问题，一码归一码。”朱笑蔓站起身，推开窗户，她站在窗户跟前深深地吸了口气，“旦工，你先回来，我把你今天反映的事情再了解一下，回头给你解释。但绝不是条件，你该缴物业费就去缴，好吧？”

旦心站起身，把手里的纸杯放在桌子上，不情愿地说：“好吧，我也有事，我等你的消息。你不给我一个说法，我是拒缴一切费用的，不信我们走着瞧。”旦心气冲冲地走了。朱笑蔓的眼神跟着旦心，一脸无奈的表情。

佳境·国际村小区，齐好正组织物业人员在大门口挂灯笼，营造布置新春氛围。旦心走到大门口停住脚步对齐好恨恨地说：“把我的事情抓紧，不然我也会起诉你们的。”

齐好站在梯子上看着旦心在给她说话，回了句：“好吧，我们奉陪到底。你拖了五年物业费，看谁能打赢官司。”

旦心瞪了一眼齐好：“给你朱笑蔓说，我旦心也说到做到。”头一歪哼哼唧唧地走了。

28

朱笑蔓正在给爸爸洗脚，朱东风微闭上眼睛，谈到朱小刚回来过年的事情，老人脸上明显带着笑说：“下午，小刚打电话说，他春节回来过年。”

朱笑蔓拿起毛巾给爸爸擦脚，没有立即回复爸爸的话，她端起洗脸盆走进卫生间。

朱东风又说："我的意见等他回来，你们仨把我的事情再商量商量，请保姆还是去养老院……这回，你们定。"

朱笑蔓一边擦手一边说："这都不是问题，主要还是看爸爸你的意见。"

朱东风叹了口气："我的意见，我哪儿也不去，等你的日间照料办好了，我去你那里，还能跟老师一起，也好好陪陪他。可是，我怕等不及。"

朱笑蔓满口答应："这样想很好。去日间照料，有啥来不及的。"

朱东风接着说："每天都要麻烦你，天天接送，怕你没有那么多时间。"

朱笑蔓捏着父亲的肩膀，一笑说："爸，这不是麻烦，只要你老高兴，天天接送不就是顺便的事情嘛。以后，日间照料那里也有住的床位，不想回来，住那里也行。"

说着说着朱东风靠在沙发上睡着了。朱笑蔓给他盖了一条毯子，把电视关了，自己躺在沙发上打开手机浏览今天国际村物业的工作情况。

手机屏上出现齐好正在组织挂灯笼；环境部经理王红组织清理卫生死角；张洪学驾驶巡逻车宣传阳台治理工作的视频；闪现大门口关于阳台治理通知：为了规范小区管理，不影响观瞻效果，彻底营造良好的春节氛围，从即日起物业服务中心将挨家挨户检查阳台杂物治理工作。希望广大业主爱护环境，配合物业，主动把自己阳台防护网内的杂物清理干净。如需物业帮助清理的住户，请直接与前台客服联系。希望大家都行动起来，给自己打造一个美好的生活空间。读着读着，朱笑蔓的眼皮就开始打架，一天的喧嚣从她的梦里消失。

刘妈在赵明明家厨房做饭，赵明明在旁边帮忙当下手。

刘妈边干活边说："你看你们都不小了，该有个孩子了。趁妈妈还能动，还可以帮帮你们，没有孩子的婚姻会幸福吗？"

赵明明没有直接回答岳母的话，答非所问道："秦爷还好吗？有段时间没看到他了。听说物业公司要办养老服务项目，我看这好，妈妈也可以轻松一点。"

刘妈一脸疑惑地问："好什么呀！难着呢！"

"不是要办了吗？日间照料，就是早上去，晚上回，一天都在那里，中午还可以躺下休息。到时候，秦爷去了，妈妈你就轻松多了。"赵明明说得很直白。

刘妈叹了一声："哦！听说了，不知道好不好。蔓子她们也够累的啦！"

赵明明解释道："日间照料，专门有工作人员照顾。一天三顿饭都在那里吃，白天就在那里看书、打麻将、下棋，和老人朋友聊聊天多好啊，晚上光回家睡个觉。"

刘妈这才想起来，忙说："你秦爷那天说了，他说等办起来了，他第一个报名参加。"

赵明明笑道："哟！老爷子挺开明的，说明他接受新生事物快，妈妈你要跟着感觉走哟！"

黄绵绵回来了，家里的气氛突然凝固了。她感到莫名其妙，问道："哟，我一回来，家里气氛就容不下我了。老妈回来了，秦爷那里舍得让你走？"

刘妈骂道："满嘴跑火车。你秦爷那里我一会儿还得去。好几天了，我回来给你们做顿饭不好吗？"

黄绵绵阴阳怪气地说："当然高兴呀。你不回来我们就没有饭吃，不是也过得好好的吗？你没看出来？"

刘妈有些生气，拿起菜刀在案板上拍得哐哐响："都几十岁的人了，说话还是这样没有边际，多大才懂事。"

赵明明停住手里的活，一边给黄绵绵说一边劝丈母娘："回来就回来，不要把你那些怨气撒在家里。妈，不理她。爱吃不吃就由她去吧。"

黄绵绵又提着她的小包气冲冲地走了，门"哐"的一声关住了。

刘妈随着一声门响，打了个寒战。

佳境·国际村寒风凛冽，小区一派节日气氛。物业客户中心大厅和门口正在组织业主写春联，摆了一地。春联从物业中心门口铺到湖边，场面十分壮观。朱笑蔓和齐好忙前忙后，处理节前一些工作。不远处，张洪学驾驶的电瓶车巡逻路过湖边，喇叭里正在宣传春节期间的消防安全工作和业主出行注意事项的温馨提示，是齐好播的音。不少业主在门口选春联，一张张笑脸乐开了花。物业中心门口也经过精心布置，大红灯笼格外引人注目。

朱豆豆在机场接哥哥小刚。今天身着一身黑色羽绒服，大红色的高跟靴子很惹眼。机场出口处陆陆续续有旅客流动，机场工作人员推着一长串货运小车进出口，显得有点繁忙。全副武装的安检人员严阵以待，注视着眼前的一切。

朱小刚拉着行李箱出来，朱豆豆迎上去给了哥哥一个拥抱，她接过哥哥手里的行李箱："好快哟，我刚刚到，你就到了。"

朱小刚还是那副风流倜傥的样子，他抿嘴一笑说："神速是我职业生涯的法器。"说完与朱豆豆大步从大厅出来，又一道风景吸引了旅客们的眼球。

刚吃完年夜饭，朱笑蔓正在收拾桌子。朱豆豆给爸爸沏好茶，坐在右贵妃沙发上，离爸爸隔了一张茶几的距离。朱小刚在拖地，动作有些别扭，看来平常也很少干家务活。

朱东风伸长脖子看厨房收拾完了没有，问："蔓子，收拾完了吗？"

厨房传来朱笑蔓的回答："我把面和好，你们先聊。"

朱东风的目光从厨房收回来，看着还在拖地的朱小刚，问道："小刚呀，爸爸上午给你说的事考虑得怎么样了？"

朱小刚搁下手里的活说："爸，我的意见还是请个保姆来照顾你，这样大家都能安心工作，豆豆，你说是吧？"

朱豆豆没有发言，她在等待朱笑蔓的表态。

朱笑蔓擦着手上的黏面从厨房出来，坐在爸爸身边："我听大家的，请保姆也行，轮流照顾也行，到时去我公司日间照料也行。"

朱小刚说："我主张请保姆，我没有时间回来照顾爸。要么，我把爸接到昆明去，在那里请保姆也行。"

朱豆豆立刻说："我同意。"她看着爸爸的表情没有大的反应，"哥，你算一下，昆明的保姆费大概多少，我们分摊。"

朱东风一脸愁容，目光看着儿子："小刚，你是儿子，我就希望你能回来照顾爸，你在昆明挣多少钱，我给你发多少钱，一点不会亏待你。"

朱小刚难为情地说："不是钱的事，爸，我的事业、我的家庭都在昆明，你让我回来，不是毁了我的前、毁了我的家庭吗？"

朱豆豆看着爸爸非常丧气的样子，想表达自己的意见道："爸，我愿照顾你，你给我哥多少钱，就给我多少钱，我来管你一日三餐，怎么样？"

朱小刚觉得这也是一种可行的方式，忙说："爸，这样也好，豆豆和我姐可以轮流到家里来照顾，我也放心。"

朱东风没有表态，他知道朱豆豆是另有企图，三天打鱼两天晒网，靠不住。与其说是轮流照顾，还不是把担子落在蔓子一个人身上，这样不公平。还不如请保姆，白天光做一顿饭，蔓子早出晚归，还可以天天回来，身边有人他心里踏实。就看蔓子愿不愿意。朱笑蔓怎么都行，她的心愿就一个，莫让被照顾的人伤心。她最怕儿女不尽责任，把老人当皮球踢来踢去。

礼花漫天，一个祥和的春节。渭河两岸，夜空一片火海。时不时地有火炮在云霄爆炸，犹如满天星星，散落在渭河两岸，象征新年美好的景象，这种气氛持续了约四十分钟。人们在满天星火的映衬下，进入新的一年。

朱豆豆躺在右贵妃沙发上睡着了。

朱笑蔓还在收拾残汤剩饭，她把没吃完的饺子用塑料袋装起来搁在冰箱里，再把那些没吃完的凉菜用塑料袋罩住放在案板上，收拾停当后来到沙发上坐在父亲身边。

朱小刚说："姐，你去睡吧，我陪爸多坐一会儿。让豆豆睡我的床，我睡沙发。"

朱笑蔓认为这样不妥，让小刚睡她的房间，自己睡沙发。

朱东风给朱笑蔓递了个眼色，让她去睡。朱笑蔓只好遵循爸爸的意思，她起身给爸爸把药吃了，倒了杯水搁在茶几上，进屋里休息去了。

朱豆豆睡眼蒙眬，睁开眼睛，看着只有小刚在陪爸爸小声说话，自己起身喝了杯水。

朱小刚说："豆豆，去睡吧，你睡小床，我再陪爸爸聊一会儿。"

朱豆豆看着爸爸还没有睡意，也就硬撑坐在那里。朱东风也就给小刚说，天不早了，都去睡觉。朱东风起身，朱小刚搀扶着爸爸走进卧室。朱豆豆也才起身回到小房。朱小刚睡在右贵妃沙发上。

正月十五一大早，黄绵绵把车堵在了出车口，自己屁股一拍就溜了。张洪学巡逻过来，看到有车堵在车库出口，出库车不停按喇叭，造成新年元宵节的第一堵。为了缓解压力，张洪学赶快让收费人员把右侧通道打开，好让出库车辆先通行，但又造成进库车辆的拥堵。

醉月湖边，朱笑蔓正在组织业主十五闹元宵活动，她在给马道功安排工作，让锣鼓敲起来、秧歌扭起来。指挥锣鼓队把声音敲响，这时的秧歌扭得更欢。

黄绵绵突然进到秧歌队的中间，差点把扭秧歌的人绊倒。她径直走到朱笑蔓跟前，朱笑蔓赶快把黄绵绵拉到旁边。

朱笑蔓很有礼貌地问候道："新年好！"

黄绵绵傲慢地回答："不好！你年过得怎么样？"

朱笑蔓抿嘴一笑："找我有事？回头到我办公室好吧。"朱笑蔓刚要转身走，就被黄绵绵挡住。

黄绵绵没好气地说："我把车库堵了！"

朱笑蔓刚迈出几步，停住脚，再回头看，黄绵绵已扬长而去。

朱笑蔓看着她远去，一脸无奈。

29

收费室门口围了很多车主，好多车主骂骂咧咧，说物业无能。黄绵绵的车一直停在车库出口内侧，她操着手站在远处看热闹。

旦心幸灾乐祸地问："谁的车呀，这么霸气，新年上班第一天就给物业来个开门红，这个红包发得好，我给你点赞了。"旦心知道这是黄绵绵的车，故意在那里起哄，能引起更多车主对物业的攻击。

这时从车库出来的车也越来越多，新年上班第一天就这么不顺，好多车主站在车外期盼物业早点解决。

旦心站在收费亭中间的安全岛上，大声说："大家静静，大家静静，这是物业造成的，物业应该出来给大家解释清楚。车位服务费为什么从去年的 90 元涨到今年的 120 元，他们增加什么服务了，还是多增加了车库管理设施？没有，还是老样。车库保安也越来越少，车库卫生也越来越差，他们凭什么说涨就涨，我希望车主们团结一致，遏制他们这种乱涨价的行为。"

这时张洪学开着巡逻车来到了现场，车载广播还在宣传社会主义核心价值观：富强、民主、文明、和谐……

张洪学下车来到出口安全岛上，给旦心耐心做工作，希望他不要再在这里做煽动工作了。同时，又来了几名秩序维护员推着液压拖车来到门口。在张洪学的指挥下齐心协力把堵在门口的车拖到了大门外的临时停车场内，并用轮胎锁锁住了车轱辘。

黄绵绵气呼呼地来到朱笑蔓办公室："是谁把我的车拖走的，没有经过我的同意，凭什么动我的车？"

朱笑蔓强硬地回答道："是我同意的。因为你违反了《小区文明公约》第三条业主必须遵守的道德规范，此举也是为了维护业主的正当生活权益。佳境·国际村是全体业主的，你没有任何理由干扰和破坏小区的文明生活秩序，你也没有权利肆意侵占佳境·国际村的任何地方、任何位置，你只是业主的其中之一，你必须遵守小区的制度。”

黄绵绵在朱笑蔓办公室气得脸色发白，她指着朱笑蔓破口大骂：“啥狗屁制度，还不是你们炮制的狗屁不通忽悠人的鬼政策，我不吃你那套。我要的是解决问题，立竿见影。说吧，这事该怎样处理？”

朱笑蔓很有耐心地说：“恐怕我的回答你不会满意。你还是先去把你所拖欠的物业服务费缴清了，我们才有进一步和谈的机会。否则，没有余地。”

黄绵绵直视着朱笑蔓，恨不得将朱笑蔓吞噬掉。只怨自己的胃口太小，有些无能为力。朱笑蔓静下心来，给黄绵绵泡了杯茶端到黄绵绵跟前。齐好敲门进来，看着黄绵绵怒气未消，没有理睬她。她站在朱笑蔓办公桌前把刚才发生的事情给朱笑蔓汇报说：“车被拖走了，现在大西门畅通无阻。”

黄绵绵恨恨地说：“畅通无阻？我再堵。”

齐好一脸的平静：“好呀，你堵，我疏。”齐好用一种鄙视的眼光看着黄绵绵，说，“我陪你玩到底。”

黄绵绵肺都快气炸了，她提起手包就冲出朱笑蔓的办公室，骂道：“狗屁物业，竟给我添堵。”

醉月湖岸边，业主与物业公司客服人员在扭秧歌。齐好和刘倩倩在强劲的鼓点里，举手投足，每招每式犹如在云里雾里。小花扇摇得团团转，她俩是秧歌队的领头，穿梭于队伍之中，一会儿跨越，一会儿碎步，一会儿腾飞，一会儿金鸡独立，动作犹如行云流水。

朱笑蔓在乐鼓手的队伍里敲着小鼓走在队伍的前面，她时不时给齐好投去赞赏的目光。这时候，有业主把朱笑蔓手中的小鼓抢了过去，把朱笑蔓推进秧歌队里。朱笑蔓跟着鼓点不到两个节拍就扭转起来，把秧歌队带得虎虎生威。随着朱笑蔓大长腿的节奏，也把后面的队员们拉得像如风般旋转起来，她舞姿流利光滑，就像劈波斩浪的海豚。景观大道两侧观看热闹的业主都把眼光投放到她那柔软的身段上。

鼓手们更是起劲，把家伙敲得更响。

黄绵绵还是上午那一副模样，她用手机不停在抓拍朱笑蔓，朱笑蔓跳得越是开心，黄绵绵就越是嫉恨。

晚上回到家里，黄绵绵还是不能释怀，始终嫉恨她与自己丈夫的那份初恋情感。她为什么就能轻而易举得到赵明明的倾心，而自己这些年来没有少付出，就是得不到他的真爱。她正在想的时候，赵明明回来了。她赶快进厨房把做好的饭菜端上桌，把筷子、勺子放好，等着赵明明一起用餐。赵明明从卫生间出来直接坐在沙发上，打开了电视，没太在乎黄绵绵的存在。

“吃饭吧。”黄绵绵尽力控制住自己的情绪。

“哦，你吃吧，我吃过了。”赵明明慢吞吞地回答黄绵绵的话。

黄绵绵像是受到莫大的侮辱，她把筷子往桌子上使劲一搁，咬牙切齿，痛恨自己的贱。

这时，电视新闻中正在播放闹元宵的春节特别节目。

黄绵绵把她录制的视频递到赵明明跟前，气不打一处来，冷冷地说：“看，看，这就是你的女人，好好欣赏吧。”她冲进自己的卧室。

赵明明看到黄绵绵手机屏幕上正在放朱笑蔓跳秧歌的视频，气得一下子把黄绵绵的手机扔到了墙根。

开春后的一场暴雨持续了一天一夜，小区积水成渊。抢险救灾形势告急，鑫达州物业公司立即启动一级应急预案组织抢险。齐好一身湿透，带着一部分维修和保洁人员在多层地下室救灾。“孟经理，你去把总电源关掉，怕地下室漏电。”

孟宁回道：“齐总，总电源关了，整个楼可就都没有电了。”

齐好果断地说：“这是安全问题，人命关天。地下室雨水齐腰，万一漏电把人电了，事就大了。关，我负责。”

孟宁受命后赶快就去把总电源关了，地下室一片漆黑。物业人员让业主配合，都把自己的防盗门打开，便于抢险。

齐好站在地下室门口大声喊：“大家注意，大家注意，不要把业主的物品搞混了，各组人员负责各组地下室的抢险工作，把物品保护好，不要乱了。”

庞红枫打着伞下到地下室，他看到自家的地下室被淹，焦急万分。他也在指挥物业人员把他的物品搬到安全处。“小心，小心……慢点……慢点。”他又想跳进雨水里去，但又怕脏，还是站在楼梯的拐弯处，反倒影响到物业人员的抢险救灾行动。所有抢险人员搬物品都要绕过他，很碍事。

庞红枫心疼地喊：“哎哟哟，小心点，这是古董，价值连城，弄坏了你们赔得起吗？”他配合保洁员把他的宝贝搬到地面上，再用塑料薄膜把他的宝贝包得严严实实。

朱笑蔓在电话里问张洪学车库水淹情况。“朱总，可能有点危险，整个车库已经进水 10 厘米了，排涝泵抽不及。F 区只有一个提水泵，根本不够，雨水是从工地那边涌进来的。”电话里张洪学语气很急。

“知道了，我和地产那边正在联系，看看他们工地能否想办法把雨水引走。好……你忙，有事及时给我汇报。”朱笑蔓也是着急的语气。

朱笑蔓拨通了地产工程部李经理电话：“李经理呀，F 座那边漏水严重，洪水是从工地泄进来的，都把车库给淹了，快想办法吧，加大一下你们工地外围的排洪力度，就能减轻车库这边的压力。”

电话里传来工程部李经理的声音：“知道，我们正在现场组织施工人员疏通管道，尽快解决，请朱总放心。”

朱笑蔓挂掉电话，她从柜子里取出雨衣穿在身上，高挽起裤管赶忙跑出办公楼。

下到车库，眼前一片漆黑。她打着手电筒，蹚着车库里已漫至膝盖的水，向 F 区走去。车库很大，拐弯抹角多，偌大的车库就她一个人。这时，在车库的远处，她看见了几束灯光，对方也看见了她的灯光，并向她走来。

秩序维护员边走边喊：“不要过来，赶快回去，那边洪水很大，不安全。”

朱笑蔓还在水里蹚着，大步朝那个声音走去。由于车库太黑，加之洪水又吸光，手电筒几乎看不到远处，只能看见一点点火星在晃动。她碎步踱到秩序维护员跟前，他们才看清是朱总，一脸憨笑。

“朱总好，张经理让我们仔细检查车库还有没有被困的业主。”

“好，查仔细些。张经理在哪个位置?”朱笑蔓看着秩序维护员急急问道。

“他在 F 座缺口处。”

朱笑蔓刚要转弯去 F 座，好像看到远处 L 区车里有亮光在晃动：“小杨，你看……”她给秩序维护员小杨指向 L 区，“看，看，那里有亮光？快过去看看。”秩序维护员朝着朱笑蔓手指的方向看去，有一束微弱的光在车里晃动。

30

齐好站在雨里和物业人员还在转移地下室的物品。一些业主也拿来塑料薄膜把搬出来的物品盖上。有酒、有烟、孩子玩具、粮食、饼干、礼盒、桌椅、旧衣服、沙发等，大部分都是废品。庞红枫在塑料薄膜里寻找什么东西，大半个屁股水淋淋的。他把头从薄膜里伸出来，头发湿透，眼镜镜片上全是水珠。他给齐好打了个让她过去的手势。

齐好给孟经理打了个招呼："看好，不要搞错了。"转身向庞红枫那里走了过去。

庞红枫从塑料薄膜里钻出来："齐经理，我的字画被泡了。"

齐好也跟庞红枫钻进塑料薄膜里，庞红枫拿起那幅字画给齐好看。

"无价之宝呀！"庞红枫十分心疼。

齐好没有做出更大的回应："哦，要是国宝级的珍品，你就不可能放在地下室来受潮。"她看着庞红枫淡淡一笑，"吸取教训吧，既然如此，又何不珍惜呢。"

庞红枫气得脸都变色了，他看着齐好漠不关心、轻描淡写的样子，就更是生气："物业要给我赔！"他提高声音说。

齐好很镇静："天灾人祸，谁都没有办法。"

庞红枫气得脸都变形了，厉声道："这是你们工程质量造成的，物业必须赔！"

齐好反问："买了保险吗？律师，你是懂法的，不要自欺欺人了。"齐好转身出了薄膜篷，来到楼梯口继续组织抢险救灾工作。

地下车库里，朱笑蔓她们三人蹚着洪水大步朝那个微弱的亮光走去。那点弱光渐渐明亮起来，越来越大，能看清是手机手电筒的亮度。这个区域较低，洪水已灌进底盘低的轿车里，导致车门打不开了。她们已经能看清楚是辆两厢轿车，车的窗户玻璃由于雾气太大，看不清里面究竟是什么情况。小杨到跟前凑近玻璃一看，像是一位女的坐在驾驶室里发呆。

朱笑蔓着急地说："赶快喊醒她，可能是缺氧了。"

秩序维护员小杨拍着窗户玻璃喊道："喂喂喂！你能打开玻璃窗不？车进水了。"

车里的女人已经筋疲力尽，当看到窗外有人时，她似乎用尽力气去开车门，车门却没能打开，继而开始无力砸玻璃，一脸惊慌失色。

朱笑蔓凑近玻璃窗给车里人喊话："不要急，慢慢来，我们在外面帮助你。"这时，她才看清楚车里面的人竟是黄绵绵。

她靠到驾驶室的门，大声喊："绵绵，不要急，我们在救你，不行就把玻璃砸了。"

小杨拿来一块砖头，使劲喊黄绵绵朝右边靠，他要砸玻璃救人了。黄绵绵明白了外面人的意思，她尽量朝着她的右边靠。只听到“哐当”几声，玻璃窗被砸开了一个大洞，小杨和另外一个秩序维护员费了九牛二虎之力才把车门扒开，救出了已经瑟瑟发抖的黄绵绵，洪水灌满了车里。

朱笑蔓搀扶着黄绵绵，在齐膝的洪水里走着，黄绵绵的腿有些不听使唤，险些一屁股坐在水里，朱笑蔓见状立即让小杨背着黄绵绵送出车库。

地下车库，一间经过简单装修隔离出来的休息室，空间宽敞，里面堆放着一些保洁工具和三张旧沙发。更衣柜很陈旧，但很干净。拉在墙上的绳索挂满了湿衣服，仍在滴水。雨鞋和工具定置摆放在墙根一处，雨衣很整齐地挂在墙上。

保洁员刚抗洪抢险回到休息室喝口水，七扭八歪地倒在沙发上、地上，动也不想动了。经理王红最后一个进来，她把雨衣脱下来挂在墙上，再把湿透的工作服脱下来挂在绳子上，露出肥硕的臀部和细腰。一个保洁员看着经理的臀部，故意夸大动作，起身来学经理走路，把屁股摆了几下，专门做给姐妹们看，惹得大家哄堂大笑。

王红猛地一转身，看到有人在学自己的动作，踢了那个保洁员一脚。

又有保洁员逗乐说：“大家看，我们经理的尻子，是咱公司最美的尻子。大家说是不是？”

这时候大家也就忘记了累，都把注意力放到王红的臀部上。

王红泼辣地说：“我不认为我的尻子好看，你们猜猜，咱鑫达州物业公司谁的尻子最好看？”

“你的。”保洁员抢先说。

“咦，我看齐总的尻子也好看。”

“错，朱总的尻子更有魅力，走起路来忽闪忽闪，有劲……”

“朱总是胸美，尻子不好看。”一个保洁员站起来学朱笑蔓走路的样子，又惹得一阵哄笑。大家七嘴八舌一阵打趣，好像忘记了刚才的筋疲力尽。

王红最后像是在做总结说：“大家都别争了，我看朱笑蔓是美尻子，齐好是美胸，至于刘倩倩嘛，还没长开。我嘛，胸美。尻子嘛第三了。”又是一阵狂笑。

朱笑蔓和齐好突然来到休息室，笑声戛然而止，吓得大家赶快捂住嘴巴，一个个一脸尴尬。

齐好憋着笑问：“嘿，刚才都还谈笑风生，这是咋啦？哑巴了？”

朱笑蔓满脸堆笑："大家辛苦了，今天的抗洪抢险工作做得很有成效，公司决定给每人奖励100元，希望再接再厉。"

齐好随着朱笑蔓的话鼓励大家："这场雨来得突然，走得也干脆，这给我们敲响了警钟。我们的应急预案做得好，大家在第一时间冲到了现场，冲到最危险的地方，用我们过硬的工作态度和作风，急业主之所急，想业主之所想，得到了业主的肯定。感谢大家。"

保洁员们高兴地鼓起掌来。

朱笑蔓看着齐好又给大家说："为了感谢大家，齐经理给大家加餐了，大家休息一下就去吃饭。"

又响起一阵热烈的掌声。

客户中心大厅，刘倩倩正在处理业主投诉，就屋面漏水和地下室被淹造成的损失问题，部分业主不依不饶。

一个业主一筹莫展地叹道："唉！咋办嘛，房顶漏水把家里都泡了。"

另一个业主哭哭啼啼："地下室淹了，损失惨重，你们赶快想办法，采取措施呀!"

朱笑蔓焦急地还在与地产沟通："李经理，几十户家里漏雨，地下室被淹，赶快把施工队喊来给业主修呀，物业都快顶不住了。"

电话里回道："知道，我也急。这场雨是百年不遇，个别家里漏雨，地下室被淹，也只能等到天晴才能修，请转告业主。屋面防水还在质保期内，我们会尽快安排修理的。"

朱笑蔓放下电话，一脸不安，她又拿起电话正准备给孟经理打电话时，门突然被推开。庞红枫进来一屁股坐在沙发上，朱笑蔓先是一惊，后又很快调整好情绪。她给他去沏茶，他在观察她的每一个细微动作。

朱笑蔓沏完茶，对庞红枫谦和一笑："今天是哪股风把你大律师刮到我的办公室来，找我有事?"

庞红枫一脸严肃地说："我有一幅名人字画，朋友送的，被水泡了……"他支支吾吾的，"这个损失有点大，你们物业……怎么办?"

朱笑蔓听出来了，庞红枫是来探口气的。她的回答很理智："庞律师，这是天灾人祸的事情，这与物业公司有何干系？天要下雨，物业公司能叫它不下。目前，我们还没有开展业主财产保险这个业务。"

庞红枫不依不饶地说："朱总，你这话不对，天要下雨这是自然现象，天下雨与漏水不成正比。天要下雨，但我房屋不漏雨这才对。"

朱笑蔓态度很强硬，说："这场雨百年不遇，任何人也阻挡不了。"

庞红枫也嘴不饶人："就是天上下刀子，屋里都应该是安全的，物业公司做到了吗？漏雨也不只是我一家，还多着呢，难道与你物业公司没有关系？这是你们防水没有做好，是工程质量问题。说小点是偷工减料，说大点是置民生的安危于不顾。"

朱笑蔓笑了笑："我说大律师，这话也太大了点吧。物业有些事情是不可为的，更不是万能的。我们物业公司也只是受雇于业主，不是救世主，更不是万能。"

庞红枫越说越来劲："《物业管理条例》就有明确规定，物业费的构成中，就含设施设备的维护保养这一条，你们做到了日常养护吗？"

朱笑蔓也就物业管理条例中的条款和他理论道："我们做得不够但很合格。物业公司一切管理行为，都是严格按照《物业管理条例》在办事，按照服务合同在践行。如果要说一些大的维修项目，我们应该走大修资金的程序来处理。你是律师，你最懂得物业公司哪些事该做，哪些事不该做。"

庞红枫也是针锋相对："物业有些工作未必要走大修资金，你们的日常养护、日常管理和小的维修事项，是否都做了？是否都做到位了？屋面防水、地下室漏水，这些都是你们的职责。长期以来，该修而不修，该补而不补，小事不以为大事。古人云：'不积跬步，无以至千里；不积小流，无以成江海。'一场暴雨，能造成大范围受灾，就是你们玩忽职守造成的。这些损失是完全可以避免的，你们做到了防患于未然吗？"

朱笑蔓没有被庞红枫强大的攻势所击倒，而是以一个有职业素养、有超强应变能力、能独当一面的物业公司总经理身份，在给有渊博的法律知识的大律师辩论。她说："物业公司既没有过错，也不存在管理上的漏洞。天灾人祸的事谁也难以预料，百年不遇的暴雨，不受人为所控。作为佳境·国际村物业公司，是按照服务合同已经给业主提供了超值服务。我们每天的工作，都有记录在册，设备设施的养护维修，屋面防水的处理，公司是严格按照ISO国际质量体系在运行。不存在玩忽职守，该修的不修、该补的不补这样低级的错误。我们做物业的人，一直是用'士不可以不弘毅，任重而道远'这句古语随时激励自己，要有宽广的胸怀和坚定的责任意志，才能担当得起服务佳境·国际村的服务使命。"

庞红枫被朱笑蔓的伶牙俐齿所折服，态度也比先前好多了。他又给朱笑蔓提出了等地下室收拾完，请物业人员帮他把原来地下室储存的物品，再搬回地下室的请求。朱笑蔓愉快地答应了。这时，朱笑蔓的电话响个不停，她忙于接电话，就忽视了庞红枫的存在。间隙，庞红枫急忙插话，口气转变了许多，他给朱笑蔓开了句玩笑："做物业委屈你了，你可以做律师。"朱笑蔓拿起电话抿嘴一笑。

客户中心大厅，还有几位业主等着刘倩倩安排维修。刘倩倩劝说她们先回去，随后安排维修师傅去家里。业主非要在这里等，生怕今天又落空。

一场大雨之后，给物业增加了大量维修工作，大部分维修都是飘窗和屋面漏水。物业只能做一些小修工作，像涉及屋面防水这样的工程只能请原来施工队来解决。地下室漏水从设计上看是没有做防水的，所以，地下室漏水就不在工程质保范围之内。一位年纪大的业主哭哭啼啼的，她要求物业今天给她处理好。刘倩倩接投诉电话忙个不停，照顾地说："阿姨，我给你说了，处理完这一户后马上就去你家，我给你排着队的啊，不要哭了。"

业主还是不信，她情愿守在这里。潘登老人来到大厅里，笑嘻嘻地对她说："天不会下雨了，马上就不漏了，嘿嘿嘿嘿！"

朱笑蔓还在给地产公司项目部李经理打电话："李经理，有几间地下室漏水，还得安排时间请施工队来处理一下。"

电话里传来的是李经理的回话："我是看你朱总的面子答应你的，地下室本身就不在质保范围之内。这要等到这次屋面处理完之后才能处理地下室漏水问题。"

朱笑蔓高兴地连声道谢："谢了，谢了，有空来我的办公室喝茶。李经理你忙！"

电话里笑着应道："好，改天去你办公室喝茶，你朱总的茶可不好喝呀！"

朱笑蔓放下电话，对着庞红枫说："你看，地下室就不在保修范围之内，不过，人家地产项目部李经理已经答应了，等屋面处理完，我安排第一个给你处理。"

庞红枫还在纠结他的古董索赔事情："我的字画你们就少赔点，既然已经被水泡了，就不值钱了，我给你们物业公司留下，就少赔一点吧。有用得着我的地方，随时言传。"说着，他把一卷字画放在茶几上起身走了。

朱笑蔓忙推辞说："哎哎，你拿走，这与物业没关系，这是你自己的事情，你自己处理好了。"朱笑蔓拿着画跟着出来，庞红枫头也不回。朱笑蔓看着茶几上的字画一脸无奈。

今天天气不错，初升的太阳从楼宇间透过，硕大的几根光柱横在客户中心大厅中央，再反射到墙面上，把社区党建各类宣传栏映得通红。正在巡查的张洪学被一个业主拦住了。

业主说："经理，我家楼后植被太厚了，小卧室一天到晚都采不了光，被子都发霉了。麻烦请你帮我修剪一下吧？"

张洪学爽快地答应了："阿姨，没问题，我给王红经理说声，让她派人去修剪一下。"

又一业主拉着张洪学的手，和蔼地说："经理好！我还提个建议，咱们小区绿化太好了，好多乔木树都可以截冠，不然会影响业主采光，这只是建议啦，具体情况你们看着处理。"张洪学边听边记在他的巡查记录上，盘算着把它作为一项技改上报朱笑蔓。

朱笑蔓在和环境部经理王红谈工作。

朱笑蔓安排道："那场大雨之后，植被疯长，这给下步树木的病虫害防治增添了工作量。你要把工作重心放在病虫害防治上，要吸取去年的教训，及早安排，及早消杀。"

王红的手机响了，她一看是前台打来的，给朱总示意先接电话："倩倩，你好！"

刘倩倩在电话里说："王姐，刚 5 号楼 4 单元业主反映，她说她家楼后植被影响了她家小卧室的采光，请求我们给她修剪一下。你看啥时候安排人去处理一下吧。"

王红问刘倩倩："就她一户吗？像这种情况还多着呢。"她捂住电话对朱笑蔓说，"要么，把一楼的植被齐齐修剪一回？"她又给刘倩倩说，"我正在和朱总沟通，等我电话。"

朱笑蔓肯定地说："可以，先给 5 号楼修剪，要让业主感觉我们的工作是立竿见影的。"

王红坚定地给朱笑蔓一笑，起身就出了办公室。

31

齐好在屋顶上组织施工方维修屋面。她一身工装脏兮兮的，紧束的头发也被风吹乱。她拿着铁铲帮施工方拌防水材料，细白的手上沾满污渍。施工人员在修补女儿墙上的微小裂缝时，她都要仔细查看，督促把防水材料多涂上一层，确保万无一失。施工人员边施工边嘟囔：“唉，美女经理，这又不是你家，干吗那么认真？我亏大了。”

齐好边哄边威胁：“你看你，工作做得这么细，又是防水专家，手里的活我很看好，干吗从你嘴里说出这样不负责任的话呢？我告诉你，要是再漏了，你退质保金我可不签字。”

施工人员嘴一咧，不高兴地看了她一眼。

一位业主买菜回来，在景观大道通往她家的路上，她不像往常，都是把买的菜在垃圾桶旁边整理干净再拿回家。今天她像是有事，没有整理菜，而是直接回家。在上单元阶梯时，从树上掉下来几只青虫把她吓了一跳，腿一软，摔倒在地，不能动弹，想站起来，试过几次都没能如愿。她拿出手机求助物业。

接到业主求救电话后，朱笑蔓带着王红、张洪学来到业主摔伤的单元门前做现场勘查，发现这单元门前好多树的叶子都卷了，一只只青虫吐着丝从树上垂吊下来，单元门两侧墙上也爬了很多这种青虫。

朱笑蔓看着张洪学手里捏死的青虫，再看看单元门上爬的青虫急切说道：“王经理，你把手头工作调整调整，先组织力量彻底对本单元的绿化虫害进行一次消杀。消杀前发出温馨提示，提醒消杀期间人和宠物不要进入消杀区域，不要晾晒被褥，树下不要停放车辆等。”她又对张洪学说，“张经理你要做好广播宣传工作，抓住早、中、晚三个时间段，上午、下午循环在小区广播宣传，消杀工作做到人人皆知、家喻户晓。”

王红迅速组织了绿化人员对本栋楼进行全面病虫害消杀工作。楼宇与国槐下都拉起了警戒线，大小广告栏里张贴了温馨提示。打药电动车拉着一大罐药水行驶在宅间道上，水雾喷出几十米高，直射到树顶端。张洪学负责现场车辆和人员绕行的指挥工作。

另一条宅间道上，车载广播还在宣传温馨提示：“亲爱的业主朋友们，为了做好今年夏天树木的病虫害防治工作，物业对小区进行一次全面消杀，尤其是景观大道两侧，楼前、楼后和宅间道里的乔木要进行彻底虫害防治。请大家消杀期间不要晾晒衣物和被褥，树下不要停车，行人和宠物绕行消杀区域。请相互转告，谢谢大家！”

谢小燕在接街道办领导的电话。

电话里说：“日间照料工作抓紧时间办。我好不容易才要到这个指标，给朱笑蔓她们说，物业再忙，能比得上这个指标的重要性吗？让她抓紧实施，时间不等人。你别忘了，这也是今年街道办的一项重要工作。”

谢小燕回道：“请领导放心，这项工作朱笑蔓已派专人在负责，而且借全国物业年会的机会，安排人去沿海参观学习了。从目前情况看，进展非常顺利，谢谢领导的关心！”

谢小燕放下座机电话又拿起手机，刚要拨打时有人敲门。

进来的是朱笑蔓，她兴奋地告诉谢小燕：“赵薇薇刚刚从南方打来电话，说她参观了好几个物业养老项目，感觉非常好，收获特别大，对我们开办的日间照料工作，她可是信心十足。”

谢小燕听后也非常高兴，她说：“那就好，你让她多拍些照片，把人家的经验学回来，最好能带回一套资料，我们可以照葫芦画瓢，我不信还办不好一个日间照料。”说完，她充满信心地看着朱笑蔓。

“看来，齐好选的人没错。”朱笑蔓递给谢小燕关于赵薇薇的个人信息资料，说，“赵薇薇毕业于中医学院高级护理专业，曾在南方一家大型物业公司做过几年养老服务工作，有工作经验，而且做事认真、有条理、有爱心。”

谢小燕思量着说：“我们除了像赵薇薇这样的精兵强将外，可能人手还不够，还得招两个像赵薇薇这样的高水平专业人才，才能把工作撑得起来。”

朱笑蔓笑了：“谢大主任，不瞒你说，我也正在通过专业渠道招聘。争取招聘那种在医院做过护理或是在医院做过医生的，必须有相应执业资格证书的专业人才。”

朱笑蔓和谢小燕相视一笑，一股默契感让两个人的眼里充满愉悦和信任。

黄绵绵这时候很清闲，躺坐在沙发上欣赏自己刚刚写的诗：

心能抵达的地方
一定是幸福的安乐窝

想去看看，把一种美好
传递给那里所有的物种
起源是哪里，归宿在哪里

一场梦，刚醒来
之后的回味，总那么残缺
回味经典，什么是幸福
天边的云彩又如此甚好
厚重感，无法比拟

苍天饶过谁
知道的人少之又少
你是大地的宠儿
为什么总在风雨后出现

梦中的彩虹
在那遥远的地方
那里，没有风暴，疟疾
只有云霞下的草原，牛羊

安详的河流
从眼的尽头飘来
炊烟，还有四季
飘忽不定的牧歌

庞红枫突然进来，他走进小鸟儿时装店，就像一股风把黄绵绵从诗的意境里拉回。

黄绵绵堆满一脸笑容："哟哟哟！这股风来，把我从一个如醉如痴的梦境中吹回来了，说吧，又想哄哪位美女？"

庞红枫趾高气扬的样子，对黄绵绵说道："还需哄吗？"他把手搭在黄绵绵的肩膀上，对黄绵绵嘻嘻一笑，"这不？就在眼前！"

黄绵绵把他手用力一推，站起身来骂道："没新欢了，又来占老娘的便宜了，是不？"她瞥了一眼庞红枫，又说："别那么抠门，大男人嘛，想要玩女人，还舍不得一套好衣服？把别人睡了，就得大方点，整点爷们的气度来，不然……”

庞红枫把目光集中在黄绵绵裂开的胸上：“不然，咋的？就没有女人啦？”他一把抱住黄绵绵，黄绵绵没有反抗，或许，出于女人的自尊而稍微害羞了一下。他把黄绵绵抱起来又放在沙发上，解开了黄绵绵的上衣。

黄绵绵咧嘴一笑：“怎么，不择手段了，也不分场合了？想当畜生呀？”庞红枫突然一想，收住轻狂，放开手，站起身，把黄绵绵一把又从沙发上拉起来。

庞红枫的眼神从黄绵绵丰满的身体上迅速转移到挂在墙上的那一排女士时装上。

黄绵绵故意说：“你要是不舍得，还是拿下面的款式吧，便宜。”她故意把“便宜”两个字的音拖得长长的。

庞红枫看了一眼黄绵绵，想说什么，话到嘴边了，又咽了回去，而是问：“晚上有事吗？”

黄绵绵答非所问：“可以给你进价。”

庞红枫没有理睬黄绵绵的回答，而是取下那款淡蓝色时髦外套对黄绵绵说：“就在丽人岛吧，那里相对安全。”

黄绵绵看着庞红枫的背影，没有回他的话，而是把手上的尺子“哐”的一声扔在他快要出去的店门上。

赵薇薇从南方学习回来，把一大堆资料放在朱笑蔓办公桌上。

朱笑蔓很高兴，愉快地翻阅着这些资料，关切地问：“你没再多转转，难得一趟，去会会老朋友呗！”

赵薇薇一脸认真：“哪有那份闲心呀，就想马上回来投入工作，心急呀！”赵薇薇语速很快。

朱笑蔓笑了：“再急，也得一步步来，心急吃不了热豆腐。”

赵薇薇说：“我没有告诉原单位的同事，只是在会议上碰见了原公司老总，他让我去公司看看，但我的返程票都订好了，时间不够。”她脸上露出少许遗憾，“以后，等我们把事情做成了，有的是机会去交流。”

朱笑蔓认真听取赵薇薇的叙述，她起身给赵薇薇加水，被赵薇薇挡住了。

赵薇薇着急地说：“我得去现场看看，几天没去了，做梦都在想装修的事情。”她朝朱笑蔓一笑，转身出去了。

朱笑蔓起身把她送到门口，冲着她的背影喊："不要累着，注意休息，还有娃呢。"

"谢谢！"她边走边跑，疾风般下了楼。

赵薇薇来到日间照料中心装修现场，孟经理正在现场跟进施工。

赵薇薇的喜悦溢于言表："进展蛮快呀，出去才几天，都封隔得有模有样了，谢谢孟经理。"

"这施工队有点偷工减料，爱耍小动作，咱这后脑勺也得长只眼睛。"孟经理笑着对赵薇薇说。

赵薇薇点了点头，说道："谢谢孟经理，你要是不忙，就一定来现场教我。"孟宁边将手头工作向赵薇薇交接，边鼓励她大胆管，发现问题就找施工队现场主管。

这边还没交接完，刘倩倩的电话就来了，说是齐好传话说朱笑蔓通知孟宁到她办公室有事商量。

孟宁刚走到朱笑蔓门口，就听见里面齐好和朱总吵架的声音。

齐好很生气："他应该自己负责，物业凭什么给他修车？消杀工作是提前几天就在群里通知了，也在宣传栏和各个大门口张贴了温馨提示，现场张经理跟着打药车也在做流动宣传，消杀到哪里，就宣传到哪里，难道还不家喻户晓吗？是我们平时把业主伺候得太好了，太周到了，才有今天的后果。"

朱笑蔓声音也高："齐经理，你这样说话就是不合适了。做物业就要细致入微，不能从管理上出现任何纰漏，如果是我们管理工作的疏忽，给业主造成财产损失，物业就得承担责任，这才是大公司的担当，也是公司的品牌。"

齐好毫不示弱："担当不是所有的事情都该埋单，业主自己的过错造成的损失，就得由他自己去埋单，物业不是大包大揽，我不同意给她赔付。"

孟宁走到门口想敲门，手又停下，他在门口左右为难。他往回走了几步，又停住脚，既然朱总有事，还是进去吧，或许还能控制住她们各自的情绪。于是，孟经理敲了敲门，"咚咚咚！"

32

听到有人敲门，朱笑蔓和齐好马上整理好情绪。齐好端起水杯假装没事，朱笑蔓也拿起手机假装在拨打电话。随即朱笑蔓说了声："请进！"

孟宁故意稍微停留了一下才进门，虽看到朱笑蔓和齐好的脸色不好看，也假装什么事都没有发生，先给齐好一笑后就问朱笑蔓：“找我有事？”

“嗯？”朱笑蔓有些莫名其妙。

齐好抢过话说：“是我找你。”她又给朱笑蔓说，“我是想把这段时间屋面防水维修和地下室漏水维修的事情沟通一下，看看质保金还有多少，如果资金充足，我想趁这个机会再扩大一下维修范围，把这几年来一直报修而又没有处理好的一些飘窗和散水也一并再处理一次。”

朱笑蔓看着孟经理：“我同意齐总的意见，孟经理你看？”

孟宁一拍大腿说：“当然好呀，就看施工方配不配合，这是花他们的钱。”

齐好嘿嘿一笑，说：“这样，你给现场主管维修的工人买上一条猴王，晚上你以公司的名义再请他喝点小酒，不就摆平了嘛。”

“这样好，花小钱，办大事。”朱笑蔓又默许地看着齐好，又给孟宁一个肯定的点头。

孟宁没说这样做行还是不行、合不合适，他要和施工方沟通才知道。

日间照料装修现场，赵薇薇在现场给施工单位领导交流进度。

“经理，这几天上的人不够，按照合同约定的时间，可能会影响工期呀！”赵薇薇问现场主管负责人。

“没办法呀，都是塬上人，农闲出来打工，农忙就得回去，顾了这头，就顾不了那头，种麦也是农民一年里的大事情，理解一下。”施工负责人为难地说。

赵薇薇也面露难色道：“影响工期……街道办那边……”

施工负责人打断她的话：“你是好人，我领你的情，等人回来了，我把工作时间拉长点，每天赶个进度，保证按照合同约定完工，你看这样行吧？”

赵薇薇感觉这话在理，勉强地说：“啥事？”

施工负责人嘿嘿一笑，对赵薇薇说：“把你公司的好茶给我喝点？”

赵薇薇笑着说：“没问题，明天我给你带些。”话还没说完，人都走了。

今天遇到了一个好天气，出院后不久的秦朝，被刘妈推着来到日间照料中心装修现场。赵薇薇老远就跑过来迎接，秦朝说话不太流利，他想说什么都是刘妈帮他说。赵薇薇给秦朝描绘装修的设想：“秦爷，日间照料中心是专门为老年人提供休闲娱乐和安度晚年的康养场所，到时候我们配置有保健、阅览、养生、运动和棋牌室，还有营养灶，给老人提供三餐服务。”

秦朝一脸兴奋，但是说话还是不利索：“我……报名参加……第……第一个……”赵薇薇听起来有些费劲，但能听出个大概意思。

刘妈接过秦朝的话说：“老师第一个报名参加。”

赵薇薇嫣然一笑：“好呀，到时候我去请秦爷来。”她又给现场来观看热闹的老人们继续讲，“日间照料是由政府投资、物业来管理的一项惠民工程。就是老人们住在家里，吃在日间照料中心，一日三餐，有专业厨师掌勺，专人管理现场。吃完饭可以休息，可以娱乐，可以健身，还可以理疗，配套设施设备齐全。到时候请爷爷奶奶们报名参加。”

现场老人们交头接耳，有人就问：“这日间照料是有偿服务还是免费？”

赵薇薇听到了大声回答：“咱们日间照料是有偿服务，但是平价销售，主要目的是解决咱们小区的老龄化问题，照顾好老人，为老人和子女提供便利。”

潘登老人也在装修现场看热闹，高兴地说：“有偿服务，平价销售，这样好。”

朱笑蔓给爸爸说起日间照料工作的进展情况，朱东风表现出一脸的喜悦。“好啊，建起来了我就第一个报名。”

朱笑蔓一笑：“爸，你不是第一个，是第二个报名的老人。”

朱东风哈哈一笑：“老先生是第一个？”

朱笑蔓点了点头。

朱东风沉思了一会儿，没有吱声，朱笑蔓发现了什么，问道：“爸，你担心建起来后，没老人们会来是吗？”

朱东风沉思着：“这是关键问题。以后的管理如何定位？福利还是盈利？”

朱笑蔓肯定地说：“保本。”

朱东风接着问：“人员工资谁发？”

朱笑蔓回答：“日间照料中心负责人员工资。”

朱东风斩钉截铁地说：“趁早关门！”

朱笑蔓傻傻地看着爸爸，无言以对。

眉间雪茶叶店，朱豆豆今天和往常不一样，没有精心打扮自己，而是随便收拾一下就来茶叶店坐着喝茶。她托腮苦思，还在想当年爸爸把那个已褪色的红包裹藏在哪里去了，会不会给朱笑蔓或是朱小刚了，一时出现幻觉。

她记起有一次在医院病房里，她看见爸爸神神秘秘的样子，他见病房没人，赶快就把那个褪了色的红布包裹递给朱小刚。朱豆豆刚好看见，她冲过去夺过红布包裹，打开一看是一台旧式收音机。她又琢磨，那天爸爸把那个红布包裹给朱笑蔓，朱笑蔓打开一看是一包古银圆，朱豆豆看见很生气，跑去找爸爸说理，说爸爸不公平，正吵着，朱笑蔓给她又分了几个古银圆。朱豆豆这些天很苦恼，她想把埋藏了很久的心事给黄绵绵一吐为快，让黄绵绵出个点子。于是，她拿起手机给黄绵绵打了电话。

黄绵绵听了朱豆豆的苦恼后就给她出了个点子：“你傻呀，你情愿把那些宝贝让给他们呀？不主动去照顾老爷子，不出力，不哄他高兴，老爷子能给你吗？你想得美。家里有保险柜吗？”

朱豆豆琢磨着，满脑子都是朱东风放保险柜的场景，她认为有保险柜的可能性不大，她说：“没有，就是不知道老爷子把那些宝贝藏在哪里了。你是诸葛亮，我最近有些苦闷，你出个点子看看好使不？”她有些心虚，给电话里的黄绵绵说，“最近，老爷子已经对我起戒心了。”

黄绵绵对电话里的朱豆豆说：“没保险柜？那一包东西会藏在哪里？”她思忖着，“从现在开始，你三天两头跑回去看看，一是监督老爷子不要犯傻；二是把老爷子搀扶到楼下走走，让街坊邻居也看看，你朱豆豆也很孝顺。回去次数多了，不就有机会了吗？别的，再没有什么好的办法了。”

朱东风在家里看电视，他还是老样爱把老腿搭在茶几上，时不时地呷口茶。他又想起什么，放下茶杯，拿着拐杖走到太师椅跟前，手伸进厚厚的坐垫底下去摸摸。门铃响了，他又赶快把坐垫恢复原位，拄着拐杖去开门，是送保险柜的师傅来了，以前认得，很熟。他带着师傅把保险柜放在他的卧室里。

师傅笑着说：“老爷子好！这是我给你选的最简单、最好使、最安全的新款虎牌全钢防盗保险柜，大拇指一摁就开了。”

朱东风担心地说：“大拇指一摁就开了？那谁都可以一摁咋办？”

师傅哈哈一笑：“要录入你的指纹嘛，别人怎么开呢？”

朱东风仔细琢磨着这个东西，摸了摸，疑惑地问：“密码还用吗？”

“密码当然要用，指纹也要用，怎么方便怎么来。”师傅答道。

朱东风点了点头：“哦！这样好，这样好！”

师傅帮他把保险柜设置调试好后，又让朱东风自己反复试了几遍才放心走了。朱东风等师傅走后自己又反复试了几遍，这才从卧室出来，在他自己坐的厚厚的垫子下取出一个褪了色的红布包，他放在手上掂了掂，又听了听，嚓嚓地响，分量不轻。他走进卧室顺便就放在了保险柜里，锁好后又晃了晃锁把，确保万无一失，才又回到客厅沙发上继续看电视。

朱豆豆开门回来了，她今天心情特别好，还给老爷子买了好些稀罕水果，她把水果往茶几上一放，主动给爸爸说话："下午客人少，我就提前回来看看爸爸。好长时间没回来了，都好吧？"

朱东风突然有些受宠若惊，显得好不自在："嗯，饭也吃得饱，觉也睡得好……都好。"

朱豆豆起身在客厅走了一圈，眼睛四处看看，甜甜地对朱东风说道："爸爸都好，那我就放心了。爸爸，我扶你出去走走吧，呼吸一下新鲜空气，成天待在家，空气不好。"她搀扶着爸爸就想往外面走。

朱东风有些不太情愿出去，腿不好，担心走出去了，怕走不回来，还是心虚。朱豆豆蹲下帮爸爸把鞋换上，硬是扶着爸爸出门了。

小区不大，景观小品设计都很精致，绿化面积不多，水系就一处，常年流水。朱豆豆搀扶着爸爸从单元门出来，一手拄着拐杖，颤颤悠悠地来到湖边，天气有些冷，朱东风连续打了好几个喷嚏。也有些老人在一处的廊亭下坐着打牌，朱豆豆搀扶着爸爸从廊亭经过，朱东风和老人们互致问候。"朱工，今天气色不错，又涨工资了？"一牌友笑眯眯地说，其他牌友也给朱东风递来不一样的目光。

"叔叔阿姨好！"朱豆豆扶着爸爸小心翼翼地坐在不远处的廊亭下，一并给这里的老人都打了招呼。

一位阿姨很有兴趣地走了过来，她看了四周，没有外人，就悄悄对豆豆说："你姐的物业公司被人告了，可能要处罚她们，给你姐说当心点。"

朱东风抬起头，一双惊恐的目光看着朱豆豆："你姐那事还没摆平啊？"

朱豆豆没有直接回答爸爸的话，而是对这位阿姨的提醒表示感谢："谢谢阿姨，我知道了，我给我姐说声，让她提防点。"

"唉！害人之心不可有，防人之心不可无，有些人就是爱给别人找事，唯恐天下不乱。"这位阿姨越说越有劲。

坐在旁边打麻将的老人也在插话："咋啦，光收费不服务的小区有的是，你告得过来吗？业主才是弱势群体。"

"闭上你那张臭嘴，没跟你说话。"阿姨训斥着这位老人，"交你那点钱，还想享受高级服务，做梦去吧。豆豆……走，不理他。"她帮着朱豆豆搀扶着朱东风离开了这里。

一家快餐店。餐厅不大，整洁干净，装修简洁大方，具有现代风格。没有服务员，是自己点菜取菜。赵明明坐在靠里，面向外；朱笑蔓坐在靠外，面向里。他平常不喝酒，今晚是特殊情况，和学妹共进晚餐别有风味，不喝点酒助兴，不是他的作风。两人兴致很高，都端起红酒杯碰了一下，声音很响，差点没把酒杯碰碎。

赵明明用心看着朱笑蔓，是久违的感觉。这种眼神在平常的生活中很难看到，今晚可能是彻底放松了。“为什么改行？是否当初遇到了你无法克服的困难？”他的眼神有些咄咄逼人。

朱笑蔓有些畏惧他的眼神，故意娇嗔道：“别用这种眼神看我好不好，怪吓人的。”

赵明明端起酒杯主动给朱笑蔓又碰了一下：“习惯了，这是平常给我学生的眼神。你也是我的学生，不是吗？”

朱笑蔓笑得很开心，这也是很少难得一见的笑脸，她说：“大学那几年真好，憧憬好像就挂在嘴边，挂在床头，挂在笔尖上。渴望天天都能看到你，天天都想听你讲宇宙的故事。大学四年，眨眼就过去了，当初，我要是坚持自己的主意，或许就没有今天的失落。”朱笑蔓正说着，电话响了，她拿起电话一看是朱豆豆的，她给赵明明示意她先接个电话：“喂，豆豆，有事吗？”朱豆豆把刚才听到有人告她的事给朱笑蔓说了，朱笑蔓淡淡一笑，说：“没事，我经常被人告，经常有人投诉，习惯了，没事。爸爸都好吧？”朱笑蔓挂了电话，若有所思。

赵明明又端起酒杯跟朱笑蔓碰了一下，自己又一口闷了，低声说：“你当初要是留下来，不南漂，她就不会进入我的生活……这些年，真是度日如年呀。”他又吃了一大口菜，“最后，怎么回来做起了物业？”

朱笑蔓一脸无奈，慢慢地说：“城中村拆迁，鲍鹏跟我提出假离婚，可以多分一套房子。当时，我不同意，公公婆婆也来劝我，说这是钻法律的空子，能多分一套房不是更好。我没有经得住鲍鹏的死缠硬磨，就在离婚协议书上签了字。”

赵明明明白了，问：“结果……婚离了，房没了，因为你不是户主，就没有参与分配的权利。”

朱笑蔓淡淡一笑，又摇了摇头：“生活千姿百态，这就是人生。”

一会儿工夫，三瓶红酒下肚。朱笑蔓脸涨得通红，赵明明也是话多，脸色像猪肝。

33

朱东风下午在小区走了几圈，累了，晚上睡得很香。

朱豆豆还没有入睡的意思，她在小卧室不时侧听爸爸的动静。听到了爸爸的鼾声，判定他已熟睡。她轻手轻脚起来，走到客厅里爸爸坐的沙发上，到处乱翻，爸爸坐的沙发垫子，旁边的椅子，她都翻遍了，没有看到那个红布包裹。她纳闷，家里就这么屁大块地方，还能藏到哪里去。她打了个哈欠，从窗外透进来的路灯隐隐约约能看清她披头散发的样子。她站在客厅的中央，又想了半天，把祭奠母亲的灵牌也拿下来找了找，把灵牌底朝天，还是没有找到那个宝贝。卧室里朱东风咳了一阵，把她吓得不敢动弹，她屏住呼吸走到爸爸卧室门口，看着爸爸又侧身过去睡熟了。她走进爸爸的床边，她突然一惊，再借助窗外的灯光好像看到了一件陌生的怪物，她仔细一看，摸了摸，原来是保险柜。一种失望的表情让她一时难以言表。

黄绵绵正在店里收拾卫生准备下班。她又从里屋取出几件新款女式风衣挂在墙上，把今天卖出去衣服的空当补上，显得很整齐。她这才穿上衣服在镜前把自己整理了一下，再补了点口红和粉霜，提着手包，拿着大门锁子出门。刚迈出一步，又回头再确认一下电脑电源关闭没有，准确无误后才锁上了店门。她今天限号，没开车来，时间不早了，还是走路去汇通逛个夜市吧。

汇通夜市，灯火辉煌，车辆往来如梭。人行道上，有赶路的，有散步的，爱唱红歌的人才刚刚收场，跳广场舞的也曲终人散。黄绵绵步子不大，和其他夜间散步人一样溜溜达达。

赵明明和朱笑蔓吃完饭后顺着人行道散步，他俩并排走在人行道上，不时闪一下给赶路的人让道。朱笑蔓傻傻一笑说：“喝多了，身上热乎乎的。”

“今晚高兴……咱俩，喝了三瓶红酒，从来没喝过这么多红酒……我都有点醉醺醺的。”赵明明口齿不清地说。

朱笑蔓看着赵明明走路都有点轻微摇晃，她停住脚步问：“要么，去广场那边找个凳子坐坐？”

赵明明手一摆，说：“没事，难得有这么高兴，我想酣畅淋漓地醉上一回，找找当年在大学那会儿的朦胧感。”他走路高一脚、低一脚地已不由自主，差点被一块砖头绊倒，朱笑蔓赶快扶住他。就在他俩前面不远处，黄绵绵借着路灯看见了朱笑蔓和赵明明抱在一起，像龙卷风一样席卷而来，声嘶力竭喊道："朱笑蔓，你偷我男人……不要脸!"

这个声音不知从哪里传来，朱笑蔓突然怔住了，犹如晴天霹雳。还没等她回过神，就感觉到她被一股强大的力量撕扯着，就像草原上鬣狗在活剥一只羚羊。朱笑蔓有点醉，全然不知道撕扯的疼痛，她已经麻木了，任其活剥。赵明明被眼前的场景惊呆了，他看清了朱笑蔓满嘴是血，根本招架不住黄绵绵的厮打。赵明明一个跨步挡在了朱笑蔓前面，抓住了黄绵绵雨点般的拳头，一记耳光重重落在黄绵绵脸上，顿时，整个世界静止了。

黄绵绵捂住嘴巴，声泪俱下，她用颤抖的手指着赵明明大声说："你敢打我……你嫖女人，做了对不起我的事情，还打我。"她又抓住还在木然的朱笑蔓的衣领，"大家看看……这个女人偷我的男人……我要打死她!"又是一阵拳打脚踢，朱笑蔓缓过神来。这时围观了好多刚刚跳完舞、唱完歌的群众。朱笑蔓像一头母狮扑向鬣狗一样，抓住黄绵绵的头发就是一阵猛击，此时的黄绵绵也是鼻青脸肿了。

有人报警了，很快就听到一阵急促的哨子声，警灯闪速而来。

"闪开！闪开……都住手……"声音很有震慑力。

朱笑蔓也是气急了，根本没听见警察的呵斥声，雨点般的拳头狠狠砸在抱头躲闪的黄绵绵身上。

巡逻警察厉声喝道："……还不住手……全带走!"

派出所问讯室。赵明明、朱笑蔓、黄绵绵分别被警官训斥："你们都是一所大学里的学姐学妹，高级知识分子，看看你们都干些啥事，大街上打架，丢不丢人。"警官又看着赵明明："你还是老师，为人师表。你是有妻室的人，不能做有悖于伦理的事情。"又对朱笑蔓说，"你也是有夫之妇，更不能有危害道德的行为。"

朱笑蔓被扯乱的头发还没收拾利索，双眼有些红肿。黄绵绵靠在赵明明肩上，脸色很不好看，脸上青一块紫一块的，还在伤心昨晚上的事情。赵明明靠在墙上，眼睛闭着。

警察对他们说："每人处罚500元，去办手续吧，办完可以走了!"

派出所大门口，太阳正在头顶上方，洒水车唱着《山不转水转》的歌曲经过，湿漉漉的马路油光闪亮。赵明明拦了一辆出租车，让朱笑蔓先走。黄绵绵看在眼里，恨在心里，咬牙切齿地看着朱笑蔓上了出租车，憎恨道：“臭婊子……”

赵明明看了黄绵绵一眼，眼神很毒。

中午时间，医院一楼大厅门诊病人很少。刘晃提着饭盒走进电梯。

刘妈搀着秦朝从卫生间出来，刚好护士过来发药，就顺便帮助刘妈把秦朝搀扶到病床上。

护士又像一阵风似的出了病房。这时刘晃提着午饭进了病房。

“姥爷，我给你在外面买的馄饨，味道不错，你尝尝看。”

刘妈从刘晃手上接过了饭盒，打开盖子递到秦朝的手上。秦朝端着饭盒小心翼翼地闻了一下，喝了口汤，吃了一个馄饨，吧唧了几下嘴唇：“……味道好……”他又问刘晃，“你吃了没？”

刘晃忙对刘妈说：“还没，刘姨先去吃，回来换我。”

刘妈不放心地说：“老师，你慢点吃，小心烫着。我先去吃饭，一会儿来换晃子。”

秦朝点了点头对刘妈说：“慢……去，不急。”又看着晃子说，“这里，有你刘姨在，你去忙……有事给你电话。”说话很费劲，但能听明白意思。刘晃给姥爷倒了杯水放在床头柜上，就给姥爷捏了一会儿脚。

黄绵绵的脸肿得有些夸张。发型已收拾停当，和先前没什么两样。一身杜克普套裙很得体，稳重的浅蓝色给她增色不少。她还是坐在她的小茶桌跟前，正在和旦心谈业主委员会成立的事情，黄绵绵非常清楚，要想赶走朱笑蔓，只有通过业委会才能实现她的愿望。她把那天晚上的事情给旦心也讲了，旦心替她打抱不平，一定要成立业委会，赶走朱笑蔓。

黄绵绵说：“旦工，就凭咱俩，微不足道。只有联合一些和我们有共同感受的业主，才能推翻朱笑蔓。”

旦心说：“业主是一部分人看热闹，一部分人随风倒，还有一部分就是我们这样的人在牵头闹，最终大家受益。所以，只要我们敢挑头，后面不愁没有接棒的。”

黄绵绵一听旦心的话就很有信心：“我们还是再联系一下刘晃和庞红枫，再发展几位骨干，我来牵头，你旦工给我揽后腰咋样？”

旦心爽快地答：“没问题，你说了算，随时听你调遣。不过，我担心晃子。”

“担心晃子？你是说晃子和朱豆豆，你怕……”黄绵绵又追问了一句。

“我怕他打退堂鼓。”旦心不无道理地说。

“不会。晃子也是受害者。他也没有得到朱笑蔓什么好处，朱笑蔓也没给晃子什么实惠政策，晃子还不是跟你我一样一分不少地交易。再说了，朱豆豆跟朱笑蔓尽管是亲姐妹，但各是各的事。我看晃子靠得住。”

“嗯，我只是担心。那就齐心协力，把朱笑蔓赶走。”

黄绵绵兴奋地和旦心伸手击掌，表示志同道合。

街道办门庭若市，大门口车辆进出频繁，保安人员给来街道办办事的车辆找停车位，忙得不亦乐乎。

黄绵绵从办事处出来，一头雾水。她非常失望，她想把手里一沓业主资料和申请书扔到垃圾桶里，一想又忍住了。她站在自己的车跟前，正犹豫的时候，保安已把车辆指挥到她的车位前，又看到她不想走，忙给那位车主喊停。

保安有些火冲：“你走还是不走啊？”

黄绵绵也正在火头上：“你喊个屁！”

保安看到她挪车慢得很，气不打一处来：“你走呀！这是领导的车位。”

黄绵绵听到是领导的车位反而不走了：“老娘不走了。”她把资料往车里一扔，车门一锁，大摇大摆走出大门。

保安“唉唉唉”地追了几步，黄绵绵没有理他，还转身给他做了个怪样。保安没办法，又回到自己的岗位上。

佳境·国际村，朱笑蔓正在审核业主被青虫吓到骨折住院和奥迪车污染赔偿的一些票据。朱笑蔓问刘倩倩：“齐总怎么没签字？”

刘倩倩一脸委屈地说：“她坚决不签，还劈头盖脑地痛骂了我一顿。”刘倩倩一脸无奈的表情。

朱笑蔓拿起桌子上的电话就打给齐好：“来办公室一趟。”放下电话又重新审核这些票据。

齐好敲门进来，她直接把一份辞职报告放在了朱笑蔓的桌子上。

朱笑蔓一看，对刘倩倩说：“你先去忙，回头我找你。”

刘倩倩看到齐好的辞职报告先是一怔，后又给齐好打了个招呼就出去了。

朱笑蔓拿起齐好的辞职报告，抿嘴一笑：“想好了？”

齐好一脸轻松，回答道：“嗯！”

朱笑蔓把齐好的辞职报告往桌子上一扔："我不同意！"

齐好又把辞职报告拿起来重新递给朱笑蔓："你会同意的！"

朱笑蔓一脸蒙圈："这么肯定？"

齐好眨了眨眼，肯定地"嗯"了一声。

朱笑蔓眼眶有些湿润，盯着齐好问："就不能再好好沟通沟通？"

"其实，我们每次争吵，都是在沟通，是理念不同。"齐好在耐心解释。

朱笑蔓认真地看着齐好："你这是逃避！"说完，她把目光移到窗外。

"是的，我不得不逃避！"齐好也把目光移到窗外。

朱笑蔓问："就为这两个赔偿的案件，是吧？"

"不是……是你的软弱。"齐好看着窗外的落叶，随口说出。

朱笑蔓冷冷一笑："软弱？你主张对业主要强硬，可……"

"错！不是强硬，是法治是制度。"齐好的语气非常坚定。

朱笑蔓转过身来，看着齐好的辞职报告，自言自语道："公司就像一棵大树，我们就是树上的绿叶，有风刮来叶子就飘忽不定，一旦叶子离开了大树，叶子还会有养分吗？"

齐好没有正面回应朱笑蔓，她说："人的一生若是只为自己去努力，那毕竟太寂寞了。若是有一个你在乎的人在看，那才是不枉此生。"

朱笑蔓抬起头来看着齐好："一个人要想取得成就，不是靠天，也不是靠运气，而是坚持和付出，是不停去做，重复去做，用心去做，当你真的努力了、付出了，你会发现自己潜力无限。遍体鳞伤后才知道，成功要努力，成功要决不放弃。"

齐好想了想说："身体的累，微不足道；身心的累，那才是最大的悲哀。"

朱笑蔓笑了笑，认真地看着齐好。她觉得眼前的这个女人，已经不是之前她刚来那会儿一说就能顺从的副总了，而是一位羽翼丰满、有利己主义的管理人才。或许这座庙太小，她不走，自己就得走。与其这样，还不如让她走，不能把人才埋没了。罢罢罢，她毅然决定："我签！"

34

赵薇薇侧身躺在床上哄孩子睡觉，庞红枫进来，一脸淫笑。

他凑近赵薇薇的脸，一心想讨好她，她就是不理他，一副鄙夷的眼神。庞红枫又拿起他在黄绵绵店里买来的衣服："老婆你看，漂亮不？试试吧。"

赵薇薇一把把衣服抢过来扔在木地板上，不耐烦地骂道：“你还能想起我？今儿是哪根筋通了，还是又碰到了什么龌龊事，回来讨好老婆。你的这把戏甭在我跟前演了，我早就看穿了你的嘴脸，不做正经事，一天光做些阴损的事情，我看不起你。”

庞红枫一脸羞红，又强装没事，手很麻利地伸进赵薇薇的睡衣里，被赵薇薇打了出来。他又顺势抱住赵薇薇的头，又被赵薇薇推开了。庞红枫还是嬉皮笑脸，并没有生老婆的气，一直在讨好：“嘿嘿，不都是为了你母子俩嘛。这年头，就这风气，不入潮流，就会被别人挤死。”

赵薇薇一脸不悦，美眉倒立，说道：“旦心的案子你有完没完，你敲诈他也不看看他的处境，他老婆被人拐走，又带个娃，现在在汇通开夜摊，起早贪黑，容易吗？”

庞红枫脸上红一阵白一阵，被赵薇薇骂得狗血淋头，不停解释说：“他的官司不是我在努力打嘛，他有今天的日子，我是把他的案子死马当活马医，硬是把官司给赢了回来，你还说我敲诈？你有良心没有，还不都是为了你过得比别人好吗？”

赵薇薇又狠狠地瞪了他一眼：“你是律师，这是你的职业道德，别人托了你，你就得去给别人尽心尽力，不能贪心。”

庞红枫看着娃睡着了，就顺势笑嘻嘻地钻进了赵薇薇的被窝，赵薇薇娇嗔道：“去去去。”又是一阵龙凤颠倒，席梦思床摇晃着，他们的儿子如同在浪花里颠簸。

刘妈系着围裙在厨房里做菜，她喜欢给女婿做这样的饭。她不会炒菜，就会做一些面食。赵明明在厨房帮忙，他喜欢吃丈母娘做的菜。

刘妈停住手里的活问：“你们……吵嘴了？绵绵她……”

赵明明停顿一下，若有所思，答非所问：“妈！秦叔那里晚上有人吗？”

刘妈生气地说：“妈问你话呢？”

赵明明抬起头刚要回答刘妈的问话，就从书房传来旦萱萱的回答：“奶奶，黄阿姨在忙小区成立业委会的事情，可能晚上不回来吃饭了。”

刘妈一听，把擀面杖在面板上狠敲了几下：“管她的，爱回来不回来……逞啥能嘛，就凭她那两下子还能成立起业委会？得了吧。”

赵明明站起身，把剥好的大蒜放在案板上，劝道：“妈，不生她气，让她去折腾几回，等碰得头破血流，也就回来了。”

刘妈看了一眼赵明明，是一种怜悯的眼神。

远山，有几点灯火。大山里的昆虫不甘寂寞，使劲地在鸣叫，给原始森林带来了不想闭眼睛的神秘。

一处小溪旁，一袭白纱裙随着溪流顺势而下的清风轻轻荡漾，溪边上坐着一位女人，她那白皙而又修长的两条腿，在溪水里轻轻摆动，水花在她那双清澈的眸子里闪动。

黄绵绵一脸孤独，但又分明能感觉到此时此刻的她在酝酿一件大事情。

“美女，你想喝点啥酒水?”农家乐老板过来问她。

“白酒！度数大点。”黄绵绵很无聊地回答她，“要好酒。”

农家乐老板在树林中回答她：“没有好酒，就是太白。酒贵了卖不掉，要么，我给你……”

“好了，就太白。”黄绵绵的声音随着溪流远去，远处又传来一阵一阵昆虫的鸣叫，仿佛是给黄绵绵开个人演唱会。

远方
不远
在心的角落
默默无语

泣声
不馁
有一种力量
支撑信念

搁笔
不是慵懒
回首
往事在目

离去
不是彷徨

等待

心的远方

朱笑蔓办公室还亮着灯。她还在等着小区上水管道抢修工程的消息。刘倩倩敲门进来："朱总，大修资金的事，没有业主签这个字，跑了几天，还是那几户关系签了，要达到三分之二以上的业主签字有点难。"

"没人签字也要抓紧时间抢修，业主的生活不能受到影响。"朱笑蔓看着窗外的夜色，数着落在楼顶上的星星给刘倩倩说。

"恐怕今晚是抢修不完，他们都干了一整天了，两拨人轮番作业，都还没找到漏点，大家都很累了。"刘倩倩一脸愁容。

"不行，连夜施工，要赶在明早 6 点前抢修完毕。你去给大家多备些水果，再提上一捆啤酒，请他们把时间抓紧，连夜干。"朱笑蔓的话掷地有声。

刘倩倩迟疑了一下："朱总……"

朱笑蔓手一挥，让刘倩倩不要再说了。这时，朱笑蔓桌子上的电话响了，她拿起电话说道："喂！你好，鑫达州物业公司，我是朱笑蔓！"

电话是刘妈打来的，问黄绵绵是不是在这里，她三天没回家了。

朱笑蔓听完了刘妈问绵绵的事，神情有一些紧张："刘妈，绵绵三天没回家……怎么？那她会去哪里呀？刘妈，你不要急，我去问问其他同志……嗯！好！"朱笑蔓放下电话，一脸纳闷，她会去哪里，是不是那天对黄绵绵说的那些话有点重，让她接受不了，朱笑蔓思忖着，在办公室来回踱步。突然，桌子上的电话又响起了，朱笑蔓赶忙抓起电话："喂，鑫达州物业公司，我是朱笑蔓。哦，是赵明明啊？刘妈给我说了，嗯，都三天没回家了……"

朱笑蔓在办公室也一脸愁容，脑海里一直回忆着刘妈和赵明明的话，绵绵三天没回家了。三天前她是来过朱笑蔓办公室，她要求朱笑蔓减免她一年的停车费，朱笑蔓没答应她，还说得不愉快。朱笑蔓也给黄绵绵苦口婆心地解释，这是鑫达州物业公司，不是她朱笑蔓的公司。公司有公司的制度，她朱笑蔓没有任何权力去随便答应给任何人减免服务费。她也知道，她也是打工的，是公司的职业经理人，公司就没有给她这个权利。朱笑蔓想到这些一脸烦躁，说话声音都带有一种委屈。

学校里夜深人静。赵明明还在给朱笑蔓打电话，脾气有点暴躁。

"胡闹，不理她，爱去哪里去哪里……真不省油。"他挂掉电话，才看见旦萱萱还站在自己办公桌前，他立马整理好自己的情绪，转变了语气，平静地问：“萱萱同学，还有事吗？”显得若无其事。

旦萱萱胆怯地说：“老师……小宝今天没来上课。”

“嗯！怎么会……”赵明明严肃地看着旦萱萱问。

“听说早晨被几个男孩带走了。”旦萱萱怯怯地说。

赵明明突然怔住了，一时不知所措。想了想，他又赶快抓起座机给朱笑蔓打，但又迟疑不决，放下座机。他越想越害怕，莫非遇到校园欺凌？他不敢相信旦萱萱说的是真的。想了想，他鼓起勇气，还是给朱笑蔓拨通了电话。

35

一瓶太白酒见底了。

桌子上几盘农家小炒几乎没动，借助微弱的光，隐隐约约可以看清是土鸡蛋、灰灰菜、野香椿等。流行音乐时有时无，不时从屋里传出来，能感觉到老板也是一个喜欢音乐、一个有情调的人。

“给我倒酒！人……人呢？”一位女人的声音歇斯底里，喊声有些颤抖，有些孤独，带有哭腔，“你……们都不……理我，不给我喝酒……”

是黄绵绵的声音，有些变调，有些哭腔，她伏在桌子上，一头蓬松的鬈发挂在桌边。她脸色苍白，水肿的眼皮在微弱的灯光下虚掩着：“来人……”

老板娘出来劝道：“这位美女呀！你喝多了。”她走到黄绵绵跟前想去搀扶她，被黄绵绵一掌推开。老板娘问道：“多大的事嘛，让你喝成这样。”

“是朱笑蔓，你……你知道吗？她……抢了我的……老公……”她抬起头对老板娘说，“这事……还不大，那，啥……啥事是大呀？”

老板和老板娘搀扶着她去了房里。

“美女，你要想开些，不要给自己过不去，拿自己的生命去赌，划不来啊。”老板娘说着就把她放在床上，给她盖好了被子，走了出来。

老伴站在门口，望着伸手不见五指的大山，身后又传来黄绵绵的醉话：“弃我去者，昨日之日不可留；乱我心者，今日之日多烦忧。”

老板摇了摇头，深深地吸了口气。“……举杯消愁愁更愁。”

山谷里，黄绵绵还在醉意中。她斜躺在床上对着手机里说：“放了吧，不要……把事弄大了，吓唬一下就行了……你们揍他没？”她又侧过身去，面向墙壁，半截细腰露在外面。电话里传来的是一个刚刚变声，还没有完全变过来的大男孩的声音：“阿姨，我们揍他了。”

黄绵绵立即紧张地坐起来，提起心来问：“揍得严重不?”

“严重……不，不严重。”是一个男孩的声音。

“你们几个人揍的?”黄绵绵急切地想知道。

“五个人，都是我的哥们儿。”手机里的男孩说。

“放了放了，马上给我放了。”黄绵绵有些气急败坏，她扔下手机，平躺在床上，醉意还挂在脸颊。她微闭着眼睛，两只大乳房上下起伏着，就像乾陵李治、武则天合葬墓前那两座凸显在风雨中的小山包。她又拿起手机，拨通了一个电话：“你们五个娃，每人给一百元。”

秦皇南路一号桥北侧与滨河路岔路口，人行道上，还有三三两两的人在散步溜达。路灯通明，大小车辆往来如梭。

夜很深，出租车靠路边慢行，随时都在寻觅捡人。都市公交车早已歇着，还有少量私家车在奔跑。

鲍小宝背着书包，顺着一号桥西侧人行道拐到滨河路上，他对这段路很不熟悉，刚刚拐过来又觉得不对，踌躇不决。正站在路口发愁时，被正准备过马路的张洪学看见了，他几个大步跑过来抱住小宝，把小宝吓了一跳。

“啊!”小宝惊叫了一声，又突然静下来。

“小宝，是我，张叔叔。你跑到哪里去了呀?你妈妈都急死了，你咋不给你妈妈打个电话呢?饿了吧?走，叔叔先带你吃饭去。”张洪学急忙问着。

“我……”鲍小宝还在噩梦中，一脸愕然。

张洪学找到了小宝，立即就给朱笑蔓打电话：“朱总……小宝找到了。”疾驰而过的车辆，带走了张洪学的喊声，夜空显得那么奇妙。

西阳村十字路口处，朱笑蔓和刘倩倩正朝着郊区走去，刘倩倩转身回过头，听到小宝找到了，拉着朱笑蔓就往回走：“我们打的，快些。”她拉着朱笑蔓站在路边等车，一片片月光从高大的行道树中间洒落在地上。

汇通夜市很热闹，食客不少，每个摊位都坐满了人。摊主的叫卖声和猜拳声还夹杂着炒锅声，一浪高过一浪，无数辆出租车在南北路上蠕动，形成一条火龙在夜里漫游。朱笑蔓和刘倩倩站在夜市口，正翘首以盼。一辆出租车停在了她们跟前，张洪学下车就赶快去打开后门，把鲍小宝拉了出来。朱笑蔓和刘倩倩急忙冲上去抱住小宝，朱笑蔓伤心地哭了。鲍小宝还在惊愕之中，妈妈抱住他没有感觉。

“好了好了，娃总算找到了，虚惊一场，先让娃吃饭。”张洪学摸着小宝的头又问：“儿子，想吃什么？”

“快说，想吃什么？”刘倩倩抹着眼泪又追问了一句，“饿了吧，小宝？”

“给妈妈说，想吃啥？小宝，妈妈问你……”朱笑蔓松开小宝，摇晃着儿子的肩膀。

“小宝……”张洪学大声地喊。

“小宝……”刘倩倩哭着嗓子在喊。

仿佛是一片静悄悄的世界。朱笑蔓张大嘴，突然没有了哭声，一张惊愕的脸朝向夜空，只有沉默的星星在眨眼。

“烤肉!”鲍小宝突然说出来了话，像是从遥远的星空传来，朱笑蔓又惊又喜，失声痛哭起来。

“好！烤肉……烤肉。”张洪学也激动地说，“儿子要吃烤肉。”

刘倩倩拉着朱笑蔓说道：“走吧，儿子要吃烤肉。”

朱笑蔓像是紧张过度，一时半会还没反应过来。“走，吃烤肉。”朱笑蔓这才破涕为笑。

36

朱笑蔓的眼睛还有些红肿，尽管她今天化了一个淡妆，但还是没有掩饰住昨夜受惊吓的情绪。她在认真听刘倩倩的工作汇报，张洪学站在桌子对面，给朱笑蔓沏茶，又顺便给自己泡了杯茶。

“奥迪车污染是事实，但这是在我们打完药后发生的事情。晚上车主就把车停在了树下，从树上掉下来的药水和虫的粪便产生了化学反应，导致了车漆污染。我们是有通知在先，自己没看，能怪谁。”赵薇薇争辩道。

“事后，车主就重新给车喷了漆，花了一万六千三。”

张洪学拿起摆在桌子上的票据看了一眼说：“朱总，我认为这件事情有些蹊跷。当时，我看了他的奥迪车污染情况，应该是可以清洗干净的，不至于要重新喷漆。再说了，他去给奥迪喷漆，也得给我们说声才是吧？”

“我认为，这是在讹人。”赵薇薇说，“借故诬赖敲诈物业，可耻。”赵薇薇的态度引起朱笑蔓的重视。

刘倩倩不无担心地说："恐怕不赔点，说不过去吧。万一……"

张洪学抢过刘倩倩的话茬："怕啥？甭理他就是了，让他告去。"

"话不能这么说。"朱笑蔓又从桌子上拿起那沓票据看了看说，"张经理，我的意见是，你先去和他沟通一下，商量出一个妥善处理的办法。"

赵薇薇急了："不行，不能去谈，我们物业不能主动，这不是此地无银三百两嘛。"

就业主车辆污染赔偿问题，一时进入僵局。朱笑蔓看到大家的意见难以统一，就暂时休会，各自忙各自的事情。

庞红枫的眼神有些游离，他把眼神从桌子上那堆厚厚的资料里转移到了黄绵绵那富有弹性的胸脯上，黄绵绵仍然在给他陈述成立业委会的原因和意义。

"朱笑蔓乱收费，对物业又疏于管理，这几年来简直是物业的灾难。"黄绵绵的语气有些义愤填膺，"电梯经常发生困人事件；小区养狗成风；大夏天经常停电停水；拆东墙补西墙还想走大修资金；这些物业人哪里把我们业主的事情当事做来嘛。就是要钱，涨价，挣钱都挣疯了。前段时间又把业主一辆奥迪车给污染了，还有青虫事件。这账得好好给物业公司算算。必须成立业委会，好好治治他们的贪婪。"黄绵绵抬起头，这才发现庞红枫已走神，他的那双眼睛已经深深扎进了自己半露的乳沟里。

"庞律师，你看，我的资料还缺什么？"黄绵绵问他。

看得走神的庞红枫这才回过头来，把眼神从黄绵绵的乳沟里移到她的脸上："很好！我都看了。"

黄绵绵一脸惊喜："这些材料能够成立业委会了吧，合法不？"

庞红枫肯定地说："基本合法。"

鑫达州物业公司三楼会议室，朱笑蔓正在组织讨论小区成立业委会的专题会议，公司部分骨干都到了，会议由朱笑蔓主持。

"不合法。"赵薇薇有礼有节地说，"业委会一定是一个公平、公正、合理合法的社会团体组织，能为业主服务，共同关注小区建设，指导物业企业规范服务行为的一个能代表业主共同利益的民间组织，是行使共同管理权的一种特殊形式，不是一群乌合之众。"

刘倩倩也接着说："黄绵绵一直在张罗成立业主大会，她组织的这帮人都是给物业公司找事、拒缴物业费的人。在他们九人当中，就有六位业主是恶意拖欠物业费，其中就有两位业主拖欠物业费长达五年，黄绵绵拖欠物业费五年零七个月。像这些人一旦进入业委会主事，恐怕业主不得安宁，物业公司也难按照质量体系来对小区提供管理与服务。”

大家都认为黄绵绵目前的动机不纯，鼓动成立业主大会那是另有企图。朱笑蔓做最后总结讲话：“成立业主大会应该是件好事，有利于我们物业管理的规范和标准化建设，业主也有自治管理小区的成就感。当然，如果是出于个人目的，或是假借业主大会的名义来做不利于业主的事情，不利于物业公司的管理，那就得不偿失了。我建议还是结合社区意见，有组织、有计划、规范操作、严格按照选举的程序来进行也未尝不可，我是支持成立业主大会的。”

孟宁看了一眼大家，很有感触地说：“近几年来，我们从物业服务费中拿出的钱来对小区的各项改造就达几百万之多。按照《物业管理条例》之规定，设施设备的大中修改造，应该从大修资金中支出。但每项费用支出又要经过三分之二以上业主签字同意，又谈何容易啊，黄花菜都凉了。所以，每次抢修都是从物业费中预支，结果大修资金也没申请下来一笔。物业捉襟见肘，可怜巴巴地过日子，结果把员工的福利都贴在了给业主的垫资上了。我看，成立业主大会的事情，势在必行。”

大家相互对视，不置可否。

刘倩倩又看了一眼大家说：“每个单元门口都张贴了黄绵绵的告示，也没有提前给物业打个招呼，属于非法性质，我组织保洁马上给清理了，不要影响小区的观瞻效果。”

朱笑蔓马上挡住：“不能，容易引起公愤。”她看了看大家，又看着张洪学，想了想说，“合法的，我们支持；不合法的，我们不予支持。黄绵绵尽管违反了小区文明公约，我们可以找她谈，通过正规渠道来发布。”

大家对黄绵绵在小区乱张贴宣传单有不同看法，是违背了小区文明管理公约，也没给物业公司打个招呼，目无管理法规，按理来说可以按非法张贴广告来清理。但朱笑蔓是站在公司管理层的高度，是冤家宜解不宜结。她让张洪学对黄绵绵的野传单给予保护，管理层人员有些模棱两可、含糊其辞。

社区主任谢小燕正在接待黄绵绵，黄绵绵一脸怒气，谢小燕和颜悦色。

“朱笑蔓太可憎了，我跟她没完。”黄绵绵喊道。

谢小燕轻言细语地说：“你把告示张贴到每个单元门口，你觉得合适不合适？影响环境不说，也不利于小区的规范管理，物业有权清理。”

“有权清理？谁给她的权利？”黄绵绵狡辩道。

“你给的呀！全体业主给的呀，”谢小燕耐心地给黄绵绵解释道，“你在张贴前你告诉物业了吗？保护环境，人人有责，你是怎么做的？”

黄绵绵把凶狠的目光递给了谢小燕：“我看你就是帮凶。”她把桌子一拍，指着谢小燕大喊道，“你和朱笑蔓穿的是一条裤子，一丘之貉。”说完，扬长而去，出门时把门重重一甩，只听到“嘭”的一声。谢小燕看着黄绵绵的背影，摇了摇头，无奈地叹了口气。

鑫达州物业公司三楼走廊里，吵吵嚷嚷，聚集了十几位业主。

黄绵绵一脚踢开了鑫达州物业公司三楼会议室大门，她招呼大家进会议室坐下来慢慢说，旦心也在配合黄绵绵组织大家到会议室。

黄绵绵义愤填膺，说：“今天，我请大家来给我评评理，想必大伙都知道了，昨天下午我贴的成立业主大会告示，昨晚上就被朱笑蔓派人给撕了，大家说说这是什么行为？”

“流氓行为！”旦心力挺黄绵绵喊道，“这几年大家都看到了，物业乱收费的现象愈演愈烈，车辆收费高于政府指导价；水电费公摊高于其他小区；暖气不热不退费；房屋漏水没人管；地下室被淹损失不赔等等，就是我们业主太软弱了。大家都知道人弱被人欺，业主弱了，就没有和物业平等的话语权。我就不信，赶不走朱笑蔓吗？”

“不是！坚决不是！”黄绵绵力挺说，“我们必须争取话语权，我们有这个能力来为全体业主争取利益。现在，你们不能睁只眼闭只眼，要起来斗争，要团结一致，把拳头收回来，再用力打出去。”

“你说吧，让我们怎么干？”有业主开始主动站起来大声说。

“就是。你说吧，我们大家都听你的。”有人附和着说。

“让物业总经理朱笑蔓出来给我们对话，她不让我们成立业主大会的用意何在？”旦心挑拨说。

黄绵绵一脸凶相：“好！好！”她给旦心下达任务，“去，把朱笑蔓叫来，让她来给大家解释清楚。”

“好！”大家不约而同地鼓起掌来。

“不用叫，我来了！”朱笑蔓和谢小燕出现在会议室另一个门口，她俩一脸睿智，面对这样的声讨场面早已司空见惯。

“大家好！还来得比较齐。”朱笑蔓迅速把围坐在椭圆桌前的业主看了一遍，“每个区都有代表哈!”朱笑蔓笑着看了一眼谢小燕和黄绵绵，说，“我也趁这个机会，想跟大家见见面，说说心里话。”

谢小燕看着黄绵绵和旦心等人，说：“这个机会很好，也难得，你们就耐心听听朱总的汇报，好吧。”

谢小燕看着朱笑蔓，朱笑蔓表示愿意借这个机会给大家掏掏心窝子。其实，朱笑蔓早就想成立业主大会，有了业主大会可以减少很多麻烦。物业跟业主之间就是管理与被管理的一对矛盾，不掏钱，还想服务好，天上就没有掉馅饼的可能。

朱笑蔓满腹的心里话，就是想找这样的机会来给业主倾诉倾诉。

37

小区景观大道，正在两侧清理水系的保洁人员个个风行雷厉。一行列队巡逻的秩序维护员头戴钢盔，手执橡胶棒从醉月湖那边过来，又朝景观大道顺势走进宅间道。秩序维护部部长张洪学集结了几名精干的秩序维护队员在醉月湖旁边待命。他随时都在观察物业公司楼上的动静。

孟宁从物业公司大楼出来，张洪学跑上去问：“老孟，朱总那里没事吧?”

“没事。”孟宁对张洪学淡淡一笑问，“真理在谁的手里?”

“那还用说，在我们手里呗!”张洪学肯定地回答。

“那就没事!”他拍拍张洪学的肩膀，“要相信我们的笑蔓。”

张洪学点点头，看着已走远的孟宁的背影。

环境部经理王红提着水桶从喷泉走过来问张洪学：“是昨天的事给朱总惹的祸?”

张洪学点点头，说了句老陕话：“收拾这货，就是要武断。”张洪学问王红，“你听说过三十六计吗?”

王红摇摇头说：“没听说过!”

“这叫欲擒故纵!”张洪学一种胜利的眼神。

王红听后哈哈一笑：“就你一天鬼点子多。”

一位老太太买菜回来路过客户中心门前，王红看着老太太有些费劲，就主动从老人手上接过面袋子把老人送回了家。

鑫达州物业公司三楼会议室，会场气氛很紧张，刘倩倩在做会务服务，依次给大家续水。

谢小燕的脸上还是那副表情："刚才朱总也讲了她很多心里话，我同意她的发言。我作为社区居委会主任，也希望赶快成立业主大会。业主大会是业主的家，是业主当家做主、行合权利的民间组织。我不希望看到小区是无政府状态。有了业主委员会，我们就可以平等议事。小区的事情大家说了算，业主有参与小区管理的义务。当然，最重要的还是能够直接掌握自己的大修资金。不至于像以前那样申请一笔大修资金要经过无数个回合，等批下来，黄花菜都凉了，不利于物业管理与物业服务。但是，我要主张一个原则，成立业主大会，必须合法有序；必须在社区的指导下开展；必须符合全体业主的共同利益；必须牢记一个使命，那就是指导、支持、监督、协助、考核物业的服务质量。且不是单单为了解聘一个物业服务企业的权力。"

在座的业主代表听了朱笑蔓和谢小燕的解释后，这才突然觉醒，原来业主大会的权利与义务不仅仅是为了解聘一个物业公司，而是还有更多的服务监督职能。大家面面相觑，彻底释怀。

黄绵绵站起来说："那我们的劳动不就白费了？"

"没有白费。"朱笑蔓郑重地声明，"鑫达州物业公司随时为业主大会筹备组提供帮助，包括社区宣传栏、电梯宣传栏、LED 电子屏幕、公共场所做线下宣传、微信平台等；杜绝一切乱贴乱挂，破坏环境的行为。"

黄绵绵看到朱笑蔓的德行就气不打一处来，她刚要准备还击朱笑蔓就被谢小燕制止了。

"朱总的话讲得有道理。"谢小燕说完就宣布散会了。

"昨天她干的丑事还没赔礼道歉！"黄绵绵上前一步挡在谢小燕前面，"她必须给我赔礼道歉。"

张洪学看到黄绵绵还不依不饶，就上前挡住了她，几个秩序维护员把她叫到了楼下。

"不要脸……你们不要脸……朱笑蔓我跟你没完。"黄绵绵一直在喊，旦心瞪了一眼朱笑蔓，也跟着黄绵绵下楼去了。

街道办门口，很多车辆进进出出，保安在门口指挥车辆，忙得不亦乐乎。有时也不耐烦，对那些不会停车的车主儿埋怨几句："倒！倒……慢点！慢点……哎呀呀！"一时眉头紧蹙，"臭水平！"

谢小燕和朱笑蔓从办事处大门出来，站在一楼的雨棚下说话。看来她俩今天的情绪很好，尤其谢小燕一脸喜悦飞舞。朱笑蔓没有谢小燕那么兴奋，但从她舒展的眉宇间可以看到，收获也不小。

她俩今天穿着也很匹配，都是工装。谢小燕头发披肩，朱笑蔓把头发紧盘结在脑后，一个漂亮的丝网罩着，很干练。都是黑皮鞋，光可鉴人。

谢小燕很兴奋，说："主任也很支持业主大会筹备组先成立，但一定在我们的掌控之中，不许胡来。"

"是啊！就怕一些刺头进来搅和，都不得安宁。"朱笑蔓不无担心地说。

"不怕！只要我们联袂行动，监督好选举的每一个过程，不愁选不出一个好的公正高效的筹备组来。"

朱笑蔓点点头，表示赞同谢小燕的话。

朱笑蔓手机这时响了起来，她给谢小燕示意了一下，转过身去接电话，是环境部经理王红打来的。

"什么？薇薇小产了，她人在哪里？"朱笑蔓捂住手机压低嗓门，安排道："人不要动，打120先送医院……要快！"

120急救车在市区疾行，警灯飞转，警报声穿破了平日里的喧嚣。来往的车辆和行人与往日一样各行其是，安然无恙。

医院妇产科，朱笑蔓、刘倩倩和王红在门口等待。仿佛时间的走动声，在每个人焦急的心里震动。手术室门开了，一位女大夫从手术室出来，摘下口罩："清宫手术做完了……没事，住几天就可以出院。"

朱笑蔓等人急忙到手术室把赵薇薇推了出来。赵薇薇一张苍白的脸，她的嘴角还挂着微笑。

日间照料施工现场，一名施工人员扛着几根水管进到楼里，又一名施工人员背着两袋水泥艰难地走进楼里。施工现场很乱，各种装饰材料七横八竖地乱堆一处。阵阵震耳欲聋的切割机声音，时高时低，在高楼下旋转。不时有高层业主把头伸出来朝下看看，再把打开的窗户关上。进进出出的施工人员显得很繁忙，现场一片忙乱。

刘妈推着秦朝站在远处看日间照料中心施工进展情况。

朱笑蔓也一边捡挡路的建材一边从楼里出来。她走到不远处对张洪学说："这几天薇薇不在现场，你要盯住施工方现场负责人，一定注意施工现场管理，不要乱堆乱放，要养成一个好的文明施工环境。最近，可能政府领导也要来现场视察，要督促他们做好管理工作。”

张洪学一脸严肃，边听边点头：“放心，我马上就行动，叫他们停活，先把现场整理好再施工。”

朱笑蔓点点头。

“笑蔓!”是刘妈在远处喊她。

她回过身看见刘妈和秦朝，跑过去问候道：“秦爷好，刘妈好!”

“进度很快!”秦朝看着朱笑蔓兴奋地说，“我能赶得上。”

“你秦爷就怕办不起来，隔几天就要过来看看，他不放心。”

朱笑蔓紧紧拉着秦朝的手说：“爷爷放心，一定如期竣工，你一定要来给我捧场。”

“来！一定来！我还是第一个报名参加的会员。”秦朝一脸兴奋，他看着朱笑蔓的眼神，给她投去了信任的目光。

学校教研室灯火通明，白天的吵闹声已远去，教研室每张办公桌上堆满了一大摞尚未改完的作业本，这里静得出奇。赵明明被埋在书堆里，他的眼神很有力度，正在专心致志翻阅资料备课。几天没有回家，没有休息好，脸上不时也透露出几丝疲惫。他伸了个懒腰，靠在椅子上，双目微闭，拿笔的右手在眉间轻磕着。

“老师……”一个清脆的女声唤醒了他，“吃饭，我让爸爸给你做得鸡蛋炒面。”

旦萱萱站在桌子跟前，双手捧着一个饭盒，眼神亮得发光。旦萱萱都长成大姑娘了，落落大方，楚楚动人。一条马尾巴晃在脑后，她爱笑，柔软得富有弹性的辫子在后脑勺随着她青春的气息不时荡漾。浅颜色的校裙，是她那双修长的腿最好的搭配，气息里透出清澈的芳香。

“哦！谢谢!”赵明明抬起头，摘掉架在鼻梁上的眼镜放在桌子上，接过饭盒，“你爸生意咋样?”

“还行吧，够我每月的支出。”旦萱萱回答话的同时，把还没有改完的作业本整理好，放在一起，坐下来帮老师给同学修改打分。

汇通夜市，有些摊位人多还排队，坐在旁边排队的吃货打起了拐三，喊叫声盖过锅铲声，谁输了，就喝一大口啤酒，好不热闹。

一个熟悉的身影出现在市场里，他顺着小道走进来，是庞红枫带着一位时髦的女人来吃小吃。他今晚没有坐在旦心的摊位上，而是坐在离旦心不远处的小炒摊位上。

“来两个小炒肉，两碗馄饨，再加五瓶啤酒。”庞红枫招呼女人坐下，自己取出纸巾把自己要坐的位置擦了擦，又把用过的纸巾扔在了隔壁摊位的纸篓子里。

女人个子不高，穿了双高跟短靴。裙子很难入座，她试了几次，容易走光。这时庞红枫看到了她的难处，就干脆起身把她拉到了旦心的摊位上，让这家老板把菜端到旦心这里来。女人落座后一张粉嫩的脸上荡漾出几丝谢意。

“忙些啥嘛，这么晚才来吃饭？”旦心敲着炒锅给庞红枫说话，“这几天生意不怎么样，可能是天太热吧。”

庞红枫接过话茬：“地摊还讲季节？除非下雨没人吃外，我看大雪天都有人来。”

“那是过去，川中厂效益好的时候，每天晚上都爆满，可惜我没赶上那个好时候。”

隔壁的酒菜端了上来，庞红枫给自己拿了一双筷子后，又给女人取了一双递给了她。

“快吃！”自己打开啤酒，倒了两杯酒，一杯自己喝，一杯给了女人，“来！碰一下，祝你的官司顺利。”

“谢谢！先敬你一杯。”女人嗲声嗲气地说，“我把希望都寄托在你身上。”

“这个案子，是我遇到最棘手的案子，我做了二十多年律师，没有输过，你的案子也会尽力而为。”

“旦工，那天黄绵绵要我去物业开会，是个啥情况吗？”庞红枫又想起了那天黄绵绵大闹物业的事情。

“没结果。社区谢小燕和物业朱笑蔓都参加了会议，还不都是客套话一大堆，没有实质性收获。”旦心懒懒地回庞红枫的话。

“你有啥想法？”庞红枫问旦心，“朱笑蔓是啥态度？”庞红枫问道。

“啥态度，就没有态度。”旦心把锅铲在锅边砸得嘭嘭响，“肯定要成立业主大会，就是要让朱笑蔓在国际村做不成。”

“你想好下家物业公司了吗？”庞红枫问。

“没有。可以随时招聘，好的物业公司趋之若鹜。”旦心蛮有信心，“不怕没有，就看我们认不认真。”

“这个，还是要三思。成立业主大会，不是要炒朱笑蔓的鱿鱼，而是指导考核她们，是不是能按照业委会的要求去完成任务。”庞红枫这话说得在理，但旦心不听。

“我们首先就是炒掉朱笑蔓。”旦心的话很狠。

庞红枫和女人碰了一下杯，没有说话，他看着夜市上的萧条景象，笑了笑拉起女人走了。

旦心没有注意到庞红枫的表情，琢磨着自己的话是不是有些过。他看着远去的庞红枫，一时不知所措。

医院病房，点滴慢慢均匀地滴着。从一根输液管下来，一只纤细白皙的手背上打着点滴。赵薇薇戴着帽子斜靠在病床上，苍白的脸上还是那副自如的表情。刘倩倩在病床前给赵薇薇削苹果，她把苹果削得很薄，一片一片地给赵薇薇喂。

“谢谢!”赵薇薇每吃一片，都要给刘倩倩说声谢谢。

刘倩倩让她不要说话：“把嘴闭上。”

她还抱怨刘倩倩：“你要憋死我呀。”

“朱总这两天可能不好过，咱俩都在医院。”赵薇薇很担心地说。

“可不，就怕那个黄绵绵去缠她。”刘倩倩一脸无奈。

赵薇薇嘴角一噘说：“我不怕她，以后让她找我来谈。”

朱东风家，朱笑蔓一身休闲装，刚洗过澡，一头秀发还湿润润地披在肩上，她在帮爸爸洗脚。

“找她谈？那是对牛弹琴。她还不是因为我那会儿在大学里跟赵明明好过一阵子而耿耿于怀。”朱笑蔓给爸爸在讲述公司遇到的怪事，讲完加了句，“黄绵绵爱记仇，她释怀不了。”

“要不……我去跟她妈妈说说？”朱东风看着朱笑蔓一脸难为情，“或是给她妈妈打个电话试试？”

“爸！你就甭为这事操心了，我知道黄绵绵的性格，她连她老妈都不想管，还听得进她老妈的话？”

“那怎么办？总得有个解决问题的办法吧？”朱东风一脸愁容。

“没事。”朱笑蔓笑了笑说，“兵来将挡水来土掩，我朱笑蔓就不信这个邪。”

庞红枫下榻的客房，趁着滨河路上的灯光可以看见秦阳湖。

庞红枫倚窗而立，面向窗外。一个健硕的背影宛若《金瓶梅》中的西门庆，站在高高的绣花楼上看世外桃源。

女人洗完澡，披着浴巾从浴室出来，她揉搓着头发，两条光腿又粗又短。

庞红枫转过身，一把拉着女人白皙的手臂，把女人转过身来，一双深邃的目光盯着她。

“你的官司，我一定努力。”庞红枫松开了女人的手，很麻利地脱下自己的外套。

38

病房住的病人不多，好多病人都是白天来打针，晚上回家，几张空床有些凌乱。赵薇薇坐在病床边，刚洗漱完，今天她的脸色才恢复了血色。

朱笑蔓拿着脸盆从楼道进来，把脸盆放到赵薇薇的床下。她擦干手想给赵薇薇削个苹果，被赵薇薇挡住了。

“不想吃！还没饿。”赵薇薇看着朱笑蔓弯腰放盆子的动作笑了，“你的腰椎病严重了，抽时间来医院看看吧?”

“老毛病，没办法。”朱笑蔓把赵薇薇扶到床上，帮她盖好被子，“每年都要住几回院，好几天了，一劳累就不行了。”

“腰椎、颈椎病都是顽疾，不好治。除非一直平躺，睡觉……哪能呀。”

“我没那么奢侈，还不到该享受的年龄。”朱笑蔓若有所思地说。

赵薇薇抿嘴一笑：“没那个黄绵绵死缠，你会轻松许多。”

朱笑蔓看着赵薇薇莞尔一笑，不置可否。

庞红枫与女人办完事，靠在床头上，庞红枫平时不抽烟，今晚很惬意，女人主动给他点了一支烟。

“我老公的官司还能赔多少钱?”女人担心地问。

“说不来。不过从案卷上的情节分析，应该估计不多。”庞红枫用很职业的语气回答了女人。

滨河路上，行人寥寥无几，只有奔跑的车辆和交织在一起的灯光，给这座城市更多的语言。

佳境·国际村日间照料施工现场。各类建材堆放有序，门前的车辆停放整齐。北边车头一律朝东，南边车头一律朝西，时有秩序维护员在现场巡逻，装修现场几条条幅很显眼。

一条是：为业主着想，维护业主尊严，肝脑涂地做奉献；另一条是：为老人服务，维护老人权益，赴汤蹈火无怨言。

安全提示牌随处可见。刺耳的电钻声从楼里溢出，施工人员进出如梭，没有过去的磕磕绊绊。潘登老人在现场帮助赵薇薇检查工程质量，他拿着手电筒钻进楼里仔细查看每一个角落，尤其是一些隐蔽工作和消防管网。他每到一处，都要给施工人员交代安全和质量，他说他是代表业主和经理赵薇薇来的，现场施工人员对潘登老人的督查不可小觑。

"老叔好！"张洪学巡查过来，他也跟在后面把每天的施工进度都要掌握，好给赵薇薇汇报，"老叔啊！进度还可以吧？"

"可以！"潘登用手去触摸每一个焊接口，又把电缆线的标号用手机拍了照片，每一道工序都留有资料："这些细节不能忽视，万一有官司，这些就是证据，我要仔细记录下来，给薇薇有一个交代。"他猫着腰，顺着管线一直扶着走。

"有你老叔现场监理，薇薇一定高兴。"张洪学跟在后面说。

"薇薇好了没有啊？"潘登老人停住脚步，转过脸问张洪学，"你告诉她，多休息几天，不要急着上班，把身体养好精神充足再来工作。"潘登老人看着张洪学说。

"好的，我一定转达，请老叔放心。"张洪学跟着潘登走出了现场。

朱笑蔓在办公室召开由刘倩倩、王红、张洪学等管理人员参加的专题会，安排布置日间照料的宣传工作。

"最近，大家都好忙，日间照料在紧锣密鼓，业主大会筹备组征求意见工作都进行到哪一步了？"朱笑蔓问。

刘倩倩翻开工作日记本说："目前的工作是走访业主，征求筹备组成员的推选意见，看来业主的眼睛是雪亮的，他们要求筹备组成员一定要有公信度。"

"日间照料施工进度很好，潘登老人一直替物业在现场督导，老人很认真，每一步工作都留有视频资料。"张洪学汇报说。

"老人精神可嘉。你劝他不要到现场，安全我们保证不了。"朱笑蔓看着张洪学不无担心地说，"他的心意领了！"

"最近，赵薇薇病了，老人去现场的时间比以前多了，他说他是帮薇薇看家。”张洪学汇报说。

“老人不放心，这也是业主的担心。”朱笑蔓又提到黄绵绵的事情，“黄绵绵的事情，一定要配合好，顺利把业主大会成立起来，这有利于我们的规范管理。”

“可是……”刘倩倩还是不明白朱笑蔓的意图，“黄绵绵如果真的进入业委会，她可不是省油的灯。”

张洪学也同意刘倩倩的意见：“成立业主大会可以，但黄绵绵坚决不能是业委会主任，我们一定要阻止她。”

“我看这几个人都是爱闹事的人，黄绵绵是刺头，还是谨慎一点好。”王红不无担心地说，“可以跟社区谢主任好好沟通一下，那些拒缴物业费的业主，一定不能进到筹备组，更不能进到业委会。”

朱笑蔓淡淡一笑，没有直接回答大家的发言：“没有别的事，今天的晨会就到这里。”

刚放学，学校门口，不少小贩在兜售小商品。

保安在维护路上的秩序，赶这些小贩到路的对面。不少孩子围着小贩过马路。此刻，宛若一只鸡妈妈带着一群孩子大摇大摆地走过马路。

小宝放学出来，冲过马路，跑进学校斜对面的小商店里，打公共电话，脸上还挂有几滴泪珠。他已经变声，身高一米八有余，学生服明显短了一截子，双腿很长，非常健硕，走路如风，英俊潇洒，完全是一个帅气男孩。

“喂！小宝，是妈妈，有事吗？”朱笑蔓脸色突变，急忙问，“奶奶走了？啥时候……早上走的？”朱笑蔓放下电话，急忙收拾东西，走出办公室，下楼，她来到前台。

“朱总，有事吗？”刘倩倩看到朱笑蔓下楼来的脸色不好，估计出什么事了，问道，“需要我帮忙吗？”

“谢谢！不用，小宝……奶奶去世了我要耽搁几天。”

“放心去吧，这里有我们在，随时保持联系。”刘倩倩关切地说，“需要帮忙就打电话。”刘倩倩从前台出来，把朱笑蔓送出客户中心大门。

“慢点，路上注意安全！”刘倩倩叮咛道。

“放心吧！我坐公交车去。”朱笑蔓边跑边说。

张洪学听到大厅有事，从办公室跑出来，他看到朱笑蔓急匆匆地跑出物业部大门就问刘倩倩：“朱总……有事？”

“她婆婆走了!”刘倩倩一脸严肃，眼里噙着眼泪。

张洪学听到这个噩耗，从大厅里跑出来：“朱总。”

大地一片金色，参天行道树在窗外奔跑。这是一个金秋送爽的季节，视野勃勃生机。远处，一辆郊外公交车，从笔直的乡村公路快速驶来，停靠在一个村口，有人提着行李下车。公交车又缓缓启动，顺着白杨树下的柏油路，向纵深驶入。朱笑蔓在公交车上无暇欣赏窗外的景致，一脸悲伤，田野的风景飞速从她眼里滑过。儿子小宝坐在旁边，双眼有神，一张鲜嫩的大脸上稚气未脱。

城中村一角，一副大型拱门横跨街坊两边，临时搭起的灵堂时有哀乐环绕。村子挂满了各式各样的吊孝葬帘和布匹，哀乐低沉，身穿孝服的乡亲们忙于应酬，走路都在小跑，不时传来撕心裂肺的哭声。

朱笑蔓拉着儿子从夜色中穿过，她在一片哭声中走到灵前。有人给她和儿子穿上孝服，又有人递给她一炷点燃的香，她领着儿子在司仪的主持下敬香、磕头、跪拜。

哀乐声声，哭声凄婉。一个村子都沉浸在悲伤的气氛之中。

39

临时搭起的灵堂，在几个千瓦灯泡的照射下，能看清周围高耸的楼房，还有些才封顶，周边没有了民舍，全是临时搭建起来的工棚，也就自然形成了很不规则的街道。村民不愿出去，也不愿意去租赁别人家的房子住，就凑合在原来的村口扎堆生息。朱笑蔓在一间工棚里给儿子小宝加衣服，鲍鹏进来，对朱笑蔓的到来表示了礼节性的感谢。

一位身穿孝服的年轻女子出现在门口，她看了一眼朱笑蔓，也看了一眼站在朱笑蔓身边的稚嫩男孩，鲍鹏随着那名女子的眼神跟了过去。

随后，那位年轻女子又转身进工棚来给朱笑蔓打招呼：“你是朱姐?”

“你好！我是朱笑蔓。”朱笑蔓看着这位女子面生，思忖着。

“你自己来的?”那女子话里有些调侃。

朱笑蔓只是微微一笑，没太在意她的话：“我带儿子来的……他奶奶走了过来看看。”

“哦！好呀，真是不请自到。”女子话音未落被进来的鲍鹏听见了，鲍鹏一脸不悦，给女子说道：“出去，这里没你的事。”女子看了一眼鲍鹏，头一甩，出去了，留下一股香奈儿香水味道。

“是我公司的办公室主任。”鲍鹏给朱笑蔓解释道，“她不会说话，请你谅解她。”鲍鹏的表情有些尴尬。

“哦！没事，我是陪儿子来的，我一会儿就走。”朱笑蔓突然觉得自己的做法有些唐突，此时此刻也倍显尴尬。

城中村接壤处，一辆吉利车在夜色里穿行。

乡村道路上车辆往来如梭，道路两边的街景断断续续，还没有形成商业气候。城市边缘的夜空很清澈，一轮明月悬挂在树梢。

“你就不应该来！”张洪学说话的声音很高，“现在，你与他没有半毛钱的关系……忘恩负义的东西，就是个渣男……不值。”

“还不是看在她儿子份儿上……打断骨头连着筋嘛。”刘倩倩随便这么一说。朱笑蔓没有说话，一双泪眼在月光下闪烁。

黄绵绵一身家庭服饰，她围着围裙在厨房里洗碗。刚吃完饭，赵明明在客厅看《新闻联播》，刘妈开门进来，她在门口换了鞋就直接进了客厅。

“妈来啦，吃饭没有？”赵明明给刘妈打招呼。

“你不是住在你老师家的吗？”黄绵绵没好气地给刘妈问话，“这儿不是你的家，你的家是秦朝家，你回来干吗？”

“有这样子对你妈说话的吗？”刘妈冲着厨房怒道，“你妈咋啦？给你丢人了？吃喝又不让你管，我拖累你了？你这没有良心的东西。”

黄绵绵从厨房出来，对着刘妈就发脾气：“以后就别回来了，爱干啥去就干啥去，我没有你这样子的妈。”

“妈，你过来坐，甭跟她见识。”赵明明站起身拉着刘妈就坐在沙发上，劝道，“她神经病，一天到晚看谁都不顺眼，权当这个家没有她。”赵明明说完，黄绵绵就从厨房冲了出来，气急败坏地就把刘妈朝门外推。

“黄绵绵，你还有完没完？”赵明明一脸气愤，眼睛瞪得老大，推了黄绵绵一下。

“我就没完……咋啦！咋啦！”黄绵绵朝赵明明扑来，扭打在一起。刘妈拉开黄绵绵，赵明明站在客厅里呆若木鸡。

赵薇薇出院了，身体还没有完全恢复。

她刚刚洗漱完躺在床上看手机，庞红枫也洗漱完从卫生间出来，他急忙钻进赵薇薇被窝，凑到赵薇薇跟前，赵薇薇向右边挪了挪，庞红枫也跟着朝右边一挪，嬉皮笑脸地看着赵薇薇。

“不行……还没恢复好。”赵薇薇不耐烦地看着庞红枫说。

庞红枫转身趴在赵薇薇身上，声音有些发抖：“没事，那些女人来例假照样同房。”他用嘴咬住了赵薇薇的脖子，使赵薇薇动弹不得。

“滚滚滚。”赵薇薇使出洪荒之力都没能逃过一劫。

南二环，车水马龙。

立交桥纵横交错在繁华市区，如同一个健壮男人滚动的脉搏。一幢办公写字楼，屹立在二环路南，高耸入云，与日月同辉。鲍鹏在陕西的分公司就坐落在这幢楼上的第二十五层。放眼望去，视野开阔，美景呈现，晨看日出，暮睹晚霞，东看渭河，西看秦岭，是办公写字楼绝佳位置。分公司装修美观大方、高雅时尚、简约阔绰。

鲍鹏的身躯被埋在座椅里，他在看一份合同，左胳膊还戴有孝纱。这时进来的女人就是那天在小宝奶奶葬礼上看见的女子，她的左胳膊上也戴着孝纱。

“鲍总好。”女子靠近鲍鹏办公桌跟前，有些丧气，说，“标没中上，说我公司报价太高，第一轮就被 pass 掉了。”女人是他公司的办公室主任，姓童名彤，身材修长，打扮时尚，一双浓眉大眼炯炯有神，可以洞察男人身体的每一个部位。她身体的每一个部位也能说话，可以告诉每一个有想法的男人，她时刻准备着。

鲍鹏抬起头，从椅子上坐起来，似乎并不关心是否中不中标，他看着童彤说：“我老妈的丧葬活动一共花了多少钱？”

“五万八。”童彤看着他说。

“哦！不多。”鲍鹏悲伤地说，“霜殒芦花泪湿衣，白头无复倚柴扉。没有母亲的孩子，就成孤儿了。”

童彤听后双眼噙着泪珠，劝道：“多保重自己，我俩都是没妈的人。”她拿过水杯给鲍鹏续水，续完水转身出门，一阵嘚嘚的脚步声，仿佛带走了一股青春气息。

桌上电话响了，鲍鹏拿起电话：“喂！你好！我是……什么？三千五百万的标我中了……好好好，改天，我请你喝酒！”

公司办公室人员全部都挤在了鲍鹏办公室的门口，每一张脸上都是一副惊喜的表情。

晨曦下的佳境·国际村，外围商业氛围浓郁，门前车辆管理有序，就像一个个方队，整齐地摆放在高楼下。

赵薇薇扎着头巾，头巾上又戴了一顶安全帽。

她从室内装修现场出来，走到室外，在阳光的照射下，还能看出来是刚出院的样子，缺乏血色的脸上，一双眼睛深邃可人。

“赵经理好!”包工头从车里钻出来老远就给赵薇薇打招呼，一脸真诚的样子走到赵薇薇跟前，大声说着，“哎呀呀！经理，你也多休息几天嘛，身体要紧。现场有我，还有你的铁杆粉丝潘老叔，他呀天天都在现场，替你严把质量关呢。”

“薇薇!”朱笑蔓和张洪学也来到现场，“恢复得怎么样?”

朱笑蔓拉着赵薇薇的手，仔细端详了一番。

“我就说嘛，才刚刚出院，就来上班，朱总也太狠心了点吧?”包工头哈哈一笑，给张洪学打了一个见面礼，又对朱笑蔓说，“你的张经理监理得好啊，我想偷工减料都不给机会。”

“甭要嘴皮子了，赶紧去干活。”赵薇薇推走包工头，又给朱笑蔓笑一笑，说，“恢复得还行，待在家里闷得慌，出来走走看看也好。”

“也行，就是不要太累，你自己掌握节奏，累了就休息，不要拼命哈。”朱笑蔓拉着赵薇薇的手笑着说。她看了一眼外围，对现场管理很满意，“现场就要这样管，不能让施工方随心所欲。”

“经理好!”潘登小跑过来，他看到赵薇薇也来了，很不高兴，发了一通火，“你不要命啦?你还年轻，你不能就这样透支身体，回去。”又转向朱笑蔓道，“朱……总，让她回去休息吧，这里……我在。”

朱笑蔓拉着潘登老人手说：“老叔，不是我不让薇薇休息，她比我还急呀!”

潘登一听生气了，不理她俩，扣上安全帽进了装修现场。

“我也去。”张洪学把安全帽扣在头上跟潘登老人进了室内。

“唉！潘叔……”赵薇薇想拉住潘登，又被朱笑蔓制止了。

“就让潘叔替你去吧。”

朱笑蔓在办公室和旦心、黄绵绵就组建业委会筹备组的工作进行沟通。

“你说你物业支持，你在说谎。”黄绵绵指着办公桌上的一摞文件大声说，“我让你们帮我打印一下，没人接话，这是支持吗?”

旦心看了一眼搁在桌子上的文件，解释道：“办事处要得比较急，你们的人就是不肯帮这个忙嘛。”

朱笑蔓指着桌子上这些材料，耐心给旦心讲：“请你俩把政府物业管理相关政策和《物业管理条例》认真学习一下，看看条例里面的政策，是不是物业必须做这些工作？《物业管理条例》第十条和《业主大会筹备组经费相关规定》的第十四条第三款、《业主大会和业主委员会指导规则》第四十二条，里面都说得很清楚，你看了再来对话。”

“我不管什么条例不条例的，狗屁！叫你们做你们就必须做，这也是你们服务的职责所在。”黄绵绵有些强词夺理。

朱笑蔓也不甘示弱：“我告诉你，这不是我们的职责，也不是我们非做不可的工作。帮忙可以，但是必须得讲先来后到、先急后慢、先重后轻的规矩，不能说你黄绵绵想干啥就干啥，任何事情总得有一个轻重缓急，就凭你黄绵绵的态度……”

黄绵绵头一扬抢过话茬：“我的态度咋啦，都是被你逼的，给你好脸你不要，怪谁？”

“如果我们一天都为你的事情忙了，业主的服务工作我们还做不做？物业服务是为大家服务，不是光给你黄绵绵一个人服务，你要站在大多数业主的利益上说话，不是不帮你，是要抽空办。”朱笑蔓的回答还是很理智的。

正是双方争执不休时，张洪学和谢小燕叩门进来。

“绵绵，你看你……都把美女的尊容丢了，何苦呀？”张洪学进来哈哈一笑，看着黄绵绵一脸的凶相，又说道，“给我吧，现在她们不忙了，赶下班前给你。”张洪学从桌子上取走那一摞资料就出门了。

“都是一家人，不说两家话。绵绵，你也理解一下物业公司的难处，事情多，人手少，一根萝卜几个坑，都不容易。”谢小燕拉着黄绵绵，“走！旦工，跟我去居委会喝茶。”

“朱笑蔓……你等着！”黄绵绵被谢小燕拉着出了朱笑蔓办公室门，旦心紧跟其后。

40

庞红枫正在沏茶。

他把沏好的茶一杯放在自己的桌子边上让黄绵绵喝，一杯放在茶几上让旦心喝。旦心和黄绵绵坐在靠桌子的沙发上，黄绵绵靠在庞红枫的办公桌前，他俩都有一双相同的眼神，那就是请求法律援助。

黄绵绵紧锁眉头，一脸愤怒："朱笑蔓是故意刁难我，让她帮我打印些资料不给支持不说，还给我难堪。"

旦心也在一旁火上浇油："朱笑蔓这个女人心狠，她怕我们成立业委会后把他们赶走，就故意给我们设置障碍，此人居心叵测，我们必须有所防范。"

"我要纠正一下，不是我们，而是我，请不要加'们'。"庞红枫把语气拉长，看着黄绵绵和旦心说，"你只能代表自己，不能代表我和其他业主。我一再要求你俩做事要严谨，不可胡来，任何事情，必须讲法、讲理，懂吗？"

"我就是按照你的要求，按程序一步一步地走，有什么不妥？"黄绵绵反驳道，"我，我们，难道你不是业主？还分那么清？"黄绵绵起身，指着庞红枫鼻子又喊道，"朱笑蔓给你什么好处，你倒戈，岂不是叛徒！"

庞红枫桌子一拍："你这是儿戏，不是常人所为！"

"好了好了，工作还没展开，就有了内讧，不是好兆头。"旦心摁住黄绵绵坐下，劝说道，"激动啥？庞律师也没说啥呀。再说了人家庞律师说得也有道理，我们只能代表自己，不能代表别人。"

"我还是那句话，做事要严谨，不能胡闹。你找人家朱笑蔓干啥去？成立业委会是开发商、社区和业主的事情，筹备组的活动经费是由开发商或业主自筹，与物业没有半毛钱的关系？可以请朱笑蔓帮忙，但不是她的职责，你更不能去指责别人，懂了？"庞红枫看着黄绵绵蛮干，气不打一处来。

黄绵绵没有吱声，眼泪在眼眶里打转转："我不服。"

"不服，不服也得按法律程序来。"庞红枫把桌子一拍，大声吼道。

这时，庞红枫的手机响了，他斜瞟了一眼手机是朱笑蔓打来的："喂！笑蔓，你好，是我庞红枫。"庞红枫看了一眼旦心和黄绵绵，示意他们不要说话，他给手机里说，"……我知道，你可以给筹备组工作的支持。对，大家都理解一下，在气头上说话都不好听。对，一定按程序来，嗯，嗯。"庞红枫挂了电话，对黄绵绵和旦心说道，"你俩听听，朱笑蔓是支持筹备组工作的，并不是你俩所说的那样给你们使绊子设障碍。做任何事情，得有章法，更不能有偏见。朱笑蔓也曾在我跟前透露过，她是力推业主委员会成立的。她说就光他们物业公司每年的大中修改造就得替业主垫资上百万，员工福利上不去，管理成本逐年递增，优秀员工流失，她这几年也难。"

黄绵绵一听庞红枫在替朱笑蔓说话立刻气冲牛斗，她抓起纸杯朝庞红枫脸上泼去，茶水泼了他一身。庞红枫突然起身过来就想扇黄绵绵的耳光，被旦心说时迟那时快给挡住了，他把黄绵绵挡在了自己身后，抓住庞红枫的右手，说道，“息怒息怒。”他又转过身来把黄绵绵往外面推：“冲动是魔鬼。”

黄绵绵还想扑向庞红枫，已被旦心推出了门外。

小鸟儿时装店，墙上挂满了一批新进的时装。在一片暖色调的灯光照射下，时装店更是格调非凡、雍容华贵。几位时髦的中年妇女进店来逛，她们个个身材都很养眼，在衣架上拉拉这件、比比那件。

黄绵绵没有心情打理，她只是一直在欣赏这几位女士，她喜欢她们丰盈的体态。旦心背对着大门坐着，他跟着黄绵绵魂不守舍的眼神，转过身来也被这几位中年妇女吸引住了。

“哟！是老同学呀！”旦心眼前一亮，他看见其中一位漂亮女人是他多年不见的大学同学，他站起身来走过去主动与同学握手。

“呀！呀！旦心，真的是你呀，怎么在这里碰见你了。”漂亮女人一脸惊喜，“还是那年大学毕业十周年见过，又过去多少年了……时间真快，你还没变，老样子。”

“这是我大学同学。”旦心把他的女同学介绍给了黄绵绵，后又相互做了介绍，一时，小鸟儿时装店人气满满，客人接踵而来，顿时黄绵绵都应付不过来。黄绵绵也一下子兴奋开了，她忙碌着招呼客人，也指挥旦心来帮忙当下手。“哟，今儿是咋个啦，门庭若市。”朱豆豆又来了，也趁着人多把自己一身猎装显摆出来，一时，小鸟儿时装店仿佛都把目光锁定在了朱豆豆身上。

佳境·国际村日间照料施工现场，朱笑蔓带着张洪学为业主投诉夜间施工扰民的事情来找现场包工头。张洪学戴着安全帽很快钻进室内，把现场包工头找了出来。

“朱总好！”包工头还是那副模样，见人就笑，一副好态度，“有劳朱总大驾了……请指示！”

“有业主投诉你们夜间施工，影响业主休息的事情，”朱笑蔓很严肃地给他提出来，“从今天开始，不许晚上八点后施工。”

“朱总呀朱总，不行呀，工期紧，任务重，我怕影响你们开业庆典时间。”包工头一脸愁容。

“不行，必须按规定时间作业，工期不变，有困难自己想办法解决。”

朱笑蔓转身对张洪学要求道：“加大夜间巡逻，监督好他们的作息时间，晚上八点后不许施工，发现违规，重罚！”

张洪学点头答应了，包工头也感到难为情。

“好！蔓子，我……我给你盯着。”潘登从现场跑过来，他又有点结巴了。

“老叔呀！你甭操心，有张经理他们在，你别来，现场不安全。”朱笑蔓劝说潘登。

“我……我没事。”潘登边说边走了。

“朱总呀！是不是再通融一下，延时到九点，九点好吗？”包工头力争这个时间，被朱笑蔓给拒绝了。

“八点，从今天晚上开始。”朱笑蔓看了一眼张洪学，对包工头说，“规范施工，不得噪声扰民。”

包工头傻傻一笑，一脸无奈。

朱笑蔓走了几步，又回过头，对张洪学说：“薇薇……别告诉她，让她多休息几天。”

张洪学会意地点点头。

醉月湖在灯光照射下更加迷人。

湖边散步的居民三三两两，湖的南北两侧，有两拨人在跳广场舞，DJ 音乐节奏欢快、振奋。领舞人服装艳丽，舞姿妖娆，与后排人有明显区别。

湖的另一侧，庭院灯下，黄绵绵组织了十来人集结在楼下。她大声解释说：“走访业主，是业主大会筹备组工作的开始，我们把表格里的人员推荐给业主，也要主动争取业主的意见，看看表格里的人员合不合适，如果有更合适的人，就填在表格里，明天晚上集中一起碰个头。”

有业主问：“绵绵，我有一个意见，平时不是还有几位业主喊得响吗？怎么做正事就当乌龟王八蛋了，怕惹事啊？”

黄绵绵耐心解释道：“不是怕惹事，是他们有事，来不了。”

“来不了？谁家没个事？你看……”业主指着湖北边跳广场舞的方向煽呼道，“那边还等着我去排新舞呢。”

远处灯光的阴影下，传来一个男人洪亮的声音：“不想去就别去，这是自愿的，没人逼你！”

“我说两句又咋啦？”业主不服气的，“一个男人……贫什么嘴。”

“我贫嘴？说你自己吧！”阴影下的男业主走出灯光的阴影处，“还想进筹备组，拉倒吧。”

业主正要反驳，被黄绵绵阻止了。

黄绵绵劝说道："琴姐，就耽搁你今晚一点时间，协助一下，你只负责 K1 和 K2 两栋楼的走访，忙完，你去好好跳。"黄绵绵又对大家说，"不要窝里斗，你们都是要进筹备组的人。其他人就按照表上分配的楼进行，今晚走访不完，明天白天也可以走访。一定要让业主签字确认，好吧，大家开始行动吧。"

布置完工作，黄绵绵也跟着队伍去了。

"我不参加了……今晚晦气，让狗咬了一口！"叫琴姐的那个业主大声骂道。

"谁是狗！"男人刚走出几步，又回转过身来，骂了一句业主琴姐，"你才是疯狗。"

黄绵绵没有理琴姐，而是一把拽住男业主的胳膊走了。

醉月湖还是那么美，湖面灯影摇曳，波光潋滟。

佳境·国际村百米水系，从景观大道一直延伸至醉月湖。

不少学生在家长的陪伴下，在水系两侧跳来跳去，好不热闹。

有业主主动给黄绵绵打招呼："美女，这么晚了还得忙啥子吗？"是个四川口音，"你的业委会弄起来没得吗。"

"没有，哪有那么容易。"黄绵绵一脸愁容，"要靠你们的支持哟，你看看吧，帮我填个表嘛！"

美女业主拿过黄绵绵递给她的调查表一看："哦！是选举你当筹备组成员啊？绵绵，你要弄清楚啊，筹备组成员是不能进入业委会的哟？"

"啥？筹备组成员……不能进入业委会？"黄绵绵一头雾水，"咋会？"

"我也不知道。是我婆婆那个小区，上次选举业委会时，我婆婆是筹备组的，就没能进入业委会里，哪里规定的我不晓得。"

"你帮我问问！"黄绵绵急不可待，"是哪里规定的，我要弄清楚，我一定要进业主委员会里。"

"听说，筹备组还要有社区居委会和开发商的人员组成，业主代表只是少数两个。"

"是吗？难怪，办事处领导老说我不合法，要按程序办，难道……有居委会和开发商的人参加才是合法？"

"可能吧！我也不晓得。"美女业主又劝了黄绵绵几句，"你店开得好好的，这个物业也做得好好的，成立业委会做啥子吗？我婆婆那个小区是物业不行，光收钱不服务，要赶物业走才成立业委会的，你又何苦哪。"

黄绵绵听后若有所思，一双眼睛在庭院灯微弱的光线里显得无助、迷茫。

“绵绵!”男业主走到黄绵绵跟前，看到旁边有人，就小声说，“我走访了两个单元 56 户，你猜猜是什么结果?”

黄绵绵忙问：“什么结果?”

“只有三户签字。还是在我耐心解释的情况下才答应的。”男业主有些失望。

黄绵绵一听大吃一惊：“那……其他楼……情况你……你知道不?”

“还不知道！估计……”男业主也是一脸愁容，摇了摇头。

黄绵绵一时陷入沉思，还是一个小孩的惊叫声打破了她的游离。“哇!”黄绵绵听到惊叫声转过头，看见一个小孩掉进了湖里，她几个大步跳进水系里，一把将溺水小姑娘拽了上来。

“谁家的孩子，都掉在水里了。”美女业主从黄绵绵手里接过孩子，大声喊道。小姑娘一阵惊吓，瑟瑟发抖。

41

佳境·国际村成立业主大会的事情闹得惊天动地。街道办专门把电话打给了社区居委会谢小燕，让她会同新大洲地产公司负责人到佳境·国际村，组织相关人员就个别业主代表提出要成立业主大会的事情，在社区开个听证会。一大早，谢小燕就按照上级指示，与鑫达州地产公司石总，专门到佳境·国际村社区，组织召开了由各路人马参加的听证会，与会人员各抒己见，对佳境·国际村成立业主大会的工作不置可否。庞红枫是受地产公司石总邀请，以法律援助形式出席了这次非正式会议。佳境·国际村物业公司中层干部参加了这次听证会。会上，赵薇薇首先发表了个人意见，她说：“关于佳境·国际村个别业主闹着要成立业委会的事情，我很矛盾，也很纠结。不支持嘛，这是个趋势；支持嘛，又觉得这几位业主的目的不纯。这几年光我们公司每年给业主垫付的维修款就达百万元以上。每次抢修都是大工程，少则上千元，多则上万元，这本身就是大中修改造，应该从业主的大修资金中支出。可是，每项大修改造要得到 2/3 以上业主同意签字，谈何容易啊，再报给政府维修资金主管部门审批，这个周期很长。但抢修时间不等人，业主生活不能受到影响，每次抢修都是物业公司垫资。像这样的大小工程改造，我晓得一年几十项，都让物业公司给咱垫资维修，无形中增加了物业公司管理成本。业主还不理解，经常指责和谩骂物业公司，这不公平。这几年，公司的利润都贴在了给业主的维修上，我们员工工资几年不见涨，员工流失率也高，这其实是物业服务质量稳定性的风险。我们一天的日子过得紧巴巴的，要福利没福利，要待遇没待遇，造成了公司的恶性循环。作为企业，有利润才属正常，没有利润的企业，就不可能有长足发展。”

张洪学喝了一口茶，咳了一声接着赵薇薇的话继续说道：“我认为成立业主大会既有利于物业公司的管理，更能展示物业公司的服务理念。但我担心，如果让黄绵绵这拨人进到业主委员会，那物业公司还活不活呀？这不光是业主的灾难，也是物业公司的灾难。但我支持业主大会的成立工作，绝不是黄绵绵这伙人。”

孟宁看了一眼朱笑蔓，又看了一眼地产公司石总：“我同意张经理的意见。我再补充一点，就是成立业主大会和选举产生筹备组的事情一定要控制好，不能让黄绵绵一伙人操纵了。再有就是我也希望成立业委会，这样，业主可以自己管理自己的大修资金。对于小区的大中修改造，我们直接可以向业委会申报，可以减少很多程序。这几年来，光佳境·国际村的大中修改造每年就几十项，年年都在申报，没一项能顺利审批下来。问题出在是要通过2/3以上业主签字同意才行，这比登天都难。可见业委会成立的重要性。”

刘倩倩看了一眼大家，胸有成竹地说：“我也同意成立业主大会，成立业主大会筹备组，我还可以帮助他们提供必要的业主信息和小区基本资料。但我也同意张经理和孟经理的意见，也请谢主任和地产公司石总掌控好节奏，把小区优秀业主选进业委会，清除害群之马。”

地产公司石总笑了笑，对大家的意见表示赞同。他看了一眼谢小燕和朱笑蔓，示意朱笑蔓可以发表自己的意见。

朱笑蔓沉思片刻，她朝石总微微一笑，说：“据我所知，佳境·国际村以前也有过成立业主大会的先例，那还是一期刚刚入住，二期刚刚交房，三期才奠基的时候。后来就再没有业主闹着要成立业委会的事情。为什么近两年又有业主闹着要成立业委会，我分析有以下几点原因。一是我们的管理服务工作出现了瑕疵，业主对我们提供的产品不满意；二是我们的管理人员管理基本素质在下降，给业主提供的精准服务还不够；三是业主的维权意识越来越强，享受生活也越来越品质化、个性化。针对这些实际情况，为了不断提高物业服务质量，加强与业主的沟通，不断满足业主日益增长的服务需求，我认为现阶段成立业主大会时机已成熟，也是件好事情。成立业主大会，选出精干的业主委员会，对物业公司的工作无疑是个帮助。如果业委会能正常发挥作用，可以指导、监督、考核物业公司的工作，共同为佳境·国际村的繁荣做出贡献。”

谢小燕听了大家的意见，也认为成立业主大会势在必行。她说：“我同意大家的意见，成立业主大会是件好事，但绝不能让有企图的个别人把控。尽管这是业主自己的事情，有民主但必须得集中。我根据今天的会议精神，尽快把意见反馈到街道办，依法先成立由街道办、社区、地产和业主代表组成的筹备组，在街道办、社区和鑫达州地产指导下按程序稳步开展工作。”

庞红枫今天的身份非常特殊，他既是今天的业主代表，又是鑫达州地产公司受聘的法律顾问。他的意见非常重要，也非常具有法律效应。他同意大家的意见，他说成立业主大会是件好事，关系业主的切身利益，也关系到今后业主委员会与物业公司的和谐配合问题，他说这是一件惠民利民工程。他支持大家的意见，一定要选出公道之人、大义之人、能担当之人进入筹备组，真真切切为社区和谐谋利。

听证会在很有成效的基础上结束。鑫达州地产公司石总握住谢主任的手，他再三感谢社区领导颇具魅力的执行力。

旦心和刘晃还有几位业主代表在小鸟儿时装店里喝茶，黄绵绵在给大家汇报近期成立业主大会筹备组业主走访工作的事情，很不理想，只有极少数人签了字，能签字的人还都是他们的亲信或熟人。

黄绵绵给大家说：“朱笑蔓一肚子坏水，就巴不得我们组织不起来。但我们一定要坚持，成立业主大会的事情不能功亏一篑。”

旦心听了黄绵绵的通报后感觉事情并不顺利，他对黄绵绵说：“我们还是要主动去听听庞律师的意见，不能瞎折腾了，刘晃，你看呢？”

“我看也是……不过，我们可能要重新认识成立业主大会筹备组的意义，端正我们成立业主大会的思想，不然，业主是不会支持我们的。”

“你说的都是屁话。”黄绵绵接过话茬很不高兴地说，“成立业主大会的目的就是要重新选聘有资质的物业公司，不然弄这事干啥。”

“你要是这个目的，恐怕你N个黄绵绵也无济于事。”刘晃争辩道，“现在的人不是你黄绵绵心里想象的人了，大家都抱着得过且过的态度，有几个是诚心帮你的，还不都是等着看笑话或是等着分杯羹。”

“我就不信，成立业主大会是给大家谋福利，替大家说话，不受物业公司的压榨，有什么不好，难道他们都成迷途的羊羔不成。”业主3支持黄绵绵的观点。

旦心还是有些经验，对黄绵绵耐心劝道："我们来牵头，必须得鑫达州地产、街道办和社区居委会参与才行，我们可以主动联系他们，争取得到他们的支持，这才是正道。"

"你做梦吧？有几个社区是支持业委会成立的，他们都怕引火烧身，谁愿意蹚浑水。"刘晃还是坚持自己的观点，"我的意见是自己做主，成立业主大会本身就是自己的事情，无须惊动那些不干正事的管理部门，我们只要按程序走，合理合法，用我们真诚的行动来推动街道办、社区和地产商跟着我们走，变主动为被动。但切记一点，我们成立业主大会，不是撵走朱笑蔓，而是替广大业主争取话语权，谋取福利。"

黄绵绵对刘晃这次表态表示满意，她在阅览手机信息，看了庞红枫的微信后脸上露出了难得的笑容。她说："鑫达洲地产和社区居委会也把成立业主大会的事情摆在了桌面上，看来成立业委会的事情指日可待。"黄绵绵一脸兴奋，她的眼睛里流露出一种急不可待的神情。

旦心又说："我们一定要按程序来，每一步工作都要有声响。按照国家《业主大会和业主委员会指导规则》第十二条和第十七条之规定，先以我们几个人发起，写申请递交到社区，得到批复后再组建筹备组，再进行公示。这回，一定要吸取以往的教训，从头再来。每一步工作都要有计划、有步骤操作，不能蛮干，不能打草惊蛇。得到业主的支持，要让朱笑蔓心服口服。"

几位与会业主沉思片刻，大家都对视了一下，后又把目光移到黄绵绵身上。刘晃接话："我同意旦工的意见，还是由绵绵来牵头，从申请成立业主大会开始，按程序报给社区，同时也报给鑫达州地产公司，必须得到他们的支持，朱笑蔓那里现在可以忽略。"

其他几位业主代表相互对视，没有发表自己的意见。

黄绵绵显得很激动，她能得到大家的支持，从内心来讲是对她前期工作的认可。她激动地说："好，既然大家支持我，我一定牵好这个头，每一步工作都给大家沟通，争取早日把朱笑蔓撵出国际村。"

旦心接过话茬很不高兴地说："你又胡说，我们成立业主大会，选举业主委员会不是要把朱笑蔓赶走，而是监督物业公司的运作模式和管理行为，替全体业主说话，公平、公正、和谐、文明地为小区服务，这才是我们成立业主大会的目的，而不是单纯地赶走一个物业公司的事情。"

黄绵绵对着旦心说："我的思想觉悟没你那么高，你说的我也同意，但你不能影响我必须撵走朱笑蔓的决心。”

大家又把目光锁定在黄绵绵身上，一时都没有话说。

42

朱笑蔓坐在谢小燕办公室茶几旁，谢小燕坐在朱笑蔓对面，她负责打理功夫茶。

朱笑蔓端起茶杯，品了口茶，她就下午她组织召开的物业公司关于协助小区成立业主大会的专题会议精神与谢小燕进行沟通，她说：“地产公司石总也明确了对小区业主成立业主大会的工作，地产这边给予支持。石总说成立业主大会期间所有费用由地产公司来承担，让我来负责与社区这边工作的接洽，看看谢主任你这里还有什么意见。”

谢小燕一笑说：“我能有什么意见，成立业主大会是业主的事情，是由业主发起，按程序上报。当然地产和我们社区与街道办都要给予帮助和指导，督导这项工作的顺利达成。”

朱笑蔓点点头，说：“根据《业主大会和业主委员会指导规则》第十一条规定，业主大会筹备组中的业主代表要由社区、街道办组织业主推荐，需要物业这里的支持，我可以给你协助。”

谢小燕点点头说：“嗯，先等黄绵绵她们把成立业主大会的申请报上来，我们根据实际情况再作安排。”谢小燕给朱笑蔓杯子里又续了水，她有些担心地问道，“笑蔓，成立业主大会，选举产生业主委员会，你考虑过没有，对你今后的物业管理工作有没有影响？”

朱笑蔓无奈地一笑：“怎么没有，肯定是有。我也担心这项工作一旦成功，可能就是物业的灾难。但又有什么办法。”

谢小燕认真听取朱笑蔓的意见：“怎么讲？”

朱笑蔓说：“这几年来，物业公司举步维艰，维修量又大，大修资金又申报不下来，全是物业出钱来维修，公司就没有利润可图，连员工的福利都成困难。这几年，我们吃了这个苦头。业主委员会一天不成立，大修资金就一天落不到实处。”

谢小燕紧皱眉头：“这与成立业委会有啥关系？”

朱笑蔓接着说：“关系可大了。每次抢修，就要花钱，动用大修资金的每笔款，都要让2/3以上业主签字确认，你想想看，业主能给你签字同意吗？抢修不能停，必须保证业主的正常生活，没办法，只有物业公司出钱来抢修。有了业委会，业委会就可以代表业主来管理大修资金，每笔开支，就报业委会审批，再报政府大修资金管理部门，这就减少了很多程序，提高了工作效率，你说有没有关系？”

“哦！”谢小燕这才明白物业公司的难处，她又问道，“要是……业委会也不同意呢？”

朱笑蔓胸有成竹地回答道：“为了使物业保值增值，更好地进行有效管理，我们每年都要提前进行大中修改造计划申报，让业主委员会审批，按计划实施，如遇突发情况，那就特殊处理。我想，业委会是知情的。”

“嗯！这样好，这样好，不打无准备之仗，”谢小燕对朱笑蔓的回答表示理解和支持，“那就着手开展推选筹备组成员吧。不过，你得有心理准备，黄绵绵一旦进入业委会，你……”

朱笑蔓深知这一点，为了鑫达州物业公司的发展，她必须铤而走险。

赵薇薇已经完全恢复了健康，她今天身着一身黑色工作服，非常得体。一头秀发紧束在脑后，完全恢复了之前的工作面貌。她从日间照料室内出来，拍了拍身上的灰尘，仰起脸，再看门头的装修进展情况，一脸喜悦，淡妆刚好，一双眸子亮晶晶的。

一辆洗得很干净的小车在日间照料门前的小广场来了一个急转弯，停在了赵薇薇跟前，车窗玻璃缓缓落了下来。

“绵姐……我还以为是……”赵薇薇一脸惊喜。

“你还以为是哪位帅哥？你想得美。”黄绵绵一脸轻松，下车走到赵薇薇跟前，拉着赵薇薇的手高兴地转了一圈，说，“瘦了，有意减肥？”

“没有，我还长了好几斤呢。”赵薇薇看着黄绵绵今天的打扮也很新奇，“今……绵姐……像是有约会？”

黄绵绵爽爽一笑：“何以见得？”

赵薇薇又端详了一下黄绵绵：“姐，你今天的气色特别好，这一身套裙像是给你特制的，我很少见你这样穿，有……有约会吧？”

“算你猜对了！”黄绵绵拉着赵薇薇的手，“你也快下班了，也不用请假了，跟姐走吧！”

“不行，姐！装修现场不能离开人，这一伙人不老实。我得紧紧盯着，不然……”

“怕什么？朱笑蔓敢把你吃了？有姐，不怕我撕烂她的嘴。”黄绵绵把赵薇薇生拉硬扯地塞进了她的副驾驶，她绕过车头，打开车门钻进车里，一溜烟跑了，扬起一路灰尘。

黄绵绵开车刚路过北门口，看见刘妈推着秦朝正朝北门走来。

“妈！”黄绵绵刹住车喊道。

刘妈停住脚，转过身来，看到是黄绵绵，问道：“有事吗？”

“晚上我不回来吃饭。”

刘妈一脸不高兴：“我就没打算去给你做。”

“拜拜！”黄绵绵一脚油门踩到底。

刘妈看着远去的车一脸无奈，自言自语道：“都多大的人了，还疯，有本事给我疯出个外孙来。”

轮椅上的秦朝也是一脸无奈。

过了下班的点。法律援助中心只剩下庞红枫一人还在工作。室内灯光幽暗，只有闪现的电脑屏在庞红枫眼里跳跃。手机响了，他慢条斯理地拿起电话，一看是赵薇薇的。

“我加班，有个案子比较急……有事吗？”庞红枫不耐烦地问道。

他听见电话里好像有人，就下意识认真听里面的动静。

小车从一个巷子进去，一个足有两亩地大的停车场，停满了各款中高档轿车。再右手拐约 20 米，一个灯火通明的虾尾大排档出现在眼前。这里充满烟火气，被几棵大树笼罩着的夜市座无虚席，颇有田园风光的味道。曲径通幽处，传来了赵薇薇打电话的声音。

“我在外面吃个饭，可能要晚点回去，我让保姆给你做的菜合。”赵薇薇正说着，庞红枫的电话出现了忙音。

“这里信号可能不好……没事，他是大人，难道还不会照顾自己？”黄绵绵解释道，“再说保姆也在家，饿不着。”

赵薇薇很不高兴，噘着嘴说道：“我那死鬼，经常是半夜才回来，饿死他才好咧。”

黄绵绵又笑了笑，说道：“饿不着，放心吧……来！”她举起酒杯跟赵薇薇碰了一下，“干一杯！”

赵薇薇端起酒杯，仰起脖子一口干了，几声咳嗽，把脸涨得通红。

“慢点慢点！”黄绵绵也端起酒杯一口闷了，嘴一抹，还有啤酒从指缝里溢出。

“姐，今晚……找我有事？”赵薇薇一双眼睛闪着光，看着黄绵绵，又说道，“是不是有关成立业主大会的事情？”

黄绵绵一笑，她又举起酒杯自己很爽快地喝了一口，说道：“妹子呀，算你厉害，猜对了，我想问问地产公司和社区是啥态度？”

“姐呀！就这事？还……用得着这样兴师动众？”

“妹子呀！这事……我很上心，对我很重要。”黄绵绵一脸真诚。

赵薇薇看着黄绵绵，没读懂黄绵绵的心事：“切，一个业主大会，对你黄绵绵就有这么重要？”

黄绵绵点点头：“真的很重要。”

“真的？”赵薇薇一双漂亮的眼睛闪着，充满好奇。

黄绵绵默认地点点头。

赵薇薇刚要说话，突然愣住了，只见庞红枫一身休闲装，带着一个时髦女人来到大排档，径直朝另一个方向的绿荫下走去，钻进一个四周茂密的隔挡里。黄绵绵顺着赵薇薇的视线看去，也傻眼了。

黄绵绵不敢相信自己的眼睛，此时此刻，也不知道该讲什么，她看到半天没有反应的赵薇薇，一时手足无措。赵薇薇端起的酒杯，被定格在夜空中，一双麻木的眼睛里，充满一种恐惧与失望。

赵薇薇站起身，有些摇晃，她顺着庞红枫去的方向飘飘然而去。黄绵绵紧跟在后面，怕她摔倒，她扶住赵薇薇说：“妹子……妹子……你……”

大排档另一处，灯光幽暗，一股清流绕格挡而转，沁人心脾。女人从洗手间出来，跟在黄绵绵和赵薇薇后面，她看着黄绵绵和赵薇薇走近她的隔挡，她先是一愣，后才一惊，赶紧藏到一处，静观其变。

庞红枫还是老练，不慌不忙，他从惊慌失色的刹那，瞬间就调整好心态，也没站起身，而是故意大声喊服务员：“再加两套餐具。”

赵薇薇看着眼前的一切，也惊呆了。明明看着是两人进来的，怎么就他一个人坐在这里，她环顾四周，把眼神落在庞红枫的身上。

“甭猜，就我一人，我知道你们来这里了，所以，也跟着来了。”

“我就说嘛，庞哥是最关心女人的，怎么舍得让两个女人家跑到荒郊野外来幽会，也不怕别的男人欺负自己的女人。”黄绵绵一笑，转过脸对赵薇薇说，“还傻愣着干吗？你老公是我请来的……怎么，不行？”

赵薇薇还真是傻了，她看着眼前的一切，让她哭笑不得。

“坐呗，有什么想不通的。”庞红枫淡淡一笑，看了一眼黄绵绵，对她今晚的表现表示感谢。

“来！坐下。”黄绵绵压着赵薇薇的肩膀，逼着赵薇薇坐下来。

“刚才……”赵薇薇刚要说什么，被黄绵绵就抢了过去。

黄绵绵接过话茬：“刚才，我问你关于成立业主大会的事情。”黄绵绵对庞红枫又解释道，“成立业主大会的事情，薇薇告诉我地产和社区都支持。”

“哦！是好事，好事呀……为何不高兴呢？”庞红枫又歪过头去喊，“服务员，一斤羊羔肉、半斤牛筋、一份烤茄子、一份烤豆腐、一捆啤酒……不够再要。”

“好的……”服务生快步如飞。

赵薇薇已经释怀，脸上流露出几丝笑意。

43

疾风车吧刘晃办公室。灯光温柔，激情音乐波浪式在车吧乱滚。

车吧大门口，一辆红色小奔停在那里，车漆透着光，车身流光溢彩。

“唉！你能不能把这狗屁音乐关掉，都喊了一天，也不嫌烦？”朱豆豆娇嗔的声音从里面传出来。

“狗屁音乐？你听听，这是谁的，这是贝多芬交响曲，你呀，一个活脱脱的大音盲。”这是刘晃的声音。

朱豆豆很不服气，反问刘晃：“贝多芬，你知道吗？他是男是女？出生于哪个国家？”

刘晃哈哈一笑，说：“我管他是谁，我每天有他的碟放就行了，是男是女并不重要，对吧？我的豆豆同志。”

“屁！你就不知道，你才是大音盲。”朱豆豆反驳道。

“你知道？我才不信，你要是说对了，我给你磕十个响头。”刘晃在下赌注，勾起了朱豆豆的兴趣。

“好！你刘晃是男人，君子一言驷马难追？”朱豆豆确认他的下赌，说，“说话算数，十个响头？”

“当然，我一个大男人，哪有说话不算数的道理。”刘晃说。

朱豆豆一脸喜庆的样子，她趴在沙发上，好像是胜券在握，一字一句说道:“他首先是男人。1770 年出生于德国的波恩,毕业于波恩大学。”朱豆豆又从沙发上跳下来,走到刘晃背后,揪起刘晃的耳朵,“贝多芬是德国最伟大的音乐家、钢琴家、维也纳古典乐派代表人物之一,与海顿、莫扎特一起被后人称为‘维也纳三杰’。他的作品受 18 世纪启蒙运动和德国狂飙突进运动影响,个性鲜明,较前人有了很大的发现。但是贝多芬最重要的贡献是对交响套曲的发展和创新。你刚才放的就是《贝多芬第五交响曲 · 命运》。”

刘晃转过身傻傻地看着朱豆豆。

“怎么,不认识了?”朱豆豆还揪着刘晃的耳朵,她把脸凑到刘晃的鼻子前,“男人……说话要算数。”

“好好好,算数,算数。”刘晃马上站起身,走到桌子对面,跪在地上给朱豆豆磕了十个响头。

朱豆豆哈哈大笑,她捂住肚子跑过去拉起刘晃,又是一阵开心大笑。刘晃抠着脑袋,不知道朱豆豆笑的啥。

“你赢了……但是不是你真的说对了。”刘晃也是傻笑看着朱豆豆。

朱豆豆又是一阵狂笑,她指着他办公桌上那一堆碟片,笑得她肚子疼:“你看看吧!”她把其中一张碟片的盒子递给刘晃,刘晃一看,一愣,拿着碟片盒子就向朱豆豆反扑过去。

“救命……救命呀!”又是一阵疯打狂笑。

庞红枫还是一副得意的样子。他给黄绵绵泡了杯碧螺春茶递给她,而后又走到黄绵绵跟前,坐在黄绵绵身边,他笑盈盈地看着黄绵绵,眼光从黄绵绵的胸脯移到大腿根,又从大腿根移到膝盖,有些故意打量黄绵绵,黄绵绵把大腿有意收紧,不好意思地推了一下庞红枫。

“还没看够呀!”黄绵绵瞪眼看着庞红枫说。

庞红枫笑眯眯地:“看不够,哪能看得够……你是冷冻过的女人,与你实际年龄那简直是相差太大了。”

“我也不大呀?在你眼里,比起你身边的女人来我是老了点。”

黄绵绵也满眼放光地看着庞红枫。

“不!我身边的女人虽说年轻,哪能和你黄绵绵高贵冷艳的女人相比,你虽说不是闭月羞花,却是娉婷妩媚之中带着一种豪迈贵气。”

黄绵绵被庞红枫几句调情话说得眉飞色舞,痴眯眯地看着庞红枫,庞红枫也深情地看着黄绵绵。

“庞老师！”一个女声从办公室外传进来，把庞红枫和黄绵绵吓了一跳，他俩急忙恢复神智，庞红枫站起来跑到他的座位上，一本正经地听着门外脚步声进来。

黄绵绵也收敛起刚才的痴迷眼神，把慌张的眼神移到庞红枫挂在墙上的那幅律师袍照片上。

“庞老师！”敲门声伴着刚才那个女声再次响起。

“进来！”庞红枫温声问道，“有事吗？”

学生模样的一个女孩走进来，她看了一眼坐在沙发上的黄绵绵，很有礼貌地朝黄绵绵微微一笑，走到庞红枫办公桌前，递给庞红枫一个文件袋，说：“老师，我看过了，学生有个问题想问问老师，车祸的双方当事人为什么不再去找交警重新行政复议？我看这里面有漏洞，对另一方太不公平。”

女生个子不高，很丰满，穿了一双褪去颜色的旅游鞋，背上背了一个小书包，一看就是涉世未深的实习生。

“你说得对，我让你看，就是要让你从中找出问题，检验你四年大学是不是在虚度。”庞红枫带学生还是有一套的，他很善于琢磨学生的心理活动和求知欲望。

“老师，这个案子可不可以让我来收尾，请求行政复议？”女生一双水灵灵的眼神看着庞红枫。

庞红枫转着右手上的签字笔，他看了一眼黄绵绵，又把眼光从黄绵绵身上移到女生那光滑细腻的脸上：“你有几成把握？”

“我会尽全力去办！”女生尽管声音很嫩，但语气很坚定。

庞红枫点了点头，示意让她可以走了。女生又接过案卷，转身出门。庞红枫很欣慰，把目光从出去的女生背影又重新移到黄绵绵身上，他淡淡一笑说：“每天……都这样。”一副很满足又很无奈的表情。

黄绵绵完全忘记了自己来找庞红枫的目的，她站起身，一个挺拔的高度明显比刚才那位小女生要养眼得多：“庞红枫，你一天光搞女人，也干点正事吧。筹备组……我能不能进？”

“要想进业委会，筹备组你不能进……这是法律规定。”庞红枫的眼神明显有些专业成分。

“啥屁法律。”黄绵绵瞪着那张庞红枫穿有律师袍的相框上，相框里的这个人，她还要认真读。

灯光幽暗。电视正在播放香港警匪大片，只有图像，没有声音。

“我想做业委会主任!”黄绵绵翻过身，脸朝着身边的男人说，“你能帮我吗?”她两只眼睛闪着光，盯着自己身边的男人。

“你如果真有这种想法，那就不能进入业主大会筹备组。”庞红枫抚摸着黄绵绵粉粉的脸，又吻了吻她红红的嘴唇，“你进了筹备组，就没有资格进业委会，这是规定。”

“不行!”黄绵绵一惊，坐了起来，“我要进筹备组，还要进业委会，还要当业委会主任。你是法律工作者，连这点事都办不上，我这不是白搭了嘛!”

“不是办不到，是要想办法怎样做才能办到。”庞红枫又把黄绵绵揽进被窝，“看来，我得进筹备组，先按程序召开业主大会，再选举产生业主委员会委员，这样你就可以顺理成章地进入业委会……不然……”

黄绵绵又挣脱庞红枫的怀抱，支起头大声说：“那我进了业委会，还是当不了主任咋办?”

“先一步一步来，首先是要进到业委会里。至于当不当得上主任，就看后面怎么运作了。”庞红枫闭着眼睛有气无力地说。

“谁的?”庞红枫咳嗽了几声问黄绵绵。

“老妈打来的。”黄绵绵侧过身来，关掉手机，把手机扔到了一边，声音很小，“再……休息一会儿。”

“我得……走了!”庞红枫翻过床，在黄绵绵脸上亲了一下，“你睡会儿。”

黄绵绵从被窝里伸出两只细长的手掉在庞红枫的脖子上：“来!”黄绵绵抬起头，把嘴巴递到庞红枫的嘴边亲了一下，又把自己的头重重搁在枕头上，很快就听到黄绵绵在说梦话：“撵走朱笑蔓……”一会儿就响起微弱的鼾声。

44

朱笑蔓在给父亲洗脚。

“小宝奶奶去世的那天，你去了?”朱东风靠在沙发上，闭目养神，他突然问起朱笑蔓。

“嗯！我带小宝去的。”朱笑蔓回答爸爸的话。

“应该去，看在孩子的份儿上。”朱东风抬起脚，放在拖鞋上。

“村子都拆了……全盖成高楼了，村子里的人就在高楼旁边搭的窝棚凑合着生活，这块地划给了秦汉新城。”朱笑蔓给爸爸说道。

“哦!”朱东风没有更多的话说，只是轻微地点了一下头。

朱笑蔓关掉客厅大灯，室内光线骤然暗了，一串往事又从她的脑海经过。

餐馆不大，但很精致，四周墙壁上都是本店的特色菜巨幅宣传照片。灯光格调设计很美，还时不时伴有柔肠寸断的古筝名曲。尽管人多，但说话声很小，可能都是为这优雅的环境而来的。

鲍鹏和朱笑蔓坐在一角，今天的心情都很郁闷，他们点了四个菜，都已上齐，鲍鹏首先举起酒杯主动来给朱笑蔓碰。

“来！高兴点。我们是假离婚，又不是真离婚。等拆迁赔偿到位，我们再复婚。”鲍鹏一脸轻松的样子，主动给朱笑蔓碰杯。他用力大了些，杯中酒激起了浪花，洒在了朱笑蔓的酒杯里。她没有笑脸，而是一脸茫然，难过地问：“非走这一步?”朱笑蔓失落地看着鲍鹏。

鲍鹏很自信地点点头，看着朱笑蔓说：“放心地走。”

朱笑蔓躺在床上看手机，久久不能入睡。手机一丝亮光，照在她的脸上，一双水灵灵的眼睛明亮有神。

早餐很简单，豆浆、鸡蛋、馒头。

“蔓子，不行……就给我请个保姆吧，你就……少累些。”朱东风看着朱笑蔓说。

“日间照料中心快开业了，你是我爸，为了支持我的工作，就应该第一个去报名。”朱笑蔓看着朱东风，等着他的回答：“放心吧……我们缴费。”

“可以，要按照你们的管理制度办理，其他老人什么待遇，我就享受什么待遇，不能搞特殊。”朱东风看着朱笑蔓，一脸的严肃，他喝了口豆浆，嚼着馍，“要一视同仁。”

“爸，我知道。”朱笑蔓给朱东风碗里添了些豆浆，又给朱东风交代说：“中午的菜我都准备好了，中午吃米饭，电饭煲设计到 11 点。……上厕所，慢些!”

朱东风点点头，没有说话。

日间照料中心各种装修已经接近尾声，门前井然有序。远处看，外观设计大气，古香古色，国风风格。赵薇薇着一身工装，穿双布鞋。包工头从室内跑出来到赵薇薇跟前，一脸愁容地说："经理呀，你看……能不能再付给我一点工钱吗？工程都快完成了，你们的工程款才给了一半，我没有那么多的老底来垫呀。"

赵薇薇看着日间照料的外观，再把眼睛从远处收回来，移到包工头脸上："可以，你打个借条，先给你十万。"

"十万？"包工头瞪大眼睛说，"不够塞牙缝……三十万好吧？我的赵大经理，求你了……员工的工资不能拖欠。"

"先给你十万。下周末再给你付十万。"赵薇薇说完，就转身迈开大长腿风一般走了。

"唉唉！经理……经理！"包工头咧着嘴，"哎呀呀！工资都不够发。"他看着远去的赵薇薇，把绘图笔向赵薇薇扔去，他大喊一句，"抠门。"

沿海某大城市，四周摩天大厦，挡住了眼前的视线。

车水马龙的街道，一派繁忙景象。碧蓝的天空，没有一丝云彩，净得如绸。朱笑蔓走在大街上，她眼前出现的一幕幕景象，让她应接不暇。她看着路边的每一处景观小品，都一一拍照，她满脑子都在设计佳境·国际村每一个角落，应该摆放类似沿海大都市这样的景观小品。

朱笑蔓是代表鑫达州物业公司来深圳参加中国物业管理协会年会和智慧社区建设研讨会的。她今天穿了一身套裙，上衣是白底蓝花缀边的长袖衬衣，下身穿一条黑色大摆裙，刚好和她高挑的身材相符。她的眼神很有北方人的特质，炯炯有神。她走着看着，应接不暇的眼睛不想失去任何一个景致，繁华的街道上任何精致的装饰，她都以一种特有的目光在思考。

来自全国多家智慧社区建设的各种智能产品展示、陈列在会场外大厅两侧，应有尽有，每一个摊位前都吸引了一群人观摩。朱笑蔓在每一个摊位上都做短暂停留，索取了一大堆资料。

日间照料中心门口，赵薇薇和刘倩倩都在关注朱笑蔓在深圳参加中国物业管理协会年会和智慧社区建设研讨会时发回的视频。

赵薇薇看着手机给刘倩倩说："倩倩你快看……好壮观的会议场面。"

"这是全国性会议当然排场哪！"刘倩倩也在手机上不停地滑着画面，"朱总的拍照水平提高了。"

"现场更震撼。"赵薇薇参加过这样的会议，她有这方面的感受。

中国物业管理年会正是给获奖单位颁奖的环节。

一片掌声中，朱笑蔓走上主席台，她站在获奖单位的中间，“全国十佳物业单位”奖牌在她手上金光闪闪，姣好的容貌、独特的气质，让她在一群人中很出众。各路媒体的闪光灯不停闪烁，朱笑蔓脸上保持着典雅的淡淡笑意。

客户中心门口荣誉墙跟前，孟宁扛着人字梯，张洪学拿着“全国十佳物业单位”奖牌，准备挂牌。庞红枫、旦心和黄绵绵在门口相遇，他们就成立业主大会的事情去找社区居委会谢主任，正好与朱笑蔓碰面。

朱笑蔓一副大度包容的眼神看着黄绵绵一行，黄绵绵用一种嫉妒与鄙视的眼神回应朱笑蔓。朱笑蔓点了一下头，算是也和旦心、庞红枫打了个招呼。

庞红枫驻足，转过身来，笑眯眯地问朱笑蔓：“朱总，我的字画被泡，你们物业该有个解释吧？一年多了……”

朱笑蔓微微一笑，很有礼貌地回答他：“是应该有个结论了。”

“改天，我去找你。”庞红枫给朱笑蔓说。

“随时都可以，只要你大律师有时间。”朱笑蔓很有分寸地回答道。

黄绵绵回过身来，抓住了庞红枫的胳膊，很不耐烦地对庞红枫喊：“她不要脸……你还给她脸干吗？走！”

朱笑蔓没有在意黄绵绵的话，转身离开这一行人。

张洪学扶住人字梯，孟宁站在梯子上挂奖牌。跟前围了很多业主，都在看物业公司又获得的奖牌。潘登跑过来很有兴趣地帮张洪学扶住梯子，笑眯眯地仰起头说：“孟经理，这块奖牌应该挂在最高的位置。”又转过脸对朱笑蔓说：“蔓子，你们获得了奖牌，应该给他们奖励才对。”

“潘叔说的是，都是大家的功劳，应该给大家奖励。”朱笑蔓笑眯眯地给潘登说。

“我看到他们每天都在加班，你不在这些天，我帮你负责着呢，都是你值得信赖的好员工。”潘登大声说。

“你是朱总的第三只眼。”张洪学看着潘登乐呵呵地说。

“对！我是蔓子的第三只眼。”潘登重复着说。

现场人都笑起来，孟宁在梯子上故意说：“我可在梯子上呢，潘叔你可要对我的安全负责呢。”潘登立刻收了笑容，一脸严肃地扶着梯子。

业主们也是来来往往，目光被这块新的奖牌吸引，叽叽喳喳地赞叹着。一只喜鹊在物业公司楼顶盘旋，它在歌唱秋天。

社区居委会主任谢小燕在给大家倒水。从现场气氛看，还是很和谐。

“主任，你是说进了筹备组的人就不能进业委会是吧？”黄绵绵再落实一下这个问题，她看了一眼庞红枫和旦心，“那我可不可以帮助筹备组来开展工作？”

“可以，但没有话语权。”谢小燕看着黄绵绵又确定地说，“也就是说没有表决权。”

“哦！我知道了。”黄绵绵又站起来走到谢小燕的办公桌前，“我还是不参加的好！我想进业委会，想为全体业主服务。”

谢小燕看着黄绵绵一脸正经样，也站起来拉着她的手说：“佳境·国际村像你这样的业主多几个该多好。”

庞红枫一脸真诚，对谢主任说：“那先递交申请吧，先把业主大会筹备组成立起来。”

“你们尽快报上来，我好组织鑫达州地产公司和街道办相关部门领导召开联席会，先把前期工作有序开展起来。”

“好！谢谢谢主任！我尽快吧。”庞红枫也站起身来，给旦心和黄绵绵说：“就不打扰谢主任了，各忙各的事吧。”

谢小燕把他们送出门口。

“请留步！”庞红枫走出办公室主动关上了谢小燕办公室的门。

45

庞红枫家，灯光耀眼，客厅的灯全亮着。庞红枫坐在沙发上正在逗孩子玩，孩子已会叫爸爸妈妈，爷爷奶奶还咬字不清。

赵薇薇在厨房帮古姐做饭，负责洗葱剥蒜。古姐别看体态丰满，干活好利索，三两下就是几个菜。

赵薇薇忙完厨房的事，来到客厅，也坐在孩子的一侧，哄孩子玩。

“庞红枫……你也做回正事吧。”她抱着孩子给庞红枫说，“物业的官司，一定帮朱笑蔓打赢。”

“啥官司？还用得着我？”庞红枫拿着遥控器胡乱在摁电视。

“黄绵绵和旦心几年没缴物业费，他们还教唆其他人也故意不缴物业费，性质很严重。”

“这个事，恐怕我帮不了你的忙——不缴物业费那是有原因的。”庞红枫终于选定了一个台。

“你都是法律工作者，懂法。不缴物业费，走到哪里都行不通。何况她还想当选业委会主任。业委会主任就可以带头不缴物业费吗?”赵薇薇气愤地看了一眼庞红枫。

庞红枫斜了她一眼：“我的字画被泡，我还没有找朱笑蔓算账呢，我也要拒缴物业费了。”

“你……卑鄙！龌龊!”赵薇薇把孩子往沙发上一放就进了卧室。

“吃饭了!”古姐把菜先端到桌子上来，“今晚，好不容易都回来了……难得呀……薇薇……”

“我不想吃！你们吃吧。”赵薇薇在卧室喊道。

庞红枫来到餐桌前，刚坐下，又觉得不对，走进卧室去哄赵薇薇：“吃饭去。好，好，我帮你还不成吗?”他把赵薇薇从卧室拥出来坐在餐桌旁。

赵薇薇噘着嘴，眼睛紧盯着庞红枫。

“我看你给别人办官司跑得挺欢实的，给我帮个忙咋就这么难?”

庞红枫专心致志吃饭，没有理睬赵薇薇的话。

“我问你，庞红枫……”赵薇薇看着他一脸嗔怪。

“薇薇，大家都忙，好不容易凑齐，就安心吃顿饭吧。”古姐劝说道，又给赵薇薇夹了菜在碗里。

“我吃完了!”庞红枫放下筷子，起身，走到客厅，拿起文件夹又出门了，只听见门嘭的一声。

赵薇薇气得脸煞白，胸脯急剧起伏，她把筷子重重地往桌子一放，吓得古姐双眼惊恐，一块肉都在颤抖。

“有本事就甭回来。”她转身走到沙发跟前，抱着孩子大哭了一场，“过不成了……过不成了!”

古姐还是那副受惊的样子，她张大的嘴，半天没有合上。

庞红枫还是那副表情，他昨晚休息得很好，一脸睿智，显得很轻松。

这时，有人敲响庞红枫办公室的门，庞红枫走到穿衣镜跟前，简单整理了一下头饰和腰带，回到座位上：“请进!”

“庞老师好!”朱笑蔓进来，给庞红枫递上了一份文件。

庞红枫站起身，很是激动。他接过朱笑蔓递过来的文件，边沏茶边说：“坐坐！村主任来了，得上好茶。”

朱笑蔓憨态一笑说：“庞老师说笑话了，哪里是什么村主任，就是一个打工妹。”

“唉！你就是业主的村主任，也是我庞红枫的村主任。”他递给朱笑蔓一杯红茶，很认真地说，“我们的吃喝拉撒睡，你样样都管，比村主任还村主任。现在的村主任有几个管事的？要是都像你朱村主任这样来管，恐怕早就是文明城市了。”

朱笑蔓不好意思地淡淡一笑说：“让庞老师费心了，物业就是些碎事，没有一件事能提得上桌面。我只是做了自己应该给业主做的服务，这是我们的本职工作。”

一阵寒暄后，庞红枫走到朱笑蔓跟前，坐在朱笑蔓对面的沙发上，问：“今天，你亲自来找我有什么大不了的事？”

“是请庞老师帮忙。”朱笑蔓很虔诚地说。

“哟！你还有什么事情需要我帮忙的……请讲。”庞红枫露出非常得体的笑容，他看着朱笑蔓那双着迷的眼睛。

“黄绵绵、旦心还有几户业主拖欠物业费长达五年，我们走访了他们，也给他们发过催费通知书，也通过微信催过费，他们不但不缴，还经常教唆其他业主到物业来滋事，拒缴物业费。物业公司想走法律程序来保护自己的合法权益，起诉他们把拖欠的物业费缴了。”朱笑蔓简单地说明来意，庞红枫认真听着，不时还做了笔记。

庞红枫做着笔记问：“物业公司这边跟黄绵绵有没有什么过节？”

“过节嘛，倒算不上。就是因为维修、采暖、车辆收费等一些琐事，但这些都构不成她拒缴物业费的理由。按照《物业管理条例》第七条第五款之规定，业主要按时缴纳物业服务费用。黄绵绵等人违背了条例规定，恶意拖欠物业费，我们物业就有权利来主张法律援助。”

庞红枫听后，内心觉着朱笑蔓起诉的理由比较充分，事实也算明确，黄绵绵等业主没有拒缴物业费的理由。他沉思了下说：“这件事情，我可以来帮助你们公司来调解。不过，我还有一个问题，想问问你。”

“请讲!”朱笑蔓反应过来，“是不是你的字画赔偿问题?”

“是!”庞红枫提起煮好的茶给朱笑蔓续上，很有礼貌地给朱笑蔓说，“物业费我是没给你们少缴一分。那年，小区造成水祸，我家地下室漏水被淹，这是你们物业管理疏忽造成的，你物业应该给我赔偿，你说是不是，我的村主任大人？”

看来朱笑蔓今天是自投罗网，起诉黄绵绵拒缴物业费还没有落实，另外的赔偿问题又牵扯不清了。

朱笑蔓听完庞红枫的诉求，丝毫没有迟疑，果断地回道：“这件事，物业没有过错。至于地下室漏雨，那是天灾，不是人祸。再说，地下室是储藏杂物的地方，你把贵重的私人藏品放在地下室，这本身就是自己疏于对个人贵重物品的不合理管理造成的。你大律师应该知道谁的责任谁承担吧？”

朱笑蔓的回答，让庞红枫一时不知所措。但是，他很快又恢复了正常的表情。

“那是一幅明清时期的字画，价值连城。如果你们物业不谈赔偿的事情，我也可以把你们公司，包括你朱村主任起诉到法庭。”庞红枫观察着朱笑蔓，随即又笑着说，“不过，我也可以放弃起诉，就看你朱村长如何表现了。”他眯着眼睛，表情有些暧昧，盯着朱笑蔓健硕的大腿，走到朱笑蔓跟前。

朱笑蔓像是听出什么话来，她站起身，后退了几步，紧盯着庞红枫，冷冷地说：“我，是需要你的法律帮助，不是你的怜悯！我朱笑蔓的为人从不奴颜媚骨，谄媚做事，是堂堂正正做人。今天，我来请你是因为你是一位很有影响力、品德高尚、声望很高的法律工作者，是想通过你的法律援助来保护我们的合法权益。你如果想打着法律的晃子来满足个人的私欲，做那些见不得人的事或什么勾当，你让人唾弃和不齿！”

“哪里哪里，你朱村主任把我庞红枫想歪了，我庞红枫也是堂堂正正做人，光明正大做事。什么唾弃、不齿的，你言重了。……看来你朱村主任是要逼着我起诉你了。”庞红枫像是受到了莫大的耻辱，一脸不屑，语气也非常不友好。

“这是你的权利，我也会行使我的权利。”说着，朱笑蔓从桌子上拿起材料愤愤离去。

“唉！朱……朱总，黄绵绵的事与这无关……”庞红枫追出门外，解释道，“起诉黄绵绵的事，还是可以帮助你的。”

朱笑蔓已没了影子，庞红枫回到座椅上，把头埋在桌子下，一脸沮丧。

客户中心大厅。张洪学在大厅前台帮助刘倩倩处理业主投诉。

潘登急忙过来给张洪学反映情况："张经理，有一群不法分子在小区搞传销，据点在 B5 地下室，你要派人把这个窝点给端了，要不，就报警。"

张洪学听到这个消息感到震惊，他思考了一下，拿起电话拨打了 110。随后，张洪学又立即派几个精干的队员分散到小区各个大门，等待 110 进来的同时防止可疑人员进出。他自己和一个队员去了 B5 周边"微服私访"。

不一会儿，四名民警在秩序维护员的带领下，隐秘来到了 B5 地下室通道，一名民警把耳朵贴在木门上听里面的动静，有人说话，而且是一群人。只见民警以迅雷不及掩耳之势，一脚踢开了门，喊道："不许动！把手举起来。"

为首的人像是经过培训，很有经验，临危不惧，他稳稳地转过身来，对民警说："我是给人看病的，他们请我来的。"

"看什么病？"民警问道。

"骨科、颈椎、腰椎。"为首的人很老练地对民警说，"同志，如果你有这方面的病痛，也可以找我试试。"

"就是就是，我们都有腰椎间盘突出，老毛病了，请大夫来给我们专门看的。"一个业主解释道。

"我颈椎病严重，走路就要摔倒，是我把大夫请来的。"其中一个业主出来作证。

"你们没有做其他犯罪的事情吗？有人举报你们在搞传销。"一名民警大声说道。

"没有，坚决不做违法的事情，我保证。"为首的人信誓旦旦，"如果我们做了违法的事情，你首先逮我。"

一名民警看了一眼大家说："不要在地下室行医，可以光明正大去物业做。"他看了一眼张洪学，对他说，"以后要加强管理，严禁在地下室集会。"

"是！"张洪学对这些老人说道，"听到没有，以后不准在地下室集会，还不赶快撤走。"

这些老人很不情愿地走出地下室，来到地面。

张洪学觉得对不住这些民警，走上前去给这些民警赔礼道歉。

"不是你的错。"其中一位民警站住脚，对张洪学说，"有内鬼。"

张洪学一听，恍然大悟，一时半会儿还没有反应过来。他不相信自己的耳朵，也不相信自己的队伍里会有内鬼，他一时陷入了沉思。

一只麻雀妈妈在玻璃窗外喂受伤的雏鸟，看得朱笑蔓很感动。她两眼冒着同情的目光，她真难想象一个妈妈那样去关怀这个落单的孩子，尽管它已经失去了与哥哥姐姐们同伍的可能，但妈妈始终没有放弃它。人类何尝不是这样，再孤单的孩子，只要有妈妈在，都很幸福。

“咚咚咚！”几声敲门声打破了朱笑蔓的游离，她转过身来，振奋了一下自己的情绪，带着喜悦的语气，“请进！”

“朱总。”是赵薇薇推门进来，她看着朱笑蔓的情绪问道，“你去找他了？”

朱笑蔓点了点头，装出一副若无其事的表情：“嗯！他很忙。”

“忙屁！忙到一天到晚不回家，搞女人。”赵薇薇一脸委屈，眼泪巴巴地看着朱笑蔓说，“昨晚我给他讲了，让他帮助我们打黄绵绵这个官司，简直是对牛弹琴，你去找他，他答应了吗？”

朱笑蔓没有立即回答赵薇薇的话，而是把赵薇薇扶在沙发上坐下来，对赵薇薇耐心地讲：“夫妻之间，吵吵闹闹是常事，不要因为一点点过错，就否定之前的恩爱。庞红枫还是很爱你的，我从他的言行里能看得出他对你还是重情重义的。”

赵薇薇没有说话，而是一直看着朱笑蔓的眼睛。

朱笑蔓也用很真诚的一双眼神看着赵薇薇，四目相对，一肚子苦水彼此心照不宣。

46

朱笑蔓在给来访的黄绵绵沏茶。黄绵绵一脸阴沉地坐在沙发上，她是专门为物业起诉她拒缴物业费来找朱笑蔓给说法的。黄绵绵一副仇视的眼神看着朱笑蔓，朱笑蔓没有在意她的眼神，仍然像对待朋友那样对待黄绵绵。朱笑蔓常讲“冤家宜解不宜结，各自回头看后头。”这正是宝玉湘云哭贾母 —— 各有各的伤心处。

“绵绵好！你来找我就是为起诉你拖欠物业费的案子吧？”朱笑蔓看着黄绵绵的眼睛，并不回避她那双凶狠的目光，开门见山，“你恶意拖欠物业费，还煽动其他业主一起拒缴，这违反了《物业管理条例》业主必须缴纳物业费的相关规定，也破坏了其他业主的权利和义务。我们起诉你是有依据的，是受法律保护的。我希望你主动把所欠的物业费结清，我们公司就可以撤销诉状。”

“可以，但你必须给我解决四个问题!”黄绵绵一双凶狠的目光看着朱笑蔓，说完，猛灌了一口水。

朱笑蔓又给黄绵绵续上水：“你说吧，只要在我职权之内，我一定解决。”

黄绵绵喝了几口茶水说：“一是暖气不热问题，你要给我补偿，抵扣在物业费中；二是屋面防水问题，年年都漏，你必须给我处理好，给我的补偿也抵扣在物业费中；三是地面车位收益归全体业主所有，你必须退出来，给全体业主补偿；四是请你离赵明明远点，他是我老公，请你不要打搅他。”黄绵绵一口气说完了四条，情绪有些激动，突然感觉一阵恶心，头晕目眩，想呕，又呕不出来，胃里一阵翻江倒海。

朱笑蔓看着黄绵绵突然变得异常，急忙问：“不舒服？我送你去医院？”

“我……不需要你假慈悲。”黄绵绵又是一阵干呕，憋得脸色通红。

朱笑蔓着急又不知怎样帮助此时的黄绵绵，就给黄绵绵倒了杯水放在茶几上。

黄绵绵像是支持不住了，她站起身，捂住肚子走出朱笑蔓办公室，直接冲进卫生间，扶在洗手盆上又是一阵干呕。朱笑蔓紧随其后，也跑进卫生间给黄绵绵拍打颈部和背部，“滚！我不想看到你。”黄绵绵歇斯底里喊道，同时一把推开朱笑蔓。朱笑蔓身子失去重心，险些摔倒。

赵薇薇闻讯跑来，还不知道发生了什么，她先拉起朱笑蔓，朱笑蔓则示意她先去照顾黄绵绵。黄绵绵难受得厉害，看到是赵薇薇，才靠在赵薇薇身上被赵薇薇送回了家。

今晚的夜市比以往更红火，远远就能看见明亮的灯火。

最近政府出资又对这里进行了综合整治，提高了环境的照明度，摊位横竖成行，错落有致，还规范了厨余垃圾统一回收处理流程。

旦心停住手里的活，接电话，越听越高兴，惊呼：“真的？二审判我胜诉?”他又把铲子在锅边狠劲地敲了几下，高兴地说，“改天我请你吃饭！”一些吃货听着旦心这么说也替他高兴。霎时，他举在空中的铲子愣住了，嗫嚅道，“还要办三张卡？五千一张……”旦心傻愣愣地看着炒锅，可怜巴巴的，“老同学……能少……唉？一年之内还有反诉的可能。”旦心彻底傻眼了，像是霜打的茄子——软不拉耷。好半天他才缓缓地把手机从耳朵边放下来，一脸哭丧，真想大声喊出来。但一看到自己摊位上坐着的食客，又忍住了愤怒。他拿起炒锅在灶火上翻了几下，自言自语：“牛肉炒面……得卖几千份呀!”

朱笑蔓办公室。朱笑蔓和赵薇薇坐在沙发上，谢小燕进来坐在她俩的对面。赵薇薇跟前放着一份文件，是日间照料营运方案。

“喝茶还是喝白开水？”朱笑蔓看着谢小燕，站起身走到饮水机跟前准备给谢小燕倒水说，“今年的明前茶，来点？”

“好吧，尝尝今年的明前茶。”谢小燕莞尔一笑，又对赵薇薇说，“方案我看了，就是人员配置会不会少？”

“我看不够。”朱笑蔓给谢小燕把泡好的茶放在茶几上，对赵薇薇说，“厨房至少还得增加一个人，康复中心和阅览室不能混配，康复中心得固定一个人，医护人员再增加一名护士。”

赵薇薇看着她俩说：“我原来这样设计过，但我考虑刚开始，怕包不住，多一个人，就会产生费用，会增加公司成本的。”

谢小燕接过话说：“就按你现在的编制，能不能正常运营，如果不能正常运营，就干脆把人配置齐，使得各项服务工作能正常开展；如果可以兼顾，那么现在的编制就可以。”

赵薇薇慎重地考虑了一下，她抬起头对谢小燕肯定地回答：“目前可以！随着业务的广泛开展，随时可以把人配齐。”

谢小燕听完赵薇薇的汇报后，看了一眼朱笑蔓接着说：“我看很好……就按这个方案，可以报街道办审批。”

赵薇薇又提出了一个新的问题，她说：“刚开始，不可能盈利，可能会出现些亏损，盈亏不能持平，这部分亏损从哪里补齐？”赵薇薇把眼神递给了朱笑蔓。

“刚开始肯定会出现亏损，而且在短期内都有可能出现亏损问题，我看这样吧……”朱笑蔓把眼神又从赵薇薇脸上转移到谢小燕脸上，对谢小燕说：“就按政府文件的补助标准先补助，剩余的部分由我公司来承担。”

谢小燕表示同意，说：“这样好！政府这部分补助我负责要，争取按季度补助到位。”

朱笑蔓点了点头，给了谢小燕一个肯定的眼神，又对赵薇薇说：“你这里，还有什么问题？”

赵薇薇问：“人员到位时间？”

朱笑蔓看了一眼谢小燕：“我看……明天到位，开始培训。”

“好！”谢小燕表示没问题，点头同意。她站起身给朱笑蔓说，“我这就去趟街道办。”

谢小燕端起纸杯刚要走，被朱笑蔓眼疾手快抢了过来。

“一会儿我来收拾！”朱笑蔓抢过谢小燕手里的纸杯放在茶几上。

谢小燕不好意思地甜甜一笑出了门。

法律援助中心庞红枫办公室很静，静得出奇，仿佛有种可怕的气息笼罩在屋子里。“打掉吧，我没有时间陪你去医院。”庞红枫的脸上没有一点表情，态度很生硬，他对黄绵绵说，“怀上了，又不是我要的孩子。”

黄绵绵带着哭腔：“我没让你陪我，我来是告诉你，我怀了你的孩子。”黄绵绵一脸痛苦，她之前的专横跋扈已荡然无存。她看着庞红枫说：“我只想当业委会主任，请你上点心。”黄绵绵没等庞红枫回话就转身出去了。

庞红枫一脸狐疑，看着黄绵绵从他办公室走出去，想她下一步又该做什么。他想起身出来送送她，又突然觉得不知道自己该怎样去安慰她。

办公室很静，只有鱼缸里小水泵发出的声音。

“她，她不想要……坚决要打掉。”赵薇薇给朱笑蔓说。

“为什么？她俩年纪都不小了，赵明明是他家的独苗，恐怕刘妈早就想要抱外孙了。”朱笑蔓一副很可惜的表情，又说，“怀上了不要，她以为她还年轻？就这么任性，也不小了，我要去给刘妈说说。”

赵薇薇也是一脸可惜的表情，她看到朱笑蔓如此地认真，也有些难言之隐：“她……说……”

朱笑蔓看赵薇薇把话咽了回去，追问了一句：“她说什么？”

“她怀的孩子……不是……赵明明的。”赵薇薇很胆怯地说了出来。

“什么？她怀的……不是……”朱笑蔓也感到吃惊，一双眼睛瞪得老圆，一时语无伦次。

“她，她让……给她保密。”赵薇薇紧盯着朱笑蔓，以一种乞求的目光看着她。

朱笑蔓半天都没有反应，而是直愣愣地看着窗外，脸上流露出一种复杂的表情。

黄绵绵从庞红枫法律援助中心出来，漫无目的地在大街上溜达，在不知不觉中就走到了西橡医院门口，想进去，又不敢进，一阵干呕，让她难受至极。

她蹲在路边，对着道牙下的雨水井又是一阵干呕。

“去医院看看，就在跟前。”一位大妈走过来扶起黄绵绵，黄绵绵扬起苍白的脸，用手捋了捋自己蓬松的头发，脸上露出一丝谢意。

“谢谢！”黄绵绵被大妈搀扶着站起来。

“女人……要照顾好自己。”大妈的话语重心长，“男人哪会管女人的死活。”

黄绵绵眼泪潸然而下。

47

醉月湖清澈见底，不远处几位保洁人员还在打捞水系里的杂物。潘登老人在水系边帮保洁员转运水系里的垃圾。

“老叔，你歇着！”王红抢潘登手里的三轮车，潘登不让，坚持自己要干，他骑着三轮车就跑了。

“老叔，你慢点。”朱笑蔓从水系边过，来到王红经理跟前，给他们拍照，王红鼓励湖里的员工说：“高兴点，多想点美事。”

一位在湖里作业的保洁员哈哈一笑，对王红经理大声说：“什么是美事？不就床上那点事吗，女人都会。”引起一阵哈哈大笑。她自己也闷着笑，手里的工具舞得更加欢实。

朱笑蔓也笑得合不拢嘴，差点笑喷。

“大家这么高兴……”刘妈推着秦朝，来到湖边，秦朝看着朱笑蔓露出一脸兴奋。

“秦爷，都好吧？”朱笑蔓和王红同时向秦朝走来。

“好！好！有你们这些好娃，我能不好吗？”秦朝看着湖里的保洁员对朱笑蔓和王红说，“你们管得好，这些娃好得很呀！”

“秦叔，你敢下来不？我背你。”那位爱说笑话的保洁员给秦朝在开玩笑：“把你背到湖的对面去。”

秦朝跟她们很熟，每一次碰到都要寒暄上几句：“可以呀，只怕你背不动我……”

“我背得动，我父亲和你一样胖，去医院还不都是我背着去。”那位保洁员在水里大声说。

“哦，是你爸的福呀！”秦朝看着这些物业人很亲，他早就把物业这些人当成了自己的孩子，“看到你们……我很幸福。”

朱笑蔓给秦朝和刘妈在湖边拍了些照片，她把刚才拍的照片翻给秦朝和刘妈看，看得秦朝和刘妈一脸春风。

这时，黄绵绵从北门进来，老远就看到她走路费劲的样子。朱笑蔓明白是咋回事，她把目光收回来放在秦朝的脸上。

“你要是饿了，就自己做些吃的……不饿，就等着我回来给你们做。”刘妈也看到黄绵绵了，大声对黄绵绵说。但她没有发现黄绵绵今天的变化。

黄绵绵听到刘妈的话，向刘妈轻轻地摆了摆手，示意刘妈不用操她的心。随即，黄绵绵就进了单元门。

朱笑蔓看着黄绵绵进了单元门，一种莫名其妙的痛楚袭上心来，思绪回到了大学那会。

深秋的大学校园，宽阔的道路上铺满一地的枫叶。

赵明明提着一盒快餐，给正在备考的朱笑蔓送饭。赵明明刚上二楼楼道，就被黄绵绵和几个女同学给围住了，黄绵绵愤怒地从赵明明手里夺过饭盒，扔到楼下草坪里，其他几位女同学帮黄绵绵围住赵明明，让赵明明进退两难。

朱笑蔓被楼道里的动静惊动，出了教室，就看见赵明明被一群女同学给包围了，一气之下，她冲到赵明明跟前，大喊：“这是校园，你们不要胡闹。”

“哟哟哟！心疼了是不？”黄绵绵看到朱笑蔓，越发挑衅赵明明。她两手叉腰鄙视道，“赵明明，我黄绵绵总有一天会让你看着朱笑蔓怜香惜玉，却无能为力！”

朱笑蔓对着黄绵绵一伙喊道：“你们再这样，我就报校警了！”朱笑蔓的喊声让一些女生稍微收敛了一些，这时候发怒的赵明明猛地一挣脱，扒开这群女生的纠缠，拉着朱笑蔓走了。

黄绵绵一伙在楼道里又说又笑，又蹦又跳：“哎哟哎哟，唐僧金蝉脱壳，离开盘丝洞啦。”黄绵绵一阵“呸呸呸”，撒腿就跑了。

社区居委会楼道里，挂的全是社区党建和社区服务图片，红色是基本色调。楼道布局大方，风格雅致，如同走进一个党史馆。社区网格化管理图，分工明确，线条清晰。朱笑蔓拿着赵薇薇制定的日间照料收费标准一早就来找谢小燕沟通，她轻轻地敲响了谢小燕办公室门。

谢小燕刚到办公室，她坐在办公桌前，化了一个淡妆。“谢主任好！”朱笑蔓一眼就看出了谢小燕还没有来得及收拾好自己，很歉意地说，“一早就来打扰你了。”

“哪里……平常就楼上楼下，也没时间进来坐坐……快进来吧！”谢小燕忙给朱笑蔓让座。

“朱总是无事不登三宝殿，这大早晨的肯定有要事。”谢小燕边准备茶叶边问。

“日间照料三餐的价格表请你这个主任审阅一下，你说是不是大事。”朱笑蔓把价格表笑着递给谢小燕问，“需不需要报办事处？”

“不需要。你们认为合适，业主能接受就可以施行。”谢小燕给朱笑蔓沏好茶放在茶几上，笑着对朱笑蔓说，“没有你的明前茶口感好。”

朱笑蔓端起纸杯一闻，眯着眼睛一副陶醉样子：“嗯！是茉莉花茶。”

谢小燕嘿嘿一笑：“不愧是喝茶的人……我不行，再好的茶，喝到我口里都是一个字……苦！”

朱笑蔓看着谢小燕，很有兴趣地说：“哪天我给你弄包紫阳富硒茶，口感那才叫绝！”

“富硒茶？”谢小燕对茶了解不多，她对富硒茶更感到陌生。

朱笑蔓对茶的了解，都源于她爸爸。她给谢小燕说：“紫阳是仅见的富硒密集区，紫阳富硒茶是我国有名的富硒茶生产地之一，饮用天然富硒茶是一种简便易行、经济实惠又无任何副作用的补硒方法。”

“我看你就是一位高级品茶师！”谢小燕笑着夸奖她说。

“我哪儿算品茶师呀，我爸才是这方面的专家。谢主任在帮助物业协调政府部门工作，你称得上是社交家。”朱笑蔓拿起价格表恭恭敬敬地交到谢小燕手里。两个人都笑了。

佳境·国际村的早晨，空气清新，从银杏树透过的晨光洒满景观大道。上班的业主，精神饱满。刘倩倩提着米和蔬菜，径直拐进宅间道，与巡逻的张洪学碰上面。张洪学下车，两个巡逻员接过倩倩手里的米和蔬菜，帮刘倩倩提进单元楼里秦朝的家。

张洪学在小区的时间长，有很多业主都认识他，他一一给业主点头打招呼。

“你早！这一大早就给我们安全巡逻了，咱这小区安全，有你张队长就踏实咧。”好几个业主给张洪学打着招呼。

刘倩倩送完菜，再次看见张洪学就提醒说：“张经理，今天是迎接总公司季度检查，给大家招呼一声，注意礼节礼貌，着装要整洁。”

“好的，昨天还专门召开了全员会，安排布置了今天的工作。”张洪学跟着刘倩倩从宅间道出来，顺着景观大道向物业中心走去，“秦爷还好吧？”

“有刘妈照顾，放心。”刘倩倩转过脸看着张洪学一笑，一并走进客户中心大厅。

48

清晨，街景亮闪闪的。小鸟儿时装店门口，落了些树叶。黄绵绵来到自己的店门口，好像不认识似的，站在门口木讷半天。

她脸色憔悴，也没心思打扮，一副素面朝天的模样，很是让人心酸。朱豆豆和刘晃开车路过，看到黄绵绵在门口发愣，把车停在路边，过来问，黄绵绵越发伤心。

店内的灯没有全部打开，店内光线昏暗，只有小茶桌上有一束光，照在他们脸上。灯光下，黄绵绵的几根白发似乎倔强地掠夺了她过去曾有的风韵。

“姐，我进筹备组……保证你就能进业委会。”刘晃想让黄绵绵开心些，主动说道。

“业委会对你就那么重要？”朱豆豆不大理解里面的缘由，对黄绵绵说，“你的身体健康才是最重要的。”

黄绵绵斜视了一眼朱豆豆，没有吱声。

“社区和地产都同意成立业主大会了，这项工作已经开始启动了。”黄绵绵的语气很轻，憔悴的脸上出现几丝自信，算是对朱豆豆的回应。

这时，黄绵绵的手机响了，旦心的电话。

“旦工，我在店里，有事吗？你来……”

朱豆豆一看时间不早了，对刘晃说：“我得去开门了！”

刘晃站起身说：“走！我送你。”又给黄绵绵说，“好好把身体养好，才有劲工作。我走了。”

黄绵绵没有起身，而是给了他俩一个送客的手势。

日间照料施工现场，赵薇薇在认真检查一些隐蔽工程，尤其是消防、给水、配电设施和厨房排烟系统等她都特别注意施工细节。包工头紧跟在赵薇薇后面，每到一处，包工头都要给她详细讲述，“赵经理呀，有老人的地方，就跟幼儿园施工一样，确保质量过硬，不敢弄虚作假。咱呢，要实打实地把每一个细节都做到位。”

“说的要和做的一样好，那才是到位呢！”赵薇薇看着包工头。

包工头像鸡啄食一样点头道：“对对对对！”

赵薇薇在打扫厨房卫生，今晚她是一身家庭主妇的打扮。庞红枫边哄娃边坐在沙发上看电视。

有人敲门，赵薇薇看了看时间，都这么晚了会是谁呢。她谨慎地问了声：“谁？”“经理……是我。”听声音似熟悉的人。

赵薇薇打开门，是装修施工队的包工头。

赵薇薇堵在门口，没让他进门，生气地说：“你把这些东西都拿回去，这是干吗呀？”

庞红枫看到来人提了一大堆礼品，到门口说：“来就来呗，随便进来坐坐，还搞这么多讲究做啥，又不是外人，进来吧！”

赵薇薇把庞红枫推到一边去，对包工头说：“有话明天到办公室说。”话音未落，就把门关上了。

庞红枫把赵薇薇给挖苦了一顿，说她不识抬举，不食人间烟火，小两口又为这些琐事大吵了一场。

包工头在门外并没有离开，而是在观察屋里的动静。他听到赵薇薇的男人在说赵薇薇，自己暗暗一笑，把东西放在门口悄悄下了楼。路上，他给赵薇薇发了个微信，让赵薇薇笑纳。

“妹子，这事……你一定得帮哥的忙，不然……”施工队包工头又到赵明明家来找黄绵绵，请黄绵绵替他在赵薇薇面前说个情，“请赵经理放我这一码。”

黄绵绵听后非常恼火，她指着包工头的鼻子骂道：“你不是个东西。”黄绵绵气得在屋里来回转圈圈，“你也不看看，这是谁的工程，你偷工减料，丧你祖宗的德。”

施工队包工头站在客厅里自己扇自己的耳光。

书房里，旦萱萱听到客厅有人说话，她就看了一眼赵明明，被赵明明瞪了一眼。

第二天早上，物业公司刚刚上班。

“朱总!”赵薇薇进来把施工队包工头昨晚送的一大堆礼品提到朱笑蔓办公室，说，“这是昨晚包工头贿赂给我的礼品。”

“哦!”朱笑蔓看着这几盒礼品价值不菲，估计工程中的偷工减料问题很严重，“你查了没，主要是哪些方面偷工减料了?”

“我初步断定是电缆和新风系统，其他方面还暂时没有验收出问题。”赵薇薇一脸内疚，接着说，“朱总，是我渎职，我请求处罚我这个月工资吧。”

“罚你十个月工资就能解决问题吗?”朱笑蔓劝说赵薇薇要打起精神来，重新组织工程技术人员对装修的每一个细节进行彻底检查：“推迟开业时间，何时开业，整改完再定。”

“好吧!”赵薇薇再没有说啥，一脸郁闷地走出了朱笑蔓办公室。

川中城空气清新，一群信鸽从头顶飞过。

黄绵绵刚刚打扫完院门前卫生，她从店里端出来一盆水洒在门前。

“绵绵!”黄绵绵抬起头，老远就看见旦心在喊她。

旦心骑着共享单车来到黄绵绵时装店门口，他下了车，把单车随手停在黄绵绵的时装店门口。

黄绵绵赶紧说：“再往里靠点，黄线以内，小心城管找事。”

“你就帮帮他吧，我和赵薇薇不太熟。”旦心停好车就急着给黄绵绵说，“是我大姑妈的娃……这个工程利润不大，不赔钱就算他烧了高香。”

“帮他，咋帮?赵薇薇是油盐不进，让我去求朱笑蔓?没门。”黄绵绵一脸不耐烦，她仰起头在看天空飞翔的鸽子，她脸上荡漾着一丝欣喜，她在原地蹦了一下，用手假装在头顶抓了一把，想逮住一只鸽子。

“绵绵，想想办法吧，不行，把赵薇薇请出来，我请客。”旦心一筹莫展，他看着黄绵绵无动于衷有些急。

黄绵绵没好气地说：“你就甭理他，自己粑下的，让他自己去收拾。”黄绵绵把拖把拿到店里去，又从店里出来对旦心说：“你就爱管闲事……哦，帮他中了这个标，还要给他去擦屁子，我没这能耐。”

旦心也是无奈，不管吧，这毕竟是他表弟，又没法给大姑交代；管吧，自己就这么大个能耐，真是进退两难。

“我去找庞红枫说说，让他吹吹枕头风，你看……”旦心征求黄绵绵的意见。

“我看行，不过……”黄绵绵又丢下半句话。

“什么?”旦心焦急地看着黄绵绵。

“你自己琢磨去吧!”黄绵绵一转身就进了店里。

“哎!哎!绵绵?”旦心停在门口，又一想，还是决定去找庞红枫。

旦心转身走到共享单车前，又想骑车，又想走路，思忖片刻，拂袖而去。

庞红枫今天没有开庭任务，他在换鱼缸里的水。

他把百褶泰狮金鱼捞在一个稍大的玻璃容器里，再用清水洗鱼缸。这时，有人敲门进来。

“你是庞老师吗?”来人站在门口。

“我是庞红枫……请问……找我有事吗?”庞红枫停住手里的活问道，他擦干手上的水，招呼来人坐下。

“不了，我是受一位朋友的委托，来给你送个包裹。”来人放下包裹，转身出去了。

庞红枫接过包裹，没有名字也没有地址，他小心翼翼地打开一看，吓了他一跳，原来是一枚金戒指和一张字条。

他又打开字条一看，只有五个字：“请高抬贵手!”庞红枫明白了什么，他抿嘴一笑，继续清洗他的鱼缸。

朱笑蔓在电脑上查看本月工作计划完成进度。

她站起身走到挂在墙上的记事牌前，用笔把牌上的工作进度其中一项：日间照料竣工验收时间改成整改时间一个月。

她又回到座位上，没有立即入座，而是站在桌子前翻阅堆在桌子上的文件夹，找出了日间照料当时的招标文件。她认真地把整个经过回忆了一遍，想找到在哪个环节上出错。投影仪上显示出一行字幕：佳境·国际村社区日间照料开标会。齐好操作鼠标，屏幕上显示出投标单位的报价。评标人有石总、谢小燕、朱笑蔓、赵薇薇、张洪学等人。海星芮装饰公司报价 98.6 万元；大秦国际装潢公司报价 109.3 万元；兄弟装潢公司报价 108.7 万元；秦阳鼎盛装潢公司报价 99.5 万元；秦阳金科装潢公司报价 110.8 万元；秦阳红云装饰公司报价 109.1 万元；秦阳梨园装潢公司报价 99.8. 万元。

齐好说：“各位领导好，这次佳境·国际村社区日间照料装饰装潢工程共收到报价单位 7 家，这 7 家单位都装饰过幼儿园、医院、养老院等服务型业态，业绩和规模在同行业中属于中上等。请各位领导根据自己手上的评分表打分。谢谢!”

齐好看了一眼朱笑蔓，示意她还有没有其他要说明的。朱笑蔓摇了摇头，表示自己没有要说的。齐好又看了一眼在座的其他领导，通过言语交流后认为大家都没有意见："好吧，请大家开始打分。"

窗外，大雨如注，窗户玻璃上雨水汩汩。朱笑蔓把那次日间照料公开向社会招标的全过程都在脑子里过了一遍。

朱笑蔓把招投标工作前前后后都做了梳理，没有徇私舞弊的嫌疑，为什么会出现这么大的失误，正在她百思不得其解的时候，敲门声打断了她的思路。

"请进！"朱笑蔓朝着门的方向说道。

"蔓子！"潘登老人进来，一脸愤怒道，"你们……对小女子不公平……太不公平了……小女子咋啦？"

朱笑蔓看着潘叔生气的样子，有些捉摸不透，问道："慢慢说，咋啦？咋回事？"

"你们污蔑小女子贪污，受贿，我不依！"潘登歪着头不看朱笑蔓，"我问你，这个世界还有没有天理？"

"潘叔，有，天理昭彰，怎么会没有天理呢？"朱笑蔓还没有弄清楚潘登发火的原因，她耐心问道，"谁惹你生气了？"

"你！你朱笑蔓惹我不开心。"潘登还是歪着头不看朱笑蔓。

朱笑蔓一阵纳闷又问道："潘叔，是我朱笑蔓惹你生气了，那就骂我一顿。"朱笑蔓乐呵呵地看着潘登，拉着潘登坐在沙发上，又给潘登接了一杯水放在潘登跟前，"叔，甭生气，生气会伤害身体的，你说咋回事？"

"谁说赵薇薇贪污了？嗯！谁说还给赵薇薇送金戒指了，我每天都在现场，我咋没看见呢？全是胡说八道，那些王八蛋，不安好心，不得好死。"潘登这才说出来他生气的缘由。

"哦！原来惹我潘叔生气是这么一档子事呀？我没有听说，也没有接到谁的举报，纯属子虚乌有。"

"业主群里都传得沸沸扬扬，你们物业也有人知道，只是还没敢告诉你吧。"潘登老人一脸愁容，看着朱笑蔓。

"潘叔，你甭理这些，总会水落石出，好人有好报。"朱笑蔓看着潘登一脸愁容，宽慰道。"我相信薇薇是无辜的。"

"真的？你相信小女子是清白的？"潘登看着朱笑蔓。

朱笑蔓很信任地看着潘登，点了点头。潘登老泪纵横。

秦朝坐在轮椅上在客厅来回滚动，他也一脸不安。

“群里这些人真不像话，以讹传讹。”秦朝自言自语地说，“报警，把这些造谣分子统统逮起来。”

“信而见疑，忠而被谤，能无怨乎？”刘妈过来推着秦朝进卧室，说，“我看到这些传言，肺都快气炸了，赵薇薇受得了不？”

“明天你去找找蔓子，劝劝赵丫头，甭生这些闲气。”秦朝叮嘱刘妈。

“嗯！”刘妈照顾秦朝进卧室休息。

庞红枫今天回来得比较早，把房子里的灯都打开了，满屋灯火通明。他把那个装金戒指的盒子拿来拿去，不知放在哪里更合适。

孩子睡觉了，保姆在厨房做饭，他不想让保姆看到。他又把盒子拿进赵薇薇的卧室，走出来，一脸得意地笑。

他时刻注意赵薇薇开门的声音。

赵薇薇的开门声传来，庞红枫一个箭步跨过去给赵薇薇开门。赵薇薇脸色不好，进门看到庞红枫嬉皮笑脸的样子，她猜到他又有什么坏点子埋在心里。他帮赵薇薇脱下外套挂在衣架上，又把赵薇薇的小包包取下来放在鞋柜上，一切都和往常不一样。“老婆！”庞红枫拉着赵薇薇进了卧室。

保姆在厨房做饭时也感到今天的气氛有些异样。

“滚！”赵薇薇的声音从卧室传出来，有些吓人。只听见一个什么东西砸在赵薇薇卧室门上“哐当”一声。

49

赵明明家，刘妈在厨房洗碗收拾卫生。她做活干净利落，看不惯这些年轻人做事，情愿自己动手累些，也不让别人帮手。

客厅顶灯很亮。黄绵绵的身体也基本恢复，卸妆后，面部也很有光泽。她身穿家庭休闲装，波浪式的头发披在肩后，靠在沙发上看电视，二郎腿跷过茶几。电视声音很小，影响不到书房赵明明给旦萱萱复习功课。

书房里没有开顶灯，在赵明明的书桌上有两盏台灯亮着，一盏是赵明明的，一盏是旦萱萱的。旦萱萱一张娃娃脸很有自信，她在思考问题的时候，那双水晶般的眼睛很迷人。她做好了一张试卷递给赵明明，赵明明拿过眼镜挂在鼻梁上，一看，脸上露出欣慰的表情。

“咚咚咚!”有人敲门。

“稍等!”黄绵绵放下二郎腿走到穿衣镜跟前照了照，才去开门。

“马叔，妈……马叔来了。”黄绵绵笑眯眯地开门把马道功迎进客厅里，又对厨房还在打扫卫生的刘妈喊道，“妈，马叔来了。”

“我来找你。”他小声给黄绵绵说，看到刘妈又从厨房出来，“老同学都好吧?”

“好好好，老同学也好吧?我也有几天没去湖边听你唱秦腔了。”刘妈笑眯眯地说。

“这几天孙子不好，在家看孙子着呢。”马道功夸奖道，“秦老师在你的照顾下，今年身体恢复得不错。我们这么多同学，都没你这个心。”

“老师能自理，也没啥照顾的。我只是帮他做三顿饭。”刘妈谦虚的样子，也很迷人，年轻的时候也是校花。她问，“老同学，你有事吗?”

“没事，我来问问绵绵一个事。”马道功笑着对黄绵绵说。

“哦!那我走了，秦老师一个人在家。”刘妈给马道功一个礼节性的笑意，开门走了。

“马叔，找我有事吗?”黄绵绵一脸诧异。

马道功悄悄问黄绵绵：“日间照料有人偷工减料的事情，你知道吗?听说还给那个小女子送了个金戒指，这是不是真的?”

“业主在群里说的，不一定真实。当然，也有无风不起浪这么一说。”黄绵绵有些故作高深，“可能是谣言吧。”马道功听了黄绵绵的解释，半信半疑，他也不相信这是真的。

“哼，一定是造谣。”马道功也很气愤。

“那就宁可信其无不可信其有呗。”黄绵绵对马道功一笑，说道。

“我明白了，不打扰了。”马道功双手合十，表示歉意。

黄绵绵把马道功送到门口，一转身，又有什么点子在作祟。

夜很深，醉月湖还是那么宁静、那么沉稳。

晨光熹微，凉风习习，正是上班时间。

醉月湖岸边，没有往常的广场舞，老人们议论纷纷说着什么。

黄绵绵从宅间道路过醉月湖，听到这些老人在议论日间照料偷工减料给经理送金戒指的事情。

“我看我们物业这些经理都是贪官。”一位业主说。

“哎!那不是刘红梅的女子吗?问问她，看她知不知道。”另外一个业主看见走过来的黄绵绵，就问，“绵绵，你过来，阿姨问你，听说日间照料有人偷工减料，还给经理送金戒指，你晓得不？”

老人们一窝蜂围住了黄绵绵，大家七嘴八舌把日间照料施工偷工减料，给经理送金戒指的事情说得神乎其神。

“我也是道听途说……不过，事出有因。你们应该去问问物业公司，送金戒指给经理，可能就是指的朱笑蔓吧？我不太清楚。”黄绵绵话中有话，无意中就在这群跳广场舞的老太太中掀起了一个小小波澜。

“我们要求物业换人！”不知谁义愤填膺地喊了一句。

“对！找他们公司去，要求换人。”跟着起哄的老人越来越多。

“阿姨们，我们当前的首要任务是成立业主大会，只有业主大会才能换他们。”黄绵绵又给老太太们适时地补了一句。

“我们坚决支持成立业主大会！”有人带头呼喊。

老人们比跳广场舞还有精神了：“那就赶快成立业主大会呗！”

沙发上，赵薇薇在伤心地哭鼻子，一脸浮肿。她蜷缩在沙发上，简直失去了先前的高挑和冷艳。

朱笑蔓还是沉得住气，她知道这是有人在恶意中伤自己和赵薇薇，要是赵薇薇真的不干了，就正中别人的下怀。其实，朱笑蔓心里和明镜一样，赵薇薇只是当了替罪羊而已。

“我们要找经理……经理，你出来！”一群老太太在楼道里大声喊叫，“偷工减料，还给经理送金戒指，拿业主的事不当事，你们也太缺德了吧？”

朱笑蔓听到楼道里的喊叫，看来该来的总会来。

“朱总……”赵薇薇吓得六神无主，“这咋办呀！我给你丢脸了！”

“不怕，身正不怕影子斜。”朱笑蔓给赵薇薇宽慰道，“要迎难而上，方显英雄本色。怕事不是真豪杰，勇往直前才是真。这个时候不是要掉眼泪，是要霸气。你给张洪学安排一下，让他带几个精干利索的人来。”说完，朱笑蔓就走出办公室，顺手把门带上。

“叔叔阿姨们好！我就是朱笑蔓，是你们要找的经理！”朱笑蔓站在楼道中央，大声给这些老人说，“请叔叔阿姨们到会议室坐，有话慢慢说。”

朱笑蔓就顺势将楼道里的所有老人请进了会议室。

老人们在朱笑蔓的指引下落座后说道：“今天，阿姨们来是有什么事情需要解决呢？请一位一位地说……谢阿姨你先说吧？”朱笑蔓认得这位阿姨姓谢，平常这位阿姨很支持物业的工作，朱笑蔓笑着看着她。

谢阿姨不好意思地说：“我没事，就跟着跑来了。”谢阿姨看了一下其他老人，支支吾吾地说，“听说，日间照料有人偷工减料，还给经理送了金戒指，这是真的吗？”

“属实。”朱笑蔓笑着看着大家，一一问在座的还有什么。刘倩倩跑进来给大家倒茶。大家交头接耳。

“叔叔阿姨们好，谢谢你们对我工作的支持和监督。”朱笑蔓站起身，给在座的老人们鞠了个躬，她看着大家笑眯眯地说道，“你们的眼睛是雪亮的，你们反映的两个问题确实是有的。”

大家的眼神突然发光，眼睛突然瞪大，窃窃私语，都不可思议地看着朱笑蔓，听她继续说：“物业给你们建的日间照料中心，目的是给老人们服务的。可是，就在建设的过程中，施工方为了降低成本，在施工中偷工减料，被我们的赵薇薇经理发现了，赵经理扣了他们的工程款，要求他们把偷工减料的地方按照设计标准重新施工。也就是在这个时候，施工方采取了种种手段，托人来贿赂我们的赵经理，都被赵经理拒绝了。”朱笑蔓说到这里，她看了一眼刘倩倩，给了刘倩倩一个眼神，张洪学和他的团队就把施工方贿赂给赵薇薇的所有礼品抱过来放在桌子上。

“这些礼品，就是施工方贿赂给赵经理的，还有这枚金戒指。”

朱笑蔓拿起这枚金戒指给大家看。老太太们感到惊奇，大家都唏嘘不已。谢阿姨一脸惭愧，对大家说：“我们冤枉那位小女子了。”

大家又七嘴八舌，她们要求要向赵薇薇赔礼道歉：“经理，你把那个小女子喊出来，阿姨向她赔个不是。”

“不用了……谢谢大家！”赵薇薇从第二扇门进来，站在朱笑蔓旁边，“有你们这句话就足够了。”赵薇薇脸上流淌着幸福的眼泪。

会场一时失控，不少老人也哭了。

“叔叔阿姨们好！请你们静静。”朱笑蔓把语速放慢了，“你们想不想知道，这些礼品怎么来处理呢？”

“你们怎么处理呀？”一位老太太声音洪亮地说道。

“那就请赵薇薇经理来给大家说，好吧！”朱笑蔓让赵薇薇说。

赵薇薇有些腼腆，她拿起这些礼品激动地说：“这些礼品送到敬老院去，这枚金戒指……”赵薇薇看了一眼老人们，说，“折成钱，购买儿童读物，送给鑫达州幼儿园。”

会议室响起一阵雷鸣般的掌声，老太太们手里拿着的道具也舞起来了。

50

黄绵绵坐在茶桌旁，一脸阴沉。她没有心思营业，灯也只开了一盏，店内黑乎乎的。她那双充满仇恨的眼睛，在昏暗的光线里闪着火花。放在茶桌上的手机还通着话，是庞红枫的声音。黄绵绵一脸的沮丧，她对着桌子上的手机骂道：“我黄绵绵跟朱笑蔓不共戴天！”黄绵绵气得咬牙切齿，她一拳砸在茶桌上，在电话里说，“……你没有资格关心我，我也不需要你的关心……你是法律工作者，我们只是合作。你也不要自责、内疚，这些都是我自愿的……”黄绵绵给电话里的庞红枫压着语气，耐心说，“成立业委会，我要当主任，这是你承诺过我的，我只希望你兑现承诺。”

门前路上，疾驶的车辆轧出的水花四处飞溅。

鑫达州物业公司三楼会议室坐满了各级管理人员。投影仪上显示出主题“佳境·国际村智慧社区建设新思路”的标题。

朱笑蔓在做培训：“我们可以先把小区大门门禁、单元门禁、电梯、车库等出入口全装成智能系统，由安管部监控室统一监控指挥，可以减少巡逻频次，降低劳动强度，有效对小区进行智能全覆盖。”

大家对智慧社区建设很感兴趣。尤其张洪学等人更是专心听讲，认真做笔记。

朱笑蔓说：“尤其是南方城市，他们起步比较早。O2O 新的智慧网络，已开展得如火如荼。各个物业公司都设立有自己的智慧社区网络后台，负责线上交易。线下有自己的门店，由秩序维护员负责送货。同时，还和小区周边商业圈合作，建立网络平台，业主通过物业公司的后台就能在附近的商业网店购物。方便了业主购物，增加了物业公司的边际效益，提高了居民的生活幸福指数。”

窗外的雨还在下，芭蕉叶上的雨水闪着亮光，窗外已是黄昏。

朱笑蔓站起来，看了看在座的各级管理人员，很有信心地宣布：“佳境·国际村智慧社区建设分三步走。第一步由张洪学负责，先把门禁系统建立起来，大门首先实现人脸识别。第二步由赵薇薇负责，建立 O2O 微信服务平台，通过海纳社区实现为业主服务，客服人员负责线下交易。第三步由刘倩倩负责，创建实体门店，与周边商业网点建立连锁经营模式。”

会议室响起热烈的掌声，随后又是椅子在地砖上拉动的声音。

张洪学留步，等着其他人退场后走到朱笑蔓跟前。

“有事？”朱笑蔓问道。

“黄绵绵在醉月湖拉起横幅宣传成立业主大会意见征询。”张洪学小声说道。

“哦！好呀。”朱笑蔓胸有成竹。

赵薇薇和刘倩倩还在会议室门口等着朱笑蔓。

醉月湖广场上红底白字的横幅在夜色下更加耀眼。广场上围观了好多人。佳境·国际村首届业主大会筹备组正在接受意见征询。

湖边，摆了两张桌子，桌子上放了几摞成立业主大会意见征询表，路过业主顺道驻足翻看。

黄绵绵和刘晃还有几位热心肠的业主站在跟前，给翻阅的业主做宣传。

“业主大会是干吗的？”有业主问。

“为业主主持公道！”刘晃随便一笑回答道。

“公道？”一位年龄偏大的业主不屑一顾。

“我同意，只要为业主好。”有业主大声说。

“好！签个字吧！”刘晃递给大妈一支笔。

“签字？签什么字？”大妈一脸愕然。

“你同意成立业主大会筹备组呀！”黄绵绵解释道，“签吧，阿姨！”

“咦！我儿子才是业主。”大妈转身走了。

黄绵绵带着刘晃等骨干一直在湖边给过往的业主做宣传，微风轻轻拂过湖面，荡起层层涟漪。在黄绵绵脸上充满深邃复杂的表情。黄绵绵对过往的业主：“成立业主大会，就是替业主管理好自己的小区，维护好自己的权利。业主大会可以监督物业的管理和服务，督导物业的收费行为，有效遏制物业乱收费现象。同时还能够落实物业利用公共场所获得的收益，这部分收益必须归全体业主所有。”

“是不是我们就可以少缴物业费了？”有业主问道。

“是！我们可以把公共场所收益这部分，作为业主的福利。”黄绵绵大声给现场的业主说，“所以，我们必须成立业主大会，成立了业主大会就有了话语权，请广大业主支持我。”

这时黄绵绵的手机响了，她转过身面向醉月湖轻声问：“喂！请问哪位？嚯，旦工呀？我正在醉月湖做宣传，效果空前！”

正是黄绵绵宣传正酣时，佳境·国际村全小区突然停电了，醉月湖周边伸手不见五指。周边一片骚乱，不同的声音从四面八方传来，有惊叫的，有找人的，有喊人的，也有一片骂声。“朱笑蔓……你不得好死。”黄绵绵站在湖边破口大骂。

“呀！呀……停电了！”有业主在惊叫。

“快快快，找物业去！”是一位老女人的声音。

“怎么搞的嘛，停电也不提前通知一声。”一位女人在抱怨。

“啥屁物业嘛，不负责任。”一位男人在骂。

“潇潇，停电了，你不要乱跑，就待在家里……不怕哈，妈妈一会儿就回来！”一位年轻女子在给孩子打电话。

“电梯困人啦……我老妈被困在电梯啦……”湖的周边几处传来惊魂的喊声，“快！找物业，找物业……”

“朱笑蔓……你一肚子坏水。”黄绵绵的声音在夜色里很有穿透力。

正在大家慌乱的时候，有几束强光从黑夜里穿出来，汇集到醉月湖南岸，又马上从醉月湖南岸分开，消失在一片黑暗之中。

张洪学带领巡逻队员们从监控室跑出来，每位队员的头上都顶着一盏明灯，一缕火光从醉月湖分开。

“孟经理……孟经理，咋回事？”对讲机里传来赵薇薇的声音。

“孟经理，孟经理……”对讲机里传出朱笑蔓的呼叫声。

F座楼道又传出一位小女生的哭腔：“叔叔……叔叔，快救救我……”

“有叔叔在，小姑娘不怕，叔叔教你做深呼吸好吗？”

“嗯！”从电梯里传出小姑娘稚嫩的回答。

“吸，慢慢吸；再吸，再吸，再吸。好！再呼，再呼，再呼……好了，快出来。”

电梯门打开了，小姑娘跑出电梯就抱住了电梯门口的秩序维护员叔叔。

“好了，没事了！”秩序维护员轻轻拍着小姑娘的脑袋。

客户中心大厅一片漆黑，一只手电筒照在赵薇薇俊秀的脸上。

“没有电，不能利用网络平台发通知公告，已经安排各楼宇管家在微信业主群向业主第一时间进行说明，并随时就抢修情况在群里给大家反馈。我现在再去业主集中的醉月湖现场给那里的业主去解释。”赵薇薇关上大门，走进一片漆黑，她挂了朱笑蔓的电话。

小区伸手不见五指。趁着远处的亮光，能看清楚醉月湖现场围了不少人。

“小区经常出现突然停水停电，这是一个不好的现象，别的小区一年四季很少遇到，电梯困人事件，就根本不存在。所以，我们必须成立业主大会，请大家支持我。”这是黄绵绵的声音，她还在鼓动大家，“物业给我们一个说法。好不好?”

“好！必须给说法……走!”

“不要找了……我来了。”赵薇薇声音出现在醉月湖边，她举着手机照明走到花坛边，站上花坛，咳了两声，大声向现场的业主解释，“各位业主朋友们，大家晚上好！我是鑫达州物业公司副经理赵薇薇。”现场立即静了下来，站在远处的业主都自觉地向赵薇薇靠去，她又提高了嗓门，“今晚，全小区停电，给大家带来生活不便，主要原因是市政电网毛条路西段的电缆，被一家夜间施工单位的挖掘机挖断了，经过我们证实，现在电力公司已经赶到现场，正在抢修……大家少安毋躁，就不要在这里等了，早点回家休息。”

“我不相信，就这么巧，挖掘机就专门挖咱国际村的电缆?周边咋都好好的……是不是你们物业出了问题?找到原因了吗?”一个男业主大声喊道。

“你们组织人看了没有?找自己的原因没有?”是一位老者的语气。

“你们经常停电停水，找出原因了吗?赵经理……你不要自欺欺人了，设施老化，该换就换，该修就修。你们不要舍不得花钱，我们缴的物业费，这些年都干什么用了。”这是黄绵绵的声音，她话音一落，人群立即一片哗然。

“咦！咋是这……”一个老者叹息一声。

“这些年，咱物业费都白缴了?”又一个老者心疼地说。

赵薇薇听到这些话，情绪有些急躁，但她看着这个场面，不断地给自己打气，并告诫自己只有经历过地狱般的磨炼，才有征服天堂的力量；只有流过血的手指，才能弹出世间的绝唱。

“大家不要偏信谣言，我们要用事实来证明——国家电网平台也第一时间就停电区域突发状况进行了通知，物业公司这边已经安排维修人员全部现场待命，待国家电网线路故障排除，我们的维修人员会第一时间确保设备正常运行的。”赵薇薇耐心地解释着。

“回家吧！一觉醒来，电可能就来了。”孟宁站在赵薇薇身边劝道，“明天大伙还要上班，孩子还要上学，不要影响到明天的正常生活。”

认识孟宁的业主，知道他是管设备的，也就陆续离开了。

“这是朱笑蔓一贯的手段，她不让成立业主大会，故意破坏我们的宣传工作，她居心不良，我们不能屡屡上她的当。”黄绵绵的声音有些孤独，有些苍凉。醉月湖沉睡了，一点涟漪都没有。

高层楼道里的喘气声和沉重的脚步声，整个楼道都能听到，仿佛整栋楼都在颤动。

“刘S，我来换换。”一个瓮声瓮气的男人在喊。

“没事，快……到了。”一个男人像是在负重前行。

“慢点……慢点……老爷子你在几层?”一个男人大声喊话。

“十九……层。”听到一位老人微弱的声音。

“来！我换换……”瓮声瓮气的男人小心翼翼地把老人接过来背在了自己背上，又是一阵沉重的脚步声和均匀的喘气声。

手电光随着沉重的脚步，一直在楼道里向上晃动。

十九层老阿姨点着蜡烛站在楼梯口，她扶着楼梯扶手从十九层朝下看，看到几束亮光在楼道里晃动，楼道里传来阵阵沉重的脚步声。

“唉！住在高楼上有啥好的，还不如住在农村，平平顺顺的。”老阿姨站在楼梯口自言自语道。

“谢谢你们……谢谢你们!”老阿姨看着大家把他家老汉从一层背到了十九层，很是感动。

“你就是爱跑……看看，看看……没有电梯你行不?”老太太一个劲地数落她老汉。

“没想到……会停电呢。”老汉解释道。

“阿姨，不说了，老爷子没事了。”几名秩序维护员转身下楼了。

“楼道黑，注意安全。”老阿姨站在楼梯口一再叮咛。

一阵口哨在楼道响起。

51

第二天一早，朱笑蔓在办公室召开经理晨会。

刘倩倩汇报本季度公司主要工作：“本季度收费率96.2%。计划内工作完成95%；有两项计划内的重点工作没有按时完工。总公司临时性工作7项，完成率 100%。业主有效投诉 8 个，协调处理 3 个；公司内部处理 5 个，完成率 100%。计划内屋面防水维修 5 户；飘窗漏水维修 15 户。接待参观考察团两个。秩序维护员业务培训 3 次。配合社区居委会业主大会筹备组 3 个工作日。”

朱笑蔓听完刘倩倩的工作汇报后，问道：“收费率不达标，原因分析出来没有？”

“分析出来了！”刘倩倩把分析表递给朱笑蔓说，“拖欠 5 年以上物业费的 2 户；拖欠 3 年以上物业费的 5 户；拖欠 2 年以上物业费的 6 户；拖欠 1 年以上的 8 户。”

“黄绵绵和旦心就是拖欠 5 年以上的？”朱笑蔓问。

“是！黄绵绵拖欠了整 6 年。”刘倩倩看着朱笑蔓。

朱笑蔓想起自己找庞红枫准备起诉的事，心里一阵不舒服。她对赵薇薇说：“要不，你和黄绵绵再利用私下关系沟通欠费的事，如果私下能打通这个关系，我们就暂缓采用走法律程序的解决方案。不过，你也先探探你老公庞律师对这类案件的具体思路。”朱笑蔓说完，又对赵薇薇歉意地笑了笑说，“你看，这个事，都得麻烦你动用个人资源了，实在不好意思。”

赵薇薇笑笑，故作轻松地说：“应该的，这是义不容辞的事情。”

朱笑蔓心里对这样的同事充满了感激之情。

刘倩倩又提出了一个遗留问题：“奥迪车污染的问题，车主一直在问，让给她一个说法。”

“孟工和张经理你俩的意见如何？”朱笑蔓看着孟宁和张洪学，“我个人意见是赔，因为我们没有做到充分的善后，有失误。之所以有给业主赔付的想法，这也是诚心希望我们的服务能够更加完善。”朱笑蔓说出了自己的想法。

张洪学思前思后也说出了自己的看法：“过而不能知，是不智也；知而不能改，是不勇也。我建议赔。不过，车主也有过错，也应该承担责任。”

“好吧！这件事就交给张经理去办，你负责去跟车主谈，达成一个最终处理办法报给我。好！都各自去忙吧！”

大清晨，就有客人来光顾小鸟儿时装店。黄绵绵接待一拨又一拨，光清晨这一会儿，就卖出去好几件时装。

“黄姐，你进的服装很新潮，这些款式就是我们这个年龄段穿的，好多服装就跟定做一样。”有顾客赞美道。

“只要你喜欢，我就很高兴。要不这样，你再拿一件你喜欢的款式，我给你进价，好吗？算是我对你的感谢之意。”

“那敢情好……我再挑一件？”女客人又在伙伴的陪同下挑了一件。

黄绵绵一看高兴极了：“半价 80 元……我看你爽快！”

“60！”顾客还价道。

“70！”黄绵绵讨价还价。

“好！”客人高兴，黄绵绵更高兴。

“绵姐！”黄绵绵听到门口有一个熟悉的声音，“哟！绵姐，今早好生意呀！”赵薇薇进到店里，看到这个场面，也替黄绵绵开心。

“薇薇！”黄绵绵跑过来抱住赵薇薇，“今……是哪股风把我们的副村主任吹来了，我这个村民有失远迎呀。”

“姐！别说那些话，损我呀！”赵薇薇开玩笑地说。

店里的顾客都把目光投到赵薇薇身上，把赵薇薇看得有些难为情。

“这是我小区物业经理，业主都管她叫村主任。”黄绵绵把赵薇薇介绍给了她的客人，“年轻漂亮，前途无量！”

“哇！国色天香。”购衣女子的眼睛是经过大浪淘沙的，看人那是绝对用综合运势在衡量。

“做物业委屈你了！跟姐走吧。”购衣女子上下再次打量赵薇薇，“待遇你说……给你公司办公室主任干，咋样？”

黄绵绵一双眼睛闪着火花，她看着客人，又看着赵薇薇：“你傻呀！快答应……过了这个村就没这个店了。”

赵薇薇带着浅浅微笑，说道：“谢谢，让你高抬了，我没有那么优秀，谢谢你的好意。”

“好吧，我们有事就告辞了。”购衣女拿出手机让赵薇薇加她微信：“以后想来，随时欢迎。”赵薇薇送购衣女一行走出店门。

“有事吗？”黄绵绵这才静下来问赵薇薇，“你肯定有事，不然，一大早跑来干吗？”

“有事！”赵薇薇拉着黄绵绵的手，干脆地回答，“姐，你拖欠物业费……没理啊。”

黄绵绵脸色一变，刚才的好心情荡然无存，冷着脸说：“你走吧，甭给我说这些……不然，就做不成姐妹了。”

“姐……”赵薇薇还想跟她做进一步沟通。

“走。”黄绵绵把身体转了过去，不想再和赵薇薇说什么。

“好吧……姐！……保重。”赵薇薇小心翼翼地退了出去。

赵薇薇刚刚走到街面上，就从身后传来黄绵绵的嘶喊声：“朱笑蔓……我跟你势不两立！”接着又“嘭”的一声，不知道什么东西被砸碎了，赵薇薇打了一个寒战。

旦心来找黄绵绵，黄绵绵的情绪还未平复，眼神里依然写满愤怒。

“滚！今天我不想看见人。”黄绵绵对着旦心骂了一句。旦心感到莫名其妙，说她是：“更年期提前。”

朱笑蔓听完赵薇薇走访黄绵绵拖欠物业费的过程后，陷入了沉思，一时半会儿，她拿不出更好的办法来应对这件事情。毕竟，黄绵绵、赵明明、朱笑蔓他们三个这么多年的爱恨纠缠太复杂了，她和赵明明的往事，应该是黄绵绵一直过不去的坎。想到这里，朱笑蔓看了一眼赵薇薇，对赵薇薇说：“你先去忙吧，我再想想这个事情！”赵薇薇轻轻地带上门出来。

下午，一群干部模样的人在朱笑蔓和社区居委会主任谢小燕、秩序维护部经理张洪学的陪同下参观了佳境·国际村小区智慧社区创建工作。

第一站门禁，小区安防第一道防线。秩序维护员行一个标准的军礼。进出小区的业主看到门口拥了这么多人，便驻足观看。参观团从大门门禁入口开始，通过人脸识别二维码，进入小区。一行人对这套门禁系统很感兴趣，他们问了价格、管理、谁家出钱等问题，朱笑蔓一一给一行客人做了解答。第二站单元门禁，小区安防第二道防线。参观团亲自体验了单元门禁，以业主身份自由进出，感受业主的尊贵。第三站智能监控系统，小区安防第三道防线。小区实现了智能监控无死角覆盖。参观团成员还在监控室自己操作，切换每一个枪机和云台，能看到小区的不同角落。

“这一整套人脸识别系统，你们花了多少钱？”参观客人问道。

“包括单元门禁和监控室改造一共花了 60 余万元吧。”朱笑蔓介绍说。

“这么大笔支出，是谁出的钱？”有客人问。

“是物业公司出的钱。”谢小燕回答道。

“这属于技术改造范围，你们可以走大修资金，不应该由物业公司垫资，为什么不走大修资金？”有客人向朱笑蔓提出了问题。

“想走，就是程序太复杂，要 2/3 的业主签字，很难。”朱笑蔓一脸无奈。

“可以由业委会来解决这个问题。”客人又问道，“你们有业主委员会吗？”

“还正在筹备中。”朱笑蔓实话实说。

一个领导模样的客人表示了遗憾。

送走了参观团，朱笑蔓和社区居委会主任谢小燕回到鑫达州物业公司楼下，张洪学跟在朱笑蔓身后。

谢小燕给朱笑蔓和张洪学说：“赶快成立业主大会吧……看你物业公司有多少钱来给业主贴。”

“还需要社区的鼎力相助。”朱笑蔓跟着谢小燕进了大厅。

参观团的来访，让朱笑蔓的心里对成立业主委员会有了更迫切的想法。

52

谢小燕办公室门口，黄绵绵在此等候多时。

“哦！你来啦！”谢小燕看到黄绵绵一脸微笑地等在她办公室门口，谢小燕随和地打着招呼，“快请进。”

谢小燕推门进来，她把黄绵绵让到沙发上坐下。

“一大早看你忙着呢，我就在门口等着。”黄绵绵笑眯眯地说。

“市物业管理协会来小区参观智慧社区建设工作，本来这是物业公司的事情，川中物业管理协会也让社区陪同一下，所以就耽搁了你的时间，让你久等了。”谢小燕给黄绵绵倒了一杯水放在茶几上。

谢小燕坐下后，边翻桌上的一摞资料边问：“成立业委会的材料你们准备好了？”

黄绵绵起身，把文件袋递到谢小燕手上：“没有经验，还需要谢主任多多指导才是。”

“指导说不上，我也没有经验，也是搬起石头过河。”谢小燕看着黄绵绵谦虚地笑笑。

黄绵绵问道：“谢主任，请问一下，材料报给街道办，需要多长时间才能回复？”

“符合成立业主大会、召开首次业主大会会议条件的，社区、街道办事处应当在收到书面申请后 60 个工作日内，负责组织、指导成立首次业主大会会议筹备组。”谢小燕看着黄绵绵说，“筹备组由业主代表、建设单位、街道办事处和居民委员会代表组成，其成员为 7—11 人，其中业主代表应当不少于 30%。筹备组组长由街道办事处代表担任。我再看看如果没有问题就马上报给街道办，好吧？”

黄绵绵一脸兴奋，好像看到了希望。

佳境·国际村醉月湖旁边，一女业主捂住脖子从宅间道跑出来。

“救命！救命！”女业主一脸惊恐，捂在脖子上的手被鲜血染红，有两名保洁员发现了她，丢下手里的活跑过来扶住女业主。黄绵绵经过醉月湖，看到眼前这一幕感到吃惊。

“呀！琴姐……这是咋啦？”黄绵绵一个大步上去，扶住惊魂未定的琴姐，“我看看！”

“楼……楼上掉下来的花盆……砸到我了。”受到惊吓的琴姐喊道，“物业，物业……高空抛物，你们管不管？”

黄绵绵一听琴姐这么一说，急忙对琴姐说：“就是，走，咱去找物业公司，找她朱笑蔓，看她是怎样管理小区的。”

刘倩倩和张洪学从大厅冲出来，忙问：“这是……咋啦？”

“高空坠物砸在脖子上了……”保洁员给张洪学小声说道，“好危险啊！”

“赶快打120！”张洪学给刘倩倩说，他扶着琴姐来到客户中心客服办公室，给琴姐倒了杯水，问道，“你当时在楼后做什么？怎么会被花盆砸中？”

黄绵绵听了这话很不高兴，立即反驳道：“怎么？我们就不该去楼后了吗？这是全体业主的地盘，我们想去哪里就去哪里，你管得着吗？”

张洪学看到黄绵绵这样，再加上看到琴姐受伤着急，没好气地说：“黄绵绵，不利于和谐的话就请你闭嘴。”

“我怎么不利于和谐了，这是我琴姐……这事，我管定了。”黄绵绵一副大义凛然的样子。

此时，大厅里围观了好多业主，都在议论高空坠物的事，有人开始骂：“高空抛物伤人，这就是缺德人干的缺德事。”

刘倩倩感到局势不可控，她钻进前台躲在墙柱子后正要拨打电话，朱笑蔓刚好从楼上下来：“朱总……高空坠物砸伤人了。”

朱笑蔓一看大厅乱哄哄的，神情变得有些紧张，同时也看到了坐在大厅里那位受伤的业主，她疾步走过去问道：“伤势严重不严重……张经理，赶快送医院。”

站在客户中心门口的张洪学听到了朱笑蔓的安排后，火速与两个队员把受伤业主扶上了他自己的车里，刘倩倩也跟了出去。

黄绵绵看到朱笑蔓来到现场，一转身就指着朱笑蔓鼻子骂道：“你管的啥物业……高空坠物都砸死人了，看你咋收场？”

黄绵绵一脸怒气。朱笑蔓没生她的气，向黄绵绵淡淡一笑后走进收费室。

大厅里，很多业主仍不愿离去，再加上后面来办业务的业主，吵吵闹闹的声音越来越大，搅和得物业与社区无法办公。

黄绵绵趁着大厅人越来越多，在大收费室门口拦住了朱笑蔓，向现场的业主故意大声说：“这就是朱笑蔓，一天光收钱，不管理，也不服务。刚才发生在 B5 一起高空坠物事件，把一位业主砸伤了，险些出了人命。这起事故，朱笑蔓要负全部责任，他们物业公司要负全部责任。”

“哎哟，这也太不安全了，连在小区走路都要看看天上，有没有东西掉下来……这也，太恐怖了吧！”一位年轻女子跟着说。

“是该好好管了！”一位大叔看着朱笑蔓说，“一天不要光催费，你们的服务要跟上呀。”

“你们的催费很上心，物业服务工作也要像催费一样上心才行。”有欠费的业主趁机会发泄不满。

朱笑蔓冷静地对围观的业主说：“刚才发生的业主被砸伤事情，具体是高空抛物还是高空坠物，这涉及法律责任问题，还需要接下来进行取证调查。刚才被砸伤的业主，我们已送到医院做进一步检查。任何涉及业主的物业服务、管理问题，我们公司一定要管，而且一定会管到底，请大家给我一些时间。现在，我劝大家各忙各的事情去吧，大家对我的支持，我表示感谢！”

听了朱笑蔓的解释，大家也知道了事情的大致情况，也就纷纷离开了。黄绵绵气得咬牙跺脚，她“呸”了一声，气冲冲地走了。

B5 楼后植被茂密，灌木丛几乎覆盖了楼后散水，所坠物品是一个只有干土而无花的白瓷花盆，已摔得稀巴烂。有两名民警在赵薇薇的陪同下，对琴姐被砸伤的现场进行勘查，潘登也在出事楼下查看痕迹。

“现在就上楼，从这个户型挨户往下查！”一位警察给另一位警察示意，看看他还有没有特别意见。“查的时候，要注意细看窗台上和室外机上的痕迹，尤其是带土的圆圈……这个案子不难查。”

赵薇薇和几名秩序维护员心领神会。她看了一眼潘登老人，潘登老人给赵薇薇比了个“八”的手势。赵薇薇点头笑了笑，表示对潘登老人的谢意。

赵薇薇按照警察的部署，开展入户调查工作：“老张，你跟谢师坐电梯从顶楼往下查；老景，你跟我从十五层往下查，咱们分头行动。”她刚刚安排完排查工作，朱笑蔓的电话来了。

“朱总，有事吗？什么……回去……哦！”赵薇薇放下电话如释重负，她高兴地告诉大家，“业主自首了。”

两名警察和赵薇薇履行了出警手续后就离开了小区。

赵薇薇回到朱笑蔓办公室，一看B座姓赵的大妈也在办公室，她急忙问到底怎么回事。朱笑蔓就把前因后果告诉了赵薇薇。

原来，就在半小时前，朱笑蔓办公室的门突然被人推开，一位大妈失魂落魄地撞门进来。朱笑蔓吃了一惊，她认得这位大妈，姓赵，是B座的，不知发生了什么事情。她赶紧把赵大妈扶在沙发上坐下，还倒了杯水递给她。

“大妈……不急，有事慢慢说，不怕，有我。”朱笑蔓安慰着。

“经……经理呀！不得了，不得了呀……”赵大妈的话音中带有哭腔。

朱笑蔓拉着大妈的手，扶着她的胳膊，安慰道：“喝口水，不急哈！”

“我……我家那死鬼，刚才整理窗台时，不小心把窗台上的一个花盆撞下去了……警察……警察都来了。”赵大妈吓得浑身发抖，“你告诉我，那个女的现在怎么样啊？”

朱笑蔓这才明白了，对大妈说：“送到医院去了……好像是砸在了这个位置。”朱笑蔓用手在自己肩膀和颈部位置比画了下。大妈双手合十，连声说：“阿弥陀佛……阿弥陀佛……”

医院走廊，灯光很亮，寂静无声。

在张洪学和琴姐家人的陪同下，琴姐做完了全部检查。他们走出电梯，顺着走廊右拐，来到了值班医生办公室，张洪学在门口等着。刘倩倩缴完所有费用也来到值班医生办公室门口。

张洪学看到刘倩倩过来，给她递了个眼神，压低声音说：“坐吧，花了多少钱？”

“2650！”刘倩倩说着话就坐在张洪学旁边。

“还没干啥，就花了一河滩的钱，医院也真黑。”张洪学有些吃惊。他又给刘倩倩说，“是B座八层的业主，刚才去物业自首了。”

“经理给我讲了，她愿意承担责任，不像黄……”刘倩倩感觉自己不该说，又把半句话咽了回去。

“唉！生活中还是好人多，像黄绵绵这样的业主，在小区也就她一个另类。”张洪学看着刘倩倩说，“孩子有人管吗?”

“有！请了个阿姨!”刘倩倩回答道。

“费用已经缴完了，你就回去吧，我在这里看着。”张洪学给刘倩倩说。

“等她出来，看看晚上怎么办?”刘倩倩起身走到医办门口，听听里面的动静。

“命悬一线呀，好险。头皮擦破了，没伤到骨头。再观察几天吧，没事。”这是医生给病人的谈话。门外的刘倩倩和张洪学听到这个“没事”的消息，高兴得击掌。

53

暖阳下，佳境·国际村醉月湖水面闪着金光，一群南飞大雁倒映在湖里。湖边廊亭下，小宝和萱萱坐在廊亭的两头，相互背诵英语单词。

“Skim the surface of thew。”小宝一口流利的英语单词。

“蜻蜓点水。”萱萱翻译道。

“广阔水面?”小宝问道。

萱萱仰望天空，又低头看着眼前的湖面，翻译道：“It is vast and endless。”

小宝又问道：“Grandma’s old room?”

“外婆的老屋。”萱萱翻译道。

刘妈推着秦朝在醉月湖南广场晒太阳，他听到好多考生在湖边背英语单词，感受到了醉月湖与这周边环境具有的生命的活力。不远处，潘登老人用心地在湖边跟水系管理人员打捞湖面漂浮的杂物。他看到秦朝老人来到湖边，就给秦朝老人开玩笑，让秦朝老人去试试，好玩。

“秦老师，你听到水下鱼儿的歌唱没有?”王红打趣地问秦朝。

“听见了，是潘登作曲，王红作词，由醉月湖鱼儿合唱团演唱，指挥是朱笑蔓!”湖岸的笑声惊动了一湖鱼。

“秦爷，出来高兴吧。”赵薇薇从L区路过湖边，她也看到潘登下到湖边在那打捞漂浮物，就提醒道，“潘叔，你当心点，小心滑到湖里。”

“成落汤鸡才好呢!”刘妈朝潘登一努嘴说道，“他一天用肚脐眼说话，满嘴谣言。”

“在做什么呀?”秦朝看着赵薇薇手里一沓传单问。

“给各家各户送告示，严禁将物品放置在空调室外机或者窗台上。”赵薇薇接过刘妈的车子，推着秦朝从醉月湖来到百米水系，问刘妈：“倩倩在医院陪受伤的业主，这几天是我给秦爷买的菜，不知道合不合秦爷的意？”

“很好！秦老师很喜欢。”刘妈接过话回答道。

“伤情严重吗？”秦朝问赵薇薇。

“不太严重，是肩膀靠颈部这个位置……好危险呀！”赵薇薇说着都打了个寒噤。

秦朝眯着眼睛，自言自语道：“太缺乏常识了！物业……要严肃处理。”

“啊！她全部认医药费，并愿意再向受伤的业主赔500元精神费。”

“太少了，不痛不痒。”刘妈又转过话说，“唉！物业没有处罚权，起到教育效果才是目的。”

“这个教训很深刻，给大家也敲了个警钟！”秦朝感叹地说。

“是呀，所以，我们物业不能光被动地处理问题，也要防患未然地做好这方面的宣传和预案呢。”赵薇薇心想，每个月的安全管理工作任务必须得有细分指标才行呀。

“那天是你母亲主动来说明的情况，事过三天，你又来说不是你家掉的花盆，请问这是咋回事？”朱笑蔓有些纳闷，她看着眼前这位帅气的小伙子。

“那天，我家里根本就没人，我爸送孙子到幼儿园后又拐到农贸市场买菜，上午十一点半才回的家。我妈当时在醉月湖广场跳舞，跳舞的阿姨都可以证明。琴姐被砸伤后，我妈看到楼下来了那么多的警察，花盆又像是我家的，就吓坏了，也吓傻了，我妈以为是我爸不小心弄下来的，就主动来给你报的案。”小伙子说得有根有据。

朱笑蔓听小伙子这么说，觉着自己当时处理这件事有些草率了。如今，事情过去三天了，再找证据恐怕早就没了。朱笑蔓一时没了主意，小伙子走后，朱笑蔓陷入了沉思。

突然，有人敲门。朱笑蔓站起身面向门：“请进！”

“倩倩……”朱笑蔓看着刘倩倩进来，忙问，“你不是在医院陪琴姐吗？”

“琴姐不想住了，医生同意回家，让再观察几天就没事了。”刘倩倩把医院的情况大致给朱笑蔓做了汇报，“头没事，擦破皮，刚好砸在肩膀的肌腱处，这个位置有人性，幸亏……保住了一条人命。”

“是呀！要是砸在头上，就是一条人命。”朱笑蔓转过身，回到座位上，

"后想起来很害怕！"

"我回来就听说八楼的儿子不承认了，这是咋回事？"刘倩倩感到奇怪，"我看到当时潘叔给薇薇比了个'八'。"

"哦！还有这个事？走，马上调监控！"朱笑蔓让刘倩倩回到前台，自己带赵薇薇急忙去监控室。

监控室的三面墙上，挂满了各种大小不等的监控器。监控着小区一百多个方位点。正是晚上下班的时候，进出小区的业主从墙上穿来穿去。

朱笑蔓和赵薇薇在张洪学的协助下，还在监控室调取了三天前的画面。张洪学每搜索到B区位置，都是以慢镜头在一帧一帧地寻找。

"慢！"赵薇薇盯着监视屏，"退一点……再退一点……过了……"

朱笑蔓不敢眨眼，盯住屏幕上一丝丝变化，说："唉！云台刚滑过去……还能看清推窗户的时间……"

"就在云台滑过去的后面……事故，发生了！"张洪学一脸无奈。

一屋人面面相觑，都把一种遗憾的神情递给了对方。

"只看见了推窗户，但没看见花盆掉下来的瞬间。"监考员也是一脸愁容。

"别急！有办法……"赵薇薇一眨眼，手在脑门上停顿了一下。

大家又都把目光停留在赵薇薇的手势上。

"有了……退回去……"张洪学随着赵薇薇的指挥，慢慢滑动屏幕画面："大家注意看……注意看，慢点，再慢点，看窗台上……窗台上有没有花盆？"

"有！"大家异口同声。

"好！"赵薇薇又把脸转回来看着大家说，"大家注意下面了……张经理，你继续进，再进……再进，好！这是下一组云台画面了，注意看，再退，再退，慢慢退到这一户的窗台上，对，对，再看，大家再看看……窗台上，还有没有花盆？"

"没有了！"现场的人大家高兴得齐声说。

"这就是证据！"赵薇薇看着大家说，"云台第一次过去，花盆在，云台第二次过来就没有了，这说明什么？花盆是在云台的空档期撞下去的。"

朱笑蔓也看清了这组画面，她仔细琢磨着，反问道："她会说是我端进屋里了哪？你们怎么解释？"

"我们带着地上的碎瓷片和云台边上的花盆去找呢？"张经理回答道，"如果他们家里还有同样一盆呢？"

一时大家又陷入沉思，毕竟不是一个长镜头拍下的。幸好，那天张洪学多长了个心眼，他把掉下来的那盆花自己养在了监控室，还是盆水仙。摔碎的花盆也放在了监控室，证据确凿，他无法否认。

黄绵绵化了个淡妆，穿了一条紧身牛仔裤，高跟鞋足足有十厘米，她坐在吧台上，一条腿斜在吧台前。脸上时不时荡起满意的笑意。她给群里回信息："哈哈，告诉亲一个好消息，八楼那户不承认了，看那个朱笑蔓咋破案！"

霹雳和孤独都在群里。霹雳："搞死她，没人要的女人！"

孤独："那个琴姐也真是命大……偏离一点点，要是砸在头上，就有好戏唱了！"

黄绵绵："那就滚蛋……便宜她了。"黄绵绵一脸冷漠，"你看吧，恶人肯定有恶报！"

霹雳："雇人，把她睡了。"

黄绵绵："哈哈，那才安逸死她了。"

孤独："各忙，有事了。"

有几位高中模样的女孩进到店里。

黄绵绵："好！各忙。"

黄绵绵笑容满面，介绍道："这些服饰都是从福建刚刚进的，全都是符合你们这个年龄段的款式……可以试试。"黄绵绵就站在小女生的中间跟着她们的眼球转。

"这套要是朴素一点更好。"小女生娇嗲嗲的声音。

"要看个人喜好，像你们这个年龄，就是要火爆，太俗了，你受之不起。"黄绵绵边讲边把挂在墙上的衣服取下来，比在小女生的胸前。

"你说这款好吗？"小女生看着黄绵绵问。

"当然啦！你皮肤好，白皙细腻又光滑，你穿上，会激起校园的浪花。"

小女生提着衣服，后面又跟了几个闺密，在穿衣镜跟前比试一阵，仿佛店里吹来一股清新的空气。

黄绵绵的电话响了，她走到吧台前拿起电话，一看是庞红枫的电话，她有些不情愿地来接："咋咧……"

庞红枫办公室的光线不太好，很幽暗，要不是鱼缸里的灯光给以补充，还以为办公室没人。

庞红枫靠在椅子的深处，他还是把双腿斜搁在办公桌上摇晃着，他的脸上很明显地荡漾着一股胜利的喜悦："绵绵，我忙的时候总想不起你，一忙完，你就在我跟前……哦！对了，你把成立业主大会的那些资料都给社区了吗？今晚……你要是方便的话，我请你坐坐，再把成立业主大会的事情沟通一下。你看……"

黄绵绵坐在茶桌上，尽情享受着刚才的一切，她双腿叉开在桌子下，高跟鞋斜歪在地砖上，脚尖在上下点动。她望着墙上几个空当处，为刚才她那三寸不烂之舌感到骄傲。

"可以。不过今晚……"黄绵绵给电话里的庞红枫有些不情愿地说，"身体还有些不适，不想做那事！"她关掉手机，把头伏在桌子上，一双眼睛漫无目的地看着门外。

54

赵大妈家很清贫，房屋刷了个白，一套老式旧家具。厅里摆放着农村很早用的那种长条凳，大厅一角满是纸箱和塑料罐等破烂。赵大妈坐在矮凳子上理菜，大伯坐在阳台上抽闷烟。儿子穿得很时髦，打扮得像个高级打工仔，他正在数落两位老人。

"如果物业来调查，就一口否定……知道不？"儿子说。

赵大妈有些害怕地说："儿子呀……我和你爸都没这样做过人……万一警察上门，可咋办啊？"

"是我不小心弄下去的，把人砸了，我们还是赔吧？"老爷子说道，他又看了一眼儿子。

"赔？哪里有钱？房子贷款每月都要扣，你俩的生活费每月我得给……"儿子也是一脸愁容。

"我和你爸节省点，再捡些破烂，能补贴一些家用。把人砸了，我和你爸这把老骨头去讨口，也要给人赔了！"赵大妈说。

"捡破烂？能挣几个钱？你们赔得起吗？"儿子声音很大，指着他的父母狠狠地说，"不要承认，不是你们砸的……否则，你们还是回到山里去养老吧。"儿子把话一撂，开门走了。

"老头子，这如何是好呀！"赵大妈眼泪汪汪地看着老头子。

老爷子狠狠地抽了口旱烟，吐出的青烟在他花白的头上转圈。

景观大道湿漉漉的，一些半青半黄的树叶落在了路上，保洁员前面扫，后面又落了一地。

醉月湖北边，黄绵绵撑着雨伞从宅间道出来，在车库出口碰上从家里出来的赵大妈儿子，他正要进车库，被黄绵绵喊住："嘿！帅哥，你急匆匆的干吗去呀？"

"迟到了，赶紧上班去。"小伙子心不在焉地回答道，"黄姐……改天咱们再聊哈！"

"我有话给你说，耽搁不了你几分钟。"黄绵绵几个大步跟了上去，说道，"你妈糊涂了，非要说是你家老爷子把花盆撞下去的，哪有把屎盆子往自己脑壳上扣的？"

"我妈就是有时糊涂！"小伙子肯定地回应道。

黄绵绵一看四周没人，又给小伙子说："其实，花盆不是你家的花盆掉下来的，是二十层以上的那一户掉的。是物业那个朱总那天找到了你妈，是她逼着你妈承认的，你妈冤枉。"

"真的？"小伙子脸色突变，站住脚，他很感激地看着黄绵绵说，"我就说嘛，家里的白瓷花盆还在，我妈非要说是我爸不小心撞下去的。"小伙一脸愤怒的表情，"物业……给我玩阴招……哼！"小伙跨着大步朝车库走去。

"你妈已经老年痴呆了，你要注意，别再给你惹事。"黄绵绵放小跑跟在帅小伙后面下了车库。

赵薇薇和张经理快步小跑来到朱笑蔓办公室门口，张洪学看着朱笑蔓问："还是 B 座那事？"

"我想了想，从赵大妈个人的承受力出发，处理这件事还得要讲究方法，可能她的儿子回来也给老两口施加了压力。不然，他儿子怎么会跑来找我，不承认是他家的花盆。"朱笑蔓说道。

"你是怕老太太承受不起？"张洪学问道。

"是！害怕出更大的人命。"朱笑蔓想起那天出事的下午，赵大妈就急匆匆地跑来承认，是被吓到了。她说，"要么缓缓，琴姐这边的医药费我们暂时垫上，这件事要冷处理。"

"好吧！我同意朱总的意见。"赵薇薇喝了口茶。

张洪学有些担心，他怕夜长梦多："公司先垫上未必不可，就怕拖的时间长了，他们就更不承认了。"

“我看……不出两天，她的儿子肯定还会来找，这样更好，我们可以把监控给他看，证据确凿，不怕他儿子不承认。”赵薇薇还是很有头脑的，分析问题很有道理。朱笑蔓点点头，表示同意赵薇薇的分析。

眉间雪茶叶店光线很柔，这可能是茶叶店要的这种朦胧感觉。

淡淡的音乐、淡淡的茶香，还有轻轻的流水声音。喝着茶，心可以随着茶香飘游去大山里，用鼻子轻轻地触绿思源，那种感觉才是“一饮涤昏寐，情来朗爽满天地；再饮清我神，忽如飞雨洒轻尘；三饮便得道，何须苦心破烦恼”。

朱豆豆撅着屁股忙得不亦乐乎。她今天是一身中国风亚麻茶艺服饰，刚好罩住她每一处丰腴的肌肤。她正在库房给顾客打包，不时风样进出库房，大厅都有清风在弥漫。

香樟木根雕茶台的里里外外，各种明前茶广告让人目不暇接。

“老板！”一个熟悉的声音从店外传进来，“朱老板……有人吗？”

熟悉的声音又从吧台传进库房。

“在呢……请坐。”朱豆豆从库房里出来，看到是老熟人庞红枫带着顾客来，堆了一脸的笑，“哟！今年又是哪股风把你这位公子哥给吹来了，让小妹有些受宠若惊。”

庞红枫站在这张硕大的茶台前，还没顾上落座，乐呵呵的样子很是享受这种氛围。他看着朱豆豆今天穿的这身紧身还带蓝花底的茶道禅服，又多说了几句话：“想必妹子今年是专门为我穿的这身茶道服饰吧？”

“是呀是呀！哥来了，总得有所表现，也让哥不枉此行吧！”朱豆豆毕竟在茶道上也混了些年，见啥人说啥话，这是哈数。她风样地走进硕大的香樟木根雕茶台后，面向庞红枫等朋友坐下，又一清风从茶台后飘来。庞红枫和朋友也顺势落座在朱豆豆对面，鼻子抖动了一下，把这股清风全吸进了肺里。

“今天，哥把这两位朋友介绍给你……这位……”庞红枫指着右边的客人，“陕西华宇股东李总。”

朱豆豆看着李总点了点头：“欢迎常来眉间雪品茶！”

“这位……”庞红枫指着左边的大个子，“陕西蜻蜓物业服务有限公司法人魏总。”

“欢迎魏总常来眉间雪品茶。”朱豆豆又给魏总甜甜一笑。

庞红枫把他朋友介绍给了朱豆豆，朱豆豆站起身来给两位新认识的朋友鞠了个躬，这可能是茶道中的一个礼节。

朱豆豆用她娴熟的操作技术，给庞红枫和朋友们把沏好的茶递到各自跟前："这是今年的明前茶，请尝尝鲜吧。今年南方雨水多，产量不大，我都才弄到第一批。"

"不错，口感很好！"庞红枫给他朋友说，"这是今年我的第一口。"

这两位朋友也端起杯，呷了一口，放下茶杯："难得一品的味道……这是正宗的……兰馨雀舌湄潭翠芽！"

朱豆豆那双漂亮的眼神惊讶地看着这位魏先生："魏先生也是茶道中人！"

"不，朱老板才敢受用！"魏总颔首一笑。

"今天，我带他俩来你店，就是想考察一下，以后好给自己公司作为茶叶的长期供应商。"庞红枫看了一眼柜架上各种品牌的茶叶后给朱豆豆说，"你就给他们少准备些今年的明前茶，让他们带走，以后就可以经常合作了。"

"大概什么价位？生意人讲的就是货真价实。"朱豆豆又补充了一句，"当然，都是朋友……同样的价格，可以拿到不同样的叶子。譬如说一千元的价格，可以拿到一千八到两千元的茶叶，庞哥的客人，就是我的客人，我充其量不赚就是了。"

庞红枫看了他俩一眼，他俩一对视，很满意地给朱豆豆点了点头。朱豆豆就按照庞红枫的意思，给两位客人各准备了一份上等西湖龙井。送走客人后，庞红枫又转身留了下来，还继续想与朱豆豆再聊一会儿。朱豆豆就很客气地给庞红枫换了杯热茶："哥，你坐下慢慢喝，我有几个单子急着出货，我先忙。忙完妹子再来陪哥。"

朱豆豆就来到库房继续整理今天要快递走的货，庞红枫笑眯眯地跟了进来，朱豆豆看着庞红枫跟了进来有些吃惊。

"哥……你喝茶。"朱豆豆边说边忙手里的活。

"需要我帮你不？"庞红枫走近朱豆豆身后，看着朱豆豆半露的小腰就想去摸一下。

朱豆豆只管忙自己的活，没注意到庞红枫已站在了自己的身后。

"呀！你想干吗？"朱豆豆像触电样一脸惊讶。

庞红枫已经把朱豆豆揽进了自己宽大的胸怀，像叼小鸡一样转过身来直接就把朱豆豆压倒在那堆待发的茶叶包装盒上，拼命反抗的朱豆豆双手捶着庞红枫的脸，她那双小拳头用尽了全身力气，砸在庞红枫身上就权当给他挠了个痒痒。

"庞红枫……你把我当成什么人了？我不是你所想象的那种女人……放开我。"朱豆豆被庞红枫锁定在一个角落里动弹不得，她上气不接下气，还在无济于事地挣扎着。

就在庞红枫撕开朱豆豆胸罩的那一刻，一双有力的手捏住了庞红枫的脖子，庞红枫一下子连挣扎的希望都没有了，他松开了朱豆豆，瞬间就被一腿踢出去老远，庞红枫捂住小腹，刚要抬头又被一脚踢出了库房，栽倒在卫生间门口，脸磕在卫生间的台阶上，一脸鲜血。

“晃子!”朱豆豆一脸惊慌失措，踉跄几步扑在了刘晃的怀里，她抱住刘晃一脸惊魂未定。

“刘……刘晃，你……下手太……重了。”庞红枫捂住小腹站起来，又疼得单腿跪在了地上，他又撑在卫生间门口处的一个木凳上，再次站起来，眼里布满血丝，眼球膨胀，魂飞胆丧的样子不是之前风流倜傥的庞红枫了，“算你……狠!”

“敢欺负我的女人……就这个下场!”看着庞红枫踉跄走出店门，刘晃眼里充满“侠肝义胆”的神情。

朱笑蔓正在和谢小燕商量日间照料开业庆典的时间。

“街道办是啥意思?”朱笑蔓问谢小燕。

“要求从简，不搞铺张浪费!”谢小燕说。

“那就好……我们只挂几条横幅、条幅，门口摆些花篮什么的，就咱们社区和物业相关人员参加，再请一些老人来现场捧捧场，热闹一下，简单坐坐就行了。”朱笑蔓说。

“还得要有气氛，街道办不来人，是怕影响不好，这毕竟是给老人们办事。”谢小燕有些顾忌的口气。

“可以，你定时间，看放在哪天的中午?”朱笑蔓看着谢小燕问道。

“本周六中午吧……你看?”

“行!那就本周六中午，我让薇薇就按这个时间准备。”朱笑蔓肯定地回答道。

她俩都起身，朱笑蔓把谢小燕送到门口。突然，谢小燕又转身来给朱笑蔓说：“请马道功艺术社那些老年朋友也来参加，热闹些!”

朱笑蔓颔首点头：“好，我来准备!”

朱笑蔓把谢小燕送出办公室门口。

走廊里光泽透亮，白皙的光线折射在朱笑蔓红润的脸上。

55

朱东风拄着拐杖在阳台上摆弄自己的花盆。他把所有的花盆都移到紧靠窗户边，让从窗台上滴下的雨水能淋上花盆里的花。朱笑蔓今天下班晚，她路过小区门口时，就顺便带了两盒盒饭。她经常吃这家阿姨的快餐，干净，实惠，跟自己做的也差不了多少。

“爸!”朱笑蔓一进门没看到自己的爸爸，有些吃惊。

“下班了?”

她听到爸爸的声音是从阳台上传进来，就提着盒饭走到阳台跟前，很不高兴地说他：“你腿不好等我回来弄嘛!”她又转身回到客厅，把盒饭放在茶几上，“外面下雨，我买了盒饭。”

朱笑蔓脱掉雨衣挂在门背后，又走进自己卧室。

“日间照料开业了就好了……”朱东风突然问起日间照料的事情。

“就定在本周六中午开业，还请了好多老人来捧场。”朱笑蔓打开饭盒推到朱东风的跟前，“爸，你先趁热吃，我去烧个鸡蛋汤。”

“不了，中午我吃得饱，晚上就凑合一下吧。”朱东风把电视调到了《新闻联播》，又把电视声音放大了一点，后又拿起拐杖拄着去了卫生间。

“豆豆中午回来了?”朱笑蔓在厨房问。

“回来了，给我端的饺子，挺好吃的。”朱东风在卫生间回答。

《新闻联播》开始了，朱东风拄着拐杖从卫生间出来。

很快，鸡蛋汤就端在桌子上了。朱笑蔓把两个勺子放好后，就扶着爸爸坐在沙发上。

“你们日间照料……收外面的老人不?”朱东风坐下后顺便问了句。

“收！只要是老人，不管他是哪个社区的，我们都收。”朱笑蔓看着爸爸，有些奇怪地问道，“爸，你问这个干吗？你想去吗?”

“随便问问……我怕，对你影响不好。”朱东风有些顾忌，又转换了口气，“居家养老也挺好的。”

“爸！你要想去，我欢迎，我们都一视同仁，不给任何人搞特殊……包括我亲爸!”朱笑蔓看着爸爸问道，“你去不？这也是支持女儿的工作嘛!”朱东风看着朱笑蔓，脸上露出了一种难以掩饰住的喜悦。

“一天多少钱?”朱东风又问。

“现在是试运行，价格先要磨合几天。初步定是早餐3元、中餐10元、晚餐2元……他们都说有点高了。”朱笑蔓看着朱东风的眼神。

“我认为不高。”朱东风看着眼前的盒饭，抬起头问，“这盒饭多少钱?”

“15元。”朱笑蔓知道朱东风的意思回答道，“和这个不能比，爸!”

“一天15元餐费不高，就是在家自己做，也不止这个成本。”朱东风算账也很仔细：“在家还要产生人工费、电费、水费、燃气费，再加一些浪费，何止20元呀！在家，一天一个人吃三顿饭成本至少得30元，再提点。”朱东风为朱笑蔓定的价格有些偏低而鸣不平。

“爸，不能站在你高收入的水平来和一些收入不高的群体相比，社区大部分业主的收入一月就2000元左右，超过3000元收入的不多。”朱笑蔓看着朱东风又说，“我们也想提高几块，又怕没人来。”

朱东风一脸无奈，唉了一声，靠在沙发上，自言自语道：“今天何人能晓我？万里愁云困星锁。……难呀！肯定包不住。”

“人生能有几次首搏？顾四野，可叹壮士一腔血。”朱笑蔓接下他的后面半句。她看着爸爸忧虑的眼神，很能理解此时此刻对女儿的担心。

窗外的雨悄悄停了，蛐蛐的交响乐又开始了演奏。

“佳境·国际村日间照料”几个大字在晨曦里熠熠生辉。条幅和横幅有序地挂在门前，现场井井有条。赵薇薇一身工装，淡妆刚好，披在肩上的秀发时不时被晨风掀起，飘逸在身后，半高跟黑皮鞋沾满灰尘。

王经理正在组织保洁员给日间照料中心打扫卫生，日间照料室内各种老人用的器材已安装到位，四处窗明几净，有了高大上的感觉。不少老人刚刚锻炼完，跑来问开业时间，赵薇薇在门口热情接待。

日间照料中心大门口，进进出出的服务人员忙得马不停蹄。刚买回来的一车蔬菜，在厨房人员齐心协力下很快就搬运进厨房。门口小广场刚刚洒水，还湿漉漉的。刘倩倩拿来几根绶带给了大家，自己也戴上一条，现场一片热闹景象。

“张经理，王经理，你们过来一下。”赵薇薇大声喊道在远处工作的两位经理。

张洪学和王红听到赵薇薇的喊声就跑了过来。

“大家辛苦了，一大早你们就在忙乎。”赵薇薇很歉意地说道。

“张经理，有两件事一会儿麻烦你去办一下。一件是给厨房打个招呼，让中午多加两个好菜；第二件事情就是从日间照料中心门口到西边石斗村的岔路口，不能有临时车辆停留现象，否则会影响来日间照料的客人进出。”

“赵经理，保证完成任务。”张洪学给赵薇薇敬了一个标准的军礼，转身离开。

“王姐！你今天的主要工作就是保证从现场一直到石斗村岔路口这一路不能有垃圾，随时保洁。另外，还要注意不能让做广告的、推销商品的小贩进入现场。”赵薇薇看着王红，很有信心，她对着王红点头一笑，就走进日间照料大厅。

王红看着赵薇薇的背影，在暗暗下决心，保证完成任务。

“薇薇，把皮鞋擦一下！”

赵薇薇回头一笑说：“谢谢王姐！”

赵薇薇走进大厅，督促现场抓紧把各种管理制度上墙，包工头也在现场指挥安装收尾工作。

刘倩倩在门口负责签到，日间照料中心几名服务人员分别在接待老人，并把老人带进各个功能室参观体验。

门口还有很多老人在排队。潘登推着秦朝，朱东风拄着拐杖在刘妈的陪同下紧跟在秦朝的后面。

佳境·国际村车库道闸口，安全杆不停地起落，进进出出的私家车通过道闸车牌识别二维码系统，进出很流畅。北门外通往东边的日间照料和通往西边的石斗村岔路口车辆出入井然有序。

一辆还没挂牌的雪佛兰跑车从小区车库出来，直接停在了北门外靠墙根处的丁字路口，车的屁股刚好占到半幅路面。嘿，真牛，谁的车呀。

一辆出租车飞速驶来，在北门外掉了个头，从雪佛兰车上下来一位女神又直接钻进出租车，一溜烟不见了踪影。

日间照料中心门口，高低不一的花篮分两排摆放在通道的两侧。鲜艳的礼花铺满屋里屋外每一个角落。最吸人眼球的还是门口两个大红拱门，恭贺单位是鑫达州地产公司，周边商业圈也送来花篮和条幅。

开业时间快到了，怎么还没有看见主要的来宾？

朱笑蔓一脸不解，她和正在忙碌的赵薇薇交换了一个眼神，可能进来的路上遇到塞车了，她正在纳闷。手机响了，一看是谢小燕的电话：“谢主任，你到哪里啦？”电话里很吵，听不清楚谢小燕在说些什么，“喂！喂！谢主任……”

56

各款进出车辆塞车在了北门口，司机等得着急，坐在车里不停摁喇叭。一些农用车辆不怕撞，就在轿车中见缝插针。骑电动车的车主就来回穿梭在车挨车的缝隙里，有些还带着老人和孩子。这个时候的安全意识，在这里就等于零。谢小燕和一些赶去日间照料中心恭贺的嘉宾从车里出来，提着花篮和礼品在车辆中艰难穿行。

“今天是咋回事啊，经电路堵车这么严重，石斗村岔路口这条东西路和南北路全塞死了。你们张经理在吗？多派点人来疏通吧。”谢小燕在给朱笑蔓打电话。

石总和他的朋友也下了车，提着花篮也随路人绕着一辆辆塞车往东边走。北门外进出通道被堵得死死的。张洪学带了几名秩序维护员从小区里跑过来，他在北门外迅速安排完各自的任务，又亲自带了两个人到北门外东西通道上去挨个指挥劝让，争取尽快让出一条通道。

这时，他才注意到有一辆雪佛兰越野车头扎在北墙根，车屁股压在半个行车道上，正是导致上午北门外塞车的主要原因。他走近一看，是辆新车，还没有挂牌。他打电话问了监控室，都说这辆雪佛兰跑车是昨天晚上进的车库，早上从北门出去的，是谁的车查不出来。

这时，张洪学派人取来拖车器，在他的精心指挥下，很快就把这辆雪佛兰越野车挪到旁边。这时进出的车道被疏通了，很快减轻了东西方向路上的压力。

“老吴，这辆雪佛兰跑车就给他锁在北门外，如果车主来了，就让他来找我，好吧！”

“好的，经理！”收费亭的当班人员答应了。

二郎腿在落地窗前均匀地摇晃着，窗外的背景是秦阳塬远景。

从一只绣花拖鞋慢慢往上看，纯棉蓝底睡衣裹住一位丰满女人，她面向窗外，一头披肩发垂在脑后。

黄绵绵坐在窗前，正在看窗外楼下北门口的热闹场面。

她的家是落地窗，可以看到佳境·国际村北门外的全部风景，包括塬上的村庄和绿油油的农田。

旦心家东墙的中央，悬挂着旦心和妻子的一张黑白结婚巨照。西墙上挂满了一家三口的户外活动照片，那时的旦萱萱还小。

阳台也是落地窗。旦心穿了一身休闲装，在阳台上洗衣服，他不时听到楼下因塞车而引起的车主与物业吵架声，他推开窗户，恨不得从楼上跳下去看看热闹。

这时，电话响了，他跑进大厅从茶几上拿起手机一看是黄绵绵的："喂！亲！看到了吗？什么，是你导演的？哇，这么大的手笔！你行啊！今天北门塞车这么厉害，我看朱笑蔓的开业咋整？"旦心兴奋的表情难以言表。

黄绵绵挂了旦心的电话，一脸兴奋，不时又晃起了二郎腿。

她还坐在阳台上品茶，不时低头再看一眼楼下北门口由她亲自导演的塞车场面。车主指着物业人鼻子骂、张洪学遭到车主推搡、秩序维护员被女车主扇耳光等一切尽收入她眼里。突然，黄绵绵脸上的幸灾乐祸突然僵硬，她不敢相信自己的眼睛，揉了揉再次往楼下看。真的，她的爱车雪佛兰被张洪学一伙用拖车器给移走了，车道疏通了。她突然站起身，把茶杯高高举起，"哐当"一声砸在地板上，咬牙切齿地骂道："朱笑蔓……你个臭娘们，我黄绵绵跟你恨海难填！"

日间照料中心门口小广场，一派节日气氛。

马道功的业主文化艺术社正在跳的舞蹈是高枫的《大中国》。现场有很多老人和领导参加了今天的开业庆典，周边还围了很多石斗村的村民和佳境·国际村的业主。

朱笑蔓主持今天的开业庆典。

朱笑蔓清了清嗓子："各位领导，各位朋友，大家中午好！"

现场掌声响起来了，由马道功指挥的锣鼓队敲起来了。

"今天，我们在这里隆重举行佳境·国际村日间照料中心开业典礼，这是佳境·国际村全体业主的大事。日间照料中心经过半年的设计装修，我归纳了四句话：一软二圆三智能，四中五风六齐全，七阅八棋九落地，助医助老助养生。一软是所有拐角软包装；二圆是所有用具全弧形；三智能是全方位无死角监控；四中是中央空调；五风是新风系统；六齐全是多功能智慧设备；七阅是阅览室；八棋是棋牌室；九落是所有窗户全落地，采光好。我们的服务工作是助医、助餐、助养老；我们的服务理念是用我们的爱心，给老人们一个幸福的晚年，一个有自信有尊严的晚年。”

现场又是一阵热烈的掌声、锣鼓声和喝彩声。

秦朝、刘妈、朱东风、潘登和赵大妈老两口也作为主宾坐在第一排，朱东风拉住秦朝的手激动得老泪纵横。

赵薇薇和刘倩倩牵着红绸彩带，满面春风地站在会场的中间。

“下面，有请鑫达州地产公司石总和社区居委会主任谢小燕女士，上台剪彩……有请！”

石总先站起身，主动给谢小燕一个手势，示意她走前头。谢小燕也在官场上这些年，起码的礼节还是懂的，她又主动往后跨了一步，示意让石总在前。朱笑蔓立即解围，拿着话筒大声说：“请二位领导同步上前。谢谢！”

谢小燕与石总就在朱笑蔓的邀请下同步进入会场。

“现在剪彩开始！”

在一阵热烈的掌声中，石总和谢小燕拿起剪刀，同时剪断了红绸，现场礼花满天！

马道功的文化艺术节目又开始表演了，现场的老人们个个喜笑颜开，都为这个新生事物感到高兴，大家热泪盈眶。

下午，朱笑蔓坐在办公室的沙发上发呆，一脸疲惫。朱笑蔓自己给自己冲了杯茶放在茶几上，又起身从更衣柜取出一双黑色布鞋换上，起身走了一圈，舒服多了。又把刚才穿过的半高跟黑皮鞋，用擦布把灰尘擦掉，装进鞋盒，放到更衣柜里。

刚喝了几口茶，放松了一下自己，就有人敲门。

“请进！”

“朱总！”张洪学推门进来，他站在茶几旁边，看到朱笑蔓的水杯里没有水了，就顺手拿起水杯在饮水机上接水，他看着朱笑蔓说，“你猜，那辆雪佛兰是谁的车？”

朱笑蔓看着张洪学的眼神就能猜出车主是谁：“不用猜，是黄绵绵的……她不是雪佛兰呀？”朱笑蔓又反问张洪学。

“刚换！还没挂牌。”张洪学把续好的水杯放在朱笑蔓跟前。

朱笑蔓顺手接过水杯，端在手上，说："她一直在跟我作对……我也能猜想到，还是怪我马虎大意了。"

"这是我的工作，是我马虎了……要是，当时北门外有我们的人固定值守，不让她停，不就没事了嘛。"

"不是你的错。"朱笑蔓喝了口水，把杯子放在茶几上，随口一说，"祸兮福之所倚，福兮祸之所伏，她是有预谋的。"

"看样子是经过策划的。这事，怎么处理才好，物业又没有执法权。"张洪学一脸茫然。

"车开走了吗？"朱笑蔓问。

"还没有。我估计……她会来找你。她失败了，还在气馁吧！"张洪学猜测道。

"嗯！另类。"朱笑蔓头枕在沙发上，长长地舒了口气。

日间照料中心门口，所有人都各司其职在收拾开业典礼后的现场。

"大家辛苦了！今天，我们的开业，还是很成功。饭菜质量和环境卫生，包括我们的服务态度，都得到了客人的好评。有了好的开始，就是我们今后努力的方向。加油！"赵薇薇边帮忙收拾边鼓励大家道。

"赵经理，我给你汇报一下……阅览室少了五本书！"

"咋会少哪？难道有人……"赵薇薇话到嘴边又咽了回去，"你再仔细查查，看看目录对不对……都是哪一类的书？"

"经理，我查了，也仔细对了目录。《东周列国（战国篇）》《三言二拍（第五卷）》《拿破仑传》《红墙纪事（下册）》》《希特勒》，都是些好书。"

赵薇薇仔细琢磨了一下，她认为今天能来的都是信得过的人，怎么能拿书呢？她自己问自己，想找到一个合理的回答。

"当时，在阅览室看书的老人多吗？"赵薇薇问现场主管。

"多！一拨一拨的，固定看的老人有六七位吧。"

赵薇薇眉头一皱，突然转换话题："你们休息吧！"

"哦！还有人拿书？你分析没有？这些都是大人书，而且还是平时爱学习、懂历史的人才看这类书……不是有监控吗？调出来看看……"

"咚咚咚咚！"有人在砸门，声音很大，也很急。

"朱笑蔓，你不要脸……"黄绵绵冲进朱笑蔓办公室就破口大骂。

朱笑蔓一脸惊诧。

57

“请坐！有话好好说。”朱笑蔓已经有了心理准备。又给张洪学一个手势，张洪学深知其意，给黄绵绵倒了杯水，搁在茶几上就退出去了，并把门也轻轻关上。

“我问你，我的车是不是你叫人拖走的，还上了锁？”黄绵绵杀气腾腾的眼神，恨不得把朱笑蔓吃了。

“是的。”朱笑蔓很冷静地回答她，“你的车停得不是位置，影响到了小区车辆的正常通行，破坏了小区正常的交通秩序，我们帮你挪到旁边了。怎么？我有错吗？”

“谁给你的权力？把我的车挪坏了，我要让你朱笑蔓赔！”黄绵绵一拳砸在茶几上，茶水溅出一桌子。

“是佳境·国际村业主给我的权利。你明知道那里画了黄线还停车？我看你是在故意给我捣乱。”朱笑蔓的语气也有点重。

“放屁！你有啥资格让我捣你的乱？不就是一个破物业经理嘛，犯不着我来捣你乱。”黄绵绵的声音很大，“今天，看你怎么处理这事，把我车挪回原处，还是拿5000块的底盘维修费，你任意选一条吧？”

“还想讹人是吧？黄绵绵我告诉你，这是法治社会，容不得你胡作非为。你要是违反了小区车辆管理制度，我代表大多数业主的利益，随时都可以清理你的违章车。”朱笑蔓语气加重，丝毫没有让步的意思，直击黄绵绵的灵魂痛处。

“你不要脸。”黄绵绵脸色突变，她指着朱笑蔓的鼻子大声骂道，“我要告你朱笑蔓，你破坏我的家庭，暗地里勾引我的男人……我要让国际村的业主都知道你的丑恶嘴脸。我要让国际村全体业主都知道，你朱笑蔓是抢我男人的女人……我还要……”

突然，门打开了，是赵薇薇和张洪学冲进了朱笑蔓的办公室。

“绵姐，这是鑫达州物业公司办公室，请你注意你的言辞。”赵薇薇跑进来拉着黄绵绵就往门外走。

黄绵绵使劲想挣脱赵薇薇：“赵薇薇，这里没你的事……我劝你还是少管闲事……不然，我连你一块儿骂。”

“你骂吧！今天，日间照料开业，就是我赵薇薇的事情……你是我姐，你就不应该堵北门通道。车是我让张洪学挪的，也是我让他们锁的，你就冲着我来吧！”赵薇薇把黄绵绵推到走廊里，抱着黄绵绵，“姐，你骂我吧……你打我一顿解解恨吧！”

黄绵绵此时此刻欲哭无泪，伤心至极。一把抱住赵薇薇在走廊里失声痛哭：“这不是你的事嘛，你咋就这么任性啊，我黄绵绵也是哑巴吃黄连，有苦说不出呀！”

“绵姐呀！你咋这么糊涂？你在这里大吵大闹，我赵哥都不会饶你，你这不是在火上浇油嘛。”赵薇薇拉着黄绵绵下了楼，张洪学紧跟来，走到赵薇薇身边，把锁黄绵绵雪佛兰跑车的钥匙给赵薇薇拿上。

张洪学看了一眼赵薇薇后，径直朝北门方向跑去。

正是中午开饭的时候。

餐厅里八张圆桌上已经坐了不少老人，也有老人是带着孙子来吃饭的。小孩们在餐厅玩耍，一会儿躺在地上，一会儿在老人中间奔跑，一会儿爬上桌子翻滚，叽叽喳喳，几乎听不到环绕的巫娜古琴声。

厨房是开放式厨房，窗明几净。厨房设施是一套不锈钢组合。工作台、置物架、储物柜、洗菜盆、台面板等都是最新款配置。

厨房配备两名厨师，一名配菜；两名面点师。根据厨师配置分高帽、中帽、圆顶中帽三个级别，高帽厨师一名。

餐厅服务人员是一身对门襟农家乐黑底红边的服饰，无檐帽紧束发髻，很有干练和农庄的风韵。她们是大姐、二姐、三姐和四姐。

厨房窗台上分别摆放着鸡蛋紫菜汤、蒸笼米饭、手工馒头。

厨房的左手边是带电加热的不锈钢盛菜台，热气腾腾，香味扑鼻。四姐站在不锈钢盛菜台后，笑容可掬，给老人们按量取食，就餐原则是吃好吃饱，不能浪费，不能带走，不够再加，墙上的制度定得很清楚。

刘妈推着秦朝和朱东风从阅览室出来，他们就坐在最后排的桌上。

三姐走过来向他们问好：“秦叔好！请稍等一下。”

“谢谢。”几位老人给三姐互敬回礼。很快，三姐就把秦朝和朱东风的快餐和蛋汤端来了，有回锅肉、西红柿炒鸡蛋、麻婆豆腐、醋熘白菜，两荤两素，午餐是10块钱的标准，主食随便吃。

“我来！我来！”潘登老人抢过刘妈手上的不锈钢餐盘跑到四姐跟前去打

菜，“每样少来点……不够再加。”潘登笑眯了眼，端到刘妈跟前让刘妈吃。

刘妈一看，瞪了一眼潘登：“你自己吃吧，我有手。”

“唉唉！老同学，我帮你……我有手。”潘登学刘妈的声音做了个怪样，一脸调皮，惹得秦朝和朱东风一阵开心地笑。

“潘同学，别人刘同学不接受你的好意，咋办啊？”朱东风笑着给潘登开玩笑说。

“她年轻时候不就这样？我习惯了。老朱，你知道刘同学的体重是多少？你知道刘同学的腰围是多少？你知道刘同学穿的鞋多少码？你知道吗？”潘登又开始反击朱东风了。

“我当然不知道，你潘登就更不知道。”朱东风也在反击潘登。

“你上大学那会儿就知道，怎么老了又不知道啊？”潘登反击道。

“老师坐在这里的，你问问老师，年轻的时候，我追过红梅没有。”朱东风看了眼潘登又看了眼秦朝，“我知道你潘登一直对红梅就不怀好意。”

“唉！唉！别瞎扯，没那事。我跟红梅是‘梅虽雅淡，人更清白’。”潘登看到刘妈端饭过来了，就埋头吃自己的饭。

“不说啦？”秦朝看着潘登的样子有点好笑，“有本事，就当着红梅说呗！一辈子都这样拽着吗？”

“老师！”潘登不好意思地看了一眼秦朝，筷子把饭都喂到了鼻子里了，大家一笑，他也一老脸羞涩，“红梅……吃饭，吃饭！”

邻桌上的老人看到秦朝这桌人热闹，又都时不时转过身来凑个气氛，开心一笑说：“老潘，平时你帮物业做了那么多的好事，你吃饭还交钱呀？”一老者问道。

“不交，就凭他的老脸刷一下，记账。”马道功也在另外一桌上大声说。

“没没没，这个便宜我潘某人不占，绝对不占。”潘登站起身，面对大伙儿说，“谁也不要占，这是我们大家的公社食堂，还靠大家来维护。大家自觉了，每顿饭都香；大家不自觉，就是山珍海味请我来我也不来。”

“谢谢潘叔，谢谢大家。”赵薇薇一脸春风地走进食堂，看到这种热闹场面，感到无比高兴。她很有激情地说，“我们先试运行几天，一个礼拜后看看，算算账，这个价格合适不合适，能不能包住。日间照料的宗旨就是为小区里的老人们服务，给大家营造一个能集中就餐、集中娱乐、集中休闲、集中养生的社区养老环境；本着互助、互爱、互帮、互学的养老原则，让我们的老年生活更加丰富多彩，更加活得有尊严。”

餐厅里响起一阵热烈的掌声。

赵大妈和几位大叔吃好了，她趁大家不注意的时候，每人都装了两个馒头揣进兜里，四姐看到了，不敢说，只是脸一红，装作没看见。随后又有几位大妈把盘子里的馒头装进口袋。被厨房里的面点师傅看在眼里，她随便说了一声："只准吃饱，不能带走哈！"

"关你屁事！"大妈又从蒸笼里拿了几个馍走，一会儿，一笼馒头拿得精光。

现场没人敢说，大家都抱着"各家自扫门前雪，莫管他人瓦上霜"的思想。

佳境·国际村客户中心，刘倩倩站在前台给王红聊天。来大厅办理业务的业主不多，大厅显得很安静。

"这次公司季度考核，你们环境部得了96.9分，还可以，比二季度提高了一个点。安管部不太好，还不及格。"刘倩倩遗憾地给王红说。

"安管部做了那么多工作，咋会不及格呀？"王红问刘倩倩。

"出了两次事故。第一次是高空坠物；第二次是日间照料中心开业那天黄绵绵堵车……这都是防不胜防的事情。"刘倩倩有些失望。

"高空坠物又不是我们可控的事情，这种考评我不服。"王红争辩道。

"你们经理在不在？"一个可怕的声音突然在大厅响起，是B座八层的赵大妈儿子突然进来，冲到前台问王红和刘倩倩。他一脸阴沉，中午喝了点酒，壮胆来了。

"你有事吗？请给我说吧。"刘倩倩刚拿起笔就被赵大妈儿子一把抢过去扔在地上。

"记个屁！找你们经理……她在不？"赵大妈儿子咬着牙说。

"你放尊重一点，这是鑫达州物业公司。"刘倩倩严厉地说。

"锤子公司……你鑫达州咋啦，信不信老子把你牌子砸了。"赵大妈儿子耀武扬威，在前台装疯卖傻。

刘倩倩也给惹了，像这样的事情也经得多了，她仰起头狠狠地说："小地痞，你撒野找错人了。"

赵大妈儿子抓起前台上的电话就向刘倩倩砸去，被王红挡住了："唉！唉！小伙子，不要胡来。"

"谁是小地痞？"小帅哥想拨开王红，被王红死死地挡在跟前。

"你就是小地痞！"刘倩倩把台上的电话移到一边，嘴也不饶人，"要什么酒疯！有本事打美国去。"

赵大妈儿子恨恨地说：“都是那个爱造谣的朱笑蔓给你们撑的腰，我找她去。”上楼去找朱笑蔓了。

“朱总……朱总，八楼那个小地痞来了！”刘倩倩赶快给朱笑蔓通风报信。

58

物业公司三楼通道，灯光微弱，厕所冲水的声音打破了走廊的沉寂。赵大妈儿子才吐过，从卫生间出来，脸色在灯光下煞白煞白。

他直接闯进朱笑蔓办公室，站在朱笑蔓办公桌前，打了个嗝，指着朱笑蔓就问：“为啥吓唬我妈？”

“这话从何说起？”朱笑蔓没有起身，指着饮水机说，“你自己倒水吧！”

“我问你，你为什么要这样做？你把一个没有文化的老人吓傻了，吓得她整天胡说。”

“我作为佳境·国际村物业公司的经理，也是一位物业服务人员，我没有必要去吓唬一个老人，也不会去做下三烂的事情。有句古语我送给你，有治人，无治法，也就是说有事不避难，有罪不避刑，我为业主服务堂堂正正，我怕什么？”朱笑蔓义正辞严的回答。

“少给我来这一套。我问你，我妈突然精神失常，你给她都说些什么？你们是不是吓唬我妈了？”他一拳砸在朱笑蔓的办公桌上。

朱笑蔓听到这一声巨响，心悸了一下。小伙子手重，力气很大，一拳后，堆在一角的文件夹稀里哗啦地滑落地上。就在赵大妈儿子扬起手还想砸第二拳时，被另外一种力量给遏制住了，手停在空中，像是被锁定，想反击，已动弹不得。

“你是谁？”赵大妈儿子挣扎了一下，有些惊慌失色，“这里没有你的事，放手！”

“这里就是我的事。”张洪学大声道，“不要对一个女人撒野，这是为业主提供服务的场所，请你尊重一点。”

帅小伙歪着头看着张洪学，松开手，放了下来：“还想切磋一下？”

张洪学微微一笑，点了点头，说：“乐意奉陪。”

赵大妈儿子看了一眼朱笑蔓，想说什么，话又噎住了：“等我回来找你是问。”帅小伙气冲冲地出了门，张洪学也跟在帅小伙身后。

朱笑蔓此时此刻一脸莫名其妙。

日间照料中心，灯火通明。餐厅和厨房是冷色调，过道和装饰灯是暖色调，再加上清一色的硅藻泥墙面，多种色调调和在一起，有一种五彩斑斓的效果。厨房卫生已打扫干净，一天的工作结束了，厨师们摘掉工作帽从操作间出来，坐在餐厅喝茶、休息。

大厨对四姐说："业主带饭的行为越来越严重了，我们是不是要向赵经理汇报一下？"

"唉！有点难，不让带，就剩下吵架了。"四姐难为情地说。

"每天蒸的馍，吃一半，扔一半，拿一半，像这样下去还不把公司吃垮呀。"面点师傅一筹莫展。

大姐是这里的领班，她对大家反映的问题还是比较重视："这样吧，我抽空给赵薇薇汇报一下！你们下班走吧……路上注意安全。"

大姐换下工作服，把帽子挂在衣柜里，走进棋牌室。

晚饭后，秦朝、朱东风、刘妈和赵薇薇在打麻将，潘登坐在刘妈旁边抱膀子。

赵薇薇故意让秦朝赢，不时给秦朝点炮，让老人家高兴。

潘登看出了猫腻，就在旁边替大家喊冤："薇薇……潘叔有意见啊！都看不下去了。"

"潘登啊，是不是老师和牌你眼馋啦？"秦朝拿起一张又打了下去，"这算不算点炮呀！"

"潘叔，这是玩！"赵薇薇拿起一张牌，思考了许久。

"出牌啊，怕有嫌疑吗？"潘登紧跟着赵薇薇，他掰开赵薇薇的手，一看是张幺鸡，哈哈大笑催促说："出呀出呀！"

赵薇薇思考了一下，突然把牌打出。

"胡了！"潘登推倒刘妈的牌，"红梅赢了，红梅赢了。"潘登高兴得像个孩子。

大姐提着水壶过来给大家加水，她走到刘妈跟前，看了一眼和了的牌，觉得不对，又怕看错，又再仔细一看，说："还差一张夹牌才和。"

大家傻了眼，又都傻笑一阵。

"潘叔……你光捣乱！"赵薇薇捶打着潘登的肩膀。

秦朝笑得肚子疼，他捂住肚子，不停地咳嗽，声音有些嘶哑。

大姐赶快给秦朝递水。

“叔叔阿姨你们喝水吗？”四姐路过阅览室门口问道。

“谢谢，不喝。”朱东风回答道。

另一间棋牌室坐满了老人。他们个个都是玩麻将的高手。

“那天，我差点把人砸死了，好危险呀！”赵大妈还没忘记那天的高空坠物事故，她时不时地提起那桩事情。

“听说，不是你家掉下来的花盆伤的人？”有老太太问她。

“是！是我家死鬼碰下去的。”赵大妈拿起一张牌，用劲搁在牌桌上，“三万……我点炮了吗？”

“点炮怕什么？四饼！”马道功一打出来就被别人和了，“我给点炮了，臭手！”他抠抠自己的脑袋。

天色不早了，朱笑蔓和赵薇薇来到多功能室。每一间活动室她都来看看，每到一处都给老人们热情打招呼。

朱笑蔓刚走进棋牌室，就看到赵大妈急忙站起来给她说：“经理，经理，是我家死鬼把花盆碰下去的，你们不要处罚他，他没钱！”

“大妈，不想这事啊，你累了，早点回家吧！”赵薇薇劝说着赵大妈。

朱笑蔓拉着赵大妈的手对大家说：“时间不早了，都回家吧！”

“不！我那小东西找你们去了。”赵大妈松开朱笑蔓的手，自己急忙忙地走出日间照料中心。

“大妈……您慢点！”

川流不息的渭河三号桥，横跨渭河两岸。被灯火点缀的城市，在夜幕里更具特色。沙滩上，有两个黑影在格斗，远远地看去，宛若湖面上一幅美丽的剪影。

夜色里，赤膊人一个扫堂腿，短裤人一个跳跃躲过，紧接着赤膊人又是一个直拳，短裤人以一招截拳道的手法挡住了直拳，再利用赤膊人的惯性，用力向上一窝，赤膊人的身体随着短裤人的用力，一下重心失控跪在沙滩上。赤膊人在跪地的一刹那，双腿迅速收起呈弓箭姿势，又突然发力将双腿直踢出去，踢在短裤人的小腿上，短裤人一个饿狗抢食趴在沙滩上。短裤人又一个飞转，飞踢在赤膊人的小腹上，赤膊人被踢飞出去好几米远。几个回合之后，赤膊人和短裤人都从沙滩上爬起来，注视着对方，四只眼睛在黑暗中碰撞，眼神从凶狠变为怜惜。

“以后，不要再去找朱笑蔓……你必须答应我！”这是张洪学的声音。

“我们是平手，我为什么要听你的？”是赵大妈儿子的声音。

“因为我们是男人，男人就做男人的事情！不要和女人去斗。”张洪学气宇轩昂地回答。

“可以……但你要答应我一个条件。”赵大妈儿子说，“我老妈精神出现问题了，请你们不要再去打搅她。”

“可以！不过高空坠物事件，还得给业主赔偿。”张洪学再次提到这个关键词。

“拿出证据来……我认。”

“可以。你随时到监控室来……有记录。”张洪学的语气很硬。

“……监控？有监控吗？”赵大妈儿子口软了。

“记录不会有错。”张洪学斩钉截铁地说。

“我认。”这是赵大妈儿子的声音。两个黑影达成了共识，握手言和，一同走出沙滩。夜色里的沙滩，金光闪闪。

远处的大桥折射在湖面，就像一条蠕动着的毛毛虫，给渭河增添了一道绚丽的风景。远处，倒映在湖面的亭台楼阁，像一只只即将展翅飞翔的雄鹰，静候在湖面上。

59

三楼会议室，投影仪上显示着“鑫达州物业公司智慧社区建设 O2O 新模式”。物业公司全体管理人员参加了会议。整齐的黑色西服，统一的白色衬衣，个个精神饱满。刘倩倩从办公室端来一大壶茶水放在会议桌上，把纸杯分给在座的经理们。

赵薇薇拿来朱笑蔓的杯子，放在投影机跟前，朱笑蔓在聚精会神地准备课件，她看到赵薇薇递给她的水杯，点了点头。是玻璃杯子，能看清刚泡的紫阳茶一片一片倒立在水中，徐徐坠落杯底。

朱笑蔓看了看大家，问刘倩倩：“到齐了吗？”

“孟经理还没来，因维修的事情还在扯皮。”刘倩倩把会议签到表递给大家。朱笑蔓调整好投影仪后，看了刘倩倩一眼：“不等他，我们开始吧！”

“同志们：大家好！智慧社区建设，是物业提档升级的着力点，我们要以信息化建设为纽带，推进公司的转型升级。O2O 是我公司下步工作的重头戏，我们把这项工作并入智慧社区建设工作中去。首先，我们要对原社区智慧平台进行升级换代，并将商业板块的商之翼商户平台纳入大平台管理。那么什么是O2O？O2O就是你在线上购买，我在线下交易。O2O在沿海城市发展比较快，像彩生活这些大公司就在全国铺开做O2O，好多物业公司就加盟进来，当然这是各得其所。作为像彩生活这样的大公司，他们赚的是数据；小公司，当然就是蝇头小利了。但是，物业本身就是小利，如果我们天天有小利赚，涓涓细流，终究汇流成河。现在，我们社区周边零售业、餐饮、娱乐、健身等都很成气候。现在的业主群体工作压力大，生活节奏快，没有规律，消费也没有时间。如果我们把周边这些门店通过O2O平台整合起来，把我们的触角向社区周边辐射，潜在的市场很大。后台就建在客户中心，由客服人员负责处理每天的信息，负责在线上下单，我们有专人来负责线下交易。保证业主足不出户，就能买到理想的商品。当然，O2O重在线下，必须快捷、周到、货真价实、准确无误。现在，我想听听大家对开展O2O新型的商业模式持什么观点，还有哪些不同意见，大家就根据自己的真实想法谈谈吧，好吧？”

会场气氛变得异常严肃。

太阳从高层的缝隙中斜过来，一群麻雀从太阳光里穿过，落在了日间照料中心的门前小广场上，叽叽喳喳，蹦蹦跳跳，从有太阳光的地方蹦跳到日间照料中心的大门口。

秦朝和朱东风早早就来到这里，刘妈端着两个茶杯从室内出来，一个放在秦朝跟前，一个放在朱东风跟前。

“东风，我看你气色比来之前好了许多。”秦朝看着朱东风的脸说。

“老师说的是。以前一个人在家，很无聊。看电视、看书、睡觉、吃饭，那是在打发时间。现在好了，每天来和老师聊聊天，不知不觉中就是一天，回家就睡了，睡眠好了。”

“朱叔比以前胖了一点。”二姐端着刚买回来的新鲜蔬菜出来理，她乐呵呵地看着两位老人说，“秦爷，你的学生可能在川中市到处都有。”

“把菜拿过来，我们一起理。”朱东风给二姐说，二姐就把一大堆蔬菜和葱姜蒜端到秦朝和朱东风跟前：“你秦爷呀是我的老师，我都是桃李满天下，你秦爷就更不用说了。”

“光我知道的，秦爷的学生就有潘叔、马叔、刘妈，还有朱叔，你们几位还是高中的同学，很难得的。”二姐把理好的菜放进筐子里，再把葱蒜推到秦朝和朱东风跟前，“我好羡慕你们，能在一起抱团养老，师生还能朝夕相处，享受晚年生活，好多老人是望尘莫及呀!”

“可不是。能有今天这样的幸福生活，还要感谢朱笑蔓这些孩子给我们创造的这些条件，社区养老就像一个大家庭，有吃有喝，有玩有乐，大家一天开开心心，少了好多烦恼。”刘妈一脸幸福的表情。

就在大家高兴的时候，二姐突然一声惊叫，喊道“下大雨”了，秦朝和朱东风坐在原处没有动，他们同时仰望天空，晴空万里，没有下雨，这是怎么回事?

“谁又在搞破坏了，水是从高楼上泼下来的。”朱东风仰起头看着高层，25 层的窗户才刚刚关闭。

刘妈也看到了，气得骂了几句:“缺德，他家没有老人呀?”

刘妈伏在秦朝身上嗅气味，判别水是脏水还是干净水:“是干净水。”她就从轮椅背后取出两条毛巾，一条给朱东风揩水，一条给秦朝头上揩水。

“秦爷，你们屋里去坐!”三姐在餐厅喊。

“不!就在这儿坐，我倒要看看接下来他还想做啥。”秦朝端起茶杯大大喝了一口。

朱笑蔓的会议仍在进行中。赵薇薇听得有些兴奋，她看了一眼大屏幕，有个新问题出现在脑子里。

“线上不能知道品质，线下不能控制源头，如果出现商品质量问题该咋办?”赵薇薇看着大家说。

“这个好办，退货。”王红很干脆地回答道。

“一次可以，二次三次还是退货吗?这显然不是最好的办法。”赵薇薇继续追问，“出现食物中毒咋办?谁来承担责任，可能你会说谁卖的找谁去。但是，业主是通过鑫达州物业的 O2O 平台购物的，第一责任人应该是鑫达州物业公司对吧?”

一时会场出现了尴尬局面。

“做任何事情都有风险，我们要敢于做第一个吃螃蟹的人。”刘倩倩很有兴趣地说，“我同意把后台放在客户中心，我们可以试运行三个月，在运行过程中不断完善。”

张洪学接着刘倩倩的话继续延伸:“我们还可以把视野放开阔一些，时令蔬菜、季节水果、农村土特产、大山深处的香菇木耳、西藏的松茸和冬虫夏草、宁夏的枸杞和羊肉、内蒙古草原上的牛羊肉和鄂尔多斯羊毛衫，还有陕北的红枣等都可以进入我们的平台，可以提前预约提前订购。走批量，走批发，把全国各省的土特产都引进到平台。”

“为了降低风险，争取更大收益，我们不妨试试，和周边商业网店发展共赢。周边有的，业主有；周边没有的，业主更要有。这样既不影响周边商业的繁荣，也推动了周边商业的同步发展。至于业主日常商品需求，我们可以和周边商业联网，签订商品质量安全保证书和商品价格保证承诺书，明确责任，分清法律关系。业主在我们的平台购物，周边商家可以送货上门。总之，有理想在的地方，地狱就是天堂；有希望在的地方，痛苦也成欢乐。我们就潇洒走一回吧！”刘倩倩也非常激动。

朱笑蔓听了大家的发言后感触颇深，端起茶杯喝了口茶，翻开笔记本，在笔记本上画了一道。说：“大家讲得很好，打开了我的思路。说实话，在开会之前，我是一头雾水，啥叫O2O，O2O会给物业会带来哪些效益，我心里没底。听了大家这么一说，我茅塞顿开，我看到了O2O的发展前景，看到了鑫达州物业公司今后的边际效益。”

会场又是一阵骚动，大家窃窃私语。

赵薇薇有微信来了。她翻开微信一看，突然脸上一惊，她思忖着，有种莫名其妙的表情在她脸上浮现。

朱笑蔓发现了赵薇薇不正常的表情，她看到大家对O2O运营模式没有太大的意见，就宣布了会议结束。

赵薇薇走到朱笑蔓跟前，朱笑蔓感觉有事，就把张洪学留了下来。

“张经理，等等！”朱笑蔓又走到赵薇薇跟前，“有事吗？”

赵薇薇就把手机里的微信翻给了朱笑蔓看：“查！一查到底绝不姑息。”朱笑蔓给张洪学说：“L2座高层给楼下老人泼脏水……零容忍！”

小鸟儿时装店室内光线柔和。

黄绵绵今天穿了身露脖子的短夹克，白皙的颈部挂了一条铂金四叶草项链，一双马丁靴更显她的干练豪爽。

她把手机夹在脖子上，一手提着一件刚从包里取出的时装，一手拿着白毛巾走到塑料模特跟前，擦拭模特身上的灰尘。她从模特的头部往下擦，嘴里不停地和电话里的人说话，她对电话里的男人大声骂道：“流氓，你不看看人？”

旦心坐在阳台上，喝着茶，跷着二郎腿正在和黄绵绵通电话。他把刚才向楼下泼水的事情告诉了黄绵绵，遭到黄绵绵的破口大骂。听说楼下还有她母亲，他一时不知所措。

“对不起，对不起，我不知道你老妈也在楼下，不过也是为你出了口恶气。”旦心笑得眉展眼开。

旦心还不时朝楼下看看，很多老人都坐在楼下聊天，欢声笑语一浪高过一浪。旦心紧握拳头，咬牙切齿又看了一眼楼下。

有人敲门，旦心很郁闷地去开门。

“旦工好！”张洪学和社区居委会人员突然站在他门口。

“你们……找我有事？”旦心有些结巴。

“刚才，我们接到日间照料中心的老年朋友举报，你这栋楼有人向楼下泼水，严重违反了佳境·国际村业主文明公约和鑫达州物业管理公司的规章制度，希望旦工配合我们调查。”

“这，咋可能？谁的素质这么低？逮住罚款。”旦心信誓旦旦。

“我们可以进去看看吗？”张洪学在尊重主人的同意。

“不行，这是私人住宅。”旦心一口拒绝。

“我们怀疑水是从你家窗台泼出去的。”社区工作人员的语气很硬，“我们有权了解。”

“你这是栽赃，有证据吗？”旦心理直气壮地说。

“有！就在你的窗台上。”张洪学边说边一个闪身冲了进去，被旦心用力阻挡，双方经过一阵推搡、拉扯，张洪学又一个闪身，直接走到窗户玻璃跟前，他推开窗户向下看，发现窗沿上还有未干的水渍，他拿出手机把水渍拍了照，指着窗户外的水渍转身对旦心说：“这就是证据。”

“我们物业没权处罚你，但我们可以在佳境·国际村业主平台上通报你的行为。”张洪学来到客厅里，对旦心的不文明行为表示了愤慨，“你也有父母，我们都会老，你到了这一天，也同样需要人照顾。你楼下就是一群需要照顾的老人，你也忍心。”

旦心扬着脖子就是不承认，还大声喊道：“物业侵犯隐私，物业侵犯隐私。”跟着张洪学一行出了门，他又在楼道里喊，“物业侵犯隐私权，我要投诉你们。”

旦心正在垂头丧气之时，街道办社区警务室打来电话，让他马上去警务室接受处罚。面对处罚，此时的旦心心里五味俱全，也感到无奈与不解，心中涌动着说不出的失望与难过。

60

人民法庭庄严肃穆。被告黄绵绵和旦心坐于法庭左边，法庭的右边是原告方鑫达州物业公司，出庭的是朱笑蔓和刘倩倩。

开庭时间到，书记员带着一摞案卷进来，她把开庭资料放在电脑跟前，看了一眼被告席和原告席，问："原告方当事人朱笑蔓到了吗?"

"到!"朱笑蔓站起身向书记员鞠了一躬。

"被告方当事人黄绵绵、旦心到了吗?"书记员问道。

"来了!"黄绵绵站起身回答道，她在坐下的瞬间瞪了一眼朱笑蔓。

法官和陪审员走进法庭，现场的气氛突然变得肃然起来。

法官入座后她用非常职业的眼神把原告席和被告席大致扫了一眼，轻轻地咳了一声后宣布："开庭!"

法官是位女性，又给现场创造了几分法网柔情的气氛。

原被告陈述诉讼事实及请求时，朱笑蔓、黄绵绵、旦心情绪还算平静。到辩论环节，黄绵绵和旦心看来是做了充分的准备，将这些年与物业的各种纠缠一件件地陈述，说到激动处，黄绵绵情绪失控，大喊大叫，几次被法官警告。可只要法官警告，黄绵绵只会说一句话："朱笑蔓勾引我男人。"使得法官不得不多次落槌提醒黄绵绵就事论事。

法官说："业主恶意拖欠物业服务费的行为在法律上是不受保护的。根据《中华人民共和国民法典》第九百四十四条之规定，业主应当按照约定向物业服务人支付物业费。如果业主违反约定逾期不支付物业费，物业服务人可以催告其在合理期限内支付；合理期限届满仍不支付的，物业服务人可以提起诉讼或者申请仲裁。被告可知晓?"

被告黄绵绵和旦心支支吾吾，一个说知道，一个说不知道。

法官又问被告："物业服务人在业主未支付物业费的情况下，会先通过催告的方式要求业主在合理期限内支付。若业主在催告的合理期限内仍未支付，物业服务人可以选择向法院提起诉讼或向仲裁机构申请仲裁，要求业主支付物业费及可能产生的违约金。被告可知否?"

被告旦心看着黄绵绵，心存侥幸，回答道："知道……不……"

法官又问被告："若业主拒不执行，物业服务人可以向法院申请强制执行。若情节严重，可能触犯《中华人民共和国刑法》第三百一十三条的规定，构成拒不执行判决、裁定罪，面临刑事处罚。被告可知否？”

双方辩论结束后，女法官看了一眼朱笑蔓，问道：“原告接受调解吗？”

“可以！”朱笑蔓回答得很坚决。

“被告接受调解吗？”女法官问道。

“不接受！”黄绵绵回答得斩钉截铁。

女法官法槌一落：“择日宣判，休庭！”

原被告一从法庭出来，被告黄绵绵就破口大骂。原告朱笑蔓没有理她，而是大步流星地走下了法庭的台阶。被告黄绵绵紧随其后，一口脏话。这个时候的黄绵绵已不是因为维修、涨价、车辆管理服务费的事了，而是把她们之间为了一个赵明明作为她骂朱笑蔓的主要借口。刘倩倩扶着朱笑蔓穿过法庭门前停车场，坐上了公交车。黄绵绵跟着旦心紧追其后，她看着朱笑蔓钻进了公交车，还没死心，气得在地上跺了几脚。

佳境·国际村客户中心前台电话响了，王红替刘倩倩跑到前台去接电话。“你好！客户中心……请讲，嗷！在K区吗？你等着，马上去处理。”王红放下电话急忙跑到大厅给正在货架上铺货的赵薇薇说，“赵经理，K区一条狗把业主咬了。”

“把业主咬了……”赵薇薇停住手里的活，脸上立即有种郁闷感。她站起身来给王红安排说，“赶快给张洪学安排，赶到K区查看现场，落实狗的主人，把咬伤的业主送医院打狂犬疫苗。”

“我马上落实。”王红转身跑进前台。

门店货架上面已经铺满中国土特产样品。有东北大米、东北大豆、长白山天麻、云南白药、西湖龙井、普洱红茶、新疆核桃、宁夏枸杞、四川黑猪腊肉、秦岭野生木耳、手工菜籽油、小磨香油、盐池羊肉、榆林粉条、云阳无公害蔬菜等。方便业主随时扫码O2O线上交易，随时订货，货到付款，线下送货上门。

刚刚把二维码扫码展架放到大厅门口，就围了好多业主，大家对O2O新的购物方式产生了浓厚的兴趣。

有业主挤进来问：“我一扫是不是就能买？”

“不是，你要先进入O2O平台，在平台上找到你要的商品，再看看你要的商品有没有现货，如果没有现货，就看看预计到货时间，再按确定键，交易成功。”

不少业主喜欢上了这个新鲜玩意儿，现场就下单了好几款商品。

“什么时候到货?”有业主问。

“购买了的先回，等后台处理完就安排下单送货。”赵薇薇给大家解释道。

“我凭什么要陪她去医院?我的狗我牵着的，是她不小心碰上了我的狗，我不找她的麻烦就不错了。”一个女人的声音从大门传进来，一时打破了这边线上交易的气氛。

“经理呢?朱笑蔓呢?”女人很时髦，紧身羊毛衫，她穿了一条亚麻大筒裤，一双铁莲被藏于裤筒里，露出了一双尖尖角。

“她不在……有事给我说。”王红在前台回答道。

“你赶快带她去医院打狂犬疫苗，出了事，你要负法律责任。”张洪学把被狗咬的小女孩带到了物业中心，小女孩吓得浑身发抖。

“我不管，她自己去惹狗的!”狗主人还在蛮横无理。

“狗把人咬了，还这么死皮赖脸，是谁啊!”一位中年男子冲进大厅，气势汹汹地站在人群中喊道。

“爸!”小女孩冲过来就抱住了他，小腿上还有血迹。

时髦女人叫蔡婷婷，她听到有男人在喊，反而立马往孩子爸爸跟前一站：“喊啥，喊啥，我在，就等着你来!”

孩子爸爸抱着孩子，一脸气愤，他指着女人的鼻子说：“把娃送医院打疫苗，不然，我跟你没完。”

“没完又咋的?是你娃手贱惹了我的狗。”蔡婷婷不依不饶地说。

“臭女人……老子的忍耐是有限的，你最好不要触碰我做人的底线。”

“底线?底线是个屁!”蔡婷婷斜了她一眼，昂起头说道。

“你……唉!臭女人。”男人举起巴掌想扇她一耳光，可高高举起的手又放了下来，转身拉着孩子走了。

“婷婷!”又一位男人喊着蔡婷婷的名字冲进大厅。

“猛哥……”蔡婷婷一下子变成温柔女人，刚才的凶相随着一声猛哥荡然无存。

张洪学把这一切观察得很仔细，他站在前台边保护着赵薇薇和物业人员。

“是他……刚才……还想打我。”蔡婷婷向她的猛哥指着刚刚出门的那对父女俩。

“站住!”猛哥扒开围观的人群向父女俩冲过去。

“咋啦……你还想打人?”孩子的父亲转过身来指着猛哥大声呵斥道。

“都不许动！大家静静，都听我说。”赵薇薇从围观人群中冲出大门口，她挡在两个男人的中间，用一种犀利的眼神看着箭在弦上的两个男人，“狗把人咬了，不管什么原因，先送医院打疫苗才是正事，不要在这里耽搁时间，孩子的生命比你俩的恩怨大得多。”赵薇薇站在人群中，她拉着小女孩的手，给孩子的爸爸说，“这位大哥，现在不是比谁的声音大、拳头硬就能解决问题，请你也配合一下，先带孩子去医院打疫苗，包扎一下，不要超过有效时间，孩子的生命安全才是大事，好吧。”

“带孩子赶快去医院吧!”围观的一些业主也着急地喊道。

“先把孩子送到医院治疗，责任问题，谁也跑不掉。”业主中有人对赵薇薇说。

孩子的爸爸向赵薇薇点点头，他咬紧牙关抱着孩子走了。

猛哥感到没有为自己的女人出这口气，表现出一脸的愧疚。

“走，到我办公室。”赵薇薇给蔡婷婷说，态度有点冷漠。

到了办公室，赵薇薇就把狗咬人的利害关系讲给了他俩听，起先狗主人还认为是小女孩惹狗造成的，不是狗主动去咬的她，她不承担责任。赵薇薇的劝说是不管是人惹狗还是狗惹人，把人咬了总是不对的。狗是畜生，动物通人性，但灵性动物不一定就不伤害人，伤害了人那是要负法律责任的。她劝说狗主人，赔孩子的医药费和精神损失费，不然她马上替孩子报警，交由警方来处理。猛哥突然反省道：“别别别，报警多没面子，让我们再想想。”

赵明明家光线很暗，电视的声音很小。

书房，有两盏灯。一盏是赵明明备课用，一盏是旦萱萱做作业用。

旦萱萱耳朵十分灵敏，她听到大厅里有动静，小声说：“老师，绵妈妈回来了。”

“做你的作业!”赵明明的语气有些严厉。

旦萱萱努着嘴，瞥了一眼赵明明，不敢再说话。

黄绵绵换了鞋，从鞋柜里取出皮拖穿在脚上，走到大厅，拿起遥控器胡乱搜台。她随便拿了一个梨子啃了一口，又搁在茶几上，进了卫生间。

电视里正在播放一部连续剧，法官正在宣判结果。法官拿起法槌“嘭”的一声落在槌座上，把黄绵绵吓了一跳。

“为啥六年不缴物业费?”赵明明从书房出来，用一种鄙视的眼光看着黄绵绵。

“就是不缴。”黄绵绵专心地看电视剧，吃着梨，一副若无其事的样子。

“明天就去给我缴了，一分都不能少，我……我丢不起这个人。要不，我的工资卡给我，我自己去缴物业费。”赵明明愤恨地看着黄绵绵。

“怎么？又心疼起她啦……”黄绵绵的语气不轻不重，赵明明感觉心里好像被人捅了刀子。

“你……”赵明明捂住胸口，有些岔气，感觉眼前天昏地暗。

“明明……”黄绵绵放下梨子冲过来扶着赵明明。

旦萱萱也跑出来，看到眼前发生的事情感到突然，“老师！老师!”她帮黄绵绵扶起赵明明，又抬起脸看着黄绵绵：“绵妈妈，赵老师这是咋啦?”

“你老师呀是被情所困。”黄绵绵虽然扶着赵明明，可嘴上依然阴阳怪气地说。

“你滚……”赵明明用尽全身力气，一掌把黄绵绵推出去几个趔趄，“我这一辈子都不想再见到你。”

“老师……老师，不生气哈，都是萱萱不好……是萱萱不好。”旦萱萱有些心惊胆战，把赵明明扶进书房。

黄绵绵几个趔趄，差点撞到鞋柜上，她定神后站稳脚跟，变形的脸上出现一种很可怕的神情：“朱笑蔓……我跟你……势不两立。”

朱笑蔓与赵薇薇就 O2O 工作进行沟通。

“近期，线上购买力很强，货架上几乎没有存货。就是线下交易还不能达到 100%的准确率，下一步我们应该加强线下交易成功率的培养。我分析线下交易主要存在以下几个方面的问题。”赵薇薇翻开笔记本，笔记本上记着密密麻麻的数据和用红笔画的圈、打的钩。朱笑蔓也在认真做笔记。

赵薇薇说：“一是线下人员的年龄普遍偏大，体能不能保证每天的交易量，工作效率低。二是业主在送货时间内不在家，导致一件商品跑几趟，重复劳动多。三是员工的服务意识有待增强，有偷工耍滑的嫌疑。根据这些问题，我有三点建议：一是引进速递易。在办公楼北侧安装两个速递易柜子，一些时间不急的商品就可以放在速递易柜子里，给业主发个短信密码就可以自己来取。二是加强业务能力、服务态度和礼节礼貌、言谈举止的培训，提高个人综合素质。三是队伍的年轻化。我们可以招聘两名速递员，基本工资+提成+绩效。多劳多得，跑得快就挣得多。”

朱笑蔓听后非常兴奋，看着赵薇薇肯定地说：“三点建议我都同意。你写个报告，我签个字，报总公司审批。”

“唉！狗咬人事件处理好了吗？业主有没有再来找事？”朱笑蔓突然问起了这事。

“我分别找过两家人谈。养狗这家是位女的，单身，姓蔡，在市环保局工作，她同意赔偿所有治疗费。被狗咬这家姓康，男的在政府工作，都同意协商解决。”

“咚咚咚！”有人敲门。

“请进！”朱笑蔓和赵薇薇同时看着门口。

“经理！我把两家都请来了！”张洪学带着蔡婷婷和被狗咬伤的孩子爸爸来到朱笑蔓办公室。

“蔓子，我是你蔡姐呀！”蔡婷婷一步走到朱笑蔓跟前，“我那天脾气不好，给你们工作添麻烦了。孩子的所有费用我给，我也把狗送人了。”

“谢谢蔡姐能理解我们的工作。”朱笑蔓拉着蔡婷婷的手，招呼大家坐下说，“坐坐坐，喝口茶慢慢说。”

“不了，经理，我还有事。那天我也有不对的地方，听到女儿被狗咬了，也很着急，出言不逊，还请蔡女士谅解。”

“别别别，都是我有错在先，有错在先。多少钱？我赔。”蔡婷婷很真诚地主动赔礼道歉。

“不用你赔，不用你赔，没几个钱，有这个理就行了。”康先生主动谢绝了蔡婷婷的赔偿，“我还有事，先走一步。”

“谢谢！祝孩子考个好大学！告诉孩子，阿姨给她赔礼道歉。”蔡婷婷又跟了几步，给康先生说道。

“好的，我一定转达。谢谢！”康先生跑步下了楼。

“我也不久留，家里还有老人照顾。”蔡婷婷忙对朱笑蔓说。

“蔡姐，你把老人送到日间照料中心来，那里每天有人照顾。”赵薇薇给蔡姐热情地推荐，“你早上送，晚上接，白天你就可以忙自己的事情。”

蔡婷婷很认真地问：“妈想去，我也想送她去，可我妈脾气不好，不瞒你说，怕你们管不了，给我惹一屁股事咋整？”

朱笑蔓乐呵呵地说：“蔡姐，严重了，都是些老人，我看大家都好好的，没人惹事。明天送来，要么明早我去接。”

蔡婷婷思忖着，她看着赵薇薇和朱笑蔓最后下定决心：“好！明天送去！”

三双眼睛对碰在一起，达成了一个共识，那就是沟通就是生产力，建立一种良好的沟通渠道，就没有不可逾越的鸿沟。

61

日间照料中心，赵薇薇在厨房检查饭菜质量。

“刘叔，西红柿鸡蛋汤鸡蛋再多打两个嘛，你看蛋花花都看不见。”赵薇薇拿起勺子把汤舀起来又倒下去，她给厨师长有些撒娇：“刘叔……你抠门。”

厨师长是看着赵薇薇长大的，跟自己的女儿一样亲，他就是被赵薇薇生拉硬扯给弄来的。虽然她是经理，但在他的眼里，还是一个一脸稚气的孩子。

“娃！你不看看每天的浪费，叔心疼呀！”厨师长痛惜地看着赵薇薇说：“每天四笼馍，不够拿，一锅米饭不够吃。又吃又拿又浪费……遮不住呀！你得拉下脸来管。”厨师长一脸心疼的样子，他用力在锅边敲打着。

“刘叔，我知道！我怕伤了老人们的面子。”赵薇薇看着自己的长辈都在为自己操心，心里有些过意不去。她的眼角有些湿润，走出了厨房。

赵薇薇又把棋牌室、阅览室、按摩室、理疗室、多功能厅等挨个看了一遍，每到一处都是笑声萦绕。

她和现场的服务员进行了简短沟通后又回到自己办公室。

赵薇薇的办公室，暖色调，很温馨。四姐坐在赵薇薇旁边，厨师长刘叔坐在赵薇薇对面。二姐紧靠门坐。

“带主食回家都是那些大妈干的。那天，我还和谢大妈吵了一架，这几天她没来。”四姐汇报说道。

“她们也做得很贼，趁你稍不注意，她们就把盘子里的饭倒进提前准备好的食品袋里，一会儿又来盛第二次饭。有些老太太走的时候就明目张胆地拿两个馍走。所以，每天基本上是吃一半、扔一半、拿一半。”二姐汇报说道。

“浪费也很大。泔水桶里半个馍、半碗米饭的，我倒点你倒点每天都是大半桶。”刘叔分析说道，“按照我们自己在家的生活习惯，每天三顿饭顶多就是一些汤汤水水，不应该有这么多的粮食浪费。不是自己的，不心疼。”

“是的，大家说的这些我都明白了，浪费的问题要从根本上抓起。这里我规定几条：一、从明天开始，加强饭菜质量管理，都是老年人，清淡些，不给他们浪费的机会；二、每天三顿控制总量，每顿饭争取不剩或少剩，不给他们带走的多余粮食；三、加强就餐环境管理，按量取食，崇尚光盘行动，抵制浪费行为。”

“来点带劲的，光制度留不住人。”厨师长还是不放心。

“放心吧，叔。我亲自守几天，看她们还好意思拿走。”

厨师长这才放心地点了点头，又进厨房了。

汇通面灯火通明，四处的叫卖声时高时低。

“来来来来！新疆烤肉……新疆烤肉。”

黄绵绵无心吃饭，站在离新疆烤肉摊不远处，漫无目的地看着新疆小伙烤肉的娴熟动作。

“大姐，来一串我们新疆正宗烤肉吧！”小伙老远就在给黄绵绵打招呼。黄绵绵从包里拿出纸巾把凳子擦了擦，然后坐了下来。

“给我来一瓶啤酒、两串烤肉，谢谢！”黄绵绵给新疆小伙说。

“好的……大姐稍等。”小伙手上一大把烤肉在火上用劲拍打，翻转，只听到火上吱吱吱的响声，一股草原味道扑鼻而来。

“大姐，你的肉串来了！”小伙把两串烤肉放在了黄绵绵面前，又把啤酒打开放在桌子上。

黄绵绵自己倒了一杯酒，喝了一口，好冰，她皱了一下眉头。

旦心摊位上坐着庞红枫和一位女人，庞红枫和女人吃的也是烤肉，喝的也是啤酒。旦心忙着给客人炒面，不时还吆喝几声。

“来来来来！牛羊肉炒面、鸡蛋炒面，每份 10 元……”

旦心在看微信，是旦萱萱的微信：“爸爸给我炒一份牛肉面，我马上就到。”他脸上露出了幸福的笑容。

黄绵绵坐在新疆烤肉摊上，也算是一道风景。她优美的坐姿很有回头率。喝酒吃肉都很文雅，慢慢品尝。烤肉小伙翻着手里的肉串，也不忘多看一眼黄绵绵。

黄绵绵喝了半瓶酒，两串肉只吃了几口。烤肉小伙又主动过来把烤肉拿去，又热了一遍，也是想借这个机会走近看看这位夜来香的女人。

“爸爸！”旦萱萱来取牛肉炒面，校服穿在她身上，简直是跟定做一样，不仅得体，更富有青春诗意。

“吃了再走。”旦心对女儿无微不至，“爸爸给你炒一份羊肉面好吧！”

“好！谢谢爸爸！”旦萱萱趁着这点时间，就帮旦心清理台面上的卫生和杂物。

庞红枫看着旦萱萱来了，非要喊她过来吃烤肉：“丫头，来叔叔这里吃烤肉，叔叔请你。”

“谢谢庞叔叔，我还要上晚自习。”旦萱萱回答得很有些羞涩。

黄绵绵一瓶酒喝完了，肉却没有吃多少。她起身走到烤肉摊跟前扫了微信付了款，刚要转身离开，突然，一个熟悉的身影出现在眼前，她怀疑自己的眼睛是不是看错了，她又定睛一看，是庞红枫，身边还有一个女人。

黄绵绵站在原处，那女人挽着庞红枫胳膊从市场里走出来，在一条过道拐了弯，到了市场外面出租车停靠的位置。黄绵绵跟在后面，看到他俩上了一辆出租车，一脸醋意在灯光下清楚显露。

法律援助中心庞红枫办公室光线很暗，也很静，只有鱼缸里的增氧泵发出抽水的声音。

一个女人的身影在灯影下蹑手蹑脚地移动，她小心翼翼地来到庞红枫法律援助中心门外，借着路灯的光亮摸到门口。她屏住气把耳朵贴在玻璃上，透过磨砂玻璃隐隐约约看到屋里有一种晃动的幻觉。一盏车灯打过来，照清楚门外这个女人正是黄绵绵，只见她稍停片刻，转身大步朝街上走去。

黄绵绵独自在大街上闲逛，没有目的，走了很久，川中美丽的夜景显得空寂无聊。

旦萱萱坐在赵明明旁边，她在帮老师给同学们改作业，赵明明吃着饭，还不停地翻阅摆在他跟前已改好的数学作业本。

“你怎么搞的，这次模拟考试成绩才 96 分，好好检查一下自己的失误，是哪里丢分了。”赵明明把旦萱萱的作业本从一大摞本子中抽出来，丢给旦萱萱，“先找原因！找不出原因，不许睡觉。”

“好！”旦萱萱怯生生地拿过作业本，她把其他作业本推到一边，瞟了一眼赵明明，做了个鬼脸。

赵明明以一种严厉的眼神看了她一眼：“回教室做去！”

“哦！”旦萱萱拿着自己的卷子走出了教研室，“老师拜拜！”

佳境·国际村客户中心大厅，玻璃幕墙雨水汩汩。

几片树叶在雨中飘曳，撞在玻璃幕墙上，顺着雨水流进了水系，水系像珍珠一样在跳跃。

赵薇薇还在铺货，她站在凳子上，从货架的最高处开始铺货。大厅地板上堆满了来自全国的土特产，标签、生产日期、检验合格证、保质期等一应俱全。张洪学和刘倩倩蹲在地上分货，把同类商品放在一起。有从线上购买东西的业主站在跟前等取货，刘倩倩核对好商品的编号就递给业主。

“美女，经理在不？”刘倩倩抬起头，看到是B座八层的赵大妈的儿子，她站起身冲着他一笑，“有事？”

赵大妈儿子一脸不自在说：“我找经理。”

“我带你去！”张洪学主动走到赵大妈儿子跟前，两人拳头一对，彼此咧嘴一笑，“走！”

“你的功夫了得！”张洪学又轻轻捶了小伙子一下，“还在练吗？”

“上班时间紧张，只有晚上和几个朋友玩玩，没有经过正规渠道。哥的拳法有套路，哪天有空我跟哥学几招。”

“没问题，相互切磋。”张洪学走到朱笑蔓办公室跟前敲门。

“请进！”是朱笑蔓的声音。张洪学推门进去。

“来！帅哥，请坐。”朱笑蔓热情地招呼赵大妈儿子坐下。

赵大妈儿子有点不好意思，他从背包里取出一个信封，结结巴巴地说：“这是……赔、赔业主的治疗费，花盆，是我爸爸不小心撞下去的。”说着竟然给朱笑蔓鞠了一躬。

朱笑蔓接过信封，看着赵大妈儿子的憨态样子，心里有种难以言表的滋味。她的眼睛有些湿润，她在思忖自己的事业，如何用爱去做事，好人一定有好报。

送走赵大妈儿子后，朱笑蔓独自坐在沙发上，她又想起齐好曾经给她说的一句名言：“时间是世界上最伟大的事物，因为它可以轻易地吞灭一切在意的或者是不在意的。”

黄绵绵来到谢小燕办公室了解业主大会筹备工作情况。

她坐在谢小燕的办公桌对面。

“再等等吧，街道办要等到几位主要领导都在的情况下，才能上会讨论，讨论通过后，街道办才下文到我这里，我再组织相关人员开会布置，得有一个过程。”谢小燕给黄绵绵解释道。

黄绵绵一脸无奈，一双眼睛充满期待，她听了谢小燕的情况介绍后急忙问：“我可不可以去街道办找找领导，能不能把我们社区的特殊情况反映一下，早点批？”

“可以，你去找主管小区业委会筹建的杨部长，你的资料我给他了。”谢小燕如实告知。

“好吧，谢谢！”黄绵绵起身走出办公室。

62

日间照料正是中午开饭的时候。大厅八桌人基本坐满。

两素两荤，豆腐和西葫芦、红烧鱼和鸡腿。四姐在给老人打菜，二姐在给老人打饭，老人们都自觉在排队，只有一些不能站立的残疾老人坐在那儿等着服务员送饭。

“咋回事，不让人吃饭呀？”一个老人端着餐盘看饭打少了就在旁边大声喊，“我是不是少交钱哪？怎么给我打这点饭……喂猫呀。”

“吴爷，不是……你吃完再来盛……甭喊啊。”二姐因为忙，就简单给吴爷随便说一句，哎，吴老人不依了。

吴老人把餐盘重重放在窗台上，也不顾其他排队的老人了：“我喊了吗？我喊了吗？”老人越说声音越大。

“你不吃呀？我吃。”潘登端起吴老人的饭就坐在最后一张桌子上。

“潘登……你凑什么热闹？”吴老人跟着潘登来到了八号桌，他从潘登手上夺过餐盘，“你还是去给你的刘红梅排队去吧。”

“吴大海，吃你的饭，把你的臭嘴堵住。”刘妈还在那里排队，她看不惯吴大海的不讲理，惹得餐厅一阵哄堂大笑。

没有几个人了，潘登走过来排在最后，离刘妈前面有三个人。

“各位叔叔阿姨，饭不够可以再添，一定要吃饱。”二姐给潘登打着饭又顺便给大家说了一句。

由于总量得到控制，浪费的现象减少了许多。

一位老太太才吃了几口饭，抬起头看了一眼周围，趁大家都在埋头吃饭，麻利地把一盘子饭倒进塑料袋里，又把塑料袋放进包里。她端起盘子又来到厨房门口，二姐又给她餐盘里盛了不少米饭，她回到座位上才慢慢吃。

“各位叔叔阿姨：大家中午好！我是朱笑蔓，是这个小区的物业经理。请大家边吃饭，边听我说几句。日间照料开业一个月，由于我们是试运行，总体情况不太理想，亏了一千二百多元钱，主要原因就是浪费。我们从每天的采购食材支出和每天的就餐人员比例分析，就餐人数大于采购成本。”

“什么原因？为什么就餐人数要大于采购成本？”吴大海第一个提出了问题，“这里面是不是有人没缴费？”

“对！是不是有人没缴费？每天白吃。”不少老人喊起来了。

“大家静静……静静。”朱笑蔓从赵薇薇手上接过支出表说道，“大家问得对。为什么就餐人数大于食材采购人数？主要原因有三个：一是每天三顿饭都有人捎带走，一个人吃的是两份主食；二是浪费严重，每天三顿饭就产生三桶泔水，倒的米饭、半个馍就是大半桶；三是我们管理有漏洞，每天三顿饭都有很多剩饭，给了带饭人带走的机会。从今天开始，我们吸取了教训，保证大家吃饱吃好，杜绝饭菜外带，倡导一人一餐，养成吃多少取多少，不够吃再去取的良好习惯。刚才有叔问道是不是没人缴费，我告诉大家，没有，都缴了。我们在册人数 76 人，缴费人数 76 人，缴费率是 100%。第一个月每人交餐费是 600 元，共计收费是 45600 元，实际支出是 58820 元，平均每人消费是 773 元。根据这组数据分析，如果我们每顿饭不打包外带，不浪费，我们就能包住。所以，前三个月，我们按照每人每月 600 元标准先运行，是不含人员工资、不含水电气、不含设备折旧、不含日常养护的费用。我请各位叔叔阿姨要珍惜现在，好好享受这来之不易的美好生活。我也借这个时间，给我们的叔叔阿姨们说说，不要把饭菜带回家了，你带回家的是大家的心血，是大家的劳动，是大家的钱。你浪费的也是大家的心血和劳动。请叔叔阿姨们要保持中华民族勤俭节约的优良传统，谢谢叔叔阿姨们。”

今天午饭，第一次出现光盘行动。

旦萱萱在补课，她看到手机里有爸爸旦心的微信：萱萱，这是上月的课时费 1200 元，你马上转给赵老师。旦萱萱马上回复爸爸：好的，谢谢爸爸。

旦萱萱又找出赵明明的微信，把 1200 元又转给了赵明明。

“老师……”旦萱萱小心翼翼地给赵明明示意看手机，被赵明明给狠狠批评了一顿。

“干啥？少管闲事，做你的作业！”赵明明严厉地批评了她，“期末考试再考不好，就不要给我当学生了。”

“知道了！”旦萱萱一脸委屈，嘴巴轻轻嚅动，强忍住了内心不该她承受的压力。

佳境·国际村客户中心门口，一辆新电瓶车装满了货物停在门口，两位线下送货员是两位美妇，她们身着统一礼仪服饰，头发披肩，靓丽兜风。小丽驾驶电瓶车很老练，小红坐在副驾座核对楼并号负责与业主联系送货上门。

G 座楼下，小红提着藏北松茸礼品袋进入楼道，她熟练地操作门禁系统，很快进入电梯。

车上小丽又在找下一家客户："喂！你好，我是微商城送货员小丽，请问你是侯先生吗？你的东北大米到了，我给你送来……好的，谢谢！"

小红从楼里出来，小丽也联系好下一家收货业主，骑着电瓶车转了几个弯又来到 H 座楼下，小丽提着东北大米走进门禁系统。她们配合得非常默契，工作效率相当高。

张洪学巡逻路过 H 座，也跟着小丽前后走进门禁系统，他在与监控室系统联动，告诉监控室他的位置。监控室马上就能报出他在几楼几层几单元，实现监控无死角管理。

下一站就是 L 区，小红、小丽赶在天黑之前要把车上的商品全部送到业主家里，这是今天线下的交易量。

"喂！你们车到哪里了？好！从北门进，不要下车库，直接停在小广场边上，我在，嗯！"

刘倩倩在拨打电话："张经理，无公害蔬菜已经到北门口了，麻烦你在北门广场里搭个帐篷，谢谢。"

"薇薇好，忙吗？哦！无公害蔬菜已经到北门口了，你组织人员去多拉些蔬菜，多留些给老人灶上。"

"喂！孟经理好，无公害蔬菜到北门口了，请你给这里临时接个电源，灯泡大一点，要亮。"

客户中心门口，朱笑蔓和刚刚送货回来的小红、小丽说话："有半月了吧？感觉怎么样……我听真话。"

"可以，每送一户，就是个成就。业主挺好的，还有业主给小费，我们说这是纪律，不能收。送这些货都是小件，基本不用力气。"

"每天我们两人大概送三百多件，劳动强度还是不大，能吃得消。当然，送得越多，说明公司效益越好哈。”

朱笑蔓笑了。她看到孟经理从客户中心出来，就给小红、小丽说：“希望是这样。好，你俩辛苦了，先休息吧，我和孟经理去北门看看。”

“需要我俩吗？”小红跟了一句。

“谢谢！不用了，需要我再通知你们。”朱笑蔓和孟经理一起朝北门走去。

醉月湖周边庭院灯自动开了，天边还有半轮夕阳挂在楼头，此时此刻的醉月湖有种沉醉感。

醉月湖北广场临时搭起三个帐篷，帐篷里分类堆满了无公害蔬菜。三个帐篷外都排成了长队，所有蔬菜价格低于市场价，而且是庄稼人现场直销。刘倩倩在现场协助他们，尽量给他们提供些方便。

“我要 10 斤红萝卜、5 斤香菇、1 斤木耳。”业主喊道。

“我要 2 块腊肉、10 斤土豆、10 斤白菜。”马道功喊道。

“好的，好的……”农家人忙得不可开交。

现场围了好多人，这种场面，对这些原生态的庄稼人来说，还是有些怯场，就是手脚再麻利，也应付不了四周的叫卖声。

庄稼人做生意大方，也舍得，在秤上宁可让利于人，也不短斤少两，称秤秤砣都搁不住，还要给业主塞上一把菜。

小区跟赶集一样，一拨来了，一拨走了，一个多时辰，一车无公害蔬菜卖得精光，连烂叶子都没剩下。

朱笑蔓接来朱东风，也顺便买了些蘑菇、木耳和红萝卜。

她把菜放进三轮车的后框里，走到刘倩倩跟前，打了个招呼问了些情况，后又骑着三轮车带着朱东风，绕过醉月湖消失在朦胧的夜色里。

城市街道上，朱笑蔓背着香菲双肩小背包骑着三轮车，带着朱东风由南向北正骑行在秦虹路中段，电话又响了。她右手伸向后背，试着从背包里取出手绢，但没成功。她索性躲过路边川流不息的自行车和电动车，把三轮车靠在道牙边停下，急忙从背包里取出电话，电话停了又响了，打开一看是石总的，赶紧接：“你好……石总，是我……什么？商铺罢工了？我正在路上，好，知道了，你放心吧！”

“商铺罢工了？”朱笑蔓一脸惊讶！她站在原地不知所措。

63

晨曦，一片鱼肚白刚好在楼顶上呈现。

小区景观大道，上学的孩子匆匆而过。

鑫达州物业公司门口小广场上，围了几十号人，上班的业主从小广场路过，都觉得奇怪，顺便问一句：“一大早，这是咋啦？”

“物业不给活路，挡了我们的财路。”一位老板模样的人发泄说。

又有不少业主路过，看到这群人还在拉横幅，就等着看看内容：“物业断我财路，还我经贸权利。”

周边所有商店都关门罢工，老板们集中了自己所有人员来到鑫达州物业公司楼下，足足有近百人示威。

一位光头老板带领大家齐声高呼：“罢工！罢工！罢工！”

喊声惊天动地。

朱笑蔓骑着三轮车从石斗村拐进来，顺着北门外机动车道向东骑行，与上班车主相向而行，不少车主摇下车窗玻璃主动喊道。

“村长好！”

“村长上班？”

“谢谢！注意安全！”朱笑蔓也一一点头回应。

朱东风坐在三轮车后面笑着说：“现在，很少听到“村长”这两个字了！”

“他们是胡叫呢！”朱笑蔓由于赶时间，有些气喘吁吁。

“不！我认为是对我女儿的夸耀。”

朱笑蔓没有接话，她又一拐弯，到了日间照料中心门口。

“朱叔来了！”赵薇薇和二姐从餐厅出来，扶住朱东风下车，二姐搀着朱东风进餐厅。

“是谁带的头？”朱笑蔓问赵薇薇。

“黄瓜，黄绵绵的堂弟。”赵薇薇回答道。

“为什么带头罢工？有什么目的？”朱笑蔓又问道。

“是 O2O 上线了，业主购买力全集中在线上。我看，这事……”

“哦！这是市场经济，竞争对手出现了。”朱笑蔓一脸睿智，“思考的定义就是不断问与答的过程，我们面临的问题就是保留顾客，把获取利润最快的方法分享给同盟。”

“我明白！”赵薇薇跟着朱笑蔓走进佳境·国际村小区。

“罢工！罢工！罢工……”现场已经拉起五条横幅。

黄瓜站在领头位置，带头高喊罢工口号。

刘倩倩打开公司大门，她让黄瓜等人到大厅里坐。

“黄总好！一大早喊啥呀？有话到会议室说呗。”刘倩倩走到黄总跟前，问清理由后说道，“黄总，你也是明白人，这是市场经济，竞争是必然的。再说了，你带头聚众闹事，扰乱物业服务秩序，你是要负法律责任的。”

黄瓜摇头一笑说：“你也不看看你黄爷是吓大的？我经受的风，比你念书的时间都长，啥没见过。”

刘倩倩站在门口的台阶上，给现场罢工的店铺人员语重心长地说：“各位朋友，请大家要理智。新大洲物业公司自 O2O 上线以来，就与周边商业进行了密切接触，我们怎么不愿意和大家联手打造这个公众平台呢？现在的消费者是市场的主宰者，他们的呼吸，就是我们的生命；他们的咳嗽，就是我们的感冒。如果不顺应市场，不尊重上帝的需求，你的产品卖不出去那是必然的。我希望大家好好想想，不要在这里浪费时间，与其说是鑫达州给你生存的机会，还不如说是自己掌握命运，自己的饭碗不是别人砸的，是自己砸的。回去吧！开门经营，就是饭碗。”

张洪学走到黄瓜跟前，他看了一眼黄瓜，抿嘴一笑，说：“走，到哥的办公室。”

黄瓜头一晃，举起拳头继续喊：“我要吃饭！我要饭碗！”

“我要吃饭！我要饭碗！”现场齐声响应。

黄瓜有信息进来，他打开手机一看是黄绵绵的：“要求进平台，反对独家垄断。”

“要求进平台，反对独家垄断！”黄瓜看到微信举臂带头高喊。

“要求进平台，反对独家垄断！”又是一阵乱喊乱叫，现场有点失控。

朱笑蔓和赵薇薇从水系边走过来，她们已经看到了现场的情况，必须马上控制住现场，时间长了会影响到物业的正常工作。

“大家早上好！商家的诉求，我都知道了。请你们立即回去开门营业，留下代表跟我到会议室沟通解决。”朱笑蔓话音未落转身走进大厅，上楼了。

“走吧！”张洪学拉着黄瓜还跟了几人也上了楼。

现场没有了组织者，也都收拾起横幅散了。

黄瓜和商铺几位老板在张洪学的带领下来到鑫达州物业公司三楼会议室，朱笑蔓走进会议室，坐在他们的对面。

“都说说吧，为什么要罢工？”朱笑蔓一脸阴沉。她看着黄瓜语气有些严厉，“你知道这是什么性质吗？我可以报警。”

“O2O 在上线之前是征求你们意见的，并积极要求你们参与。还给你们沟通了利润分成的比例，三个月之内试运行，公司是不提成的，三个月之后根据你们的盈利点才提成。这是事先达成的君子协定，你们为什么出尔反尔，我看是你黄瓜在里面捣乱，想故意扰乱市场秩序。”张洪学的语气有些重。

“他们说……你们心太狠！抽利润太多了。”黄瓜大声说道。

“我要听你的意见，不要说他们说的。你是怎么想的？就说你自己的想法。”赵薇薇紧跟张洪学的话追问道。

“我的意见是把利润提成的 3%下调 1.5%；不然我们都做不成。”黄瓜说出了自己的底线。

“平台是我们在维护，货是我们在送，你们是一本万利的事情，为什么还要讨价还价。这样吧，考虑到我们还要长期合作，为了共赢未来，其他条件不变，就按营业额的 2%提成，给你们商铺让利 1 个点。好吧！”朱笑蔓果断地拍板。

“1.8，你们再让 0.2。”黄瓜还想获取一点利益，力争一个理想的回报。

“2%没有余地。就这么愉快地决定了。”赵薇薇果断回答。

黄瓜一脸苦恼的表情，没有再反驳。

刘倩倩在前台就商铺业主投诉电价高的问题，应接不暇。

不少老人在前台咨询电费降价的政策。

“川中市别的小区都开始执行 0.73 元的标准了，你们还是 1.26 元，这不合理。”有商铺老板再问。

也有的老人在问住宅电费标准问题：“美女，我问一下川中市居民用电费是 0.491 元，我们咋是 0.60 元？我一直不知道，你能给我解释一下吗？”

“0.491 元是川中市政府定价，到小区以后我们经过了测算，楼道照明、车库照明、庭院照明，还有水系和损耗等用电，加了 0.1 元钱的公摊电费在里面。”

“公摊电费？不是在物业费里含着呢吗？怎么还要另外算？”老人又问。

“大叔，物业费里没有含公摊电费这一项，请你去查查川中市政府网站关于物业收费明细就知道了。”

“哦！好的，谢谢了！”老人咨询完后明白了。

“姜总好！让你久等了。”刘倩倩正要给商铺电价解释，电话又响了，她接起电话，“喂！你好，鑫达州物业，需要我帮助吗？”

刘倩倩拿起笔记在小本上，回答道：“好的，我一定处理，谢谢，再见！”

她看着姜总一笑：“请稍等！”又拨通环境部电话，“喂！王经理好，刚才我接到L座4单元20层业主反映说楼道有小孩拉的大便，请你派人去处理一下，谢谢！”刘倩倩放下电话问姜总，“你这个消息来自官方还是民间？”

姜总肯定地说：“来自官方。哪天我给你找份文件来看看。”

“好的，谢谢！”刘倩倩对大厅所有人说，“各位业主朋友，大家下午好！至于电价降价的问题，我们目前还没有得到官方的文件，如果真是降价，只要有文件支持，我们立即执行。谢谢大家。”

西安会展中心大厅，来自全国各类智慧社区建设高科技产品展示琳琅满目，给会议增添了规格，参会人员边看边索取资料，一饱眼福。朱笑蔓在各个展区参观，还不时自己动手操作一些智能设备。

她对无人机病虫害消杀防治设备很感兴趣，她详细了解设备的性能和操作系统，还从厂家营销人员手中拿过遥控，自己体验了一把后留下了联系方式，索取了产品资料。

她又来到一家疏通机生产厂家展厅，营销人员热情接待了她。生产厂家给每位前来参观的老总一一介绍，来一拨送一拨，不厌其烦。

这次陕西省物业管理协会举办的以“社区+物业+养老”为主题的培训，朱笑蔓作为鑫达州物业公司的总经理参加了。

研讨会上，来自全省各地市的物业公司就“社区+物业+养老服务”做了探讨性发言。几家大的物业公司如枫叶、紫薇、高科和绿地等分别在会上做了经验介绍。

朱笑蔓代表鑫达州物业公司也在会上做了主题为“社区+物业+养老”的发言。她说：“当今社会，养老是一个十分重要的社会问题，属于社会学研究的范畴。随着社会发展进入后工业化时代，人口老龄化问题越来越呈加剧之势。互联网和人工智能的快速发展，为应对养老问题提供了新的解决思路。居家和社区养老作为养老的基本方式，是适应当前社会结构变化和人们的居住特征，以区块化和智能化为解决方案的最佳形式。基于大数据的应用，能够优化居家和社区养老资源的配置，实现养老服务内容的差异化选择和质量的个性化提升。我的意见是在条件好的社区，在地产公司的大力支持下，先做个试点，有个样板工程，大家才有目标。”

鑫达州物业公司客户中心，还有一些业主就电费降价问题在大厅偏听偏信，吵吵嚷嚷。黄绵绵和刘晃也为电费降价的问题来到物业质问刘倩倩。

“都说别的小区早就降了，你们怎么还没有反应过来?”黄绵绵把柜台一拍，“降还是不降?今天给我说清楚。”

“绵姐，降电费不是我刘倩倩说了就算数的，你们这几天都为这事来闹，没有依据呀!”刘倩倩耐心地给黄绵绵解释道。

“闹?我是来闹的吗?你把嘴巴放干净点，我是来质疑你们乱收费的。”

“商铺的电价，川中市政府早就有明文规定了，你们的动作也太慢了吧?是不是还想继续多收?”刘晃也趁人多，故意渲染气氛，“现在，川中市政府给商铺用电定价是0.73元，你们现在收1.26元，也太黑了吧?以前不说了，现在开始按川中市新的电价执行，把新政策颁布之后，你们多收的钱退回来总可以吧?”

“可以，拿出文件来，我立即执行。”刘倩倩不想再跟他拖延时间。

“今天你不给我一个答复，你就别想下班。”黄绵绵也较上劲了。

这时，大厅又围了很多业主。

“绵姐，你让我从网上搜搜，找找川中市政府电价调整文件，如果有，我们马上执行。”

“孟经理，麻烦你在川中市政府网站上搜一下有关电价调整的文件，谢谢。”刘倩倩求助孟经理，希望他能找到一个合理的说法。

前台电话响了，刘倩倩拿起电话：“喂!你好，孟经理，有文件?好，好，好!”刘倩倩放下电话，她给大厅里的商户大声说道，“商业电价政府有文件，刚刚颁布执行。请大家放心，我们从即日起，经过测算，马上调整，谢谢大家的监督。”

大厅不少商户高兴得雀跃不已。

64

会场气氛很热烈。大家关心的“社区+物业+养老”问题引起了强烈反响。朱笑蔓和与会老总们就这个话题进行了很长时间的讨论。

朱笑蔓的观点很有新意，得到了与会代表的高度关注。她最后还讲了几点：“要实现大数据驱动的社区+物业+养老服务工作，必须将物联网、云计算、大数据等信息技术与政府养老服务对象以及为养老服务定制的服务终端有效联结起来，搭建起以社区+物业+养老为服务对象的体系框架。该服务框架包括数据访问层、数据可视化/操作层、养老服务层、大数据人工智能技术层、社区监管层、数据安全保护层和硬件支撑层。该框架的设计理念是以现代信息技术为核心，在各级社区管理部门的指导和监管下，大数据驱动的社区+物业+养老服务平台以硬件支撑层为载体，实时获取养老服务对象的真实需求，为养老服务对象提供生活照顾服务、线上线下的医疗护理服务和紧急远程救助服务。”

会场再次响起热烈的掌声。

朱笑蔓站起身，向与会代表深深鞠躬。

佳境·国际村鑫达州烟酒专卖店门前又多了几块广告，其中有一块超大的烟酒广告摆在了道牙下的水系广场上，属于店外经营。王红检查环境卫生时路过这里，看到了这块牌子，就进去给老板沟通。

“黄老板好！你这块烟酒广告牌我给你放在台阶上好吧。”

老板正在柜台上练毛笔字，他练的字体是行草结合。书写的内容是水墨画家吴木离先生家中的对联，也是陈定山撰台北阳明山联中一句：“水清鱼读月，山静鸟谈天。”

“黄老板，你的毛笔字写得好哇！”王红看他写完就顺势表扬了他。

“生意惨淡，白板营生，咋过嘛。你就睁只眼闭只眼，让我多摆几天吧。”黄瓜恳求道。

“老板，都一样，里外商家的日子过得都不景气，但我们不能搞特殊呀。你也放活些嘛，卖别人没有的东西。”

“哪有那么容易啊！压货资金几百万，自从O2O上线后，我的生意就开始惨淡了，没有周转金啊。”

他抬头，刚好看见小红和小丽开着电瓶车从他商店门前过，给业主送商品的情景，心里不是滋味，他长长地叹了口气。

“我就要摆到这里，又咋啦，一个烂广告牌又影响到她屁事啊，毛病。”商业一区的小百货店老板娘站在门口骂，她把广告牌重重地蹲在广场上的花坛里，这里视线好。

王红看到了，她做好心理准备，笑着走过去：“姐，不能摆在这里，这是规定。”

“为啥？为啥？你们物业就是屁事多，这么大个地方连个牌子都不让放，还让人活不？我不管，谁要是给我拿走，我跟她没完。”

“姐！环境管理，人人有责，我是鑫达州物业公司的环境部经理，我必须管。我睁只眼闭只眼就有很多违法乱纪的行为，就会影响到小区的整体美观。你是业主，你也不忍心看到这些。”王红耐心地宣传，看能否感动女老板。

“就放这儿，你少管闲事。”女老板推搡着王红，不让王红动她的广告牌。

王红出于职责所在，不动不行，两个女人为了各自的利益，就在小广场里你拉我扯，推来推去干上了。王红年轻，又天天干活，手脚很麻利，几下就把老板娘推倒在地上。王红爬起来就把广告牌给她放到商店门口。女老板就是不信这个邪，她又去把广告牌放到花坛上，又被王红拿走，一来二往两个女人又较上劲了。这回，王红就把老板娘死死压在身下，让她动弹不得。

“物业经理打人啦！物业经理打人啦！你们有人管没有呀？”老板娘被王红压在地上，上气不接下气，声音有些沙哑。

路过的业主和对面烟酒店的老板看热闹，还拍了一段视频，发在朋友圈和抖音上，配了一句有趣的对联：“母鸡打架头对头，蛇舞腾飞尾对尾。”横批是：“物业揍人！”

朱笑蔓气得在办公室来回踱步。

王红低着头不敢吱声，女老板姓朱名媛，她坐在沙发上跟没事一样，不时还冷笑一声。

“你还高兴？不嫌丢人吗？”朱笑蔓狠狠地盯着朱媛，“都几十岁的人了，曝光在网上，让全国网民都看物业打人了。”

“我没事，我是死猪不怕开水烫，你们可就惨了，哈哈！”朱媛哈哈一笑，看着王红，“还打我……看谁倒霉。”

王红抬起头，一脸沮丧，很委屈地说：“我们没有打架，只是拉扯在一起，你抱住了我，我想推开你，不是打架。”

“你看看群里，你一张嘴能辩过 N 张嘴吗？”朱笑蔓把手机放在桌子上，靠窗户站立，她面向窗外，看着窗外美丽的景色。

“你去，把刚刚发生的经过写个检讨，等待集团的处分。”她转身给王红说道，又给朱媛说，“你也回去，用心配合 O2O 线上交易，再不要把你过期的商品挂在线上销售。做人要诚实，愚人赚今天，智者赚未来。如果有业主再投诉你的商品过期或是劣质，我就取缔你的资格，关你的门。”王红起身，拉着朱媛离开了朱笑蔓的办公室。

她俩刚出门，朱笑蔓的电话响了。

“石总好！我知道，王红这件事情确实给公司带来了很大的负面影响。其实，她们没有打架，王红只是不让商铺店外经营，就为一个广告牌子双方拉扯在一起。是呀，她们咋可能打架嘛，视频是黄瓜拍的，发给黄绵绵后，经过她的加工，就发在群里了。抖音？我还不知道，是！石总。”

黄绵绵哼着《西海情歌》的曲子在店里走起 T 猫步，她修长的美腿把猫步走出了灵魂。

旦心买菜回来，路过她店门口，他偏起头往里看，看到黄绵绵在学 T 台步，如此好的心情，引起了他的注意。他把电摩停在门口，走进店里，黄绵绵没有理他。

“今年，又给物业挖了个坑！”旦心一屁股坐在沙发上，他看到茶桌上是刚沏好的茶，就起身拿起纸杯倒了一杯，喝了一口，又坐在沙发上，跷起二郎腿，摇晃着。

“是谁干的？物业打人……不会也是你导演的吧？”旦心的眼神跟着黄绵绵的腿来回摆动。他看着黄绵绵的猫步又说，“我以前，从来没有注意过你黄绵绵的腿，还真是美腿。”

黄绵绵随着优美的旋律，扭动着美妙的身姿，她眉眼带笑，瞥了旦心一眼，声音很细：“知道是谁干的吗？”

“那还用说，黄女神呗！”旦心喝了口茶，肯定地回答。

“错！”黄绵绵又瞥了一眼旦心，颔首一笑，说，“是黄瓜。”

旦心感到吃惊，黄瓜以前是受过刺激的人，家里人怕他再受刺激，从不让他参与这些事情。

“我转发到我的群里了，也发到公众平台和抖音上了。你猜猜，光抖音的浏览量就达几万次，好厉害啊。”旦心骄傲地说。

黄绵绵停住脚步，走到旦心跟前，她的眼神狠毒，看着旦心说：“我要搞死朱笑蔓。”

“我是你的铁杆粉丝，只有进业主委员会才能实现你的计划。”旦心看着黄绵绵说道，“把她折磨死。”

“哼，朱笑蔓……走着瞧！”黄绵绵脱掉外套，扔在吧台上。

65

宅间道植被茂密，花香鸟语。银杏参天，偏西的骄阳从楼宇间透出，照在窗户上，折射在草坪里，一片清新，蝶影随行。在宅间道一处小广场上，一条短横幅挂在树间：鑫达州物业公司家政服务。

孟经理组织工程人员开展家电维修、油烟机清洗等服务。王红组织保洁人员开展家庭卫生保洁、地毯清洗等服务。不少老人把过去家里的老式收录机也拿来维修。现场铺开很大，还有些家庭主妇坐在跟前，看着他们修好的每件电器而开心。

朱笑蔓和赵薇薇从景观大道过来，看到这个场面，简直感到不可思议。现场堆满了电视机、收录机、冰箱、冰柜、油烟机、淋浴器、自行车、电瓶车、纱窗、地毯等，成了临时杂货铺。

“咱们每季度举办一次，就定点在这个位置，好让业主都知道。”

赵薇薇看到这个场面也很兴奋，没想到会收到如此好的效果。

“这项服务开展得太好了，你们想得太周到了。”业主康阿姨拉着朱笑蔓的手说。

“阿姨，我们有日间照料，专门为老人一日三餐提供服务，你怎么不去报名呀？”朱笑蔓蹲在康阿姨跟前，给她说。

“我住在别的小区，不知道嘛，都是前几天我儿子告诉我才知道的。”康阿姨说。

“随时都可以报名，每天 15 元标准。你去了还可以接触很多老年朋友，可以拉家常，可以回忆你们过去的岁月，高高兴兴，越活越年轻。”朱笑蔓拍着康阿姨的手说，“想去，我随时来接你。”

“好！好！我给他们商量一下再做决定。”康阿姨说道。

“孟工，你们在维修清洗时，一定要注意安全。这些都是老产品了，接活的时候，一定要问清故障原因，能修就修，不能修就一定不要接，怕引起官司。”朱笑蔓给孟宁提醒道。

孟宁干着手里的活，看了一眼现场堆放的家电，说：“我知道，放心吧。”

“请的家电维修师傅，晚饭就在员工食堂吃，我加了几个菜。”赵薇薇给孟宁说。

“好的！谢谢赵总。”孟宁手里的活做得更加欢实。

鑫达州物业公司三楼会议室 O2O 季度工作分析专题会正在召开。

朱笑蔓主持分析会议：“各位同人，上午好！今天公司组织相关人员召开 O2O 经营专题分析会，我把一个季度的收支情况给大家分析一下。首先，讲成绩。一是线上交易情况。上个季度 O2O 上线交易成绩斐然。在大家的大力支持下，经过小红、小丽两位同志的辛苦努力，线上购买力走势很好。我们的线上产品来自全国 21 个省市，平均每天在线上的交易量达到 84 单，其中一天达到最高 98 单。每天线上的交易额 36982 元，一个季度总交易量达到 3328380 元。二是货源品质分析。我们的货源来自全国 21 个省市，除了云南的一起普洱茶出现发货与要求有假货外，其他产品基本符合业主心意。藏南的松茸和藏北的虫草品质好，得到消费者的首肯，给我们提出了点赞。其他产品到目前为止还没有收到消费者的不同意见。三是组织货源远见卓识。我们的后台做了大量的工作，他们在网上货比三家，查看综合评分，调查厂家实力，查看每天的交易量，做到了货源必须是原地生产、原地厂家直销。其次，要讲问题……”

朱笑蔓喝了口水，突然想起了一件事情，她把头偏向赵薇薇，给赵薇薇耳语后继续讲第二点存在的问题。

赵薇薇又把头偏向张洪学，给张洪学耳语后，张洪学拿起手机出了会议室。

佳境·国际村商业一区、二区商铺门前围满了业主，他们把商品摆到了店外销售。各式各样的商品琳琅满目，各种酒水堆在门店一侧。两边老板都拿着组合式话筒大声叫卖。

商一区朱媛拿着组合式话筒站在花坛上：“来来来……清仓大处理……清仓大甩卖……所有商品都打六折……打六折。不来看看……今生后悔。”

商二区的黄瓜低调些，他门口广告牌上写着所有商品降价 50%。也围了很多业主。

商业区好不热闹，叫卖声掩盖了醉月湖的喷泉声。

“我不要，我要退货。”赵大妈选了一瓶西凤 30 年，结果不是打折 50%，黄瓜非要大妈出 150 元才能拿走。

“这……这是……这是打完折后的价格。”黄瓜一急又有点结巴，“一分不……不少。”

“我不要了，你说话不算数。”张大爷替赵大妈说，他把西凤 30 年又放回原处。

张洪学把中、夜班的人马全部集中在商业区，他把几十号人分配到一区和二区，对朱媛和黄瓜的商铺形成了包围之势。

张洪学关掉喷泉后站在水系水车跟前，拿着高音喇叭大声喊话：“喂喂！大家注意了，大家注意了，两边的商家注意了，限你们半个小时内，把所有商品搬到店里去经营，不许店外摆摊，不许影响到业主的正常生活。如果半个小时还不搬，就由我们秩序维护员替你们搬，出了问题你们自己负责。我重申了一遍……”张洪学让队员逐步缩小包围圈，迫使商家自己搬运，以免造成麻烦。

佳境·国际村客户中心大厅灯火通明，忙于办理业务的业主来去匆匆。

几位大叔、大妈提着鸡蛋、鸭蛋跑来退货，个个神情紧张，说是吃到臭鸡蛋了。

“我昨天晚上才发现鸡蛋都臭了。”业主 3 说。

“我是今早给丫头做荷包蛋才发现的，一打开是稀汤，一闻，臭了。”立马有业主附和说。

“我还没有吃，听你们这么一说，我也来退了算了，怕吃出问题。”业主 1 在看热闹，也附和着说。

大家七嘴八舌，还有不少业主提着刚刚从线上购买的鸡蛋跑来退货。一时大厅气氛紧张起来。

鑫达州物业公司三楼会议室 O2O 季度工作分析会还在继续进行。

赵薇薇说：“我们线上不好把控，但一定要把握好线下交易。尤其是时令蔬菜和肉禽类蛋制品，线下交易的时候一定要注意品质，过期和变质商品一定不能交易，坚决做到 100%准确。”她的手机不停地提示。她暂停讲话，打开手机一看是前台的电话，脸色一下子紧张起来。

“大厅围了好多业主，说是鸡蛋变质要退货。”赵薇薇对朱笑蔓小声说，

“会不开了，先处理这件事情。”

“好！”朱笑蔓也有些紧张，不知楼下目前是什么状况。但是，她还是宣布了会议结束。朱笑蔓收拾起自己的资料，起身对赵薇薇说：“你先下去，我马上下来。”

“不，你不要下去，等我先处理。”赵薇薇很有经验地回答。

朱笑蔓点头同意，给了赵薇薇一个信任的眼神。

“大叔阿姨，你们好！听说这批鸡蛋出现问题了，是吗？”赵薇薇走进老人中间，拿着老人手上的鸡蛋一看，又一摇，再一闻，又从其他老人提的鸡蛋里分别取出一个蛋，一共拿了 10 个鸡蛋，她一个一个摔到地上，没有发现鸡蛋有变质变臭的问题。

“叔叔阿姨，是这，这批鸡蛋可能存在个别鸡蛋有问题，不代表全部鸡蛋有问题。我的处理意见是，你们在前台登记一下，有多少个臭鸡蛋，物业公司来埋单，把这批鸡蛋做下架处理。你们愿意拿回家吃的就拿回家吃，公司明天再给你们免费补一份，好吧？回家吧！”

“好！这样处理很公平。”不少老人也愿意把手头的鸡蛋再带回去吃，说不准还没有坏蛋，公司还要再给补一份，一些老人就提着鸡蛋走了。

有业主走到门口又转过身来问：“明天几点？”

“下午给你们挨个送。”小红热情地回答道。

“经理，你好！”小红给赵薇薇伸出大拇指。

赵薇薇对着小红露出开心的笑。

一抹夕阳倒映在醉月湖湖面，夕阳折射在裙楼的西墙上，宛若涂抹了一层金粉。醉月湖小广场坐了些老人，手里提着鸡蛋，还有几位是中午找过物业的老人。黄绵绵把老人手里的鸡蛋搁在一起，语重心长地说：

“大叔大妈，这是物业在坑人，我们不能就这样饶了他们。你们想想，这几年，你们吃过多少亏，暖气不热退费了吗？房子漏水索赔了吗？小区管理不好不是还照缴物业费吗？三天两头贼娃子跑进小区偷鸡摸狗，他们管了吗？我们要公道啊！你们这些老人就是好骗，几句话就把你们给忽悠了？他们给你们兜售臭鸡蛋，兜售过期食品，这是在坑害你们呀！不行，我们得要个合理的说法。”

“好！一定要物业给个说法，为什么给我们这些老人卖臭鸡蛋？我们好欺负啊！走，找物业去。”有老人听黄绵绵这样一说，就附和道又折了回来。

“美女，你说怎么做，我们就听你的。”有位光头老人在旁边支持。

“她让你去吃屎，你去不去？自己没主意，就别瞎掺和。”爱跳广场舞的一位老太太拿着扇子路过醉月湖，冲着光头老人说了句。

“我说我的，关你屁事。”光头老人又顶了句。

老人们你一言、我一句，叽叽喳喳地争吵，但也不真吵，一会儿也就各自闲聊了。

庭院灯自动开启，小区亮一处，暗一处。

刘晃气喘吁吁跑到黄绵绵跟前，他取出做好的横幅给黄绵绵，黄绵绵打开一看，很满意。横幅上写：“外华内虚人前秀，炫光掩暗事后穿。”一时小广场又围了好多不明真相的业主。

66

就 020 线上购买臭鸡蛋问题，部分业主又集合在物业公司门前。有两名业主打着“外华内虚人前秀，炫光掩暗事后穿”的横幅站在公司门口。客户中心一楼大厅灯火通明，不少老人还在质疑 020 线上购买的鸡蛋品质问题。

朱笑蔓和赵薇薇从楼上下来，走到业主中间，给大家打招呼：“各位业主朋友，各位叔叔阿姨，大家晚上好。在这里人多，大家你一句我一句，咱们也听不太清楚，为了更快给大家一个答复，请你们派几个代表到会议室座谈，也就不耽搁其他业主的时间了。你们看这样好吧？”

张洪学从门外走了进来，站在刘晃跟前：“你请几位买过鸡蛋的业主到会议室吧。”

“不行，就在大厅，他们代表不了我们所有业主的心声。”黄绵绵也从门外进来，指着朱笑蔓的鼻子对大家说：“就是她，她朱笑蔓就是给老人卖臭鸡蛋的经理，乱收物业费的经理，要她给大家一个说法。”黄绵绵站在业主中间，大声说道。

“我们就在这里，请朱经理给我们解释一下，为什么专对老人卖臭鸡蛋，老人是弱势群体，好欺负是吧？”光头老人的声音比谁都大都亮。

“我从你们网上购买了两次鸡蛋，每次都有臭的，你们是从哪里捡来的这些鸡蛋呀，坏的不说，味道也不对，物业发不出工资呢？还要用新玩意儿来蒙骗业主，不地道哟。”一位年轻人跟着说道。

“大家静静，让朱笑蔓回答，为什么给老人们卖臭鸡蛋？”黄绵绵又从人群中间站到了人前面喊道。

“业主朋友，大家辛苦了。上了一天班，晚上还要来物业公司质疑问责臭鸡蛋的问题。我实话告诉大家吧，都在说吃出了臭鸡蛋，但凡拿出来给我看看。今天中午有几位老人来过了，我们随便抽出来10个鸡蛋，当场摔烂，没有一个坏鸡蛋，她们就回去了。晚上大家又来质疑问难，一定是有人在挑唆大家，其实大家都明白真相。我坚信一个哲理：举头三尺有神明，人在做，天在看。我相信自己没有做错，请大家回去吧。”

“你没有错，难道是我们业主错了？朱笑蔓你把话说清楚。”黄绵绵不依不饶，穷追不舍。

朱笑蔓在张洪学和赵薇薇的保护下离开了现场。

黄绵绵欲追出去，被张洪学等秩序维护人员挡在了大厅。

“朱笑蔓跑了……别让她跑！”黄绵绵歇斯底里地说。

第二天清晨，鑫达州物业公司楼前，一条横幅挂在两棵桂花树之间，内容是：“用心开展智慧社区建设，促进物业服务转型升级。”

条幅下摆了三张办公桌，桌子上堆放了许多智慧社区建设的宣传手册。朱笑蔓、赵薇薇、刘倩倩、张洪学、王红、小红、小丽在现场做O2O现场入网试教活动，手把手地教老年人怎样使用智能手机、怎样在线上购物等。保洁员和维修师傅也主动到现场帮助老人操作智能手机。

“给我看看，我的手机行不行。”有老人带孙子来到线下宣传点。

陆陆续续有很多老人买菜回来路过这里，都驻足学习智能手机的线上购物操作使用方法。赵大妈在赵薇薇的指导下，自己可以从网上购买商品了。

“我再试试看。”赵大妈兴奋地跃跃欲试，她按照赵薇薇讲给她的流程，从O2O线上购买了两斤陕北红枣。一会儿小红就给她送到了现场，赵大妈高兴得逢人就说：“哎呀呀，这新玩意儿就是好，冬天咱坐在家里就能买到东西了，再也不担心下雪路滑不安全了。你说，是啥？咋就这么神奇呢？”大家听赵大妈把O2O说成啥土啥，都哈哈大笑起来。

黄绵绵和旦心来到现场，旦心扯下横幅，扔进水里，黄绵绵把桌子上的宣传册掀了一地。

“你不让我活，你也别想舒坦。”黄绵绵用脚把宣传册踢进水系。赵薇薇非常生气，过来抱住黄绵绵：“姐！你想干吗？”

朱笑蔓站在桌子中间，她的表情很平静。她越是平静，黄绵绵就越发激动和失去理智。

“放开我……薇薇……赵薇薇。”黄绵绵使劲挣扎，赵薇薇也累得气喘吁吁。

“报警!”现场不知谁喊了一声。

一旁的刘倩倩立即缓过神，拨打110准备报警，只听刚“嘟——”响了一声，朱笑蔓立马摁断电话，并向刘倩倩摇了摇头，示意不要报警。赵薇薇看到朱笑蔓的态度，赶紧放开黄绵绵，拉起朱笑蔓就走。

“笑蔓，我今天不想叫你朱总，而是叫你的名字，就是想我俩像个朋友一样说说话。”朱笑蔓办公室内，赵薇薇真诚地说。

“我们俩还需要强调是朋友吗?”朱笑蔓也真诚地看着赵薇薇。

“作为你的朋友，也作为绵绵的朋友，我很感激你刚才的冷静，没有通过报警处理绵绵的不当。但是，我又本能地将天平向你的方向移动了——绵绵那么不讲理的处事风格，又让我怀疑，包容，难道是一种错吗?”赵薇薇一阵沉思，手头的一张纸在她的手里被揉成一团。

“薇薇，我和绵绵的矛盾又岂能是一下子就消融掉呢?”朱笑蔓以一种复杂的眼神看着赵薇薇，她又扶着赵薇薇，像是自言自语，又像是说给赵薇薇：“生命像一把伞，生活如暴风骤雨，爱是补丁。我和绵绵的矛盾，皆因爱，也只能用爱来化解。”

日间照料中心门前小广场，服务人员把餐厅桌椅都搬到小广场上，让老人们在这里享受阳光和自由。秦朝、朱东风、潘登、刘妈等老人不会使用智能手机，刘倩倩在手把手地教他们。

“我成功了，拍了五斤新疆薄皮核桃!”秦朝举起手机高兴得像得了满分的孩子。

“我也成功了，拍了两斤新疆达坂城葡萄干。”朱东风第一次尝到了信息技术的甜头。

潘登和刘妈还没有开窍，始终不会自己进入微信支付平台。刘倩倩就坐在刘妈和潘登他俩中间，一步一步地教如何进入程序。就在秦朝和朱东风都还沉浸在享受高科技快乐的时候，小红和小丽驾驶着电瓶车送货来到日间照料中心门口，两人一人拿着一件商品，走到秦朝和朱东风跟前，恭恭敬敬地把两件商品分别送到秦朝和朱东风手上。

“谢谢秦爷爷！谢谢朱叔叔!”小丽和小红向两位老人深深地鞠了一躬。

“潘登，弄好了没有?”赵大妈问道。

“还没有!”潘登挠了挠脑门，“实名认证过不去。”

“不要紧啊，刘红梅不是通过认证了吗?你俩有一个通过认证就行了。”有老人在开他俩的玩笑。

“老不正经。”刘妈低着头，一脸严肃，继续玩自己的手机。

赵大妈给潘登抛了个媚眼，示意让他看刘红梅。

潘登转过脸去看刘红梅：“本来就是嘛!”

“去你的!”刘红梅低着头自己也忍不住笑了。

大家都笑了，好多老人的脸上是难得看见这样的阳光。

这时，餐厅放起了优美的草原舞曲，小红、小丽情不自禁地跳起了草原舞蹈。好多叔叔阿姨也都加入，刘倩倩被小红拉入其中，她们被老人们围在中间，厨房的大姐、二姐、三姐、四姐和几位面点师傅也放下手中的活，跑出来跳得更欢。大姐把面点师围裙上的面粉抹在刘倩倩脸上，二姐又把面点师围裙上的面粉抹在刘妈和潘登脸上，现场好不热闹。

秦朝捂住嘴巴笑，朱东风拄起拐杖站起来，随着悠扬婉转的草原舞曲舞动着自己笨重的身体。

67

大厅只开了周围的气氛灯，室内光线柔和。做完作业，旦萱萱感觉有些饿了，她走进餐厅，看到餐桌上旦心为她准备的晚点，不是很合她的胃口，又转身拉开冰箱，把头钻进冰箱里，也没有发现有她此时此刻想要吃的东西。

她来到客厅，在茶几上胡乱翻了一阵，一盒礼泉软香酥引起她的注意，她取出一块，掰开一半，尝了一口，又把另一半块软香酥放进包装盒里。

她坐在沙发上，几口就把那半块软香酥吃掉了，拿起旦心没喝完的半杯茶，喝了几口，又拿起电视遥控器，想打开电视，又没有打开，又把遥控器放在了茶几上。

这时，她突然想起社区O2O平台，她打开手机，在O2O平台上看到了想吃的铁板鱿鱼，她暗暗惊喜，点开微信支付。

有些无聊，她就又回到房间，仰躺在床上，目不转睛地盯着屋顶简单的造型，有些困，她微闭上了眼睛。

一个春光明媚的季节。一大片薰衣草中好多有情人在花丛中追逐嬉戏。

赵明明带着学生踏青来观赏刚刚盛开的薰衣草。春阳在头顶，晒得旦萱萱满脸通红。旦萱萱和几位闺密在一棵桑树下打闹、玩耍，鲍小宝和几位男生带着食品来到桑树下，男生们把零食送给几位女生，鲍小宝给旦萱萱带来的是铁板鱿鱼，结果，几位闺密蜂拥而上抢吃铁板鱿鱼，旦萱萱噘着嘴巴佯装去打闺密，就是追不上，也打不着，旦萱萱蹲在地上，差点掉进坑里。

旦萱萱被一阵敲门声惊醒，手机铃声也在不停地响着，原来是自己刚才做了一个梦。

“萱萱，你买的铁板鱿鱼。”门口有人叫门。铁板鱿鱼，我买了吗？旦萱萱一时想不起来。

“你是谁？”旦萱萱从房间走到客厅，“我没有买呀？”

“是你刚才从 O2O 平台线上买的。”门外是一位女人的声音。

旦萱萱有点害怕，她没有想到刚才在梦中梦到的铁板鱿鱼竟然是现实。“你是谁？我不敢开门。”旦萱萱在屋里有些胆怯地说。

“萱萱，你不急，也不用怕，我让你熟悉的人给你说。”门外的女人说道。

一会儿旦萱萱接到了一个电话：“萱萱，我是你朱阿姨，小宝的妈妈，你打开门吧，是我们物业的阿姨给你送铁板鱿鱼来了。”

“哦！好的，谢谢朱阿姨。”旦萱萱这才打开了防盗门。

“你刚拍的铁板鱿鱼！”站在门口的是小红。

“谢谢阿姨……谢谢！”旦萱萱接过热乎乎的铁板鱿鱼闻了一下，小嘴咧开一笑。

“把门锁好，阿姨走了！”小红帮她带上了门。

汇通面夜市灯火通明，家家摊位都坐满客人。

夜市上，吆喝声和炒锅与铁铲的碰撞声，远处的汽车喇叭声，声声入耳，声声敲人心坎。旦心的摊位上坐了几位吃炒面的学生，附近学校的孩子下了晚自习都爱在这里吃点东西。旦心突然想起旦萱萱今晚没来吃饭，他正要给女儿打电话，女儿的电话打来了。

“萱萱，你怎么没来吃饭？”旦心问女儿。

“爸爸，我吃了，在家吃的，我在 O2O 线上买的铁板鱿鱼，挺好吃的。以后，我教你在 O2O 线上购物，方便快捷，拜拜！”

旦心话还没有说完，旦萱萱就把电话挂了，旦心还在想旦萱萱的话，什么新玩意儿，他还没有搞懂，什么“哦吐哦”，狗屁。

“来了来了……牛羊肉炒面……”旦心的吆喝声盖过夜市。

“我成功了……我成功了……你们看……”马道功在大厅里欢呼雀跃，他把刚才自己操作的购买信息给刘倩倩看，高兴地说：“丫头，叔成功了……真的。”

刘倩倩拿着马道功的手机一看，第一笔交易真是成功了：“马叔，祝贺你，你在O2O微商城购买的西湖龙井交易成功。”

“咦！这玩意儿还真是神奇，网上一点，微信支付一点，就成功了。那以后……我足不出户就能在网上要啥买啥……对吗？”马道功问刘倩倩。

“是这样子的，老叔，你以后就是我们的VIP了。”刘倩倩微笑着对马道功说。

“你刚才说……什么来着……什么屁？”马道功又听到了一个新鲜名词。

“VIP。”刘倩倩放慢了语速。

“VIP，啥意思？”马道功问刘倩倩。

刘倩倩接过电话，她做完记录后给旁边的王红说：“王经理你去看看，业主反映L楼区后有很多青蛙叫，影响业主晚间休息，看看怎么处理一下。”

刘倩倩回头又给马道功解释VIP，说：“叔呀，这VIP说起来有个故事，它有很长的历史渊源。VIP的用语起源于20世纪80年代，据说在第二次世界大战中，英国的运输部队用飞机运载许多重要人物前往中东时，基地的指挥官为了保护他们的身份秘密而创造了VIP这个简称。简单地说，就是我们尊贵的客人。”

马道功哈哈一笑，开玩笑道：“要我说，就是掏钱的笨蛋！哈哈哈哈！”

“马叔好！”小丽提着商品袋走到马道功跟前，“你的茶叶！给。”

“这么快？”马道功感到惊奇。

“你要的货我们现场有。”刘倩倩说，“如果你拍到现场没有的商品，就得等几天了。日常生活用品天天都有。”

“哦！好好，以后呀，叔就从你们线上买了，这样方便。我就是你说的那个啥P，对对对，VIP……”

“谢谢马叔。”刘倩倩、小丽、小红三个人互相递了一个眼色，异口同声，“谢——谢——马叔。”她们故意把“谢谢”两个字拖得长长的。

68

秩序维护部监控室，监控员从监控视频上，发现了南大门外有两个男人跟随业主人脸识别二维码后闪进小区。他反复把这个监控视频来回看，最后判断这两位男人不像是小区业主。为了安全起见，他拿起电话秘密给经理张洪学做了汇报。

“张经理好！刚刚有两名男人从南门尾随业主人脸识别二维码后闪进小区，进小区后拐到 A 区，这两人有些可疑。”

正在 K 区巡逻的张洪学，停下巡逻车接电话：“我明白。穿什么颜色的衣服？蓝色和黄色？好，你注意监控他们的行踪，随时跟我取得联系。”

张洪学把巡逻车停在一处，用对讲机给队员布置道：“大家注意，大家注意，有两名可疑人员从南门随业主闪进小区，目前可能在 A 区，穿黄色和蓝色上衣，请各大门值班人员站在门岗，对外出人员严加排查。请巡逻岗人员集结到物业公司楼下，快！”

张洪学赶到了物业公司楼下门前小广场，陆续有六名队员也跑步到了指定位置，张洪学安排工作：“刘师，你从 9 号楼东墙向南；李师，你从进车通道 10 号楼西侧向南；其他人，随我从景观大道两侧向南移动，一栋一栋地搜索，重点是包围植被茂密处，出发。”

监控员在不停地摇动云台，查看路口的可疑人员，枪机也不时调看，看看宅间道有没有可疑情况。突然，在 A 区 5 号楼中间位置，发现这两个可疑人员的踪迹，监控员马上向张洪学报告：“经理，经理，A 区 5 号楼中段，衣服换了，换成了两件短袖。”

“明白，5 号楼中段，两件短袖，好。”张洪学简短重复。

“大家注意，大家注意，缩小包围圈，5 号楼中段，大家注意安全，小心嫌疑人有凶器。”

张洪学迅速闪进楼头的灌木丛。

日间照料中心门前的小广场，朱笑蔓和老人们在沟通下一步社区养老的话题。她还是先找到了秦爷，了解下秦爷对养老的看法。

“秦爷，对于您今后的养老有没有打算，我给您打个比方，您别介意，假如说，半失能后的养老和失能后的养老，您给我说说您是怎么想的？”

秦朝看着朱笑蔓，他若有所思：“像我这种情况，是有儿有女的，也有外孙的，但又看似孤寡老人。说真的，要是哪天动不了了，靠儿女回来伺候？不可能，也不现实。怎么办？我想是这样，如果在社区有家像社会机构养老那样，把我们这些不能动的失能老人都收进去，有人照顾，有人临终关怀，能让我走得又幸福又有尊严就可以了。蔓子，你看秦爷这个想法能不能实现得了？”

“秦爷说的临终关怀，不一定要到社会机构养老去，居家也可以呀。到时候我们物业就会培训一批具有专业知识的养老团队，到家里陪您走完人生最后一段路。”

“蔓子，居家当然是好。如果能做到 24 小时有人陪伴、有人喂汤喂水、有人康复治疗、有人康复训练、有人打扫卫生、有人读书读报、有人洗澡更衣，这些得雇用多少人呀？居家养老比较费事费人，一位老人也雇不起这么多专业人员，也是浪费。”

赵大妈很感兴趣，她也凑过来听听，时不时还说上两句：“蔓子，大妈也有一个建议，也想抱团养老。我们可以找同班同学、同事，还有平时玩得好的朋友，三五家人，在社区雇你们物业专业人员，负责我们的吃喝拉撒睡，每户每人每月出多少钱，物业给我们当管家，做饭、做卫生、旅游、候鸟式养老。当然，这是都能动的时候，不能动了，就集中到社区养老送终。”

“更多的还是要考虑半失能和失能后的养老问题，能动能自理啥都好办，关键是不能动后咋办？这是关键问题。”朱东风最后也感触颇深，说，“像我这种情况，如果不是有你蔓子，吃饭都成困难。”

还有老人说：“只要不离开社区，什么养老模式都可以。”

大姐站在门口喊：“开饭了——”

朱笑蔓站起身给老人们说：“都吃饭去吧，我每天都在，如果大家还有什么好的想法就给我讲。”

“朱总，吃完晚饭再走吧？”大姐站在门口说道。

“谢谢！”朱笑蔓给大姐打了一个招呼转身走了。

天气阴森森的。鑫达州物业公司门前广场一角，围了很多业主。

“上个月我的电动车丢了，是不是这伙人干的？”一个年轻人问。

“我在楼道里好像见过他们。”一个戴着帽子的业主回忆说。

“朱总，刚才我们抓住了两个贼，我已经报警了。”张洪学汇报说。

“哦！有成绩嘛！”朱笑蔓走近一看，是两个小蟊贼蜷缩在一起。

不一会儿，派出所来人把两个小蟊贼带走了，现场的人还没有看够，还在原处议论纷纷。

69

朱笑蔓刚刚回到办公室，电话响起：“喂！我是。什么？老人食物中毒，在医院？”

朱笑蔓给赵薇薇打电话：“薇薇，有……有老人食物中毒？”电话里吵吵嚷嚷，听不清楚，“喂！喂！有四人中毒？严重不……我知道了，我马上去食堂看看。”

朱笑蔓刚刚拉开门准备出去，刚好和黄绵绵、刘晃碰个正着，朱笑蔓撞到了黄绵绵的怀里，被黄绵绵用力一推，朱笑蔓一个趔趄差点撞在茶几上。

“你……”朱笑蔓防不胜防，又被黄绵绵推了一掌。

黄绵绵冲进朱笑蔓办公室，就抓起朱笑蔓桌子上的东西乱砸乱扔，这突如其来的事情让朱笑蔓丈二和尚摸不着头脑。

“你们这是咋啦？发这么大的火，总得让我知道原因吧？”朱笑蔓站在门口，看着黄绵绵像疯子一样见东西就砸。

朱笑蔓顺手打开办公室的灯，很快调整好心态，装出一副若无其事的态度：“你来找我有啥事，说吗？”朱笑蔓很平静地看着黄绵绵。

“人都中毒了，你还在这里装。”黄绵绵双手抱在怀里，高傲地仰起头，“这次你摊上大事了。”

“我也是刚听说，事故原因，还不知道。请你不要妨碍我的工作，我要去现场调查一下，才能知道事故的真正原因。”朱笑蔓捡起被黄绵绵扔在地上的手机准备出门，黄绵绵又一掌推了过来，这回朱笑蔓灵活，身体一闪躲过一掌。这时，刘晃迅速出手刚要挡在朱笑蔓面前时，被一只有力的手给钳住了。

“又是你？”刘晃转过身看到是张洪学，又转身想给张洪学一掌，被张洪学迅速挡开。

“别在这里瞎扯淡，中毒的事情关你屁事？”张洪学很霸气地吼道。

“怎么不关我的事？我妈今早就送医院去了，我来找朱笑蔓问问清楚，不该吗？”原来黄绵绵是来兴师问罪的。

“刘妈今早送医院了？严重吗？”朱笑蔓迫切想知道详细情况。

“哟！你朱笑蔓这会儿假慈悲，有必要吗？”黄绵绵的话是从牙缝里蹦出来的。

“朱总，你走，110已经到日间照料中心去查了，你赶紧去吧。”张洪学告诉朱笑蔓说。

“报警了？”朱笑蔓有些紧张地看着张洪学，“谁报的警？”朱笑蔓问。

“我报的警。”黄绵绵两手抱在怀里得意地说。

朱笑蔓看了黄绵绵一眼：“不省心。”朱笑蔓大步走出办公室。

“朱笑蔓，你等着坐牢吧！”黄绵绵冲出朱笑蔓办公室，在走廊里骂道，“你卖些过期食品……这回，官司你吃定了。”

这个时间段，是医院看病人最多的时候。大厅里人头攒动，挂号窗口前排起长龙。

赵薇薇忙前忙后，帮助护士为中毒病人洗胃。

刘妈、潘登、马道功和业主老张是今早分别送到医院的。刘妈是第一个送到医院的，胃已经清洗过了，看起来脸色苍白，一副无力的疲倦样子。那个业主还正在洗胃，没有脱离危险。

朱笑蔓跑步来到日间照料中心，她看到警车停在了门前，心里一阵打鼓。大厅内警察正在做调查。

“昨天晚上就餐是78人，三道素菜，有菠菜粉条、豆腐干、煮花生米，还有一个咸菜。主食就是稀饭和馒头。”厨师长说。

“目前中毒就4人？其他人有没有什么反应？”警察问道。

“大多数都还没有来，不知道……哦！秦教授来了，朱老师来了。”厨师长说。

“秦教授？就是你吗？”警察转过身来问。

“我是秦朝，今年80岁。昨天晚上我也吃饭了，没有什么反应呀。我们这是老年食堂，物业每天都要对食材和饭菜质量进行检查，我们很放心的。”

“我是朱东风，今年66岁，昨晚也在这里吃晚饭。”

“这位是？”警察看到站在门口的朱笑蔓问。

“我是佳境·国际村物业公司总经理朱笑蔓，也负责这里的日常管理工作，有什么问题我可以回答。”朱笑蔓很有分寸地回答道。

“哦！中毒的那几位老人，你确定，昨天晚上是在这里就餐的吗？”警察问道。

“是的，全是在这里就餐的。”朱笑蔓回答。

“在医院你见过他们了吗？”警察问。

“没有，我是上班来才知道的。”朱笑蔓回答。

“那是谁送去医院的？”警察问。

“可能是家人吧。”这里的经理一早就赶到医院去了。

“从目前情况看，78 人就餐，4 人中毒有些不可思议，但又没有证据证明不是在这里中毒的。”警察又转过脸问朱笑蔓，“他们 4 人平常的关系怎样？”

“一天又说又笑，是老人中的开心果。”朱笑蔓回答道。

“他们 4 人的年龄相差多少？”警察又问。

“他们是大学同年级同学。”朱东风说。

“哦？这是一条线索，走，我们去医院看看，朱总跟我们一起去吧。”警察说。

“好！”朱笑蔓给厨师长交代，“中午不停业，不管多少人，都开。”

“好！朱总。”厨师长看着朱笑蔓上了警车。

“我知道，目前 4 位业主中毒症状已好转，已没有生命危险。还需留在医院继续观察。嗯！嗯！”谢小燕放下电话，走出办公室来到综合管理部，她把几位业主请到自己办公室。

“你好！请问你们找我有事吗？我就是谢小燕，居委会主任。”谢小燕把业主安排坐在沙发上，给她们每人倒了杯水放在茶几上，自己坐在沙发的对面便于交流。

女业主首先做了自我介绍：“我是小区的业主，姓宫名媛。”

“宫媛，好名字。你说吧。”谢小燕做着笔记。

“日间照料偷工减料，她们每天的进货都是一个二道贩子，不是从菜场正儿八经采购来的。”宫媛很生气，说话声也很大。

“哦！”谢小燕点头对这位女业主宫媛反映的情况表示重视，说道，“我好像在哪里见过你，但又说不上来具体在哪里见过。你反映的情况很重要，你能不能给我再说详细点，譬如每天进货的时间，送货人的具体地址，还有送货人食材来源渠道等，有了这些证据，我才好给我的上级领导汇报，才能做出正确的处理意见，是吧？”

宫媛又看了一眼手机，抬起头看着谢小燕说："具体送货人的情况只知道大概，住在川中火车西站，他每天是从安古苑自由市场连捡带批发弄来的菜，整理一下，以次充好，就送到日间照料厨房。厨师他们对每天的食材采购没有经过检查验收，就卖给老人吃。我发现他们是一条销售链，厨师跟送菜的人配合很默契，日间照料又与物业公司同流合污，没人管老人们的健康。"

谢小燕认真做着笔记，停下笔，问宫媛："你对送菜的人很了解是吧？"

"我以前认识他，在一起做过生意。"宫媛回答。

"还有吗？"谢小燕问宫媛。

"没有了，就这些。"宫媛回答道。

"好吧，你要对今天你说的话负责。你看看，这是我刚刚做的笔录，请签个字吧。"谢小燕把笔录递给这位女业主。

宫媛和其他两人一看，不敢签字，说："能不签字吗？"

谢小燕笑着说："你签了字，我们才有依据去调查；你不签字，就是陷害，你就犯了诬陷罪。当然，我们绝对为你保密。"

宫媛有些胆怯，还是在笔录上颤颤巍巍签下了宫媛的名字。

70

护士进来给刘妈换吊瓶，说："阿姨，你再观察一下就没事了。"

刘红梅脸上露出一丝安慰："谢谢……你们，抢救及时，不然……就到阎王……爷那里报到去了。"

刘倩倩带着两名警察进来，朱笑蔓跟在后面，她走到刘妈跟前，拉着刘妈的手眼泪汪汪地看着刘妈。刘妈也红了眼眶。

潘登、马道功和业主老张中毒稍微重些，目前还没有完全脱离危险。

刘倩倩把两位警察介绍给刘妈："刘妈，这是我们辖区派出所的同志，专门为你们中毒事件来调查案件真相的，看你身体健康情况，允许的话就给警察说说，不行就改天。"

"我……说说吧，不要再麻……烦警察同志。"刘红梅的眼皮很重，她想睁开，但又力不从心。她微闭着眼睛，说话声音很小，"昨天晚上，是马道功的生日，我们是大学同……同年级同学。昨天晚上，吃过晚……饭后，老马说出去坐坐，我们就到南……南门外一家烧烤店去了……"刘妈回忆说。

原来，马道功、刘红梅等几位老人在街上找庆祝的地方，被一位小伙给拦住了。

“叔叔阿姨们好，想吃点啥？要不，先坐下来看看，夜景不错。或许还会找到点什么，譬如你们的童年、你们的少年、你们奋斗的青春足迹。再吃上一串烤肉，品尝一杯扎啤，青春萌动，今夜无眠。”

“坐坐吧！少来点，也感受一下青春的气息。”马道功经不住诱惑，劝大家坐坐感受一下这夜色之美。

“坐就坐，怕谁。又不是没年轻过。”刘红梅努着嘴第一个坐下。

“这就对了嘛，心态不受年龄限制。”小伙马上就给刘红梅递来一张精致的菜单，随后就是几碟子小吃。

“今天是老马的生日，你请客啊。”业主老张高兴的样子很逗。

“就你馋嘴!”刘红梅顶了业主老张一句。

“老……马……生日，他请……客。”潘登又有点结巴。

“肯定我请呀，66 岁生日，66 种灾难，66 个年月，66 个冷暖，我都经历过了，能走到今天，实属不易呀。”马道功很高兴，大声喊道，“来斤烤肉、一把烤筋、一盘花生米……四扎生啤。”马道功也豁出去了。

“好的，请稍等。”站在旁边的小伙一路喊进柜台。

不一会儿，全场响起了《祝你生日快乐》的歌。几名服务生在小伙子的带领下，唱着生日歌来到马道功跟前，给马道功送上一份精致的小礼品。

“来！各位老同学，借今晚美好良宵，共同来一杯。”马道功首先举起杯和刘妈、潘登和业主老张碰了一下，一仰脖子，大家都干了。青春不是谁的专利，谁都年轻过。

马道功拿起烤肉，分给了每人几串。

夜还是那么豪爽，不因为谁的年长就让着谁。

在抢救室，刘妈睡着了。

医生拿着化验报告进来给警察说：“这起食物中毒，是食物在制作、贮存、运输及出售时被细菌及其毒素污染，常见的细菌有沙门菌、大肠埃希杆菌等。这类食品，多在腌制和烤制食品中发生。”

朱笑蔓和赵薇薇两人相视一笑。

“看来，他们不是吃了你们食堂的饭菜中的毒。”警察说。

朱笑蔓和赵薇薇两人听了警察的话后，两人如释重负地抱在了一起，都悄悄落泪了。

警察轻拍朱笑蔓的肩膀："没事了，我通知城管查封'朋友'烧烤店。"

警察离开后，朱笑蔓和赵薇薇两人再次拥抱在一起，相互安慰。

一晚上没有休息的赵薇薇此时终于感觉到累了，顺势靠在刘妈的病榻上睡着了。

一辆农用三轮车停靠在蔬菜基地水渠边。车主每到一家先是问价，大伙也都认识他，都爱开他的玩笑，还给他取了绰号叫：老啬鬼。

"老啬鬼，今天菜价高些哈，前几天冰雹，收成不好。"菜农哈哈一笑，"我给你还是昨天的价。老熟人了，我也权当慈善一回。"

"谢谢谢谢！老年食堂，包不住，老人舍不得掏钱，每月每人才 450 元，这年头能干啥。"

"450 元？我每月浪费的钱都上万。"菜农净给老啬鬼拿好菜。

葱、姜、蒜、莴笋、青椒、包菜、茄子、花菜、土豆、洋葱、西蓝花等，菜农称好后又给老啬鬼装上车，还打了收据。

"老啬鬼，你还是吃点好菜嘛，今天我给你拿点洋葱，回去跟阿姨爆炒个肉片。"菜农给他拿了几个洋葱。

老啬鬼就是不要，推来推去，盛情难却，还是要了。老啬鬼又从水池边一大堆菜叶中捡了一堆，捆好，塞在三轮车的屁股后。

一些菜农把好一点的菜叶也送给老啬鬼。

"谢谢！时间不早了，我走了。"老啬鬼发动三轮车，骑上车嘟嘟嘟走了。这一切都看在社区谢小燕的眼里。

谢小燕和社区的同志坐上帕萨特跟在老啬鬼的三轮车后。

老啬鬼开了 30 分钟车就到了佳境·国际村日间照料中心门口。

服务员早就等候在门口，大家看到老啬鬼的三轮车一到就赶快来卸菜。称秤、验菜、入库、付钱，一切手续都很流畅，无懈可击。坐在帕萨特车里的谢小燕都拍了照片，看着老啬鬼把剩下的烂菜和别人给他的菜收拾了下放在车上，掉头又走了。帕萨特又跟在后面。

朱笑蔓坐在沙发上看报表。

她喝了口白开水，起身走到办公桌前，拿起桌子上的电话就拨号："你到我办公室来一下。"

她刚转身回来坐在沙发上，办公桌上的电话又响了。她起身走到办公桌前，拿起电话："有事吗？哦，好，我马上下来。"

一群业主拿着锦旗站在大厅中央。张洪学忙前忙后给送锦旗的业主照相。朱笑蔓下楼来，看到一群业主给物业公司送的锦旗，走过去和业主一一握手："这都是我们的职责所在，是我们应该做的，谢谢业主朋友对我们工作的支持。"

张洪学安排大家站在构建和谐社区的牌子下照相，业主代表就在大厅做了即兴发言。

"再好的智能设备，也有它的不完美之处。几天前，就有两个贼娃子跟随业主通过人脸识别二维码后，闪进小区。这两个贼娃子已经不是一两次进入小区，而且都是大白天进来的，我们小区丢过几辆电动车。这次，贼娃子没有侥幸逃脱，被我们的监控死咬住了，在张经理的带领下，一举抓获了两名偷车贼，谢谢物业，谢谢张经理。也请朱总给大家讲两句，大家鼓掌欢迎。"

朱笑蔓被张洪学推进大厅中央，简短地说："谢谢大家，谢谢业主的厚爱。创建和谐文明小区，是我们共同的责任。我们有全体业主的配合，有全体业主的支持，打造安全文明社区从我做起。谢谢大家！"

赠锦旗活动刚刚完成，现场就有业主跑来投诉："你们管不管呀，青蛙扰民，晚上叫得让人难以入睡。"

"你慢慢说，你是哪栋楼？"刘倩倩问业主。

"醉月湖 G 座……不光是 G 座，晚上到处都是，你们得管呀。不行……就打药，不不不不，这是保护动物，不能打药……物业看着办吧。"业主说道。

"好，你放心吧，我们管，一定要管。"朱笑蔓答应说。

71

老啬鬼把三轮车停在平房后面，抱了一大堆菜叶子出来放在水池边。老伴从平房出来，坐在这堆菜叶子跟前捡菜。把好菜放在篮子里，把烂菜放到一边喂鸡。

谢小燕从帕萨特出来，走到平房门口，老啬鬼刚刚端了碗菜疙瘩出来吃，就碰上了谢小燕，他不好意思又退回到屋里。

"大叔，吃午饭呀？"谢小燕主动问。

“我们饿了就吃，没讲究。”老啬鬼笑着说，“这才是早饭呢。”

“哦！才吃早饭。”谢小燕走近大妈问道，“这些菜怎么吃？”

“好菜给人吃，烂菜喂鸡。”大妈头也没抬就回答道。

“农村人，不讲究，最好能吃饱就可以了。”老啬鬼笑着说。

“你不是给人家送菜呢？也能挣几个零花钱。”谢小燕试探地问。

“不挣钱，我给那些老人送一车菜，她们给我 20 元，油费都不够。”老啬鬼笑着说，“我是给秦老师帮忙，他是我的老师。赵薇薇是我同学的女子，我是看着她长大的，她请我给她帮忙，我能不帮吗？她们食堂包不住啊。”

“善为至宝，一生用之不尽。大叔，你是在做善事呀！”谢小燕钦佩地看着老人。

“朱笑蔓他们那么多人都在做善事，我也是读过书的人，人穷志不穷。心作良田，百世耕之有余。”老啬鬼很乐观地说。

“是呀！心作良田，百世耕之有余。今天有幸能和大叔交谈，真是为善不同，同归于治；为恶不悛，同归于乱，感触颇深呀。谢谢大叔，改日再来拜访。”

老啬鬼看着谢小燕走远的背影，回头赶紧吃自己的饭。

“小区青蛙好多，只有打一次药，才能彻底消灭干净。”张洪学一脸愁容，不知道该怎样处理才好。

“青蛙是益虫，是国家三级保护动物，我们逮住后拿出去放生处理。”朱笑蔓说道。

“可是……”张洪学双手一摊，“这量也太大了吧！”

“想办法吧，还有什么事情能难住你张大经理？从今天晚上开始，给你一周时间，搞定。”朱笑蔓用鼓励的眼神看着张洪学。

张洪学似乎有了主意，斩钉截铁地说：“保证完成任务！”

繁华的街景，霓虹灯时而奔跑在夜空，时而跳跃在群楼上，车水马龙的街道被灯影连在一起，如同火龙在城市起舞。

朱笑蔓骑着电动三轮车带着朱东风从市区穿过。

“中心食堂没事了，这两天吃饭的人数又多了，前两天把人煎熬得，没人敢来吃嘛。”朱东风对朱笑蔓说。

“这事还没完，城管已介入调查，‘朋友’烤肉店已被停业整顿。”朱笑蔓对朱东风说，“刘妈中毒轻些，明天就可以出院了。”

“哦！你潘叔他们可能吃得多些，恢复还得几天。”

朱笑蔓的电动三轮拐进紫轩阁，停在了单元门口。她把朱东风扶下车，把拐杖给他，自己锁好车，搀着朱东风进楼道。

小区路灯很暗，远处一看就是几个亮点，到处是青蛙在歌唱。

佳境·国际村，庭院灯很亮，广场舞已曲终人散，只有青蛙还在排练大合唱。张洪学在监控室门口给队员们安排新的工作任务。

“大家晚上好，从今天晚上开始，各门卫要加强门禁管理。巡逻岗和车库人员全部抽出来逮青蛙。两人一组，一人拿抄网逮，一人提麻袋，不能杀生。明早一早下班，各组自己带到郊外放生，都听清楚没有?”

“听清楚了!”十几名队员个个精神抖擞。

“出发!”张洪学也拿着抄网，打着手电跟着队员开始了新的工作。

卧室光线柔和。赵薇薇洗漱完毕，她今晚穿了一件粉红睡衣。

她斜靠在枕头上，给儿子讲着贪婪的大灰狼故事。

“大灰狼走到河边，它饿极了，也累极了。哎呀，肚子好饿啊，先喝点水撑着吧，它喝了几口水，靠在一棵大树下懒洋洋地休息。唉，已经三天没吃过肉了，早知道就不赌气离家出走了。大灰狼原本就住在另一片树林里，那里是狼群统治领地。它作为狼群中的一员，大灰狼连一只小白兔都逮不住，而今天又是空手而归。我回来啦，妈妈……大灰狼没有听到妈妈的回应，它走进屋里，坐在饭桌前，看到桌子上一盘香喷喷的羊肉。哇！嘿嘿嘿嘿，是我最喜欢的羊肉。它刚要用手去抓，就被妈妈打住了。嗯！妈妈你在干吗啊？妈妈说你今天捕的猎物呢？这个……我本来可以抓到一只兔子的，可是兔子太可怜了。所以，我就放了它，妈妈说那好，今天你就别吃饭了。嗯！什么？唉唉唉！妈妈你别开玩笑了，我都快饿死了。妈妈说没空跟你开玩笑，从今天开始，你的食物你自己准备，我们家养不起游手好闲的家伙。大灰狼说，好，我一天猎不上食物，我就不回来，大灰狼赌气地冲出了家门。”赵薇薇轻轻的声音在安静的房间十分温柔。

孩子睡了，赵薇薇起身扣好扣子，去了卫生间。

庞红枫抱着毛巾被，站在门口，看着儿子睡了，就蹑手蹑脚地来到赵薇薇卧室，他钻进赵薇薇的被子里，蒙住了头。

赵薇薇从卫生间出来，又到客厅喝了杯水，关掉饮水机电源，回到卧室。她看到庞红枫在她的床上，就气不打一处来。

“睡你觉去，今天没心情。”赵薇薇掀开被子，看到庞红枫蜷缩在床的中央，又说道，“有本事就天天在外面嫖去！”

夜间，抓青蛙工作已全面展开，可以说这是一次战斗。

“这里有一只……”刘师拿着抄网出手就是一只。

“这里！”刘师年轻，比较灵活，一出手又抓到一只，两人配合默契，一会儿就抓了几百只。

“刘师，窗户下。”刘师小心翼翼，一伸抄网，青蛙跑了。

“是谁？”一楼业主推开窗户大声喊道，“有贼！”

“别喊！”刘师和徒弟站在窗户下，“我们是物业的，在抓青蛙。”

“没事干了！”女业主嘭的一声狠狠地关闭了窗户。

刘师和徒弟咧着嘴给女业主做了一个鬼脸，鹦鹉学舌：“没事干了！”

两人嘿嘿一笑，一颗黄牙在黑夜里也显得很白。

湖面倒影星星点点，一湖金光闪闪的水纹。

湖的周边有几只手电光在晃动。光在晃动时，青蛙静悄悄的，光一灭，周边青蛙齐鸣，像是有意在和人类斗智。

“经理……这里……这里，还有这里……两只，三只！”秩序维护员小刚轻轻喊道，他的手电光不停地摇晃。

张洪学拿着抄网轻手轻脚走过来，对准两只青蛙网过去，两只青蛙全部落网。小刚赶快拉开麻袋，张洪学从抄网里取出青蛙放进麻袋里，哟，足足有半麻袋了，小刚双手提都有些费劲。

“经理，这里还有两只，嘻嘻嘻嘻，还正在亲热呢……”小刚的手电光照在两只青蛙身上，两只青蛙正在交配。

卧室灯光很暗，赵明明靠在床头上看书。

黄绵绵还没入睡，她的那双眼还在琢磨什么事情，不停地眨巴着。她翻了几个身，还是没有睡意，她又起身去了趟卫生间。

从卫生间出来，她看见赵明明也没睡，就去自己床上抱起被子，来到赵明明的卧室。她从赵明明床的里侧上床，躺在赵明明旁边。她把被子拥在床边上，钻进赵明明的被窝。先是侧着身子，背靠着赵明明，她的眼神有试探性，又转身面向赵明明，黄绵绵的头钻进赵明明的被子里。赵明明突然掀起被子，一双冷漠的眼神看着黄绵绵，这时的黄绵绵是赤身裸体蜷缩在赵明明旁边。

谢小燕坐在办公桌前，莫名其妙地看着宫媛主动跑来为“朋友”烧烤店说情，哭啼啼的样子很让人怜悯。

“‘朋友’烧烤店的事情，我做不了主，他们卫生不合格是导致食物中毒的罪魁祸首，城管让他们歇业整顿，也是为老百姓负责。”

宫媛一脸后悔的表情。

“‘朋友’烧烤店是我和黄绵绵开的，主要是我在这里负责。”宫媛说，“平时，我非常注意食品安全，对每批次进店食材都有严格的验货验收流程，管理也很严格。不知道那天是怎么了，就那四位老人中毒，其他客人好好的，真是鬼闯祸。”

“我能理解你的心情，出了事就要承担责任。你为什么要嫁祸于朱笑蔓？”

“当时……我想这四位老人也是在老年食堂吃了饭才来的我们烧烤店，第二天一早刘婶出现问题，黄绵绵告诉我，让我制造谎言，才跑来找的你。”

“宫老板，你知道诬告陷害是要承担法律责任的。”谢小燕拿起宫媛事先签字的笔记，“你说吧，是谁在指使你干……你那些举证，纯属子虚乌有，我可以选择报警。”

“不，谢主任，我说我说……是黄绵绵让我这么做的。”宫媛哭得眼泪滚落。

“她的目的是让你干啥？”谢小燕一脸憎恨的眼神。

“想把微商城整垮，把朱笑蔓整倒。”宫媛如实说了。

“哼，真是用心良苦。”谢小燕非常气愤地问她，“这与你有啥关系？”

“我……我是，黄瓜的老婆……”

谢小燕感到吃惊，瞪大眼睛看着宫媛，一副恍然大悟的神色。

72

秦朝和朱东风等老人在阅览室看书。

赵薇薇走进来给他们量体温，测血压，查餐后血糖。

“秦爷，最近睡眠怎么样？”赵薇薇看了秦朝的气色问道。

“自从红梅住院以后，就是睡眠不好。”秦朝给薇薇说道，“吃饭也没有以前香。”

“老师是操心日间照料这里老是不顺。”朱东风给薇薇说了实话。

“唉！我们这些人不自觉，一月 450 元能干个啥？我们那些孩子在外面吃一顿饭都是千儿八百的，给这里交 450 元还嫌多，人心不足蛇吞象呀！”薇薇说道。

薇薇给秦朝测完餐后血糖一看，叮嘱道：“18 有点高，坚持每天两针，晚上可以适当加点剂量，睡前再吃一口馍。”

“好的，谢谢……你是我们这里的福呀！”秦朝看着薇薇称赞道。

薇薇看着秦朝微微一笑，表示感谢，她又给朱东风量体温测血糖。

朱东风伸出食指，薇薇轻轻在他食指上扎了一下，一测试还是有点高，便对朱东风说：“你比秦爷餐后血糖还高两个点，中午饭前再加一片二甲双胍。”

“好的……谢谢！经常麻烦丫头了。”朱东风一脸诚意地感谢。

“大叔，应该的。每个人都年轻过，每个人都会老，有病不要紧，关键是生病后的心态。物业把大家聚集在一起社区养老，大家都在行善，是你们的福寿啊！”

“秦老师，该你理疗了，下一位是朱大叔。”隔壁理疗室师傅在喊。

“来了。”秦朝自己推着轮椅出去了。

校门对面的路上，停了几辆餐饮车，每辆餐饮车上都冒着热气。

路上除了少有的行人和车辆在通行外，大多数的出租车和私家车都等候在路边，他们在接下晚自习的学生娃。

下课了，小宝跑出学校大门。他肚子有点饿，跑到校门外斜对面的家属区，在一家专卖火腿肠的门店买了一根火腿肠，很烫，还没来得及吃，就被旦萱萱从背后以迅雷不及掩耳之势给抢走了，小宝立即追上去，穿过家属区。

“见面分一半！”旦萱萱边跑边说。

“好吧，给你吃！”小宝追在后面，“你不要跑了……当心点。”

旦萱萱停住脚，在前面等着小宝。小宝追上去，站在旦萱萱跟前，一个大小伙，一个大姑娘，就在灯影下你踢我一下，我踢你一下。

旦萱萱把火腿肠递给小宝：“你先咬一口，再给我吃。”

“你吃，我不饿。”小宝推让给旦萱萱。

旦萱萱拿着火腿肠转身就跑，小宝紧追不舍。一个男孩正在变声期的笑语消失在夜色中。

汇通面夜市灯火通明。旦心忙着给客人炒面，嘴里不停地吆喝着："来了来了……请坐请坐。"旦心最吸引食客眼球的是他翻锅敲锅的动作。好多食客路过这里，都要驻足看这个全过程。

"爸爸!"旦萱萱一个娇滴滴的喊声把旦心醉得不得了。

"来了，想吃点啥?"旦心很老练地翻着锅。

"你猜……还有谁?"旦萱萱在旦心眼前撒娇，专门给旦心一个很突然的感觉。

"不猜……我知道是谁。"旦心昂起头，瞥一眼旦萱萱。

"爸爸……你对我重视的程度不够?"旦萱萱竖着眉抱怨道。

"好！好！好！是小宝呗。"旦心逗旦萱萱玩呢。

"叔叔好!"小宝在旦萱萱的安排下来到旦心跟前。

"哇塞！我都要仰起头看了。"旦心看着小宝喜欢得不得了。

旦萱萱拉着小宝坐在凳子上，等着旦心给他们炒牛肉面。小宝不好意思，想走又被旦萱萱拉住，他看看旦心，又看看周围，还是不想坐下来。旦心看到小宝有些不好意思，就说道："小宝，牛肉炒面不是白吃啊，叔要收你的钱，不过不是现钱，是记账。可以吧?"

小宝愉快地点点头，旦萱萱看着小宝一脸高兴，也笑了。

鑫达州地产公司石总来到居委会找谢小燕。谢小燕开门，看到是石总站在她门口："快进快进，是哪阵风把石总给吹来了！不过，我不感到意外，为什么呢？是石总该来看我了。"

石总满脸堆满笑意："今天来找谢主任，还真是有事。"石总一脸诚实。

"哦！给企业服好务，也是我们社区的职责。请坐吧!"谢小燕把石总让到沙发上坐下，又给石总沏了一杯西湖龙井茶，很干脆地说，"我能帮你做点什么?"

石总的脸上有些忧虑，不过还是开门见山对谢小燕说道："谢主任，您看，自从佳境·国际村开办日间照料起，就一直包不住。主要原因是员工的工资一直是我公司在承担，14 个人的工资每月得 6 万元。日间照料中心如果继续亏损，我可是承受不住，压力山大呀。谢主任，看看政府这边能不能给我一些补贴什么的，或者是把老人的就餐费用提高，让我少亏点也成。"石总看着谢小燕，也是很为难的样子。

“这是个具体问题。提高老人的生活费和管理费，不是不可以，就怕老人舍不得，没人来了。”谢小燕为难地说，“关了？又不行，这是政府一项养老工程，现在是试点阶段。不关，又包不住，钱从哪里来，自给？怎么自给？是这，石总，我把这个问题向街道办汇报一下，看看上级领导有没有什么政策来扶持。”

“谢谢！养老工作还得靠政府支持。看能不能引进一些民间资本加入政府的养老战略当中，我这里也在想办法，也想吸引民间资本进入养老行业。”

“这是方向，也是生血功能。光靠政府，还是力不从心。”谢小燕通过日间照料运营，也充分认识到这一点。

“我还有一个问题，看看谢主任这里能不能协商解决。”石总为难地说道，“就是政府管的大修资金，每次计划内维修改造和抢修大项目，申办大修基金，要2/3以上业主签字太难了，不修又不行，那是物业不负责任。修，又申请不下来大修资金，时间不能等，工作不能停，怎么办？那就由物业掏钱修了算了。这一年下来不是一笔小数目，每年都要花几十万，这是物业的利润，是员工的福利。我想在业主大会成立之前，物业一些计划内维修工程和一些临时性抢修，使用大修资金能不能由社区居委会代替业主签字，这样既方便，又快捷，减少流程，这是双赢战略。请谢主任也把这件事情给街道办领导汇报一下。”石总一脸恳求的眼神。

“我也知道，朱笑蔓这些年在维修上申请不下大修资金，给业主垫了些钱。不修不成，尤其是一些大的抢修工程，业主就是不签字，要2/3的业主签，难呀。挖开的工程不等人呀，那就得修，还不是物业贴的本。这又是一个政策问题，我一并向街道办领导汇报一下，看看领导们的意见吧。”

石总站起身，以一种拜托的眼神看着谢小燕说：“谢谢，期待你的回复。”

谢小燕与石总握了个手，也用一种期望的眼神看了石总一眼。

73

刘妈出院了，她直接回到秦朝家里，继续照顾老师。

“恢复好啦？”秦朝看着刘红梅。

“好了，能吃能睡。”刘红梅哈哈一笑，“那天晚上老马非要把我拉去，都是老同学嘛，也都想热闹一下，没想到差点要了我这条老命。”

秦朝看着刘红梅还是有些担心："中毒，不是闹着玩的，以后在饮食习惯上还是要有所顾忌。都不年轻了，健康活着不给儿女添麻烦，就是幸福。"

"知道了老师。"刘妈搀扶着秦朝进卧室，帮助秦朝收拾停当，来到客厅关掉电视，把茶几上的杂物和垃圾收拾好。

佳境·国际村阳光旖旎，水幕墙上的水珠，在阳光的折射下熠熠生辉。朱笑蔓和赵薇薇等客服人员在大门口列队送业主上班。客服人员今早全是淡妆，头发盘在脑后，黑西服、白衬衣、黑色半高跟皮鞋，显得高贵，有气场。每周一早晨迎送业主的队列要求队列必须头正、肩平、臂垂、躯挺、腿并、脚稳，保持微笑。

"早上好！"客服人员对比较集中出来的业主问声好。

"早上好！"也有业主回应物业人员。

"天啊！天啊……你们快去看看呀，醉月湖里有……有尸体。"一位女业主骑着电动车过来，慌慌张张，差点绊倒，一脸惊愕。

"尸体？"朱笑蔓感到吃惊，忙问这位女业主，女业主骑着电动车已经过了珠泉路。

"走！"赵薇薇反应快，带着客服人员朝醉月湖方向一路小跑。此时，正是上班高峰期，赵薇薇她们去的方向刚好和业主上班路径方向相反，赵薇薇她们边跑还边注意让人、让车。

"张经理你在哪里，赶快到醉月湖集合。"朱笑蔓跟在后面边跑边给安管部经理张洪学打电话。

不少骑车上班的业主看到物业人员慌慌张张的样子，也是一脸狐疑，也有人老远就给赵薇薇她们让路。

湖边，围了不少跳广场舞的老人，都把目光投向湖中央一金黄色漂浮物上，初步判断是一只溺水死亡的大金毛。

张洪学已经下到湖里，拿着一把逮青蛙的抄网，向湖心靠拢。

"张经理你慢点！"赵薇薇在湖边大声喊。

"放心吧，我会游泳。"张洪学在湖里很骄傲地回答。

"水凉吗？"有业主在湖边问。

"有点凉！"张洪学回答她。

醉月湖最深处 1.8 米，最浅处 60 厘米。张洪学是从最浅处下到湖里的，张洪学靠近漂浮物时水已漫过腰部。

“是谁干的，真够缺德了，把死狗扔进湖里。”有人骂道。

“是个啥东西啊？是金毛狗吗？”一位舞者拿着扇子在手里舞着问。

“是金毛，死了。”张洪学用抄网把那堆漂浮物扒拉了几下，一看，断定是条死金毛，才给湖边的人说。

张洪学把死金毛网住向岸边拖。

好多爱看热闹的人都凑到一角，想看看这只金毛怎么会死在湖里。

金毛拉到湖边后，张洪学上岸，一身湿透，冻得瑟瑟发抖。

“你回去换衣服。”朱笑蔓给他说，“再派两位队员去把金毛运出去埋了。”

“好！”张洪学还打着哆嗦。他正在给他的队员安排具体工作时，一位披头散发的中年女子冲到湖边。

“妮妮……妮妮，是谁把我的妮妮弄死了……你是谁？”中年女子跑到湖边，看到自己的金毛犬死了，伤心痛哭。她跪在金毛跟前，摸着金毛的嘴巴、鼻子、眼睛，哭诉着，“妮妮一晚上没回来，我还以为她去了她姥姥家，我就没再过问，后来我就睡了。妮妮……是谁把你推到湖里去……嗯！跟妈妈说呀？是谁？妈妈一定给你报仇。”

周围又围了好多业主，都在看热闹。

“比她爹妈都要亲！”又一位舞者在旁边悄悄说，“她妈死了都没见掉一滴眼泪。”

其他业主都咧嘴一笑，露出一副嘲讽的表情。

“妮妮呀……我的妮妮，你走了……妈妈怎么办呀？”女子越哭越伤心。

这时，朱笑蔓为了控制住这种不正常的场面，走到女子跟前，想拉起女子，没想到还没等朱笑蔓去拉她，她反而更伤心地抱起金毛，哭得死去活来。

现场看热闹的人都认为这位女子是神经病，也都走了。很快，周围就再没有人了，只有物业的人等着收拾现场。

“你们要赔……赔我的妮妮……赔我的金毛！”女子突然对着现场的物业人员说。

“是你们的湖淹死了我的妮妮……你们必须赔。”女子起身，一把扯住朱笑蔓的衣领，给朱笑蔓来个防不胜防。

秩序维护员小刚立马上前抓住女子的手腕，掰开女子抓住朱笑蔓衣领的手，一个反手，女子疼得松开了。

这时社区民警赶到，女子有所收敛。

“狗死了，闹什么，也不怕丢人？还当成你家先人了。”民警几句话把女子说得无言以对。

“我的狗是淹死在湖里的，我要物业赔。”女子的声音没有以前的嚣张跋扈了。

“你家狗淹死在湖里污染了水系，物业还没有找你赔就算不错了，还给你赔，你想得美，回家吧。请物业把狗埋了。”一民警大声说，他处理一些民事纠纷都是这种腔调。

“都回，都回！”另外一位民警大声喊道。

王红组织环境部团队在醉月湖消毒。他们兵分两路，一路在湖边消杀，一路穿着防水衣，背着喷雾器在湖里浅水区打药。秩序维护员小刚个子高，他背着喷雾器帮王红他们在深水区打药。

湖边上，马道功的业主文化艺术社还是在老地方廊亭下活动。今天演唱的曲目是《金陵搬兵》片段。故事情节说的是元末天下纷争，群雄四起，各据一方。花云从朱文信据守皖之太平城，旋为江西陈友谅所困。陈兵方攻夺采石矶要隘。花云见敌兵势大，众寡不敌，拟暂坚守，暗出乞援，且逆料彼兵劳师远出，利在速战，若令顿兵坚城之下，则师久必老，待其师老气衰而击之，当可转危为安。孰意朱文信不从，定欲令其出战，以挫其锋。花云不得已，乃出临阵，究为所败。

马道功唱道：

听花嫂讲罢了来路情，
不由我洪武王大放哭声。
哭一声御侄孤难见，
再哭声花卿将先行。
背地里怨声陈友谅，
你不该把王御侄伤。
为王不哭三五句，
诚恐冷淡文武心。
为王越哭越伤痛，
忽听得殿角婴儿声。
问花嫂抱的谁家子，

报上名来王知情。

……

“你唱求个啥嘛，一句都听不懂，像驴叫，把人挣得。”王红在湖边消毒，对着廊亭这边的马道功大声讽刺。

“臭婆娘，你不懂，男人就是要挣，不挣你哪来的舒服。”马道功停住手脚，嘴也不示弱。

王红在湖边，踮起脚，努起嘴巴：“蝙蝠身上插鸡毛，你算什么鸟。”

“王红，你下班就回屋里，把烧酒给我烫上，我喜欢看到你温柔的一面。”马道功也站在廊亭坐凳上开着王红的玩笑。

“我看你是骆驼生驴子，怪种。”王红骂道。

马道功捡起一块石子漂在水上：“臭婆娘，你是三年不漱口，一张臭嘴。哈哈哈哈！”

廊亭里也不唱秦腔了，就跟着马道功给王红打嘴仗。

湖里湖边一片笑声。

“大家抓紧时间，下班前把湖水消毒完，石灰全撒在边上。”朱笑蔓从日间照料出来拐到醉月湖这边，刚听到一阵笑声就问王红和马道功：“你俩刚才骂得很开心嘛。”

“我喜欢听驴叫！”王红笑着说，引起大家又是一阵狂笑。

“我也爱给母狗咬。”马道功接着骂道。

朱笑蔓走到廊亭，在廊亭里坐了下来，向业主们征求意见。

74

秦朝和朱东风坐在门口感受春天清晨的自然凉风，他们惬意的神情很有成就感，也有幸福感。

潘登就爱跟刘妈转圈圈，刘妈走到哪里，潘登就跟到哪里，就连坐都要坐在一起，让刘妈十分反感。

秦朝给朱东风使了个眼色，让朱东风去说说。朱东风看了一眼老师，拄着拐杖走到潘登跟前。

“老同学，不要这样嘛，都是一把年纪的人了，被年轻人看到不雅观，你也不嫌害臊。”朱东风走到刘红梅跟前，想隔开潘登对刘红梅的骚扰。

“去你的!”潘登推了一掌朱东风，朱东风一个趔趄，差点被潘登推倒“你这是狗逮老鼠多管闲事。”潘登不耐烦地说朱东风。

“潘登!”秦朝突然发威，“人活脸，树活皮，你还有完没完!”

“老师……我没做啥。”潘登又有点结巴了。

“我什么呀我，红梅不愿意理你，以后别再自作多情。”秦朝狠狠地把潘登训了一顿。这会潘登老老实实坐在那里一动不动，一副生无可恋的样子。

鑫达州物业公司三楼通道里，灯火通明。走廊里有许多业主在看墙上的照片。

“秦师，你加微商城了吗？很好的。”

“我早就加了，在网上购买东西很方便。”

业主之间互相讨论着。

朱笑蔓办公室门开了，她到走廊给业主打招呼：“请到会议室坐。”

朱笑蔓走进会议室，赵薇薇、刘倩倩、王红、张洪学都到了。会议室坐了一圈业主，圆桌上摆放着矿泉水、时令水果和点心。

幻灯机打开了，投影仪上显示出几个大字：鑫达州业主茶话会。

会议由赵薇薇主持。赵薇薇给朱笑蔓耳语后，会议开始了。

赵薇薇抬起头看了一眼在座的业主，面带微笑地主持了今晚的茶话会，她说：“各位业主代表大家晚上好！今晚是由鑫达州物业公司组织佳境·国际村小区部分业主代表，召开半年工作业主茶话会，首先有请鑫达州物业公司总经理朱笑蔓女士给茶话会致开幕词。有请朱总经理!”

在一片掌声中，朱笑蔓站起身给在座的业主鞠了一躬。

朱笑蔓一脸温和，眼神很有力度。她说：“业主朋友们晚上好，在百忙之中，把大家请到鑫达州物业公司参加半年工作业主茶话会。会议主旨就是听取大家对物业公司上半年工作提出存在的问题，给下半年工作提出合理化建议。主要是想听听业主对小区物业管理工作的建言献策。上半年，物业公司在全体业主的大力支持下，完成了几项大的工作。一是完成了智慧社区的初步创建工作，门禁和单元门禁实现了人脸识别，增加了 50 个数字摄像头、10 个数字云台，新增了数字监控，还实现了设备二维码管理。二是开办了日间照料中心，让小区退休老人有了自己的家。社区居家养老一直是政府关注的重点，在居委会的支持下，和社区老人的配合下，我们完成了日间照料中心的建成运营，开了川中市社区居家养老工作的先河。目前，小区退休老人有了归宿，幸福指数提升。三是上半年我们的物业服务工作提档升级，物业初步走在转型升级的路上。上半年我们创建了微商城，覆盖了全社区和周边社区，拉动了周边商业模式的改变，满足了广大业主足不出户就能享受尊贵生活的愿望。现在95%以上的老人，都能使用智能手机，都能在网上购物网上交易，我们的后台和线下交易达到了99.98%的准确率，满意率达到99.9%。四是我们苦练内功，从细节入手，从基础入手，从高效管理工作入手。改进服务流程，改进服务观念。倡导首问制；推崇精专细；重视财务预算管理；夯实用心服务每一天。通过这些活动，上半年，我们的各项管理指标较之上年同期明显提高，业主的幸福指数明显提升，实现了物业管理的最终目的保值增值。好，我把公司上半年的主要工作向业主代表做了汇报，谢谢大家。”

“刚才，朱总把公司上半年主要工作向业主代表做了汇报，现在就请业主代表，就公司上半年存在的问题和下半年工作改进的方向谈谈自己的意见，请大家随便讲，不要有任何拘束。”赵薇薇的语气也很谦和。

“大家吃点喝点，边吃边谈。”朱笑蔓拿起桌子上的水果就给大家分发。

“我提几个建议。一是醉月湖能不能种些水草；二是怎样加强对养狗的管理；三是小区能不能建几个非机动车停车棚，安装充电桩；四是增加些业主文化活动，利用周末和节假日举办。好了，就这些。”马道功提出四条建议。

“我提几条建议。一是小区植被太厚，一楼采光不好，能不能移走些；二是大树太多、太高，每年组织一次截冠；三是每年夏天放暑假，大人就发愁，物业能不能组织夏令营，给大人减轻些负担，就这些吧。其实，物业都做得很好，我就随便说说。”一位年轻母亲的意见。

业主座谈会发言积极，朱笑蔓和赵薇薇听得非常认真，朱笑蔓不时地还和业主言语交流，达成许多共识和共勉。

朱笑蔓在办公室镜子前淡淡地涂抹口红，赵薇薇推门进来，就日间照料政府补贴问题想和朱笑蔓沟通。

“政府补助款到了？”朱笑蔓问道。

“到了，人员的工资从里面扣不扣除？”赵薇薇问道。

“扣！”朱笑蔓还在给自己脸上扑粉。

“如果扣了工资，又是亏空。”赵薇薇说道。

“账上出现亏空没事，公司财务管理制度就是收支两条线，没钱再从公司财务借，一定保证饭菜质量不受影响。”朱笑蔓简单化了个妆，她转过身，还把性感的嘴唇抿了抿，显得嘴唇更湿润。

“成立业主大会的审批通过没有，你再问问谢主任。”

孟宁站在门口：“朱总，这个月有三项改造，业主签字还没有完成，都不愿意签这个字，业主还骂人。说我们整天都在改，整天都在修，没完没了。”孟宁傻笑着对朱笑蔓说。

“那怎么办？还得修呀，该改造的工程不能停，时间不等人。先进材料吧，不要储备，用多少备多少。”朱笑蔓对孟宁说。

“好吧，那我先从财务借这笔钱，先把近期要动工的材料准备齐，不影响施工。”

朱笑蔓给了孟宁一个允许的眼神。

“业主大会筹备组成员你给石总和社区谢主任沟通过没有？”赵薇薇问。

“没有。”朱笑蔓看着赵薇薇，“物业没权参与啊。”

“你想过没有，万一业委会让黄绵绵、旦心一伙主宰，还有你的活路吗？”赵薇薇凑近朱笑蔓说，“得有公道、讲大理、维正义、正能量的人进业委会才行，你别傻等了，该出手时就出手。”

朱笑蔓一直没考虑这件事情，听赵薇薇这么一说，还真引起了她的重视：“可是……这怎么去说呀？我不让成立业主大会，我没有这个权利；我不让黄绵绵进业委会，我也没有这个权利。我是支持业委会成立的，也是盼着业委会成立的，这样对物业管理有好处，对大修资金申办有好处。”

“我的姐姐，这要看和谁合作呢，黄绵绵跟你水火不容，她还想解聘物业公司，把你撵走，重新聘任新的物业公司呢。”赵薇薇提醒道。

川中市水产批发市场很壮观。

市场里灯火通明，买主来来往往，提着大包小包进进出出。市场一角，围了好多看热闹的顾客。只见两条大麻袋鼓鼓囊囊，麻袋里还有咕咕的叫声。

“这里面装的是啥？”有顾客在问。

“田鸡！”一角一个熟悉的声音说道。

“田鸡？就是青蛙吧？”又有顾客在问。

“是，青蛙，昨晚抓的。”这个声音比较陌生。

“让开让开！”几位城管拨开围观的人群，提起麻袋喊道：“连人带走！”

“你们……凭什么抓人？”是小刚的声音，有些凄惨。

75

朱笑蔓和赵薇薇刚从现场回来，就被张洪学在大厅挡住。

“朱总，出了点状况。”张洪学有些紧张，他不敢正眼看朱笑蔓。

“还有啥事能难倒你张经理，说吧，什么事?”朱笑蔓想了想，看着张洪学的样子，有点好笑。

“唉！朱总，这……”张洪学一脸愁容，很难吐出口。

“啥事？就直说吧!”赵薇薇也看出了张洪学的确是有难处了，“兵来将挡水来土掩，我们不惹事，但我们不怕事。这是朱总的口头禅。”

“小刚和……光头被城管给抓了。”张洪学就把事情的经过给朱笑蔓叙述了一遍。

“青蛙是国家三级保护动物，我们只是卖，不是杀，没事。充其量就是罚几个钱嘛!”朱笑蔓看着张洪学说道，“罚款公司先垫，你到财务去借 5000 元。回头这个罚款从你经理和小刚、光头的工资里扣，扣的比例你张经理去分配。去吧!”

“是!”张洪学转身出去了。

城管办公室很简洁，顶灯很亮。

四张桌子，分别靠在东西墙上，一边两张，中间是过道。

每张桌子上都堆有文件，桌子的边缘处竖贴着工作牌，是职务和职责。

小刚和光头坐在东边一张桌子上写检查，张洪学坐在东边第二张桌子上填表。城管员坐在张洪学旁边的凳子上，耐心训导：“青蛙是国家三级保护动物，念你们是首犯，之前也一直逮了就放生，做得很好。今早你们逮了没有放生，拿进市场交易，是动机不纯，有过错，也已成事实。违反了《国家动物保护法》第二十条、第二十二条、第二十三条中有关条款。根据《国家动物保护法》第四十六条规定，罚款 2000 元。”

张洪学抬起头，一双眼睛傻愣愣地看着城管，他签了字，交了罚款，领着小刚和光头走出了城管大队。走出大门，张洪学就给小刚和光头的屁子上一人一脚。

“都怪我，没给你们交代清楚。”张洪学后悔道。

“不！经理，都怪我，所有责任我承担。”小刚检讨道。

“还有我呢，鬼迷心窍了。”光头一脸懊悔。

“走吧！吃一堑长一智。”张洪学张开双臂，把小刚和光头揽进怀里，“都是好兄弟。”

旦心是这家回民店的老顾客，走拢这里，老板就知道大概数：“牛羊肉各来三斤。”

“咋啦，最近要的不多，是客人少了？”店老板问。

“天热了，肉也吃得少了，每天浪费很多。肉放少了，说我小气，稍多点，就剩在盘子里了。”旦心也有难做之事。

“哦！生意是不好做，一共 210 元。”老板把头伸出柜台，看周边没人注意，悄悄给旦心说：“好多餐馆都是拿的边角料，就你实诚。”

“不，要么做，要么不做，绝不坑人。”旦心提着肉走了，老板看着旦心离去的背影，佩服地点了点头。

旦心提着刚买的牛羊肉出了市场，手机响了，是黄绵绵的电话，他接电话：“绵绵，有事吗？”

黄绵绵给旦心电话里说：“刚收到法院判决书了，朱笑蔓赢了，我们败诉了，我不服啊！”黄绵绵一脸沮丧，“老天对我不公平。”

赵薇薇拿着法院判决书，一口气跑上三楼，急促地敲朱笑蔓办公室门，推开进去：“赢了……我们赢了，官司。”

朱笑蔓没有太大的反应，只是抿着嘴巴给赵薇薇一个喜悦的眼神。

“朱总，你知道吧，这就是正义的力量。是正义战胜了邪恶。”赵薇薇激动得眼眶都湿润了。

朱笑蔓心中也有很多委屈和辛酸，官司的一面是正义，而另一面就是眼泪。她喃喃自语道：“有时候，我真想大哭一场，因为心里憋屈。那么多的伤害，只是为了不离开。”

赵薇薇睁大那双很不理解的眼睛看着朱笑蔓，此时此刻，两个女人的心境绝不一样。一个是为事件真正的胜利而高兴，一个是为事件背后真正的原因而隐晦。

小鸟儿时装店，旦心和黄绵绵正在为这场官司鸣不平：“我们是输了，不代表我们就听她朱笑蔓的，该找她照样去找她，让她也休想安身。就像一只苍蝇，在她有美味吃时，就在她的碗边咿呀一下，让她恶心。”旦心勾画出自己的意图，脸上始终流露出一种得意忘形的表情。

黄绵绵咬着牙，双手交叉在胸前，靠在吧台上，修长的腿交叉站在吧台前，一副傲慢的神情。她说：“物业费不缴，必须算上几年的暖气费和漏水的损失。我还不信，治不了一个臭婆娘。朱笑蔓你走着瞧。”

旦心又说：“我们一定要进业委会，否则，这个仇没法报。”

“好戏还在后头。等政府正式批了，一旦筹备组控制在我们手里，我要搅得她不得安宁。”黄绵绵这时又来劲了，她给旦心续完水，又回到吧台前，靠在吧台上，继续说，“我是业委会主任，你是副主任，我俩联手不信整不死她朱笑蔓。”

朱笑蔓和赵薇薇、张洪学、孟宁、王红、刘倩倩都在朱笑蔓办公室，他们在讨论小区成立业主大会后谁是首届业委会委员、业委会主任、筹备组又会是哪些人，她们都在估计和猜测。

“我倒是觉得成立业主大会也好，有人来管大修资金，对物业大修改造有好处。”孟宁是站在他个人的角度来看问题，起码以后走大修资金签字不跑冤枉路了。

王红没有想那么多，她的想法很简单：“只要黄绵绵和那个旦心不是业委会的就是幸运。”

赵薇薇看了王红一眼，说：“我们没有权利决定那个黄绵绵进不进业委会，也阻挡不了业主选举黄绵绵当业委会主任。但，我们还是要做工作，业委会委员必须是秉持正义的主张，不谋私利，顾全大局，指导物业，支持物业，考核物业，监督物业工作的有效组织，业委会的人选是关键。选好了，是业主的幸事、物业的幸事；选不好，就是业主的灾难、物业的灾难。”

朱笑蔓目光在窗台外，但心思是跟着赵薇薇的想法在走。她对赵薇薇的意见不能不引起重视。如果真的是让黄绵绵和旦心进了业委会，她朱笑蔓是首先的灾难者。但她朱笑蔓也是一个睿智者，黄绵绵也是一个有思想的人，很有组织能力。在大学时黄绵绵曾经就是两届的宣传部部长。想到这里，朱笑蔓权衡利弊，她开始做大家的思想工作。

朱笑蔓咳了一声，很有信心地说道：“其实，大家对黄绵绵并不了解，我们在大学时，她是一位很优秀的学生。她有魄力，有大局意识，爱憎分明，敢于吃苦，也是一个有格局的人。这样的人用好了就是一名虎将。当然，如果成为对手，也未必是件坏事。业主委员会就需要这样的人，需要敢扑腾、需要敢拿事、需要做事的人。如果我们去做工作，上级部门听了我们的意见，就会把听话的、不惹事的、不作为的、不担当的乖业主放到业主委员会，其实这是一件坏事。对业主不好，对物业不利，因为没人敢说物业，敢跟物业平等对话。那么物业的价值和作用就很难发挥到最大化。为什么呢，因为没人监督，没人考核，没人替业主说话了，物业就可以为所欲为。就是退万步讲，黄绵绵当上业委会主任，也未必对我朱笑蔓下手。因为我们还有这几年小区的业绩作为保障，还有大多数业主是我们的坚强后盾。黄绵绵也不敢擅自做主罢免我朱笑蔓，撵走鑫达州物业公司，鑫达州物业公司的分量在业主心目中的地位她也得掂量掂量。她得为全体业主负责。当然，我喜欢具有挑战性的工作，不喜欢一帆风顺的事情。有矛盾，就有斗争，有斗争才有动力。《左传》中有句话说得很好，我送给大家。‘人孰无过，过而能改，善莫大焉’，我希望大家能理解我的用心。”

骨干会气氛沉闷，没人敢说朱笑蔓的话不对，也没人敢说朱笑蔓的境界高。总之，这是一次解放思想，树立大局意识的会议，是一次统一思想，树立正确价值观的会议，更是每个人三观的一次历练过程。

76

黄绵绵把旦心和刘晃也叫到小鸟儿时装店。茶几上摆放了些水果和小吃，一壶福建正宗星时光寿眉白茶放在茶几上。

旦心给刘晃续上茶，又给自己续上。黄绵绵不喝清茶，只喝红茶。她给自己煮的红茶，里面有枸杞、红枣还有陈皮。

“估计办事处的批文很快就要下发到社区和鑫达州地产了，也就是第一次筹备组会议马上就要举行。”黄绵绵一脸期待的表情。

“就看庞红枫怎样运作。按照政府有关法律精神，筹备组是由地产、街道办和社区还有业主代表组成，组长是由街道办领导担任，副组长是由业主代表担任。”刘晃把这些情况给旦心和黄绵绵说了，他有点担心，“筹备组没有我们的人，又怕庞红枫不顶事，我担心我们三人不能都进得了业委会。”

黄绵绵接过刘晃的话说：“如果我们三人不能都进业委会，以后的业委会就没有我们的话语权，要想干掉朱笑蔓不是一件容易的事情。”

“有点难。我们又不能进入筹备组，筹备组就一个庞红枫，他一个人也只有建议权，没有决定权。是这，趁筹备组成立之前，我们几个得碰碰面。刘晃你负责和庞红枫联系，到时就约到我的摊位上吧，我方便些。要么就是你们三人碰个头，把我的意见告诉庞红枫，这次业主大会要运作好。”旦心还是吃不准庞红枫的为人，他又说，“他那翻云覆雨的性子，简直比六月的天气还多变，刚刚答应的事情，转眼间就反悔了。”

黄绵绵看着刘晃，认为旦心的话有道理，她接着说：“那就你、我、庞红枫三人先碰个头，就在我的店里。”

刘晃一想，说：“好吧。”他满脑子都是那天他揍庞红枫的场景。他有些为难，说道，“还……还是你们仨先碰头吧！”

黄绵绵一双不解的目光看着刘晃。

日间照料厨房，窗明几净，不锈钢餐具亮得发光。

朱笑蔓和赵薇薇到厨房检查饭菜质量和卫生工作。

厨师长正在炒菜，几个大的不锈钢盆都装满了刚刚炒出来的菜，香喷喷的。几位餐厅服务员也在打扫卫生，给餐具消毒。

“你胡骚情啥，坐远点，不准挨着她。”这是潘登的吼声。

“把你臭嘴给我闭上，我坐在这里又咋啦？犯你啥事啦？”这是马道功的声音。

朱笑蔓看了一眼赵薇薇，赵薇薇心里有数。她拉着朱笑蔓去了多功能厅。

“这是我的位置，你让开。”潘登又在喊。

“我坐了咋的？你买了吗？”马道功争辩道。

只听得“哐当”一声，凳子倒了，马道功摔倒在地上，朱笑蔓几个大步跨过去一把扶起马道功。

“潘叔！”朱笑蔓责备地叫了声潘登，又赶紧问，“马叔，摔坏哪里没有？”

马道功站起来对朱笑蔓微微一笑：“没事，不跟疯狗斗。”

“你骂谁是疯狗？嗯！我看你才是疯狗。”潘登还想扑过去打人，被朱笑蔓和赵薇薇给拉住了。

“潘叔，你出去。”朱笑蔓把潘登拉到外面的餐厅坐下，给潘登倒了杯水：“潘叔，都好几十岁的人了，还跟小孩一样啊？都是上了年龄的人，这万一伤了筋骨，出个事，你说咋办？”

“我才不管他呢，谁让他抢我的座位？谁又让他坐在刘红梅旁边的，是他自作多情了。”潘登歪着脖子说。

“潘叔，你说的话越来越有点离谱了。日间照料中心是大家的，谁都有权坐任何一个位置，谁都有权和谁说话，你没有权利去说别人，你只能管理好自己呀。”

“刘红梅是我的同学，只有我有管她的权利，也只有我和她有说话的权利，其他人不怀好意，对刘红梅有想法，我就要管她。”潘登一副理直气壮的样子。

“潘叔，你的做法违背了刘妈的本意，刘妈是刘妈，不是你潘登的私有财产。她是人，有她的活动圈子，你没权去管刘妈的事情，她会记恨你的。”朱笑蔓苦口婆心地给潘登讲大道理。

这时，朱笑蔓的电话响了，她打开手机一看是庞红枫的电话，她给潘登说出去接个电话。

“笑蔓，判决书拿到了吗？哦！好呀。在任何情况下，业主不缴物业费，不管什么原因，法律是支持物业的，物业公司的维权是受法律保护的。黄绵绵和旦心违反了《物业管理条例》中规定的业主的权利和义务，就应该受到法律的制裁。”

朱笑蔓语气不急不慢地给电话里的庞红枫说：“谢谢庞老师给物业公司说了句公道话，谢谢庞老师对物业公司的支持。这个案子是川中市物业界的先例，物业公司利用法律武器来保护自己的合法权益，把业主起诉到法庭还是第一起案例，这场官司能打赢，也是一个了不起的壮举。这都要归功于庞老师的专业素养功夫了得。”

“哪里哪里，还是你在法庭上的答辩有力度，让法官对物业有了重新认识，增强了法官对物业的感知和理解……哈哈哈哈，光感谢是句空话，法律讲究真凭实据，不能说假话呀。你看，这官司也赢了，我们是不是该见面好好聊聊呢？”庞红枫语气中有试探，但一脸精明，笑声充满了自信和征服。

朱笑蔓想起之前找庞红枫时的不快，但面对庞红枫这样的邀请却也不好直接回绝。她走出餐厅，来到日间照料中心门口的小广场。偏西的太阳已经失去威力，有一丝丝青云挂在头顶。

“庞老师，要不这样吧，我们请你坐坐，但我不能陪你，我有老爸要照顾。我让我们公司两个喝酒高手张洪学和刘倩倩陪你吃饭喝酒。”朱笑蔓特意用了“我们”两个字，表明打官司这事是公事，而不是我朱笑蔓的私事。她听着电话里庞红枫有点不高兴的口气，但她并不因此想与庞红枫闹得太僵，随即她改变了态度：“庞老师，是这，改天再约时间，我把老爸的事情安顿好，我陪你喝酒。”朱笑蔓缓了缓语气说道。电话里的庞红枫半天没有反应。

听了朱笑蔓的回话，庞红枫有些失落。他遭朱笑蔓以照顾老爸为由委婉拒绝，却也让他没有理由坚持见面。庞红枫在办公室来回踱步，突然想起黄绵绵她们约他今晚到她店里沟通成立业主大会的事情，他眉头一皱，脸上挂了一抹笑。电话拨给了黄绵绵："绵绵吗？我的意见是这样的，今晚就不和刘晃他们在一起说了。其实，业委会的事情就是你黄绵绵的事情，与他们几个关系不大。再有，你想投诉朱笑蔓的事情，有很多渠道可以投诉她，不一定通过法律途径来解决，有些劳民伤财。比如说物价局、物业管理科、市场监管局……这些部门都可以置朱笑蔓于死地。今晚，我带你去一家刚刚开的西餐牛排咖啡屋去坐坐，我把我的一些想法给你再细说。你必须进入业委会，成为业委会主任，这对你拿下朱笑蔓有帮助。”

“只要能拿下朱笑蔓这个臭娘们，我可以什么都不在乎，你说几点？”

庞红枫在电话里听到了黄绵绵拉卷闸门的声音，暗暗欢喜。

咖啡屋是欧式风格，光线柔和。

金黄色和棕色的配饰衬托出古典家私的高贵与优雅，赋予古典美感的窗帘和地毯、造型古朴的吊灯使整个空间的格调和韵律具有西方的文明和豪放。柔和的浅色花艺为整个空间带来柔美的气质，拥有一种开放、宽容和非凡的气度。

“女士好！先生请！”服务生把庞红枫和黄绵绵迎进门后带进一个小包间。包间里完全是自动化配置，无须唤服务员，茶台上电子版菜谱，只需看按钮操作就可以。

庞红枫给黄绵绵点了一杯咖啡和马赛鱼羹、烤羊肉串。他给自己点了份通心粉素菜汤、美式牛扒和糖酱煎饼。不到几分钟，所点品肴全部到齐。黄绵绵不会使用西式餐具，庞红枫对西式餐具也很生疏。

黄绵绵有点为难，不敢下手，怕丢份儿。

庞红枫看到她的尴尬的样子，说道："按中餐习惯吃，这里都是假货。"

“你说……有什么办法可以整倒朱笑蔓？”黄绵绵小心翼翼地问。

“先吃饭，吃完饭再慢慢地告诉你。”庞红枫一阵狼吞虎咽，很快就把菜吃光了。

黄绵绵今晚食欲不佳。她看着庞红枫快吃完了，就把自己跟前的烤羊马鞍推到庞红枫跟前。

庞红枫挡了一下，差点推掉，说：“不想吃，一会儿打包。”

黄绵绵端起咖啡喝了口，放在桌子上，又把马赛鱼羹端起来吃了口，感觉味道有些怪。

庞红枫吃完了，就等着黄绵绵了。

黄绵绵今晚有些尴尬和拘谨——自从和庞红枫有了那一次意外怀孕后，黄绵绵再碰到庞红枫总会有这种不祥的预感。

庞红枫看到黄绵绵今晚不在状态，就坐到黄绵绵这边，把黄绵绵抱在怀里。黄绵绵没有挣扎，也没有拒绝，而是比较配合庞红枫想要的动作。

“可以告诉我了吧，你有什么馊主意能整倒朱笑蔓？”黄绵绵歪着脖子问庞红枫。

“你明天就给市场执法大队打个电话，投诉鑫达州物业不顾业主安全，灭火器过期不年检。就这一条，就会把朱笑蔓整趴下。”

黄绵绵惊讶地看着庞红枫，既佩服，又陌生。

“黄绵绵？我不同意她进入业委会。”赵薇薇坚持自己的态度。

“你们两个要商量好。今天下午我去办事处开会，你们石总也在，也同样谈到了候选人的问题。石总没啥意见，还是想听你们的想法。毕竟，以后还是你们合作，朱总的意见我不反对，但也不支持。我作为社区主任，还是以团结、和谐、文明、稳定、发展为主。”

“谢主任，尽管黄绵绵跟物业是死对头，她的矛盾不在物业，而是在我身上。她有组织力、有号召力、思想格局大，也只有她能挑起业委会这个担子。至于她跟我个人之间的矛盾微不足道，只要有利于大局，有利于鑫达州物业管理工作，有利于佳境·国际村的和谐有序发展，就算她以后把我赶出佳境·国际村，我也毫无怨言。请谢主任认真听取我的意见。”朱笑蔓深思熟虑地说。

说到这里，谢小燕提道：“街道办领导对佳境·国际村成立业主大会给予高度重视，筹备组和业委会成员，一定要有两名共产党员，要求政治素质高、思想觉悟好，愿意为居民服务，公道公正，有责任感和群众基础。这个条件你们考虑考虑，一定是公开透明的。”

朱笑蔓和赵薇薇对成立业主大会的责任感觉重大，她俩相互的眼神都是在给对方力量和支撑。

77

上午，社区要召开佳境·国际村业主大会筹备组第一次会议。鑫达州地产公司石总和律师庞红枫一早就坐在会议室，他俩来得早些，俩人正喝茶闲聊。

“最近案子多吗？你这个大律师肯定忙吧？”石总随便问问。

“我的工作主要是帮那些受害者用法律来维护他们的权益和尊严。最近大部分的案子都是些继承、家庭暴力、老人赡养、交通事故方面的纠纷。天天官司打不完，没闲的时候。”

“是呀，经济社会，人的亲情都随市场的诱惑，变得越来越淡薄、越来越无味。我小的时候，我的父辈是怎样孝敬我的祖辈的，那是无微不至的关怀。到了我们这辈，我们的父辈没人管、撂挑子、踢皮球、推责任，有儿有女，父母却成了孤家寡人。唉！世道变了，人心也变了呀！”石总感慨地说。

“可不是。我们的下一辈就更可怕了，自私自利，唯我独尊，根本就不考虑父母的感受。我们的养老靠谁？指望儿女，没门。”庞红枫也深有同感。

“大家好！刚才处理了一下手边工作。”谢小燕走进会议室。她给石总和庞红枫续了水，坐在自己的座位上。

业主赵大帅、马道功、吴大伟、谢小虎、洪亮、夏卿卿、旦心、柳公社和社区居委会社工小刘、小牛、小古、小王共 15 人在座。今天会议主要内容是成立业主大会筹备组。会议由谢小燕主持。

“石总、庞老师及各位业主代表大家早上好！今天是佳境·国际村成立业主大会首次筹备组工作会议。根据国家住房和城乡建设部制定《业主大会和业主委员会指导规则》总则第十条规定，首次业主大会会议筹备组由业主代表、建设单位代表、街道办事处和居委会代表 13 人组成，其中业主代表 9 人，超过半数，符合规定要求。今天的会议议题主要有以下议程。首先审议筹备组组长谢小燕。我就是谢小燕，担任首次业主大会筹备组组长，看看各位代表有没有不同意见？”

“没有意见！”全票通过。

谢小燕又接着下一个议题。“根据规则第十一条要求，筹备组中业主代表的产生，由街道办、居委会组织业主推荐，我们经过酝酿，由业主推荐，由业主庞红枫、赵大帅、马道功、吴大伟、谢小虎、旦心、柳公社、洪亮、夏卿卿和社区居委会社工刘燕、牛红、古峰、王贵，建设单位石天共 15 人组成。”

全票举手通过。庞红枫作为首次业主大会法律顾问，他在会场提出了要求。庞红枫说："根据《业主大会和业主委员会指导规则》总则中第八条规定，首次业主大会会议所需的文件资料有'物业管理区域证明；房屋及建筑物面积清册；业主名册；建筑规划总平面图；交付使用共用设施设备的证明；物业服务用房配置证明；其他有关的文件资料'，请地产石总负责落实。另外，还请筹备组做好以下筹备工作'确认并公示业主身份、业主人数以及所拥有的专有部分面积；确定首次业主大会会议召开的时间、地点、形式和内容；草拟管理规约、业主大会议事规则；依法确定首次业主大会会议表决规则；制定业主委员会委员候选人产生办法，确定业主委员会委员候选人名单；制定业主委员会选举办法；完成召开首次业主大会会议的其他准备工作。'"

"好！"谢小燕欠了欠身子，翻开刚才堆在桌子上的一沓资料，看了一眼会场气氛，说道，"根据国家关于成立业主大会和业主委员会的有关规定，今天佳境·国际村首次业主大会筹备组第一次会议上安排的工作任务，请抓紧时间安排落实，在 90 个工作日内完成业主大会的筹备工作并完成公示。"她看了一眼石总和庞红枫，环顾四周其他业主，都没有不同意见后，宣布，"今天的会议到此结束。"

会场一阵躁动，庞红枫站了起来，刚夹起手包，与石总握手之时，手机响了起来。

佳境·国际村客户中心大厅来了很多穿制服的工作人员。赵薇薇和张洪学在大厅接待。有不少业主来大厅办理业务同时也看着热闹。刘倩倩在大厅维护秩序。

"欢迎各位领导来佳境·国际村检查指导工作！"赵薇薇站在大厅中央热情地给这些穿制服的工作人员讲解。"佳境·国际村始建于 1997 年 8 月，总建筑面积 68 万平方米，总占地面积 400 亩，分八期建成。绿化工程面积 18 万平方米，容积率为 2.6。目前入住率达 90%。国际村通过几年打造，被评为国家级示范住宅小区、国家一级资质企业、国际质量三体系认证企业；已初步建成了智慧社区的网络格局。创建了日间照料中心，目前就餐老人超过百人，成为秦阳市区首家社区居家养老示范点。与此同时，我们还积极推动微商购物网络搭建，率先在秦阳同行业中以 O2O 线上购物、线下交易的新形式，让业主足不出户就能享受尊贵生活……若还想了解更多的物业管理情况，请随我到三楼会议室看个短片……有请！"

“不了……谢谢！今天，我们是接到你们小区有业主投诉，来检查你们消防安全工作的。请吧！”

“好的！”赵薇薇感觉事态有变，就给旁边的张洪学耳语后又说道，“欢迎上级领导莅临佳境·国际村检查指导消防工作。请！”

“赵经理，你就不用安排了，我们随机抽查几栋高层消防看看。”

“好！”赵薇薇感觉这次检查不是事先有安排，而是突然来检查消防安全，看来事出有因。消防官员走进了 A 座，坐电梯直接去了 18 层，抽查了消防柜两具灭火器，两具满压力，过期三个月。又到 17 层同样查出压力够但过期的问题。他们一行又抽查了 D 座 20 层、21 层灭火器，查出以上同样问题。一行跟着的赵薇薇和张洪学没敢多语。赵薇薇只是解释说：“有一部分灭火器都有压力，就没舍得换。公司有计划。”

“有计划咋不换？人命关天，送你坐牢都不冤枉。”一位官员厉声道。

消防队领导正在三楼会议室给朱笑蔓做培训，朱笑蔓认真地接受了处罚。

“根据《中华人民共和国消防法》第五条规定，任何单位和个人都有维护消防安全、保护消防设施、预防火灾、报告火警的义务。任何单位和成年人都有参加有组织的灭火工作的义务。根据《中华人民共和国消防法》第四十六条规定，机关、团体、企业、事业等单位应当履行下列消防安全职责：落实消防安全责任制，制定本单位的消防安全制度、消防安全操作规程，制定灭火和应急疏散预案；按照国家标准、行业标准配置消防设施、器材，设置消防安全标志，并定期组织检验、维修，确保完好有效。你没有按照国家标准、行业标准配置消防器材和检验维修。根据《中华人民共和国消防法》第六章第六十条之规定，单位违反本法规定，有下列行为之一的，责令改正，处五千元以上五万元以下罚款：消防设施、器材或者消防安全标志的配置、设置不符合国家标准、行业标准，或者未保持完好有效的。你严重违反了消防器材的行业标准处罚单位四万元。同时，我们勒令鑫达州物业公司对你朱笑蔓管理失职给予行政处分。请你签字。”

“也请各位领导理解，这批灭火器我们才检查过，尽管刚刚过期，但都有压力。公司也是想分批更换，这样能降低些成本。小区这么大，上万具灭火器，如果要一次性更换，公司承受不起。”张洪学站在旁边也力争给朱笑蔓减轻些压力，给他认得的官员做解释。

“公司的成本重要还是业主的生命安全重要，你作为安管部经理，这个关系难道你不懂?”一位官员严厉地说。

“领导呀！我也希望你们制定的政策符合客观实际一点，明明看到灭火器有压力，而且都很正常，两年强迫更换，是浪费，是给企业增加负担。”赵薇薇尽量在说情想争取得到宽大处理。

“你真是不见棺材不掉泪，消防安全不可儿戏。灭火器两年强制更换，那是有血的教训，不是我们凭空想象。”一位消防领导黑着脸说，“消防安全无小事，10000-1=0，消防任何时候都是一票否决制。”

朱笑蔓拿起笔有些颤抖，一脸黯然神伤。

“庞红枫，算你办了件人事。”黄绵绵给庞红枫沏茶，起身走到庞红枫跟前，笑得咯咯咯的。庞红枫一头雾水，问道：“有什么事能让你如此高兴?”

黄绵绵横眉一扬，用挖苦的语气说道：“你导演的戏你不知道？朱笑蔓被罚了四万元，还被勒令写检讨。建议鑫达州物业公司革她的职。哈哈哈哈!”

庞红枫一脸木讷，他只是随口一说，怎么就变成别人的灾难。他转过身来看着黄绵绵，突然想起刚才他从社区居委会出来，看见一帮穿制服的人从物业公司大门出来，还听到有人在议论。这事惹大了，庞红枫好一阵木讷寡言。他起身拿起手包就不辞而别。

“这也太无法无天了，上千具灭火器过期，还敢照常使用，真是冒天下之大不韪。”黄绵绵兴高采烈从卫生间出来，庞红枫已无影无踪。

晌午时，旦心提着几个菜进了黄绵绵的时装店。

黄绵绵已经准备好了几个碟子放在茶几上，还有几瓶啤酒搁在地上。黄绵绵很开心。

“看来今天的事整得比较漂亮。”旦心把买的菜倒进碟子里，后又拿起啤酒在牙齿上一撬，瓶盖嘭的一声开了，他先给黄绵绵倒满后才给自己倒满。

“何止是漂亮，简直是杰作。”黄绵绵坐在旦心的斜对面，她端起杯子给旦心用力地碰了一下。

“独具匠心，才堪称杰作。”旦心喝了一大口啤酒，说，“分享一下呗!”

黄绵绵也喝口啤酒，她的表情有一点怪样，说：“朱笑蔓这回肯定滚蛋!”

“喔！这笔单子有点大，看看是什么杰作?”旦心很想知道结果。

黄绵绵就将由她导演的佳境·国际村消防事件给旦心详详细细地叙述了一遍，旦心听后的高兴劲那是不用言语，他抓起啤酒瓶跟黄绵绵的啤酒瓶使劲碰了一下，一声脆响，酒花四溅。

“妙招，实在是妙招。就算……朱笑蔓不倒，也会让她大伤元气。”旦心干掉了大半瓶啤酒，今儿他格外开心。

黄绵绵咬着牙说：“哼！她肯定倒。”

“来!”旦心又给黄绵绵碰了一下，自己一口把剩下的小半瓶给闷了。

78

赵薇薇和庞红枫今天都在家吃饭，保姆很高兴。

“嘿嘿，今天你俩还是第一次在家一起吃中午饭，我来你家反正没遇到过。我要多加两个菜，庞老师难得在家吃顿中午饭。”保姆又去厨房忙活了一阵子。

“唉！朱笑蔓真倒霉，今儿遭到罚款几万元。公司还要掏十几万元去更换灭火器，下个月工资都够呛。”赵薇薇心疼地说。

“公司遇到这种情况，谁心里都不好受。”庞红枫抿了口白酒，又给赵薇薇夹了口菜，说，“执法大队是怎么知道的，就抓得这么准?”

“是呀！哪个物业公司不钻点空子，不钻空子吃啥喝啥？要按照法规去办事，好多公司都要关门。”赵薇薇看着庞红枫，庞红枫没敢看赵薇薇，自己又端起酒杯大喝了一口，赵薇薇瞪了他一眼。

“让他喝点难得中午这么高兴，平时也辛苦。”保姆端着菜随口这么一说。

“姐！就你惯着他吧。”赵薇薇努着嘴巴又瞪了庞红枫一眼。

“你们公司里有内贼。”庞红枫轻描淡写地说。

赵薇薇张开嘴巴看着庞红枫的表情，端起来的酒杯停在手上。庞红枫端起酒杯又主动跟赵薇薇要碰杯，赵薇薇一副失魂落魄的样子。

季度末，缴物业服务费的业主排成长队。

大家都知道物业公司赢了官司，拒缴或拖欠物业服务费的都将通过法律来解决，嫌丢人，就都来缴了。

“没有几个钱……物业公司辛辛苦苦也不容易。”排队里有人说。

“就是就是，这些娃也都是打工娃，一天也给咱服务忙得跑东跑西。”也有人附和。

赵大妈排在队伍的中间，她给后面的业主夏卿卿说：“我去趟厕所，人老了……夹不住。”赵大妈小跑去上卫生间。

“大妈，你慢点……小心摔倒。”夏卿卿露出担心的眼神。

一会儿，赵大妈就回来了，背后的衣服还露在外面。今年可能是她的本命年，一条红布带子油腻腻地还掉在前面。

“大妈……裤带。”夏卿卿着急地看着赵大妈，给她比画着。

赵大妈没有理会夏卿卿的意思，就直接站到队列里来了，站在后面的夏卿卿这才帮她整理，赵大妈一脸害羞。

“这个月水费不对，咋这么高？平常家里就我一个人生活，我能用多少水？”一位老人缴完费后在收费室大声说道。

刘倩倩从旁边客服办公室跑来，问了大爷情况，她把大爷带进客服办公室。

“大爷……您坐。”刘倩倩给大爷拉出凳子，扶着大爷坐下，又给大爷倒了杯水，然后自己也坐下来慢慢听大爷的诉说。

早晨，朱笑蔓刚到办公室就接到鑫达州地产公司石总电话，消防事件引起了上级政府的高度重视，媒体也借势大做文章，为了平息这场风波，集团公司撤销朱笑蔓鑫达州物业公司总经理职务，保留佳境·国际村项目总经理职务。朱笑蔓有这个心理准备，回想这次消防事件后果非常严重，撤销职务都是轻的，吃官司都是有可能的，她知道消防无小事。

黄绵绵和旦心走到朱笑蔓办公室门口，黄绵绵刚要敲门，又停住了手，她转过脸问旦心：“我没有把握！”

“试试吧！”旦心心里也没底。

黄绵绵敲门，听到了朱笑蔓喊请进的声音。她推开门，进去。

朱笑蔓瞬间脸色一变，但又很快恢复平静，她忙站起身把黄绵绵和旦心让到沙发上坐下。

“请坐……想喝点什么……有咖啡、红茶、清茶，绵绵想喝点什么？清茶吧……清茶不错，是紫阳银针，口感好！”

黄绵绵有些拘谨，看了一眼旦心说：“你喝点什么？”

“我喝陕西茶！”旦心看着黄绵绵说。

“那就陕西茶……来点。”黄绵绵坐在旦心旁边，给旦心挤了个眼。

朱笑蔓沏好茶后给她俩放在茶几上，问道：“你俩找我有事？请讲吧！”

黄绵绵又看了一眼旦心。旦心尝了一口茶后说道：“我俩今年来找你，就是物业费的事情。我家屋面多年漏雨，一直没修好，去年才勉勉强强修了不漏。暖气问题，我是年年都在缴暖气费，前几年就一直没热过。这些年来给我带来的精神损失和生活不便，你们折成钱，抵扣物业费，有多少我缴多少，就这些。”

朱笑蔓看着旦心，旦心说完后又看着黄绵绵：“绵绵你说说你的诉求吧。”

“我家和旦心不一样，我家是飘窗漏雨，窗套全部变形，窗台下壁纸变黄。多年暖气不热，暖气费年年没少缴。还是同样的诉求，你们折成钱，抵扣物业费，就这些。”黄绵绵说完，双手一摊，看着朱笑蔓。

“不能打折扣。为什么不能打折扣，原因有三。一、缴物业费是业主履行物业服务合同的义务。作为物业公司按照合同约定完成了自己的承诺；二、物业费是物业公司维持正常运转的经济基础。如果没有物业费，物业公司就不能保证给业主提供合同内的服务，不能使物业保值增值；三、物业费是全体物业人的劳动成果。不缴物业费，就是在占其他业主的便宜，扰乱小区物业管理的正常秩序。物业是为大多数业主服务的经济实体，是市场行为，你个人的利益不能代表全体业主的利益。所以，个别人必须服从多数人，多数人都缴物业费，个别人就不能搞特殊。”朱笑蔓又接着说，“至于你俩说的这些，是没有证据的，我不能支持你俩的主张。”

黄绵绵又上头了，急得跳起来：“朱笑蔓，你是成心跟我过不去哈……你都快要滚蛋了，还跟狗一样把持这坨屎，你也不行行善。”

朱笑蔓淡淡一笑，压抑住自己的情绪，仍然是保持高姿态在和黄绵绵交谈：“我滚不滚不要紧，你拖欠六年的物业费走到哪里都不光彩。”

“朱笑蔓，我们是来和你商量，至于先补偿后折扣，还不是你们说了算，为什么就不能通融通融，非得一根筋？做生意，就没有你这样的死脑筋，国际村有你，简直是我们的灾难。我送你一句话吧，‘一成而不可变，故君子尽心焉。走！”旦心也很心寒，拉着黄绵绵就走。

“朱笑蔓……我总会看到你惨的一天。”黄绵绵的话是从牙缝里挤出来的。

黄绵绵和旦心在走廊里刚好与赵薇薇碰面，赵薇薇拉了一下黄绵绵，被黄绵绵甩开。

“绵姐！”赵薇薇回头喊道，黄绵绵没有理她。

79

黄绵绵今天一身正装，头发盘在脑后。一双半高跟鞋是一脚蹬的款式，她今天非常简素。

她从店里把几盆绿萝和两盆水生睡莲搬到门口。然后，站在门口看了一会儿街景，大街上水花四溅，所有在路上奔跑的车辆都是脏兮兮的，似乎刚从郊外跑进城。

她刚一转身，两个熟悉的身影出现在她眼前，她再回过头一看是旦萱萱和一个男孩打着雨伞向她跑来。

“黄妈妈。”旦萱萱像只小鸟一眨眼就飞到黄绵绵跟前，她收起雨伞，把雨伞递给小宝，拉着黄绵绵的袖子，把小脸紧贴在黄绵绵的肩上，娇滴滴说道，“我还给你带来一位稀客，她叫小宝。”

“哇！小帅哥……你的同学？”黄绵绵眼睛一亮，从头到尾把小宝几番打量，非常喜欢，高兴地招呼道，“萱萱……小宝，进来，进来！”

“他是我们班的学霸，也是我的对手……克星。”旦萱萱拉着黄绵绵走进店里。

“哦！是对手也是克星……那叫什么来着，看我这脑子，不记事儿了……对，想起来了，叫比翼双飞！哈哈哈哈。”黄绵绵开怀大笑。

“哎呀！黄妈妈，我可不想当居里夫人啊。”旦萱萱努着嘴巴，拉着黄绵绵的胳膊摇着说道，“我喜欢卧薪尝胆！”

“你喜欢越王？”黄绵绵很有兴趣地问。

“我喜欢勾践自强不息地做人。”旦萱萱铿锵有力地回答道。

黄绵绵给旦萱萱和小宝每人拿出一盒酸奶放在茶桌上。

“来找黄妈妈有事吗？”黄绵绵看着旦萱萱问道。

“我想买两件衣服，我都高二了，总不能老穿这身校服去跟同学嗨皮、参加同学的派对吧？”旦萱萱有些害羞地说道。

“我这店呀尽管不起眼，但你们高中学生好多都在我这里买衣服……同学们都说款式新潮。”黄绵绵看着挂在衣架上的衣服说道，“萱萱，你看，随便挑，看好哪件拿哪件。”

旦萱萱挨个看，黄绵绵跟在后面帮她选。

外面下起了中雨，小宝看到吧台下还有两盆郁金香没有端出去，他就主动去把两盆郁金香端到门口，和其他花整齐地摆放在一起。

小宝刚坐在茶凳上，又看到烧水壶水开了，他提起烧水壶给黄绵绵的杯子续了水，端起杯子给黄绵绵：“阿姨，喝水！”

一个刚刚变过声的男孩，把杯子递给黄绵绵，尽管动作有些别扭，却让没有做过母亲的黄绵绵感到一种做母亲的幸福。

旦萱萱选了两款，问道："黄妈妈，这件衣服多少钱呀？"

黄绵绵对旦萱萱一脸爱意，说道："你看好了就穿走，黄妈妈送给你穿。"

"不！黄妈妈，我得给钱，我都长大了，不能占别人便宜。"旦萱萱一脸正经，她走到模特跟前，摸了摸模特身上的衣服，说道，"黄妈妈，我还想要这件。"

"喜欢，就拿走。"黄绵绵很阔气地说。

"黄妈妈，你挣钱也辛苦，我不能白拿，爸爸给我钱了。"

"萱萱，黄妈妈不是别人，是你的师母，一日为师终生为母。妈妈送给你，长大后再还给妈妈好吧。"黄绵绵那双眼睛噙着泪水。

旦萱萱充满少女气息的身体，就像一壶刚烧开的沸水一样，激动得要溢出来，一双水汪汪的眼睛忸怩地看着黄绵绵，泪水在眸子里打着转转："妈妈！"

黄绵绵一把抱住了旦萱萱。

小宝看着黄绵绵哭了，他一步跨到吧台后，取下毛巾递给黄绵绵，黄绵绵接过毛巾在眼角轻轻擦了几下。

"乖孩子……长大一定是个暖男。你妈妈是谁？"黄绵绵深情地问道。

"妈妈，小宝的妈妈姓朱，叫朱笑蔓！"旦萱萱对黄绵绵说道。

"你说啥？"黄绵绵惊讶的目光看着旦萱萱，她松开旦萱萱，走到小宝跟前，以心疼的目光问道，"你是朱笑蔓的儿子？"

"阿姨！我妈妈是朱笑蔓。"小宝看着黄绵绵诧异的眼神。

此时此刻，黄绵绵就像丢了魂的斗士，眼前的一切都变得扑朔迷离。

小宝从茶凳上起身，走到黄绵绵跟前，腼腆一笑："阿姨！怎么啦？你认识我妈妈？"

"小宝！"黄绵绵一把把小宝搂在怀里，眼泪汪汪地说，"……你妈妈……是我大学的学姐。"黄绵绵泣不成声。

小宝在黄绵绵的怀里不知所措，一脸茫然。

赵薇薇来到朱笑蔓的办公室，此时的朱笑蔓还没有完全从黄绵绵的阴影里走出来。

"内贼可能是张洪学。"赵薇薇神秘兮兮地说。

"你……你说什么？张洪学？简直是胡扯淡！"朱笑蔓听赵薇薇说是张洪学带执法队来的，朱笑蔓简直不敢相信自己的耳朵。

"保密，你知我知，天知地知。"朱笑蔓半信半疑地忐忑不安。

赵薇薇又说："我也不信，但防人之心不可无。"说完就转身走了。

孟宁敲门进来，直接坐在沙发上给朱笑蔓汇报工作。他说："我们四台富士特锅炉环保指标超标，必须进行低氮排放科技改造，对锅炉燃烧器、控制柜操作系统进行更换。这是市政府今年蓝天保卫战环境治理工作的强制性要求，凡是排放标准不达标的锅炉在今冬采暖前不改造，政府就要采取强制措施给予行政处罚。四台锅炉改造费用比较大，大约得花30万元。改造完成后，通过政府部门的验收合格，政府还要给予补助。"

"孟经理，这是政府的蓝天工程，作为企业要积极响应。你做个预算，再联系几家有锅炉技术改造资质的公司同时报价，抓紧时间进行，确保今冬采暖工作不受影响。"朱笑蔓要求道。

"好！我抓紧去落实。"孟宁起身，拿起政府文件就出去了。

朱笑蔓手机响了，她拿起手机一看，是庞红枫的。电话里庞红枫说："笑蔓经理！今年政府的蓝天工程抓得很紧呀，从中央到地方，那是层层加码。市长要求今年的蓝天工程一把手就是第一责任人，抓不起来，问责一把手。你的锅炉可能就是今年被改的对象，不知，你听到什么风声没有？"

朱笑蔓站在办公桌跟前，面向窗户，边接电话边欣赏窗外的景色。她把茶杯放在窗台边，手一直扶在杯子上。

"什么风声？能透露一点吗？"朱笑蔓细心问道，"哦！政府还有补贴？好事好事……什么？你有朋友是专门做锅炉低氮改造的？好呀，给我推荐推荐，先报个价吧！"朱笑蔓放下电话。

"咚咚咚！"有人敲门。

"请进！"朱笑蔓面向窗外的身子从窗台转过来，几位似曾相识又陌生的人进了她的办公室，她顿时感到非常惊讶。

"你们……这是……"朱笑蔓顿时喜出望外。

80

她从窗台跟前转身大步跨过来和来客一一握手，刚才惊讶的神色很快调整过来了，恢复了平静。她说："石总……今，这是……"朱笑蔓看着鲍鹏和齐好，有些激动也有些不知所措，她话还没有说完就被石天接过话茬。

"朱总，我先给你介绍一下吧！"石天指着鲍鹏，介绍道，"鲍鹏，深圳鹏程远洋国际投资公司董事长；童彤，深圳鹏程远洋国际投资公司总经理；齐好，鑫达州物业公司总经理。”

朱笑蔓听完石天的简单介绍后，不知是高兴还是嫉妒，尽管脸上强忍住一种莫名其妙的失落，瞬间也能捕捉到她内心深处的落差感。

“朱总，齐好又回来了，向你报到。”

朱笑蔓嘿嘿一笑，握住齐好的手高兴地说道：“一往情深深几许？深山夕照深秋雨。”

齐好抱住朱笑蔓，因为又回到老地方，同老朋友合作，感触颇深：“投我以桃，报之以李，还望蔓姐多多指导。”

大家都落座之后，石天就把来意给朱笑蔓说了：“鲍总是专门从深圳回来投资社区智慧养老项目的，他想在佳境·国际村投资一家智慧养老院，他合资也行，独资也行，购买商铺也行，至于怎样合作，齐总、朱总和鲍总你们具体商议，集团公司给予全力支持。”

齐好接过石天的话说：“我们可以借社区的力量，在日间照料的基础上扩建，利用日间照料这个位置，把规模扩大。具体还要和社区的谢主任谈。”

童彤又接过齐好的话说：“主要是看项目定位和合作模式。作为鹏程远洋投资公司一定会大力配合。”

朱笑蔓看着童彤说：“政府很重视民间资本投入养老事业，我想，你们先拿出一个合作意向，把你们想要的合作模式讲出来，我想政府肯定支持。”

童彤接过朱笑蔓的话说：“那就这样吧，合作项目意向书我们有现成的，笑蔓你联系一下社区，尽快定个时间，我们三家在一起沟通，共同讨论一下合作模式。好吧？”

“好吧！今天就谈到这里，社区那里朱总你就抓紧时间联系。”石天又问鲍鹏，“今晚坐坐，给你接风洗尘？”

“不，改天吧。我想看看儿子去。”鲍鹏看了一眼朱笑蔓，又看了一眼童彤，说，“和儿子一起吃顿饭？”

朱笑蔓摇摇头，一笑，回答道：“你带儿子去吃吧，你父子俩几年没在一起了，儿子比你都高……晚上，我还要管老爷子。”

“哦！爸都好吧？”鲍鹏问道。

送走石天和齐好后，鲍鹏坐了下来。

“每天都跟我来，我把他放在日间照料中心，秦教授也在。”朱笑蔓看着窗外的黄昏，脸上浮现出几丝欣慰。

“那就好，那就好，这些年辛苦你了。”鲍鹏有些内疚，感叹道。

“其实没啥，女人嘛，多一些磨砺未必是坏事……这些年，你都好吧？能回来投资，看来把事做成了。”朱笑蔓说道。

“还行吧！”鲍鹏脸上出现一些自信的神采，但又透露出些自卑的语气：“我不是什么官二代，也不是什么拆二代，没有社会资源，没有社会背景，就凭那点补偿款，折腾了十几年。还好，没有把血本亏进去。”

“你怎么想起投资养老院来了？”朱笑蔓一脸茫然地问道。

“我也是想为家乡做点事。养老，就是最好的投资项目。”鲍鹏很有信心地说。

“那倒是。我们社区办了个日间照料中心，挺红火的，每天就有一百多位老人吃饭，这叫社区居家养老。”朱笑蔓说。

“我就是想在这个基础上，把社区居家养老变成社区居家智慧养老，多了两个字‘智慧’，就意味着我们的社区居家养老是智慧养老，不雷同其他机构养老和社区居家养老。就是办成全智能化养老，以后就是数据化管控。”

“那就是个超智能化的养老机构。”朱笑蔓兴奋地说。

“算是吧……走吧！你也该接爸了，我也该接小宝了。”鲍鹏拉开门等着朱笑蔓。

朱笑蔓点头同意。

小区的庭院灯亮了。清澈的水系在微弱的灯光映衬下显得更有灵气。朱笑蔓和鲍鹏刚从客服大厅出来，就碰上庞红枫来找她。

“哎！笑蔓，晚上……”庞红枫看了一眼鲍鹏，两个风流倜傥的男人，眼神有些异样。鲍鹏身材魁伟，身高略比庞红枫低一点点，在两个男人跟前，朱笑蔓有些拘谨。

“哦，庞老师……今晚，我要陪孩子吃顿饭，你找我有事吗？”朱笑蔓不好意思地对庞红枫说。

“我之前给你说过的，锅炉改造，我可以给你争取政府补贴。”庞红枫一脸自信的表情。他又看了一眼鲍鹏，问道，“这位先生是？”

“鲍鹏，孩子他爸。”朱笑蔓看着鲍鹏又把庞红枫介绍给鲍鹏，“这位是庞红枫老师，律师，小区的业主。”

“哦，久仰大名。”鲍鹏伸出手来主动与庞红枫握手。

庞红枫还在打量鲍鹏，鲍鹏把手伸向了他，庞红枫还没有意识到，当鲍鹏刚要收回手的时候，庞红枫这才回过神。

“哦，哦，我知道了，是你前夫，对吧？”庞红枫故意把声音提得很高，“听人说你在南方打工，啥时候回来的？”

“走！别跟这样的屌丝打交道。”鲍鹏拉着朱笑蔓就走。

“唉唉！别走，朱笑蔓跟你离婚了，你没有权利再管她。”庞红枫上前拉着朱笑蔓的胳膊，对朱笑蔓说道，“你跟他走还是跟我走？”

“庞老师，请你放开我，我对你很尊重，我也希望你能尊重我。”朱笑蔓被庞红枫拽着，鲍鹏那边又拉不走。

鲍鹏松开朱笑蔓的手，一个跨步走到庞红枫跟前，指着庞红枫的鼻子说：“你想干吗？”

朱笑蔓知道鲍鹏的过去，是川中市有名的不好惹。她怕庞红枫出事，一把拉着鲍鹏，对庞红枫说：“你走，有事明天再说！”她松开鲍鹏，用两只手去推庞红枫。

突然，庞红枫看着赵薇薇从客户中心出来，他一脸惊慌失色，马上松开朱笑蔓的手，转身快步离去。

“那位是谁？”鲍鹏感到莫名其妙，问朱笑蔓。

“他老婆！赵薇薇。”朱笑蔓看着离开的庞红枫做法变态，轻蔑地说，“这人，有病。”

“以后……少理他。”鲍鹏的眼神在微弱的光线下显得厚重，他看着朱笑蔓还是有种难舍难分的痛感，毕竟夫妻一场。他看着朱笑蔓的眼睛说：“我走了！你慢点……”

朱笑蔓点点头，也叮咛道：“不要喝酒，经常晚上抓酒驾，处罚很重。”

鲍鹏点点头转身走了，朱笑蔓也转过身朝北门走去。

锅炉车间，噪声分贝很高，低氮改造工程拉开序幕。四台锅炉就像四头大象一样坐卧在锅炉房车间中央。车间被蒸汽笼罩，就像冬天大雾一样。

现场施工人员工作交流，就像吵架一样大声喊。站在锅炉顶上的工程人员正在排气，他在给现场的工程师大声说话：“保不住压力，可能是锅炉里空气没有排净，我再排一次吧。”

“你检查一下排气孔上的气垫，是不是原厂家生产的？”现场工程人员给锅炉顶上的施工人员大声说。

佳境·国际村后期建设项目是自备锅炉供暖，采用了京城福斯特真空热水锅炉，在安装设计时是中国一流技术设备。由于国家对环境指标要求越来越高，根据川中市蓝天工程要求，必须对佳境·国际村四台锅炉进行低氮排放改造，对锅炉燃烧器、控制柜等操作系统进行新技术更换。

承揽本次改造工程的单位是秦川锅炉设备安装公司。

施工现场除了孟宁团队外，还有秦川锅炉设备安装公司工程技术人员。

赵薇薇提着一大袋子食品和纯净水来到锅炉车间。“孟经理，喊大家先吃饭。”赵薇薇把买来的肉夹馍和凉皮摆在旁边的桌子上，把纯净水递给孟经理和现场施工方的技术员。她大声喊道，“吃了饭再干！凉了。”

都在干活，没人能想起吃饭。

炉膛观察孔能看到气压指标，稍不注意，就上升到可怕的警戒值以上。炉膛是真空，必须是 0 负压。

赵薇薇靠近观察孔，孟经理大声地给她讲真空锅炉的燃烧原理，炉火把赵薇薇的脸映衬得通红。

81

市区街景已进入初冬。

高大的法国梧桐不时有几片零星落叶掉下来，在空气中悠扬翻滚，没有归宿，随着来往车辆的滚滚气流在大街上乱舞。

街道办大院里，大叶女贞落下的黑汁掉在车顶上，门卫老师傅不停地在清扫，地面显得很干净。谢小燕、鲍鹏、齐好、朱笑蔓、童彤从街道办楼里出来，走到大院的一侧停下。

“就按照街道办领导的意见，鲍总你先拿出一个合作意向书，购买整栋楼自己做也行，和日间照料联合经营也行，兼并日间照料也行，本着为业主服务为原则，我们全力支持配合你。”谢小燕给鲍鹏表态说。

童彤想了一下，说道：“可以！我先把合作意向调整一下，改天再坐下来研究。”

齐好补充了一句，说：“最好是把合作意向说清楚，包括投资规模和经营模式。”

童彤点头，“嗯”了一声。

“你们怎么走？朱总坐我的车吧。”谢小燕看着大家问道。

“你别管，我跟童彤回宾馆，再调整一下思路。”鲍鹏说。

“我跟谢主任走，去国际村。”齐好说道。

“好吧，那就各忙各的。鲍总……你慢点。”谢小燕钻进车里，随后齐好和朱笑蔓也钻进谢小燕的车里。

斑马线，过往车辆主动让行人。一位老人拄着拐杖从人行道过斑马线，绿灯行的车辆很自觉地让老人通行。

谢小燕驾驶车辆停在路口，她看了眼齐好问道：“你从南方回来，南方城市的交通秩序怎么样？”

“人车抢道时有发生，没有川中这么好。”齐好说。

“这就是古城文化的厚重。”朱笑蔓说。

谢小燕轰了一脚油门，轿车很快穿过十字路口。

“走到哪里去，都不如待在川中。我有一个朋友，就爱开车旅游，前段时间把中国的边境走了一圈，开车跑了一年的时间。回来了，我问他就四个字回答我，你俩猜猜，哪四个字？”

“风景很美！”朱笑蔓回答道。

“不如川中！”齐好感触颇深。

“对！还是齐好游子思乡。没出门，想出门，真正出了门，还是觉得家乡好。有句俗话说得好，‘在家千日好，出门万事难’。”

车已拐进佳境·国际村大西门。

“谢主任，你在大西门停一下，我和齐总到锅炉房去看看。”朱笑蔓给谢小燕说道，“等鲍鹏合作意向书弄好了我们电话再约。”

“不会影响采暖吧？”谢小燕摇下右边玻璃窗问道。

“不会，保证按时供暖。”朱笑蔓很自信。

谢小燕又一踩油门，向佳境·国际村北门驶去。

车库很大，灯光通明，视野很开阔。VI标识很醒目。

齐好和朱笑蔓快步走在车库里，一辆小轿车从远处慢慢驶来，灯光打在她俩的身上。轿车打开窗户停在她俩跟前，一名女子伸出头问路：“美女，A区车库咋走？”

朱笑蔓用手向后指，说道：“你到了K区，向左转，直开，有条通道，你顺着通道就到B区，再前面就是A区了。”

“好的，谢谢。”女子开到前面掉了个头，又转回来，从齐好和朱笑蔓跟前过，按了个喇叭，表示谢意。

“朱总，这说明什么问题？我们车库里的行车标识不清楚。”

齐好拉着朱笑蔓顺着那位女司机走的方向，她俩再去走一趟。齐好站在行车主通道口处，看了进出的四个方向，又顺着通道往一期、二期走，就是分辨不出来车库的方向。能泊车几千辆的车库，规模很大，交通标识必须齐全明确和醒目。安管部经理张洪学跑步来到现场，是朱笑蔓用微信发来的。

“齐总好！”张洪学首先给齐好打了一个招呼，又对朱笑蔓问道，“朱总，有事？”

“我不会开车，就不了解行车标识，你作为一名老司机，应该比我知道得多吧。”朱笑蔓指着头顶处的标识，说，“车库这么大，标识不清楚，很容易瞎转。”

“你就跟着我们走！”齐好给张洪学说。

又是几束车灯交织在车库通道口处，齐好一行人仿佛被光柱抬着在走。

现场很凌乱。

蒸汽热浪一阵一阵卷来，弥漫在车间的上空久久不能散尽。

四台锅炉的燃烧器、控制柜等操作系统设备和施工方的工具摆放一地。

赵薇薇和孟经理在现场分别观察四台锅炉控制板上的数据，必须平稳在20以内，否则，就不保压，锅炉又得重新抽真空。

齐好和朱笑蔓来到锅炉车间，孟经理和赵薇薇马上过来跟齐好和朱笑蔓打招呼。

“这几天忙，没去给你打招呼。”孟宁看着齐好大声说道。

齐好偏着头把手触到孟宁的耳朵边说：“这是大事，不敢耽搁。估计，还得多长时间？”

“争取明天早晨干完。”孟宁大声说。

赵薇薇站在旁边，陪着朱笑蔓看仪表盘上的数据。

“这个数据不真实，还没有保住压，可能锅炉还有漏气的问题。”赵薇薇附在朱笑蔓耳朵边大声说。

朱笑蔓转过身来，大声问孟宁：“按计划，改造工程能完成吗？”

“必须干完，明早保证试运行。”孟宁看着齐好和朱笑蔓大声回复。

朱笑蔓微微一笑，看了一眼齐好，给了一个离开的手势。

赵薇薇跟着齐好和朱笑蔓从锅炉车间上到地面。

齐好虽走了几年，但她对佳境·国际村的一草一木非常熟悉，也非常爱这块厚土。她从锅炉车间旋梯出来，仰起头看着楼宇，做了一个深呼吸，周围高楼在她水灵灵的眼珠里旋转着。

“齐总，到日间照料中心去看看吧？”赵薇薇邀请道。

齐好看了一眼朱笑蔓，朱笑蔓点了点头。

一股旋风刮来，把地面的粉尘卷入空中，三个人刚好在旋风的中心，头发和外套都被旋风刮起。旋风很快就过去了，三个人很快恢复了正常的表情。

“这旋风春秋两季较多，冬天刮旋风很少见。”齐好疑惑道。

“前面是高楼，后面是车库出口，刚好形成对流空气。我每次走到这里，就有一种张力的感觉。”赵薇薇分析。

“嗯！有道理。”齐好也肯定道。

这时，刘倩倩从醉月湖那边跑着过来，只见她神色紧张，气喘吁吁地说：“秦……秦爷不行了……快去！”

“快去看看！”三个人立即跑步去往秦朝家。

秦朝睡午觉刚醒来，他感觉有些胸闷，就让刘妈给他拿速效救心丸，刘妈意识到秦朝可能不舒服。她赶紧给秦朝口里含上速效救心丸，又立即给物业打了电话。

“咚咚咚！”刘妈打开大门，齐好、朱笑蔓来了，朱笑蔓忙问，“秦爷怎么样了？”

“刚刚吃了速效救心丸。”刘妈说。

朱笑蔓和齐好进到了秦朝卧室，朱笑蔓看到秦朝躺在床上脸色苍白，呼吸困难，她立马去摸着秦朝老人的脉搏，感觉非常微弱，她开始给秦朝做胸外按压。

“倩倩，打120，赶快送医院。”朱笑蔓对老人的突发疾病，很有经验。她边给秦朝做胸外按压边吩咐。

“刘妈，你把秦爷日常用品准备一下，还有你自己的换洗衣服也准备一下，可能要住医院。”

“好的！我马上准备。”刘妈忙着开始收拾东西。

按压十几下后，又开始给秦朝做人工呼吸，反复进行了十几分钟，秦朝有了咳嗽的表现，脸色也渐渐恢复了正常。

这时，120急救医生带着担架到了秦朝家，他们按照流程给秦朝做了检查，挂上吊瓶后，把秦朝抬上担架，一路送到医院。

82

轻飘飘的雪花，落在树叶上没能停住，又落在地上，很快就化成雨水，湿漉漉的地和天一个颜色。

佳境·国际村大厅收费室门口，有两队业主在这里排队缴采暖费。

黄绵绵和刘晃走进大厅，一眼看去缴费人很多，就从排队中穿过，直接上了三楼。

楼道窗户玻璃上湿乎乎的。窗外发黄的梧桐树叶上，积了薄薄一层白沫，好似雪花。旦心也在朱笑蔓办公室门外等着，刚好遇到黄绵绵和刘晃上来。先后，又有几位业主来找朱笑蔓。

“咚咚咚!”旦心用劲敲了几下门，他把耳朵贴在门上，没有听到里面有动静。

“怎么办？朱笑蔓一直没有给我们解决暖气不热退费的问题。”旦心看着黄绵绵和刘晃又说，“不能这样就算了吧？”

“你们也是因为暖气不热要求退费的吗？”黄绵绵问刚刚上来的这几位业主。

“你们也是？”一位老阿姨也以这样的口气问黄绵绵他们。

“是！我来找过几次了，他们不给退。”黄绵绵说。

“不行，我们太软弱了，我们得齐心协力才能解决这个问题，给他们来点硬茬子。”一位大叔把嗓门放得很大。

“可以，堵大门!”黄绵绵出了一个坏主意。

“不，只堵收费室，不要影响其他业主办事。”旦心又出了个不引起业主反感的主意，得到了大家的响应，他们又一窝蜂跑到楼下。

客服中心大厅比刚才的人多了些。

好多业主是打着雨伞来的，门口堆了一大堆各式各样的雨伞。年龄偏大的业主已经穿上了羽绒服或是厚外套。黄绵绵从楼上下来，刚好齐好和朱笑蔓从小区回来。

“绵姐……你来了？”齐好主动给黄绵绵打招呼。

朱笑蔓看了一眼黄绵绵，抿嘴一笑，自己就上楼去了。

“你……”黄绵绵看着齐好，不知道该说些什么，她突然问道，“你不是走了吗？怎么……这是？”黄绵绵感到突然。

“我又回来了，回来才几天！”齐好给黄绵绵说，又给旦心和刘晃顺便打了个招呼。

“莫要怪姐哈，我要堵门！”黄绵绵给齐好说。

“为什么？姐！有话好好说，干吗要这样？”齐好挡在了黄绵绵跟前，一脸狐疑。

“朱笑蔓不给我退暖气费，不把业主的事当事，我今天非要跟她杠到底。”黄绵绵给齐好大声说，又对现场缴费的业主说，“我几年暖气不热，物业不退我的采暖费，现在我要把收费室的门关了，请业主理解一下。”黄绵绵说着话就给旦心和刘晃递了一个眼色，让他们去关收费室的门。

“你们去跟物业交涉吧，不要影响我们缴费，你不缴采暖费，物业是不会给你打开暖气阀的。”有业主劝道。

“你们傻呀！你家暖气热吗？我还不是为了大家的利益。”黄绵绵在说话的时候，旦心他们就将收费室的门关了。

顿时，大厅里乱哄哄的。

“绵姐……绵姐，让他们打开！”齐好跑到收费室门口敲门，再敲，喊道：“旦工……旦工？晃子，开门！”齐好站在收费室门口，给现场排队的业主安抚道，“大家……稍等，出现一些小状况，我们马上协调处理。你们把前后业主都认识一下，一会儿还按照这个排队顺序缴费。”

一些业主怨声载道：“哎呀！真是不顺，上午好不容易请了半天假……还没办成。”

“大概需要多长时间？我等一会儿不要紧。”

“我先去买菜，下午来缴吧！”

“我不想白跑，你们抓紧处理吧！”

“各忙各的事情吧，我看还得一阵子，没那么简单。”

“就是，我家暖气也不太好，也没给我一个说法，退不退费也不知道。今年，就干脆不给他们缴费了，等暖气热了再缴。”

“走，等热了再缴！”

“再等等吧！不要再跑冤枉路了，要相信物业会处理好的！”

大家七嘴八舌，说啥的都有。

齐好又走到黄绵绵跟前，很严厉地告诉她：“绵姐，你这是在扰乱物业管理秩序，你赶快让他们开门……你不要逼着妹子我报警。”

“你报警吧！我跟朱笑蔓又不是第一次较量。”黄绵绵看着齐好，一脸无奈地说道，“这跟你齐好没关系，你也只是一个打工的，我不让你为难，但我要让她朱笑蔓知道，暖气不热，她必须退费。”

正在大家乱哄哄不知怎么收场的时候，收费室的门打开了，刘晃从里面急急地跑了出去。

黄绵绵惊讶地看着刘晃的背影，不知道发生了什么事。

业主看收费室的门突然打开，有些莫名其妙，但很快就恢复了正常的缴费秩序。

旦心从收费室出来，对黄绵绵说：“晃子他姥爷被 120 接到医院了！”

黄绵绵看着旦心从收费室出来，心都快气炸了，训道：“晃子有事，你出来干啥?”

“我想……还是坐下来跟他们谈吧，这种方式会激起民愤的。”旦心这么一说，差点把黄绵绵气晕过去。

“绵姐，旦工说得对，有事坐下来说吧！不要动不动就做些过激的举动。走吧，到我办公室！”齐好趁机劝黄绵绵。

“窝囊废!”黄绵绵转身出了大厅。

旦心也跟着出了大厅。

齐好站在大厅门口，看着他俩远去的背影，若有所思。

路上白茫茫的，过往的足印深深浅浅，能看出是一层薄薄的积雪。

83

锅炉车间低氮改造工作已基本完工，锅炉已恢复了平静。

车间现场除换下来的四台锅炉燃烧器和一些零部件外，再也看不到其他凌乱的东西。

孟经理再一次把炉膛里火势和仪表盘上的数据看了一遍，确认正常之后，和参与锅炉改造的乙方工程技术人员一一握手，把他们送出了锅炉车间大门。

现在四台锅炉仪表盘上显示的出水温度是 68 摄氏度，回水温度是 35 摄氏度。一切正常。

孟宁拿起手机，从锅炉车间来到操控室，他打开手机，拨通了号码。

“喂！喂!”地下室手机信号不太好。锅炉改造运行基本正常后，孟宁跑上地面来给朱笑蔓报告。朱笑蔓在办公室接他的电话，她面向户外，满眼是翻滚的雪花。

“孟经理……嗯，好！好！可以提前供暖就好。”朱笑蔓挂掉电话，把手机放在桌子上。目光再一次从室内移向室外，树叶上站不住雪，雪花不时从树叶上整片滑落，掉在地上，就成半冰半水，路过的行人，踩在地上“嚓嚓”作响。

“咚咚咚！”敲门声让朱笑蔓吃了一惊，她赶快把目光从窗外收回来，转过身，对着门回答道：“请进！”

齐好进来了，直接坐在朱笑蔓办公桌的对面。

“黄绵绵这个事你是怎么想的？”齐好问朱笑蔓。

“上次，她来过，没有谈好。齐总……你有啥意见？”朱笑蔓给齐好泡了杯茶放在桌子上，齐好接过纸杯，吹了一口漂在杯里的茶叶。两位经理就面对面地交流了意见。

“她提出有三个条件让我接受。一是退她几年不热的暖气费；二是屋面漏雨给她补偿；三是让我离……”朱笑蔓说不下去了，她看着状态不好，眼睛有些湿润。

“这三是……让你离开这里？不可能。”齐好理解偏了，她站起身，手往桌子上一拍，大声说道，“岂有此理，绝对办不到！”

“不是离开这里！”朱笑蔓看着齐好，感到一言难尽。

“那是……离开？”齐好思忖着，问道，“那是离开哪里？”

“我和赵明明是大学校友，赵明明是我的学长，我们在校期间有过一段恋情……”朱笑蔓给齐好讲起了那段难忘的经历。

大学校园的夜，青蛙的叫声有些低回。一条笔直的小径通往教学楼。

教学楼的每一扇窗户都透着灯光，把楼前这条小径折射得油光发亮。

不时有三三两两的学生夹着书本从小径的这头走向那头。一丝凉爽的微风，把一条条薄裙掀起一阵阵微浪，一些少女路过小径，还有意用手压住裙边，才敢把步子放快。

“父亲去世后，母亲就失明了，身体状况一直不好，我想放弃读研的机会，回川中教书，离家近些，好照顾母亲。”赵明明的眼神有些失落地看着朱笑蔓。

在校园微弱的灯光下，朱笑蔓还是能感受到此时此刻赵明明难以割舍的深造情怀。她坚决地回答："不行，一定要读博。现在研究生多如牛毛。你在大街小巷里的闲人中，大学生、研究生一抓一大把，不读博就等于十几年寒窗苦读白上，我不同意你的想法。"

一处池塘边，一个影子在灯光里躲躲闪闪。

"唉！我也不想放弃，还想把博读完。"赵明明看着眼前的池塘，眼睛的深处有几束亮光在闪动。

"我想，你眼前的困难就是伯母的身体，这完全可以克服。如果你因为伯母的身体而放弃了读博的机会，我想伯母是不答应的，也会生你的气。"朱笑蔓一双明亮的眸子看着眼前的学长。

"人生就是这样，在亲情与仕途的十字路口，你的选择应该是亲情。如果你选择了仕途，就会在人生的整个过程中留下遗憾的回忆，这种回忆是很折磨人的。"赵明明忧伤地看着朱笑蔓。

"我不管此时此刻你是怎样一种复杂心情，我都支持你读博，不同意你放弃读博的机会。你还记得隋朝李密牛角挂书的故事吗?"朱笑蔓问赵明明。

"记得!"赵明明把目光从朱笑蔓脸上移到池塘里的一束亮光上，顿时，赵明明的眼珠里有几道光交织在一起。他说，"我不是李密，我没有李密把汉书挂在牛头上的那种边走边学、后成大事的情怀。"

朱笑蔓靠在赵明明的肩膀上，赵明明撇下一根树条，在池塘里滑来滑去，发出了声响，青蛙闭嘴了。

"朱笑蔓！你偷情。"黄绵绵从池塘边树丛的另一角钻出来，抓住朱笑蔓的头发就使劲拉扯。

朱笑蔓防不胜防，躲闪不及，就被黄绵绵压在下面。

赵明明面对黄绵绵的突然袭击也是束手无策，他推了一掌黄绵绵，连朱笑蔓都差点被推倒。赵明明又抓住黄绵绵的手，三个人拉扯在一起。

朱笑蔓感受头发被黄绵绵抓扯的疼痛，就用力掰黄绵绵的手指，可是作用不大，黄绵绵力气非常大，把朱笑蔓压在腿下。

"啪啪啪啪!"几个巴掌落在了黄绵绵的脸上，黄绵绵一双惊恐的眼睛看着夜色里赵明明那双凶狠的目光。

黄绵绵一愣，本能地松开朱笑蔓的头发，然后死死地瞪着赵明明，突然暴跳如雷："你……你敢打我!"说完，再也控制不住自己，哭声打破了校园的寂静。

赵明明扶起朱笑蔓，一把把朱笑蔓揽在怀里。

窗外白茫茫一片。一只麻雀歇息在窗台上，身体瑟瑟发抖。齐好看着朱笑蔓，眼里有泪花在闪动。

“想不受伤的最好方法，就是谁都不爱；放弃幸福的最好方法，也是谁都不爱。命运的红线，并不只有这一根。”齐好和朱笑蔓都站在窗台边看着窗外的雪景。齐好的目光，锁定在窗外的那一棵梧桐树上，她说道：“下雪的时候，银装素裹，衬着阳光，熠熠生辉；不下雪了，戎装灰蒙蒙的，还是憔悴的时候多。”

“生平少年日，分手易前期；及尔同衰暮，非复别离时。唉！过去的都过去了，我早已释怀，可她还在继续。”朱笑蔓脸上露出一丝苦笑，她看着齐好说，“我想给她的暖气费减免一些，就权当是给她的补偿。物业费一分都不能减免，因为那是我们的劳动成果，也是业主必须履行的责任。”

“我同意你的意见，包括她明年的车位费，都可以减半甚至可以全免。物业费的滞纳金，还要收取，这是警告她不缴物业费应有的惩罚。”齐好的意见很明确。

朱笑蔓看着齐好，一种被理解的心思让她对齐好笑了笑表示感谢。

84

朱东风坐在沙发上看电视。朱笑蔓边给朱东风洗脚，边把手机夹在脖子上和刘妈通电话。

“明天我让薇薇从日间照料中心派一个人去照顾你，轮流在医院值守，刘妈你也不能太累了，还要注意休息。嗯！好！好！就这样。”

“你秦爷的病情稳定下来没有？”朱东风问朱笑蔓。

“比昨天好多了。”朱笑蔓拿起拐杖递给朱东风，扶着朱东风慢慢地走进了卧室。

“给小刚和豆豆说一声，让他们回来，我有话给他们说。”朱东风在卧室给朱笑蔓说。

“好！我一会儿给小刚发个微信，看看他的时间。”

清晨，城市被积雪覆盖。

道路积冰，市政工程车在给道路撒盐。

市政环卫工人正在扫路上的积雪。偶尔能看到路边堆起的雪人和小动物。朱笑蔓骑着电动三轮车带着朱东风，穿过一个十字路口从南北路拐进东西路。朱东风腿上盖着一件军用大衣。

朱笑蔓的脸被冻得通红，从嘴里呼出来的是一股白汽。

“爸，你冷不?”朱笑蔓转过脸来问朱东风。

“脚有点凉!”朱东风说，“没事，也快到了。”

“你把腿抖动抖动，让末梢神经循环一下。”朱笑蔓在前面大声说。

“注意安全，我看你还不太老练。”朱东风担心地提醒着。

“才刚刚骑了两天，还不习惯，没事，爸你坐稳。”朱笑蔓宽慰爸爸。

一个急拐弯，朱笑蔓就把朱东风送到了日间照料中心门口，大姐从厨房里看到了，边擦手边从厨房跑出来，把朱东风接进了日间照料中心。朱笑蔓急着开会，给大姐打了个招呼又一个急转弯进了佳境·国际村小区。

佳境·国际村小区主干道积雪已清理完毕。路上湿漉漉的，路的两侧绿化带和灌木丛还被积雪覆盖。一些乔木的枝干上还残留有积雪，把一个小区点缀得就像一片白莲花。

鑫达州物业公司三楼会议室，社区居委会谢小燕、深圳鹏程远洋投资公司鲍鹏、童彤、石天和鑫达州物业管理人员参加了会议。

投影仪照在墙上、显示出一行字：社区+物业+智慧养老。

会议由齐好主持，赵薇薇做记录。

“尊敬的鲍总、童总、谢主任、石总及各位同人：大家上午好！今天，我们就社区+物业+智慧养老举行第二次论坛，会议议程有三项。一是目前我国养老走势；二是我们面临的主要困难；三是养老模式的确定。下面，我首先把我国目前养老的一些走势向各位领导汇报。2015 年，国务院印发了《关于积极推进“互联网 + ”行动的指导意见》，明确提出要“促进智慧健康养老产业发展”。2017 年，工业和信息化部、民政部、国家卫生健康委员会联合印发《智慧健康养老产业发展行动计划（ 2017—2020 年）》，并在全国各地开展了智慧健康养老试点工作。在服务主体多元化方面，物业服务企业被推举为社区养老的主要载体。2019 年，国务院办公厅印发《关于推进养老服务发展的意见》，提出了“物业服务 + 养老服务”模式。我认为养老的重心就是服务，养老的宗旨也是服务，技术只是工具和手段。只有将技术与服务有效融合才能发挥智慧养老的真正价值。目前提供养老服务的主体包括三种类型：家庭、社区、养老机构。其中，社区因为兼具家庭和养老机构的优势，被认为是养老服务的主要载体。但我国大多数社区资源有限，人员和资金均无法满足辖区内的养老需求，导致智慧养老迟迟没有在社区层面真正落地。物业服务企业长期从事社区服务工作，在地理距离、场所设施、业主信任、业主信息、人员队伍和服务经验六个方面具备天然优势。因此，可弥补社区养老公共资源的不足，成为新的社区养老、社区智慧养老服务主体，帮助老人走完“最后一公里”。利用智慧养老领域的各种技术资源，物业服务企业可以有效降低开展养老业务的经营成本，再加上政策扶持、市场推动等有利因素，物业服务企业有望打破当前的经营困局，拓宽业务范围，实现多元化经营。我认为鑫大洲物业公司和佳境·国际村社区，无论从地理位置、规模结构还是周边功能配置，都具备社区智慧养老的条件。当然，随着时代发展和社会进步，老年人及其家庭的养老需求呈现多层次、多样化、个性化等特征。我们还可以细化养老群体，把健康老人、有一定经济基础的老人以候鸟养老模式到海南、云南、秦皇岛等风景优美、空气清新的地方集中养老；社区还可以日间照料为主体，开展抱团取暖养老模式、居家养老模式、社区智慧养老三种模式。”

这时，孟宁坐不住了，他从微信上看到锅炉车间出大事了，有两台锅炉保不住压力，锅炉温度突然上升，真空负压出现问题，他已要求两台高区锅炉停运了。他把这条信息给了朱笑蔓，朱笑蔓脸上立即出现不安。她看了一眼孟宁，给孟宁递了一个眼神，孟宁明白意思后立即起身离开会议室。

同时，朱笑蔓又收到前台值班的王红微信，反映暖气不热的投诉太多，她已经接待不过来了。

这时，会议室隐隐约约传来业主吵架的声音。

刘倩倩起身把会议室门重新关上，楼下吵闹声消失。会议还在继续，童彤在发言：“物业服务企业要开展养老服务必须做到以下几点。

一是必须整合利用辖区内医疗、社区服务、文化体育等公共服务资源；二是必须马上提升团队整体认识，从普通员工做起，人人都要掌握一门基本服务技能；三是必须加强统筹协调，推动涉老相关政策措施落实落细；四是必须完善分级诊疗体系，整合社区卫生服务中心等医疗资源，实现老人健康档案管理；五是必须建立健全管理制度，老人信息化管理网络，制定服务标准和收费标准，细化细节管理和精准服务流程。深圳鹏程远洋投资公司决定和街道办联合打造佳境·国际村社区智慧养老机构，鹏程远洋投资公司负责投资，鑫达州物业公司全权负责经营管理。在日间照料的基础上扩建社区集中智慧养老机构，机构暂定名为‘杖乡村公寓’，谢谢大家！”

“杖乡村公寓？好！这个名字很有名堂。”齐好赞不绝口。

“大家再坚持一下。下面请社区谢主任安排推进计划和负责人。有请谢主任！”齐好带头鼓起掌来，会场响起一阵热烈的掌声。

谢小燕一脸睿智，目光把现场扫了一遍。她今天的发言主要是官方口气，从宏观数据到微观经济，都是代表街道办领导讲话那种腔调，既不热情，又不排斥，合作完全是一种等待和观望的态度。政府对这些合作商也见得多了，各有各的算盘，各有各的把戏。一句话，没见到钱，没看到实物，一切都是纸上谈兵。谢小燕代表街道办讲话的尺度把控得很好，既让投资方感到想投资的欲望，又让投资方看到政府对合作的殷切期待。她讲得一语中的，字字珠玑。

刘晃车吧办公室，世界名车名模图片挂满了每个角落。

办公室中间放了两排货架，上面各款车的备件摆放整齐，标识清楚，管理规范。靠门口是一套转角沙发，中间是一套功夫茶具。

朱豆豆靠在沙发上，一条腿在地下，刘晃提着两袋子食品从外面进来。

“谁在医院？”朱豆豆问。

“刘阿姨在。”刘晃进屋就脱掉了外套，扔在朱豆豆搁脚的沙发那头。“看来……老爷子，躲不过这个劫。”

“为什么这样说？”朱豆豆一脸不解的眼神看着刘晃。

“84 岁是他一个坎，他整天都在念叨。我希望他能闯过这道关。”刘晃一脸忧伤，“我父母因车祸走得早，是姥爷把我拉扯大的，那些年我不懂事，没有得到过父母的爱，就像野孩子一样，整天给姥爷惹是生非。”

“你不惹事，我就得挨打，都是我惹的事，你替我去打的架……希望老爷子能躲过这一劫。”朱豆豆语速很快。她给刘晃拿了一瓶啤酒打开，碰了一下，递给刘晃，“干了！祝老爷子早日康复！”

刘晃像是渴了，一仰脖，把一瓶啤酒灌了进去。

朱豆豆又从沙发边摸出一瓶，打开，递到刘晃嘴边。刘晃一把抱住朱豆豆，朱豆豆顺势倒在了刘晃的怀抱里。

“今天……大姨妈……没来？”刘晃喝了一口酒，对准朱豆豆的嘴巴就把啤酒注进朱豆豆的嘴里，朱豆豆反手抱住刘晃的头只管吸吮。

窗外静悄悄的，屋檐上的冰凌已开始融化，水印像一条条蚯蚓顺着玻璃蠕动。

85

小区积雪堆进了花坛里，许多孩子从花坛里抓起雪球打雪仗。几个高年级学生在欺负小宝，把积雪塞进小宝的领口。

还有一个男生，逼着小宝在吃雪，小宝吃了一口又一口，高年级学生仍不放过他。

“你爸是个逃犯，你妈是丢蛋的鸡。”有高年级学生把小宝骑在裆下，侮辱小宝。

“鲍小宝你是孤儿!”一个高年级学生踹了小宝几脚。

“我不是孤儿，我有爸爸妈妈，不许你乱讲。”鲍小宝也很嘴硬，不时反击。但每次反击都会遭到这帮高年级学生的殴打。小宝反击后又被几个男生打倒在地上。远处，旦萱萱看到小宝被打，急在心里，可她不敢靠近。就想了一个办法，叫来一群女生跑出来，高年级学生看来了一帮女生，也就丢下小宝跑了。小宝准备跑去追，却被旦萱萱拦下，不让他去追。小宝鼻青脸肿，咬牙切齿，喘着粗气，不服输的眼神一直盯在高年级学生跑去的方向。

朱笑蔓刚刚到家，把朱东风扶在沙发上坐下，转身到鞋柜处换上鞋，放下背包和拐杖。她走进卫生间放水，准备给朱东风洗漱。客厅手机响了，她跑出来拿起手机一看，是小宝的。“小宝……怎么啦？你在哪里？”

寒风凛冽。过往的行人都穿上了羽绒服。小宝在路灯下伫立着，脸上有血迹，眼睛也肿了，一副可怜兮兮的样子。

朱笑蔓骑着电动三轮车，从小区驶出来，右拐，进市区街道。道牙下的积雪随处可见，一堆一堆已经变成黑色，就像草原上的牛粪疙瘩。她在街道上搜寻着小宝的身影，一脸焦急的神态。

教研室的灯光很亮。

夜色已经笼罩了校园。透过教研室玻璃窗，还能看到窗外的积雪在校园路灯下熠熠生辉。赵明明还在备课，旦萱萱跑进来，赵明明看到旦萱萱的脸色不好看，问道：“什么事这么紧张？”

旦萱萱说：“小宝被几个高年级同学打了，脸肿了，他不敢回家。”

赵明明一脸严肃地说：“这是校园霸凌。”他拿起电话想给朱笑蔓打，想了想，又怕朱笑蔓担心，娃都大了，自己的事情自己处理。

赵明明带着旦萱萱回来，看到桌子上这么多的菜，以为家里来人了。他左右看看，又疑惑地看着桌子上的菜。

黄绵绵从厨房出来，心情愉快地招呼道："你们回来了！今儿高兴，多做了几个菜。"

旦萱萱把书包从肩上取下来放进书房。

"都去洗手！准备吃饭。"黄绵绵笑意盈盈。旦萱萱道，"谢谢黄妈妈。"

"老师……来，坐这。"旦萱萱给赵明明拉好了凳子，又给黄绵绵拉好了凳子，自己坐在靠厨房的这一角。

旦萱萱先给黄绵绵夹了块鱼，又给赵明明也夹了块鱼，才给自己夹了口素菜放到嘴里。

"黄妈妈……好香！"旦萱萱吃着菜的嘴巴油乎乎的，夸奖着，大口大口地吃起来。

赵明明坐在靠门的这边，没有按照旦萱萱的安排入座。

旦萱萱看着赵明明没有按照她事先安排的位置入座，她夹在嘴里的菜停住了，噘着嘴说："哎呀老师，你是啥意思吗？"

黄绵绵看着眼前的一切，给旦萱萱说："没事，黄妈妈挪挪。"黄绵绵就坐在靠赵明明近的这张凳子上。

"今天……又有什么高兴事？"赵明明脸上没有一丝笑意。

"有啊！我每天都有。"黄绵绵仰着脖子说，"为什么不高兴？"

"黄妈妈，今天下午高年级学生把小宝揍了，脸都肿了。"旦萱萱说，"要不是我看见，叫了一群女同学去，小宝今天就惨了。"

"是吗？孩子，你做得好，这叫见义勇为。"黄绵绵看着旦萱萱，赞不绝口，"那，后来呢？后来小宝他……"

"你还想听'后来'吗？"赵明明一脸不高兴，训斥黄绵绵，"你真是冬天里的大葱，身焦叶烂心不死。"

"我咋啦？我就是心不死？又戳到你的心了，她……"黄绵绵看到旦萱萱惊讶的眼神，又噎了半句话回去。

医院大厅，人去楼空，完全没有白天的繁忙景象。大厅灯火通明，只有挂号室的窗口开着。

朱笑蔓带着小宝正在做检查，碰到四姐和刘妈也在手术室门口。四姐和刘妈跑过来看到小宝满脸红肿，心疼地问道：“这是咋啦！和谁打架了？这么乖的孩子。”四姐过来拉着小宝的胳膊就问。

“是被高年级的几个男生打的。”朱笑蔓替小宝说。

“这是校园暴力呀！现在的孩子也真是吃了豹子胆了，下手这么狠。”刘妈好心疼地摸着小宝的脸，“是谁家的娃没有教育好，这么没教养，看把娃打成这样了。蔓子……报警吧！”

小宝听刘奶奶说要报警，就拉着朱笑蔓的手摇晃着。

朱笑蔓看着小宝，小宝给朱笑蔓摇了摇头。朱笑蔓明白孩子的意思，也就没有回答刘妈的话。

朱笑蔓刚才心思一直在小宝身上，这会儿突然意识到什么，就急忙问：“你们咋会在这里？秦爷他……”

“老师，下午又不行了……这是搭的第六根支架。希望老师能闯过这一道关！”说到这，刘妈泪汪汪的。

“哦！你们辛苦了！刘妈也要注意休息，四姐你年轻就多操点心。等我这边带孩子检查完，我再去看秦爷。”朱笑蔓和刘妈他们分手，拉着小宝去做下一个检查。

刚到胸透室门前，鲍鹏和童彤也赶来了。

“爸爸！”小宝丢开朱笑蔓的手，委屈地扑到鲍鹏的怀里。

鲍鹏抱住儿子，看了看，宽慰道：“没事，男子汉受点委屈成长快。你是学霸，还要有点霸气才对。”鲍鹏捧着儿子的脸，继续鼓励道，“仙人有句话，老爸送给你，‘敌我共成忍，故此安忍果，首当奉献彼，因敌是忍缘’，也就是说敌人是修忍辱的因，忍辱是敌人造成的果。该忍的时候，一定要忍；不该忍的时候，一定要出手。记住了吧？儿子！”

“他们骂你，也骂我妈，我跟他们论理，他们就动手打我了。我打不过他们，他们人多。”小宝还有些心悸。

“你就不能多叫几个同学？以后，像这些事，自己摆平。”鲍鹏鼓励孩子要大胆做人，江湖就是这样，你越怕就越有人欺。

“你们还没吃饭吧？”朱笑蔓问童彤。

“没有，刚从佳境·国际村日间照料中心出来，鲍总看到你的信息，就马上赶来了。”童彤也有些担心的眼神，她看着朱笑蔓说，“蔓姐你辛苦了……家里还有个爸爸要照顾，不容易。”

朱笑蔓领首微微一笑，没有做过多的解释。

朱笑蔓把小宝送进胸透室。

86

赵明明在备课，旦萱萱在一边做作业，客厅电视声音有点大。

黄绵绵魂不守舍地在客厅来回踱步，时不时地换台，把电视频道摁得“砰砰”作响，高兴了还哼上几句刀郎的歌。

还记得你答应过我，
不会让我把你找不见。
可你跟随那南归的候鸟飞得那么远，
爱像风筝断了线，
拉不住你许下的诺言。
……

“你又做了哪门子缺德事，看把你得意的。”赵明明从书房出来，看着黄绵绵又是哼又是扭，就挖苦了她几句。

“我从来不会做缺德事，不像有些人，偷偷摸摸的，在暗地里搞勾当，有本事就明来。”黄绵绵提高嗓门，斜了一眼赵明明。

赵明明把书房门“嘭”的一声关上。旦萱萱受到了惊吓，打了个寒战。“黄妈妈她？”旦萱萱不解的眼神看着赵明明问。

“没事！是老师不好。”赵明明一脸铁青，“做你作业！”

旦萱萱咬着钢笔，以一种似懂非懂的目光看了赵明明一眼。

日间照料中心门前，寒风瑟瑟，几片落叶在地上翻滚。

冬天是那样纯洁、超然，冬天的阳光在晨雾中缓缓伸展开来，显得那么宁静悠远。

鲍鹏、石天、谢小燕、朱笑蔓和赵薇薇几人从日间照料室内出来，站在门口，鲍鹏看着这座楼下还空着的铺子问道：“日间照料中心西边的铺子还有吧？我都要。有多少，要多少，可以建一个上规模的养老院，和日间照料中心整合起来。”

“有！那边两家是租赁的，可以给他谈。租赁合同上有明确规定，首先满足铺子出售。”石天说。

“那就好，我都要了。可能有五千平方米吧，加日间照料。”鲍鹏说。

“可以！我一会儿回去就给集团公司汇报一下，再争取集团的最大优惠政策。”石天说。

“那就谢谢石总，咱们抓紧办！我时间不多，我想在我回深圳之前，开工建设。”鲍鹏看着石总说，眼里充满期待。

“好！”石天回答也很干脆。

老啬鬼驾驶三轮车很流畅地拐进日间照料中心，他看到门前这么多人，十分高兴。

“昨晚我做了一个梦，梦到灶上没粮食了，伙夫头子就抓住我的衣领，拿着菜刀要砍我，我呀就拼命地跑，跑呀……跑呀，前面是悬崖，就掉下去了，梦就醒了。”老啬鬼把三轮车停好后又接着他的梦说，“梦是假的，说明今天有贵人来，嘿！不就是嘛，我已经猜到了，有稀客到。”

老啬鬼今天穿了一件厚厚的老棉袄，膝盖上是一副仿皮护膝。老远看去宛如一头大灰熊。潘登也是爱凑热闹的人，他来到老啬鬼三轮车前，帮忙搬卸蔬菜。大姐、二姐、三姐也都跑出来帮忙。

多功能厅，不少活动的老人都停止了活动，趴在窗户上看外面的热闹。

“听说，从深圳回来的川中后生，要给这里投资了。”马道功给老人们透露了一点风声。

“好啊！只怕我赶不上这趟车了。”一位老人露出一脸失望的表情。

“好好活吧，要对得起党每月给我们的薪水。有……总比没有强。”马道功说。

赵大妈从老人们的背后走来，也趴在窗户上面，很赞成老马说的话：“就是，好好活，这里跟在家里一样。有吃有喝还有玩，还有保健按摩医生，啥都不缺，就缺自己的健康。”赵大妈在窗户里面，跟在外面的鲍鹏和石总他们打招呼。

鲍鹏也给趴在窗户上看热闹的老人们招手致意。

“我一看，你就是个人物。彩虹，在大雨后出现；蜡梅，在风雪中吐蕊；雄鹰，在险峰上空盘旋。后生可畏，焉知来者之不如今也……”老啬鬼在门口大声喊道，“后生可畏，焉知来者之不如今也……”

鲍鹏也很激动，走到老啬鬼跟前，紧紧握住老啬鬼的手：“大伯辛苦了，每天这样劳你大驾，敬仰！”

老啬鬼哈哈一笑，骑上三轮车大声说道："世界上最富有的人，是跌倒最多的人。世界上最勇敢的人，是每次跌倒都能爬起来的人！"

大家都看到老啬鬼的三轮车扬起一阵灰尘。

朱笑蔓和齐好在办公室。

"孩子的伤势严重吗？"齐好问。

"都是些皮外伤，大夫说不碍事。"朱笑蔓看着齐好说道。

"现在的孩子也真是无法无天，你说大人也不管教管教，要是他们的孩子被人打了，又会是个什么态度。"齐好也觉得这件事情不能忍，"我看……还是报警，也该让这些孩子尝尝监狱之苦。"

朱笑蔓摇了摇头，说："孩子不让报警，我也就没报警。我想，冤冤相报何时了！"

"道理都对着呢，就怕孩子忍受不了这个耻辱。尤其是男孩，人格和自尊比什么都重要。"齐好关切地说。

"孩子还可以，那天他爸爸也给他疏导了很长时间，也没说非要大人给他报仇。这几天，我看他情绪还可以，学习没有受到影响。"朱笑蔓的心态还是很好，淡淡一笑，一脸自信。

"我正想问你，佳境·国际村要成立业主大会，你以前跟石总沟通过没有？业委会的候选人对社区有没有什么意见？"齐好问。

"沟通过，也征求了我的意见。我是推荐黄绵绵为首届业委会主任人选。"朱笑蔓给齐好如实说了。

齐好感到吃惊，脸上的表情先是一怔，后又很快调整过来："现在政府对物业小区成立业委会工作很重视，还要求业委会委员必须由党员组成。佳境·国际村是个有几万业主的大社区，成立业委会很重要，决定业委会里的人要慎之又慎。"

"这几年来，随着物业设施设备的老化，小区的大中修改造工程也越来越多，每年抢修任务很重。每一项都让业主签字，达到2/3以上业主的同意太难了。所以，一些大中修改造工程就没有走业主签字的流程，物业每年都要贴进去七八十万元用于大中修改造。我希望成立业委会，也希望业委会里有像黄绵绵这样的人敢作敢当，敢说敢管，监督物业工作，考核物业作为。我不希望业委会里都是老好人，光要补助不办事，在业主中没有统领地位，那才是物业的悲哀。"朱笑蔓把成立业委会的真实想法也兜了出来。

“是这样？我就同意你的意见。黄绵绵也真是一个敢承担责任的人。”正是她俩谈到最关键的时候，刘倩倩给朱笑蔓打来电话说楼下业主又在集会，想在天黑前大闹物业公司，主要矛盾还是暖气不热的问题。

佳境·国际村锅炉车间被蒸汽吞没。

现场一片狼藉。之前参与低氮改造工程的技术人员又回来了。

一名工程技术员爬上锅炉顶上去排气，还是按照上次的技术流程，先排空气，整个车间忙成一团。

孟宁也在锅炉顶上，在给技术员当下手。孟宁把锅炉顶上的排气孔打开，一股白烟直射车间屋顶。噪声很大，听不清相互的交流，只有靠手势和眼神来沟通。

齐好和朱笑蔓来到锅炉车间，赵薇薇提来纯净水和肉夹馍、面皮，还有方便面一大堆。

现场工程技术人员都在对数据，调整数据，排真空，每人都在忙自己的事情。齐好和朱笑蔓站在离锅炉稍远的位置，赵薇薇在现场来回穿梭，把现场散乱的材料规整好。

孟宁从锅炉上下来，走到齐好和朱笑蔓跟前。

“两台锅炉是负责高区供暖的。目前出现的问题还是和以前一样，扛不住压力。现在还是先排真空，在零负压的情况下才能保证工作。我估计还是排气孔的垫圈出现问题了，那两台锅炉用的是原厂家的国标产品，没问题。这两台锅炉用的是其他厂家的同等产品，就保不住压。”孟宁给齐好和朱笑蔓汇报说。

“原厂家的产品最快什么时候才有？咱们想办法去买。”齐好着急地问道。

“原厂家在北京，远水解不了近渴。”孟宁说，“他们已经派人去朋友那里找去了，用这批锅炉的物业小区有几十家，估计问题不大。今晚能拿回来，换上去，今晚就可以正常供暖。”

“让他们打的，这样快，费用公司来承担。”齐好给孟宁说。

“我已经安排好了，争取更快速度。”孟宁还是一副胸有成竹的样子。

赵薇薇凑到朱笑蔓耳朵跟前，给朱笑蔓说什么。

朱笑蔓随后脸色凝重起来，她又凑到齐好耳朵跟前说了什么。

齐好也是眉头紧皱起来。

寒风凛冽。

在庭院灯的照射下，水面透着寒光。

佳境·国际村物业公司门前聚集了上百人，其中就有黄绵绵正在诉说物业不给她退暖气费、屋面漏雨不给她维修、地面停车收益归全体业主所有等，不少业主也在下面议论纷纷。

黄绵绵还在抓住现场气氛鼓动："今年暖气已经正式供暖半个月了，现在，家里还是冰窖。可是，我们没有少缴钱，这个损失我们一定要物业给我们补偿。"

"对！给我们把不热的这半个月都给退了。我们要求不高，我们只是在维权。"

"对！维权！维权！"众人起哄。

齐好和朱笑蔓没有怕事，她们站在业主中间，向业主坦诚通报物业锅炉改造的相关事实。

"尊敬的业主朋友们，大家晚上好！"齐好站在花坛上，随后朱笑蔓和赵薇薇张洪学也都站了上去。

"朱笑蔓退费！朱笑蔓退费！"黄绵绵带头喊一句，众人跟一句，现场基本控制在黄绵绵的手里。

"请大家静静，我是朱笑蔓！"朱笑蔓大声喊道，"大家有诉求，请派代表到三楼会议室座谈。"

齐好和朱笑蔓在张洪学等人的护送下，穿过人群，走进客服中心大厅。

现场顿时又喊起了"朱笑蔓滚出去！朱笑蔓滚出去！"的口号。

还是黄绵绵在领头呼喊。

87

百米水系，波光粼粼。

庭院灯发出明亮的光，不时能看清有落叶掉在水系里溅起的水纹。

集会在客服中心门前的业主，个个的脸冻得通红，呼出的气是一团白雾，在每个人的头顶转圈圈。

"各位业主朋友，外面冷，就不要再等了，要么回家去，要么进大厅里来暖暖，不要冻着了，不划算！"刘倩倩站在门口对外面的业主喊。

不少业主还是选择了回家，只有少数业主选择了进大厅暖身。

“回家也冷，还不如在这里多待一会儿。”有业主这样认为。

刘倩倩就给进大厅来的业主倒水看座。

鑫达州三楼会议室，灯火通明。洁白的墙面在 LED 灯光的映衬下更加白净。黄绵绵组织了一部分业主代表与朱笑蔓在会议室对话。朱笑蔓坐在中间，齐好和赵薇薇分别坐在两边。有的业主围圆桌而坐，也有的业主干脆就站在黄绵绵的身后。

“半个月前，我们根据川中市政府蓝天保卫战的整体部署，对小区四台锅炉进行了低氮改造，现在四台锅炉的排放标准达到了国家环保最新排放要求。改造后我们提前了两天供暖，大部分的家里温度超过了国家标准，只有极个别家里的温度在 18 摄氏度以下，16 摄氏度以上。低于 16 摄氏度的家庭，到目前为止只有 6 户，这 6 户我们也正在积极采取措施。所以，我想问问，你们在座的有几个家里温度是低于 16 摄氏度的，请举手。”

会场业主你看我，我看你，都没人敢举手。朱笑蔓看了看四周的业主并主动问道：“这位美女好!”朱笑蔓以规范的手势指着她正对面的一位党姓业主问道，“麻烦你说说你家目前的温度，谢谢!”

“我……我家温度是 18 摄氏度以下。”党姓业主很不自信地回答说。

“不对吧？美女，你姓党，你老公姓谢，业主是你。我们管家入你家三次测温，一次是 19 摄氏度，两次是 21.6 摄氏度，你看看，你还签字了，对吧？”朱笑蔓有条不紊地在与业主对话。

“这位阿姨，你说说看，你家实际温度是多少？”朱笑蔓用微笑的眼神看着她斜对面的一位阿姨问道：“请你说实话。”

阿姨脸红了，自己也忍不住地站了起来：“我家温度……”

“阿姨，请坐下说。”朱笑蔓给了她一个手势，示意她坐下。

阿姨坐下后鼓起勇气：“我家温度是 17 摄氏度。”

朱笑蔓笑了笑，翻开客服日记：“楼宇管家去过你家四次，有三次测温是 19.9 摄氏度，一次是 19.5 摄氏度。根据《中华人民共和国国家标准——城镇供热服务》第五条的规定，在正常天气条件下且供热系统正常运行时，供热经营企业应确保用户的卧室、起居室内的供热温度不低于 18 摄氏度。你家 19.5 摄氏度还超过了国家标准，岂能说不达标？”

朱笑蔓看着正对面的黄绵绵，黄绵绵以一种仇视的目光盯着朱笑蔓。朱笑蔓以谦和的眼神看着她：“绵绵，你是今晚业主集会的组织者，也是策划者，你家温度是多少？能给大家透露一下吗？”

“朱笑蔓……你不要分散大家的注意力。今晚，我不是为我家温度而来，我是为以前暖气不热，找你退费来的。”黄绵绵还是那副得意的样子，她指着朱笑蔓给大家说，“前几年，好多家暖气不热你不退费；好多家屋面漏雨，家具被泡你不赔偿；小区所有地面车位服务费归全体业主所有，你不退；电梯广告收益归业主所有，你们独吞。这些，都是你朱笑蔓做的好事。”黄绵绵越说越有劲。

“我不想耽搁大家的时间。我只举一个事例来回答刚才黄绵绵提的问题。”朱笑蔓站起身来，两手撑在桌子上，看着在座的业主，深情地说道：“这些年，小区大中修改造、抢修，应该动用大修资金，动用每笔大修资金，都需要你们 2/3 以上的业主签字。请问，你们在座的业主谁签过字？”

大家相互看看，有的业主摇头，没有。

朱笑蔓又接着说：“对！没有。那怎么办？小区设备坏了，总不会不修吧？小区设施坏了，总不会不改造吧？所以，你们不签字，物业还得修，钱从哪里来？就是刚才黄绵绵所说的从公共收益中支配的，但是这些其实远远不够。你们说，物业公司面对这种问题应怎么办？”朱笑蔓微笑着看着在座的人，现场一片安静，“好了，今晚就到这里，还有哪位业主如有其他不同意见，请随时来找我。谢谢大家。”

“好！座谈会就到这里，大家晚安！”齐好干脆就宣布了座谈会的结束，黄绵绵还有话说，她看着其他业主都开始撤离了，也只好随从大家，她很生气，把桌子用力一推，起身走了。

朱笑蔓有信息传来，她打开一看是孟宁的，告诉她锅炉真空保压了，已开始供暖。

朱笑蔓把这个消息告诉了齐好，齐好与朱笑蔓击掌庆贺。

四台锅炉观察孔，熊熊燃烧的火焰。出水温度 71.5 摄氏度；回水温度 31.4 摄氏度。孟宁一看炉膛火苗，很久没有舒展的面孔露出了笑意。他与现场工程技术人员一一击掌祝贺。

秦川锅炉几名工程技术员正蹲在锅炉旁边大口吃肉夹馍。他们看到孟宁过来要给他们击掌，就放下纯净水瓶子伸起右手给孟宁击掌祝贺。

控制室各仪表盘显示的数据全部为正常值。

车间锅炉发出的工作噪声处于恒温恒噪。

时间正是凌晨两点。

房间光线很暗。落地灯下的小茶桌上摆着几份资料。

佳境·国际村杖乡村公寓投资可行性报告，还有一份是杖乡村设计图纸和施工图纸。

电视开着，没有声音。

鲍鹏坐在沙发上，还没有入睡，他在看着乡村公寓床位设计。

“咚咚咚！”有人敲门。

“请进！”鲍鹏看着童彤进来问道，“还没睡？”

“唉！睡不着哦。”童彤说，“鲍总，和街道办的合作，应该是我公司控股才对，让他们来控股，万一出了差池，可不是一个小数目呀！”童彤作为总经理，也对这个投资股份有点不同意见。

“没有万一。就让朱笑蔓她们去管理经营，我们只是投资，振兴家乡养老事业，为老人找个归宿，这也是我的初心。”

“万一亏损了咋办？”童彤担忧地问道。

“有地方政府监督，放心吧！”鲍鹏内心还是很有把握。他又问道，“设计500张床位多不多？”

“不多！太少了就没有规模了。”童彤拿起茶桌上的设计方案，又翻开看了一眼，“不低于500张床位，这个规模目前是西北地区最大的。我们设计的单人间和双人间就占了总床位的一半。”

“双人间的多些好，就比如有些子女把老人送来了，周末和节假日想来看看老人，跟老人聚聚，总得有张床吧？单间就是小套间，是专门给夫妻准备的，他们可以做饭，孩子可以来看看，跟居家养老一个道理。”鲍鹏把刚刚想到的养老模式递给童彤看，他说，“今后日间照料就是社区一个老人食堂，可以为社区居家养老、社区集中养老提供一日三餐。这样就形成了社区养老一条龙服务模式。”

“休息吧！明天再去现场看看，再问问石总，铺子租赁合同的时间是30年，看看有没有啥问题。”鲍鹏对童彤说道。

“装修公司我考察了五家，报价都在3000万元左右，比较符合我们的目标预算。”

“好！睡去。我也累了。”鲍鹏用拳头轻轻砸自己的眉心。

88

医院抢救室灯光明亮，输液管点滴很快。

医生和护士在抢救室门口匆忙进出。刘妈一双疲惫的眼神显得惶恐不安。四姐没有经历过生死离别之事，她的眼神没有像刘妈那样惶恐不安，却也满是伤感和害怕。没有休息好，四姐的脸色有些蜡黄。

不时有护士进来给输液器里加药，并在卡上做记录。

刘妈的眼神从门口到病床，再从病床到门口，期盼着每进来一位医护人员，能给他们带来好消息。

“刘姐，你去休息一会儿，我看着。”四姐拉起坐在秦朝病榻前的刘红梅，让她到另一张病床上休息。

“我不累!”刘红梅的回答有些无力。

“不累也躺床上休息一下，年轻人都熬不住，何况你呢。”四姐心疼地对刘红梅说。

四姐把目光移到输液器上，还有半瓶，观察孔里的点滴快速地“滴答”，仿佛敲在她的心口，一条走廊都是点滴的声音。

社区谢小燕办公室，庞红枫和石天在谢小燕办公室就业主大会推荐的业委会会员名单沟通意见。

“我不同意黄绵绵进入业委会里，理由有三：一是太自私，忘乎所以，爱聚众闹事，没有责任心；二是拒缴物业费长达六年，没有很好地履行业主义务；三是她跟朱笑蔓有情仇，不宜在业委会工作。请两位领导明察。”这是庞红枫的意见，态度非常鲜明。

石天听后看了一眼谢小燕，庞红枫突然提出了不同意见让他难以表态。他心里也很清楚，黄绵绵跟朱笑蔓的矛盾不是一天两天，而朱笑蔓的意见是力推黄绵绵的，这让他左右为难。

“我个人的意见，黄绵绵进不进业委会，还是由筹备组来决定吧!”石天说道。

谢小燕把桌子上的推荐表又对了一遍，她说：“推荐上来的业委会候选人总共是 22 人，只有几票的人我都筛选过了。我这里能提出来的都是在 10 票以上，目前能过 10 票的人数是 12 人，黄绵绵是 15 票。”

“咱们小区大，业委会就得9—11人，那就干脆由业委会自己选举产生主任副主任吧！”石天补充说。

谢小燕看了一眼庞红枫，问道：“庞老师你的意思如何？”

“咱们是3人，你们两位同意我没意见。”庞红枫笑着说。

“那就好，12人都提成候选人，业委会委员暂定为9人。”谢小燕说道，“明天召开筹备组第五次会议，也是最后一次筹备组会议了。”

庞红枫和石天相互看了一眼，庞红枫还是坚持自己的观点：“黄绵绵可以进入业委会，但不能当主任。”

寒风彻骨，大街上的人捂得严严实实。

黄绵绵穿了件白色羽绒外套，坐在她小鸟儿时装店的吧台上，电脑的亮度把她的脸照得更加苍白。时装店里光线柔和，也不能改变黄绵绵此时此刻憔悴的容颜。

黄绵绵很悠闲，她在作诗，满脑子都是另外一个场景。

“绵绵！”庞红枫一股风似的进来，神情像刚刚中过大奖，他走过来靠在吧台上，看着黄绵绵。

“不高兴？谁惹我家小姐生气了？”庞红枫顺手拿了一个杯子，给自己在饮水机上接了杯热水，喝了一口，放在吧台上。

“有事找我？”黄绵绵关掉电脑，从吧台上下来，在沙发上坐下，随势把左腿架在右腿上，懒洋洋地问道，“说吧，啥事？”

“我在筹备组力挺你当佳境·国际村首届业委会主任，应该问题不大。恭喜你！”庞红枫的语气很傲慢。

黄绵绵眼前一亮，随即脸上闪现出一丝暗伤情绪。

“战斗，才刚刚开始！”黄绵绵把话说得有点悲壮。

“晚上坐坐？”庞红枫看着黄绵绵的眼神，“还是那家欧式牛排？”

“听你的！”黄绵绵把一双渴望的眼神从庞红枫的眼睛里移出来，移到门外飘零的落叶上。

朱笑蔓把羽绒服外套挂在衣架上，黑色高领毛衣上合体的黑色西服让她显得很干练。齐好和赵薇薇拿着一摞文件来到朱笑蔓办公室。

“朱总，这文件是下午童彤送来的，这个方案好大气。”赵薇薇一脸兴奋的样子。

“我看过了，感觉不错。投资要6000万元，建500张床位，目前是西北地区最大的养老机构。门面租了30年，这回地产公司给力。”

朱笑蔓也很兴奋，接过齐好手里的文件，映入眼帘的一排文字就引起她的注意：“杖乡村公寓可行性报告，这是一份沉甸甸的责任，也是物业公司在转型升级路上的突破口、新机遇。”

齐好接着说：“我们与之配套的就是对老年公寓的管理与制度、规范与流程、服务与标准以及经营模式的制定，争取在公寓建成之前出台。我还有个建议，就是对周边养老机构和周边的养老机构的收费标准进行一次调研，定好自己的位置，明确公寓的收费标准，提前征求广大老人的意见，再进行公示。”

朱笑蔓听完齐好的意见后又加以补充：“我们调研制定收费标准的时候，一定要把收费标准分成几个部分。譬如伙食费、保健费、护理费和床位费等，最好还有特级护理费等，最好都参照一下别的机构的费用组成部分，有利于我们建立科学的收费定位。”

“我同意朱总的意见，同时还要把不同人不同类型的收费标准制定出来。尤其是失能和半失能的收费标准，单间、双人间、三人间、四人间的收费标准，服务的频次和服务的内容等都应该有一套完整的收费制度，提供物有所值、物有超值的养老服务质量标准体系。”

“好吧！看来这项工作已在弦上，我们就分头行动吧。我们仨每人分担一个部分工作，朱总懂管理，负责制定公寓的各专业管理制度化建设；薇薇懂市场运作，负责所有价格的制定与体系搭建；我负责每一个等级服务标准化及考核细则的制定。这三大任务，在公寓验收之前出台报批。看看大家还有什么建议？”齐好安排完任务后征求大家的意见。

朱笑蔓看了一眼赵薇薇，赵薇薇给了朱笑蔓一个微微点头，朱笑蔓又给齐好一个同意的微笑与点头。

“我看可以，就这么愉快地决定了！”齐好最后拍板。

渭河桥灯火辉煌。

向南的车辆带着一串串光影驶向南岸。

悠悠的渭水星星点点，慢条斯理地在桥下转着圈，由上游向下游不肯离去，穿过桥眼要很长时间。

倒映在江面的桥影和南岸的摩天大楼，被光连在一起，就像一道银河，是宇宙与大海之间的契约。沙滩上，一些情侣搭建了露营帐篷，五颜六色的帐篷给星夜增添了厚度和神秘感。

帐篷里只有微弱的光线，光线与江边只有几步之遥，偶尔还能听到湖心岛上筑巢鸟儿甜蜜啁啾的声音。

黄绵绵蜷缩在庞红枫的怀里。庞红枫已经去见了周公，鼻鼾声从帐篷里传出来，江边的水纹明显多了，一阵水花卷起小小的漩涡，那是鱼儿在打听岸边刚刚发生的事情。

输液管里的药水不滴了，液体瓶的液面很平静，让人窒息。

隐隐约约有抽泣的声音。护士正在收拾输液器械，说："赶快联系殡仪馆的车吧。"

刘妈眼睛红肿，她的双手还握住秦朝的手。

"老师……我……我没有把你照顾好……都是我的错！老师……"

刘妈早已哭成泪人，四姐也泣不成声。

89

"噔噔噔噔！"一阵凌乱的脚步声从走廊拐弯处传来。

声音越来越大，仿佛踩破了医院黎明前的黑暗。齐好、朱笑蔓、赵薇薇、刘倩倩、张洪学从走廊直接拐进 ICU 抢救室。

"秦爷……秦爷……你给我说话……我……我是朱笑蔓呀……秦爷，你醒醒，看看我呀！"朱笑蔓趴在秦朝的胸口上，使劲摇晃着秦朝。

护士走过来扶起朱笑蔓说："赶快穿老衣吧，一会儿就不好穿了。"

朱笑蔓擦干眼泪，赶紧把他们提前准备好的老衣拿出来，打开，铺在秦朝遗体上，再把秦朝身上的被子拉开，脱掉秦朝的衣服，用酒精在遗体上擦拭了一遍。张洪学和刘妈扶起秦朝的遗体，朱笑蔓给秦朝穿寿衣。

"蔓子，这……这是老师留给你的银行卡，老师说……"刘妈已泣不成声，她把银行卡递给朱笑蔓，朱笑蔓推托不敢接，刘妈忍住悲痛继续说，"老师说，这些钱作为他的安葬费，卡里有……"

"刘妈，这个卡我不敢接，你还是交给晁子吧。刘妈，秦爷还留下……"朱笑蔓也泣不成声，强忍着悲痛又问刘妈，"秦爷还有什么话没有？他的子女都在国外，需要通知他们，有没有联系方式？"

刘妈眼泪汪汪地看着朱笑蔓，摇了摇头，说："可能，晁子那里有吧。你在我手机里找找，昨晚半夜，我录音了……没录全。老师想到哪里，就说到哪里……”刘妈把手机交给朱笑蔓，朱笑蔓接过刘妈的手机赶快找录音。

就在这时，殡仪馆的车到了，朱笑蔓赶快组织大家收拾东西。

殡仪馆来了两位穿迎宾服的年轻女子，她们手脚麻利，不到几分钟就把秦朝的遗体搬上了殡仪馆的液压升降车。

“老人随身的衣物可以带走一并火葬。你们可以去两人，随同车走。”迎宾小姐说道。

“好的，我跟你们去。”

朱笑蔓又对齐好说：“齐总，你送刘妈回去休息吧，我跟张洪学去。”

齐好点点头，和赵薇薇、刘妈、四姐走到殡仪馆车前再深情地看看秦朝，四个人又抱在一起伤心悲痛。

“老师……”刘妈再次挣脱齐好的手，向遗体扑去。

日间照料中心，大厅没有了之前的欢笑。潘登坐在低凳上低头择菜。

厨房没有了大姐、二姐、三姐、四姐的笑语。厨师长和配菜的师傅把悲痛化解到案板上，只有操作的声音，没有了往日的谈笑风生。

阅览室，坐了一屋人。个个都是一脸悲哀。齐好和朱笑蔓给老人们放秦朝的录音。秦朝的几个学生朱东风、马道功、刘红梅在座，只有潘登在外面用择菜的方式来表达对恩师的怀念之情。

秦朝的录音，断断续续，声音很小，时有时无：“……蔓子，我……要走了。银行卡，在红梅那里。我死后，就用卡里……的钱火化……丧事从简，葬于老家村头……村头……的枣树下。剩余的钱……留……留在食堂。不要通……通知……孩子们。”

刘妈悲痛的哭声，使得在座的老人一片嗡嗡抽泣声。

“蔓子，就按老师的语音遗嘱办吧！一切从简，火化，骨灰埋在老师的家乡去，给晃子说了吗？”朱东风问朱笑蔓。

“今早就说了！他问我啥时候火葬，我告诉他等通知。”朱笑蔓回答朱东风的话。

朱东风的声音很低沉，说：“老师没有要求开追悼会，我看，就按照老师的遗嘱，不开吧！他老人家想安安静静地走，就让老师一路走好。看看其他老同学的意见？”

“可以，不要再打扰老师了！让老师安心地走！”马道功哽咽道。

“老师，都怪我没有照顾好你。”刘红梅声泪俱下地说。

“红梅，这些年，老师全靠你照顾，你比老师的亲生儿女都孝顺呀！”朱东风也是泣不成声，“想哭……你就哭几声吧，哭出来，好受些……”

朱笑蔓靠窗而立，两眼泪汪汪的。她眼睛有些红肿，很明显没有休息好。她出神地看着窗外，此时此刻，她想听站在银杏树上的那只喜鹊能给她唱支歌，孩时的一幅幅画面浮现在眼前。

一位身着红棉袄的小姑娘，坐在自行车的后座上。在她明亮的眸子里，是一幅幅冬天干瘪的田野和高大的行道树画面。小脸通红，似秋天成熟的苹果。

她很兴奋，坐在后面嘴巴不停地问骑车的男子。

“秦爷爷我见过？真的见过？”小姑娘的声音很清脆。

“你是见过的，是做梦见过。”骑自行车的男子嘿嘿一笑，逗着后面的小姑娘。

“爸爸！不是在梦里，我真见过秦爷爷。”小姑娘一脸不高兴，噘着嘴说。

“好好好，见过，见过……坐好了。”男子的车骑得很快，但是路不好走，有些颠簸。

小姑娘双手拽着男子的衣服边。有几辆大卡车呼啸而过。

自行车到了川中市锦洪饭店门口，男子左腿一叉，下了车，把自行车停在紧靠路边的道牙上，锁好，抱下后座上的小姑娘。

“爸爸，我……见过秦爷爷，你怎么不说话呀？”小姑娘娇声娇气地问。

“好好，见过见过。”男子拉着小姑娘上了阶梯，走进客厅，就看到电梯两侧摆着秦朝60岁生日的水牌。

小姑娘拽着男子的手，问道：“爸爸，这就是秦爷爷？”

男子驻足，看着水牌上秦朝的照片：“嗯……”

“真的吗？”小姑娘一脸憧憬的样子。

男子带着小姑娘来到宴会厅。

宴会厅已座无虚席，在主宾桌上还留有两个座位，是专门给男子和小姑娘留下的。秦朝满面红光，他看着男子带着女儿来了很高兴。

男子领着小姑娘走到秦朝跟前，深深给老师鞠了一躬：“老师生日快乐！”

“爷爷，你是大树，为我遮蔽风风雨雨；你是太阳，为我的幼年带来阳光。亲爱的爷爷，祝您身体健康，和我一样快乐！”小姑娘说完就给秦爷爷行了个很不标准的队礼，惹得全场一片掌声。

小姑娘听到这片热烈的掌声，有点不好意思，就躲在男子的身后。她拉了拉男子的手，男子弯下腰听小姑娘说：“爸爸，我没见过秦爷爷……秦爷爷比我梦里的秦爷爷更帅!”

又惹得宴会厅一阵开心大笑。

90

开饭时间到了，朱笑蔓被三姐的喊声打断了回忆。餐厅没有往日的热闹气氛。三姐端着西红柿炒鸡蛋，到各桌去问大家是否需要再加，大家都闷着头吃饭，没有一个没有要再加菜的。

朱东风并不感到饿。他目不转睛地看着那个空位置，对秦朝的怀念很难让他短时间内从中走出来。他伸手再去把秦朝的碗筷重新摆整齐，这已是他今中午第四次摆放碗筷的位置。就餐的其他老人，看着朱东风今天中午难过的样子，都劝他要照顾好自己。

“各位大叔阿姨好，秦爷走了。秦爷希望我们大家要开心生活，保重好自己。你们今天这个样子，是秦爷不愿看到的，他在九泉之下死不瞑目。我们活着的人，怀念秦爷最好的方式，就是好好吃饭，好好珍惜。开开心心每一天，健健康康度晚年。今儿中午的菜剩了一半，大家都再吃点，不要剩菜剩饭，都得保重自己身体呀。秦爷留下遗嘱，把他工资的大部分都留给了我们的食堂，还是希望我们吃好吃饱，享受晚年幸福时光。”赵薇薇含泪说道。

刘妈挪坐在秦朝的位置上，强打精神，忍着悲伤劝大家：“老哥老姐们，老师走了，他是带着一生的眷恋和晚年幸福的生活走的，他不后悔，他很安详。我们活着的人，要敢于面对生死，老师走了，可我们还要生活，要好好地活着，才能对得起我们最尊敬的秦朝老师。”

这时，日间照料中心把每天的音乐直接换成了《送战友》。

送战友踏征程
默默无语两眼泪
耳边响起驼铃声
路漫漫雾蒙蒙
革命生涯常分手
一样分别两样情

……

在《送战友》的歌曲中，老人们端着饭碗，慢慢走到厨房窗口，主动递过碗去让餐厅服务员盛菜打饭。他们高唱着送战友之歌，回到自己的座位上，含着眼泪吃着饭。

厨师们和服务员也都从厨房里出来，他们站在前面，眼里含着眼泪，唱着《送战友》。

战友啊战友亲爱的弟兄
当心夜半北风寒
一路多保重

……

刘妈躺在床上，大夫正在给刘妈做保健按摩。

“刘妈，就留下来吧，我们也好相互有个照应。我爸、马叔还有潘叔，你们都是大学同学，彼此要好。再说了，养老有多种方式，你们抱团取暖就是最好的一种养老模式。”朱笑蔓含着眼泪在劝刘妈。

“照顾你秦爷这些年，我也累了，想回乡下住一段时间，把老屋也收拾一下，你们想来，就随时来，刘妈在乡下给你做农家饭。”

“那当然好呀。只是你一个人回去，我不放心。”朱笑蔓担心地说。

“没事！我还能行，身子骨还硬朗着呢。”刘妈还是态度坚决。

刘妈拉着朱笑蔓的手，把秦朝房子的钥匙交给她：“蔓子，这是老师家的钥匙，交给你吧，老师的卧室不要动，要保持原样。”

“我知道，留个念想。”朱笑蔓接过刘妈交给她的钥匙，眼泪汪汪地说，“你想啥时候动身？”

“尽快！我没啥收拾的东西，就是些换洗衣服，说走就走。”刘妈说得很轻松，朱笑蔓还是一脸的不放心。

车吧门前摆放了好多洗过和没洗过的车辆。洗过的车辆，颜色各异，在阳光下灿烂夺目。没有洗过的车辆，乱停在院子里。

刘晃还戴着黑臂纱，在院子里帮着伙计擦车。齐好和朱笑蔓进到院子。

“晃子，忙着呢？”齐好和朱笑蔓从一辆辆脏兮兮的车中间走过来。

“你俩来了？进屋坐。”刘晃停下来手里的活，把擦车毛巾扔给伙计，带齐好和朱笑蔓来到办公室。

办公室很乱，除了货架上的配件摆放整齐外，桌子上、沙发上、茶几上都是杂物。

“吔！几天没收拾了吧。”齐好和朱笑蔓进来帮他开始收拾杂物，把垃圾装进垃圾袋里，把要用的物品放在另一处，归类在备品备件的一边。

“坐吧！我给你俩泡茶。今天车多，打蜡和内饰的车辆比往天多出几倍。忙得我也没喝口水。”刘晃从茶几下取出古树红和紫阳银针，“你俩喝红茶还是清茶？”

朱笑蔓一看刘晃手里拿着两种好茶：“喝紫阳茶吧！”

“豆豆这几天没过来帮你收拾？”朱笑蔓问道。

“没有，豆豆也忙，她在弄……”刘晃刚要说出来，又噎了半句回去，差点把他俩要做的秘密说出来。

“豆豆忙啥？好长时间都没回家了。”朱笑蔓随口一说。

“不瞒两位姐姐说道，我俩正在开一家烧烤店，快完了。开业请二位姐去赏光。”

“哇塞！好呀，我们一定去蹭个酒。”朱笑蔓乐呵呵地说。

“到时，姐给你送一组花篮吧？又不让放炮，要么姐给你再送一万响电子炮。”齐好也开心地说。

“好呀好呀！新开店都需要人气，开张那天，你们把你们的朋友都请来热闹热闹！”刘晃爽快地邀请齐好和朱笑蔓。

“晃子呀！这是刘妈让我把你姥爷家的钥匙交给你，你抽空回去看看。刘妈说你姥爷那间卧室不要动，其他，你都可以处理。”朱笑蔓把秦朝的钥匙交给刘晃，刘晃不要。

刘晃说：“阿姨可以继续住在那里，她照顾老爷子十几年了，应该住。这里也是她的家，她住在这里，我也放心，让她也有个念想。”

刘晃说到这里，眼圈也湿润了。

“好吧！你说得也对，这也是刘妈的念想，毕竟是师生一场留下的美好记忆。”朱笑蔓又把钥匙拿在手里，喝了口茶，就要起身了。

“不急嘛！茶才刚刚泡好，最少喝三泡。”刘晃说道。

“好吧！再喝两泡。”齐好说。

这时，门口又来了好多车，小院子都放不下了，只好把车放在院子外面。刘晃站在办公室门口大声喊道："二牛，你把洗好的车往外面移出些嘛，你看你那死脑筋，被驴踢啦!"

"好的！昨晚没睡好，被驴踢了一脚!"外面传来一阵咯咯的笑声。

书房里旦萱萱一个人坐在那里做作业。

赵明明和黄绵绵在收拾另一间卧室。

"那是还没有用过的褥子？就拿这边用过的吧。"黄绵绵让赵明明从隔壁橱柜拿用过的褥子和单子。

"妈来了，就不走了，这也是她的家，换新的。"赵明明边说边把新的褥子和床单取了下来。

"别乱犟，旧的也是干干净净的，自己妈又不是外人。"黄绵绵抱怨着，还是没拗过赵明明。她把新的褥子打开，铺在床上，又打开一条新床单铺上。赵明明又抱来一床还没打开的新空调被，准备打开包装袋取出新空调被。

黄绵绵一把夺过来："这床空调被不打开！用我那床。"

赵明明看了一眼黄绵绵，不高兴地说道："是你亲妈吗？"

"就是亲妈才要这样。就用旧的，干干净净的怕啥？"黄绵绵还是要坚持自己的观点。赵明明还是没有犟过黄绵绵，一脸的无奈。

此时，黄绵绵的电话响了，是刘妈打来的。

"喂！妈，哦，我们正在给你整理房间，你几点回来？吃饭了吗？"黄绵绵边接电话边放下手里的活，"不回来了？就住秦朝家？"

"妈愿意住哪里，就住哪里。给老人一个自由的空间。"赵明明停住手里的活，到卫生间洗过手，就回到自己的书房。

"不行，你住在别人家里像话吗？这些年，小区里说啥的都有，都说你在给我找后爸，难听死了。你回来，要么就回……回你的乡下去，别再给我丢人现眼。"

黄绵绵与刘妈争吵的声音越来越大，赵明明起身把书房的门关上，声音就小多了。

秦朝家灯光比以前亮了许多，但还是秦朝在世时的布局。

刘妈搁下电话，一个人抽泣着，她多么希望自己的女儿理解自己，可这么多年绵绵那脾气一点也没改，遇事还是那急脾气，炮筒子一点就着。她也心疼绵绵这些年和明明日子过得不太舒心，可自己女儿那脾气，谁也受不了呀。想到这里，刘妈觉着城里生活没有什么可留恋的，决定回乡下去陪她死去多年的老伴唠唠嗑。

“咚咚咚！”有人敲门。

刘妈先是一怔，后又整理一下自己的情绪，去开门，进来的是潘登大叔。

“老同学呀！听说你要回乡下，乡下生活条件、医疗条件哪能比得上城里？你留着吧，我会好好照顾你的，我还是像在大学时那样，把你当小妹妹看待，我们在一起，安度晚年多好啊。”潘登苦口婆心劝刘妈不要走，留下来。

“老同学呀，城里生活有啥好的吗？我就喜欢农村宽宽敞敞、自由自在的生活。不喜欢给儿女增添烦恼，她看我不顺眼，我看她也不顺眼，还不如自己去找自己的安乐窝。”刘妈坚定了自己回乡下去的主意，谁也拦不住。

“要么……就搬到我家去，让他们说去吧！如果你坚决要走……就带着我一起走，我早就过够了城里生活。”潘登的眼神火辣辣的。

“神经病！”刘妈看了一眼潘登，再没搭他的话。

91

刘妈提着简单的行李来到朱笑蔓办公室。

朱笑蔓看着刘妈的表情，有些伤心，关切地问：“真的要回乡下？”

“蔓子，那才是你刘妈的归宿！”刘妈眼泪汪汪地看着朱笑蔓。

“我同意，刘妈，等我们把养老机构建好了，再把你接回来。”朱笑蔓抱着刘妈失声痛哭起来。

刘妈把秦朝家的钥匙又递给了朱笑蔓。

室内光线充足，中央空调，恒温26摄氏度。

朱东风正在看《环球杂志》。朱笑蔓进来，没敢打扰朱东风，而是先把朱东风的茶杯沏满水，自己坐在桌子的另一角。

“找我有事？”朱东风连头也没抬就问道。

“刘妈要回乡下去，一个人孤孤单单的，就医也不方便。我想给爸爸商量一下。”朱笑蔓有些吞吞吐吐，“如果可以，我想把刘妈接到家里去住，爸爸你看？”

朱东风很有些感慨，他了解女儿朱笑蔓的好心，感慨道：“爸爸明白你的意思。你刘妈是个好女人呀，这些年照顾秦老师受了不少委屈，她整天都生活在一个流言蜚语的圈子中，但她没有后退，坚持在做。师生一场，日月可鉴。还是让你刘妈自己做主吧，她要坚持回乡下，也未必不可。”

朱笑蔓看着朱东风的表情，也猜到爸爸此时此刻的心情。

开饭时间。四姐来到八号桌，桌子上多出两个空位。朱东风看着两个空位，有些发愣。

“朱叔，要吃饱哈，不够再加。”赵薇薇过来坐在空位上，朱东风微微一笑，没有说话。

“刘妈和潘叔怎么没来吃饭?”四姐问赵薇薇。

“刘妈有事，暂时回乡下去了。潘叔，没有打招呼，一会儿去家里看看。”

川中北客站，人车如流，秩序井然。

候车室里滚动播出违禁物品上车的播音员声音，来来往往提着大包小包的旅客，穿梭在候车室。潘登提着简单行李从大门进来，他直接去了问事处窗口问路。然后，提着行李跑步穿过大厅，从一通道跑进停车场内。

刘妈在收拾农家院子。房顶上，炊烟袅袅，不时有几群麻雀在院子飞来飞去，仿佛它们也感觉到主人回来了，在院子的树上开始筑巢。

“汪汪汪汪!”一阵狗叫声由远到近，这是刘妈久违了的亲切感，这就是乡音、乡愁。刘妈停住手里的活，她仰起头，看看日落，西山顶上出现一片红云。一阵狗吠，又是一阵邻家的鹅叫。

几个放学回家的小孩叽叽喳喳地来到刘妈家，七嘴八舌地说：“奶奶奶奶，有个爷爷找您，可是他站在院子外面不敢进来。”

刘妈随着孩子们到了大门后，一看，潘登红着脸站在门口，随即，潘登又故作轻松地说：“你以为我找不到你吗?你就是跟着宇宙飞船上了太空，我也能找到你，有腿，怕啥!”

刘妈先一怔，随后嗔怪道：“你呀，你呀，你叫我怎么说你?我躲都躲不掉你!”

“躲我?躲我干吗。我又不吃你，我……我是来甘当护花使者的。”潘登这时完全一副松弛样，一点也不羞生。

“护花使者是干吗的?”几个小学生在互相问。

“不懂哈？回去问问你们家大人……谢谢……谢谢你们带我找到这里。”

刘妈瞪了一眼潘登，急忙接过潘登背上的行李，把潘登迎进屋里。

赵明明在看电视。黄绵绵在收拾厨房。

“她不回来，我有啥办法。我就是说了她几句，那是在气头上。她这些年做那些龌龊事，你是没有听到，我可天天在这个圈子里，耳朵都长出老茧了。回乡下去也好，省得那么多的麻烦。”黄绵绵边叨叨边干活。

“龌龊事？什么龌龊事。一日为师终生为父。古人云‘搴帷拜母河梁去，白发愁看泪眼枯。惨惨柴门风雪夜，此时有子不如无’，这些年，一些尊师敬老的社会伦理，都被像你这样的人给辱没了，中华民族的传统美德何在？”

“你要是觉得我做得不对，你去乡下把她接回来得了。”黄绵绵放下手里的活，从厨房走出来，又拐进卫生间，“又不是我撵她走的。”

“快70岁的人了，不应该让一个老人过着无儿无女的孤寡老人生活，她应该有着很幸福的晚年生活才对。”赵明明一脸愧疚地说。

黄绵绵没有再跟赵明明贫嘴。

轻轻的音乐纤指十三弦在日间照料中心多功能厅慢慢地游荡着，每个角落都有《梁祝》纯纯的音乐在销魂。“月白风清花袭人，纱窗青灯透双影。夜阑万类尽无语，犹闻西楼读书声。”轻柔的古筝曲令人如醉如痴。

赵薇薇在理疗室给老人们做理疗。

朱东风躺在靠里面的按摩椅上，他突然向赵薇薇问起了刘妈的事情：“你刘妈在乡下过得还习惯吧？”

赵薇薇先给朱东风的脚底抹了酒精，然后又给自己的手上抹了橄榄油，轻轻地给朱东风做起了足底按摩。

“潘叔是热闹人，我想他在乡下陪刘妈，肯定习惯。”赵薇薇回答朱东风的话。

“其实呀，乡下未必不好，种些蔬菜，每天浇水，吃着无公害蔬菜，享受田园生活。你潘叔也真会找地方。”朱东风笑了几声，引来了不停地咳嗽。

赵薇薇起身，把搁在旁边的毛巾被给朱东风盖在肚子上。

“我不冷，刚才是被笑呛住了。”朱东风又把毛巾被拉开。

“刘妈不想住在城里，怕给儿女添麻烦。这也是所有老人一种普遍的心态。”朱东风闭目养神，喃喃自语。

朱笑蔓进到理疗室。

“薇薇，你去安排一下吧，市委书记一会儿要来这里看望老人，书记问到什么就实话实说。”朱笑蔓给赵薇薇交代道。

“好的，我去安排。三姐……来，给朱叔做！”

“你们忙去，我躺一会儿也行。”朱东风给赵薇薇说。

“啥都不用安排，每天都是这些工作，书记来是这样，书记不来了还是这样……老年人的工作一丝都马虎不得。”三姐坐在了赵薇薇的凳子上，开始给朱东风做起了按摩，她手脚麻利得很。

“三姐……你学过？”朱笑蔓看着三姐的动作很规范，就问。

“没有系统学过。还是年轻时候，在东莞打工，为了多学几门生存技能，就跟一些按摩师学了一招。”三姐又给自己的手上抹了些橄榄油，搓了搓，双手捂住朱东风的大脚，从指尖到足底，一套流程很规范。

朱笑蔓坐在跟前看着三姐的按摩，突然有个想法：“三姐……是这里，等我们的乡村公寓开起来了，你就带一个按摩理疗团队，每天专门给老人做按摩，到时候我们是要收费的，比社会上便宜，收个成本就可以，你可以大显身手了。”

“好呀！好呀！把我在南方所学到的功夫都用上。”三姐呵呵一笑，又问，“啥时候能建成？”

“很快，施工单位合同一签，就可以进场。”朱笑蔓很有信心地回答。

“都开工建设了，这里还停业不成？”三姐突然问到这个问题，让朱笑蔓有点措手不及。

“咦！这个问题……我还没仔细琢磨过。我想……应该停业。不然，会影响到老人的安全。”她突然想起这事应该给谢小燕汇报一下。她打开手机，找到电话，拨号。

“喂！谢主任好！乡村公寓马上就要动工了，老人的一日三餐就要停业了。施工现场肯定很乱，不利于老年人在现场活动。对，噪声污染也大，也不适合就餐……对，给……给街道办也汇报一下吧。嗯！好！好！”

朱笑蔓挂了电话，又对三姐说：“你不提醒我，我还没有考虑到这件事。要给老人们提前通知，克服一下暂时的困难。”

这时，窗外响起了停车声和脚步声。

“书记来了，走吧！”赵薇薇给朱笑蔓说，又接着对三姐说，“你们做你们的工作！”

朱笑蔓跟着赵薇薇走出了理疗室。

谢小燕和齐好带着市领导已经来到日间照料中心大厅。

92

寒风呼啸。

农家院子的枯叶被雨水浸泡后紧贴在地板上，如同一幅雨中渔舟图。邻居的狗又开始咬了。

还在雨地里觅食的一群母鸡，在公鸡的带领下，从外面回来，羽毛都湿透了，门前小院子是砖头铺设的地面。缝隙里还长出了好多野草，老房的几扇门都是打开的。

刘妈听着鸡回来了，端着一个麻条簸箕“咯咯咯咯”地从屋里出来，公鸡带着母鸡连跑带飞地冲到门口，刘妈从簸箕里抓了几把玉米撒在雨地上，公鸡唱歌，母鸡进食。

这时，一辆中华轿车熟练地拐了进来，又很规矩地停在小院子的一角。刘妈知道也熟悉这种停车习惯，她一脸堆笑，喊道：“老潘……你来看看，是明明……来了！”刘妈放下簸箕，走进雨里，来到车的跟前。

“妈！都好吧？”赵明明推开车门就喊道，把刘妈高兴得不得了。

“哈哈哈哈哈！我就知道，今天会有稀客。一大早就有喜鹊就在屋顶上叫，隔壁的泰迪也一直在汪汪汪地叫……”潘登接过赵明明带来的冬天衣被，还有给刘妈和潘登买得吃的用的一大堆物品。

“潘叔习惯这里的生活吗？”赵明明问道。

“习惯习惯，怎么不习惯。”他抱着东西边走边说，来到自己的屋门口，他又哈哈一笑，“我跟你妈是分居的。”他又抱着这些物品来到刘妈的房间。说，“分居好呀，现在的老年人都怕吵，不分居还睡不着哦！”

“把你那张臭嘴闭上一会儿！一天也不嫌烦。”刘妈努着嘴骂道。

“嘿！明明又不是外人，咱女婿娃，有啥避讳的。”潘登把手里一大堆食品放在桌子上，又说，“晚上吃手擀面，我好沾个光。你不来，你妈不给我做擀面吃……她嫌弃我吃得多。”

“好呀！我也好长时间没有吃到妈妈的手擀面了。”赵明明高兴地说，“妈，那就做擀面！”

“好，咱就吃手擀面。”刘妈高兴地点头，转身去了灶屋。

“我屋里有水、有茶，你自己去泡，我和面了！”潘登高兴地拿起面盆就到木柜里去盛白面，又说，“哎！明明，晚上咱爷俩整两口呗？”

“潘叔，不行呀，晚上我得回去呀！”赵明明泡着茶，回答着潘登的话。

“没事嘛！回去晚点也行，你看你买了这么多好菜，不喝两口可惜了，干脆，干脆不回了。”潘登在厨房里说道。

“就是呀，明明，晚上就不回了！陪妈妈说会儿话。”刘妈也劝道。

“潘叔，给你泡杯吗？”赵明明答非所问。

“你妈不让我下午喝茶，怕晚上睡不着觉敲她的门。”潘登又是一阵哈哈大笑。

“妈妈，晚上我还是回吧？明天上午有课。”赵明明端着一杯泡好的茶从潘登屋里来到厨房。

厨房很大，宽敞。厨房中间隔了一堵墙，刘妈就睡在厨房里面那间屋里。赵明明走进里屋，是炕，炕很大，炕的边上是一个烧炕的炕门，已被烟熏黑。

“妈妈，晚上冷吗？”赵明明问刘妈。

“不冷，明明。”刘妈从灶屋走到赵明明跟前，一手的面粉。刘妈说，“乡下好，自由自在，又平平顺顺，我不回去了，就住在这里养老，一样的。”

赵明明点点头，没有反对刘妈做出的选择：“妈妈，我支持你，只是……绵绵每天在家里闹，她还是不能理解老年人想要什么？该要什么？完全是站在自己的立场上处理老年人的事情。”

“不管她，就随她性去吧！”刘妈又从卧室出去，到厨房擀面去了。

“潘爷爷！潘爷爷！”几个放了学的孩子，路过刘妈的门前，站在雪花里喊潘登。

潘登听到孩子在门口喊他，揩着手上的白面，出来大声问：“孩子们！雪好大啊，有事吗？”

一个男孩对潘登说：“我爸说护花使者是看苗圃的，你咋没去看苗圃呀？”

“哦！我家有苗圃，天天都看着呢。”潘登哈哈哈一阵笑，回到厨房。

“你就没有正经的时候。”刘妈瞪着眼睛说潘登。

窗外雨夹雪，渐渐转成了中雪，不时有几片雪花落在窗户玻璃上，很快又消失了。

刘倩倩把春节活动方案给朱笑蔓送来，放在桌子上。

“经理，把方案看看，主要是费用部分。我把元宵节活动的服装租赁费加大了点，我怕不够，就多预算了一些。”刘倩倩解释道。

“一会儿看。我手头还有一份明年的财务预算，集团让再压缩5%的费用，包括人员工资，有点难呀！”朱笑蔓给刘倩倩正说着，齐好进来了。

“明年的总费用不但不降，还应该再提高3%—5%。是因为明年该给员工调资了，员工工资都三年没调整过了。现在物价，一天一个价，再不调工资，恐怕人都跑光了。”齐好看着朱笑蔓又看着刘倩倩，“你俩的工资还是五年前的工资，岗位发生了变化，相应待遇就得调整。你俩除了每年的工龄工资外，基本工资和岗位工资就没有动过。无论如何，得调。”

“我有一个好办法。”刘倩倩看着齐好和朱笑蔓笑着说，“小区物业费是开盘时候的定价，如今十几年过去了，就没有变过。当时合同上约定多层是6毛，实收是4毛；高层约定是1.2元，实收是9毛；我们为什么不按合同价执行啊？”

朱笑蔓看着齐好，齐好也看着朱笑蔓，两双目光都在寻求彼此的答案，但又都迟迟没有给出对方想要的眼神。

“都在呀！”王红直接进来了。她是个直性子人，说话从不遮遮掩掩，“我不知道你们在说啥，但我要说的是年底了，员工的福利不要分什么等级划分的，员工就是员工，他们都是食不果腹的农村人，人微言轻，我希望在福利上一视同仁。”王红噼噼啪啪说完想走，又被朱笑蔓叫住了。

“王经理，我们正在讨论员工的福利问题，你坐下，有话慢慢说。”朱笑蔓给王红倒了杯水放在茶几上。

“公司现在是杯水车薪，你有什么好办法？说说听听！”齐好问王红。

“好办法？有什么好办法。”王红一时给难住了。她是做管理的好手，但没有做过经营，公司内部的财务管理她一概不知。她突然想起一件事情来，吞吞吐吐地说，“那天……那天，我听到一个业主问……问我，问我们小区是几级服务标准，我说是一级服务呀，她哦了一声，就走了。”

王红看了看齐好又看了看朱笑蔓，不知道自己说的话对不对。

齐好眼睛一亮，看着朱笑蔓说明：“明天，我拿着服务合同去物价局看看，能不能恢复到合同价。”

朱笑蔓眼里闪着光，但瞬间流露出几丝不安。

客户中心大厅中央，几张办公桌对在一起，几位老业主在大厅里写春联。地上已经摆放了很多墨迹未干的对联，好多业主在等着拿，把自己喜欢的对联，拉到一起。还有的业主正在卷起已干的对联。

旦萱萱和小宝在小区玩雪，也跑进来看爷爷们写春联。

她喜欢这副对联，大声读道："财运亨通全家乐，家业有成满堂春。横批是：吉星高照！"

小宝喜欢这副对联，大声读道："万象辞旧迎百福，一帆风顺纳千祥。横批是：喜迎新春！"

旦萱萱又看到一副对联，很喜欢，读道："占天时地利人和，集五湖四海财宝。横批是：万象更新！"

小宝又看了另一副，很喜欢，读道："花开富贵重重喜，运转乾坤步步高。横批是：吉星高照！"

一会儿，大厅来了好多孩子，叽叽喳喳，宛若走进一片画眉林。一上午写的春联，不到一会儿，就被一扫而空，顿时，大厅静悄悄的。

第二天清晨，客户中心大厅，有不少老人刚锻炼完，在大厅里休息。

刘倩倩忙着给老人们倒开水，又从客户办公室里取出一袋子阿尔卑斯水果糖和一些点心零嘴放在大厅桌子上的果盘里。

黄绵绵又是一阵风似的飘进来，她感到大厅热，就解开大衣扣子，走到了前台。

"绵姐，这件大衣好漂亮，很适合你的气质。"刘倩倩夸奖黄绵绵，"就像量身定做的！"

"谢谢！姐今天的心情不错。"她又转身走进收费室，"买水买电。"

收费员亲切地说："好的……请坐，贵姓？"收费员在电脑上不停地搜索。

"黄绵绵！"黄绵绵坐在吧椅上，她看着墙上悬挂的各种收费标准和业主的权利与义务条款的镜框，"按时缴纳物业服务费用"一排字在她的脑海潮水般涌动，她眼前浮现出朱笑蔓许多画面，每幅画面都刻骨铭心。

"哦！对不起，黄女士，你还有六年物业服务费没缴，公司给你把滞纳金全免了，还有明年的车辆服务费也全免了。麻烦你……"收费员很有礼貌地给她讲。

"那物业费……咋办？不减吗！"黄绵绵马上变脸喊道。

"物业费不能减，那是业主应该履行的义务。"收费员掷地有声地说。

黄绵绵脸色铁青，一个巴掌打在电脑上，差点把电脑打翻，转身就出了收费室。

收费员还是第一次遇到这样凶巴巴的业主，她惊呆的目光看着黄绵绵的背影，心有余悸。

93

寒风彻骨，冬日还在树梢上。

几片枯叶在阶梯上随风移动。大院很干净整洁，不时有几辆公务车进出。齐好和刘倩倩从政府大楼出来，她们踮着碎步走下阶梯，就像两只小鸟欢快地蹦跳着。

“前期合同是市场调节价，不是政府指导价。尽管合同上约定了明确收费标准，且已成事实，就视同达成协议，但要重新调价，还是要和业主达成协议才行。”刘倩倩对齐好说道。

“那我们就挨户走访试试？”齐好问。

“齐总，五六千户，2/3 以上业主同意，谈何容易啊！”刘倩倩接着说，“这几年申请大修资金，就是吃了这个亏。每次改造，每次抢修，就根本申请不下来大修资金，业主一听说是改造或抢修工程，他们认为是你物业公司的事情，给你缴物业费了，业主就不签这个字。”

“所以，这几年鑫达州物业公司就连续亏损。唉！还是政策的缺陷，造成了企业举步维艰。”齐好一脸委屈。

“所以，员工的福利、员工的工资待遇几年都调不了，政府政策这才是导致企业亏损的祸根。”刘倩倩看着齐好，脸上充满希望地说，“只有一个办法能解决！”

“啥办法，你说呀？”齐好忙追问。

“发挥业主委员会的作用！”刘倩倩随口一说。

“不是一直都在撮合吗？”齐好说道。

“唉！没那么容易。”刘倩倩摇了摇头，说，“业主内部的斗争也不亚于我们目前的困境……都有私心！”

齐好看着刘倩倩，很有感触地说：“一个有公信有责任的业委会，才是业主的福星；一个徇私的业委会，不光是业主的灾难，更是物业的祸根。”

刘倩倩看着齐好，有着共同的认识。

刘倩倩拉着齐好，站在路边，所有西行的车辆都停在了斑马线外，她俩跑步过了斑马线，带动了几片桐树叶一阵狂舞。现在的交通秩序真好，车让行人已经成了公民的自觉行为。

冬日毛茸茸的，就挂在楼头。周边的积雪还是白茫茫一片。

车顶上的积雪一半化了，一半还覆盖着车顶。一辆白色轿车的车顶上立着一条大雪狗，这不是孩子们的杰作，因为他们够不着车顶，这一定是大人所为。朱笑蔓和赵薇薇从小区走来，正在欣赏车顶上那条雪狗。

“咋样？出自本厨师之手！”厨师长骄傲地告诉朱笑蔓她们。

难怪，雪狗的眼睛、鼻子、嘴巴，还有四肢，活灵活现，神情逼真，不像是出自一般人之手。只有有雕刻技术功底的工匠，才能独具这个匠心。

“难怪，我经常看到有工艺菜肴上桌，原来是出自厨师长之手，妙！妙得很呀！”朱笑蔓不停地夸奖说。

“给咱老年灶提高不少品位。”赵薇薇也夸奖道。

“谁的雪狗，老远就能看到，这是在迎接我老啬鬼啊……好！哈哈哈哈！”老远就传来老啬鬼的笑声。

朱笑蔓等人还没有转过身来，老啬鬼的机动三轮车就到了门口。

“老叔早呀！”朱笑蔓赶紧上去卸车。

听到了老啬鬼的笑声，厨房工作人员也马上跑出来卸车。有的菜抱进了厨房，要理的菜就放在了门口。

“我老啬鬼有福呀，今天蔓子在此迎候，我老鬼受不住呀！”

“大叔，你这是啥话？”朱笑蔓一副怪罪的表情，“以后啊不许你这样说，这是折辱晚辈。”

“好好好！我就喜欢你们这些年轻人，逗两句，老汉我开心一天啊！哈哈哈哈！老叔走了！”老啬鬼又骑上三轮车，一路扬尘而去。

朱笑蔓和赵薇薇走进餐厅，给厨房的师傅们说：“马上给你们放假了，从正月十六开始停灶，这里就要开始装修了。工期预计半年，该旅游的去旅游，该休息的就休息，该孝敬老人的就回去孝敬尽孝，休息期间发基本工资。”

餐厅响起一阵掌声。在多功能厅活动的老人，走到走廊里来看个究竟。看见大家个个兴高采烈，就过来问。

朱东风正在和其他老人搓麻将，精神矍铄，有股子春风得意的样子。手气不错，毛毛钱挣了一大把。

“蔓子，有什么好事，要不给叔叔阿姨们分享一下？”马道功搓着麻将问朱笑蔓。

“从正月十六开始停灶，这里要开始为期半年的装修，请叔叔阿姨们提前做好安排。”

“呀！吃饭咋办，蔓子？”有老人问。

“听你的，你说咋办就咋办！”赵大妈表示理解和拥护。

“过完年我会安排的，到时我会征求你们的意见，放心吧，有我在，饿不着！”朱笑蔓爽朗一笑。

“我不管……朱老师有饭吃，我就有饭吃；朱老师到哪里去吃，我就跟着去哪里吃。”

“好咧！我都管。”朱笑蔓笑着给大家的水杯里续水。

冬日很低，从高楼楼顶一侧滑走了。

醉月湖里有几个大一点的学生在滑雪玩耍。有雪橇、雪杖、雪板、塑料盆、气床等。

旦萱萱和小宝也在湖里滑雪。旦萱萱站在滑板上，害怕，被小宝从后面推着走，吓得她发出一阵惊叫。

水深处的位置边，张洪学站在那里，怕出意外。

朱笑蔓和赵薇薇从日间照料中心路过醉月湖，听到这边有孩子的笑语和惊叫声，就过来看看。

“妈妈！”

“阿姨！”

小宝把旦萱萱推到边上，旦萱萱仰起头问道：“阿姨，她们都喊你村主任，村主任，农村才有，城里也有吗？”旦萱萱眨巴着眼睛，不解地问。

“我们是国际村呀！国际村就应该有村主任，是吗？”朱笑蔓看着可爱的旦萱萱，眼神充满怜爱。她蹲在湖边，捧着旦萱萱冻得通红的脸。

“深水区要当心！”朱笑蔓起身看着张洪学说。

“放心，经理！我守着。”张洪学坚定地回答。

“阿姨，中午你要管我吃饭，我不讲究，啥都吃！”旦萱萱一脸稚气，声音还像个孩子。

“当然！阿姨肯定管！一会儿到阿姨办公室来吧！”

“好的！”

身后又是一阵笑语声。

谢小燕正在和马道功说话。

马道功手里还拿着唱秦腔用的疙瘩锣和小铙，他一脸兴奋，只管点头。朱笑蔓路过门口，也就进来坐坐，也是春节社区文化活动安排的事情。

“谢主任好！”朱笑蔓一脸谦和地说。

“来！坐。我正在和马主任沟通春节期间的活动安排。”

“物业这边的方案谢主任都看了吗？”朱笑蔓问。

“看了，我给了马主任一份。”谢小燕又强调道，“一定要热闹，扭秧歌那天物业和社区人员全部参加，路线再增加一个大西门外。也把社区用上，能敲鼓的业主都喊来。活动地点定在醉月湖南广场和中心门口。春节期间再给你们增加五场秦腔专场演出，醉月湖两场，大西门一场，北门口一场，日间照料中心两场。咋样？”

“没问题，主任和经理在，必须完成。”马道功说。

“经理……有事！”刘倩倩凑到朱笑蔓耳朵跟前，一阵耳语后走了。

“你有事？”谢小燕问朱笑蔓。

“有事，秦爷的儿子、女儿回来了，可能是分遗产的事情。”朱笑蔓站起身对谢小燕说。

“哼！都他妈的白眼狼，还分遗产……都他妈的混账东西。”马道功气愤地骂道。

94

朱笑蔓、张洪学、赵薇薇站在门口，听到屋里有两个女人在吵架，不时，还有男人的说话声。

“我从国外回来，不就是来做遗产继承的吗？怎么会没有啊？老爷子这么多年的积蓄跑哪里去了？房子又给谁了？好奇怪呀！”这是一个男人的声音。

“平时在家雇的那个女人怎么又不见了，消失了？这里面一定有鬼。”这是一个女人的声音，“晃子，你给舅妈说清楚，你和那个姓朱的女人是不是想独吞你姥爷的财产？你给她打电话，让她来，把话说清楚。”

“舅妈！你把嘴巴放干净点，姥爷这么多年一直是物业派人在照顾，吃喝拉撒睡，你们问过没有？姥爷中风留下后遗症，十几年半身不遂，都是刘妈在辛辛苦苦、无微不至地关怀，你们回来过吗？问过了吗？”听清楚了这是刘晃的声音。

"大嫂，你这话没有道理，你凭啥污蔑晃子，晃子就不是那种人，我相信他不会做出那种伤天害理的事情。"这可能是小姑子的声音。

"这家没有你的发言权，你把嘴闭上。"这是大嫂的声音，凶巴巴的。

"嘿！这话也说得不在理，都是一家人，又都是从国外回来，我们是想看看老爷子的最终遗言，怎么会没有发言权呢？"这是小姑爷的声音。

"你也把嘴闭上，我来秦家的时候，还没有你这个姑爷。现在是嫂娘为大，都给我听着。"

"听你嫂子的吧！毕竟是一家人。晃子，大舅问问你，当时你姥爷走的时候，是谁在你姥爷跟前？实话告诉我。"这是大舅的声音。

"那会儿我刚走。在姥爷弥留之际，我们三人轮流在医院值班，白天是我，晚上是物业的四姐，刘妈一直在，基本是刘妈在跟前。"这是刘晃的声音。

"好！大舅妈也听明白了，你就把那个什么刘妈和那个什么四姐找来，对了，还有那个姓朱的经理，我们面对面，把当时老爷子在弥留时间有没有什么交代的事情说清楚，我们就是想了解一下当时现场的情况。"

"就按你大舅妈说的去做吧！"一个男人说道。

走廊里，朱笑蔓他们把屋里说的话都听得明明白白，朱笑蔓给大家一个走的手势。

朱笑蔓带着旦萱萱和小宝从楼道上来。

旦萱萱气喘吁吁地问道："阿姨，怎么不坐电梯啊？"

"中午是上下班高峰，电梯是留给业主乘坐的，我们是物业服务人员，要把方便主动让给业主。"

"哦！我如果不忙，不上课，我也走楼梯，把方便留给更需要的人。"旦萱萱用水灵灵的眼睛看着朱笑蔓。

"你甭这样，你还小，还在读书，时间很紧，还是乘坐电梯快些。"朱笑蔓带着两个孩子走进食堂。

"叔叔阿姨好！"两个孩子不约而同地给大家打招呼。

尤其旦萱萱往人前一站，一张稚嫩的脸上就很自然地出现几许羞涩。小宝是男孩，一米九的身高本身就具备一种居高临下的感觉，他弓了弓腰就算是给这些长辈打了招呼。

"李姐！给你带来了两位小客人。"朱笑蔓又把两个孩子给厨师介绍。

厨师高兴地走出厨房，仰头一看，妈呀，一个是姚明，一个是朱婷，吓得她赶紧又退进了厨房。

“妈呀！现在的娃吃啥了，愣高长。”

厨师给两个娃打了好些菜，生怕孩子吃不饱。

“行了行了，李姐，孩子吃不了那么多。”朱笑蔓笑着说。

“我饿了!”旦萱萱马上回应朱笑蔓。

“你看看，你看看，娃饿了。”厨师又给两个娃各加了一个鸡腿。

这时，餐厅都主动给两个娃让座。

“刘倩倩，你看看这小美女！这才是花，你懂吗?”有人在调侃刘倩倩了。

“秦师，你看看这小帅哥！你年轻时候也没有这么帅。”刘倩倩也顺势把坐在旁边的安管员也给推了一下。

“都甭说了!”王红站起来走到饭堂中央，她把肥大的屁股像筛子一样在众人面前左右摇晃了几下，喊道，“我的彩礼十八万八，外加洋房和宝马……咋的?不服气?”来了个动作定格。

惹得饭堂笑喷。

尽管有毛烘烘的太阳，气温还是很低。

朱笑蔓办公室来了几位时髦的客人，一位中年男士的西装外面套了一件国内很少见到的中长款外套；另一位中年男士也很讲究，欧式新潮款中长大衣。

两位女人，妆很浓，两人脖子上都披着一根素有“裘中之王”之称的貂皮围巾，毛绒丰厚，雍容华贵。

刘晃也成了这里的主人，他从会议室端来凳子，又从朱笑蔓办公桌上把茶水递到茶几上。

“请问，找我有事情?”朱笑蔓微笑地看着各位问道。

“你就是朱笑蔓?”老女人开口说话了，“我是秦朝先生的大儿媳妇叫刘萍，这位是我老公叫秦新，我们在美国工作。这位是秦朝先生的小女儿叫秦素，这是她老公叫方宏，他们在德国工作。今天，我们专程来找你，就是我公公突然去世后，他的遗嘱都是什么?存款给谁了?房产又给谁了?这些，我们都不知道。你们一直都在负责我公公的吃喝拉撒，又一直派人在医院轮流看护，难道就没有留下一言半句?我们感觉很蹊跷，也很纳闷。你能给我们一个正确的解释吗?”刘晃的大舅妈说话了。

“你说的话，我不爱听。秦爷是我爸爸的老师，包括我在内，我们一直把秦爷看作自己的亲爷爷。这里有秦爷好多学生，其中就有一位叫刘红梅，自从秦爷中风留下后遗症，就一直是她在关照，十几年没有离开过半步。一年四季，我们在小区都能看到刘红梅推着秦爷出来透气通风晒太阳，吃喝拉撒，洗洗涮涮，把老师当亲人看。中国有句古语，‘一日为师终生为父’。现实生活中没人能做得到，包括亲生骨肉。但我们做到了，而且还做得很好。这位大姐，你的话不中听，我希望你收回去，再重新说。不然，我就送客了！”

“你是啥态度，我公公死得不明不白，难道我还不敢问一下？”

“要问，你到医院去问，问问秦爷是怎么死的。”朱笑蔓的话也很生硬，“死得不明不白？你们早干啥去了？你们在病榻前尽过一天孝吗？呵，你现在回来了，想分遗产？你去问秦爷要吧！我不知道。我只负责给秦爷临终关怀，养老送终。”

“你是啥态度。我们就是从国外万里迢迢飞回来继承遗产的，这有错吗？哪个老人不给自己儿女留下一笔财富，这是天经地义，没有什么不可的。我还怀疑，是你朱笑蔓从中合伙在私吞老爷子的财产，没门，他有继承的后人，你们也休想得逞。”

秦新看到这种氛围，有些担心，忙打圆场：“朱总，刚才我媳妇说话的态度是过了些，但我们得知道老爷子弥留之际说什么没有。再有，继承也是受国法保护的，你也没有权利来指责我们。十几年来，你们是为老爷子做了不少好事，给了很多人道关怀，但你不能以此来否定我们的继承权吧。”

“我的意思是，谈不好就不谈了。哥，我们报警吧。”秦素接过秦新的话问道。

“姑姑，你以为报警就能处理好吗？姥爷临终说了些什么？朱总肯定不知道，她又不在现场，现在最关键的问题，你们不就是想知道姥爷临终前说些什么吗？这很简单，我把刘妈和四姐请来不就得了。”刘晃对她们说道。

“你还嫩着呢，这里没有你说话的权利，闭上你的嘴。”刘萍厉声地说道，“我担心是他们串通好的，不让我们知道老爷子的死因内幕。”

“啪！”朱笑蔓一巴掌打在桌子上，严肃地告诉刘萍，“你们这是在侮辱我的人格，诋毁我的团队。你们的老人，你们不尽孝，我们对老人百般照顾，视同亲人，让老人度过幸福晚年，还有错吗？”

“你们没错，做得很好。我们就是想知道一下老人的遗嘱。你不想看到为了遗嘱，我们兄妹打得头破血流吧？”秦素滑稽一笑。

“我没有！”朱笑蔓回答得很坚决。

“咚咚咚！”有人敲门。四姐推门进来：“我有！”

大家立即把本来就凶狠的目光同时转向门口的这位女人。

朱笑蔓也是一脸的愕然，问道："你有……有什么？"

"他们要的是秦叔遗嘱呀！"四姐胸有成竹地把手机放在朱笑蔓桌子上，"你们听吧，是录音。"

刘萍一把抓住手机一看，又赶快让四姐把录音打开。

秦朝的声音，很微弱。

"孩子们，我得了十几年的病，你们都在国外发展，我不想打扰你们。我的晚年很幸福，全靠……蔓子他们照顾我。小梅是我的学生，视我如亲人，照顾我无微不至。我死……死后，把房子留给……小梅住，没给你们留下……什么财富，靠，靠自己去奋斗吧！书柜里，请打开《上下五千年》，里面有我的遗嘱！我走了……"

"不！不！这不是老爷子的遗嘱，是你们逼着老爷子说的。我不信，我要报警……我要报警……"秦素抱着头，撕心裂肺地喊道，"爸爸……"

"卑鄙无耻！"四姐拿起手机冲出去了。

95

华灯初上。冬天的寒风像一把利刃，疯狂追逐路人，四处撒野。

朱笑蔓骑着电动三轮车带着爸爸还在大街上狂奔，她把今天秦朝子女从国外回来要分遗产的事情告诉了朱东风，她有些担心。

"秦素可能要报警，他们死活咬定说秦爷的语音遗嘱是我们逼着秦爷讲的。"朱笑蔓对朱东风说着。

"卑鄙无赖！那能假。让他们报警啊，这样处理更快。"朱东风这样说。

朱笑蔓又说："过完年，乡村公寓就要动工了，我的想法还是把老人吃饭的问题解决了。就在物业公司大厅，把食堂的桌子搬几张过来，临时租间房子，专门给老人做饭，在大厅吃。"

"就是太麻烦你们了，人多呀，不是几个人吃饭。"朱东风有些担心，"你一定要计划好！不行，这半年就不开灶了。"

"那可不行啊，好多老人就没地方吃饭了，我不能不管呀！"朱笑蔓骑着电动三轮，穿过十字路口，背着一路灯影，进了紫轩阁小区。

一阵寒风，一阵落叶，小区悄无声息，只能听到车轱辘压碎枯叶发出嚓嚓的响声。

秦新兄妹几人，从电梯出来，一窝蜂冲向秦朝家的门口，还没等门彻底打开，就全都拥进了屋里。

他们忙不迭地在半壁墙大的书柜上，查找秦朝的最后遗嘱。

“上下五千年。”秦新不停念叨。“上下五千年。”刘萍不停念叨。“上下五千年。”秦素不停念叨。他们在心里默着，两只手不停地在书柜里翻。刘萍眼前一喜，她是第一个找到《上下五千年》这本书的。她第一个就翻出了老爷子留给刘晃的遗嘱卡片，她想多看一眼，就被刘晃抢走了。

晃儿：
你接住的不是遗产
是整片森林的呼 吸
大树老去的年轮里
藏着我未能说完的雨季

要长就长成峭壁
让云朵在膝盖歇息
若选择做溪流
请记住曲折的反转

每段成长都是待解的迷
你的脉络将写下新题
泥土记得每片落叶
正如姥爷终将遗忘你

当你在雷声中认出我的韵律
整座山脉会替你站立

翻出第二页是老爷子写给秦新的遗嘱，刘萍仔细读了一遍。

新儿：
你掌心的河流比我更接近海
不必数我额头的礁石几重
该把缆绳交给解冻的南风

你该有自己的浪与暗涌

我囤积的星光已不够
铺满你的甲板
你正驶向我不曾抵达的远方
沉甸甸的云朵垂向新大陆
而我的港口永远在原处
是低垂的凡

当你在某个黎明突然停泊
或许会懂我为何反复擦拭灯盏——
那并非要照亮你的航线
只是习惯在黑暗中保持期待

但如果你需要星图
我锈迹斑斑的罗盘仍会转动
以我命名的那颗老星星
整夜悬在你年轻的桅杆上空

秦素按捺不住自己激动的心情，一把从刘萍手里夺过书，在书的最后找到了老爷子留给她的遗嘱。

素儿：
不要数麦穗的金黄
要数就数晨露的重量
那破晓时分坠落的星辰
正在你睫毛上
练习站立

若你决定追逐星轨
就先成为自己的望远镜
把光年拧成发条
在宇宙的唱片沟纹里

刻下独属你的
转速

当雷暴剪断你的风筝线
请把断绳编成登山索
所有坠落的羽毛
都是大地在收集
飞翔的遗嘱

我的指纹会从你掌心淡去
但陶土记得每个塑造的印记
你看河床弯曲的弧度
多像被冲散的团聚
依然保持着
最初的晚餐

“爸呀！爸呀！”秦新抱着皮沙发，失声痛哭，“孩儿不孝……孩儿不孝……这几十年，我都不知道你的样子，你走的时候，也没能看到孩儿最后一眼，懊悔！懊悔！懊——悔——”秦新拍打着沙发，眼泪和鼻涕顺着皮沙发往下流。

秦素扯着自己的头发，她的哭声更是撕心裂肺。她的老公方宏抱着她，想让她减轻一点悲伤。

“哭顶屁用？”刘萍以一种鄙夷的眼神看着秦新，“一张破片片能说明什么？那是老爷子的金蝉脱壳。我们回来干啥？该做啥，就做啥去！”

“对！报警。”秦素一下子振奋起来。

“舅妈，姥爷怎么就是金蝉脱壳了？你也太不讲理了吧！”刘晃话音未落，舅妈刘萍就是一个巴掌扇来。

“多嘴！”刘萍狠狠地骂道，勾起了刘晃的往事。

96

窗外，雨声淅淅沥沥。

25 年前，客厅茶几上，一个男孩和一个小姐姐为争一支笔，小姐姐打了小弟弟一下，男孩哭闹着，又还了小姐姐一掌，小姐姐被推倒在地上，哭了。

从厨房出来的刘萍，听到小女孩的哭声，气得一巴掌扇在小男孩脸上，把小男孩扇出去几个趔趄，小男孩眼泪汪汪地看着刘萍："舅妈……是姐姐……欺负我！"

"你滚，哪来的野种！"刘萍正骂着，门开了，是秦朝打着雨伞回来了。

"多嘴！"刘萍说着一个巴掌向刘晃打来，刘晃长大了，也是个练家子，手脚很快，就顺手一推，稍用了一点点力，刘萍就从客厅像饿狗扑屎一样，扑倒在餐厅的桌子下，"哎哟"一声爬不起来。

"晃子？"秦新瞪了一眼晃子，跑过去拉刘萍，拉不起来，方宏也跑过去帮着秦新才把刘萍扶起来。

"哪来个野种，还……还敢打我……"刘萍几个踉跄又向刘晃扑过来，刘晃一闪，顺手抓住刘萍的后背衣领，刘萍险些又来一个狗扑屎。刘萍站稳脚跟，转身又一个巴掌向刘晃扇来，被刘晃牢牢地控制在空中。

秦新过来分开刘晃的手，愤怒道："没大没小，她是你舅妈！"

"我没这个舅妈。"刘晃转身拉门出去了。

"晃子……晃子！"秦素追出来，没有拦住刘晃。

寒风彻骨。车吧办公室里很温馨。暖气很好，把朱豆豆热得满脸红嘟嘟的。员工嬉皮笑脸地跑进来把钥匙交给朱豆豆，给她一个傻笑，她一个调皮的眼神踢了洗车工一脚。

"再来一脚，再来一脚！"洗车工撅着屁股，摇晃着，朱豆豆刚要再给他一脚，洗车工飞也似的跑得无影无踪。

刘晃的车进到车吧院子，看着洗车工从车吧办公室调皮地跑出来，又轻轻地踢了他一脚。

"嘿嘿！这是过年大礼！"洗车工还是个小孩，性格外向，都把他当成这里的开心果。车主也很喜欢他，干活不吝啬出力。

屋里的灯光从窗户透进院子里。

一个穿着白衬衫的男人，正挥汗如雨地在院子里劈柴火。

光的影子在他背上晃动着，蹲在旁边的老人把柴火一根根摆好，抱进了厨房。

"明明，过年够了，烧不了多少柴火……快来歇着。"这是刘妈的话。

“嗨！多劈点，还有我呢，烧炕用。”潘登把刚劈好的柴抱进了自己的房间。

“潘叔，你要多少，我就给你劈多少，有的是力气。”赵明明笑着说。

“小心手，打起泡来很疼的。”刘妈很心疼女婿。

“妈妈，不碍事，有手套呢。”赵明明劈柴很卖力。

农村的夜没有亮光，到处是黑乎乎的，静得出奇。

烧烤店门前热闹非凡。

门前日杂品应有尽有，叫卖声不绝于耳。

门前道牙上停了一长排非机动车。

紧靠路边的道牙下停满了各种款式的机动车。黄绵绵的车被服务生引导进车位上，服务生帮她打开车门，又帮她锁好车门，被迎宾员迎进一个包间。

“绵绵！”是朱豆豆的喊声。

黄绵绵有些莫名其妙，一桌子的生面孔。

朱豆豆看出了黄绵绵的狐疑，接着说：“今晚，是第三十期读书沙龙会，临近春节，特意把这个沙龙会安排在这里。换个环境，感受一下新年新气象。请打开主题横幅吧！”

刘晃和一位美女把读书沙龙主题横幅拉开，挂在事先准备好的后墙上。一幅金边白字枣红底色的“眉间雪读书沙龙会”横幅给包间增添了厚重感。

黄绵绵这才恍然大悟，微微一笑。落座后，她迅速把这里的环境打量了一下，感觉很有新春的气息。

“蟋蟀在堂，岁聿其莫。今我不乐，日月其除。”黄绵绵落座后就随口说出一句诗来，使现场读书会气氛活跃了起来。

“每一次沙龙，必须有新的创意，不要等着骚客们，用居高的眼光，看着他们施舍的表情。”一位年轻女子的话很有哲理。

“我们都曾有过孤独和寂寞。孤独，那是你的旁边没有人，而寂寞却是你的整个世界。我希望孤独不是我的未来，更不希望寂寞是呈现给大家的现在。”有一位美女把现场气氛用一种哲理观点讲了出来，深受大家喜欢。

“寒风兮兮去哪里，把我快乐带给你，如果今夜见到你，一定紧紧抱住你。真的！真的！真想暖暖你。”黄绵绵又是随口吟出一句诗。

“心，在飘零。远方的渔火，一潮潮，一浪浪，讽刺与奚落教会做人的应变。人生苦短，如白驹过隙；倘不及时行乐；则老大徒伤悲也！”又一美女道出了内心的凄婉。

“相见不如怀念，因为相见只能让人在现实面前无地自容。与其忍受无奈中的伤痛，不如把怀念已经注定的谎言变成童话。”黄绵绵蛮有心思地说出了几句。

“读书会的好友们，临近春节，我首先祝各位朋友新年愉快！新春新气象！我宣布，第三十期眉间雪读书沙龙会正式开始。”

一阵断断续续的掌声。

“这期沙龙会欣赏的主题是宋朝诗人陆游的《除夜雪·北风吹雪四更初》：北风吹雪四更初，嘉瑞天教及岁除。半盏屠苏犹未举，灯前小草写桃符。看看大家对这首诗的理解和分享。”

“我来浅谈一下，这首诗的本意是四更天初至时，北风带来一场大雪；这上天赐给我们的瑞雪正好在除夕到来，昭示着来年的丰收。盛了半盏屠苏酒的酒杯还没来得及举起庆贺新年，我便就着灯光用草字体赶写着迎春的桃符。我的分享是，陆游这首诗，说的就是除夕诗人的思乡情怀。小的时候，我就盼着过年，盼着大人们给我讲年的故事，难以入眠，也盼着窗外下一场大雪；陪伴我在除夕与年相会，来年大吉大利……”这是一位美女的读后感。

刘晃满脑子都是大舅妈狰狞的面孔。

眼前这一张张喜气洋洋的女人笑脸，也难以掩饰住他内心的矛盾与孤独。他走出女人堆，来到走廊里，点了一支烟，深深地吸了几口，把烟雾吐得长长的、高高的，吐出的烟雾还在他眼前转了几个圈，让女人的情怀从烟雾里变得淡一些。

包间又是一阵掌声和狂笑，冬夜，好猖狂。

朱笑蔓卧室一盏暗灯。隔壁朱东风的鼾声此起彼伏。她没有入睡，还在想下午鲍鹏给她打电话说正月十六杖乡村公寓动工的事情。她翻来覆去，没有睡意，又想起十年前和鲍鹏去民政局办离婚的情景。鲍鹏说是假离婚，等拆迁赔偿分到新房子后就复婚，这一等就是十年。满脑子都是她过去的场景。

老街道，两边的行道树高低不齐。

商业不繁华，人民路东西两侧没有车水马龙的景象。

婚姻登记处很简洁，在一个不起眼的角落。两张一头沉黄色的桌子，还是二十世纪五六十年代产物。楼道水泥地面很光亮，几扇老式窗户虽陈旧但是很干净。

鲍鹏，一头长发，胡须很浓密。一件藏蓝色风衣很合体地穿在身上，蛮有学者风度。

“不离婚不行吗？”那时候的朱笑蔓很单纯，一条马尾巴掉在脑后，走起路来一闪一闪，一双水灵灵的眼睛无奈地看着跟前的鲍鹏。

“不行呀！我都问过了，拆迁办朋友告诉我说，按照政府现在的拆迁政策，一家只能赔到两套房子，不是几年前的拆二代了。要想再多弄到一套房子，离婚是最佳选择，到时候我们就有三套房子住。”

“我不要那么多的房子，有一套够住就行了。”朱笑蔓看着远处，她的心事很复杂，就是不敢在离婚协议书上签字。

“爸妈得有一套吧，他们肯定不会跟我们住在一起，分开住好，可以减少很多婆媳矛盾。我俩住一套吧？还不给咱儿子留一套……”鲍鹏一说起要给父母多一套房，老人分开住，减少婆媳矛盾，这也是件好事，给儿子留一套也无可非议。

“那你说话算数？”朱笑蔓看着鲍鹏的眼神，相信他还是有一定的可信度。

“哈哈！这话说得，我一个大男人，还骗自己的老婆？再说了，我们还有自己的儿子，我能不管吗？”鲍鹏的话也信誓旦旦。

朱笑蔓拿着离婚协议书，连看都没看，直接就在上面写下了自己的名字。

那一刻，她眼前一片昏花，突然感觉自己成为一个无家可归的人了。

她走在大街上，突然感觉到对这座城市的陌生。

光线很暗，大致能看清室内的摆设。

透进屋里的庭院灯光，能看清朱笑蔓蓬松的头发乱散在枕头边。她侧身躺在床上，被子只盖在她的腰上，两条修长丰满的长腿，蜷缩在床上。右手放在被子外，还拿着手机，信息一闪，把她那张肿胀的脸映得煞白煞白，眼角还有泪花。

又是一个不眠之夜。

97

五颜六色的灯光把这家烧烤店装饰得很高雅，进进出出的食客，个个红光满面，店长站在大门口和两位迎门女生谈笑风生。

刘晁从二楼下来，店长急忙跑过去问道：“刘总，你需要帮助吗？”

“春节期间，人要上够，可以再找几名女大学生来做小时工，把服务礼仪再提升一下。”刘晃给店长交代。

“刘总，我再请示一下你，这顿饭算你请还是朱总请？”店长低头哈腰地问。

“我请！”刘晃对店长说。

“好的！”店长小跑到柜台前。

二楼包间。朱豆豆兴高采烈，一脸红光：“亲们，今晚开心不？”

“开心！”大家齐声响应。

“尽兴不！”朱豆豆又问道。

“尽兴！”大多数人喊道。

“不……尽兴。”一个女孩故意忧伤地喊道，“缺爱！”

“缺爱？晃子……晃子又溜了！”朱豆豆的眼神晃晃悠悠。

“朱姐，晃子是，是你的产品，我哪敢享用……哈哈哈哈……”

又是一阵疯狂大笑。

“好了，大家静静，静静！”朱豆豆站起来，她用左手把额头上的头发捋了捋，又端起啤酒喝了一大口。

“静静，听老大说话！”一个女生制止旁边的女生说道。

“我给在座的朋友郑重宣布一件事情，这家店是我和刘晃共同投资开办的烧烤店……”

“哇！朱豆豆……”一个女生惊讶地喊。

“我爱死你了……”又一个女生感到不可思议。

“随时欢迎大家的光临，在座的朋友都是本店的金卡会员。金卡会员每次就餐，除了酒水外还打七折优惠。”她顺手就给在座的朋友发会员卡。

“哇！打七折！”

又是一阵尖叫声和掌声。

屋顶上还盖着厚厚一层积雪。屋檐下被雪水滴出的水窝，雪水亮晶晶的。一群麻雀围绕水窝在戏水。

农庄周边田野，白雪皑皑。脱去粉尘的杂树，赤裸裸地站在原野里，就像饥荒年代一样，带着老小行乞在村庄。

几只野狗从一片杂树林里跑出来，几只野兔惊慌失措，拼命逃窜。赵明明站在院子里，很好地看着这一切。

“这个时候野兔很肥！”潘登从屋里出来，趁着有点太阳，他搬出几把椅子，放在院子中间。又回到屋里把小方桌也端出来。刘妈提着暖壶从厨房出来，她给赵明明已经沏好了茶。

“妈妈，这些人抓野兔，没人管吗？”赵明明有些不解地问刘妈。

“没人管，现在野兔多得很，祸害庄稼。”刘妈站在桌子跟前对赵明明说。

“好，好！老同学，我去农贸市场看看，弄一只回来，中午红烧。”潘登说着就起身向镇上去了。

“可以，慢点哈！就一只。”刘妈叮咛道，“一只哈！”

“我晓得，就你啰唆！”潘登已拐进镇上的大路。

潘登刚刚离开小院，两辆一白一黑的轿车就拐进小院。

赵明明和刘妈同时把目光锁定到轿车上。

车停稳后，朱笑蔓带着刘晃、秦新、刘萍、秦素和方宏他们都来到刘妈的农院。

“刘姐，爸爸临终前把这套房子已经留给你了，我们就尊重爸爸的遗嘱，把房子给你。我和妹妹还有晃子都在协议书上签字了，请刘姐也签个字，以后就是你的了。”秦新恳求刘妈。

“我不能签这个字。我帮老师，是老师在最困难的时候，我作为晚辈，作为他的学生，是应该做的事情，并没有想过要图什么回报，一日为师终生为父。”刘妈努着嘴，就是不肯接受他们的施舍。

“刘姐，都是我们没有做好，是我们不孝。这些年，在爸爸病重期间，也没能回来陪陪老人家，全靠你刘姐的大恩大义。我爸爸十几年的中风生活，全靠你的守护、你的照顾；我谢谢你这十几年对我爸爸的陪伴，谢谢你这十几年对我爸爸的付出。我们作为儿女，为了表达对刘姐的敬重之情，请刘姐接受我们的谢恩！”秦新刚要跪下，就被赵明明和朱笑蔓扶起来了。

“使不得，使不得！”刘妈也赶紧扶起秦新。

刘萍和秦素也要给刘妈下跪，都被赵明明和朱笑蔓给制止了。

“刘姐，你的大恩大德我这一生无法报答，你替我给我爸爸敬了孝也送了终，请接受我的一拜……刘姐！”秦素也是声泪俱下，他们的虔诚也让刘妈非常感动。此时此刻，刘妈也哭成了泪人。

“刘妈，你就签个字吧，我们走之前，好把房子过户在你的名下。”秦素也恳求道，“我和我哥还有晃儿都同意的，刘妈，你就成全我们吧！”

“刘妈，就成全我吧，好让我这颗不孝之心得到一些安慰，也让爸爸在九泉之下得到安息。”

“不行！坚决不行。”刘妈拉着秦素的手，继续说道，“把它留下，将来，你们要是回国了，就回来看看，这也是一个念想！”

“哈哈哈哈！我回来了，我回来了，还是活的，肥得很，足足4斤重呢！”一个蛇皮袋被摔进屋里，蛇皮袋还在蹦跳，发出咕咕响声，把刘妈和秦新一家人吓了一跳。

赵明明很好奇，一个大步过来，提起蛇皮袋，里面的东西乱蹦。

“是啥东西？还是活的。”秦新忙问。

“小心！”朱笑蔓拉着赵明明，不让他动。

“哈哈！没事，是野兔！潘叔，潘叔，咦！人呢？”赵明明高兴得像个孩子。

“拉屎！”从后门传来潘叔的声音。

日间照料中心大门口已是一派盛装。

四个写有欢度春节的大灯笼悬挂在门楣上，蓝色彩带和各种海洋动物模型悬吊在门口，仿佛是一个海洋乐园。

进入大厅，上空有无数条彩带和无数个小狗彩灯，旋转的灯光随着悠悠扬扬的音乐把人的思维不知不觉中带进一个五彩斑斓的空间。室内室外两种气氛，室外是蓝色海洋，室内是小狗世界。

厨师一边正忙着做菜，一边正忙着做饺子。

厨房里两米直径的八层蒸笼，冒着热气，吱吱响的蒸汽，把厨房操作间笼罩在一片雾的世界。

关中八大碗，分别是条子肉、黄焖鸡、粉蒸肉、四喜丸子、带把肘子、梅菜扣肉、八宝甜饭和穰饸。最大特色是荤多素少，油而不腻，入口肉烂，无牙能食；最大优势是老少皆宜。

日间照料中心的老人，生活优裕，节奏适度，把这里当成了自己的家。

餐厅服务员正在忙碌，年三十餐厅氛围非常喜庆。

不少老人看一会儿电视，玩会儿麻将，到阅览室再翻翻书，健一会儿身，聊聊国家大事……一些老人还不时随着蒸碗的味道来到餐厅，看了看，又回到活动室。

“我闻到了黄焖鸡的味道。”

“嗯！还有穰饸！”

“还有鱼！”

“不对……没有鱼，有鸡!”

“有八宝饭？对，八宝饭。还有……”

“哈哈！都对。”厨师长站在锅台边，用炒勺叩叩八层蒸笼，“这里，就是年饭了!”

“又过年了……”一位老人一脸忧伤，她坐在餐厅，把手机拿出来让二姐给她拨打电话，“给我女儿……她在宝鸡，问问回来过年不？”

“大妈，儿女有事回不来，还有我们呢，我们在一起过年。”二姐坐在大妈旁边，安慰道。

“小春，你们回来过年不？”电话里传来女儿的声音，“妈……你怎么老问回不回？我不是早就给你说了，不回来过年。你在社区过年好好的，那么多朋友……不想我哈!”那边电话挂了：“喂喂喂……喂!”大妈还想说话。

“阿姨！电话都挂了。”二姐有些伤感地说，“每逢佳节倍思亲!”

“我……还，没说话呢，不让我说话了？”大妈一脸哭相。

“大妈，娃忙，莫生气莫生气!”大姐走过来劝了几句，“现在是经济社会，竞争激烈，娃们的生活压力也大。”

“宝鸡嘛，有多远，就牙长一段路，要是有心的娃，怎么都回来看看她娘……还是没心啊!”老人垂头丧气。

大厅电视里正在播出狗年春晚的花絮。

98

渭河两岸，爆竹声声，除夕，礼花满天。

故节当歌守，新年把烛迎。
冬氛恋虬箭，春色候鸡鸣。
兴尽闻壶覆，宵阑见斗横。
还将万亿寿，更谒九重城。

热闹的街道上，朱笑蔓骑着电动车，带着朱东风穿过汇通十字路口。尽管是大年三十，吃汇通面的年轻人还是跟白天赶集一样人来人往，热闹非凡。老老少少都拿着地老鼠和冲天炮，边走边放，嘭嘭几声，一阵欢笑，几度尖叫，除夕就这样在欢乐的气氛中度过。

在一家小摊上，朱笑蔓停下车子，顺手给朱东风买了一组小炮。朱东风很高兴地拿在手里，他不时看着路边的年轻人，走几步摔一下嘭嘭一响，也学着在电动车上摔起来，一路嘭嘭作响，高兴得像个孩子。电动车很快就拐进了紫轩阁小区。

除夕夜礼花满天。

高速公路上，车灯交织在一起，就像星空的流星雨，带着弧线在时空的轨道上滑行。

偶尔看见远方有冲天炮在夜空上闪爆，把大半个城市映得通红。

曲江服务区，一辆雪佛兰下了高速，直接驶入停车区。

黄绵绵身着中长羽绒服从车里出来，脸上也闪着远处的流光。她的眼神自信而又高冷，提着的手包在灯光的折射下，放出一道道流线。她大步走进休息厅，把一个可爱的车载水杯放在吧椅上。年三十晚上，也有不少赶夜路的游子。黄绵绵买来一碗凉皮和一杯乳饮料，独自一人，享受着除夕夜的孤独。

黄绵绵喜欢牛排，看着窗口里制作牛排的女生，也陶醉在那一道道娴熟的工艺中。“给我来份牛排!”黄绵绵想吃。

“好的!”女生应声道。黄绵绵看着窗外满天的礼花，一种莫名其妙的伤感浮现在脸上，她走进了那个难忘的回忆。

金秋，也像哈巴狗一样，笑眯眯的。大山里的金秋就更迷人了，就像一个成熟的汉子，女人就想往怀里钻。

正是播种冬麦的季节。

“哞——哞——”牛犁欢快地翻着肥沃的土地，一群母鸡在新翻出的土壤里寻找虫子。

“大叔！你好。”一个陌生的女生在喊老汉。

“哦！好！好！好！娃，你找谁呢?”老汉抬起头，看到一位眉清目秀的读书女娃。

“我找赵明明家。”是黄绵绵在说话。

“哦！明娃在城里念书呢，还是他爸去世时候回来过。”老汉说。

黄绵绵跟着牛犁走，不注意脚下没踩稳，把脚崴了一下。

“娃，咋的啦?脚崴了没?”老汉担心地问。

“没事没事！能走。”黄绵绵装出一副没事的样子。

“家里还有一个老婆子，眼窝瞎了，病又多，难呀!”老汉又说道。

“我想去看看她老人家，还远吗？”黄绵绵艰难地跟着牛犁走了两步。

“不远，从这里进村，再拐一个弯，下一个坡往右一拐就是。”老汉头都没抬，他所说的村子可能就是前面一个自然村吧。

“哦！谢谢大叔，我知道了。”黄绵绵还没迈出一步，就已摔倒在新犁出的地里。

“小心小心！别动。”老汉停下手里的活，走到地的那一头，把架子车推了过来，“坐上吧，我推你去。”

黄绵绵看了一眼架子车，实在是土得不能再土了，车身跟黄土一样，根本就分不清颜色。“咋坐？”黄绵绵正在心里嘀咕时，老汉又说了：

“你莫嫌！”老汉把黄绵绵手里的行李往车上一放，都砸出一层灰来，“这车，我推过好几个婆姨去医院生娃。我老婆就是坐这车去镇上赶集呢！”

“大叔，我没有嫌弃，我是说，我放不下腿。”黄绵绵很难为情地说。

“来，我帮你。”老汉把车推到黄绵绵跟前，让黄绵绵先坐上去，再把腿搁在车上。

黄绵绵坐好后，老汉又掉了一个头，就等于黄绵绵是背向老汉，老汉向前走，而黄绵绵是面朝后。

这种享受方式，还真是农村女人一绝。

“老嫂子呀！在吗？你家来客人了。”老汉健步如飞，很快就到了赵明明家的院子里。

“谁呀？我哪有什么客人来嘛，自从他大死后，门槛都生灰了！”从窑洞出来的老女人的声音，就是赵明明的母亲，身体单薄，身段修长，从声音和不方便的行动看，过去还是一个很泼辣很能干的女人。

“大妈！”黄绵绵瘸着腿来到赵明明母亲跟前，拉着明明母亲的手哭哭啼啼，“大妈，我是明明大学的同学，我是来照顾你的。”

“我走了，嫂子。娃脚崴了，给她揉揉。”老汉拉着车子就走了。

“好的，谢谢自家兄弟哈。”大妈送走老汉后又问黄绵绵，“你咋啦？脚崴了？进屋进屋，给大妈看看。”

进屋里，大妈把黄绵绵让到炕上，黄绵绵边上炕边看窑里的设施，很简单，但很干净，几口大瓮像是粮食，擦得铮亮，不丰裕，能吃饱。尽管大妈是盲人，做针线活、家务活还是一把好手，灵巧着呢。

“姑娘，从哪里来的，你的腿长得好，好长。跟大妈年轻时候一样。”大妈摸着黄绵绵的双腿，从上一直摸到脚尖。

黄绵绵有些羞涩，不停地在挡大妈的手。

“脸型也长得好看，跟大妈年轻时候一样。”大妈摸着黄绵绵的脸蛋，黄绵绵有些惊慌失措。

“大妈，我饿了！”黄绵绵为了不让大妈再去摸她，转移话题，故意引开大妈的粗手。

“哦！看我糊涂，我娃饿了，饿了。”大妈摸着炕沿走进里面，她舀出一瓢水倒在盆子里，洗了手，又端出窑外洒在门前。

大妈对做家务很娴熟，窑洞里的用具包括灶台上的餐具都很整齐、顺手。她又从大瓮里挖出一瓢白面，倒在一个黑釉面盆里，用了锅里的温水和面。

“大妈，你眼睛不方便，我来做！”黄绵绵就想从炕上下来。

“你不动，大妈这一辈子习惯了，家务活难不着我。”大妈把和好的面拿出来放在面板上，用湿毛巾盖了一会儿。

她又从另外一个瓮里取出几个鸡蛋，洗一下，打在碗里，很有劲地搅匀。能看出年轻时候的大妈是赵家的好媳妇，是个能干女人。

“大妈，我来，就不走了，可以不？我怕大妈嫌弃。”黄绵绵在试探性地问大妈。

“好呀！大妈呀高兴都来不及，哪敢嫌弃呀！想住就住，住多久都行。”大妈擀面手很麻利。她又问，“你来，明明晓得不？”

“我告诉他了，他刚刚读研，怕影响他的学习，我说我先来看看大妈，他就同意了。”黄绵绵说到这里，大妈停住了手里的活。

“你哄大妈了不是，大妈知道你是背着明明来的，自己的儿子自己知道。”大妈说着手擀面更快。她又问，“姑娘，今年多大了？”

“大妈，我今年 23 岁，属鼠，比明明整整小 3 岁，明明刚刚过 26 岁，他属猴。”黄绵绵又问道，“鼠和猴不相克，都是苦命，生肖配对指数是 80%。大妈，好不好呀？”

“依大妈看很好，我觉得属鼠和属猴的人适合在一起，因为从命理上讲，两个人的属相是比较合的。鼠人和猴人相互匹配度高，性格和思维方式互补。鼠年聪明，善于理财，而猴年聪明创新。两者的结合可以形成互补的优势，在生活中相互促进。鼠人重视家庭，照顾家庭，爱孩子；猴人善于沟通，社交圈广阔。鼠年生人可以为猴人提供稳定的情感归属感，猴人可以给鼠年生人带来新鲜感和社会资源。”大妈边往锅里下着面，边给黄绵绵讲着鼠猴生肖配对的挂相，她又给锅里打了几个荷包蛋。

黄绵绵又说："属猴的男生温柔体贴，性格敏感内敛，充满浪漫气息。属鼠的女生冷静客观，有着很强的操纵欲，凡事喜欢追究到底，喜欢充满生机的生活。属猴的男生不喜欢属鼠的女生的张扬，但不要过于表现得太敏感。属鼠的女生觉得属猴的男生的情感过于细腻，所以和他打交道都会小心翼翼。属鼠的女生缺乏安全感，她希望能从属猴的男生身上得到关心和照顾，所以和属鼠的女生相处，要多表达真实的想法。大妈，你说我说得对不？"

"对！娃比大妈学识高，大妈不懂，娃比大妈懂得多。"大妈端着一大碗鸡蛋面放在炕上的小方桌上，又去拿来油泼辣子："孩子，吃！"

"大妈，鸡蛋太多了，我每天只吃一个。"黄绵绵看着碗里三个荷包蛋都被吓住了。

"孩子，多吃点，大妈这是土鸡蛋，比城里鸡蛋好。快尝尝味道，看看需要什么。"大妈自己也端了半碗面，上炕来坐在黄绵绵的对面，面上只有一个鸡蛋。

黄绵绵刚刚尝了一口，她在想，大妈眼睛不好使，怎么把分量多少掌握得这么准，鸡蛋几个都数得清，真是了不起。黄绵绵把自己碗里的荷包蛋给大妈碗里悄悄夹了一个过去，就被大妈感觉到了。

"大妈只能吃一个，大妈老了。"大妈很精准地夹起黄绵绵给她的那个鸡蛋，又夹给了黄绵绵，"孩子，你还年轻，多吃点，你也不胖。"

"大妈，我就是你的女儿，我以后伺候你，给你养老送终。"黄绵绵说到这儿，泪水潸然而下。

"老嫂子，城里来那个娃还走不？我送她不？"窑洞外传来刚才那位老汉的声音。

"谢谢他叔，娃儿今不走了！"大妈回答外面老叔的话。

黄绵绵看着大妈高兴的样子，又听窑外的动静，她心里有种说不出来的感觉，那就是甜蜜。

99

除夕夜的风就像刀子一样。高速公路服务区，旅客来来往往。黄绵绵在服务区，漫无目的，也不知道该往哪里去。

她接了开水，风样转身走出服务区，外面风利，她迅速钻进车里，没有立即发动车，而是拿出手机，想了想，拨了个电话。

年三十晚上，谁是她最亲的人。

一堆篝火，熊熊燃烧。

一群孩子是潘登的小客人，听潘登讲过年的故事。

“喂！我在妈这里，想来就来吧！”赵明明挂了电话。

“是绵绵？”刘妈很关心地问赵明明。

“嗯！她要来！”赵明明脸上没有什么表情，很冷淡。

刘妈盖着小被子坐在篝火旁，小被子上还搭了一条围裙，她帮着赵明明穿肉，也在听潘登讲年的故事。赵明明一心在给孩子们烤肉，掉在火里的调料啪啪作响，一阵阵青烟飘起，很快消失在空洞的夜幕里。

“年呀，是头怪兽。头大身子小，身体好长好长，眼睛铜铃般那么大，来去如风。它们在嗷叫时发出‘年’的声音，故名年兽。小时候呀，我的大人们就是你们的姥姥的姥姥、姥爷的姥爷，他们住在乡下，就和你们现在的爷爷奶奶一样，过着很苦的日子。他们吃不饱穿不暖，在油灯下边缝衣服边讲故事，一直要缝到天亮，故事也要讲到天亮，那就是守年夜，不让野兽进到院子里来。年就是怪兽，每到这个时候，它们就要跑进村庄找吃的。你们想想，那个时候就连我们都没得吃的，哪来的肉给怪兽吃呢？所以呀，年看到人类都没得吃，它们饿了，就得把我们吃掉。它们吃人的顺序是先吃小孩，后吃大人，先吃女人，后吃男人，除夕这一夜你们想想怪兽要吃多少人呀。后来呀，我们的爷爷奶奶们就总结出了怎么消灭这些怪兽的办法，每逢春节，大人们就要给门上，院子大门贴春联、贴桃符，有神荼、郁垒二神，能捉百鬼。因此，过年时，大人们就在门口放两块桃木板，上面书写二神之名或画上其图像，用以驱鬼避邪。多少年来，人们才渐渐发现年兽害怕三样东西，红色、火光和巨大的响声，于是后来的人们在除夕夜，年兽即将要到来的时候就聚到一起，贴红纸、挂红灯笼、放鞭炮等，目的就是把年兽赶跑。今晚上呀，潘爷爷就把你们聚在一起，你们的刘奶奶也来了，你们的赵叔叔也来了，我们还在篝火上烤肉吃，年就不敢来了，是不是？”

“是！”小狗子突然又问道，“我……我不怕年，我有天神宙斯，天神宙斯可以保护我。”

“天神宙斯是英雄，能打败年。”潘登很肯定地告诉小狗子。

“那……那我有赫拉能打败年吗？”小叶叶细声细语问潘登。

“不行，赫拉是女的。”小狗子大声喊道。

“女的怎么了？我妈妈就能打败我爸爸。”小叶叶努力争辩道。

“潘爷爷你说，赫拉能不能打败年？”小狗子问。

“要打败怪兽，只要人类团结一心，不管是男人还是女人都能打败年。”潘登给小叶叶鼓劲。

“青蛙弗洛格也能打败年对吗，潘爷爷？”小虫虫问潘登。

“这个……还得问问你们的赵叔叔……我去趟厕所。”潘登起身就往厕所跑去。

“赵叔叔，你说青蛙弗洛格能不能打败年？”小虫虫又问赵明明。

“能！只要是人类的朋友，都能打败人类的敌人。”赵明明看着这些小朋友很可爱，又给他们每人发了一串肉。

“赵叔叔，波塞冬能杀死年吗？”小猪儿又问。

“能！波塞冬是希腊神话中的海神、宙斯的哥哥，他的武器很凶，是一把震撼地球的三叉戟，所向披靡。”赵明明又给孩子们每人发了一串烤肉。

刘妈看着这些孩子好可爱，又给他们拿来零食吃。有馍花、馍豆豆、伞子和麻花等。

远处有两束光，在夜空里晃晃悠悠。

邻家的狗又吠了一阵，直到车灯拐进刘妈院子。

黄绵绵把车停在离篝火不远处，潘登从厕所出来，拉开车门。

“爆竹声中一岁除，春风送暖入屠苏。我家有喜公主到，篝火烟花不孤独。来来来来，孩子们，你们的白雪公主真的来了，她是赶走年的英雄。”潘登大声喊起来，又把除夕篝火晚会推向高潮。

刘妈拉着黄绵绵坐在了赵明明的旁边，赵明明又给黄绵绵拿来刚刚烤好的兔子肉。

“冷吧！坐近些。”赵明明把黄绵绵的凳子再靠近篝火些。

“好热闹呀！”黄绵绵眼里噙满泪花。

三十晚上的篝火把孩子们的脸烤得红扑扑的。

被冰雪封住的水系，有了早春的迹象。醉月湖里，不少孩子在冰上玩耍。小区锣鼓喧天，一派节日气氛。秧歌队排成长龙，龙头在醉月湖，龙尾巴在大西门。

齐好、朱笑蔓、赵薇薇、刘倩倩、张洪学和社区谢小燕以及社区工作人员走在秧歌队的前面。他们穿着红缎子对襟小袄，下面是红缎子的灯笼裤，光看衣服就给人一种喜庆的感觉，他们的手里拿着蓝色的彩带，舞起来就像海上的波浪。

领头的是齐好和朱笑蔓，她俩头戴小生帽，身穿长马褂，手持大折扇。身后是众多大姑娘与小伙子。随着锣鼓声，秧歌队在齐好和朱笑蔓的带领下踏丁步，迈十字，彩绸飞舞。

一路上驻足观看的居民，无不眼花缭乱。

走场两圈后，只见朱笑蔓跳入场内双手抱拳，唱了两首贺年的小曲《二月里来》和《走西口》。锣鼓随着舞姿起伏，舞姿随着鼓点荡漾，形如流云的大彩扇子，一会儿在空中狂舞，一会儿在脚下轻点，自如得像春天的柔风，徐徐变幻。

在鑫达州物业公司门前，围了很多业主。

几张桌子上，放着几口大电饭锅，锅里浓烟滚滚，元宵在锅里欢天喜地地翻滚着。不少居民吃着元宵，看着锅里，还有不少老人和孩子，排队领取元宵。

就在不远处的水系边，一位年轻母亲，在给不满周岁的孩子喂元宵。她轻轻地吹了吹，又在自己的嘴边试了试，再给孩子喂在嘴里。孩子吃一口笑一下，小脸冻得红红的，宛若春天还未绽放的小花。

王红和她的保洁团队，负责给居民煮元宵，盛元宵，每份 4 个，随便吃，吃完再取，排队吃元宵的人排成长队。

正月十五闹元宵，家家户户挂灯笼。

一元一宵好光景，春到人间满地红。

秧歌队随着水系扭了过来，一大群孩子在旦萱萱和小宝的带领下，跟着秧歌队前拥后挤。旦萱萱红扑扑的脸。小宝一脸稚气，小脸也冻得通红。

街道上有了春天的气息。

烧烤店内客人如织，门口还排着长队。

只见跑堂的小帅哥和小美女，个个精神饱满，他们都身着浅蓝色工装，仿佛把客人带进了一个美丽的春天。

鲍鹏和朱笑蔓带着小宝和旦萱萱坐在包间。

“姐夫，姐，你们想喝点啥？”刘晃和朱豆豆来到包间，刘晃先问鲍鹏。朱豆豆又问孩子：“孩子们想喝点……”

“我喝娃哈哈！你喝什么？”旦萱萱看着小宝直爽地问道。

“小姨，我喝喜多多！”小宝看了一眼旦萱萱。

“我就喝点白酒吧，跟你姐有十几年没喝酒了，今晚就喝点。”鲍鹏看着刘晃和朱豆豆说。

“好！我一会儿也来陪姐夫喝两杯。”刘晃正说着，服务生就把烤肉和其他烤菜给上来了，“你们先吃，想吃啥就要。”

“好的，你们先忙去吧，晃子一会儿来哈！”鲍鹏说道。

朱豆豆给刘晃说话。

“跑回来干啥，我还以为他死了。你一个姐夫长一个姐夫短的，我听了就恶心。”朱豆豆发着小脾气。

“这是个代号，他以前是你姐夫。如果……如果，我能把他喊回来，不就是一家人了嘛！”刘晃哄着朱豆豆说。

“做梦去吧，狼心狗肺。”朱豆豆又对吧台收银员吩咐道，“一会儿5号包间如果是我姐来埋单，就免单，我签字。如果是包间里的那位男的来埋单，就让他买，不打折。”

“好的，姐！”收银员忙着又给其他客人上酒水去了。

办公室不大，充其量有十来平方米，但很温馨。

办公室完全是朱豆豆的影子，衣架上挂的都是朱豆豆的外套。衣架旁边有三双高靴子，还有一套猎装。

朱豆豆坐在办公桌前翻阅酒水账单，她看着账单，一一对应堆在一边的高档酒水。

在一堆高档酒水上，是一件刘晃的黑色皮夹克。

刘晃和鲍鹏，推杯问盏。

“哥……哦不，姐夫，是姐夫。你这些年去了南方，可把我姐……累坏了，女人……没有男人，你可想而知，苦呀！”刘晃拉着鲍鹏胳膊，又端起酒杯，“来！姐夫，兄弟给你再敬杯酒，不管过去你怎样，回来……就是一家人。”

“晃子……晃子，哥认你这个兄弟，你和豆豆办事，哥，一定来。”鲍鹏又端起酒杯来给刘晃碰。

“爸！你少喝点。”小宝也在挡鲍鹏的酒。

“你还小，你问问你妈，你爸的酒量你妈知道。”鲍鹏又端起酒杯来给朱笑蔓碰，“笑蔓，辛苦你了，这些年你既带孩子，又管老人，不是你的付出，就没有我鲍鹏出人头地的今天……来！干一杯。”

“事情都过去了，艰难的日子也成为过去。不说了，愿我们都好好活着，做一个开心幸福的自己。”朱笑蔓跟鲍鹏一碰，一口干了。

“阿姨!”旦萱萱拉着朱笑蔓，给朱笑蔓说了句悄悄话。

朱笑蔓立马取下自己的小背包，从包里取出一包卫生巾递给旦萱萱。她又给旦萱萱说了句悄悄话，旦萱萱点了点头，起身出了包间。

鲍鹏和刘晃正酣，哥来哥往，两瓶白酒所剩无几。

朱豆豆坐在沙发上玩手机。

刘晃开门进来，也坐在朱豆豆旁边。朱豆豆起身赶快去给刘晃沏茶，被刘晃拉着，一把抱在怀里。

“嘘!”朱豆豆起身去把门反锁上。

100

春风徐徐，鸟语花香。春天的阳光格外迷人，人们走路的脚步声，都带着弹性。日间照料中心门口，堆满了各式各样的装修材料。门口来了很多人，除装修公司统一着装的工人外，还有街道办、社区和鑫达州物业公司的管理人员以及看热闹的业主，现场人声鼎沸。

装修现场有一个特大拱门，拱门上写着：忽视安全抓生产是火中取栗，脱离安全求效益如水中捞月。还有三条条幅，内容是：愚者用鲜血换取教训，智者用教训避免事故；违章违纪不狠抓，害人害己害国家；骄傲自满是事故的导火线，谦虚谨慎是安全的铺路石。

齐好、朱笑蔓、赵薇薇和张洪学从大厅出来，刚好和谢小燕、鲍鹏、童彤在门口碰面。

“朱总，这里装修公司来了 15 人，给他们每人办个临时出入证，便于管理。装修材料第一批已备齐，这些工人和这些材料就交给你了。物业公司这边要派现场负责人，对现场安全、外来人员和装修材料进行有效管理，最好把门口小广场围起来，严禁无关人员进入现场。”谢小燕给朱笑蔓交代完工作，又给赵薇薇说，“施工时间还是老哈数，不要扰民，晚上 8 点后清场。”

“好的，没问题。”赵薇薇满怀信心地回答道。

“张经理，你从今天……不，从现在开始，每天 24 小时现场必须有人，每班交接做好记录，确保施工现场材料安全、防火安全和施工安全，落实制度，责任到人。”朱笑蔓给张洪学现场交代工作。

“经理放心，保证完成任务！”张洪学一个立正姿势。

“齐总，你看还有什么需要补充的？”朱笑蔓侧身问齐好。

“我说三点。一是质量，要确保我们的设计要求；二是工期，每一步工作都要在计划内完成；三是安全，责任事故为0。”齐好只讲了三点，现场所有人员都表示赞同。

朱笑蔓看看谢小燕又看看齐好，最后对大家说：“各位工友，从今天起，你们就进驻到佳境·国际村了，鑫达州物业公司欢迎各位朋友来进行首次合作。你们即将施工建设的项目是佳境·国际村杖乡村老年公寓，是一项有时代意义的老年福利工程。根据政府关于加强社区+物业+智慧养老的号召，我们所做的是一项伟大的事业，是为了让我们的老年朋友、我们的父母更好地享受晚年生活，更好地安度晚年，幸福地走完人生旅程。我们结合社区资源，整合利用辖区内日间照料、医疗、餐饮、文化体育等公共服务资源，为老年人提供集中养老、文体娱乐、紧急援助、医疗卫生、康复护理等服务。这项工程时间紧、难度大、责任重。所以，我们要牢记质量使命、安全使命、责任使命，保质保量来完成这项工作任务。现在我宣布，佳境·国际村杖乡老年公寓扩建项目开工！”

现场响起一阵热烈的掌声。鲍鹏、童彤和现场管理人员、施工人员一一握手，互致祝福！

悬挂在高楼上的条幅，很清晰地看到几行字：尘世难逢开口笑，菊花须插满头归。落红不是无情物，化作春泥更护花。还有几条横幅也让人回味：用我们的专业和技术，为您的晚年生活保驾护航；选择我们的养老服务，享受最美好的晚年时光。

社区会议室是红色基调，几位业主大会筹建组代表正在认真讨论审核首届业委会委员代表资格。谢小燕在主持业主大会筹备组会议。

会议室气氛活跃，大家就业委会委员人选争论不休。

谢小燕说：“根据《物业管理条例》关于成立业主大会的相关规定，我们已经完成了首次业主大会会议召开的时间、地点和内容；草拟管理规约、业主大会议事规则、业主委员会工作规则；确认业主身份，确定业主人数、所拥有的专有部分面积，以及业主在首次业主大会会议上的投票权数；提出首届业主委员会委员选举办法，确定候选人名单。下面就请筹备组对业主推荐和自荐的业委会成员进行推举表决。提议的名单有宫媛、赵青青、边疆、马道功、刘晃、顾欣、王大伟、黄绵绵、陈三秦，共九人，请大家发表自己的意见。”当谢小燕问到黄绵绵时，庞红枫第一个持反对票。

庞红枫慷慨激昂地说：“黄绵绵私心太重，一直和物业关系不和，爱出风头，爱聚众闹事，不利于小区的稳定发展和良好秩序的维护。我希望筹备组认真考虑我的意见。谢谢大家。”庞红枫发表了自己的意见，又喝了口水，润了润嗓子。

马道功也发表了自己的一些看法，他说：“业委会属于业主自治组织，代表全体业主的根本利益，反映业主的意愿和要求，并监督物业公司履行服务合同服务的执行情况。我倒认为业委会里应该有敢于说话的人。黄绵绵人年轻，敢作敢为，有自己的想法和主见，不妨让她试试。”

“我不同意，如果业委会成员有私心，光凭一己之见，可能就整天要换物业企业，那样并不好。”段青青也投了反对票。

“我也反对！没有理由。”张大伟一口否定。

“我也反对！自私的人做不成大事。”赵大帅也一口否决。

“我支持！黄绵绵有责任心，敢担当重任。这里，我送大家一句话，治天下之治者在人才，成天下之才者在教化。谢谢大家！”又一票支持黄绵绵，是绝对的铁杆。

社区社工刘燕也提出：“对管事者来说，做事，做的事，但对的是人，人选准了、用好了，事也就顺理成章，水到渠成了。正所谓‘用人不疑，疑人不用’，当把事交给一个人去做的时候，多支持、多鼓励、多配合，乃管事者之要务。兵法云，将在外，君命有所不受。我支持黄绵绵！”

社区社工古峰也说道：“用贤则治，用愚则乱。黄绵绵不贤。我不同意。”

“用人不在于如何减少人的短处，而在于如何发挥人的长处。我同意黄绵绵进入业委会。”牛红也给黄绵绵投了一票。

“我同意！”柳公社投了一票。

“我反对！”王贵又投了反对票。

“既然……是确定业委会候选人，就要负责这一票，我不同意黄绵绵作为候选人。”洪亮投了反对票。

这样下来就是对半数。下面就剩下谢小燕和石天了，他们两位能否把自己的票投给黄绵绵呢？

“看来……筹备组的同志对这九名候选人还是经过深思熟虑的，我作为建设方，还是要遵循大家的意见。既然有一半的同志都不赞同黄绵绵进业委会，但黄绵绵又是业主推荐的，在推荐的票数中又处于比较高的位置，我建议还是通过业主大会来投票吧。”石天这个建议很好，既可以缓解筹备组里的矛盾，又可以让民意来决定，两全其美。

“好！我同意石总的建议，让业主大会来决定。”谢小燕紧接着就宣布下一步工作：“业主大会前期工作已全部就绪，所有议程也已进行完毕。由于小区大，组织 2/3 以上的业主大会有难度，根据《中华人民共和国物权法》和《物业管理条例》等法律法规的规定，以及《业主大会和业主委员会指导规则》中的第二十二条，业主大会会议可以采用集体讨论的形式，也可以采用书面征求意见的形式。但应当有物业管理区域内专有部分占建筑物总面积过半数的且占总人数过半数的业主参加。我们采取书面征求意见的形式，将征求意见书送交每一位业主；无法送达的，在物业管理区域内公告。”

谢小燕看了看大家，一边整理文件，一边问在座的代表：“你们还有什么需要说明的？石总？庞老师？”

大家都摇头，表示没有意见了。

“筹备组第五次会议闭幕，谢谢各位代表。”谢小燕宣布会议闭幕。

101

春风拂面，艳阳高照。

一辆黑色轿车从西边驶来，打着左转向灯，直接从道牙口开上来，停在了小鸟儿时装店门口。

一只皮鞋一尘不染，轻轻地踏在地砖上，又一只皮鞋踏在地砖上。庞红枫身穿春秋西装，从车里出来，夹着皮尔卡丹男人手包，大步向小鸟儿时装店走了过去。

“亲，忙啥呢？”庞红枫人还未到，声音先到。

“呵！没事，我在盘点春节库存，看看年前进的那批外国货处理干净没有。”黄绵绵懒懒一笑，从后面库房出来，“最近……不忙？”

“忙！手头几个案子，都是些企业保险的官司。”庞红枫转过身，就坐在茶桌跟前。他看了看黄绵绵，黄绵绵没有太注意庞红枫在偷看她，他说道：“你当业委会主任问题不大！”

“开会啦?”黄绵绵停住手里的活，走过来给庞红枫倒水。

“刚刚开了筹备组第五次会议，我给鑫达州地产石总和社区谢主任都打过招呼了，一定通过你当业主委员会首届主任。”

“真的!”黄绵绵一脸兴奋地说。

“绵绵……今晚……”旦心提着刚买的牛羊肉进来，他看到庞红枫看黄绵绵的眼神有些不对劲，“哟！庞……庞律师也在呀!”

“啊！啊！旦工也来啦!”庞红枫这才把眼和心从黄绵绵丰腴的臀部收回来，又接着问旦心，“娃该考大学了吧?”

“快了，没剩几天了!”旦心很快乐地回答庞红枫。

“哦！我还有事，先走一步，你们聊!”庞红枫迅速起身，一阵风似的出去了。

“他来干吗?”旦心问黄绵绵。

“你来干吗?”黄绵绵问旦心。

“我来看你!”旦心对黄绵绵说。

“他也是来看我呀！不可以吗?”黄绵绵反问旦心。

“可以！他没向你透露其他事情吗?”旦心有些疑问。

“话多?话多你出去。”黄绵绵有些不耐烦，又说了一句，“你就不能把人从好的方面去想?”

“那是那是！不了，我得走!”旦心站起身，提着牛羊肉出了门。

“他说业委会的事没?”声音是从外面传进来的。

“啰唆。”黄绵绵还在忙手里的盘点工作。

客厅顶灯很亮，朱东风在看电视。

茶几上有糕点、酸奶，还有苹果、香蕉。水瓶放在茶几旁边，便于朱东风随时取用，茶几上是个黑色保温水杯，发出淡淡光泽。

朱笑蔓开门进来，换上拖鞋，把背包放在鞋柜上。

“爸爸，晚上想吃点啥?”朱笑蔓迈着碎步进了自己的房间。

“稀饭，炒个土豆丝，馍还有。”朱东风摁着遥控选台，回答说。

“好！小米稀饭，我也好长时间没有熬了。”朱笑蔓从卧室出来，换了一身米黄色的棉质休闲睡衣。

走进厨房，开始准备晚饭了。

“咚咚咚！”有人敲门。

“蔓子……”朱东风在客厅喊她。

“知道了！”朱笑蔓从厨房边擦手边出来，“来了！”

门还没有打开，小宝就钻了进来。

“爷爷，小宝想你了。”小宝扑向朱东风，身后跟着鲍鹏。

“你来了！还没吃饭吧？”朱笑蔓感到突然，也显得有些慌张。

“我带小宝都吃过了，我说回来都这些天了，也没过来看看爸爸，也不知道该买些啥。”鲍鹏提着一大堆东西进来，走到茶几跟前，很恭敬地喊了声，“爸！都好吧？”

“好好……这些年都到哪里去发展了？”朱东风指着鲍鹏手里的礼品又说，“都有，来看看，也算姑爷一场，坐吧！”

朱笑蔓接过鲍鹏手里的礼品，有茅台酒、人参鹿茸、一箱安慕希和两瓶法国红葡萄酒。四件套，这是陕西人走亲戚的招数。

“马上就高考了，我孙子马上也是大学生了，我能不老吗！”朱东风说着说着，乐开了花。

“爸爸，你不老，你的精神面貌就像五六十岁那会儿。好好活着，等乡村公寓建好了，我就来接你住进去，享受一下老人尊贵幸福的生活！”鲍鹏坐在沙发上，又给朱东风讲起南方老人社区居家养老生活的事情。

“党的十八大以来，中央工作始终把人民健康放在首位，指出健康是幸福生活最重要的指标，要求把人民健康放在优先发展的战略地位。我国也是老龄化国家，养老就成为政府的大事。我在南方也学到了不少关于养老方面的知识，社区一定要坚持医养结合，逐步建立长期护理制度，为老年人提供治疗期住院、康复期护理、稳定期生活照料、安宁疗护一体化的健康养老服务，使老年人更健康快乐。南方就做得很好，每个社区都创建有居家智慧养老和社区机构养老，主打物业服务品牌。我这次回来，就是要以笑蔓公司的物业为基础，从物业延伸到社区集中养老，面向周边辐射，扩大养老规模，把物业与养老紧紧地结合起来。业主、物业一家人，社区养老一体化。”

小宝给爷爷剥了根香蕉，给爷爷喂。

“我孙儿吃哈，爷爷晚上不敢吃那么多。”朱东风轻轻推开小宝的香蕉，又往小宝的嘴里喂，“马上高考了，我孙儿吃哈！”

鲍鹏又接着说：“今年，川中市政府也把社区养老摆在了市长的桌子上，派一名副市长亲自抓这项工作。川中政府提出了利用辖区内包括国有企业在内的各类资源，统筹规划建设街道乡镇养老照料中心、社区养老服务驿站、养老家庭照护床位及医疗机构等涉及老年人的服务设施，实现机构集中养老床位、驿站临时托养床位、养老家庭照护床位均衡布局的设想。我的方案是在佳境·国际村日间照料的基础上，扩建社区集中智慧养老机构，与社区周边家庭病床结合起来，形成以社区机构养老为轴，辐射周边的养老服务中心。”

鲍鹏说到这里，用信心十足的眼神看着朱东风，说：“爸，你要慢慢享受生活，你要看着笑蔓的杖乡村老人公寓成长发展起来，你就是最大的受益者，我相信自己。”

“我相信……不过，我还是要给你泼点凉水，你会遇到你预想不到的困难，那就是建成后的资金周转和效益，以及居民的接受程度。”

“爸，这个我都想过了，我拿出一百万作为周转资金，前半年略亏，或包住，或把员工工资挣出来就行，一年后才见分晓。”

“那一年后还是包不住怎么办？每天的成本支出上千上万，我怕你支撑不住。”朱东风不无担心地再次提到，“老人都爱占个便宜，把钱看得比命重。你要让他从腰包里多掏 10 元钱，都很困难。日间照料就是个例子，每月 450 元，还嫌多，又吃又拿，还要享受里面的服务。就这，每天伙食贴着，人工成本不计，还嫌贵，我看呀……”

“爸，这个请放心。养老产业是发展趋势，南方就很成功。你刚才讲的这些是川中古城的现状，不代表未来。人都在变，市场经济已经成为当今不可阻挡的潮流，老年人也有个慢慢适应的过程。爸你也一样，你是高级工程师，你看待问题和其他老人不一样，三观不同，结果就不同。我们要慢慢接受老年人对这个思想转换的期待过程。”

朱笑蔓以欣赏的目光看着鲍鹏，忘记了手头做饭的事情，她的脑海又浮现出十年前的画面。

城区街景很美，刚刚洒过水，街道湿漉漉的。

偏西的太阳从树缝里透出，洒在朱笑蔓、鲍鹏的脸上。鲍鹏拉着朱笑蔓的手深情地说：“我爱你，爱孩子，爱这个家。这是假离婚，不是真的，你放心。我到南方去闯荡几年，回来给你带个惊喜！”

“我不要什么……惊喜，你能要我，要我们的孩子，能跟我一起过这就足够了。”

“放心吧！把儿子管好等我回来！”鲍鹏依依不舍，看着朱笑蔓，心里还有很多话要说。

“我等你！”朱笑蔓站在火车站门口，看着鲍鹏转身进了车站。

此时的天空，一阵电闪雷鸣，不知不觉中大雨倾盆，朱笑蔓走出火车站广场，全然不知已浑身湿透。

“这些……我都相信，你们年轻人有这个想法和胆量，我很佩服。你们别出心裁、与众不同的新概念，我就是撵都撵不上。起步弄好，万事开头难，踢出这一脚，开弓没有回头箭！”朱东风兴奋地看着鲍鹏和朱笑蔓。

“我们正在做相关的管理制度和经营模式，尤其是价格大家最为关心，现在就有人在问。我也做过这方面的一些调查，不少老人也知道日间照料每月450元包不住。但我也告诉了他们，450元只是生活费，不含折旧、床位、康复和管理费。他们一细算，加起来也在2000元以上。况且，床位也分档次，单人间、双人间、三人间和四人间。服务也分级别，有特级护理、一级护理、二级护理、三级护理和普通护理。等级不一样，收费标准也不一样，大家也知道。”朱笑蔓说。

“物业你这边要提前招人，提前培训。至少要配4名医生、6名护士、6名管理员。这些人招进来，就开始组织理论知识学习、实操学习、基本技能训练，送出去培训，开业前一周到位。”鲍鹏看着朱笑蔓笑着说。

朱笑蔓把熬好的小米粥给爸爸端来，把土豆丝也放在茶几上。

“这些，我们都有计划，都有专人负责，放心吧！”朱笑蔓又问鲍鹏和小宝，“还喝点小米粥不？”

鲍鹏和小宝都同时摇头。

“今晚……住家里吗？”朱笑蔓问鲍鹏。

“不了，我和孩子还是回家住吧！马上高考了！”鲍鹏回答说。

朱笑蔓抿着嘴，点点头，微微一笑。

102

佳境·国际村百米水系，柔肠的清水慢慢流动。

上班的业主和上学的孩子，都爱到早餐摊上来喝杯豆浆，吃根油条。时间充足的人就坐下来，喝碗胡辣汤或吃一个鸡蛋。摊位座无虚席，来一拨走一拨，跟农村轮流吃席一样，红火得很。

赵明明从水系过来，走到小吃摊上，刚好碰见正在买早点的旦萱萱。几乎在同时，旦萱萱也看见了老师，又买了一份早点递给赵明明。

旦萱萱长成大姑娘了，落落大方。师生俩走出大门，旦萱萱跑去刷了一辆共享电动车，她让老师坐在她后座上，赵明明先是不敢，有些迟疑，最后还是坐上了旦萱萱骑的电动车。

清晨，阳光旖旎。学校门口车水马龙。

旦萱萱很老练地带着赵明明从车流中穿出来，顺势拐进学校门口。赵明明从旦萱萱后座上下来，旦萱萱去卸车子，赵明明走进学校。

旦萱萱跟着在后面，跑进了学校。

朱笑蔓化了个淡妆，很适合此时此刻的心情。

刘倩倩进来就半年收费率的情况向朱笑蔓汇报："朱总，上半年收费情况很好，小区住宅收费率 99.8%，商铺收费率 100%。水和电不亏，水持平，电略有增长。小区这边的收入达到了半年收支平衡。日间照料这块，这个季度略有盈余，主要还是秦爷每月两万元的补贴。"

"上次给黄绵绵已经减免了全部滞纳金和一年的车辆服务费，最后她来办理没有？"朱笑蔓问道。

"来了，我们把公司给她的优惠政策说了，还是没有来最终办理。"刘倩倩回道。

"再催，再讲明公司给她的优惠政策。"朱笑蔓给刘倩倩说，"要不，你再约约她，我再跟她谈一次。"

"朱总，这不是谈的事情，我的意思还是通过法庭的执法大队来解决。"刘倩倩看着朱笑蔓一脸的无奈。

"不！再给她点时间。"朱笑蔓又给刘倩倩谈另外的工作，"在高考期间，让小区所有能产生噪声的工作都停下，在乡村老年公寓，除了内部清理外，产生噪声的工作一律停止，还有秦腔戏……也停。"

"好的，我马上就落实。"刘倩倩转身出门。

偏西的太阳把"杖乡村四季公寓"七个大字映得闪闪发光。

门口被围挡遮住，但能看清外观面貌。

一楼、二楼全是天蓝色落地窗，原来的日间照料门变宽了，气派了。

"杖乡村四季公寓"七个大字镶嵌在一楼和二楼的接壤处，字高是 2 米，字宽是 1.5 米，从东至西延长有 150 米。

蓝色是这里的主色调。其实也是一种冷色调，能够让人保持心情的平静。所以窗帘也是选择淡蓝色的，让人心情时刻保持安静舒适之感。

不少老年朋友也经常站在外围看这里的装修进度。

赵薇薇和孟宁、张洪学在施工方现场负责人陪同下从公寓出来。

“7 月 1 日，庆祝党的生日那天开业。你们的工作人员必须在 6 月 20 日前撤离现场。尾款在 7 月底前付清。”赵薇薇给施工方负责人提醒道。

“没问题，经理。保证完成收尾工作，不影响 7 月 1 日开业。只是……经理，再给我打上 20 万，让我给弟兄们发点奖金，鼓励一下士气，好吧!”

赵薇薇看了一眼施工头，又看了一眼孟宁和张洪学：“你俩的意见如何?”

“保证金是……”孟宁问。

“保证金是另外的，按照合同执行。”赵薇薇说道，“我给公司汇报一下，工程款可以再给你们支付些。”

“谢谢谢谢！弟兄们听到这个消息一定高兴!”施工方负责人以抱拳礼仪表示感谢。

玉泉路上，车辆来来往往。今天是高考日，交通秩序很好。

一路都是交警执勤，也有不少志愿者在每一个行人路口维护秩序。好多私家车包括出租车都给高考学生提供方便，在后视镜上飘着红丝巾，免费接送高考孩子。

旦心早早就送旦萱萱出门了，旦萱萱还拿着肉夹馍在吃。旦心一手提着书包，一手拿着豆浆，从小区出来。在门口刚好碰见一辆小奔飘着红丝巾，停在了旦心和旦萱萱跟前。旦心有些激动，也有些诧异。

车窗玻璃很快摇下，是刘晃的喊声：“旦哥，上车!”

“谢谢谢谢！姑娘……上车。”旦心拉开车门，让旦萱萱先上。

十字路口，交警首先指挥飘着红丝巾的车先行。所有的车都给飘有红丝巾的车让道。

晴空万里，蓝天没有一丝丝白云。

学校门口井然有序，往日可以通行的所有车辆在这个时间段禁止通行。南北路上除了高考学生，没有闲杂人员包括往日卖小吃的市政餐饮车。

在学校的正对面，在众多的家长中，朱笑蔓和鲍鹏正在与小宝说话。朱笑蔓今天穿了一件短袖白底蓝花衬衣，一条黑色大摆裙更显出她的窈窕与娴静。

“萱萱……”小宝看到了旦萱萱，有些喜出望外。

“小宝……”旦萱萱喊着小宝也朝小宝跑来。

旦心跟着旦萱萱也跑过来：“朱总好！”他顺势就把眼光投在了鲍鹏身上。

“旦叔叔好！”小宝问候道。

“旦工好！”朱笑蔓给旦心介绍鲍鹏，“这是小宝的爸爸，鲍鹏！”

“我的鲍叔叔！鲍叔叔好！”旦萱萱嘴巴很甜。

鲍鹏跟旦心握了个手：“孩子我早认识，孩子她爸还是第一次见面。”

“我也是，整天都在忙。小宝跟我萱萱是同学，经常来家里玩，孩子他爸爸也是第一次见面。这世界说大不大说小不小，今天全都见了，孩子高考，我们高兴。”

“爸爸叔叔阿姨，我们进考场了！”萱萱给他们打了个手势。

“爸爸妈妈叔叔，我们也进考场了！”小宝给他们也打了个招呼。

俩孩子和三个大人告别后跑进了校园里。

“你俩在，我去市场买些菜，改天聊！”旦心作别了朱笑蔓和鲍鹏，穿过人群，跨过护栏消失在人海之中。

“今晚，把爸爸那里提前安排好，我俩吃顿饭。”鲍鹏看着朱笑蔓的眼睛说。

朱笑蔓也看着鲍鹏的眼睛，含情地点了点头。

无数双眼睛，都锁定在大门口。

高考铃声响起，又有无数颗心被悬了起来。

103

谢小燕在给庞红枫沏茶。

“这段时间你们工作节奏好快！两个来月就把问卷做完了。”庞红枫以夸奖的语气说道。

“社区人员全部出动，二季度没有休息一天。还有朱总那里的客服人员，她们也是连轴转。”

“效率是做好工作的灵魂。这是切斯特菲尔德的名言。要使车子走得快，就得给轮子勤上油。这也是一句至理名言。”庞红枫笑哈哈地对谢小燕说。

“唉！庞老师……难呀！招来这些社工，工资都低。没办法，政府每月经费就这些！”谢小燕也是有苦难言。

“那留不住人呀!”庞红枫笑着说,“过几天,你的人就跑完了!”

“所以,在今天和明天之间,有一段很长的时间;趁我还有精神的时候,学习迅速地办事。唉!社区就这样,我们的工作环境还算好些。”谢小燕也是一声叹息。

“咚咚咚!”有人敲门。

“请进!”谢小燕对庞红枫说,“肯定是石总来了!”

“庞老师来了!”石天一进门就对谢小燕说,“工作效率高呀!几千户,这么快就走访完了。你这是奔逸绝尘呀!可以写进佳境·国际村物业小区成立业委会的典范工程。”

“刚刚庞老师也这么说,哪里敢写进典范工程。其实呀,社区加物业都在跑,两个月时间,天天走访。”谢小燕边说边把一大堆走访意见表从综合办公室搬到她自己的办公室。

石天和庞红枫挑选了几张看,他们主要是看业委会候选人的提名。

“谢主任,你就把大致情况给我们通报一下,然后再定时间把筹备组的同志叫到一块一说,通过一下,这事就算完成了一大半,接下来就是业主委员会自己的事情。”石天这么说。

“九名候选人都通过了投票,最高票是 3869 张,最低票是 2989 张,都超过半数。黄绵绵的票数最高。”谢小燕把业主走访的投票情况给石天和庞红枫通报了。

“我还是以前的意见,黄绵绵既然成为业委会委员,绝对不能给她当主任或副主任这样的角色,我请谢主任一定把好这一关。”庞红枫一脸严肃。

“筹备组的使命就是成立业主大会,审核业主委员会委员资格,制定业主大会章程,这几项工作我们已经进行完了。接下来就是召开首次业主委员会会议,选举产生主任和副主任了。”谢小燕看着这些走访意见表,又说,“黄绵绵能不能当选首届业委会主任或副主任,我们在召开业委会会议的时候再议。”

“可以。按照相关规定,业主委员会首次会议应该在选举后 7 日内召开。那就在下周内召开首次业委会会议。”石天说。

“好!我还有事,先走一步。”庞红枫起身给大家打了一个招呼就出去了。

“石总,至于黄绵绵的事情,我看还是要给齐好和朱总她们再沟通一下吧。庞老师的意见也很重要。黄绵绵和物业矛盾很大,万一是黄绵绵当上了业主委员会主任,处处给物业为难,岂不是自己给自己找堵吗?”谢小燕不无担心地说。

“那就和她们谈谈吧，现在就谈。”石天也想征求一下她俩的意见。

“可以！”谢小燕立即拿起手机，给朱笑蔓打电话。

石天看着齐好和朱笑蔓，对她俩提出来的观点表示赞同，石天说：“我同意你俩的观点，黄绵绵可以作为首届业委会主任候选人人选，但最终还得由业委会来决定。”

朱笑蔓看着石天和谢小燕，有些难为情地把心里的话说出来：“我，还有一个建议……”

“好呀！什么建议？”谢小燕急忙想知道，问朱笑蔓。

“不少业委会就有党员参与，我建议佳境·国际村业主委员会应该有党员。发挥我党的民主监督作用，有利于业委会的良性运转。”

谢小燕两眼放光，她看着石天，石天也点了点头。

“那你有候选人选吗？”谢小燕问。

“有，就是社区业主文化艺术社主任马道功。他是老党员，老干部，在业委会有旗帜作用。”朱笑蔓还没说完就被谢小燕抢过话茬。

“这，马主任，可是筹备组成员呀？筹备组成员严格意义上说是不能进入到业主委员会的。石总，你看……”

“根据《成立业主大会规程》第十一条规定，筹备组中业主代表的产生，由街道办、乡镇人民政府或者居民委员会组织业主推荐。我看可以以公示的办法，向业主公示增补一名人员名单。”石天的回答给谢小燕吃了定心丸。

“嗬！又出现问题了，我们之前公示候选人是 9 人，是合乎选举要求的，现在又增加一人，就是 10 人，不合法了，必须是单数。要么再增加一位，11 人；要么去掉一位，保持 9 人。大家看。”谢小燕看着石天说。

“我们物业没有权利介入，那就再推荐一名，请筹备组考虑。我推荐旦心！”朱笑蔓又推出一位爱给物业找事的人，让谢小燕有些想不通。

“笑蔓！你这是给自己……添堵。”谢小燕话还没有说完，又被齐好抢过来接着说。

“旦心是爱给物业行事，但他的出发点是好的，他不为自己，是为业主在说话，他站的高度和其他人不一样。物业需要这样的人，有了像旦心、黄绵绵这样的人，物业发展才有希望，服务品质才能够提升。”齐好也阐述了自己的观点。

石天看着谢小燕，认为齐好的话有道理，说道：“是这，谢主任请你把今天的情况给其他筹备组人员分别沟通一下，征求一下他们的意见。如果没有其他异议，那就向全体业主公示马道功和旦心。好吧!”

“好吧!”她又问齐好和朱笑蔓，“你俩可得有自己的主意啊，我和石总都是在给你俩铺路。业委会主要工作是与你们的配合，能和谐共处，那是业主的福气，不能配合就是业主的灾难。想好啊!”谢小燕一笑，给大家说，“今天，就到这里吧，有事电话沟通。”

大家刚要起身，朱笑蔓又提出一个问题，说：“黄绵绵和旦心都还欠着物业费，上次官司他俩打输了，但到目前为止，旦心和黄绵绵都没有来办理结清手续。根据《成立业主大会规程》第二十条，业主拒付物业服务费，不缴存专项维修资金以及实施其他损害业主共同权益行为的，业主大会可以在管理规约和业主大会议事规则中对其共同管理权的行使予以限制。和第三十五条业主委员会履行以下职责中的第四款及时了解业主、物业使用人的意见和建议，监督和协助物业服务企业履行物业服务合同；第五款督促业主缴纳物业服务费及其他相关费用。如果旦心和黄绵绵要成为业委会委员，首先要带头缴纳物业服务费才能服众。请两位领导给予支持。”

石天和谢小燕眼神一碰撞，都没说话；齐好和朱笑蔓也相互对视，没有说话，彼此都把一种复杂的心情交给了两位领导。

谢小燕办公室陷入了短暂的沉默。

大街上，烈日灼心。

打着太阳伞的女人们和头顶烈日的男人们穿行在路上，每个人的脸上是一副忙碌与难耐的表情。

庞红枫驾驶着车，跟在一辆中华车的后面，他漫无目的地看着马路边的景色，用蓝牙在给黄绵绵通话。

“你真的就那么想当首届业委会主任，那可是吃力不讨好的差事，你可想好。刚开会，我在会上力荐你是国际村首届业委会主任，咋样？够哥们儿吧？”庞红枫一脸讥笑。

黄绵绵在语音里说：“我倒不是非要当这个什么主任，那有啥当的嘛，又不挣钱，一天竟是些婆婆妈妈的琐事。我想当的目的就是治理小区物业，聘请新的物业公司进来，为业主争取一些利益和尊严。像朱笑蔓这些人一个都不能用，统统滚蛋。如果不是业委会主任，就不能实现为业主谋利的愿望。”

庞红枫听后很兴奋地说：“哟！你的志气可大，有点像古代的后羿。后羿张弓搭箭，射掉了九个太阳，天上留下一个太阳，让人们的生活回归正常。后羿是远古五帝时期的神话人物，由于天上同时出现十个太阳，人们热得喘不过气，土地也烤焦了，帝尧就请来后羿帮忙射日，最终人们被拯救……你黄绵绵就是那个后羿呀！”

“我哪里像什么后羿，我哪有那么大的本事。我就是我，黄绵绵，充其量就是滥竽充数中的那个南郭先生。谢谢你的力挺，有时间我请你吃饭。”能听出黄绵绵的声音有些低调。

“不不不不，不能让女人请客，女人请客，除非男人不行了。看你时间了，我随时都可以。”庞红枫一脸得意，自己为自己的说服力而点赞。

“好吧。”黄绵绵爽快地答应了。

庞红枫挂了电话，口哨就吹起来了，他一只手转着方向盘，游刃有余，就像海豚戏水，光滑而又圆润。他的眼神不停瞅着街上的风景，包括女人。

104

街道上两排行道树卷起了叶子。洒水车刚刚过去，一阵热浪滚滚，瞬间路面干涸。黄绵绵坐在店里，看着门外路面像燃烧的火焰。

黄绵绵正在写诗：

蝉声锯开凝固的沥青
热浪在睫毛上堆积成山
商铺的玻璃橱窗里
模特流下树脂的
汗液

行人像被烘烤的蚂蚁
在斑马线上快速搬运自己
可乐罐的水珠
刚诞生就蒸发成遗言

红绿灯融化之前
外卖骑手闯过最后一道火焰
他的影子烙在地上

比真实更清晰、更锋利

时装店冷气泄漏的刹那
城市一角突然沉默
只有收银机的咳嗽
数着日渐消瘦的硬币

我们共享同一片灼烧的云——
它正把天空熨成灰烬
而七月不过是个巨大火盆
盛满正在碳化的时间

“妈妈!”黄绵绵被一个熟悉的叫声从诗境中拉回来。紧接着就是一股热浪从门外袭来。旦萱萱带着小宝还有几个女生来到店里，一下子店里叽叽哇哇，变得如校园操场。

“你们志愿都填好了?”黄绵绵高兴地问。

“没有，分数还得过几天才知道。”旦萱萱拉着黄绵绵的手，“黄妈妈你猜，我考得怎样?老师没给你说?”

“一本!清华北大。”黄绵绵高兴地说。

“小宝哪?”旦萱萱问黄绵绵。

“一样。清华北大!”黄绵绵看着这群孩子，一副爱的表情难以抑制。

“阿姨，我没考好，可能是二本。”小宝一脸失望的表情。

“没事，不管上哪所学校，阿姨都为你们高兴。”黄绵绵激动得好像想为这些孩子做点什么。

“今天来是想买衣服吗?”黄绵绵看着这些孩子大方地说，“都是萱萱同学，来阿姨店一律五折。”

“哇!好呀!好呀!”大家都叫起来了，忙着哄抢那些款式新潮的中学生服饰。

“你也去挑件自己喜欢的夏装吧，娃大了，总得有件像样的衣服吧!”黄绵绵拉着旦萱萱到模特身上去选，“你看看这件，颜色就是夏天穿的，不像成年服饰，也不像中学生服饰，倒像女生乖巧型服饰。试试吧!”黄绵绵从模特身上脱下来，在旦萱萱身上比试。

旦萱萱刚试穿了一下，其他女生也都跟了过来，抢着试穿，把一件衣服扯来扯去。

“我也试试。”一个女生眼疾手快首先抢了过去。

“我也要试试！”都拽着这件衣服互不相让。

“孩子们，孩子们，不要抢，不要抢，有，一个一个地试哈！”黄绵绵拿着衣服首先给第一位女生试。其他女生就站在旁边用心看，不时发出怪叫："吔！活脱脱的杨玉环！"

“哇！难怪，那么多的男生喜欢你！”

“哎呀呀呀呀！蒹葭苍苍，白露为霜。所谓伊人，在水一方。好养眼啊！”一个女生站在旁边夸奖旦萱萱。

没有小宝的事情，小宝就给花浇水，在一边精心照看刚刚绽放的花蕊。

“小宝……你看看……”旦萱萱专门转过去让小宝看。

“吔！哇！”女孩都在齐声奚落。

“滚滚滚！你们没有心仪男孩?”旦萱萱噘着嘴说。

“我们没有！”大家又齐声响应。

“哈哈哈哈！脸若银盘，眼似水杏，唇不点而红，眉不画而翠……这事，就发生在这里。哈哈哈哈！”又一女生扳过旦萱萱窈窕的身姿，又推了旦萱萱一下，让小宝看。小宝红着小脸，低头看他的小花。

“嘿！史上就有怪事，不看真花，不看假花！”一女孩又说道。

咯咯咯咯又是一阵大笑。现在的女孩子，哪有过去的少女羞涩。

黄绵绵很快活，看着这些少男少女，仿佛又回到了从前。

春天的北国，风光旖旎。初春季节，连绵起伏的大山一半是青色，一半是黄土。赵明明家窑洞门上，新贴了桃符，窗花是新贴的。窑洞门前很干净，四周土围墙上已长出草的嫩芽。黄绵绵完全一副农村女孩的形象，她穿着一件红棉袄，正在从一处不远的窑洞里取窖水。她提着两罐窖水，走进院子，进了窑洞。

窑洞蒸馍的蒸汽四处弥漫。黄绵绵把提回来的水放在灶头一侧，“大妈，时间到了！”

“还差两分钟！我记着呢！”别看大妈眼睛不好使，真是心灵手巧，家务活样样精通。

“大妈，你是怎么计算时间的呀！”黄绵绵坐在大妈旁边问。

“这还用计算？这是一辈子总结出来的经验。出几口气，就知道蒸馍是熟还是没熟。是馍馍的香味告诉我的。”大妈摸着黄绵绵的脸，“来了半年了吧？都瘦了！”

“大妈，我没瘦，我还想瘦呢，就是瘦不下来。”黄绵绵仰着头看着大妈那张慈祥的脸，“等两天……就可以挖荠菜了。”

“得等一场雪后，荠荠菜才能长出来。”大妈又说道，“馍好了，去尝尝吧，刚做出来的馍香，再夹点大妈做的腊肉酱。”

“好吧！”黄绵绵腿一抬，屁股一咧就从土炕上下来，她这些习惯与动作，完全是在这里跟大妈生活学的。

她揭开蒸笼盖子，吹了几口气，一股白汽把她吞没了。

“大妈……好香呀！”黄绵绵高兴得像个孩子。

火辣辣的太阳烤得街道冒烟。

大街上的车辆呻吟着路过门口，带着疲惫的躯体又驶向市区。

“黄老板！”是旦心的喊声赶走了黄绵绵的睡意。

“叫唤啥？不知道进来？”黄绵绵正在打盹，她站起身，伸了个懒腰，把旦心让到沙发上坐着，“这么热的天，跑来干吗？”

“你看到没有，小区单元门口公示了我和老马被增补为业委会委员。”旦心给黄绵绵带来了这个消息。

“那我呢？进入业委会委员候选人了吗？”黄绵绵一脸的紧张表情，“你是增补的？那正式通过业主大会选出的委员已经尘埃落定了，是不？”

“这个……我还真不知道。筹备组和物业人前段时间一直在走访，问卷表都是几麻袋，候选人里有你。”

“那就好，朱笑蔓……你等着瞧！”黄绵绵咬牙切齿地说，“我要让你滚出国际村。”

“绵绵，物业费的事情可能不缴不行啊！按照业主大会成立规程，不缴物业费的业主是不能进入业委会的。那天，齐好找我也谈了，物业公司给我已经有减免的政策，让我去收费室结算，我还没去办理。”旦心如实把情况对黄绵绵说了。

“你刚才说什么……不缴清物业费不能进业委会？有这个规定吗？”

“听说有。你可以问一下庞红枫呀？他是学法律的，应该知道吧！”旦心只是随便一说。

黄绵绵迫不及待地拿起手机就给庞红枫拨了电话。

庞红枫在电话里说："有！你可以在网上查查。《业主大会和业主委员会指导规则》是住房城乡建设部制定规范业主大会和业主委员会的一部规则。建房〔2009〕274号，发文单位是中华人民共和国住房和城乡建设部。其中第二十条业主拒付物业服务费，不缴存专项维修资金以及实施其他损害业主共同权益行为的，业主大会可以在管理规约和业主大会议事规则中对其共同管理权的行使予以限制。第三十五条业主委员会履行以下职责的第六款督促业主缴纳物业服务费及其他相关费用。"

105

黄绵绵挂了手机，顿显木然，有些发呆。

她看着旦心不知道想说什么，心里一肚子窝火，也不知道该给谁发。她觉得之前跟朱笑蔓的斗争她输了，而且输得服服帖帖。与其说是输了，还不如说是败了。她一屁股坐在凳子上，泪水潸然而下。

"老旦……我咋觉得……我好想哭啊！"

"想哭就哭吧，哭出来就好受些。"旦心看着黄绵绵劝道。

黄绵绵把目光移向门外，一双双凌乱过往的脚步，踩得她好疼好疼。她决定去趟社区，把这些年缴交物业费的事情给谢小燕说说。

几缕光从帘子缝隙透进来，窗帘是淡蓝色的，显得清爽和温馨。

黄绵绵来到了社区，坐在谢小燕对面，把这几年的辛酸一吐为快。

"我这些年没给物业缴物业费，主要原因是朱笑蔓没有给我赔偿到位。一是房子漏水，造成大面积破坏，我重新进行的局部装修，花了四万多块；二是暖气年年不热，缴的是全费，室内温度不到16摄氏度；三是地面临时停车收益归全体业主所有，朱笑蔓凭什么不给业主减免服务费。"黄绵绵在向谢小燕倾诉她这些年所受的不公平待遇。

"我也理解你的这些问题。但作为业主，你不缴物业费，就是在占其他业主的便宜。况且，朱笑蔓物业做得不错，每年我们做民意调查，朱笑蔓口碑好，广大业主反映的情况非常好。你是站在自己的利益上在处理个人的问题，不利于团结，不利于社区和谐。你今天能来，我就告诉你，你被正式选举为佳境·国际村首届业主委员会委员。你的行动将直接影响到业委会在业主心目中的形象和业委会与物业企业默契配合的程度。业委会委员的义务和职责，首先就是支持物业公司的工作，按时缴纳物业费。至于你所讲到的问题，不是拒缴物业费的理由。物业是严格按照服务合同履行的，好多改造和维修是要动用大修资金来解决的。你站不住脚。要想进入业委会工作，马上就去结清你所拖欠的所有费用。”

黄绵绵的眼神忧伤，此时此刻她的心情比较复杂，她看着谢小燕，心里的委屈难以言表，她想给谢小燕一吐为快，但最终还是把自己的苦衷藏在了心底。结果，被谢小燕给上了一课。黄绵绵也明白，她拒缴物业费，也不纯是维修退补的事情，还有一层最最重要的私情在里面，她看不惯朱笑蔓在她跟前晃，她想逼走朱笑蔓。罢罢罢，君子报仇十年不晚。于是她打起精神，瞬间调整好了自己的心态，不愧是个坚强的女人：“谢谢！谢谢社区居委会领导的支持，我茅塞顿开，我能干好这份工作，也愿意为业主服务。”

黄绵绵脸上充满期待和感激之情。

鑫达州物业公司三楼会议室，投影仪上显示出杖乡村四季公寓员工技能培训。齐好为主讲老师，赵薇薇作为公寓的主要责任人也在座。

朱笑蔓和谢小燕也坐在员工的位置上认真等待齐好的课。

参加今天培训的人员除日间照料原班人马外还有医生、护士、管理人员等近 20 人。

齐好跟前堆放了一大堆文件：有《杖乡村四季公寓收费标准》《杖乡村四季公寓运营方案》《杖乡村四季公寓入住合同》《杖乡村四季公寓管理制度》《杖乡村四季公寓安全责任书》《杖乡村四季公寓标准化服务流程》《杖乡村四季公寓标准化服务考核细则》《杖乡村四季公寓财务管理制度》。

朱笑蔓站起身来给在座的新员工把参加今天培训的新人做了介绍，会场响起一阵阵掌声。

朱笑蔓接着又说：“各位同人，欢迎大家加盟鑫达州物业团队，加盟我们的养老事业。我们每个人都会老，爷爷奶奶的今天，就是我们的明天，爸爸妈妈的明天，就是我们的将来。养老这个话题很沉重，但很深远，上至政府，下至黎民，关心老人‘最后一公里’，就是关心自己明天最后十公里。现在的养老，已经成为社会最普遍的矛盾，成为家庭最主要的矛盾。随着时代的发展，传统意义上的居家养老观念及方式正受到冲击。我们在座的就是 20 世纪 80 年代出生的，随着独生子女政策的推行而形成的 4-2-1 家庭模式，是现阶段存在的一种社会现象。这种现象给众多独生子女家庭带来的是难以承受的家庭养老成本。

“当今社会中青年人生活节奏的加快、跨地域职业流动的加速、生活方式的变化等，造成需要人照顾而身边又无人照顾的空巢老人越来越多，社会现实正在呼唤和期待新的养老模式。目前，上海常见的社区养老模式主要有‘嵌入式’养老服务、公租房社区养老、‘三位一体’社区养老服务、‘互助型’养老、‘时间储蓄’契约模式、政府购买服务模式、网络化居家养老模式和智慧养老模式等。我们秦阳还没有出现这些养老模式，基本上趋于机构养老和社区居家养老的。那么，作为物业企业，作为小区的‘管家’，在日常服务中已经赢得了客户的信任，在不同程度上熟悉、了解并掌握业主家庭的需求和偏好，对于业主的基本信息掌握比较全面。如果我们把自己的优势，变为自己的特长，从物业服务延伸到社区居家智慧养老、社区集中养老等方面，实现真正意义上的社区+物业+养老的新模式。佳境·国际村小区，就是要采用社区集中养老和居家智慧养老模式，以日间照料为依托，保证老人一日三餐为基本；以集中养老为主线，整合周边社会资源；创建医、养、康、乐、游、学、友、终的集中养老模式。这是物业管理的新课题，也是物业转型升级中遇到的新挑战。我希望大家不辜负公司重托，认真学习，迅速掌握服务技能，领会各项规章制度，更好地为老人服务。下面请鑫达州物业公司总经理齐好给大家讲授专业课。谢谢大家！”

齐好欠欠身，拿起鼠标点在主题上的《杖乡村四季公寓收费标准》。她说：“杖乡村四季公寓分为五个收费标准。一级收费是全失能老人服务收费标准；二级收费是半失能老人服务收费标准；三级收费是基本生活能力服务收费标准；四级收费是日常康复服务收费标准；五级收费是基本服务标准。我就给大家分别来介绍这五级收费标准的不同之处和相同之处以及每一个级别的服务标准和考核细则……”

投影仪上显示着杖乡村四季公寓五级收费标准服务内容。

大地流火，景观大道热浪滚滚，夏蝉的干鸣没完没了。小区水系缓缓流动，不时有几片树叶飘落在水系里，悠悠晃晃，漫无目的。

王红和几名员工拉着平板车，车上有两个不锈钢大桶从 B 区过来，一路给路过的业主打绿豆汤和莲子麦冬茶。

“降温茶！喝了解渴，防暑降温，保你夏天清清凉凉！快来喝呀……”

王红她们来到物业公司楼下，刚好碰到从社区居委会出来的黄绵绵。

“美女……喝杯莲子麦冬茶吧，防暑降温，镇静安神，保你遇事冷静，养颜和色。”王红主动给黄绵绵来了一杯。

黄绵绵先是喝了杯莲子麦冬茶，感觉不错，又来了杯绿豆汤。喝完，笑眯眯地给王红说：“谢谢！”说完直朝收费室走去。

王红她们又来到 B 区，给现场做绿化修剪的绿化工送去了绿豆汤、莲子麦冬茶。不少保洁人员和巡逻的秩序维护员路过这里，也蹲在路边喝了绿豆汤和莲子麦冬茶。

王红她们又拉着车来到大门口，给门口值班人员每人两杯降温茶。不少路过门口的业主也驻足喝了两杯。

“来呀！来呀！绿豆汤……莲子麦冬茶……”

106

一双深邃的眼神，眼底透着智慧的光芒。

一张认真听讲的面孔，光滑的脸上透着灯光。

一双纤细的手搁在课桌下，她坐得笔直。她的表情也颇为严肃，望向屏幕的眼神很专注，甚至没眨过眼。如果知识是浩渺的大海，那么，员工便是海上的水手。

投影仪上显示着杖乡村四季公寓服务标准与服务礼仪。

齐好老师任主讲，赵薇薇在座。

刘倩倩和王红悄悄进来，给教室送来绿豆汤和莲子麦冬汤给新学员喝：“做好防暑降温，确保身体健康。”

王红给每位学员跟前都放了两杯，刘倩倩又给齐好和赵薇薇打了两杯放在课桌上。

“谢谢！”齐好轻声说道，“你们辛苦了！”

刘倩倩咯咯一笑，转身出了教室。培训继续开始。

窗外画眉在梧桐树上喳喳地叫，声音很清脆。

炎热的夏天，早晨的太阳都很灼热。

水系边几位保洁员拉着网兜在水里捞着漂浮物。水系清澈见底，倒映在水里的银杏和五角枫，被水纹弄皱，宛若一幅栩栩如生的油画。

黄绵绵从收费室出来，她一袭黑裙引起大厅所有人的关注。正在大厅做卫生的王红，停住手里的活，看到黄绵绵从收费室出来，那一副难以掩饰的自信，流露出无比从容与高傲。

“绵姐……你啥时候来的？”刘倩倩高兴得像个孩子。

“上班就来了，第一个给朱笑蔓缴的物业费！”黄绵绵笑眯眯地看着刘倩倩，不紧不慢地说道，“倩倩，请转告朱笑蔓，物业费已结清，我和她之间的事情不会作废。”

“绵姐……我知道了。我们朱总不是那种人，绵姐，你慢走！”刘倩倩忙着接电话，忙着送黄绵绵出大厅。

王红急忙跑进了收费室，又急忙跑到大厅门口看着黄绵绵离开后，又转身来到前台：“吔！难缠的，一月一百多块钱都舍不得掏，还拖了好几年，丢人死了……还让我给朱笑蔓带话，不会作废……呸！”王红一副鄙夷的表情。

刘倩倩放下电话，对刚才王红的话有些微词：“王姐，话可不能这么说，任何事情……都是相辅相成的。”

“嗨！听说黄绵绵和我们老大还是情敌。”王红神经兮兮地说，“那是爱的自由。每个人都有追求幸福的渴望。”

刘倩倩又接起了电话：“喂！你好，国际村客户中心，需要什么帮助吗？好的，马上就去。再见！”

刘倩倩放下电话给王红说：“B2—2—3 户楼道有狗屎，派人去处理一下。”刘倩倩又给王红说了一句，“老大的选择是对的。”

王红还没有理解刘倩倩话的意思：“老大是蠢货，是我……哼，非鱼死网破不可。”话还没有说完就跑了。

“丫头！忙吗？”马道功来到大厅，走到前台。

“马叔，好长时间没看到你了，身体好吗？”刘倩倩问。

“哈哈可不，半年了，没有地方吃饭，到我姑娘家去混了一段时间。”马道功笑哈哈地说道。

“马叔，快了，都弄好了，七一就开业。”刘倩倩说。

“你们辛苦呀！这……老人的事情不好办呀！以后……”马道功说。

“朱总她们再忙，为老人服务是应该的。”刘倩倩说，“马叔……有事吗？”

“社区找我，说是业主委员会的事情，我去看看。”马道功说着就上二楼去了。

“马叔……慢点！”刘倩倩叮咛道。

玻璃幕墙，像一片蓝天。

火红的太阳从幕墙上折射出来，已失去威风。

杖乡村四季公寓在偏西的阳光下显得很气派、很辉煌。

一群干部模样的人和一群穿制服的人在朱笑蔓和赵薇薇的陪同下从室内出来，集中在门口广场。

广场干净整洁，车辆规范有序。开业前的各种准备工作都已就位，无数条横幅、条幅悬挂在幕墙上，一派节日气氛。

干部模样的人和穿制服的人都已钻进各自的座驾，在朱笑蔓和赵薇薇的欢送下离开了现场。

“这次扩建施工质量很好！专家都没找出问题，消防也过关了！”朱笑蔓说。

“是呀！都是孟经理和张经理的功劳。他们日夜监工，24 小时现场没离开过人。”赵薇薇很是感动。

“可不是。他俩都没休息过礼拜天，等开业了，给他们批几天假。”朱笑蔓说道。

“给谁批假？不会是给我吧？哈哈哈哈！”张洪学跟孟宁从室内出来，听到说批假就很高兴。

“给你们俩！美死你了。”赵薇薇装出一副生气的样子。

“好呀好呀！我要去云南，那里四季如春。”张洪学高兴地说。

“我要去青海湖，那里还穿军大衣。”孟宁也高兴地说。

“消防验收也过了？”朱笑蔓问。

“哈哈，你猜！一次性通过！”张洪学高兴的样子，难以言表。

“开业了，你俩轮流休息七天！”朱笑蔓也很满意。

“哇！”孟宁和张洪学几乎是同时跳了起来。

张洪学抱起赵薇薇转了几圈。

“哎呀呀！轻点！”赵薇薇使劲捶打张洪学的肩膀。

朱笑蔓笑得捂住肚子。

居委会谢小燕办公室。谢主任正给马道功谈话。

“谢主任，业委会的事情请你再考虑考虑吧。我都快 70 岁的人了，让那些年轻人去做吧。说实话，我不想劳这个神。”马道功真诚地说道。

“马叔，你知道‘老当益壮’这个成语吧？说的就是东汉时期一个叫马援的人，他胸怀大志，一生不图功名。他认为：大丈夫越困难，志向要越坚定，年龄大了，志气越要旺盛。后来，国内发生叛乱，马援向光武帝请求带兵前去平叛，光武帝有些犹豫，认为马援的年纪大了，不太适合带兵。马援却说自己尽管已经六十二岁了，但志气依旧，精神更加旺盛，然后就穿好盔甲，跃上战马，带着军队前往战场。马叔，这个故事就是你的现在，你就是马援。业委会成员都是年轻人，你是党员，就更要发挥我党在基层组织的作用。你的任务是把握方向，主持正义，协助物业，服务业主!”

马道功看着谢小燕没有说话，而是一脸茫然。

“马叔，这是老百姓的托付！是对社区居委会的信任！这是街道办书记给你的嘱托!”谢小燕看着茫然的马道功说。

“这……这……让我好好想想。”马道功一时难当大任，有些左右为难。

“马叔！你只是把握方向……有人干!”谢小燕的眼神充满期待。

马道功没有说话，把目光从谢小燕那张充满期待的脸上移到窗外，窗外火辣辣的，知了在声声地叫着夏天。

客户中心大厅人不多，只有一些老人在大厅里歇息、乘凉。

王红推着平板车拉着降温汤从门外进来，她给大厅里老人每人送了一杯，也给社区工作人员每人盛了一杯放在柜台上。

旦心带着女儿旦萱萱来到大厅，王红喊道：“旦工，来喝杯降温茶!”

“好的!”旦工带着女儿来到王红手推车跟前。

“阿姨好!”旦萱萱的嘴很甜，也爱笑。她接过王红给她的降温茶，喝了一口，做出一个难看的表情，“好苦呀！阿姨。”

旦心看着女儿痛苦的表情，鼓励她喝完：“这是中药熬的，夏天喝了蚊子不咬。”

旦心和旦萱萱父女俩一仰脖子就喝了。旦心又要了一杯，一饮而尽。

“你跟阿姨玩，爸爸去缴物业费。”旦心说完就去了收费室。

“小美女，志愿填了吗？准备上哪所学校呢?”王红问。

“刚填了，国防大学。”旦萱萱一脸稚气未脱，两只眼睛水灵灵的。

“哇!”大厅的老人们和社区的工作人员都抬起头来，看着站在大厅中央这位亭亭玉立的女生。

“好学校！出来最小都是上尉军衔!”刘大业感叹说。

“不可能，最多是中尉。”谢大爷在较劲。

“不信，再读过研究生或博士后，你看看出来保险就是少校了。”刘大业又争辩说。

“屁话，国防大学博士后出来当然是少校了，我是说本科。”

“本科也是中尉或上尉，学校牌子在那里放着呢，你开玩笑呢！”刘大业争得脸红脖子粗。

“爷爷问你，你考了多少分？”谢大爷从椅子上站起来，走到旦萱萱跟前。

“687 分，爷爷！”旦萱萱转过身来对谢大爷说。

“你看看你看看，687 分，完全可以报北大清华嘛，你怎么报国防大学呢？出来分配都不一样。”谢大爷对刘大业说。

“国防大学咋的？那是部队最高学府，比读了北大清华出来更好分配。出来就是军官，你懂啥。”王红站在一旁挖苦几位老人。

“我不懂？军官有啥好的？干几年再回到地方，再分配？与其那样，还不如现在就读北大清华，一辈子都在保险柜里。”老人说。

旦萱萱被这些老人争辩得不知如何是好：“一辈子都在保险柜里干吗？”旦萱萱一脸不解的目光看着王红。

“这些爷爷说的是一辈子铁饭碗。”王红这种解释也对。

“我不要我不要，我要那种充满挑战性的工作。”旦萱萱看着这些爷爷，这些爷爷听了旦萱萱这么一说，也都面面相觑。

旦心从收费室出来，“女子考得不错！专业选得也好。”刘大业对旦心说。

“谢谢！发挥得比较正常。”旦心正说着，朱笑蔓从楼上下来。

“萱萱，志愿填好了？”朱笑蔓走到旦心跟前问道，旦萱萱抱着朱笑蔓，问起了小宝。

“阿姨，小宝呢？”旦萱萱问朱笑蔓。

“今天跟他爸爸回老家去了，说是去给他爷爷奶奶上坟。”朱笑蔓说着，把旦萱萱抱在跟前，她梳理着旦萱萱的头发，把自己头上一个很漂亮的簪子绾在旦萱萱的秀发上。

旦萱萱摸了摸，一脸欢喜，小鸟似的跳到大厅穿衣镜跟前，上下打量了一番自己，很满意，又小鸟似的跳到了旦心和朱笑蔓跟前。

旦心和朱笑蔓看着可爱的孩子，眼神里都有些舐犊之爱。

107

投影仪上显示：杖乡村四季公寓服务礼仪培训。

还是齐好在主讲：“礼仪在人际交往中，人们都希望能够展现自己的内在素质和修养，给对方留下好印象，都希望获得别人的认同和尊重，赢得友谊和机会，老祖宗荀子说过，人无礼则不立……”

“礼仪是一种素质和习惯，需要在工作和生活中不断体会和使用。礼貌用语很多，在我们日常工作中最基本的首先应掌握以下十个字：您好、请、对不起、谢谢、再见。如何运用，给大家一个顺口溜：您好，不离口；请字，放前头；对不起，随时有；谢谢，跟后头；再见，送客走。”

为了方便大家掌握，齐好把用于不同情境和场合的礼貌用语归纳成“七字诀”。

与人相见说“您好”，问人姓氏说“贵姓”，问人住址说“府上”，

仰慕已久说“久仰”，长期未见说“久违”，求人帮忙说“劳驾”，

向人询问说“请问”，请人协助说“费心”，请人解答说“请教”，

求人办事说“拜托”，麻烦别人说“打扰”，求人方便说“借光”，

请改文章说“斧正”，接受好意说“领情”，求人指点说“赐教”，

……齐好以标准的动作在给新学员做着示范，新学员个个练习每一个动作，都是一副专心致志的样子。这次培训一共用了五天时间，最后一天举行了培训验收表演会，每个动作，一招一式都是严格按照教程在考核打分。

佳境·国际村百年大党各种徽标映入眼帘。社区建党100周年各种标语悬挂在小区的每个路口。鑫达州物业公司楼下百年党建活动开展得有声有色。社区居委会全体员工都在小区帮助物业打扫环境卫生。业主也积极响应社区居委会和物业号召，对自己阳台和防护网里的杂物全部清除，以实际行动迎接百年大党生日。

鑫达州物业公司门前拱门显眼：杖乡村四季公寓，迎接建党百岁生日。还有几条条幅从楼顶到楼下，字字珠玑，凝练有力。

手挽手，万众一心跟党走，
杖乡村四季公寓谢党恩。
水系清澈见底，知了声声入耳。

突然，小区警灯旋转。火灾警报声在醉月湖上空拉响。D座高楼失火，浓烟吞没了十五层以上楼层。微型消防车四名队员打开水枪直射十五层厨房。几名穿着防火服的人员，从监控室跑出来，向D座高楼集结。在张洪学的指挥

下冲进楼道。

朱笑蔓带着物业第一救援组人员拿着毛巾，捂住鼻子上到十五层，按照平时消防演练程序逐户疏散救人："家里有人吗?"挨户敲门。

"快来救我呀!"十六层屋里有位老太太，刚刚把门打开，烟雾就顺着空气涌入进去，把老太太呛得当场休克。

"快！转运下楼。"朱笑蔓一声令下，救援队背着老人一路护送下楼。朱笑蔓又带领其他人员继续往楼上搜救。

赵薇薇带着疏散组，他们用毛巾捂住鼻孔，把十五层以下业主疏散下楼，脱离危险区。这时，十五层着火厨房门一打开，消防人员已推开窗户，火势已得到控制。张洪学和其他队员背着窒息的业主从楼上下来，送到救护点急救。

整个演练过程持续了三分半钟。经过确认，当参与救火人员都归队后，张洪学宣布演练结束。

楼下水系旁，有近百名幼儿园小朋友和老师观看了消防演习的全过程。朱笑蔓来到孩子中间，与老师一一握手。孩子们的小手鼓起了掌声。

"谢谢叔叔阿姨，真棒。"小朋友们竖起大拇指给予点赞。

小鸟儿时装店，灯光柔和，几尊塑料模特身着夏装格外迷人。

黄绵绵正在给店营造建党百年促销氛围，并在门口的大广告牌上很明显写着：党员进店购物一律五折。

她又在门楣两边插了两面党旗，摆放了四盆鲜花。

她忙完这些，又把自己的杰作反复欣赏了一遍，这才安静地坐下来写诗。

你像
一片柳叶
悠然漂在静静的湖面
逐流百年历史，奇迹
在生命这一刻，绽放

布满老茧的足印
曾几渡赤水，遵义城
那张被风雪侵蚀过的桌面
书写出一群人漫长的真理画卷

暴风，骤雨
从乌江天堑席卷而来
一面旗帜，巧渡金沙江
从此，翻开新的一页
……

一枚党徽在晨曦下熠熠生辉。锣鼓喧天，长龙翻腾。杖乡村四季公寓门口鲜花与掌声连成一片。今天的开业庆典由佳境·国际村总经理、杖乡村村主任朱笑蔓主持。

佳境·国际村社区和鑫达州物业公司工作人员身着工服，一个个身披绶带，列成长队在鲜花两旁欢迎前来恭贺捧场的领导嘉宾和杖乡村的居民们。旦萱萱和小宝还有其他同龄朋友在门口雀跃欢呼。齐好陪着石天和街道办领导在一片掌声中走进大厅。不少乡村的居民们也身着节日服装，胸前佩戴红花和党徽。朱笑蔓站在临时搭建的讲话台上，她把话筒试了试，拿起来又放下，轻轻地喂了几声。她的眼睛一直在看着齐好，齐好看了一眼在座的嘉宾，给朱笑蔓点了个头。

朱笑蔓明白了，她再次站上临时讲话台："各位领导，各位朋友，各位杖乡村的居民朋友：大家上午好！今天是我党建党一百周年，在这个特殊的日子里，我们街道办和深圳远鹏程洋集团共同打造的杖乡村四季公寓于今天正式开业了！首先，请全体起立，齐唱《没有共产党就没有新中国》。"

铿锵有力的音乐响起，全场高唱《没有共产党就没有新中国》。

朱笑蔓在台上指挥，一面党旗迎风飘扬。七月流火，党旗飘飘。

"没有共产党就没有新中国"在强劲的乐曲声中回旋。

"大家请坐。下面请鑫达州物业公司总经理齐好讲话。"

齐好款款上台："各位领导，各位朋友，杖乡村的居民朋友们，大家上午好！今天，是我党百年诞辰之日，在这个喜庆的时刻，我们佳境·国际村杖乡村四季公寓落成了。这是社区全体业主的大事，也是社区老年朋友生活中的一件大喜事。我代表鑫达州物业公司祝贺我党百年华诞，人民安康乐业。祝愿杖乡村四季公寓在党的光辉照耀下，村民们生活愉快，万事如意，天天开心快乐，享受晚年幸福。"会场响起一阵热烈掌声。齐好看着现场兴高采烈的老年朋友们，脸上也荡漾起无比幸福的笑容。

齐好说："随着我国老龄化趋势的发展，养老需求越来越受到各级政府的高度重视。佳境·国际村有七千余户居民，人口达到两万余人。老年人的比例占到常住人口的44.6%，已经步入了老龄化的社区。我国目前65岁及以上老年人口达到14.2%，人口老龄化已经进入了一个新的阶段。国家卫健委的调查结果显示，我国90%以上的老年人选择居家养老，而如何照护好高龄失能老人一直是居家养老的难点和痛点。因此，物业企业进军养老产业，从低门槛服务到专业化服务，以助餐、助洁、助急、助浴、助医等基础服务，已经不能满足老人们的实际情况。我们与深圳鹏程远洋集团深度合作，创建了杖乡村四季公寓，目前推行的养老模式是居家养老+社区集中养老，面向社区，辐射周边，为老年人创建一个平稳、安全、有伴、有乐的养老环境，让每位老年人享有自由，有尊严地走完人生'最后一公里'。最后，祝老人健康，幸福万岁！谢谢大家！"

现场再次响起雷鸣般的掌声。朱笑蔓鼓着掌走上讲台，她今天红光满面，脸上呈现出幸福的光芒。

谢大爷站起来问道："经理，不是本小区的老人，公寓接收不？"

朱笑蔓回复道："接收！越多越好！"

赵大妈又问道："经理，我婆婆今年90岁，一直是我在照顾，我想带她一起来和我住在公寓，我婆婆的收费标准跟我的收费标准是不是一样？"

朱笑蔓肯定地说："不一样！具体要看服务项目和服务等级。"

会场一阵骚动，大家交头接耳，议论纷纷。

108

社区会议室，一片红色基调。映入眼帘的是宣誓词和社会主义核心价值观。会议室南墙上悬挂有"佳境·国际村首届业主委员会"横幅。参加今天会议的有筹备组部分成员和新当选的业主委员会成员。

筹备组成员有：庞红枫、赵大帅、吴大伟、洪亮、夏卿卿、柳公社、刘燕、牛红、石峰。

首届业主委员会委员有：黄绵绵（女）、刘晃、宫媛媛（女）、陈三秦、赵青青（女）、边疆、张勇、旦心、马道功、王大伟、顾欣（女）共11人。

会议由党小组组长马道功主持。

马道功："大家上午好！今天是2021年7月1日，是一个特殊的日子，是中国共产党建党一百周年的光辉节日，也是佳境·国际村首届业主委员会成立第一次委员会会议。今天的会议议程有四项：第一项齐唱《没有共产党就没有新中国》；第二项宣读新当选的首届业委会委员；第三项宣读业委会支部书记任命；第四项由筹备组向业主委员会移交业主花名册和业委会委员选举民意调查问卷。下面进行第一项议程，我提议请大家起立，齐唱《没有共产党就没有新中国》。”

“没有共产党就没有新中国……”

艳阳似火的七月，有一种渴望在涌动。

杖乡村四季公寓彩旗招展，开业庆典文艺演出精彩纷呈。由公寓服务人员自编自演的舞蹈《我和草原有个约定》，舞者犹如大雁在蓝天翱翔，俯瞰无边无际的草原，向着苍穹展翅高飞。所有老人看得如醉如痴，一张张沧桑的老脸，绽放出幸福的笑容，还有个别老人张大嘴巴，与情景交融。

朱笑蔓领舞在前，她轻轻转动长裙，犹如白云飘移；舞步轻盈，姿态绝佳；折纤腰以微步，呈皓腕于轻纱，举手投足如风拂杨柳般婀娜多姿。

小宝看得着迷，他的眼神一直在妈妈身上，他被妈妈的舞姿吸引，无暇顾及坐在身边的旦萱萱。

旦萱萱噘着嘴碰了一下小宝：“你不理我！”

“哦！我还是小时候看过妈妈跳舞。”小宝这才回过神，答非所问，舞曲完，他被身边的掌声打动，“妈妈原来就爱跳舞，做饭都在舞动瓢盆……那个时候我才四岁！”

“阿姨……好漂亮……我要是，有阿姨这样的好妈妈该有多好呀！”旦萱萱带着哭腔在给小宝说。

“旦叔叔也挺好的……你还记得你妈妈吗？”小宝问旦萱萱。

“没见过！爸爸说妈妈生我时大出血，我生下来没几天，妈妈就没了。”旦萱萱沮丧着脸。

“大出血？”小宝不解的眼神看着旦萱萱。

旦萱萱把嘴巴递到小宝的耳朵边，小声说：“母亲生孩子时，孩子过大、羊水过多，使子宫的弹性减弱，导致产后出血。我生出来的时候是七斤八两，差点就没我了。”

小宝看着旦萱萱，听旦萱萱这么一说，眼神有些害怕。

呱呱呱呱，呱呱呱呱！群口快板最受人欢迎。由公寓四姐妹和新招聘的服务人员八人组成的“八女喜秀杖乡村”快板书，把现场气氛推向高潮。

呱呱呱呱！

大家好来是好大家，
今天我来把杖乡村夸。
说说咱公寓老张头，
炒菜翻锅工艺技术是莫马达。
手艺精，很勤奋，任劳任怨，
站在锅台，手脚麻利是顶呱呱。
……

社区居委会会议室气氛有些紧张。

刘晃发言：“我同意马书记的意见，业委会主任应该是具备统领才能，有一定的驾驭能力，有一定的时间，愿意为业主服务，敢于和物业平等对话，严格履行业主委员会的九项工作职责。其中最重要的几项工作就是第一条执行业主大会的决定和决议；第三条与业主大会选聘的物业服务企业签订物业服务合同；第四条及时了解业主、物业使用人的意见和建议，监督和协助物业服务企业履行物业服务合同；第七条组织和监督专项维修资金的筹集和使用。马书记既是业委会的掌舵人，是街道办任命的书记，我想大家还是应该采纳他的意见。”

黄绵绵听了刘晃的发言后说道：“既然……马书记是统领，那就说说你的意见吧，业委会主任和副主任你提议下，我们举个手表决就是了。”

“就是！马书记推荐一下。”赵青青说。

“我同意！”宫媛媛也附和说。

“我……本来就不是业委会的人，硬是以党员的身份让我来帮忙，业委会主任和副主任，还是你们自己推举吧。不管谁来当，都是苦差事。”马道功一脸无奈地说。

“我看……这样吧，不是业主民意调查问卷在这儿嘛，那就根据社区统计数据来定，谁的票数多谁就是主任，以此类推。”陈三秦这个提议好。

马道功就手忙脚乱地开始找民意调查问卷，他拿出问卷调查表一看，统计数据明明白白。

马道功翻开问卷调查表说道：“黄绵绵 3989 票、宫媛媛 3569 票、陈三秦 3219 票、旦心 3217 票、顾欣 3119 票……不念了，就以最高票往下走，最高的是主任，再定两名副主任得了。”

“我不同意！”张勇第一个站起来投反对票。他说，“票高，不一定就有能力，不一定就能主持公道。”

“你怎么就能断定获票高的人就不能主持公道呢？你说话没有依据！”刘晃又投了反对票。

“就凭有些人一天带头跟物业闹事，就没有站在广大业主的利益上去说话，而是出于个人私愤。”张勇直言不讳。

黄绵绵怒火立即爆发：“我跟物业斗还不是为了给业主谋利，我图了个啥？你不要血口喷人好不好。”

“我看你每次组织业主闹事，都是冲着朱笑蔓去的。我敢说这些年的物业管理就是只有朱笑蔓在为业主用心做事。你看看之前那些经理，哪个是在脚踏实地为业主服务？如果你黄绵绵真的当了业委会主任，我不相信你会跟物业的深度合作。”张勇也有些激动，从座位上站起来，把矛头指向黄绵绵。

黄绵绵也不示弱：“三条腿的蛤蟆不好找，两条腿的人到处都是。撵走一个朱笑蔓，就有十个朱笑蔓来，怕啥？我看你是怕那个单身女人了吧？你怕，我不怕！”

张勇也是一个很有涵养的男人，说话能把握住分寸：“不是怕与不怕的问题，也不是单身不单身的问题，这跟今天的业主委员会会议没有关系。我还是那句话，不管谁是业主委员会主任，都必须遵循一个原则，那就是公平公正、公开公信为业主说话，维护业主权益，监督物业严格按照合同办事，完成业主大会的年度工作计划。谁要是整天跟物业寻事，谋取私利，我就让她做不成。”

会议气氛充满火药味，十一名业委会委员就谁出任主任、副主任的问题达不成一致意见。

节目演出结束，演员们各自在收拾各自的家伙。

朱笑蔓又走上讲台，眯着眼看了一眼头上的太阳，时候不早了。

朱笑蔓说：“杖乡村四季公寓开业庆典最后一项议程，请领导为杖乡村剪彩。有请深圳鹏程远洋集团董事长鲍鹏、总经理童彤、鑫达州地产公司总经理石天、社区居委会主任谢小燕、鑫达州物业公司总经理齐好上台为杖乡村公寓剪彩……”

赵薇薇和刘倩倩跑步到讲台上拉起红丝绸缎。领导们随着欢快的掌声走上讲台，按顺序与红绸站成一排，在老人们的喝彩声中完成剪彩。

一阵小礼花啪啪作响，炮花四溅，荡漾出老人们的喜悦。

朱笑蔓高昂的声音又响起："杖乡村四季公寓开业庆典到此结束，祝党的百岁生日快乐！祝老年朋友幸福快乐每一天！谢谢大家！"

一曲《走进新时代》的歌曲悠然响起。

109

业主委员会第一次会议还在举行。

赵青青正在发言："总得有个领头人吧？不能群龙无首，这样让全体业主会看咱的笑话。业主辛辛苦苦把大伙选出来，都是业主信得过的人，我们可好，在这里搞起了窝里斗。"

王大伟又说了几句："我说呀，我们都是被业主推选出来的代表，业主信任我们，而我们自己不信任自己。既然是业委会，又不是一言堂，凡事都要经过大家讨论研究，一个人也做不了主。我看，就按票数多少来决定主任、副主任，就不要再扯了。况且，还有马书记给咱掌舵，也错不了。"

"也行！"顾欣表示赞同王大伟的意见，"请马书记把前三票再宣布一下，一、二、三名就是主任与两位副主任。好吧！"

"我同意！"旦心看了一眼黄绵绵，黄绵绵也刚好抬起头，与旦心的眼神相碰，"以选票的最高数来决定，这也是民意。"

"我同意这个意见。看看大家还有没有其他意见？"马道功看了一下四周，都没有表态，他宣布说，"黄绵绵为首届业委会主任，宫媛媛和陈三秦为首届业委会副主任。"

响起稀稀拉拉的掌声。

"下面请首届业委会主任黄绵绵讲话。"马道功带头鼓掌。

旦心和刘晃跟着鼓掌，其他委员的掌声不大。

黄绵绵从座位上站起来，给所有委员鞠了一躬。她的眼泪在眼眶里打着转，声音有些哽咽。

"谢谢！谢谢大家的厚爱……"

烈日当空。

一大片绿油油的玉米地，吹来阵阵微风。

农家院子周边，青旺旺的野草有一人多高，院坝里在地砖的缝隙中长满蒲公英和狗尾草。

刘妈在给潘登换洗床单，潘登说：“老妹呀，看来咱俩是分不开了，你离不开我了，我更离不开你。在别人眼里，咱俩就是一家人，就是睡在一起的。你看你，分那么清……还井水不犯河水，你有福不享！”

刘妈努着嘴瞪了潘登一眼，骂道：“老不正经。”

“唉唉！这有啥不正经的？不就是两个光沟子老人睡在一起，图过温和嘛！”潘登笑着说，被刘妈用床单打跑了。

“你一天不安好心，想也是白想。”刘妈拿着床单撵潘登到院子，又顺手把床单扔进洗衣机里。

潘登哈哈大笑，边跑边给刘妈做调皮动作。

一辆小轿车驶进院子。

“妈妈！妈妈！”赵明明把车停在院子里，下了车，提着大包小包进屋，刘妈赶快出去接。

潘登跟在后面喊道：“好姑爷，好姑爷……你这是？”

“学校放假了，我来住几天。”赵明明脚步停留在门槛上，回头给潘登说，“潘叔……我还需要你帮忙。”

“好呀！好呀！能为教授工作，老夫三生有幸！”潘登跟在赵明明屁股后面，进屋又问道，“哪方面的事情？”

“你把你那些孩子都召集来，越多越好，我要在这里举办夏令营。”赵明明又给刘妈说，“妈妈！今晚我们吃烧烤，绵绵今晚要来！”赵明明一脸堆笑。

“绵儿要来？好！”刘妈也是掩饰不住内心的激动，高兴得像个孩子，给潘登说，“去！买些菜，钱在饭桌上的盒子里。”

“不用，我有。”潘登转身就跑了，刚出院子没几步又折回来问，“唉！老同学，还买啥不？”

“烧烤用的食材。你看着买……绵儿，爱吃鸡翅……还有腊肉，都少买点吧！”刘妈站在门口，给路上的潘登交代。

“潘叔，再来件啤酒！”赵明明在屋里大声说。

“好！”潘登转身走了。

一群孩子跟在潘登身后，吓跑了路边觅食的麻雀。

朱笑蔓在整理自己的东西，办公桌上堆了一大堆书，茶几上堆了一些文件袋和还没整理的衣物。

她转身拿起黑板擦，擦掉墙上工作牌里的工作内容。擦到第八项工作时，她手停了下来。杖乡村公寓开业庆典和业主委员会委员选举民意调查问卷两项工作。

她凝视着牌子上最后这两项工作，心里有种说不出的滋味，是喜是忧？是苦是甜？此时此刻无人猜透，就连朱笑蔓自己也是走一步看一步。但她坚信千淘万漉虽辛苦，吹尽狂沙始到金。她刚拿起擦子擦牌子上的字，齐好进来了，看到眼前这一切，齐好有些莫名其妙。

齐好忙问道："你……这是干吗？"

"给黄绵绵腾个办公室。"朱笑蔓说，"一楼是客服，二楼是社区，三楼就这几间办公室。我把我这间给业委会，我到一楼跟客服一起办公。"

齐好很生气："胡扯！你是公司副总，佳境·国际村总经理，你没有办公室咋整？把我的办公室腾给业委会，你不能动。"

"不！你是公司总经理，你没有办公室咋行？你不动，我到一楼去。"朱笑蔓的态度很坚决，"在哪里都是办公，和客服一起更接地气。"

齐好很生气，拉着朱笑蔓走出办公室，又来到她的办公室："这就是业委会的办公室。"

朱笑蔓看着眼前的一切，感到不可思议。办公室全变了样，办公桌、沙发、茶几、文件柜全是新的。齐好拿出事先做好的门牌"佳境·国际村业主委员会"贴在门上。

"那你……又去哪里办公呀？"朱笑蔓一脸茫然。

"我就回公司了，这里是你的阵地。"齐好看着朱笑蔓，眼里充满信心。

朱笑蔓没有说话，而是看着齐好，她的眼神告诉齐好，她没有退路，还得公司给她的自信与支持。

齐好看着朱笑蔓意味深长地说："由来万夫勇，挟此生雄风。"

朱笑蔓点了点头，坚定地说："羞道易水寒，从今日贯虹。"

两双滑若凝脂的手有力地握在一起。

公寓通风效果不错，门窗、玻璃，窗明几净。

所有配套设施包括楼道拐角、楼梯、扶手、门框等全是软包装。淡蓝色落地玻璃窗一眼可以看到小区美丽的环境和醉月湖美丽的景色。

赵薇薇和马大夫、护士长在查房。

通道里一位护士搀扶着一位偏瘫老人在做康复训练。

“老爷子，今天怎么样？”马大夫走到老人跟前，拉着老人的手问道，“今天有大便吗？”

“有！”偏瘫老人颤颤巍巍地站在走廊里，他看着马大夫说道，“就……是睡眠，不……太……好！”

“想啥吗？不要想那么多，来了就好好养病，要对得起国家。多活几天，国家就给你多发几天的工资，死了，啥都没了。”马大夫给他说，他直点头。

偏瘫老人姓赵名栓柱，是第一位来公寓的，年龄不大，才65岁，有儿无养。

马大夫又推开30号房间，眼前的一幕让所有人吃惊。

老人古东海和李芹芹一丝不挂地抱在一起，李芹芹看到有人进来，推开古东海，抓起被子捂住自己的私处。

赵薇薇看到眼前这一切，肺都气炸了：“古东海，出去！你们……这是在公寓，要遵守公寓的规定。怎么能做出这种……唉！”

马大夫拉着赵薇薇出了30号房间，走廊里，马大夫给赵薇薇说：“老人的情感问题，要顺其自然……我们要管，但要讲究方式方法，不能强制……那样，会出事的。”马大夫看着还在气愤之中的赵薇薇。

“这是不文明行为，也不道德。公寓怎么允许这些龌龊事情存在？”赵薇薇几乎在楼道里喊起来了。

不知不觉中，楼道里来了很多老人，有的老人还拉开门伸出头看楼道里究竟发生了什么事情。

“出了什么事情吗？”朱东风拄着拐杖走到马大夫和赵薇薇跟前，他看着赵薇薇气哭的脸，又问道，“丫头，没事吧？”

“没事！叔，你休息吧！我们走了……”赵薇薇和马大夫下了楼。

“都去休息吧，打扰大家了。”护士长招呼老人们都回自己的房间里休息。

朱东风看着下楼去的赵薇薇，又回头看看走廊里看热闹的其他老人，李芹芹也露出惊慌失色的脸，朱东风明白了什么。

110

刘倩倩和王红手里提着烧水壶、文件夹和衣架走进朱笑蔓办公室。

“都买齐了。我看黄绵绵的待遇比你总经理都要好。”王红看着朱笑蔓说。

“给你办公室也配点东西？总经理也不能太寒酸吧！”刘倩倩不高兴地说。

“我这里不是挺好的吗？还要什么？”朱笑蔓看着她俩笑着说，“业主委员会是我们的服务好业主的同路者，他们好，我们也能好。”

“我看那个黄绵绵是来者不善。”王红说道。

朱笑蔓接过刘倩倩手里的办公用品，对她俩说：“中华传统文明就是，一善解百灾。施工与善，广种福田，施工与恶，报应连连。人在做天在看，我想黄绵绵也是知书达理之人。”

“一肚子坏水，能是达理之人吗？”王红一屁股坐在沙发上，歪着头看着朱笑蔓，不无担心地说，“我看呀，苦日子才刚刚开始。”

“哎呀呀，王姐，咱凡事都要从好的方面去想。走走走，跟我去布置业委会办公室啦。”朱笑蔓带着王红和刘倩倩来到业委会办公室，她们把买的东西一一摆好。朱笑蔓将文件夹摆在办公桌上；刘倩倩把茶杯、茶壶摆在茶几上；王红拿起抹布将桌子、茶几和衣架都擦拭干净。

“咚咚咚！”赵薇薇站在门口，一脸的气愤。

“你这是……”朱笑蔓、刘倩倩、王红都诧异地看着赵薇薇。

“朱总，那个古东海和李芹芹……唉！”赵薇薇脸上有些羞涩，说不下去。

“他俩……怎么惹你这个大经理啦？”朱笑蔓看着赵薇薇生气的样子就打趣道。

“唉！大白天，两个人一丝不挂，在床上……弄那事。”赵薇薇有些难以启齿。

朱笑蔓听后也有些震惊，但随即平静地对赵薇薇说：“办养老院，可能遇到的最大困难既是老人的安全问题，又是老人的情感问题。我们要通过这件事，总结我们工作中还有哪些方面要预想到并做好响应预案，要学会懂得尊重老人们的情感释放。要管，而且必须管，但怎么管？要讲究方式方法。”

“咦！这些老人还有这方面的需求？”王红有些不理解，又说，“我爸我妈一人住个窑洞，水火不容，没发现他们有那事呀。”

“有那事，还给你说？”刘倩倩红着脸不好意思，她低着头问，“经理，这里没事我先下去了。”

朱笑蔓向刘倩倩点点头。她把业委会办公门拉上，把钥匙给了王红一把：“每天打扫一次。”

“好！”王红把钥匙挂在自己的钥匙包里，转身欲走又给赵薇薇教了一招，“最好的办法，就是捉奸在床，把视频发给他们的儿女，让他们儿女来管。”

“馊主意！忙你的事去。”朱笑蔓带着赵薇薇回到了自己的办公室，“不能不尊重他们的情感，必要的话，你找两位老人谈谈，他们如果双方都愿意结成老来伴，那我们就顺水推舟给他俩举办个婚礼，也是咱杖乡村的喜事了。”

“还喜事哪？”赵薇薇还没有转过思想。

朱笑蔓刚推开门，座机电话响了。

大地渐渐黑了下来。

眼前一片农庄模模糊糊，很快就要被夜色吞没。

远处的天边，残阳如血。最后一片红云落在山丘上与淡黄色的植被融为一体，金光璀璨，吞天沃日。

刘妈的农家小院，熊熊燃烧的篝火，映红一张张笑脸。

潘登在烤肉，刘妈坐在旁边穿肉签。

小桌子上摆放了花椒粉、胡椒粉、大料粉、辣子面、油盐酱醋样样齐全。食材有鸡翅、羊肉、鱼肉、豆腐、豆角、土豆片、蔬菜等一大堆。

一群孩子看着潘登笨手笨脚的样子，一双双馋眼跟着潘登笨拙的动作上下翻滚，水灵般的眸子闪着火星。

赵明明在屋顶上弄电视天线，他把小卫星锅挪到屋顶上，把锅的凹面朝向夜空，轻轻地转动小锅，仔细调校。

“有了有了！好好好！别动……别动，就这样了。”一个熟悉的女人声音随着中央电视台的正点新闻播报声从屋里传了出来。

“看电视了，看电视了……”一群孩子听到了电视的声音，又一窝蜂地跑进屋里。

赵明明在屋顶上喊：“还有雪花点吗？”

“一点都没有了，很清晰。”这才听清楚是黄绵绵的声音。

“那我就下来了啊。”赵明明扶着木梯从屋顶上下来。

“明，你慢点!”刘妈在院子里叮咛着。

赵明明从屋顶上下来了，走到停在院子的车跟前，打开后备厢，取出了一瓶西凤酒，来到篝火旁递给潘登。

“呀！今晚还有白酒喝了。”潘登喜出望外，嘿嘿一笑，看了一眼刘妈，刘妈瞪了他一眼。

黄绵绵从屋里出来，被一群孩子簇拥着，一位小女孩奶声奶气地问她：“阿姨，你唱的那个歌，我奶奶也会唱。”

“是吗？那你会唱吗？”黄绵绵弯下腰看着这个可爱的小姑娘，“唱给大家听听，好吗？”

小姑娘的脸上闪着篝火亮光，小伙伴们也催促她：“快点唱、快点唱，你唱歌可好听了。”小姑娘走到院中间，天籁般的歌声响起：

月亮在白莲花般的云朵里穿行
晚风吹来一阵阵快乐的歌声
我们坐在高高的谷堆旁边
听妈妈讲那过去的事情
……

歌声穿越了院子，穿越了村庄，穿越了夜空，穿越了人的灵魂。黄绵绵靠在刘妈的肩膀上，晶莹的泪珠透着火花。

夏蝉长鸣。

孟宁拿着一摞材料疾步走到朱笑蔓办公室门口，他把耳朵靠近门上，听听里面有没有人，确信没人了才敲门。

“咚咚咚！”孟宁听到了朱笑蔓“请进”的声音，才轻轻推门进来。

“有事吗？”朱笑蔓还在敲键盘，忙手里的活，“坐吧！”

“我不坐了。朱总，B区8号楼前有37米地基下陷，不处理看是不行了。”

“那一段路时间也长了，那是沥青路面，还得外委维修处理。你算过费用没有，估计得花多钱？”朱笑蔓说着，孟宁就把一沓资料搁在了朱笑蔓办公桌上。

“我预算了要2.8万元，就看施工方愿不愿意接这个活。对我们来讲，是个大活，对那些专业公司来说就是个小活，人家挪动一次设备，把摊子铺开，这点钱还不够他们的损耗。”孟宁把实际情况如实告知了朱笑蔓。

朱笑蔓想了想，她把资料大概翻阅了一下：“那就动用大修资金来处理。按照省《住宅专项维修资金管理实施细则》第三十三条第二款规定来办理。填写一个《川中市城区住宅专项维修资金紧急使用受理表》给业委会，把这些照片都附在报告后面。”

“这样最好，我马上去办。”孟宁拿起这些资料转身欲走又停住，说，“马上就到雨季了，小区所有水系装饰物和井篦子都需要刷漆，是不是分两个报告来做？我怕业委会……”

“分两个报告来做。”朱笑蔓看着孟宁走出办公室说道。

111

客户中心大厅里有不少业主在乘凉。

黄绵绵和旦心还有其他几位业委会委员来到物业中心大厅。

“倩倩，三楼会议室空着没？”黄绵绵走到前台问刘倩倩。

“绵姐好！上午空着呢，下午才有会。”刘倩倩边接电话边回答黄绵绵的问话。黄绵绵刚要转身上楼又被刘倩倩喊住：“绵姐，这是你办公室钥匙，在三楼。”刘倩倩从抽屉里拿出三把钥匙给黄绵绵。

黄绵绵接过钥匙有些莫名其妙，问道：“我还有办公室？”

“根据《物业管理条例》第三十条规定，业委会的办公室也在物业管理用房之内。你的办公室有五把钥匙，一把要留在前台便于应急，一把要留给卫生管理人员做卫生，这里三把给你，请你给我签个字，谢谢！”刘倩倩把一张物资领用表递给黄绵绵，让她签字。

黄绵绵接过物资领用表一看，立即签了字：“管得还挺细的哈。”

“这是公司管理体系的要求。”刘倩倩接过表，把表夹在一个文件夹里，“三楼业主委员会办公室。”

“倩倩，你的工作我很满意。”黄绵绵几人转身朝三楼走去。

“是朱总这样安排的。”刘倩倩给黄绵绵说道。

盛夏的清晨，鸟语如歌。

不时，有几声夏蝉的惊叫从空中滑落而下。

杖乡村四季公寓后门口，很多老人围着小茶桌喝茶闲聊。

公寓管理人员把几个报刊架靠在花坛跟前，《人民日报》《陕西日报》《川中日报》《今日川中》和《中国青年政治学》等报纸均上架。还有一堆杂志不知被谁摆在了花坛上，已被拉乱，《求是》和《延河》也被翻得有些凌乱。长篇小说和散文诗刊等读物很多，可供老人自由选择。

朱东风和马道功坐得离花坛很近。朱东风在看小说《老坟》，马道功看的是长篇小说《鬼山》。

几位管理人员推着失能半失能老人沿着醉月湖散步。

马大夫和护士长从公寓后门出来，绕林荫小道来到醉月湖小广场。护士长给失能老人听诊，一个护士提着药箱给失能老人发药，另一个护士提着水壶倒水，然后递给管理员。

管理员接过药和水，就像哄孩子一样：“来！阿姨！你该吃药了……把嘴巴张开……再张大点，啊……好，好！来……喝口水，对了……嗯！阿姨今天真乖，给你点赞！”

坐在轮椅上的失能老太太红润的脸上出现几丝笑意。

人老了，就像孩子，靠哄。

“请问，薇薇在吗？”一位时髦中年妇女走到护士跟前问，这位中年妇女的脸色很不好看，一副凶神恶煞相。

护士抬起头，看了一眼这位中年妇女，问道：“你找赵总？有事吗？”

“没事就不能找吗？是国家主席呀？”中年妇女口气很硬，“她在哪里，带我去找她。”

“在公寓办公室吧！”小护士感到有些胆怯。

公寓办公室里办公桌椅还是和以前一样，唯一的变化就是多了些制度和服务标准。

赵薇薇正在和会计对账，查看第一个月的盈亏情况。

“还行，第一个月没亏，略有盈余。”会计侯娟满意地一笑。

“我还以为要亏哟。我都做好了季度亏损的准备。”

“你就是赵薇薇？”那个女人的声音突然打破了这里的气氛。

“我是。请问你是……”赵薇薇很有礼貌地站起身问道。

“别问我是谁。我今天是为我老妈的事情来的，我老妈入住这里是来养老的，没想到……被人强奸了。”中年妇女说到这里就大声哭了起来，“我妈命苦啊！一生的清白，没想到在这里被你们给玷污了……妈呀，你的女儿怎么抬头呀，丢人……丢我的人啊！”

赵薇薇听到这里大致猜到这位女人应该是李芹芹的闺女，她平静地劝道：“大姐，大姐，你先消消气！事情没有你想象那么糟。”赵薇薇让侯娟先出去，她从办公桌绕出来，先把门关上，再把这位中年妇女让到沙发上，给这位妇女泡了杯茶端到跟前，“大姐，喝口茶，压压惊。”

中年妇女一巴掌把茶水打翻在地上，茶水洒了一地。

“你们为什么不报警？这是强奸。那个该死的老人要负法律责任，还我老妈的清白。”中年妇女声音很大。

这时，一位老人轻轻推开门，看了一眼又退出去了。

“这位大姐，你听我说，事情不是你想的那样。我们都做过调查，两位老人思维很正常，他们是自愿的，也是相爱的。我们应该遵照老人的愿望，不能违背老年人的情感需求。这个警情不能报呀！”

“你胡说，我妈不是那种人。她守寡一辈子，怎么老了还做那种不清白的事情？一定是强迫的，一定是强奸。你们隐瞒真相，不敢报警，我来报！”中年妇女拿出手机就想拨打110。

“够了！”赵薇薇吼了一声，她走到门跟前拉开门对准走廊大声说，“你要报警，你报！你不怕丢人，去问问你老妈愿意不！你出去！”

中年妇女一下子怔住了，她张大嘴看着这位年轻女子，貌美如花，发起火来蛾眉倒蹙，凤眼圆睁，如同洪水猛兽。

中年妇女脸上有两行泪，脸上的粉底明显左右分开了。

鑫达州物业公司三楼，走廊明亮，地砖可以透出人影。

朱笑蔓从洗手间出来，看到旦心靠在走廊窗户上接电话。

业主委员会办公室的门虚掩着，黄绵绵的声音传到走廊里。

“好！我念一下，看看对不对。旦心分管财务；刘晃分管安全；宫媛媛分管文书；赵青青分管环境；边江分管客户；王大伟分管维修；张勇分管大修基金审批；顾欣分管小区文化；陈三秦分管工程预算。看看还有没有其他漏掉的事项。”

“没有了！”里面的声音回答不齐。

旦心边接电话边给朱笑蔓打了个招呼。

朱笑蔓也给旦心微微一笑，回到自己的办公室。

谢小燕办公室谈笑风生。

“街道办书记还想见见你，让我约你坐坐，看你时间安排？”谢小燕很真诚地说。

“来日方长，替我谢谢书记。谢主任，我今天来就是给你说，我公司有个决定，公司全权委派朱笑蔓同志代表我方负责杖乡村四季公寓的全面工作，希望我们合作愉快！”鲍鹏说完，童彤从文件夹里取出公司一份委托书递给了谢小燕。

谢小燕接过文件一看，很满意地说：“你们会选人。朱笑蔓是我们社区最棒的经理，业主都喜欢她。谢谢！”

“那我就不打扰了，还有些事情需要和笑蔓再沟通一下。谢谢！”谢小燕起身把鲍鹏和童彤送出门口，“再见！经常回来看看。”

“会的！”鲍鹏与谢小燕握手告别，“请留步！”

“我就不去朱笑蔓那里了，你去好好聊聊吧。”童彤转身下了楼。

谢小燕目送鲍鹏上了楼。

112

鲍鹏上了三楼，在楼梯口碰见了正在打电话的旦心，他感到有些突然，寒暄道：“还好吧？”鲍鹏主动伸出手来与旦心握手。

“我还行！你也混得不错。”旦心又问鲍鹏。

两个男人的手紧紧握在一起，在严峻的生活面前，都有各自的辛酸。此时此刻，过去的冤家，又都得到释怀。

“过去的事情，都过去了，经常很习惯地想起你，也在默默地祝福你一切都好。”鲍鹏笑着说，“因为我们的孩子，就是我们的天使！”

“谁遣东风度玉门，千山取次沐春恩……都过去了。其实，那一段恩怨，也挺好，成就了我的梦想。”旦心脸上也荡漾着一种幸福。

“两个孩子的志愿都在国防大学，这就是我们的梦想。”鲍鹏兴奋地看着旦心。

旦心点了点头。

“都进来坐吧！”朱笑蔓听到走廊里的声音很熟悉，开门出来说道，“进来喝茶！”

“不了，你们在。我还要去市场买菜，改天聊。”

鲍鹏点点头表示默许。

“天热，注意安全！”朱笑蔓给旦心说。

鲍鹏和朱笑蔓送走旦心后一起走进办公室，朱笑蔓把鲍鹏让到沙发上，忙去给鲍鹏泡茶。

“我买了明天晚上的机票回公司。杖乡村四季公寓就全靠你打理了，我已把委托书分别递交给了社区谢主任和你们公司齐好。”鲍鹏喝了口茶，脸上流露出几丝不舍的情怀。

“没事，我会尽心尽责。另外我想问一下，公寓员工的工资调整是要由你们公司来决定吗？”朱笑蔓问。

“不，全权负责人是你，你是这里的法定代表人，一切你说了算。”鲍鹏的眼神很认真。

“孩子是八月二十日报到，如果你有时间就回来送送他，没有就算了。”朱笑蔓给鲍鹏续了水，坐在自己的椅子上。

“八月初我要去趟意大利，可能回不来。孩子大了，放手让他独闯，不要溺爱，有本事就自己去学校。”鲍鹏的观点很明确，男娃就是要放开手。又说：“我把银行卡都给他办好了，走的时候你给他。里面有两千块钱，是两个月生活费，从第三个月开始，我让公司财务每月 10 日准时给卡上打款。孩子的学费我直接打给学校财务账户。其他……就没有什么了，辛苦你了。”

朱笑蔓看到鲍鹏把娃的事情办得如此妥当，心里有种莫名其妙的难过，这意味着他们的复婚遥遥无期。如今，时过境迁，曾经相爱的两个人却最终被生活开了个玩笑，朱笑蔓心里泛起淡淡的失望。

“咚咚咚！”有人敲门。

朱笑蔓擦掉眼泪，忙振作起精神：“进来！”

刘倩倩进来，一眼看到鲍鹏在这里，又忙说：“鲍总好！”

“你好！”鲍鹏给刘倩倩打了招呼。

刘倩倩给鲍鹏微微一笑，又对朱笑蔓说：“你们有事，我一会儿再来。”

“有事，你先说吧！”朱笑蔓恢复了正常的工作状态。

“经理，你安排给高考中榜的学生每人买一个行李箱，我统计了有 8 个学生，加小宝就是 9 个。在行李箱上印公司的字还是印小区的字？”刘倩倩问。

“小宝就不考虑了。行李箱上印物业公司的名字不太好，就印佳境·国际村几个字，好吧！”朱笑蔓干脆地给刘倩倩说。

“不行！那怎么行。他们都是同学，别的孩子有，小宝为什么没有？孩子脸上挂不住。”刘倩倩争辩道。

“倩倩，你去办吧。小宝那里我来处理。”朱笑蔓一笑，推着刘倩倩出去。

刘倩倩死犟，不肯走，还说：“这事，你不管，我来处理。”

“倩倩！你忘记公司的制度啦？你别管了，小宝……”朱笑蔓的话音未落就被刘倩倩抢了去。

“制度咋的？就因你是总经理？总经理也是母亲。”刘倩倩哭了，哭得很伤心。朱笑蔓看着刘倩倩很伤心，忍不住自己也哭了。

这时刘倩倩的手机也响了。

“我接个电话，”刘倩倩忍住不哭，但还是哭了，“你好！佳境·国际村，请问你找谁？”

电话里是齐好的声音：“倩倩，怎么哭了？有业主骂你了？”

刘倩倩更加委屈了，哇哇地哭，给齐好说：“不是业主，是朱笑蔓！”

“哈哈哈哈！朱笑蔓欺负你了？她舍得？”齐好在电话里很开心。

“她！就欺负我了！”刘倩倩又笑了。

“倩倩，我给你说正事，公司不是要给中榜孩子每人送一个旅行箱吗？把小宝也加上，就算佳境·国际村的孩子，听到没？”

“听到了。”刘倩倩破涕为笑，给朱笑蔓做了一个鬼脸，“你说了不算。”走了！

“喂喂喂！倩倩……”电话里还是齐好的喊声。

七月的天气，连知了的叫声都显得无力。

王红拉着绿豆汤进了大厅，刚好碰到刘倩倩从楼上下来。她看到刘倩倩的眼睛有些红肿，似刚刚哭过，就上去问。

“咋啦？又受气了？是谁？我收拾他去。”王红关切地问刘倩倩。

“没有，就是想哭！”刘倩倩走进前台。她看到王红拉的绿豆汤，又给王红说，“王姐，你给朱总送两杯去。”

“好的！两杯够不？”王红问。

“够了！”刘倩倩回答王红。

王红端起两杯绿豆汤跑上楼了。

街道路面刚刚洒了水，还冒着热气。两边的行道树，全卷起了叶子。

整个城市被热浪笼罩，打着伞的美女们因为热，走起路来都听不见嘚嘚的青春声音。黄绵绵开着空调，坐在沙发上喝茶。她在认真作诗，仿佛没有感觉到外面的浮躁。

《夏》

一串青春脚步声
从店门口嘚嘚而去
像突然断电的霓虹招牌

停在半空的手势

带走了
玻璃上的反光
冰柜的嗡鸣
以及收银机旁
半融化的薄荷糖

现在 寂静开始膨胀
填满每个脚印
的凹痕

我数着找零的硬币
听见梧桐叶背面
蝉鸣渐渐卷起
门口的清风

“咚咚咚!”门口有人敲门。

“请进!”黄绵绵抬起头，看着一位穿工装戴工帽的男人进来了，走近一看是熟人，黄绵绵嘿嘿笑了一声。

“黄主任好!”孟宁有些拘谨地说。他走到黄绵绵的吧台前，把一沓子申请大修资金的材料交给了黄绵绵。

“这是啥东西?”黄绵绵翻了几页问。

“B 区路面塌陷和水系装饰物以及井篦刷漆等申请大修资金材料，请黄主任审批一下。”孟宁给黄绵绵汇报完毕。

“我不能签字，业委会也不能给你们签字。我们缴的物业费不做这些维修用干吗用?”黄绵绵问孟宁。

“黄主任，你理解不对。你缴的物业费里面包括了八种费用：物业服务人员的工资和按规定提取的福利费；公共设施、设备日常运行维修及保养费；绿化养护服务费；清洁卫生服务费；秩序维护服务费；办公费；物业管理企业固定资产折旧费。你们缴纳的大修资金，才是用于住宅共用部位、共用设施设备保修期满后的维修和更新、改造的资金。与你们缴的物业费是两种不同的性质。麻烦你抽时间在网上搜一下就知道了。”

“你的意思是我不懂物业了？”黄绵绵有些不屑一顾。

“你就是不懂物业，你也不了解业委会的工作。业主委员会的工作有九项职责。其中第六条督促业主缴纳物业服务费及其他相关费用；第七条组织和监督专项维修资金的筹集和使用。我今天来就是请你审批专项维修资金的使用。”孟宁看了一眼满店青春气息的时装，不由得赞不绝口，“这些时装跟你人一样！”

“这话我爱听！”黄绵绵站起身，从吧台后走出来，高挑的身材从孟宁眼前晃过，一股青春气息扑面而来。黄绵绵又转过身来对孟宁说，“一个做维修的人，能有这般眼光，看来朱笑蔓用人还是很讲究的。”

“那当然。”孟宁用手抚摸着衣架上的衣服，说道：“心情好的时候，穿破烂衣服心情都是好的；心情不好的时候，穿这样的衣服，心情也是糟的。我们朱总就是以一颗平静的心态，在任何情况下，她都心美如画。”

黄绵绵傻傻地看着孟宁手摸的衣服，就像触电般愣在那里。

孟宁看着黄绵绵此时此刻的表情，有些怪异，他借故说道，“是这，黄主任，我先回公司，你再找找国家相关政策，到实地再去考察一下，看看该不该立项。你定。”

黄绵绵由于刚才的走神，觉得自己有些失态，突然回过神来说道：“业委会讨论一下再说。”

孟宁给黄绵绵点了点头，转身出去了。

黄绵绵看着路上艰难爬行的洒水车若有所思。

113

音乐很轻，像在空间滑行。

随着移动的光点，星月神话也滚动在地板和墙上。

朱笑蔓的身上也滑过星月神话的光点，丰腴的肌肤不时在星点里透出几丝迷人。

鲍鹏坐在朱笑蔓的对面，茶几上摆了两盘西餐。餐具都没有动过，还是服务生端来时的样子。

一瓶威士忌打开了，冰绿茶和苏打水放在旁边。

“在威士忌中加入少量冰绿茶和苏打水，烈酒夹杂着一股茶香，口感别样。”鲍鹏给朱笑蔓倒了少量的威士忌，再把冰绿茶和苏打水加了些，端给朱笑蔓。

“谢谢！”朱笑蔓很客气地接过酒杯，嗅了一下，又放下。

鲍鹏给自己的酒杯里多加了些冰块，又加了些冰绿茶，举起杯主动给朱笑蔓碰了一下。

朱笑蔓轻轻地在嘴唇边沾了一下，小声地说：“味道特别！”

鲍鹏喝了一口，他端起酒杯看着朱笑蔓的眼睛说：“加冰水堪称是全世界普及的威士忌饮用方式。即使在苏格兰，加冰水饮用仍大行其道。许多人认为加冰水会破坏威士忌的原味，其实加适量的冰水并不至于让威士忌失去原味，相反地，此举可能让酒精味变淡，引出威士忌潜藏的香气。”

“我没有喝过这种烈性酒，或许加些冰水能解除些烈性吧。”朱笑蔓看着杯里的威士忌，又把眼神移到鲍鹏的酒杯上，“威士忌有点像泼妇的性格。”

“是的！比如英国首相撒切尔夫人，称威士忌给了她统治英国的力量；英国凯特王妃也是威士忌的爱好者，蕾哈娜也在自己创作的歌词中经常提到威士忌。”

“好酒，都与自己的民族文化紧紧联系在一起。”朱笑蔓微微一笑，又品了一口。

“我爱喝威士忌，就喝出了威士忌的烈性。作为男人没有威士忌的烈性，就会被其他男人踩在脚下。”鲍鹏看着朱笑蔓，眼神中充满了嫉妒和野心，“这些年，我唯一对不起的女人就是你，辛苦你了。没有你的付出，就没有我鲍鹏今天的成就。十五年前的今天，我们办理了假离婚。这些年我在外面拼拼杀杀，就是想在不久的将来能有自己的一块天地，能给你一个最大的回报。”

“我不要什么大的回报，我只希望，你和我们的儿子能都平平安安，这就是……回报！”朱笑蔓眼泪汪汪地看着鲍鹏。

鲍鹏意味深长地说：“这十五年，我拿着拆迁补偿款去了海南，后又折腾到云南，在云南亏了老本，又去了深圳。在深圳从给别人打工开始，到承包工程，才慢慢起步。在最困难的时候，我经常一个人在出租房里吃方便面，每当房东来催房租，我就想给他跪下，央求房东再宽限几日。多少个不眠之夜，我常把我们三人的照片拿出来看，泪水都浸湿了照片，是你和儿子给了我力量。”鲍鹏从手包里取出那张皱皱巴巴的照片，递给朱笑蔓。

朱笑蔓一看这张照片，还是儿子刚满三岁时的照片。朱笑蔓看着照片已泣不成声：“儿子……都十八岁了，我们也……整整……分开了十五年。这十五年……苦呀！”

不知是何时，灯影中飘来荡去一阵洗涤心灵、邂逅美好的钢琴曲。

轻轻的音乐跟着鞋跟在走动。

宇宙球灯投放在酒吧的彩色光束圆球形效果灯，使人犹如置身于宇宙、太空之中。

“我不能接受你这份回报，我只希望你还能回来。”朱笑蔓把茶几上一串钥匙和一本房产证推给他，一双泪眼看着鲍鹏。

“你收下吧，这套房子是以你的名字购买的，全部都装修好了，拎包入住。这是我的心意，也是这十五年来给你的补偿。”鲍鹏一双真诚的眼神看着朱笑蔓。

“我不要，坚决不要……”朱笑蔓很激动，她抓住半杯威士忌一饮而尽，几乎喊了起来，“我要一个完整的家……”

“咚咚咚！”三声轻响后有服务生再问，“请问，还需要什么服务吗？”

“谢谢，这里没事！”鲍鹏站起身，坐到朱笑蔓这边，他拉着朱笑蔓的胳膊，朱笑蔓用力挣脱开，欲走，又被鲍鹏用力摁住双肩，两人同时坐了下来。

“我不要你的施舍，你愿意给谁就给谁去，我不稀罕。”朱笑蔓趴在茶几上已泣不成声。

坐在旁边的鲍鹏此时此刻也束手无策。他抚摸着朱笑蔓的头发，慢慢把朱笑蔓揽在自己怀里，他把脸贴在她的头上，她伸出双手一把抱住鲍鹏，哭声撕心裂肺。

宇宙球灯还在慢慢转动，满天星花懒洋洋路过包间，仿佛在聆听有情人无泪的诉说。此时的鲍鹏心情很复杂，就像潮起潮落的大海，他就是伫立在海滩上的礁石任凭海浪洗刷。

他抚摸着朱笑蔓抽泣起伏的背，不时用嘴唇去吻吻她的秀发，喃喃自语：“你是我此生最难忘的女人，我却是你恰巧路过的驿站。”

朱笑蔓突然停止了哭泣，她松开抱住鲍鹏的双手，坐起来，对自己的仪容稍作整理，站起身，拿起自己的挎包从容飘逸地走出包间。

当一个女人悲伤到极致的时候，她的内心反而更加强大。现实的无奈，让她学会了逞强，习惯了伪装。

“笑蔓！笑蔓！”鲍鹏追了两步，朱笑蔓头也没回。

在走动的灯光折射下一串新房钥匙在房产证上发着光，一份价值昂贵的西餐动都没动。鲍鹏一脸失望的表情。

人就是在最无助的时候，复杂的心情是无法用语言表达的。

夜灯下，这座城市上演了多少分分合合。此刻，温柔的光线洒满黄绵绵家整个卧室。赵明明半躺在床上看书，一双光脚露在外面。他今晚穿的是一件很薄的纯棉睡衣，质地清爽。黄绵绵披了件蛋青色纯棉睡衣从卫生间出来，直接来到赵明明卧室，一条粉红毛巾还紧贴在发上。她从床的另一头爬上床来，爬到赵明明这头，把睡衣脱掉，依偎在赵明明身边。

赵明明放下书，把落地灯关掉，留了一盏小台灯，台灯是触摸式的，他触摸了几下，把光线调到最暗。卧室，犹如一个美丽的仙境。

赵明明转过身来，搂住黄绵绵，他那只大手捋开黄绵绵散落在脸上的发丝，轻轻地吻在了黄绵绵那光滑的额头上。

醉月湖静悄悄的，洒在湖面的灯光折射在高楼上，高楼直插云霄，一轮明月就在楼顶。万家灯火，从没有一家的故事是相同的。

城中村民舍，家私很古老。堂屋里除了一套老式沙发和一张茶几、一台带屁股的电视外，再没有别的家当。

“妈，我们小区公寓很好，你去看看就知道了。”旦心还在做老母亲去疗养院养老的工作。

“不去，就是不去！你们想把我放进养老院就不管了，想得美。”旦心妈噘着嘴，坐在沙发上叠衣服，“我这里挺好的呀，城里有啥好？”

旦心又把屁股挪到妈跟前：“妈，我住在公寓里离我很近，就在楼下，你想到咱家，就到咱家，想去公寓就去公寓，我照顾你方便些。公寓里有好多老年人，你可以认识好多朋友，换换环境，换换心情，多好呀。”

“奶奶，我爸说得对。我上大学走了，就你们两人，住近点我也放心些。”旦萱萱从耳房出来，坐到奶奶跟前，拉着奶奶的手说，“去吧，奶奶。公寓是小宝的妈妈管着的，我很喜欢她，要是朱笑蔓是我妈妈该有多好。”

“不许胡说！小孩子懂啥。”旦心批评女儿说话没有分寸。

“小宝她妈是单身？”老太太很认真地看着旦心问。

“妈！别听孩子胡说，人家老公是大公司老板。”旦心给老妈说，“我是穷光蛋。”

“小宝说他妈妈和他爸爸都离婚十五年了。”旦萱萱认真地给奶奶说。

旦妈妈脸上露出了一丝喜悦，她思忖着，把叠好的衣服分开放，一些是旦萱萱的，一些是自己的，放到耳房，出来说：“我去，明天就办。”

旦心和旦萱萱几乎同时把吃惊的眼神一齐落在了老太太的脸上：“老妈，

是真的？”

“妈啥时候给你说过假话。”老太太转身又进耳房，拿出一个小包裹，取出一个银行卡给旦心：“这是妈的一点积蓄，把它取出来给我孙女缴学费，再缴上一年的托老费。”

“不不不不，妈，孩子的学费都准备好了，你的托老费你也别管，我有。”旦心推开老母亲的手，把银行卡重新放回到小包里。

“妈留这些积蓄也没用，还不都是你们的，早给你们，早安心了。”老太太又把卡取出来，对旦心说，“去给我孙女买两件衣服，你要记住女要富养！”

“奶奶，我不要衣服，我黄妈妈给了我好多衣服。”旦萱萱也在推迟。

老太太把银行卡往旦心手里塞，旦心就是不要，母子俩推来推去，老太太都发火了，发火还是不收，旦心就是这样的人。

老太太也犟不过旦心，又把银行卡放回了她自己的小包里。

114

晚风习习。桥上的车流量比白天少多了。路灯向空中抛出两条弧线，灯光在夜空里显得孤独沉寂。渭河水悠悠晃晃，在灯影下显得很腼腆，缓缓的，绵绵的，像一个含情少女，向这座城市倾吐芳心。

桥上，朱笑蔓两手扶着护栏，双眼平视上游的远山和灯火，眼神里有淡淡的忧伤。晚风吹乱她的头发，她转过身，用手指梳理了一下，渭河两岸的万家灯火里，为她朱笑蔓等候的那盏灯火又在哪里？朱笑蔓漫无目的地走着，渭河水在桥下悠悠地流着。

“阿姨！”一个熟悉的女孩子声音打断了朱笑蔓的思绪。

“阿姨！”旦萱萱从旦心的电动车上跳下来，跑到朱笑蔓跟前，拉着朱笑蔓问，“阿姨，小宝呢？他怎么不给我回信息？”

“跟他爸爸去山里避暑去了，可能山里信号不好吧？”朱笑蔓又看了一眼旦心，问道，“没出摊？”

“文明城市验收检查，都停了。村主任……你这是，怎么就你一个人？”旦心左右看看，又把朱笑蔓上下打量了一番，“这么晚了……一个漂亮女人，站在桥上，夜深人静地容易引起别人的怀疑……走吧！”

“阿姨，走吧！”旦萱萱拉着朱笑蔓的手，朱笑蔓也顺势跟在旦心后面，和旦萱萱拉起了话。

“遇到了不顺心的事？”旦心推着电动车边走边问。

“没有、没有，就是难得放松，出来转转。你跟丫头……这是……”朱笑蔓的心事总是留给自己独处的时候，在人前，她跟没事一样。

“回了趟老妈家。这不是没出摊嘛，趁这机会回去看看，今年也73了，也是个让人担心的年龄。”旦心又顺便问了句，“朱大叔今年高寿？”

“今年也是70，还没有过生日。”朱笑蔓看着远处的街景回答旦心。

“哦！我们这个年龄段，父母都差不多大。”旦心看着不远处一家荞面饸饹店问朱笑蔓，“村主任，饿不？吃碗荞面饸饹咋样？”

“我不饿，你带丫头去吃吧！”朱笑蔓看着旦萱萱说。

“阿姨，一起去吧，我都饿了。”旦萱萱拉着朱笑蔓就往饸饹面馆走，朱笑蔓不好挣脱只好客随主便了。

城市的夜景很美。

火辣辣的盛夏，知了在疲惫不堪地吟唱着。公寓里正是午餐开饭的时候，餐厅服务员忙碌着给老人们端菜盛饭，朱东风和马道功还是坐在以前的方桌上。餐厅有十张圆桌、十张方桌，基本坐满。音响播放着二十世纪六七十年代走红歌曲《马儿啊你慢些走》，很有厚重感。就餐环境很舒适，大家有说有笑，就像当年大集体食堂一样，一派其乐融融。

公寓里，服务员正在给一位老太太喂饭。老太太患有阿尔茨海默病。

“啊！嘴张大点。”服务员哄着老太太吃饭，趁老太太高兴就赶快喂一口。老太太像小孩子一样，边吃边玩。不时还打一下服务人员，嘿嘿一笑。

另一间公寓里，一位服务员给一位男性老人喂饭，这位老人是半失能型，老人很配合，服务员给他喂饭嘴张得大大的。服务员边喂饭边给老人唱歌：

总想对你表白我的心情是多么豪迈，
总想对你倾诉我对生活是多么热爱。
勤劳勇敢的中国人意气风发走进新时代，
啊！我们意气风发走进那个新时代。
……

鑫达州物业公司三楼会议室，正在召开月度例会。

齐好发言：“大家都知道，自业委会成立之后，我们的工作还没有得到有效推动，主要原因还是沟通上存在问题。这两个月来，维修费用仍然没有得到控制，也就是说业委会还没有给我们签一单。这可不行呀，业委会有九项工作职责，其中第七条就是监督和使用大修资金。他们不懂，我们不能不懂。我们要主动去争取、去申请，去做工作才对。今天不行，明天再去，明天不行后天再去，天天都去找他们，也给他们诉诉苦、哭哭穷，让他们知道物业人给业主服务的艰辛，知道做物业的不容易，时间长了，也就找到了融合点。”

张洪学第一个站起来说：“我去找过黄绵绵三次，这个人就是油盐不进，不吃这一套。分管大修资金的张勇不签字，她就不签字。张勇也很难找，十天半个月的也不能碰一回。”

王红是个直脾气，看不惯不按套路出牌的人：“我看，不行就给社区反映反映，去街道办或物业科投诉他们。”

“你那样做不是就把关系搞得更僵了嘛，不行不行。”孟宁说，“我看还是按齐总要求去做更妥当。”孟宁说完又看了一眼朱笑蔓，朱笑蔓也给孟宁示意了一个赞同的眼神。

朱笑蔓最后说：“业委会这里，还要继续努力去做工作，不要忘记我们的初衷。好吧！下面请杖乡村老年公寓汇报一下近期工作。”

赵薇薇打开工作日记本，刚要汇报工作，突然有人推门进来。

一位精神矍铄的老太太提着一包行李推门进来，看到一屋子的人，她又停顿了一下，眼神有些慌张。

“阿姨？请问你有事吗？”朱笑蔓站起身来，很有礼貌地问她。

“我找……朱、朱笑蔓！”老太太又走近一步说。

“找朱笑蔓？有事吗？”朱笑蔓感到诧异。

“有事。我是专门来找她的。”老太太有些放松了。

朱笑蔓弯下身给齐好耳语后从会议室走到门口，拉着老太太的手，把老太太牵出会议室，关上了会议室的门。

115

朱笑蔓带着老太太来到自己的办公室。

她感觉办公室温度有些低，先推开窗户，让屋里的冷空气跑跑，怕老太太不适应，窗外的夏蝉齐鸣，有些刺耳。

朱笑蔓把老太太让到沙发上坐下，自己也坐在沙发对面。

朱笑蔓笑眯眯地看着老太太："阿姨，你说吧，我就是你要找的朱笑蔓。"

老太太一双眼睛突然变得明亮起来，她上下打量着朱笑蔓，把朱笑蔓看得都有些不好意思了。

"你就是朱笑蔓？"老太太从兜里取出一张银行卡要交给朱笑蔓说，"我要加入你们疗养院，看这些钱够不够？"

朱笑蔓这才弄明白老太太找她的来意，笑着说："哦！原来是阿姨想住进我们的社区疗养院呀，好事呀！我们欢迎。"

"你要我？"老太太有些喜出望外，笑容填满了脸上岁月留下道道刻磨的沟壑。

"怎么不要？只要是需要帮助的老人，我们都帮助。"朱笑蔓把银行卡还给老太太，说，"阿姨，我不能收你的银行卡，你要把钱交到养老院财务部门，这是公司制度。"

"不！朱……笑蔓，我就是相信你才来的，我的钱你来替我保管。"老太太又把银行卡推给朱笑蔓，想了想说，"应该够了，死老头子走的时候给我说，卡里有三十万呢！"

"阿姨！这么多钱，你要保管好呀，这可是你的养老金。"朱笑蔓又把卡用原来的小包包装起来，递给老太太。

"不，朱……笑蔓，唉！别扭，还是叫你女子好，亲切。我这一生命苦，老头子走得早，没生个一男半女，你就是我的闺女。"老太太又把小包包推给朱笑蔓。

朱笑蔓笑着说："阿姨，我叫朱笑蔓，叫我女子也行。这钱，你一定保管好，千万不要丢了。"朱笑蔓站起身来，又给老太太说，"阿姨，你稍微等下，我去去就来。"

老太太微微一笑，看着朱笑蔓走出办公室。

不一会儿，齐好和赵薇薇跟朱笑蔓又进来。

"阿姨，你想进社区养老公寓是吗？"赵薇薇坐在老太太跟前问道。

"我是到朱女子的养老院去，其他地方我不去。"老太太看着朱笑蔓又对赵薇薇说，"我要来朱女子这里养老。"

齐好看着老太太很可爱，笑着说："你来到这里，这里都是你朱女子管的，养老院就是你的朱女子管的。"

"对！阿姨，都是你朱女子管的。"赵薇薇又问，"阿姨，你的儿女们知道你来这里吗？他们怎么不陪你来登记办入院手续呢？"

“我就一个儿，他忙，我没给他说。”老太太这才说了实话。

齐好和朱笑蔓对视了一下，朱笑蔓又看了一眼赵薇薇，赵薇薇心领神会。

“阿姨，你能给你儿子打个电话吗？我们这里接收老人，必须子女或者其他直系亲属签字才能接收的。”赵薇薇看着老太太认真地说。

“我银行卡里有钱，不要儿子管不行吗？”老太太有些央求说，“我把银行卡交给我朱女子，让朱女子管我也不行吗？”

“不行呀阿姨，这是一个法律关系和法律责任问题，你的朱女子不是你的直系亲属，她有帮你的义务，但没有法律赋予她的权利。阿姨，你还是给你儿子打个电话好吧？”

老太太一筹莫展，再次看着朱笑蔓失望地说：“女子，你还管不管我？”

朱笑蔓真诚地劝道：“阿姨，我们欢迎你来，养老院的门一直给你开着，想来随时都可以来，最好是让你儿子送你来。”

“咚咚咚！”有人敲门。

“请进！”朱笑蔓和齐好、赵薇薇同时把目光转向门口。

“你们不是申请大修资金吗？业委会几个刚好都在，拿来吧！”黄绵绵一脸严肃的表情看着朱笑蔓说。

朱笑蔓对这突如其来的结果有点喜出望外，也有瞬间的木讷。

夏夜里，杖乡村四季公寓很安详，门口几组 LED 射灯按时间自动关闭。只剩下楼内温馨的灯光。

朱东风还在阅览室读书。服务人员端水过来让朱东风吃药，朱东风抬起头，眼光从老花镜的上面出来看着服务员，说：“你去睡吧，我想把这本书看完，没剩几页了。”陪同朱东风学习的还有其他几位老人朋友。

“大叔你看，我没事。其他老人都休息了，我也陪你在这里看看书。”服务员就坐在朱东风桌子对面，取了一张《今日川中》报在看。

公寓里，一位老太太，服务员给她洗脚，她就是不洗，服务员把她的脚放进水里，她又拿起来，把脚乱踢，就是不配合服务员的工作。

“阿姨，不闹哈，我们洗脚……你看看你的脚很脏，不洗不卫生。”

又一位服务员从门口过，看到这位老太太不听话，走进来说：“阿姨呀！你是最乖的孩子，警察叔叔昨天都表扬你了，来，我们洗脚哈，最乖的孩子，就要讲究卫生是不？”这名服务员很有经验，她蹲了下来，把老太太的脚放进木盆里，给老太太搓脚。

老太太有些语言障碍，说话说不太清楚，但能感觉到她很配合。

“阿姨呀，你很漂亮，你是最棒的!”这位服务员很会哄老太太开心，老太太两只脚在盆里乱蹭着，嘴里支支吾吾不停地讲话，一句也说不清，但笑得很灿烂。

阅览室，灯光很亮。

音乐早已关闭，不时有几声老人咳嗽。

此时，已全然看不见窗外远处的夜空和佳境·国际村高楼的轮廓，夜色早已把它掩盖在一片迷茫之中，在这美丽的夜色里，让人联想起天上的繁星，宛如在宇宙星河中遨游一般。

朱东风的头枕在那本《最后的匈奴》上，像睡着了。

“大叔，大叔，大叔……”

夏日里的街道，到处都是乘凉的市民。

洒水车唱着《何日君再来》从街那头驶来，从眼前缓缓而过，街灯照在路面上，形成无数根光柱，与月光交相辉映。

一辆120急救车，拉着撕心裂肺的警笛声从秦虹路急速驶来，打破了城市的夜空，给这座和谐的古城笼罩一层雾霾。

手术室门上的警灯快速地旋转着，朱笑蔓在手术室门前来回踱步。

公寓服务员给朱笑蔓拿来一瓶纯净水，朱笑蔓接过水，对她说：“没事，我爸爸这是老毛病又犯了。”

服务员还被笼罩在一个惊慌失色的场景中。

秋高气爽，艳阳高照。

佳境·国际村，景观大道两边的参天银杏，半青半黄的叶子，给小区增添了神秘感。物业公司门口，摆放了十几个红色旅行箱子。

大学新生的孩子在家长们的陪同下，早早就来到物业公司门口，等着一个盛大的颁奖仪式。

“孩子们好！家长们好!”齐好主持今天的颁奖仪式。

“古之成大事者，不惟有超世之才，亦必有坚韧不拔之志。孩子们，你们就要踏上求学的征程，各自海角天涯。我们物业公司送给你们的红色旅行箱，目的就是希望你们在大学里好好学习天天向上，多学本领，求实笃学。你们就要离开爸爸妈妈，离开你们最亲近的人，就要去一个新环境，结识更多的新朋友，请张开你们的双臂，一起拥抱美好的大学生活吧！来！孩子们，领取你们的红色旅行箱和奖金吧，祝你们开启新的求学之路。”

“小宝，你妈妈怎么没来送你？”旦萱萱问小宝。

小宝摇摇头说：“我不知道。”小宝一副哭相。

旦心拉着两个红色旅行箱来到旦萱萱和小宝跟前，他还在张望物业公司门口进进出出的人，是否有他想看到的影子。

齐好也来到两个孩子跟前，说了些祝福的话。她拉着小宝的手，像妈妈一样地关心：“到大学里好好念书，团结同学，加强体育锻炼。经常跟爸爸妈妈保持联系，加强沟通，阿姨祝福你努力实现自己的梦想。”

“阿姨，我记住了！”小宝看着齐好，明亮的眸子里跳动着一股青春活力。

116

九月天气，秋高气爽，偏西的太阳照射在西墙上，把一堵堵墙染成一片金色。晃动的银杏叶子悠然落下。

旦心妈妈又来找朱笑蔓了，还是要去养老院。

“我朱女子在不？”老太太站在前台问刘倩倩。

“奶奶，她不在公司，你有事找她吗？你给我说吧，我给你转达。”刘倩倩问老太太。

“我等她！”老太太就走到长椅子上坐下了。

刘倩倩走过来，给老奶奶端来一杯水。

“妈！你跑到这里来干吗？”是旦心的声音。

刘倩倩转过身来，一副惊诧的表情。

“腿长在我身上，我想去哪里就去哪里。你忙吧，妈不给你添麻烦。”老太太看着刘倩倩说道，“我要进养老院，给我办手续吧！”

“妈！你想通了？好呀好呀！这是个好事……倩倩，给我妈办理吧。”旦心忙给刘倩倩说。

“阿姨，你要是想好了，那我就给办了哈？”刘倩倩再次问老太太。

“想好了，办吧！”老太太很干脆地回答。

刘倩倩扶起老太太走进收费室，旦心跟在后面。

大厅里的纯音乐还是那首古琴曲《一叶知心》。

一渠水清澈明亮，在优美环境的衬托下更加惹眼。波光粼粼的水面倒映出秋天的千姿百态。

门前，喧天的锣鼓在马道功的指挥下一潮高过一潮。

从醉月湖那边一路跳过来的秧歌舞和广场舞集结在物业公司门前小广场，不一会儿就把这里变成舞的世界、歌的海洋。

齐好和朱笑蔓以及物业公司的各级管理人员都来到现场。公寓里好多老年人听到了喧天的锣鼓声也来到现场看热闹。好多老人还是坐着轮椅被服务员推到这里来的。

旦大妈也在其中，她的精神面貌极佳，每走一步，她的眼神都在朱笑蔓的身上，随着朱笑蔓的流动，她的眼神也跟着在流动。

“呀！阿姨，撞到你没？”一位骑电动车的女孩路过这里也有些分心，差点撞上不看路的旦大妈。

“哎呀！没事，你走你走，我没事的。”旦大妈眼疾手快，当电动车快要撞上她时，她一把抓住车把，差点把骑车女孩吓到。

小女孩看到大妈真的没事，就走了。

鑫达州物业公司大门口又多了几块牌子。

它们分别是：

佳境·国际村社区服务站。

佳境·国际村社区居民监督委员会。

佳境·国际村社区总支部委员会。

佳境·国际村社区居民委员会。

佳境·国际村业主大会党支部。

一块还用红绸遮住的牌子很显眼。

谢小燕看了看手机，又看了看蓝天，她跟黄绵绵一阵耳语后站在门口的阶梯上，她大声宣布：“佳境·国际村首届业主委员会挂牌办公了！”现场响起一片鼓声和掌声。她接着说：“业主朋友们，首届业主大会在全体业主的大力支持下，在上级领导的热心关怀下，在鑫达州地产公司的鼎力相助下，于今年七月一日正式成立。经过两个多月的试运行，业委会委员们精诚合作，积极奉献，不怕吃苦，敢于担当，经过业委会充分酝酿，街道办主管部门的同意，于今天正式挂牌营业。”

现场再一次响起喧天的锣鼓声。

“下面有请业主委员会党支部书记马道功讲话！”

马道功在热烈的掌声和鼓声中走到台阶上。

“业主朋友们，大家上午好！我就用一句伟人的话来说吧，全心全意为人民服务是中国共产党的根本宗旨，是实现富国强民的重要责任。我决心要以一个共产党员的标准，严格要求自己，带领业委会一班人，为业主服务，为物业服务。共同把我们的小区建设好，让我们的物业增值保值。谢谢大家！”

“下面有请首届业委会主任黄绵绵给大家讲话！”谢小燕用掌声把黄绵绵引出来。黄绵绵飘逸轻盈地走上台阶，腼腆地给现场观众鞠了一躬，神态出众，举止潇洒。

“业主朋友们大家上午好！我是黄绵绵。承蒙厚爱，我当选为首届业委会主任，我承诺四句话：一是不贪。带领一班人严格按照业主大会章程和业委会职责维护业主权益。二是不惰。管理好业主大修资金，每一笔费用明确出处，严把大中修工程质量关，替业主说话。三是不屈。不向恶势力屈服，不向徇私舞弊屈服，不向违反小区文明规定的行径屈服。四是不拖。积极认真处理好业主与物业的矛盾纠纷，全心全意为业主服务。谢谢大家！”

又是一阵锣鼓喧天。

“下面，揭牌仪式开始，有请业主代表薛城、业主代表刘丽、业主代表龙婷婷给我们揭牌！”谢小燕宣读完，又是一阵喧天锣鼓声。随着锣鼓声红绸揭开了，佳境·国际村业主委员会牌子在金秋时节熠熠生辉。

“下面有请鑫达州物业公司副总经理、佳境·国际村物业总经理，杖乡村·四季公寓法人代表，我们最尊敬的村主任朱笑蔓给大家讲话。”

“尊敬的业主朋友们、尊敬的各位领导、尊敬的首届业委会党支部书记马道功先生、尊敬的首届业委会主任黄绵绵女士：大家上午好！……”

震撼人心的锣鼓在湛蓝的天空下更加动感更加热情，悠然飘落的枫叶和静静流淌的水系，勾画出秋天一幅绝美的油画。到处放射着明媚的阳光，到处炫耀着五颜的色彩，到处飞扬着悦耳的鸟叫虫鸣，到处飘荡着令人陶醉的桂花香气。这是绿的世界、花的海洋。

潘登还是和往常一样，从地里回来，他提的藤筐装了满满的玉米棒子。回到院子里，他把藤筐放在洗衣台上。

刘妈从屋里出来，她看着潘登刚从地里回来，就给他把茶杯端出来放在门口的小茶几上。

“过几天就要开学了，明明今天晚上是最后一堂课。”潘登说着就把从地里穿回来的衣服脱下来扔在凳子上。

刘妈端着脸盆从潘登房里出来，把脸盆放在潘登扔衣服的凳子上。潘登笑眯眯地看着刘妈，一种幸福感流露在眼角。

“晚上还是吃烧烤吗？”刘妈问道。

“嗯！我一会儿再去买些菜什么的，烤玉米棒子吃，绵绵爱吃烤玉米。”潘登洗了个头，又把身子擦了擦，后又用肥皂把毛巾摆一摆，拧干水，顺手端起盆子将洗脸水泼在了围墙外的空地里。

“那你还得快些，去晚了市场上就没好肉了。”刘妈叮咛道。

“好的！你不爱吃烧烤，就先给自己做碗臊子面吃？”潘登看着刘妈说，刘妈边收衣服边回答潘登。

“我做两碗，等你回来吃。”刘妈话还没有说完，潘登就出了院子，她怕潘登没听见，又喊了一声，“你听到没？”

“听到了！”

刘倩倩忙着在前台接电话。

“喂！我知道了，C 区全部停水是吧？知道了，知道了，我们马上检查，看看是什么原因。谢谢！”

“C 区大面积停水？”孟宁和他的团队从操作间出来问。他安排其他人先去 C 区检查，再安排一人去水泵房看看。

“就是，我都接到好几个投诉电话了。”刘倩倩给孟宁说话时电话又来了。

“那我先去现场看看，随时保持联系！”孟宁转身就出了大门。

“喂！我知道了，C 区停水了，嗯！嗯！我们的维修师傅已经去了，对对，谢谢！”前台的投诉电话，刘倩倩应接不暇。

“你好！我是朱笑蔓，什么？C 区停水……大面积停水？你是几号楼？C8，哦！我知道了，好好好，马上派人去处理。”朱笑蔓放下办公电话，手机又响了。

“喂！薇薇，怎么了？公寓也停水了？”朱笑蔓挂掉手机，马上从办公室出来，跑步下楼。

朱笑蔓跑步从楼上下来，看到前台刘倩倩接电话忙得不行：“喂！你好！我是，知道了，C 区停水，我们正在检查。对，对。还不知道停水原因，嗯！好！谢谢！”朱笑蔓放下电话，给刘倩倩说：“给环境部王经理打个电话，保洁绿化人员全部集中到物业部。”

“是!”刘倩倩刚要打电话，王红就跑进大厅。

“朱总，B……B区草坪全淹了，路上也在淌水。”王红累得上气不接下气，她手扶在前台上才把话给朱笑蔓说完。

朱笑蔓看着王红涨红的脸，慢慢问：“是B区草坪被淹？路上也在淌水?”王红像捣蒜一样点着头。

偏西的秋阳，暖暖地照在高楼上。

楼下，不少业主在围观从草坪流淌出来的水，眨眼间就成了一片汪洋。

草坪被淹，低凹处已积水成灾。孟宁和几位工程人员从地下通道上来，扒开草坪里的一大片灌木丛，才看见一股清流从地下冒出来。他站在草坪里分析，这里没有地下井，C区停水，B区冒水，水是从哪里来的?

朱笑蔓和王红也赶到B区来了，她们踩进草坪里，足足有十几厘米深的水，仿佛眼前变成了一片河床湿地。

“朱总，这里没有地井，从图纸上看，水的漏点不在此处。”孟经理又拉开管网线路图再分析，“C区没有找到漏点，C区全部停水，是因为这里通往C区的管网断了。”

“草坪里的水源有吗?”朱笑蔓问王红。

“有，草坪灌溉的水源都有水。”王红看着朱笑蔓回答说。

朱笑蔓脸上出现几丝欣慰，她拨通刘倩倩的电话：“倩倩，出个通知，说小区地下供水管线断裂，急需抢修，每个区域每栋楼前草坪留有水源，可以保障低压供水。请业主自己到楼下草坪取水。有老弱病残的家庭，需要帮助请给客户中心联系，我们送水到户。倩倩，你再润色一下。”

她又给王红说：“你的人全部留下，年龄大的员工必须保证草坪每一处取水点正常使用，年轻人负责给老人、孕妇、残疾人家送水!”说到这里，公寓一大帮人在赵薇薇带领下拿着盛水工具出来给公寓食堂运水。

孟宁的人关掉了C区水源总阀，扛着家伙到B区草坪开挖。张洪学等人也来到现场，随时准备给业主家送水。电工们也迅速拉起了照明，把开挖现场围了起来，很快，现场抢修抢险工作就布置得妥妥的。

夕阳西下，火红的天边如同海上出现的海市蜃楼。

117

朱东风的点滴均匀地滴着。

他躺在病床上，眼皮在微微跳动。他脸色蜡黄，明显消瘦了许多。公寓服务员正在给他喂水。

“小……娟……吃饭去吧！”这是几天来朱东风说的第一句话。

“大叔呀！你醒啦，醒啦！”小娟高兴地跑出病房去告诉护士，“护士，大叔醒了！”

两名护士闻讯也赶快跑进重症监护室。其中一名护士拿出听诊器给朱东风听心脏脉博：“大叔，你都昏迷十天了，终于醒了。”

“又闯过了一道鬼门关，大难不死，必有后福！”值班医生也闻讯赶来，开心地说了句，“一去一万里，得知千不还。崖州何处在，生渡鬼门关。祝贺老爷子又获重生。”

“谢……谢！谢……谢你们。”朱东风老泪纵横，他的语言有些哽咽。

“大叔呀，你这些天可把我急死了，今天……好了，大叔，你真有福气！”小娟说着说着就伤心地哭了。

“小娟不哭，大叔……这不是，好好的吗？”朱东风把脸转过来看着小娟说。

“老爷子，明天就可以吃些流食了，再恢复几天就可以出院。”医生和护士看到这一切后很高兴。

“谢谢你们！”朱东风的眼神充满了新的希望。

佳境·国际村景观大道上人声鼎沸。从草坪里进进出出取水的物业人和业主，大家有难同当。不少孩子在草坪积水处玩水，叽叽喳喳，好不热闹。围挡里，灯火通明，孟宁正和他的团队挥汗如雨。已挖开的土坑足足有五米宽、两米多深了，四周全是淤泥。

朱笑蔓一身汗水一身泥，也在维修现场用铁锨把取上来的淤泥再推远，给下一步管道焊接留更大的操作空间。赵薇薇提来水壶，负责给大家送茶水。“公寓那边的老人安顿好了吗？”朱笑蔓问赵薇薇。

“老人都洗漱好了，每间屋里都放了两桶水。厨房这边水够用，大小锅里都存满了水，明天白天水不够的话，随时来接。住在高楼上的业主有些困难。”赵薇薇给朱笑蔓说。

朱笑蔓手机响了，她掏出手机一看，是医院小娟打来的。

“小娟……真的？老爸给你说话啦？太好啦！谢谢你这些天的辛苦。嗯！嗯！还没有找到漏点，大家都在现场，对，好好好！”朱笑蔓听到父亲病情好转，脸上显露出一种幸福感。

“大叔醒啦？”赵薇薇高兴地问道。

“唉！我还以为……这回他挺不过去。”朱笑蔓抬起头，看着高楼上的灯光，自言自语地说，“人的生命，就像一束光，有时很灿烂，有时很忧伤。”

小区多层楼道里，老远就能听到沉重的脚步声和大口的喘气声。物业人员有的提，有的抬，有的端，正一桶桶、一盆盆往楼上送水。

齐好敲门：“阿姨，物业送水来了，请开门。”

一会儿，门开了一道缝，老太太看着门前大桶、小桶的水，有些惊喜，就赶快把门打开。齐好和几名秩序维护员提着水进了门。楼道里其他物业服务人员提着水桶又继续往楼上爬，楼道里形成了一条送水长龙，沉重的脚步声和喘气声在楼道回旋。

一堆篝火在黑夜里熊熊燃烧。一张张幼稚的脸被篝火烤得通红。

赵明明站在篝火的一侧，他手里拿着一个能发光的地球仪。

“我小时候就爱听地球与宇宙的故事。我把我的床，看成飞向宇宙的飞船，我经常做梦，梦到自己飞向太空，骑在月亮上的树上，看着宇宙每天发生的事情。”

“叔叔，月亮上的大树你见过吗？”牛娃一脸憧憬的样子。

“没有！那是我们地球上人的一种假设。每到阴历十五和月底，就是月亮最圆的时候，月亮上面就有棵桂花树，嫦娥怀里还抱着一只玉兔。其实呀，月亮上并没有桂花树，只是一个美丽的传说。”

牛娃问道：“叔叔，那个，为什么月亮有时候像镰刀，有时候又像我这个足球呀？”

赵明明很喜欢这些孩子，尤其喜欢爱动脑筋的孩子：“这个呀说来话就长了，这是研究宇宙现象的范畴。因为在阴历初一时，月球正好运行到地球与太阳的中间，月球暗的一面正对着地球，因此在地球上看不到月球。月亮的圆缺变化，是由太阳、地球、月球它们之间的位置来决定的。月亮它本身不会发光，它是接受了太阳光的照射，然后，将太阳光反射到地球上，就是我们看到的月光了。”

赵明明拿着一个篮球绕着地球仪转，很形象地给孩子们讲：“虽然月亮被太阳照射时，总有半个球面是亮的，但由于月亮在不停地绕地球公转，时时改变着自己的位置，所以它正对着地球的半个球面，与被太阳照亮的半个球面有时完全重合，有时完全不重合，有时小部分重合，大部分不重合；有时大部分重合，小部分不重合。这样月亮就表现出了阴晴圆缺的变化。”

“叔叔，我听不懂。”小丫奶声奶气地说，她的眼神闪着火花。

“没事！我今天给孩子们讲的是科学知识，是宇宙知识。随着孩子们慢慢地长大，知识就会越积越多。将来呀，你们就可以乘坐飞船去太空探秘、去月球做客。”

“我长大了要去月球上种地，把我爷爷种的辣子和向日葵种到月球上去。”牛娃声音很大。

“我也去，我到月球上去修公路，把月球上的公路和我们村连在一起，再开上一辆高铁，把我全村人拉到月球上逛去。”狗娃语气更足，他说话爱比画，似跟人吵架。

“我，哪里都不能去，奶奶还躺在床上呢，我每天还要给奶奶讲小蝌蚪找妈妈的故事。青蛙妈妈生下小蝌蚪就离开了，蝌蚪慢慢长出尾巴，才变成了一群小青蛙。”小丫的声音很细，很轻，她看着伙伴们又说，“小蝌蚪很可怜！我没有了妈妈，也可怜！”

“月亮自转一圈和它围绕地球的公转一圈的时间正好相等。所以月亮总是一面对着地球。我们在地球上只能看到月亮向着我们地球的一面，月亮的背面永远看不到。除了宇宙飞船上的宇航员能看到月亮的背面，我希望孩子们长大后，到太空里去看月亮的背面。”赵明明还在给孩子们讲宇宙的故事。

黄绵绵在旁边烤肉，烤肉熟了，就给孩子们每人分一串，又给赵明明拿了一串。她看看苞谷也已烤熟，就给刘妈吃苞谷。

赵明明讲课的声音穿透农家小院，穿透村庄，在夜空里回响。

几颗北斗星正在头顶上微笑。

朱东风今天的脸色不错。朱笑蔓坐在病床前在给朱东风喂饭。

“蔓子，我想出院，还是回公寓去养。你就不来回跑了！”朱东风看着朱笑蔓说，“再说了，小娟这孩子也累，我回公寓，她也少跑。”

“可以！一会儿听听大夫怎么说。”朱笑蔓又给朱东风喂了口饭，拿起湿巾给朱东风揩嘴。

“朱总，大叔早!”小娟来换朱笑蔓了。

“吃早饭了吗?”朱笑蔓问小娟。

“吃了后来的。”小娟把自己的小包挂在床头上，走到朱笑蔓跟前说，“我来吧，你忙你的事去。”

朱笑蔓站起身，把碗递给小娟说道：“一会儿上班了问问大夫，看看今天可不可以出院。”

朱笑蔓拿起自己的小包背在肩上，又给朱东风交代：“爸爸，如果大夫还说不行，那就再观察两天。”

“急啥，多住几天，老人病了，但也要引起重视才对，恢复好了再说。”小娟给朱东风说，又给朱东风喂了口饭。

朱笑蔓看了看朱东风又看了看小娟，没有说话。

查房开始了，几位白大褂医护人员走进病房，来到朱东风病床前。

窗外的枫叶沙沙作响。

118

齐好在朱笑蔓办公室接待黄绵绵。

“齐总，我同意你的意见，所有地面车位收费和临时车辆收费，给你们按分成来算，你提出的对半分成，有点高，那就按四六开，业主六，物业四。业主六主要用于小区文化、业主贫困户救助、委员补助和办公经费。”黄绵绵这个分配也算合情合理。

“你黄主任说了算。我没意见，四六就四六。”齐好也很干脆。

“朱笑蔓的爸爸好些了吗?”黄绵绵突然问起了朱笑蔓父亲的康复情况。

“恢复得很好，老爷子真是命大福大。”齐好看着黄绵绵又问道，“刘妈住在乡下，还习惯吧?”

“习惯，前几天我俩回去了，我看她比在城里还自在。”黄绵绵乐呵呵地说。

“还是搬到公寓来吧，毕竟年纪大了，身边离不开人。”齐好说。

“我也是这么想的，农村是好，医疗条件还是跟不上城里，哪有城里这么方便。”黄绵绵说，“等秋凉了，我去把她接回来。”

齐好点点头，表示对黄绵绵的话很认同，接着又问：“大修资金的问题，还请黄主任你这儿帮我们督办紧些，小区维修量大，动用大修资金的地方很多，物业垫资太大，就会影响公司给员工按月发工资了。”

黄绵绵看着齐好问：“物业公司这几年可能也没有挣下钱。前期合同已经终止，你们尽快拿出一个新的合同，尤其是服务标准和收费标准，核算一下，重新签订物业服务合同。”

齐好的目光从窗外那棵银杏树上移到黄绵绵的脸上，说道：“服务标准不能变，这是公司的品牌。再说了，这些年我们也一直按照行业一级服务标准在做，业主也习惯了。我们服务的标准，黄主任你是看到的。请黄主任按照等级服务标准来给我们签合同，这样的话物业才能有利润。过去，开发商为了好销售，在业主购房时，给业主承诺了好多优惠政策，就包括给业主减免物业服务费多少年；购买空置房时减免之前物业服务费；减免车库服务费等等。这些是前期合同，都已经过去了，我们和业主委员会重新签订服务合同，就按照《川中市物业服务收费管理实施细则》的要求来给我们签好吧？”

“不行！一费制的收费标准我看了，太高了。就是我同意了，还有其他委员也是不会同意的。业委会是为业主谋利，不能高于现在的收费标准，比现在的收费标准再低点这才符合业主的利益，符合业委会的初衷。”黄绵绵手里拿着一份关于印发《川中市物业服务收费管理实施细则》的通知文件。

齐好也看着这份川中市最新的物业收费文件，给黄绵绵解释说：“黄主任，我们现在就是按照等外的收费标准在提供一级的服务，人员成本大呀。不管高层还是多层，这是包不住的。如果按照现在的等外收费标准来服务，那就是门口雇个老汉看门了，楼道卫生不可能天天打扫，天天保洁也做不到；景观大道也只能每天保洁，不能每天清扫。水系量也很大，就不能保证水质清澈见底。那样的话，就没有标准了，业主又哪来的尊贵？”

黄绵绵突然站起来，指着文件说：“服务标准不能降低，就按现在的服务标准做。不能让业主说业委会成立了还不如以前的服务好。”

齐好看着黄绵绵，一脸无奈的表情。她也说了些激动的话：“要是这样，我可以把人员减半，企业不能做亏本买卖。你想想吧！”

齐好和朱笑蔓来到谢小燕办公室。

齐好把川中市最近下发的关于印发《川中市物业服务收费管理实施细则》的通知给谢小燕看。

“谢主任，这是最近川中市关于物业服务收费管理实施细则文件，齐总和黄主任也谈过了，没有达成共识。但如果按照黄主任的等外级收费标准来给小区提供等外标准的服务，恐怕就没有今天的环境了。这几年来，物业公司最大的成本就是人的成本和维修成本。这几年员工工资调不上去，就是因为物业费太低。咱们小区是川中市的示范工程，也是川中市首家国优小区，照这样下去，我怕下步就保不住了。”朱笑蔓很遗憾地说。

谢小燕把文件也翻看了几页，问道：“这一费制都包含了哪些内容？还有就是物业费都有哪些支出，你大概给我讲讲吧。”

朱笑蔓给谢小燕说道：“物业费包含的一般包括以下部分：物业服务人员的工资、社会保险和按规定提取的福利费等；物业共用部位、共用设施设备的日常运行、养护费用；物业管理区域内清洁卫生费用（不含城市生活垃圾处理费）；物业管理区域内绿化养护费用；物业管理区域内秩序维护费用；办公费用；物业服务企业固定资产折旧。所谓一费制就是包括基础物业费、公摊水电费、电梯服务费等。过去，这些费用是分开在收，物业费是物业费，电梯费是电梯费，水电分摊是水电分摊。等于现在把这些费用全统在一起了。四个收费等级标准里面，每一个等级都含了这些费用。”

“那我明白了，你们现在是按等级收费标准在收费，服务是按一级标准提供服务？等于相差了三级。我再和黄主任和书记沟通一下吧，这毕竟关系到业主的切身利益。”

朱笑蔓看着齐好，齐好也看着朱笑蔓，两人眼神一交换就彼此明白了什么。齐好第一个站起身：“好！麻烦谢主任了，我们就不打扰你了。再见！”

朱笑蔓也在同时站起身跟在齐好身后，给谢小燕甜甜一笑，出了门。

秋天，风娆娆的，秋阳，把窗外染成一片黄金色。

黄绵绵正在组织业委会关于物业服务合同和一费制收费标准如何定价的问题进行讨论。

宫媛媛看了这些文件，首先发言：“如果按照等级来收费，可能就会降低服务标准。交了一块钱，与其享受一个没有等级的服务，失去了我住这个小区的意义。市场经济，就是拿钱买幸福，还不如多交几毛钱，享受等级服务，多好呀。”

陈三秦放下这些材料，又问道：“等外有收费标准，但没有服务标准，这说明什么？说明等外就没有服务，是不？”

顾欣：“是呀，没有服务还要交一块钱，我疯了？”

赵青青不识字，只是带着耳朵来听，她说：“也倒是，这个年头一块钱能干什么呀？没人服务还要交一块钱，还真不如加几毛钱来享受服务。我看现在小区管得就挺好的，就按这个服务标准定价，看怎么样？”

“是不是这个收费标准要写进服务合同？如果是，那就先定收费标准，再定服务标准。然后，再签订服务合同。我说说我的意见吧，一是不能高于现在的综合收费标准；二是要赶快建立一个对服务标准的考核东西；三是搞清楚一费制里面含不含大修资金，把这三个问题决定了，服务合同还有什么可定的？”

“废话，大修资金怎么和一费制一样，完全是两回事。”黄绵绵说道。

大家一筹莫展。

119

“我们来定！而且是你朱笑蔓亲自来定。”齐好很有信心地说。

“我也是这么想的。政府把一费制四个收费标准定了，也把等级服务标准定了，那谁来考核？肯定是业主委员会+社区+物业企业共同考核了。我想按照我们一级服务标准来制定考核细则和考核标准，把国优考核内容拿出来，再加新的考核点。你看怎样？”朱笑蔓蛮有信心地给齐好说。

“很好！力争一级，稳保二级。”齐好很有把握地说。

“好！我先整理一下，把国优考核指标拿出来调整一下，再给业委会预算一下几个收费标准和最终物业的盈亏情况，给业委会一个财务报告。”

“好！我同意，这项工作要做到万无一失，要做到业委会每位成员的心里。让业主按照考核指标来参与定价。”

朱笑蔓看着齐好，两人一笑，不谋而合。

金秋的红叶，挂在窗外。

愈到秋深，愈是红艳，远远看去，就像火焰在滚动。

朱东风已出院，他躺在公寓自己的10号房间沙发上看书。小娟路过这里问道：“大叔，今早感觉怎么样？大便正常不？”

朱东风摘下老花镜回答小娟：“昨晚睡得好，比在医院强多了。回来了啥都好，谢谢你！”

“应该的！一会儿就查房了，我先去看看其他房间的老人都收拾利索没有。”小娟离开这里又去了其他房间。

“老爷子好！回来后血压怎么样？”大夫进来问道，拿出听诊器给朱东风听脉。

“回来好啊！首先是睡得好。伙食也习惯，离你们近，一天笑呵呵的，爽快得很！”朱东风笑着给大夫说。

“老爷子，作息时间要坚持好哈，不能过量看书。”护士又叮咛道，“按时吃药，不要动不动又忘记了！”

“好的，就按你给我定的时间坚决执行。”朱东风又是一阵乐呵呵地说。

马大夫一行又来到公寓 30 号房间，他敲门，推门进去看到古东海和李芹芹两位老人在聊天。

“都好吧？李老师血压怎么样？”马大夫拿出听诊器给李芹芹听脉动，“好着呢，按时吃药，休息休息。”

“我这几天大便干燥，麻烦给我开几道药吃吃。”古东海给医生说。

马大夫又给古东海做了检查：“喝水怎么样？量够不够呀？”

“每天至少要喝这个杯子一杯水。”古东海指着放在床头柜上的水杯说。

马大夫一看，摇摇头说：“不够，秋天了，气温干燥，容易上火，再加三杯，每天均匀喝，不要在一个时间段集中喝，那样不好。过两天看看，如果还是便秘，再开些药吃，好吧？”

“好！从现在开始，加大水量。”古东海就去拿水壶给自己倒水。

护士又叮咛道：“慢慢喝，均匀喝哈，要科学分配水量。拜拜！”

古东海和李芹芹站在屋里目送马大夫一行出门。

旦大妈从走廊过来，刚好碰上马大夫他们查房，马大夫问道：“这几天怎么样？还习惯吗？”

“习惯，比在我那个城中村强。大妈要谢谢这里呢。”旦大妈很高兴，边说边笑。

“大妈，这是我们的本职工作，应该的，要说谢谢，应该是谢谢你们的支持。”一位护士说。

“嘿嘿！谢谢我？我做了啥？一个吃国家财政闲饭的老太太。还是要感谢你们这些年轻人，是你们在养活我们！”

护士看着旦大妈，认为她的说话很有意思。于是，她给旦大妈拉拉手，点点头，表示谢意。

“没事了，到我公寓坐坐！”

“好的大妈！”

旦大妈被一个熟悉的身影吸引住了，她看着通道里朱笑蔓拐弯走过来，脸上乐开了花。

“阿姨好！”朱笑蔓路过旦大妈跟前，给旦大妈甜甜地打了一个招呼。

“来了！”旦大妈目送着朱笑蔓一行。

一副老花镜，背后透出一双水肿而又坚硬的眼神。

老人们有的在看书，有的在休息，有的在打牌，有的在理疗。二楼通道，干净整洁。定置管理是这里的手段，也是这里的信念。秋阳从落地玻璃照射进来，已没有了威力。一位服务员正在给一位失能老人喂水。大夫带着几名医护人员挨个检查房间。

“马书记，最近几项工作有一点闹人。”黄绵绵的声音从 16 号公寓传出来，“物业服务合同、一费制收费标准、物业等级服务标准等，都是我以前都没遇到过的。”

“哈哈哈哈，知道做物业的难了吧？”马道功的笑声很轻松。

“我是来请书记帮忙的，请书记指点迷津。”黄绵绵声音有些委屈。

朱笑蔓和齐好来到 16 号公寓门口，听到里面有黄绵绵的声音。

“就这几件事情吗？”马道功笑着问。

“还敢多呀！就这几件事情就搞得我焦头烂额。”黄绵绵又是一副哭腔。

“我给你说，有办法。”马道功胸有成竹。

“啥办法？”黄绵绵急切想了解秘方。

“我猜，她就在来我这里的路上。”马道功神秘兮兮地说。

“谁呀？”黄绵绵问道，眼里充满稀奇。

“是我们！”齐好和朱笑蔓站在马道功公寓门口。

“你们？”黄绵绵有点莫名其妙。

“对，就是我们。”齐好把马道功要的资料一袋子全拿出来放在桌子上。

马道功爱不释手，他一本本翻阅，边翻阅边点头。

“给！这是一费制收费标准。”马道功递给黄绵绵。

“给！这是等级服务标准考核细则。”马道功递给黄绵绵。

“给！这是等级服务标准考核指标。”马道功递给黄绵绵。

“给！这是佳境·国际村服务合同。”马道功递给黄绵绵。

“给！这是目前小区收支财务报表。”马道功递给黄绵绵。

“给！这是一费制等级收费标准测算盈亏报表。”马道功递给黄绵绵，问道，“还缺什么？”

“那谁来定收费标准?”黄绵绵不解地问道。

“你呀，还有社区、物业公司共同考核，共同来定标准。”马道功很有气势地说道。

“对！黄主任，政府定的一费制只是指导价，有业委会的小区，就可根据这个标准，根据服务等级考核得分来确定收费的等级。”

“这就是你想要的东西，还焦头烂额吗?”马道功看着黄绵绵说。

“这下……好像明白了，是要经过业主委员会根据等级服务标准来考核，才能确定一费制的收费标准?这玩意儿还真神，有道理。”黄绵绵茅塞顿开。

马道功笑了。

齐好和朱笑蔓也跟着马道功的高兴而把笑意挂在脸上。

窗外一片金色，深秋的太阳像被罩上橘红色灯罩，放射出柔和的光线。从窗外进来，照得身上、脸上，暖烘烘的，屋里所有人都是气概豪迈。

120

城市秋高气爽，街道上车水马龙。

今天的小鸟儿时装店很清静。黄绵绵一心一意在电脑上忙着业委会工作。尤其是最近的合同与定价问题，她必须吃准政策。她看了一会儿，左手托住下巴，眼前浮动着旦萱萱的画面。

那天，黄绵绵正想收拾店铺准备下班，旦萱萱突然来到了她的店里，一把抱住了她：“妈妈，你知道我有多高兴吗?”

“妈妈知道!”黄绵绵抱住旦萱萱，两个人一样高。

“妈妈，我还有一件事情，想请妈妈给我帮忙。”旦萱萱给黄绵绵说。

黄绵绵拉着旦萱萱的手，坐在沙发上，说：“说吧，妈妈一定不辜负女儿的愿望。”

旦萱萱看着黄绵绵，一脸忧伤写在幼稚的脸上。

“说吧，妈妈一定给你办。”黄绵绵以一种怜惜的眼神看着旦萱萱。

“黄妈妈，我想我妈妈了!”旦萱萱泪如雨下。

“不哭哈孩子，有黄妈妈在，有啥事妈妈替你扛。”黄绵绵抱着旦萱萱一边安慰一边帮着擦拭眼泪。

“我想让爸爸给我找一个妈妈!”旦萱萱揉着自己的眼睛，郑重地给黄绵绵说。

“这还不好办？你黄妈妈身边有好多跟你黄妈妈一样漂亮的女人，我随便给你爸爸介绍一个就是了，不用娃操心，黄妈妈来办。”

“不！妈妈，我看准一个！”旦萱萱擦干眼泪，大胆说，“妈妈，就是……就是朱笑蔓！”

“是她！这……”黄绵绵一脸茫然无措，瞪眼翘舌说不出话来。

齐好驾驶着车辆穿过繁华大街。朱笑蔓坐在副驾驶室给齐好说：“业委会的工作主要还在黄绵绵这里，我想再和她沟通一下。”

“不必！暂时还不要去打扰她，让她有个吸收的过程。”齐好路过一所学校，给朱笑蔓说，“我珂珂就在这所学校里读书！”

“哇！这是所贵族学校！实行全封闭管理。”朱笑蔓还把脸贴在窗户上往后看，“学费可高，半月接送珂珂一次！”

“一个月接一次。我开始不习惯，后来就慢慢习惯了。”齐好说。

“两地分居你习惯不？”朱笑蔓问齐好。

“习惯！他在深圳也忙，现在也是一个部门的经理了，负责国际市场的开发。”齐好说着就来到了一家超市门口。

“我都没有信心进去，我怕超市不认。”朱笑蔓有些不自信。

“你不去咋知道？试试呗！”

她俩一起下了车，向超市走去。

超市人不多。大多是些老年人在排队购买降价食品。

琳琅满目的商品把超市挤得鼓鼓囊囊的，架上和通道全摆满了商品。

朱笑蔓和齐好从通道进来，直接去了客户柜台。

“美女好！我有件事情麻烦问问，可以吗？”朱笑蔓有些难为情。她在手包里找上次来超市购物的单据。

“可以的，我们愿意为你服务！”客户台工作人员很有礼貌地回答。

朱笑蔓把上次购物的单据递给服务员，说：“那天，我在你们超市买了两瓶张裕红酒，由于采购的物品多，在收银台外面装商品时，不小心忘记了搁在旁边的张裕葡萄酒。回到家里才发现没拿酒，想来找你们，雨也大，也想到那是自己的事情，估计你们不会管，也就算了。今天，刚好路过，就过来顺便问问，没有就算了。”

“像这种事情，随时来我们都会帮你查的。我查了，有哪，你到卖酒的柜台去找那里的专卖商家，她会给你的。去吧！”

朱笑蔓喜出望外：“哇！还真是在。谢谢你们认真负责的态度。谢谢！”

服务人员笑了笑，给朱笑蔓点了点头，又开始忙自己手头的工作了。

“你看，我说在吧！”齐好也很高兴，说道，“现在的商家，很注意这方面的事情，这也是一个城市的文明程度的体现！”

朱笑蔓跑进超市里，一会儿，就把丢失的张裕红酒提了出来，脸上挂满了喜悦。

齐好接过红葡萄酒一看，说：“好酒！”又认真地看着朱笑蔓问道，“想给谁喝？”

朱笑蔓不好意思地看了齐好一眼：“小宝他爸！”

齐好用怀疑的眼神又看着朱笑蔓，认真问道：“你可要老实点哈，不要让我说出来，那是要罚款的！”

原来这两瓶上等好酒是想在鲍鹏向她提出复婚时候，请亲朋好友顺便坐坐，就把这十几年的假离婚恢复了。没想到她这个想法还是太幼稚了，鲍鹏只是承诺了给她一套房子，并没有提及复婚的事情。看来，过去的假离婚就拿她父亲朱东风的话说就是一个伪装的外壳，假的其实就是真的。这十几年她也习惯了单身的生活节奏，不复婚也罢。

“去去去！身正不怕影子斜！回！”朱笑蔓拉着齐好走出了超市大门。

城市夜景很美。窗外星星点点，远远近近的灯光透过玻璃，就像一个万花筒。服务员小娟还在朱东风房间帮助他洗漱。洗漱完毕，小娟把木盆放到卫生间里。然后，搀扶起朱东风慢慢移到床边后，又顺手把尿壶搁在床边的凳子上。

“大叔，晚上需要帮助，就按床头上的铃，我值班，随时都在。”小娟帮朱东风理好被子，站在床边再次看看有没有做得不到位的地方。

“咚咚咚！”有几声轻轻的敲门声。

“请进！”小娟跑去把门拉开，“旦阿姨好！”

“好！我说我过来帮帮你们，尽管我也七十多岁了，能帮帮大家，这叫互助养老！”旦大妈站在床前，看到都收拾妥当了，很欣慰地说，“老朱呀，这个公寓好呀！好多养老院老年人都不敢去，说那里还要打人，吃不饱饭，睡光板床，房间都是臭的。你看看我们这里多好，天天都有人打扫卫生，天天都有医生、护士问病查房，吃得饱，又悠闲，这就是最好的养老呀！”

“是呀！我们真是享福，遇到了好政策。妹子，要好好活，要对得起我们的孩子！"

"咚咚咚！"又是几声敲门声。

"请进！"小娟跑去拉开门，很惊讶地说，"朱总来了！"

"爸爸……旦大妈！"朱笑蔓把旦大妈让到凳子上，说，"大妈，你来还没几天，你的故事就传开了。我们需要你这种精神，就是要在老年人中开展互助互帮活动，这也是抱团取暖，也是互助养老，我们提倡你这种精神。"

旦大妈听朱笑蔓这么一说，还不好意思了："我……我，没有那么好，我只是做了些力所能及的事情。"

"大妹子，你做得好呀！你能伸出援助之手，这是大德大爱呀，是中华民族的美德！我钦佩你！"

"大哥，你可别这么说，帮助别人，就是帮助自己，有句话怎么说来着，花要叶扶，人要人帮。勿以恶小而为之，勿以善小而不为。其实，都是些小事。"

"大妈！你说得对，其实，都是些小事，从一件件小事中才看到了你无私的大爱精神。大妈，你也要多保重，照顾好自己。"

"谢谢你！好了，你们在，我就不打扰了！"旦大妈乐呵呵地出门了。

"娟姐，你送送旦大妈去，这里有我哪！"朱笑蔓让小娟去忙别的事情。

"好的！都早点休息吧！"

朱笑蔓把小娟送出了门，长长的走廊静谧得让人就想落泪。朱笑蔓站在门口，望着长长的走廊，好多往事涌上心头。

医院走廊，LED 灯把空间照映得白晃晃的。朱小刚坐在椅子上，一脸疲惫："送养老院吧，就把老爸自己的退休金拿出来花，平常生活费也花不了几个钱。"朱小刚用手把头发向后捋了捋。

"我也同意哥的意见，姐，你看怎样？"朱豆豆站在椅子跟前说。

"其实，爸的养老问题，我也没有好办法。放在家，需要请保姆，我要上班，也不放心。现在，住进了乡村公寓，有人照顾，只是要花请保姆双倍的服务费，光爸爸的工资是不够的。爸爸现在每月的费用组成是公寓费 1600 元、伙食费 600 元、专人护理费 3200 元，这是一笔不小的支出。我建议，我们三人来分摊。"

"我不同意。老爷子积攒几十年，现在不用，啥时候用。就用他的退休金，不够？再把他的银行卡拿出来，用来支付每月专业护理费用，这下总够了吧？"朱小刚很不高兴地说，"都啥时候了，他还这么抠门。靠儿女，那他自己的钱干吗？还想带进棺材里去，真是的。”

“反正我没钱。刚刚开了一个烧烤店，因疫情，生意不太好。我还是同意我哥的意见，就用老爷子自己积蓄下来的存款来养老吧。”朱豆豆还是一副不想管的态度，又说道，“姐，要不，把他的祖传宝贝卖了就是一大笔钱！”

“明白了，你们都不想管是吧？那好，以后你们就不要管了，我来管。权当我是独生女……”朱笑蔓气得来回在走廊里转圈。

“姐！爸的那些宝贝你可不要独吞哟，也给我和哥分些哈。”朱豆豆再次提到朱东风的宝贝，“是不是……爸都给你了？”

朱小刚猛然抬起头，从椅子上腾地站起来，以一种阴森的眼光看着朱笑蔓，问道：“豆豆说的是不是真的？”

“小刚、豆豆……你们这是啥话？我们从小一起长大，相依为命，亲情都丢到哪里去了？这是我们亲人说的话吗？就是爸爸有那些宝贝，给我也不要，你们全都拿走！”朱笑蔓一脸煞白，她已悲哀伤心到了极致，她转身扶在走廊的落地玻璃窗上，忍不住地哭泣起来：“一奶同胞，无情无义，人不孝其亲，不如草与木！”

朱笑蔓轻轻的抽泣声在公寓走廊回旋。

121

金秋送爽，微风徐徐。大街上除了赶路回家的人步履匆匆外，其余就是情侣，他们喜欢这种氛围，喜欢金秋厚重的夜色。朱笑蔓骑着电动车穿过灯火万家的市区，五颜六色的霓虹灯在她的头盔上跳跃。一路枫叶，就在她的身后悠悠闲闲地飘着。

朱笑蔓开门进来，打开灯，一屋乱糟糟的。她把每间卧室的灯都打开了，好像有人翻过。突然，这场景引起了她的警觉，打了一个寒战，不由得激起了一身鸡皮疙瘩。她又跑到爸爸的卧室，他的保险柜被移动过，但没有撬的痕迹。她又走进厨房，拉开冰箱，里面存放的食品都在。

她又来到往常爸爸坐的沙发前检查了一下，发现茶几被翻过，连同搁茶叶的小橱柜都没幸免。

朱笑蔓坐在沙发上，看着眼前的一切，脑子里尽是些胡思乱想。

窗外枫叶飘零，仿佛在诉说人间冷暖。

赵明明在看电视，央视 13 套正在重播今天上午翟志刚、王亚平、叶光富三人乘坐“神舟十三号”登上太空的实况报道。

“老公，你帮我看看吧，一费制物业费怎样计算才合理?”黄绵绵披头散发从书房出来，紧靠在赵明明身边，有些矫情地说道，“这包干制和酬金制我看都不好，咱们可不可以给物业公司实行专项委托办法来对小区实行管理?”

“专项委托不就是酬金制吗?做物业就是人最基础的劳动，最简单的操作，没有技术含量，虽然简单，天天重复一件事情，就不简单。关键是管理，关键是细节。专业的人，做专业的事，能把一件简单的事情，做到如现在这样精致，实属不易。”赵明明对她讲道。

“你看你，一说起朱笑蔓的事情，你劲头十足；一说起我的事情，你就像霜打的茄子。”黄绵绵噘着嘴很不高兴。

“去去！各忙各的事情。”赵明明把电视声音开大，不想听黄绵绵苍蝇样嗡嗡叫唤，“你就是过时的皇历，只能翻看陈年旧事!”

黄绵绵拿起这些资料，站起身来，歪着脖子看着赵明明，狠狠地说道：“你……去找她吧！她正缺男人呢。”

赵明明站起身来，火冒三丈，指着黄绵绵的鼻子，骂道：“把你的臭嘴给我闭上，不想过……你滚出去!”

黄绵绵歇斯底里，把手里的所有资料连同笔愤怒地砸向赵明明的头。

赵明明手一挡，一沓资料散落一地。黄绵绵转身冲进卧室，大哭起来。

庞红枫的办公室还是以前的光鲜，只是办公桌上堆放的案卷堆积成山。

他正在电脑上办公。茶杯里的茶水已经没有了热气，茶水水面上已结了薄薄一层膜，一看，已有些时间了。

“庞老师!”庞红枫这才感觉到门外有人在喊他，忙转过脸，看着门口喊道：“进来!”

“庞老师，你在忙?”黄绵绵战战兢兢地站在门口。

“请坐!”庞红枫从电脑桌上站起来，绕过办公桌，走到黄绵绵跟前，双手放在黄绵绵的肩膀上，把黄绵绵压在沙发上。

鱼缸里，几条锦鲤正逐花嬉戏着。

社区居委会会议室坐得满满当当的。社区工作人员和物业公司所有经理参加了会议。每个人脸上都是一副复杂的表情。会议由谢小燕主持。她用目光习惯地扫了一遍会场，问道："业委会怎么没来人？"

"谢书记，我打过电话了，马书记回老家了今天回不来；黄主任的电话一直响着但没人接，可能在静音。"社区干部古峰回答道。

"哦！好吧，那我们就不等了。大家也知道今天的会议内容，就是流感防疫工作。这项工作也折腾我们几天了，但今年冬季的流感与往年流感不同，好多省市地区流感形势很严峻，与前几年爆发的流感在病因、病理上并没有太大的变化，主要是发病气候有所不同。这一轮流感传播速度在加快，比前几年的流感提高了几倍。"

正在进行的会议被几声轻轻的敲门声中断。黄绵绵轻轻地推开门，露出她的脸，一看会议室坐了满满当当的人，脸上出现了一丝愧疚。

"找个位置坐下吧！"谢小燕给黄绵绵递了个旁边有个空位置的眼神，黄绵绵顺着谢小燕的眼神，来到空位置坐好。

谢小燕喝了口水，会议继续。

"按照社区的网格化管理布局，各部门做好本部门的流感防控措施，一旦政府有要求，马上采取强制措施，任何人不得擅自离岗，任何人不得以任何理由突破我们的防控底线。今年又多了一个公寓，对老人的管理，要更加细致入微，尤其是要做好应急和心理疏导工作，保证食品安全和食品供给产业链的畅通。物业公司这块工作关系民生大事，提前对服务功能进行全面检查，做好应急预案。做到应得急、用得准、反应快、效果好。提前预防，提前着手。这次流感防疫工作，部门一把手是第一责任人。"

与会人员桌上各有一份街道办政府关于做好流感防疫工作的通知复印件。

与会人员的精神有些疲惫，像这样的流感防疫工作会天天都在讲。

"谢主任，我们小区不少孩子在学校已经相互传染，不少家长多多少少也出现了发热症状。流感防疫工作已是燃眉之急。"朱笑蔓第一个发了言。

"及早动手，及早防范，不要等到火烧眉毛了才去防范。这次流感疫情已经传染到我们社区，我们社区不能有丝毫闪失，必须做到严防死守，防止向外传播。"

"谢主任，我们物业公司的工作就听社区指挥，一声令下，坚决执行。同时，我们还要做好公寓的生活保障工作，保证供应链不断。"齐好的表态掷地有声。

黄绵绵坐在会场上有些魂不守舍，她的眼神一直在游离，不时把目光从文件上移到窗外，移向蓝天上的那片白云。

她的眼神有些凄婉，她瞟了一眼朱笑蔓，又想起昨晚赵明明对她的态度，她下巴子咬得越来越紧。

窗外，是一片深秋最凄凉的景色。

黄绵绵一脸复杂的心情，她把眼神再一次从窗外收回来，又从朱笑蔓的脸上移到谢小燕的脸上。

“我们业主委员会支持社区工作，支持物业公司工作，需要志愿者，我黄绵绵第一个报名参加。”黄绵绵这么一说，突然打破了会场的僵局，谢小燕兴奋地看着黄绵绵，给了她一个赞许的眼神。

社区其他工作人员也都做了表态。

朱笑蔓看着赵薇薇，关于杖乡村四季公寓和鑫达州幼儿园的流感防疫工作，可能是佳境·国际村这次流感疫情防控的重中之重。

赵薇薇深感责任的重大，眼神也流露出几丝不自信。

122

杖乡村公寓门前，秋风萧瑟。

不少老人穿上了防寒服，坐在门口的小广场上晒太阳，看报，学习。

朱东风被小娟推出来面向太阳坐在茶几跟前。旦大妈提着水壶从餐厅出来，给大家加水。说：“天气凉了，看看哪位还没有带防寒服的，赶快给家人联系，让他们尽快送来。”

“我都把家搬来了，房子都成为儿子的新房了。”谢大爷说的话有些伤感。

“我没家了。含辛茹苦带大了几个儿子，眼下成了孤家寡人。”刘大业的话也让人想哭。

“唉！大家都不容易，就别想那些伤心事了，老哥老姐们既然能住在一起，我们就抱团取暖，抱团养老。儿女靠不住，我们就不靠，靠自己，靠老哥哥老姐姐们，靠公寓给我们养老送终，送我们最后一程。”旦大妈这话让这些老人一个个伤心落泪。

“我们要好好地活着，好好吃饭，好好配合医生做好康复训练，好好配合公寓这些为我们提供服务的孩子，我们开心地活好每一天，就是对自己最好的支持。”

“老爷子们好！阿姨们好！都在这儿呀？”赵薇薇拿着《今日川中》从屋

里出来，开始给大家读报了。

深秋的阳光照射在她的脸上，使她本来就清秀的脸显得更加美丽。一些护士和服务员也都走出来，坐在自己需要特殊照顾的老人跟前，做一些简单的按摩和推拿。

醉月湖很安静，一湖清水倒映出一栋栋黄金色的楼宇和蓝天。

佳境·国际村物业公司，朱笑蔓在安排工作，她说："秩序维护这边要抽调4—6人组成应急分队，上午上半天班，下午休息，主要是防止晚上的突发事件。尤其是流感疫情期间的秩序维护工作，要配合社区和一些医疗机构进小区做好流感排查。严厉打击一些恶势力、装妖作怪的不法分子，确保今冬小区的文明秩序。"

张洪学看着朱笑蔓，一脸难为情。他说："人手不够呀，朱总。白天的岗位不敢抽人，晚上就更不敢抽人了。而且社区也有那么多的年轻人，其实他们才该冲在第一线，物业只是配合社区工作。这样行不行，白天我们抽出少量的人来协助社区工作，晚上就由我们秩序维护部来处理。这样大家都能得到充分的休息，不打疲劳战，连轴转我怕人受不了。这些年，工资上不去，招的人都是些年龄偏大的，稍微年轻点的队员就是白天巡逻那几位。那些年龄偏大的队员，还不敢用得太扎实，怕出意外呀，朱总！"

"不许乱说！一切命令都听谢主任的。自己的困难自己克服，你亲自去组织安排，每位队员必须保证足够的时间休息，没事的时候，在宿舍待命，一有情况必须给我冲上去！"

"是！"张洪学站起身，以一个标准的军礼敬给朱笑蔓。

张洪学刚要转身出门，碰上正准备敲门的黄绵绵。

"咦！黄大主任，有事找朱总？"张洪学斜着身子出去了。

"朱笑蔓，有空吗？"黄绵绵面无表情地站在门口。

朱笑蔓赶快起身，走到门口把黄绵绵请进来，问道："看完了？"

"第一份大修资金报告，业委会批了。再有就是物业费的事情，不知道该给你们定什么样的标准，你们是内行，看看有没有这样的小区例子，让我们去学习学习。"黄绵绵一脸严肃，也一脸茫然。

朱笑蔓微微一笑后说道："我们不是都考核过了吗？按照服务等级来套服务费标准，还有什么不清楚的？我们鑫达州物业公司给佳境·国际村一直提供的是国家级示范住宅小区的服务标准，那么给我们的待遇就应该是一级收费标准。这才符合市场竞争常规。绵绵，你看怎样？”

“道理上我懂。”黄绵绵看着手上的价格表，说道，“一级收费标准，我接受不了，其他委员就更接受不了。”

“可以呀！我们可以降低服务标准，用三级来做。”朱笑蔓看着黄绵绵说，“这样就可以大幅裁人，降低服务频次，也就降低了物业多年亏损的风险。”

“不行，服务标准不能变，一级就是一级。”黄绵绵看着朱笑蔓伶牙俐齿地说道，“当初，我住到这里就是图这个小区的环境，我喜欢这里的绿化和水系，喜欢那个很有灵气的醉月湖。你不能只为多挣几个钱，而降低对我们的服务标准。我不答应，业主更不答应。”

“那你就采取一个最好的折中办法吧，既能适应价格管理办法又能顺应市场经济规律。”朱笑蔓在价格谈判上还是很有分寸的。

“我的意见是一级服务标准不变，给你们按三级服务费用支付，这总可以吧？”黄绵绵终于说出了他们业委会的意见。

朱笑蔓听后非常诧异，她冷静地对黄绵绵说：“你以为这是自由市场？物业服务的特征是质价相符。黄绵绵，这是服务等级考核标准对应的价格等级标准，丁是丁卯是卯。”

两个女人经过一番唇枪舌剑后，都没有充分的理由去说服对方。黄绵绵整了整精神，她看到朱笑蔓就没有谈通的可能，窝了一肚子的气，走出办公室门，又撂下一句话：“吃屎的还把粑屎的给箍住了！”

农家院子静悄悄的。远处村庄的灯光星星点点，偶尔有几声夜猫在叫。院子围墙上一些夏天疯长的艾蒿已枯黄，在秋风里瑟瑟发抖。

潘登还没有入睡，他从床上爬起来，走到窗户前，撩开帘子，透过玻璃向外看，看见刘红梅的窗户还亮着灯。潘登想了想，该不该去找刘红梅，这么长时间了，他连碰一下刘红梅的勇气都没有。他认为自己活得窝囊。他也是一个读书人，看过很多爱情书，他该做的也都做了，怎么就是引不起她的注意呢？于是，潘登把嗓子眼的唾沫咽回去，自己给自己打足气，抱着一床被子走出自己的门。

“咚咚咚！”潘登敲响刘红梅的门。

“谁呀？”是刘红梅的声音。

“红梅……是我！”潘登鼓足勇气回答。

“去！回去睡你的觉！少打歪主意。”刘红梅在屋里吼潘登。

潘登抱着被子站在门口，一副可怜巴巴的样子。

初冬时节，大地气温骤降。

一群麻雀由于天气寒冷羽毛已变得粗糙起来，它们在田野觅食，来去扑腾，一无所获。几只百灵鸟歇在土墙上，它们以昆虫为食，相比那群麻雀日子要好过一些。

潘登在屋后翻土，他把屋后不大的一块自留地收拾得利利索索。在旁边堆着一些瓜藤，百灵鸟还在藤里钻来钻去，试图找到还没有去过冬的昆虫。刘妈从后门出来，她把潘登的茶杯和热水壶提到地里。说：“种一行韭菜，一行白菜，返春后好看，绿油油的，边上再种些萝卜。”

“一辈子没种过地……这还是大姑娘坐轿头一回呢！”潘登乐呵呵地说。

刘大妈又说：“这几天天气好，赶在寒露之前种下去。”

潘登嗯了一声。

一群麻雀在刘妈头顶飞来飞去，刘妈就从围裙兜里抓出一把谷子扔在地上，麻雀直冲而下，一阵叽叽喳喳之后，又飞到了房顶上。

百灵鸟不为之所动，它们的目的不同，也就决定了它们的行为取向不同。

“红梅，把地种上后，我们还是回佳境·国际村过冬吧？”潘登停下手里的锄头，问刘红梅的话。

“我不回，要回……你回！你本来就该走了！”刘红梅努着嘴巴说他，她抱起一抱枯藤堆在角上，“你回去，就不要再来了。”

“屁话！我回去了，我咋放心你一个人在这里住？万一……不行，要回就一块回，不回就都不回。”潘登又高高举起锄头，恨不得把蓝天挖下来。

刘红梅没有接话。

几只百灵鸟从枯藤里钻出来，又飞到潘登刚刚松开的热土上觅食，清脆悦耳的叫声，那才是初冬季节最美的音符。

123

毛茸茸的太阳挂在楼头。一些枯草进入了冬眠期。

老远就听见三轮车嘭嘭嘭的声音，从经电路拐进来。老啬鬼唱着歌谣又拐进公寓门口的小广场里。

他大舅他二舅都是他舅，
高桌子矮板凳都是木头。
……

听到歌声，就知道是老啬鬼来了，厨房所有人都跑出来卸菜。

“老汉叔，辛苦了！这大冷天的您老穿厚实些，不要冻着了。”

“哈哈哈哈！给你们干活老汉我开心呀！”老啬鬼解开绑带，把给食堂的蔬菜全部卸了下来，车就空了。

“老叔，今年咋没给你自己带些菜呢？”三姐问。

“哈哈，现在呀，老叔再也不用过那种穷酸的日子啦，不吃那些下市蔬菜了……你看，老叔今年还给自己买了件羽绒服。”老啬鬼敞开自己的羽绒服给三姐看。

“哇！真的是新的，有钱啦？”厨师长拉着老啬鬼的羽绒服问道，“是女儿买的？”

“哪里呀！是你们朱总给我买的。”老啬鬼一副喜滋滋的样子。

“大叔好！”朱笑蔓和赵薇薇从小区过来，“大叔呀，禽流感又要开始了，最近，你多存些可以放的蔬菜，譬如萝卜、冬瓜、土豆还有洋葱等，万一封城，我这一百多口人咋办？”

“丫头，放心。有你大叔在，就有你这一百口人吃的菜。”老啬鬼又说道，“丫头呀！老叔一辈子不占人便宜，老叔怕睡不好觉。古人有话说：己所不欲，勿施于人。老叔意思是我的车辆补助就不要了，你这一大家人，一百多张嘴，每天要吃些钱呀！”

“大叔，我今天就是来给您老说，把您作为我们的员工，每月给您发工资，油费实报实销，不能再亏您老了。我还有一个请求，您把我大妈也接来，住在公寓里，你们也有个照应。”朱笑蔓看着老啬鬼的表情，他饱经风霜的脸上露出了喜悦和感动。

“谢谢你，谢谢大家！我认识你们……很骄傲！”老啬鬼坐上车，他仰望天空，尽量抑制住自己的老泪不要流出来。他发动了车，能看到他挂挡很娴熟的动作，车慢慢起步……

“老叔……慢点！”赵薇薇很关心地叮嘱道。

“你们的爱心是一股撞开冰闸的春水，使我受到心灵的震撼。孩子们……谢谢！”老汉叔一溜烟走了。

路边的枯草随风抖动。

赵薇薇办公室里，朱笑蔓在翻阅开业后季度财务报表。

“现在公寓一共入住 128 位老人；失能老人 8 位；半失能老人 10 位；生活能自理的是大多数。居家养老是 26 位老人，每天三顿饭在这里吃，其中有 5 位老人是送到家里去吃。老人普遍对伙食反映很好。公寓这块还是人手有些紧张，照顾了公寓就顾不上多功能厅这块的工作。”赵薇薇给朱笑蔓汇报着这里的一些情况。

“那就再把曾经面试过的那几位下岗职工招来吧。”朱笑蔓很干脆地说。

“不！等人住到 150 人的时候再进三人，这样成本就划算。”赵薇薇还说，“前三个月经营情况略有利润，如果年底前能达到 150 人入住，这事态就很好。”

朱笑蔓把财务报表递给赵薇薇，问道：“古大叔和李大妈的事，你准备怎么办？”

“很好办，在这里给两位老人举办一次结婚典礼，把他们双方的儿女都请来助兴。”赵薇薇这个想法给朱笑蔓一个很大的触动。

“很好！如果再能促成一对，那就更好了。我看我们公寓里住的老人都是单身，而且年龄段还都差不多。”朱笑蔓说完，又看着挂在墙上的重点工作提示板有：

1. 朱大叔、谢阿姨生日；
2. 公寓今冬采暖；
3. 举办消防演练；
4. 举办新年晚会。

“还有一项工作就是禽流感防疫宣传。根据今年南方禽流感防疫变异分析，可能今冬的疫情防控形势要比往年严峻。我们必须做好老年人的防控意识动员工作，确保万无一失。”朱笑蔓拿起笔就在提示板上加上了第五条：做好公寓禽流感防疫宣传工作和应急预案。

赵薇薇看着朱笑蔓在写，心里就有了更清晰的思路。

三楼会议室，黄绵绵在组织业委会讨论一费制的问题。

“我的意见就是按照那天现场考核的得分来定收费价格。”张勇说。

王大伟反驳：“我不同意，1.9 元/平方米，太高了。”

边疆跟着问：“那 1.6 元/平方米可以谈吗？”

陈三秦又问："服务等级怎么定？"

顾欣回答陈三秦道："那还用说，一级不能变。我入住小区就是一级服务，不能越住越塌祸了。"

赵青青发表不同意见："想得美！这是拿钱说话，一分钱一分货，什么样的服务标准就是什么样的收费等级。我看呀，用二级服务标准，二级收费等级怎么样？"

刘晃立即不同意，"疯了！疯了！小区的业主是有档次的，不是回迁房。"

"那你说怎么办？"赵青青有些不高兴，喊道，"你想服务好，就请个保姆在家伺候呗！"

"住得好，就得多掏钱，这是天经地义，不掏钱的事情没人给你做。"刘晃反驳道。

"干脆点，另外招聘物业公司！比如本土物业公司就有国润、丽苑、华泰、秦虹；外来物业公司有万科、碧桂园、恒大、融创等，再不行可以去选上几家，通过招标来解决，好物业公司多的是。"宫媛媛突然另辟蹊径，引起了大家的热议。

"我同意媛媛的意见！"

"我也同意媛媛的意见！"

"我也同意媛媛的意见！"

黄绵绵听了大家的表态，还是没有听出来什么名堂，她想了想宫媛媛的意见，有道理但又没道理。

"看来大家的意见都比较统一了，另聘物业公司是最好的选择，省得这么多麻烦。可是，大家有没有想过，一个决定容易，一句话容易，我们是在为谁说话？谁在做决定？是为全体业主公平正义办事。干得好好的一个物业公司，就因一个一费制达不成共识就解聘他们，谁能保证新来的物业公司就能干得比朱笑蔓更好？谁能保证新来的物业公司就能答应你高级服务低级收费？就能像朱笑蔓那样一直低收费一直按国优小区标准为我们服务？重新招聘，我不答应，可能业主大会也通不过。大家该好好想想吧，业委会不能犯得不偿失的错误！"马道功一席话，说得可谓实事求是，也引起了大家的高度重视。顿时，会议变得严肃起来。

"还是马书记的话有高度。"宫媛媛突然感觉自己刚才的话有些不妥了，她又补充说，"市场经济，允许企业有利润空间，没有利润的企业就是没有责任的企业。因为利润是企业发展的源泉，有利润，企业才有责任。我觉得再和鑫达州物业公司去谈，一级服务标准不变，1.9元太高，那么1.8元、1.7元行不行？如果还高，那1.65元行不行吗？生意是谈出来的，灵活处理，互惠互利嘛！”

“好了，不再扯了，我再去跟他们公司去谈判。散会！”

黄绵绵一脸踌躇满志，从她的眼神能看出已有胜算。

124

旦大妈进来就把眼光放在了朱笑蔓的身上。

“女子也在呀！”

“大妈，来坐。”朱笑蔓拉着旦大妈的手，让座。

“我看小区里好多业主都管你叫村主任，这个不好听，难听死了。”旦大妈双手拉着朱笑蔓坐在沙发上，就像母女俩。

“大妈！还住得习惯吧？”朱笑蔓关切地问道。

“习惯！怎么不习惯。大妈既爱热闹，又不会跟人去生气，有啥说啥，大伙儿还都喜欢我。还说赵丫头是老大，我是老二，哈哈哈哈，什么老大老二的，能为老哥哥老姐姐们做点事，我高兴。”旦大妈笑得非常开心。

“大妈，有事你说！”赵薇薇给大妈递了一杯水。

“我来啊……是给你反映一些问题。那个……姓宋的老人很不规矩，老爱给这些女娃动手动脚的。那天我亲眼看到了，说了他几句，他还骂我是多事婆。”旦大妈又接着说，“那天下午午休后，小娟去帮他收拾床，他就伸手去捏人家娃的尻子。昨天早晨，小王护士去给他查餐后血糖，他一把抓住人家娃的乳房，还恬不知耻地笑，把娃吓得不轻，血糖仪掉在地上都摔坏了。娃今天早晨来上班又去买了一个新血糖仪。你们得管呀，这个姓宋的老头很坏，我怕时间长了，这些娃都会被他欺负，这里就留不住这些好娃了。他有儿有女的，就这德行，让儿女怎么去尊重他？”

朱笑蔓一脸严肃，认真听旦大妈反映的问题。

赵薇薇也感到吃惊，给朱笑蔓说：“宋大爷原是秦虹一名退休工程师，他的孙女跟我要好，还是他孙女送来的，怎么会是这样？”赵薇薇陷入一种尴尬境地，对朱笑蔓说：“我给他孙女打电话，让他孙女把他领走！”话还没说完，她就开始拨打电话。

朱笑蔓迅速地捂住了她的电话，对赵薇薇摇了摇头。

赵薇薇一脸不解地看着朱笑蔓。

“这是老年人的一种病，他的大脑神经已经支配不了他的行为。这可能是阿尔茨海默病的前兆，主要表现为记忆丧失，严重者智能可以退化到幼儿状态。你把这些情况给住店大夫沟通一下，看看采取什么措施能解决。”

“我和他谈谈能行吗？”赵薇薇问朱笑蔓。

“不行，他已经生病了，不是谈的事，要治疗。”朱笑蔓给她讲。

“经……理……”一声恐怖的惊叫声传来，朱笑蔓先是一怔，赵薇薇一脸惊恐样子赶快把门打开，看到一位小护士从走廊疯狂地跑来。

朱笑蔓赶快从办公室跑出来迎上去，一把把惊魂未定的小护士抱在怀里。

“不怕不怕！是我！朱笑蔓。”小护士在朱笑蔓的怀里伤心地哭着。赵薇薇和旦大妈一脸狐疑。

“宋……宋……宋……他……”小护士哽咽着，说不出来。

朱笑蔓一听就明白了，赶快把小护士带进了赵薇薇办公室。

走廊里有几位老人在服务员的陪同下从房间出来，一曲《暮色烟雨》在走廊轻轻飘逸。

理疗室。一曲《暮色烟雨》轻轻地在流动。

朱东风躺在电疗床上在做理疗，旁边护士看到朱笑蔓敲门进去，就示意她坐在旁边稍等一会儿。

“带到医院去检查一下，人年龄大了，做的事情是身不由己。给他换个护士看看。”朱东风给朱笑蔓交代说。

“爸，我知道，我已安排医生和薇薇把宋大叔带到医院去了。”朱笑蔓坐在朱东风跟前，像有很多话要说，但又不知道从何说起。她忍了忍，没有忍住还是问道，“爸爸，你就把你那些宝贝分给小刚和豆豆吧，免得他们老惦记。”

“白眼狼，我才不给他们呢。我老师就是我的榜样，到时候就捐赠给公寓，用来改善大家的伙食。”朱东风在护士的帮助下艰难地翻了个身，脸涨得通红，又问道，“他们又回家找了？”

朱笑蔓嗯了一声。

“他俩在家里找过好几回了，他们以为我不知道。还是古人说得对，要想人不知，除非己莫为。”朱东风微闭着眼睛，一脸痛苦。

“爸！我的意思是，你想怎么处理都行。最好趁你还健康，有自己的行为能力时，就当着他们的面早点处理，让他们知道你处理的结果。不要留下遗憾，到时莫让我衔冤负屈。”朱笑蔓这么一说，引起了朱东风的高度重视。朱东风转过脸来看着朱笑蔓，也有很多话难以开口。

“爸欠你的，爸想给你一些补偿……”朱东风话还没说完，就被朱笑蔓接过去。

“爸爸，我什么都不要，给你养老送终，是因为你生了我养了我，你就是一分钱不给我，我都会养你终老。我从小就听老人们讲了一个故事，说汉文帝刘恒，他以仁孝之名，闻于天下，侍奉母亲从不懈怠。母亲卧病三年，他常常目不交睫，衣不解带，母亲所服的汤药，他都要亲口尝过后才放心让母亲服用。我虽然不是刘恒，但孝敬父母是做人的修养。爸爸我懂！”

“蔓子……爸爸知道你苦，这些年来，一直都是你在照顾我。我生养你们仨，就权当养了你一个独生子吧。古人说得好‘人恶人怕天不怕，人善人欺天不欺。善恶到头终有报，只争来早与来迟’。”

“父母养我时，日夜令我藏。这些年来爸爸你一直从事研发工作，兢兢业业，你一脸正气，从未向困难低头。你悬梁刺股的精神给了我做人的尊严和信心。”朱笑蔓含泪地说。

朱东风眼泪汪汪地看着女儿，他从背包里取出钥匙递给她，说道：“这是保险柜钥匙，密码是你生日的最后四位数。”

“不！不！我不能要钥匙……爸！你身体好好的，该怎么处理，我陪你去处理都行，我不能替你处理这些。你要理解女儿！”朱笑蔓推开了爸爸的手，两双眼睛对视，仿佛彼此都把时空拉得很远，彼此都很陌生。

小鸟儿时装店门前，几片树叶被寒风刮得乱飞。

“妈妈，我给你说过的事情你给我办好没有呀？”这是旦萱萱给黄绵绵在视频。

“萱萱，黄妈妈还没有给你办好，找不到合适的机会。有过几次接触，因为工作谈得不妥，也不好意思提这事。只能等机会哈，妈妈一定努力，保证！”黄绵绵一脸无奈，她看着画面里的纯真丫头也不好谢绝，只好答应。

“妈妈，你和叔叔要是有机会就来我们学校看看，好美呀！”旦萱萱从画面里看到是瘦了，会打扮了，一个活脱脱的青春少女。

黄绵绵又对准镜头给旦萱萱说：“好的，有机会了妈妈和叔叔一定去你的学校看你。天凉了，注意添加衣服哈。在学校里你把饭吃好，不要节约，不要乱买衣服，需要换季服装，妈妈就给你快递。”

“好的，谢谢妈妈！上课了……拜拜！流感来了，你们要做好防护……”旦萱萱边跑边说，走进教室才挂了电话。

黄绵绵看着旦萱萱跑进了教室，旦萱萱挂掉了电话，她还傻傻地看着手机屏幕。

“绵绵！”有人喊，喊声打断了黄绵绵的思绪。

“请进！”黄绵绵的眼神从手机屏上迅速转到门口，“哟！这是什么风把二位神仙请到小鸟儿时装店来了？这真是‘至邑无纷剧，来人但欢迎’。”

“我俩过来看看，还是想请黄大老板把一费制抓紧定了，到年底前事情多，流感形势很严峻，说不准哪天就要封小区了，我们得要有这个充分的思想准备。”齐好笑眯眯地说。

“是呀！业委会也想尽快定，就是在服务等级和收费标准上一直平衡不下来。你们想高收费，业主想低缴费；你们想质价相符，业主想物美价廉。这是一对矛盾，也是经济头脑、哲学人生的道理。”黄绵绵今天格外高兴，她把齐好和朱笑蔓让到沙发上，又从冰箱里取出水果和小吃放在茶几上。

“不忙乎，不忙乎！我们坐坐就走。”齐好忙站起来挡住黄绵绵的手，“不要影响你做生意。”

“居家不可不俭，待客不可不丰。”黄绵绵又从冰箱里取出三袋酸奶放在茶几上，“朱总还是第一次来店里，今天蓬荜生辉！”

“谢谢！都说黄老板的时装店生意好！”朱笑蔓还没有找到话题，就顺着意思说了句客套话。

黄绵绵的眼神从齐好脸上瞬间移到朱笑蔓脸上时，突然闪现出旦萱萱的视频画面，她想起旦萱萱给她说的话，答应旦萱萱的事情。黄绵绵的眼前出现了旦萱萱与朱笑蔓两张交替的脸。

“黄老板，我和朱总来的意思，就是想在我们公司和业委会之间寻找一个切合点，天价地价，不如人情嘛！”齐好的说话再次打断黄绵绵的思绪。

“哦！哦！”黄绵绵这才把心思从朱笑蔓脸上收回来，魂不守舍地问道，“你们啥意见？我可以和大家来商议。”

“公司的意见是，一级服务标准不变，收费标准在政府指导价的基础上进行适当调整。高层按 1.85 元/平方米，多层按 0.65 元/平方米好吧？”朱笑蔓看着黄绵绵以商量的口气在沟通。

黄绵绵看着朱笑蔓说话的态度和做事胜券在握的气场，有些心怯。

黄绵绵不敢再看朱笑蔓的眼神，迅速把脸转向门外，往事不堪回首。

校园狂风大作，暴雨如注。阶梯教室外被暴雨淋湿的地面很光滑。

一群男女学生迎着风雨向教室跑去。有的学生把书揣在怀里，也有的学生把书挡在头上遮雨，男女学生都是湿漉漉的。

赵明明和朱笑蔓等几个同学打着雨伞走过来，黄绵绵不顾暴雨向赵明明冲过去，她跑到赵明明跟前，挡住赵明明，大声问道："几点出发？"

雨中，赵明明看着黄绵绵，没有直接回答她的话："雨大，你回去吧！"

黄绵绵生气了，在雨中将身子一扭，塞给赵明明一个小包裹，转身就跑开了。

赵明明站在雨里，看着被暴雨淋成落汤鸡的黄绵绵，一身粉红连衣裙紧贴在她丰满的肌肤上。

125

街上，穿风衣的人比往天多了。也有年岁大点的人穿上了加厚外套。门口的枯叶翻滚着，借着风的势力，发出最后的沙沙作响。茶几上只有几杯茶水。

旦心、刘晃、张勇、宫媛媛、边疆、顾欣、陈三秦等业委会委员在黄绵绵时装店里就物业费收费标准再次进行沟通。物业费涉及业主每个人的切身利益，他们如此，业主亦如此。定多高的价位，都很难做出选择。

"多层可以，那就按这个标准执行吧。高层还是有点高，我的心理价位应该在 1.65 元/平方米左右。一级服务，那是个软性指标；多少钱，这才是真金白银。"陈三秦终于打破了僵局，说出了自己的意见。

刘晃再次拿起政府文件，对照看了看说："老陈的意见可以作为今天的讨论基础，我的意见是在 1.65—1.85 元间，寻求一个落脚点，我主张 1.75 元/平方米，这个价位不高不低。"

"对！就 1.75 元。"

"我同意！"

"我也同意！"

"我没意见！"

基本上是大家异口同声。

"我也没意见！"黄绵绵看着大家的表情，已基本锁定了一费制的标准，她收拾好茶几上这些文件后说道，"我再听听其他几位委员的意见，如果大家的意见统一，那就正式决定了。”

“哦对了，这段时间小区在闹禽流感，大家都注意点，少集会。”

冬夜
无限长
一个灵魂
摆渡在落叶里
心愿随着落叶，在灯影下
发出嘁嘁的声音
摩擦出的痛，莫过于
灵魂的孤独
……

黄绵绵还没下班，还在欣赏自己刚刚作的诗。

公寓里，正是夜间查房时间。赵薇薇带着大家挨个房间查询。

小娟每次走到宋大叔门前就腿软，她迟疑了一下，还是开门进去了。刚进屋，赵薇薇就把大家挡在了后面，她给老人们打过招呼后就走到宋大爷床前。

“老爷子在忙啥呢？”赵薇薇帮他翻看摆在床上的一些东西，有小儿书，有明星画报，还有两个变形金刚。

“嘿嘿，嘿嘿！你来了，坐坐坐！”宋大爷给赵薇薇说，“我在看变形金刚，你看不？”

“我不看，你看哈！宋爷爷，你孙女儿这些天给你视频没有呀？她有没有想你呀？你孙女是我的好闺密……”赵薇薇把宋大爷扶躺在床上，拿出听诊器就给宋大爷听心率，“爷爷，我们这个乡村公寓好不好？”

“好！好！你们……不打人，没……打过我。”宋大爷抬起他的左手，紫一块青一块地给赵薇薇他们看，“这是……他们打的，疼！”

赵薇薇抓着宋大爷的左手一看，这一定是上一家养老院打的，也可能是因宋大爷爱动手欺负女孩子，被别人打的。

赵薇薇看到这一切心里好不难受。她检查完心脏又把宋大爷扶起来坐在床上：“宋大爷，这几天好好吃饭没？”

“好好……吃了！”赵薇薇看着宋大爷像个孩子，笑得好甜。

“好好吃药没?”赵薇薇又问道,“都是谁给你拿药的?”

“嘿嘿,是,是她,还有……她!”宋大爷指着小护士和小娟。

“大爷,她们对你好不好呀?”赵薇薇收拾起听诊器又问道,“她们打不打你呀?”

“不……不打,是好娃,好娃。”宋大爷伸出手给小娟和小护士一个点赞。

赵薇薇感到很高兴,把微笑送给了小娟和这些小护士。

几只水鸟伫立在湖心。

冬阳睡了个懒觉,才刚刚露出水面。

一大早,微商城就从郊外运来了大量无公害蔬菜。

“业主朋友们,早上好!需要蔬菜请直接在微商城下单或通过社区居民网买,物业负责送货上门。”

整个小区都是广播的声音。

张洪学开着微型消防车在广播通知:“业主朋友们,快到醉月湖广场领白菜,每户两棵。”

小区的每一处,都是物业人员提着油、蔬菜、肉蛋、米袋,还有的提着啤酒和日用品,进出在单元楼道。

冬天,真是诗人所描绘的那样:天寒色青苍,北风叫枯桑。厚冰无裂文,短日有冷光。

小鸟儿时装店,光线很暗,很柔。

黄绵绵下班了,她把店铺大门一关,自己一个人躺在沙发上,把她的腰放平,好好享受一下,美美地做了几个深呼吸。

她有些累,一天也忙个不停,翻了个身,把长腿跷在沙发的背上,头发也很蓬松。她在电话里说:“甭操心我,我是女人,怎么都好办,你自己把自己照顾好。妈妈那里也挺好的,有潘叔在放心吧。也正好给他们一个同甘共苦的生活空间,潘叔也可以多挣点表现,两全其美!”

黄绵绵接完电话,坐起身来,趿拉着拖鞋走到门口,从玻璃门往外看,城市灯火万家。一道玻璃门仿佛一堵墙,外面的喧嚣已荡然无存,仿佛眼前一片静止,一地枯叶招着手,繁忙的街道仿佛成了哑巴。

她把落寞的眼神从门外收回来,无奈地给了女模特一个巴掌,走了几步,还不解恨,又给了男模特一个巴掌。

回到吧台上，她又开始作诗。

心
空荡荡的
过往的丢失
犹如，丢失一场美梦
许多，鲜为人知的邂逅
不再拥有

那滴眼泪
为谁而落
在乎她，酸楚的过程
鄙视她的苦涩与浪漫

眸子
会说话
分明是为我
倾诉衷肠，殊不知
被藏在书页里
成为，一本读不懂的书
……

朱笑蔓正在办公室公众号上欣赏黄绵绵的诗：

风，亲吻过你
也触摸过你的灵魂
从你身边路过时
捎去的祝福，已至

顶着寒风
顺着你的旨意，慢慢移动时
一米黄线，意味深长
少一步，是福

多一步，是灾

你的旨意，很干脆
就是一直向前向前向前
在白色战袍前，停下
嘴一张，顺着你的旨意
走向疑惑与不安

没有人气
并不在乎
情愿这样孤独地站着
尽管，再没有人听你使唤
你愿意，站着，站着
静候一个字的福音

广场空空的
风路过的时候
弹奏出美妙动听的声音
……

朱笑蔓给了敢死队一个点赞。

她刚要刷屏时，突然又看到一首黄绵绵的诗跳出来：

彷徨
于店里
心急如焚
鼠疫拦住了，一条
通往自由的路

母
隔于车站
学姐闻讯，送去衣食
祝福，愧疚

充盈儿心

明
隔于宅
肝肠寸断
图一抹春晖
了却心愿
……

朱笑蔓读后明白了黄绵绵的意思，她站起身来看着窗外的萧瑟，眼里充满了期待。

126

杖乡村门口积了厚厚一层雪。

餐厅几位服务员和厨师在门口玩雪，厨师长堆的雪人最大。站在散水处的几位老人，也想到雪地里去玩雪，被护士和服务人员挡住了，他们站在雨篷下干着急。

“眼睛……眼睛，哎呀呀，不对，再来点，好好！”一位老人站在雨篷处指挥着，三姐听着指挥用雪堆了一头牛。尽管有些粗犷，老远一看又像是牛，又像是猪，逗得大家哈哈大笑。

“请问朱东风住在几楼？”朱豆豆和朱小刚来到杖乡村公寓门口找朱东风。

小娟在门口看着这两位很洋气的帅哥美女，就主动问道：“请问找朱大叔有事吗？”

“是我爸爸！”朱豆豆回答说。

“哦！”小娟脸上立即堆满笑意，“请跟我走吧！”

朱小刚和朱豆豆就跟在小娟的后面进了公寓，上了二楼。

“大叔！还在睡觉吗？”小娟问。

“没有，进来吧！”小娟在门口听到朱东风让进去的回答后就推开门带着朱小刚和朱豆豆进了房间。

朱东风脸色一下子就凝重起来，先前的微笑一下子躲进了乌云的背后。

“大叔……”小娟刚要说话就被朱东风挡住了。

“爸爸，最近好吗？”朱豆豆走到朱东风跟前给他捏肩。

“爸爸，住在公寓还习惯吗？”朱小刚没等朱东风让座，自己就坐在沙发上了。

小娟感觉气氛不对，她给朱小刚和朱豆豆沏好茶后就轻轻退出去了。然后就站在门外，听动静。

“你俩来这里，有事吗？”朱东风闭着眼睛问。

“爸爸，我是很长时间没有回来看你了，专门回来看你老人家的。”朱小刚坐在沙发上朝朱东风腿的位置挪动了一下。

“爸爸，我开了一家烧烤店，时间不长就遇上禽流感，生意不好。茶叶店顾客锐减，都不比往年好。今天也是专门来看你的。”朱豆豆也跟着朱小刚后面说了些大套话。

“就这些？”朱东风还是闭着眼睛问。

“就这些，专门回来看你。”朱豆豆又重复了一句。

“对！”朱小刚也这么说。

“哦！那就好。给我收拾东西，我们回紫轩阁。”朱东风手摸自己的拐杖，他左右看都没有发现拐杖，“小娟呀！老叔的拐杖呢？放到哪里啦？”

“老叔，我给你取，你上完厕所就放在坐便旁边了。”小娟跑进来从卫生间拿来拐杖，交到朱东风手上，就又出去了。

“爸爸……你这是干吗呀？”朱豆豆一副惊讶的样子。

“你们都回来了，我还住这里干吗？回。”朱东风很犟，执意要走。

“爸……”朱小刚摁住朱东风的双肩，不让他下床，说道，“我这次回来也住不了几天。爸爸，你在公寓住得不是挺好的吗？我还想来住，可惜没有这个资格。”

“对呀！爸爸，住公寓比住家里好，只要有钱就有人来管你，这就是老有所养、老有所终。爸爸，你很幸福呀，我姐天天可以来看你，身边又有医生和护士，我和哥又不时回来把你看一下，真是幸福呀！等我们老了可就没你这么幸运了。”

“你俩的意思是生错时代了？”朱东风仰起头看着朱豆豆说。

“那倒不是，起码说我以后的老年生活没有爸爸你幸福！”朱豆豆说。

“可不是，现在竞争激烈，一天不学习就跟不上潮流。爸爸，你看你，你生的那个时代多好，我很想给爸爸来换……”朱小刚话还没说完，朱东风就大发雷霆。

“混账东西!”他抓起拐杖使劲在地板上敲，“你们……真是扶不起的阿斗，让我伤心!”

“爸! 你不伤心哈，我就想问一件事，你把房给我姐了，那……那你不能把家里珍藏的古董也全给她呀! 哥，你说是不是?”朱豆豆开始直奔主题了。

“是呀，爸! 一奶同胞，你怎么能偏心呢? 我们都是你的骨肉，应该都有份。”朱小刚一副可怜兮兮的样子看着朱东风说，“爸，那些古董可以拍卖成钱，也给我一点，缓解一下我今年遇到的资金缺口。”

“爸爸，女儿的生意遇到了资金周转困难，你的那些古董现在不用，何时才用呀! 现在也正是刀刃上呀? 你不能太自私把这些古董都给我姐吧? 爸! 你也可怜可怜我嘛!”朱豆豆哭得稀里哗啦。

朱东风没有说话，脸煞白煞白的。

他赶快从轮椅旁边的兜里颤颤悠悠地取出一片药，抠了半天才抠出一粒塞进嘴里。他靠在轮椅上，闭目一会儿，仿佛眼前天昏地暗。

此时此刻，他就如同一只没有生命力的母狼，遇到一群嗷嗷待哺的狼崽。

“既然这样，就当着你俩的面……”他有气无力地朝着门口喊，“小娟……小娟，你进来……叔有话说。”

小娟推门进来跑到朱东风跟前：“老叔，我来了!”

“麻烦你记一下……我有话说……”

窗外，雪花飘飘，寒冷的冬天才刚刚开始。

127

小鸟儿时装店，门口的积雪开始融化，到处都是冰水的痕迹。

一群麻雀在快要融化的积雪上扑来扑去，戏耍雪天的风景。

黄绵绵今天的心情特好，哼着小调，不停地把这些时装整来整去，不时还自己站在一边欣赏着这些时髦服饰。

“咚咚咚!”黄绵绵听着这敲门声就知道是谁。

“还客气，你都是本店的 VIP，进出由你。”黄绵绵调侃地说。

“群主有约，不敢不来。我今天比较忙，禽流感后第一天开业，好多食材才准备。”旦心坐在沙发上，黄绵绵给他沏了杯茶放在茶几上。他端起茶杯品了一口，“味道很纯……美得很，有啥重要的事情交代?”

“想不想给萱萱找个妈妈?”黄绵绵直接切入主题。

“十几年了，娃也上大学了。之前，我没想过，现在嘛只要合适，娃能接受或是她能接受我娃……能成。”旦心也很直率。

“就是你娃看中的，你娃还说别的女人再漂亮，她都不认妈。”黄绵绵的眼睛打着圈圈，她让旦心来猜。

“我娃看中的？她认识？”旦心有些莫名其妙。

黄绵绵点着头，看着旦心的眼神变化：“不仅你很熟……还很好。”

旦心就更加猜不着了，他身边的女朋友娃都认识，没有她喜欢的那种类型。

“你猜猜看？”黄绵绵把圈子缩小到物业让旦心猜。

旦心就像触电似的紧张起来，眼睛瞪得老大，忙不迭问道：“谁呀？”

“绵绵！”门口庞红枫在喊。

“有事？”黄绵绵伸出头来朝门口看。

只见庞红枫抱着一箱苹果进来，乐呵呵地说：“我舅家的洛川苹果，昨天给我带了几箱下来，给你也尝尝，味道不错。”

他看到旦心也在，问道：“旦工还在夜市上忙？挺好的。”

“唉！凑合吧，给娃挣点学费还能糊个口。”旦心正说话时手机响了，一看是老妈的，他捂住电话给黄绵绵说：“我老妈的。”

旦心就到门口去接老妈的电话了。

庞红枫没有坐沙发，而是坐在了黄绵绵的吧台里，这是黄绵绵卖衣服收钱的位置，一般人是不会选择坐那里的，也涉及隐私。

黄绵绵倒是很镇静，她自己坐在茶凳上，问道：“流感这段时间，都隔离在哪里了？”

“唉！宅家，整整半个月。”庞红枫一脸痛苦的表情。

“你们聊，我要回趟村里去给老娘取点衣物。”旦心很歉意地就离开了。

黄绵绵把旦心送到门口，她还让旦心带了几个苹果走，说是给老妈拿的。

路边的积雪已被环卫工人清理干净了。

杖乡村公寓餐厅张灯结彩，一个大红“喜”字熠熠生辉。

公寓里音响放的是轻音乐《梁祝》，低音四处漫游。餐厅里坐满了老人，就连坐着轮椅的老人们也兴高采烈在前排就座。社区领导和物业公司各级领导都来到现场。

谢小燕、齐好、朱笑蔓站在前面，等着一个幸福时刻。

赵薇薇身着旗袍，一头披肩发垂在脑后，今晚的妆很淡，恰好在温馨的灯光下更显她的靓丽。

“各位领导、各位朋友、爷爷奶奶们：大家晚上好！”餐厅响起一阵热烈的掌声，“今晚，是个特殊的日子，我们有两对新人成为我们杖乡村四季公寓的合法夫妻，有请我们今晚的新郎新娘闪亮登场。”

在轻柔的《梁祝》乐曲声中潘登牵手刘红梅、古东海牵手李芹芹在伴郎张洪学、伴娘王红的陪同下走上红地毯。

又是一阵热烈的掌声把两对新人湮没在幸福的港湾里。

黄绵绵一张笑脸像春天的花儿，赵明明一张笑脸像夏天的太阳。

老人们的笑脸像秋天的枫叶。

“请夫妻一拜天地！”赵薇薇唱道，两对夫妻朝着餐厅一拜；

“请夫妻二拜亲朋！”赵薇薇唱道，两对夫妻朝着大厅一拜；

“请夫妻对拜！”赵薇薇唱道，两对夫妻对拜。

“有请公司副总、佳境·国际村总经理、杖乡村四季公寓法人朱村长讲话。”

“叔叔阿姨们，各位亲朋大家晚上好！今晚是两对新人大喜的日子，也是我们公寓最幸福的时刻。我衷心祝愿杖乡村四季公寓的老人们老骥伏枥，精神矍铄，开开心心，快快乐乐，走完人生最灿烂夺目的最后一程。祝愿两对新人用浪漫的情调，陪伴互助，牵手人生最后一段路程，创造自己最辉煌的生活。谢谢大家！”

黄绵绵依偎在赵明明的肩膀上，她仰起脸把嘴巴触到他耳边，她轻轻地告诉他：“我有了……”赵明明转过脸来，一双眸子含着久违缱绻的神情看着黄绵绵，两只眼睛此时流露的幸福是莫大的。

冬夜，漫长，幸福的烛光在心里默默祝福！

第二天清晨，佳境·国际村物业公司楼下，喧天的锣鼓，声声都敲在业主的心坎上。欢庆的鼓舞犹如行云流水，在晨曦中舞出一道风景。鑫达州物业公司门口电子屏上显示出一排字：“佳境·国际村受聘仪式。”

随着上班的节奏，参加今天受聘仪式的业主和业委会成员早早地就来到现场，为今天的活动助兴。

业委会委员宫媛媛拿着锦旗和聘书走到佳境·国际村物业公司门口，站在公司门口的是社区主任谢小燕和全体业主委员会成员及物业公司各级管理人员。参加早晨受聘仪式的还有部分业主代表、杖乡村四季公寓老人和物业公司全体员工。

今天的受聘仪式由黄绵绵主持。

“各位业主代表、社区谢书记、物业公司齐总：大家早上好！”

现场响起一阵锣鼓和掌声：“一年好景君须记，最是橙黄橘绿时。又到年关了，我们刚刚经过的流感大战，在全体业主的大力配合下、在社区、物业的精心呵护下，我们群策群力，打了一场生死阻击战。在这里，我要代表佳境·国际村业主委员会和业主大会，向这次在流感防控工作中作出突出贡献的社区工作人员、物业公司服务人员表示衷心的感谢！下面请业主委员会党支部书记马道功同志给鑫达州物业公司颁发‘生命护盾’锦旗一面。有请马书记！”

宫媛媛把锦旗交给了黄绵绵，黄绵绵又把锦旗交给了马道功。

“请佳境·国际村物业公司总经理朱笑蔓女士接旗！”

朱笑蔓站在公司大门前，深深地给大家鞠了一躬。现场顿时锣鼓喧天，掌声雷鸣。

黄绵绵又说：“经过业主委员会考核，业主抽评，业主大会审议，聘请鑫达州物业公司为佳境·国际村小区的物业服务合作单位；同意鑫达州物业公司对本小区实施物业一级服务，批准同意以一级服务等级收费标准执行，执行期三年！请朱笑蔓接聘书……”

朱笑蔓听到这个消息后，顿时脸上露出了灿烂的笑容。又是一阵锣鼓喧天，掌声齐鸣。全体物业人员欢呼雀跃。

“下面，有请佳境·国际村村主任朱笑蔓给大家讲话！”黄绵绵一宣布，现场又是一阵锣鼓喧天。

朱东风和公寓的老人笑得更开心。

小娟鼓着掌跳了起来：“朱姐你最棒！朱姐你最棒！”

“蔓子……是我的儿媳妇，你是最棒的！”旦大妈站在水系旁边使劲在后面喊，引来无数双猜疑的目光。

“大妈，大妈，你胡说啥呢？你看看！”小娟看着周围疑惑的眼神，不满大妈的行为而大声吼道。

“咋啦！朱笑蔓就是我儿媳妇呀！有错吗？”旦大妈满不在乎，她把嘴巴靠近小娟耳朵上悄悄说了一句，“我还没告诉你！”

老啬鬼听了旦老婆子这么一说，感到吃惊，他思忖了半天，还是半信半疑。

小娟以一种异样的眼光看着旦大妈。

潘登和刘妈听到旦大妈这么一喊，先是一乍，后又很快恢复平静。

“蔓子是该有个家了！”潘登扯了刘妈一下。

老啬鬼高兴地跑到朱东风跟前，嘿嘿一笑，说：“中。”

微笑与幸福就挂在朱东风脸上。石天齐还和谢小燕互致问候和祝贺。

黄绵绵看到现场欢声雷动的场面，她转过身去用湿巾轻轻拭去眼角的泪水。朱笑蔓听到这些呼声，有些腼腆，她站在台阶上，有些拘谨。

“各位业主朋友、叔叔阿姨们：你们好！佳境·国际村的一草一木，是你们的；佳境·国际村的一石一水，是你们的；这里的每一片树叶都是你们青春的生命；这里的每一滴清泉都是你们沸腾的血液。我作为你们的管家，我没有理由不去认真地呵护它。这些年来，我一直把佳境·国际村当成我的第二个家，当成我生命中最重要的驿站。在物业服务工作中，我最崇尚‘厚道’两个字。厚道最粗浅的解释就是虔诚、宽容、忠厚、老实。而我通过这些年的历练，给‘厚道’赋予了新的内涵。古人说‘真者，精诚之至也，不精不诚，不能动人’，厚道的核心是真，真，是为人之根本。厚道，是我一生做人的底牌。这些年，业主是我的恩师，业主是我的上帝；业主教会我做人，业主教会我做事，业主教会我懂得了‘厚’的重义，业主教会我懂得了‘道’的根深。我在这里学会了自信，学会了尊重，学会了赡养，学会了做人。我感谢你们的怨、感谢你们的恨、感谢你们的骂、感谢你们的罚；没有这些，我得不到历练；缺乏这些，我得不到成长。是你们的苛求，成就了我的今天。佳境·国际村是一个和谐的大家庭，是一座笃信爱美的学校，是一所美丽幸福的伊甸园。谢谢大家！”

黄绵绵用手捂住自己的嘴巴，靠近旦心的耳朵悄悄说：“你猜，我给萱萱找的妈妈是谁？”

旦心很敏感地转过脸来，问道：“是谁？”

“就是讲话的村长……朱笑蔓！”黄绵绵嘻嘻一笑，斜了一眼旦心。

旦心傻了，愣了半天。他简直不敢相信黄绵绵会开这种玩笑。

这时，旦心满脑子都是朱笑蔓，脑海里浮现出这些年来与物业公司斗争的种种场景……旦心想起这些事情，一脸的内疚和愧歉，他转身悄悄离开了现场。

128

星空湛蓝，微风掠影。倒映在醉月湖湖面的光影此起彼伏。

整个湖面宛如一位妙龄少女，跳起一曲“心灵与共”的舞蹈。满天星斗映在湖面上，如同铺了一层薄薄的婆娑纳。

“笑蔓，看着这万家灯火，做着这无尽的琐事，此时此刻，你最想说些什么呢?”齐好站在湖边，倚在护栏上，仰望满天星星，她有很多话想对星星说，却又不知从何说起，她请朱笑蔓来帮她回答她想说的。

朱笑蔓仰起头，看着醉月湖周边的灯火与月光交相辉映的场景，她想了想，说出了自己的心里话：“当今社会是买方市场，资本在哪里，市场就在哪里。试想，如果未来的物业能归属到社区的统一管理，一个社区一家物业，一套管理模式。逐步朝着大社区、大物业、智能化社区发展，那是我的梦想。”

朱笑蔓看着星星点点的湖面，深邃的目光中饱含诸多谢意，物业和业主本是一对矛盾体。她含着眼泪对齐好说：“这些年来，我朱笑蔓最想说的一句话，就是感谢醉月湖的家人们!”

顿时，两双泪汪汪的眸子碰在了一起，彼此的心愿，心照不宣。

赵江其人

朱金素

赵江虚怀若谷，一直叮嘱我给这篇小说写点文字。我诚惶诚恐，迟迟不敢动笔。我这样一个小人物和这几十万字的作品放在一起，有点觉着压不住的担心。

时间一晃来到了三月，草长莺飞，万物竞绿。我突然就有了想给赵江这个人写点文字的冲动——或许，潜意识里，我觉着写赵江这个人，放在春风拂面，抑或秋水长天，这样的场景里是合适的吧。至于他的作品，于我，只有望其项背，且既已出版，就交给读者朋友们去评判吧！

和赵江认识，已有十四年了。

十几年前我认识的赵江，和现在我认识的赵江，变化不大，一直都有一种抵御岁月无法摧毁的随性和洒脱。我想，再过十几年，赵江还依然是赵江，在时光的河流里，用自己的这份随性和洒脱，搭建高耸入云的灵魂塔尖和探取人间幸福的果实。

赵江祖籍四川，那是一个人杰地灵的地方。他素有青云志向。据说，年少时，在故乡的山野间，他常带领一群同龄的孩子，用废旧物料和一面镜子来做成一个“放电影”的工具，他移动镜子，镜子外的世界就是他的电影镜头。很多时候，小伙伴散去，坐在涪江边的少年赵江，看着漫天的星斗，觉着总有一天自己就是研究天体和宇宙的那个人。

在那个人人都崇拜军人的年代，青年的赵江，一身戎装到云南老山前线参加对越自卫反击战。战地记者的身份，扛着摄像机的赵江穿过枪林弹雨，在距离生死最近的刀尖上，他舍生忘死穿越属于那个特殊环境下的神秘。在那些常人无法体谅的生命张力和血脉贲张中，赵江手中的笔是刀枪、是剑戟，一部部专题纪录片从战场上到各大电视台——那是一种异乎寻常的表达方式，或许，就是在这距离生与死都最近的一种思考方式和文字的输出中，为赵江日后文学作品的纯粹和做人的随性、洒脱，埋下了太多的伏笔。

转业后的赵江，到了陕西咸阳。咸阳自古为灵秀所钟，人才辈出。一方水养一方人，四川和咸阳这两个地方特有地加持，成就了赵江的怀瑾握瑜，才情卓绝。在咸阳一家大型国有企业，他组建了这个企业的电视台。从此，赵江应该是走进了距离文学比较近的地带。这个地带里的赵江，像是一个在果园里地地道道的农民，他想把这片属于自己的土地耕耘好，他有面朝黄土背朝天的疲惫，也有热汗漫过脸颊时的热切，更有仓廪殷实的丰收喜悦。一个农民在天地里经受的四季风雨，他都经受过，所以，他托付过青春的这个地带，为他后来的创作积累了丰厚的养分。

赵江有一个很多人、尤其是男士特别羡慕的事情——他的女朋友特别多。这么说，赵江恐怕也不会嫌我多事。面对赵江这样随性的人，实话实说，是对他的负责。当然，他对女朋友，就像去接近一枝桃花、一树梨花，欣赏，喜悦，清澈见底的真诚。

或许，赵江女朋友多，是和他后来的工作有很大关系。也是阴差阳错，赵江进入到了物业行业，并做到了咸阳物业行业的领军人物，在物业行业可谓桃李满天下。他做物业企业管理，仿佛就是为了这部《大业清晨》提前预案的采风和体验。《大业清晨》里的朱笑蔓、黄绵绵、赵薇薇、齐好等人物鲜活的形象，不就是赵江物业管理生涯中那些身边的女同事、女朋友、女业主、女徒弟吗?

赵江是个有想法并喜欢把想法变成现实的人。而文学，是最能走进人内心的一个途径，也是将现实生活通过另一种方式叙述和演绎的一个途径。在我看来，赵江走上文学这条路，是多年丰富的生活积累突然需要一个爆发，如怀胎十月，终将分娩的必然，也像春天必须发芽，不可阻挡。这样的赵江，不干不说，干就干了几票大的。

近几年，赵江在多少个春花、秋月里沉思，又在多少个白昼与暗夜里挣扎，在文学的道路上，他阔步前行，日夜不停。那双深邃的目光和喷涌的才气，奉献给了时光没有被辜负的丰饶。《大业清晨》这部小说正是赵江十几年物业管理生涯最好的注解和回望、思考。赵江多年伏案创作，愿意俯身为普通人写作，他的笔端始终冒着人间烟火，他的文学作品始终关注最普通的群体。难能可贵的是，作品中一个个普通的人物形象，却是这个时代最接地气的见证者和参与者。《大业清晨》正是因为赵江将笔墨给到了鲜有人关注且多遭诟病的物业人，填补了我国文学作品关于物业管理题材的空白，也为中国老龄化的群体养老问题进行了思考。赵江一直在生活里提炼文学，在文学里反映生活。他的文字离生活很近，离普通人很近。

继《大业清晨》后，赵江在写作的道路上如脱缰野马，一路狂奔。三十多万字描写国有企业改革的长篇小说《大厂》定稿，二十六集电视连续剧剧本定稿。他说，时间太宝贵了，他只有一次次向文字低头，他才能触摸到自己想要的那种内心安宁。赵江这种关乎自己内心的写作，过程对作者是私密的，但一旦写成，就像生了个俊孩子，挡也挡不住地被人夸。赵江就是一个这样的人。

据说，陈忠实在写《白鹿原》中小娥死的时候，悲恸大哭。《大业清晨》中，赵江写到秦朝去世那段时，他也止不住地悲恸哭泣。在我看来，从这点上，作家不分大小，在创作的过程中，他们都是徒手搏击一切可能，都是把自己完全交出去，都是真实的那个自己的返回。

在如今，各类短视频、快餐文化地冲击人的眼球，呱噪着这个时代。而赵江这个爱热闹、爱旅游的人，却在他家阳台一隅，安静地写着文字。这需要多大的定力和毅力来抗衡这纷扰的世界！赵江，是把自己完全交给文学裹挟奔赴的人，他在他的作品里解密过往岁月给予他的密码。在桃花肆意折腾的春天，在荷花映月的夏天，在大漠孤烟的秋天，在红泥小火炉的冬天，在这个到处充满诱惑和欲望的当下，一个人，为自己喜欢的事情，偏居一隅，享受一份孤独，何尝不是一份清醒呢？

文字对赵江是有魔力的。已经六十多岁的赵江，在写了近百万字的两部小说和二十六集电视剧剧本后，又把笔触投入新的创作当中。赵江，将自己作为一个永不歇息的攀登者，在向文学的殿堂，一步步挪近。他说，他相信文学依然神圣。他也说，与文学一起神圣的，还有不知前路如何，却写下一个个文字的创作者。我想，他这种坚持和耕耘，留给很多人的将是他的背影和望眼欲穿的期待。

一个热爱文学的人，不见得要在文坛上有多大的成绩，单就热爱这件事，就足以让他的生活更加丰富和有意义。这是我对赵江写作的看法。

一个人的年龄，从来不是追求和努力的桎梏。一个不管在人生的哪个年龄段都敢于折腾，敢于突破自己，并且干成事的人，是让我不由得不崇拜的人！

赵江就是其中一个！